Markus Heitz

Das Zeichen des Dunklen Gottes

PIPER

Zu diesem Buch

Die Prophezeiung, die die Wiederkehr eines finsteren Zeitalters voraussagt, scheint sich zu bewahrheiten: Das Böse gewinnt mehr und mehr die Überhand auf dem Kontinent Ulldart. Unter dem Einfluss falscher Freunde und intriganter Berater verwandelt sich der junge Herrscher Lodrik zum unberechenbaren Kriegstreiber. Seine treuen Gefährten und Verbündeten geraten in Lebensgefahr. Doch so schnell geben die Verratenen nicht auf, und auch in den freien Ländern regt sich Widerstand gegen die dämonischen Mächte. In der Ebene von Telmaran stellen sie sich Lodriks Heer in einer vernichtenden Schlacht.

Markus Heitz, 1971 geboren, studierte Germanistik und Geschichte und lebt als freier Autor in Zweibrücken. Sein aufsehenerregender Debütroman »Schatten über Ulldart«, der Auftakt zum Epos »Ulldart – Die Dunkle Zeit«, wurde mit dem Deutschen Phantastik Preis ausgezeichnet. Seit dem sensationellen Bestseller »Die Zwerge« gehört Markus Heitz zu den erfolgreichsten deutschen Fantasy-Autoren. Weiteres zum Autor: www.mahet.de und www.ulldart.de

Markus Heitz

Das Zeichen des dunklen Gottes

ULLDART – DIE DUNKLE ZEIT 3

Piper München Zürich

Sei unser Held! Mach mit und erlebe die Welt der Piper Fantasy.
Neugierig? Dann auf zu www.piper-fantasy.de!

Von Markus Heitz liegen bei Piper vor:
Schatten über Ulldart. Ulldart – Die Dunkle Zeit 1
Der Orden der Schwerter. Ulldart – Die Dunkle Zeit 2
Das Zeichen des Dunklen Gottes. Ulldart – Die Dunkle Zeit 3
Unter den Augen Tzulans. Ulldart – Die Dunkle Zeit 4
Die Magie des Herrschers. Ulldart – Die Dunkle Zeit 5
Die Quellen des Bösen. Ulldart – Die Dunkle Zeit 6
Trügerischer Friede. Ulldart – Zeit des Neuen 1
Brennende Kontinente. Ulldart – Zeit des Neuen 2
Fatales Vermächtnis. Ulldart – Zeit des Neuen 3
Die Zwerge
Der Krieg der Zwerge
Die Rache der Zwerge
Das Schicksal der Zwerge
Die Mächte des Feuers
Vampire! Vampire!
Die Legenden der Albae. Gerechter Zorn

FSC
Mix
Produktgruppe aus vorbildlich bewirtschafteten Wäldern und anderen kontrollierten Herkünften
www.fsc.org Zert.-Nr. GFA-COC-001223

Originalausgabe
1. Auflage November 2004
11. Auflage Juli 2010
Erstmals erschienen: Ullstein Heyne List GmbH & Co. KG, München 2002

Umschlagkonzeption: semper smile, München
Umschlaggestaltung: Guter Punkt, München | www.guter-punkt.de
Umschlagabbildung: Ciruelo Cabral, Barcelona
Autorenfoto: Arne Schultz
Karten: Erhard Ringer
Satz: C. Schaber Datentechnik, Wels
Papier: Munken Print von Arctic Paper Munkedals AB, Schweden
Druck und Bindung: CPI – Clausen & Bosse, Leck
Printed in Germany ISBN 978-3-492-28530-8

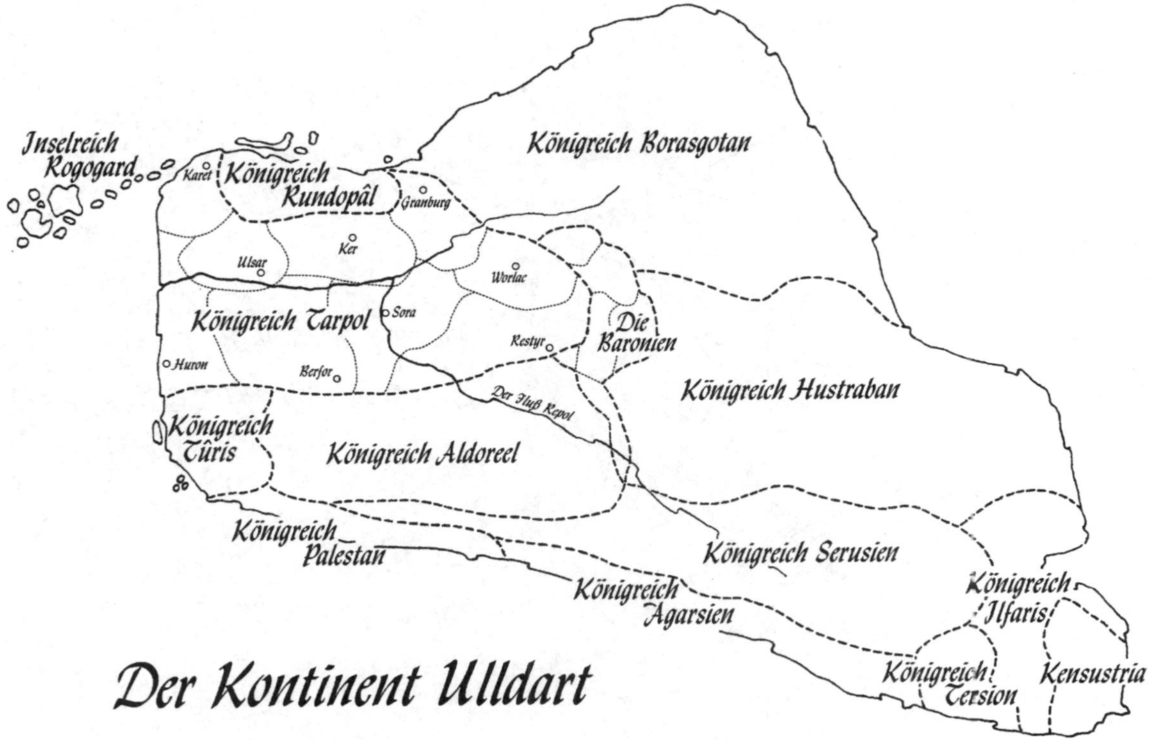

Der Kontinent Ulldart

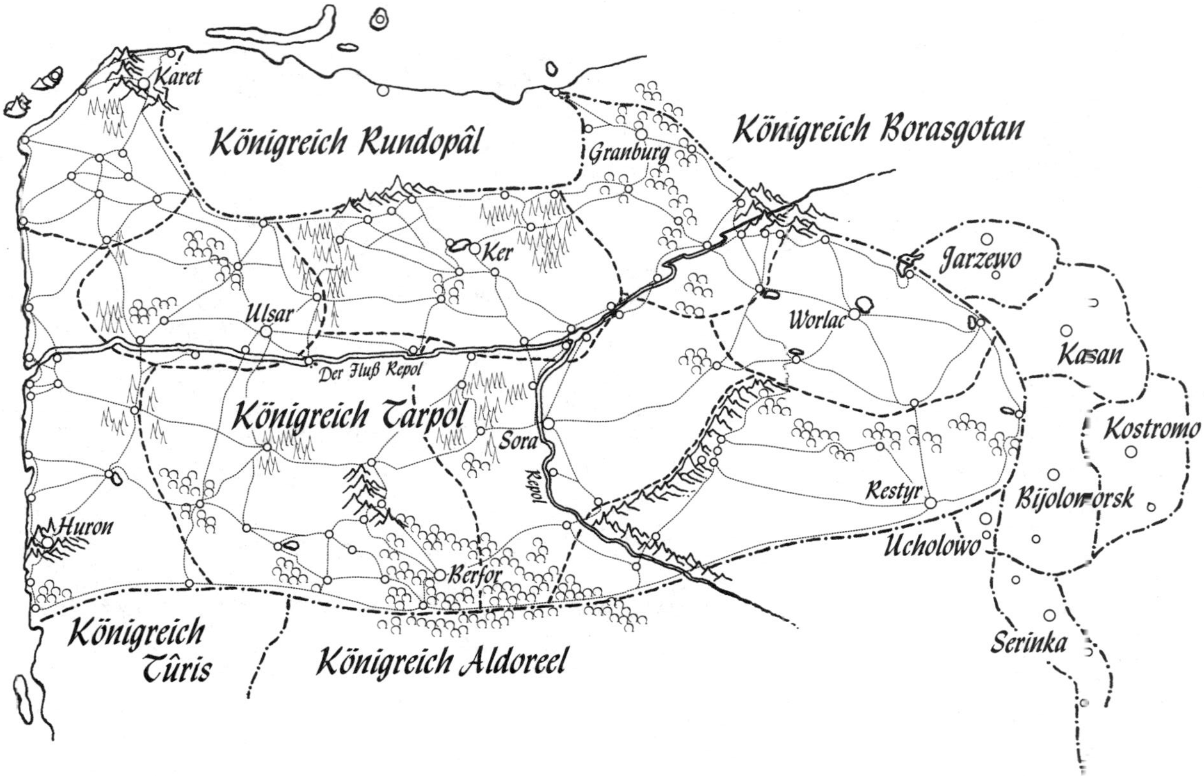

Karet
Königreich Rundopâl
Königreich Borasgotan
Granburg
Ker
Jarzewo
Ulsar
Worlac
Kasan
Der Fluß Repol
Königreich Tarpol
Sora
Kostromo
Repol
Huron
Restyr
Ucholowo
Berfor
Königreich Tûris
Königreich Aldoreel
Serinka

DRAMATIS PERSONAE

ULSAR und GRANBURG

LODRIK BARDRI¢: Kabcar von Tarpol
STOIKO GIJUSCHKA: Vertrauter des Kabcar
WALJAKOV: Leibwächter des Kabcar
IJUSCHA MIKLANOWO: tarpolischer Brojak, Freund und Vertrauter Lodriks
NORINA: Tochter Miklanowos, Brojakin
MATUC: Mitglied des Ulldrael-Ordens
BELKALA: Priesterin des kensustrianischen Gottes Lakastra
NERESTRO VON KURASCHKA: Mitglied des Ordens der Hohen Schwerter, Verehrer des Gottes Angor
HERODIN VON BATASTOIA: Vertrauter Nerestros, Mitglied des Ordens der Hohen Schwerter
TAREK KOLSKOI: tarpolischer Hara¢
ALJASCHA RADKA BARDRI¢: Großcousine Lodriks, Vasruca von Kostromo und Kabcara
MORTVA NESRECA: Berater des Kabcar
HEMERÒC: Handlanger Nesrecas
PAKTAÏ: Handlangerin Nesrecas
CHOS JAMOSAR: Hof-Cerêler in Ulsar
SOSCHA: Mädchen aus Ulsar

HERRSCHER und DIPLOMATEN

KÖNIG PERDÓR: Herrscher von Ilfaris
FIORELL: Hofnarr und Vertrauter Perdórs

Moolpár der Ältere und Vyvú ail Ra'az: kensustrianische Botschafter
Sarduijelec: Botschafter Borasgotans
Fusuríl: hustrabanischer Gesandter
Mero Tafur: Botschafter Aldoreels
Parai Baraldino: Commodore, Kaufmann und Botschafter Palestans
Fraffito Tezza: Adjutant Baraldinos
Alana II.: Regentin von Tersion
Arrulskhán: Kabcar von Borasgotan
Tarm: König von Aldoreel
Telisor: Tarms Sohn

DIE VERBOTENE STADT
Meister Hetrál: Bogenschütze und Befehlshaber der Schutzwache um die Verbotene Stadt
Tarmann Nurk: Hetràls Stellvertreter
Pashtak: Sumpfkreatur, Versammlungsmitglied

ARMEEANGEHÖRIGE
Sinured: legendärer Kriegsfürst
Osbin Leod Varèsz: Stratege Sinureds
Widock: Handlanger von Varèsz
Faïs-bar-Lamshadai: Tei-Sal (Oberer Befehlshaber)
Haïl-er-Ibadan: Tei-Sal
J'Maal: Anführer des tersionischen Kontingents

WEITERE
Varla: Piratenkapitänin
Torben Rudgass: rogordischer Freibeuter
Farron und Ollkas: zwei kensustrianische Astronome
Lom T'Sharr: Befehlshaber der Stadtwache Baiugas
L'Xarr: Shadoka von Alana II.

PROLOG

Ulldart, Königreich Tersion, Hauptstadt Baluga, Sommer 443 n. S.

Ungefähr in einem Abstand von fünfzig Schritt zueinander blieben die zwei Männer in den sengenden Strahlen der Sonnen stehen, sahen sich an und hoben dann ihre Hand zum Gruß.

Der eine trug ein leichtes, bewegliches Kettenhemd zum Schutz, während sein Gegenüber den stabileren, aber auch steiferen Plattenpanzer gewählt hatte. Beide Gesichter wurden von Topfhelmen verdeckt.

Jeweils links von ihnen stand ein kleines Tischchen im hellen Sand des ovalen Platzes, auf dem eine mittelschwere Armbrust und drei passende Bolzen für die Waffe lagen.

Auf ein kurzes Trompetensignal hin erwachten die Kontrahenten aus ihrer Regungslosigkeit.

Der Mann im Kettenhemd fasste nach der Fernwaffe und begann mithilfe eines Spannhebels, die Sehne Stück für Stück nach hinten zu ziehen.

Als er das erste Geschoss schwitzend in den Lauf legte und zielte, hatte sein Gegner mit dem dünnen, geflochtenen Seil gerade mal die Hälfte der Strecke bis zum metallenen Haltedorn überbrückt.

Zischend durchschnitt der Bolzen die Luft und schlug in die Schulterpanzerung ein. Ein leiser Schmerzenslaut entfuhr dem Getroffenen, kurz hielt er inne. Nach wenigen Lidschlägen setzte er aber seine Arbeit fort, während das Blut plötzlich in einer breiten, roten Bahn den linken Oberarm hinablief.

Fluchend fing nun auch wieder der Mann im Kettenhemd an, seine Armbrust zu spannen.

Zähneknirschend richtete sich der andere auf. Das Anvisieren bereitete ihm wegen der Verletzungen sichtlich Schwierigkeiten, und er musste den Lauf wieder senken. Der linke Arm zitterte zu sehr, also versuchte er sein Glück mit der anderen Seite. Sein zeitlicher Vorsprung und damit sein Vorteil schmolzen dahin.

Gleichzeitig hoben sie ihre Fernwaffen, fast synchron betätigten sie die Abzüge. Doch die Geschosse verfehlten in beiden Fällen ihre Ziele und bohrten sich wirkungslos etliche Meter weiter hinten in den hellen Sand.

Hektisch wurde nachgeladen, und erneut war der Träger des Kettenhemdes der Schnellere der beiden. Keuchend vor Anstrengung riss er den Lauf hoch, zielte und verzog durch das aufgeregte Atmen beim Feuern etwas. Sein letztes Geschoss brach durch die metallene Panzerung, der Bolzen verschwand bis zur Hälfte in der rechten Brust.

Diesmal schrie sein Gegner laut auf, die bereits gespannte Armbrust fiel in den Sand, und er musste vor Schmerzen in die Knie gehen.

Zitternd nahm er nach einer Weile die Fernwaffe in die Rechte, stützte das linke Knie auf und legte den Lauf darauf ab. Schwer atmend peilte er den Kopf seines Gegners an, der regungslos abwarten musste, bis alle Bolzen verschossen waren. Selbst wenn dieses Geschoss nicht traf, hatte sein Gegner immer noch einen letzten Versuch.

Mit einem schabenden Geräusch schnellte die Sehne nach vorne, beschleunigte das Holz und den Stahl. Nach einem kurzen Flug durchstießen die geschliffenen Kanten den ungeschützten Hals des Kontrahenten, der daraufhin gurgelnd zusammenbrach.

Nur einen Lidschlag später kippte der Mann im Plattenpanzer langsam nach hinten um und lag tot im Sand. Seine zweite Verletzung war zu schwer gewesen.

Nach einer Phase der atemlosen Spannung brüllte die Menge in der Arena auf, applaudierte, johlte und pfiff, begeistert von dem, was sie gerade für ihr Eintrittsgeld zu sehen bekommen hatte.

Fraffito Tezza, das lebende palestanische Geschenk an die Regentin von Tersion, schüttelte den Kopf und seufzte anhaltend. Er stand im Schatten einer großen Säule am äußersten Rand des Schauplatzes, stützte sich auf den Stiel seines Reisigbesens und wunderte sich täglich aufs Neue über so viel Dummheit.

Zum einen über die der Kämpferinnen und Kämpfer, die in der tersionischen Arena immer wieder gegeneinander antraten und schneller ums Leben kamen, als sie das wohl planten. Zum anderen über die der Besucher, die sich am Tod, der mal mehr, mal weniger qualvoll ausfiel, anderer ergötzten. Dass sie an den blutigen Spektakeln ihren Spaß hatten, hörte er seit fast einem halben Jahr durchgängig an der lautstarken Verzückung der Massen.

Andererseits hätte er nichts dagegen, hier Baraldino antreten zu sehen, jenen Mann, der ihn an Königin Alana von Tersion »verschenkt« hatte.

»Los«, sagte eine der Wachen, die am Eingang zur Arena standen, zu dem palestanischen Offizier und nickte in Richtung der beiden Leichen.

»Sehr wohl«, entgegnete Tezza, stakste in die Mitte des Sandplatzes, zog seinen Dreispitz und machte eine tiefe Verbeugung, wie immer formvollendet und höchst elegant.

Das Publikum liebte den Auftritt des inzwischen berühmtesten Kehrmeisters, den die Arena jemals gehabt hatte.

In seinem auffälligen Brokatrock, den Wadenhosen

und weißen Strümpfen sowie mit den Schnallenschuhen an den Füßen war der Palestaner ein bunter Vogel inmitten von weißen Tauben. Selbst in der größten Hitze behielt er seine Perücke auf; und rann der Schweiß ihm auch in Strömen über das Gesicht, Fraffito Tezza behielt seine Würde. Er wusste, dass die Tersioner ihn als eine Art Hofnarr betrachteten, aber solange ihn dafür alle in Ruhe ließen, war ihm das recht.

Während ein paar Sklaven die Toten höchst unwürdig wegzerrten, scharrte der Palestaner mit dem Besen frischen Sand über die Blutflecken, bis sie nicht mehr zu sehen waren.

In einem halben Jahr würde er hier raus sein. Und egal, was ihm danach drohte, er würde seinem Vorgesetzten, Parai Baraldino, beim ersten Zusammentreffen eine Ohrfeige geben. Oder zwei. Für diese Demütigungen, die er in dem fremden Land erlitt, sollte sein Landsmann bezahlen.

Der Palestaner hatte seine Arbeit verrichtet, absolvierte einen weiteren Kratzfuß, was ihm den Applaus und das Gelächter der Besucher einbrachte, dann stelzte er zurück in den Schatten der Säule. Die Sonnen brannten gnadenlos aus dem wolkenlosen Himmel im südlichen Ulldart.

»Du sollst runter, in die Katakomben«, wies ihn die Wache an. »Die Zisterne muss sauber gemacht werden. Und die Wasserbecken sollen aufgefüllt sein, damit die Kämpfer sich nachher waschen können.«

»Sehr wohl«, sagte Tezza wie immer, schulterte sein Kehrwerkzeug und machte sich an den Abstieg in das unterirdische, kühle Reich unter der Arena.

Hier befanden sich sowohl die Käfige für die verschiedenen exotischen Tiere und Sumpfbestien, die zum Kampf eingesetzt wurden, als auch die Behausungen der Männer und Frauen, die sich wegen Geld gegenseitig ans Leben gingen. Und das mit dem abenteuerlichsten Waffensammelsurium, das der palestanische Offizier jemals gesehen hatte.

Schwerter in allen Formen und Größen, Keulen, Lanzen, Speere, Schilde, Netze und jede Menge Waffen, für die es keine Namen gab oder nur solche, die er sich nicht merken konnte. Daneben rollten alle möglichen Gefährte durch den Sand, wie Streitwagen oder Ähnliches. Durch ein Röhrensystem, das vom Hafenbecken hierher führte, konnte die Arena zudem für Schiffskämpfe geflutet werden, auch wenn diese Prozedur sehr aufwändig war. Um einen Zweikampf spannender zu machen, waren Sklaven dazu abgestellt, zusätzliche Hindernisse und Deckungsmöglichkeiten aufzubauen.

Das Prinzip war einfach: Antreten durfte in der Arena jeder. Das Gold, das es für Freiwillige zu verdienen gab, lockte einfache Bauern, ehemalige Sklaven oder Glücksritter, die aber schnell zu spüren bekamen, dass ein Kampf gegen einen der Krieger der Regentin kein Zuckerschlecken war. Gewann entgegen aller Erwartungen trotzdem einer der Wahnsinnigen, bekam er einen Lohn von zwanzig Batzen. Wagte er einen zweiten Kampf, verdiente er das Doppelte.

Neben den Freiwilligen gab es die Sklaven, denen ihre Entlassung in Aussicht gestellt wurde, wenn sie eine gewisse Anzahl von »Begegnungen« überlebten, und die professionellen Kämpfer, die sich »Shadoka« nannten und in einer Rangliste ordneten. Sie kämpften mal einzeln gegeneinander, dann im Duo oder in größeren Gruppen. Ob ein Gegner letztendlich getötet wurde, lag allein im Ermessen des Kontrahenten.

Die Regentin stellte insgesamt zehn solcher Männer und Frauen auf, hinzu kamen rund dreißig weitere Kämpfer, die von unterschiedlichen wohlhabenden Tersionern unterstützt wurden.

Jede reichere Familie sah es als eine Verpflichtung an, ihr Haus durch einen Shadoka in der Arena vertreten zu lassen. Natürlich wettete man auf den Ausgang der Kämpfe, was wiederum für zusätzliche Einnahmen sorgte.

Momentan führte ein albinohafter K'Tar Tur namens L'Xarr für Alana II. die Liste der Besten an. Seinen beiden seltsamen Schwertern war bislang kein Herausforderer gewachsen gewesen. Als Gleichwertige wurden ein unbekannter Kensustrianer mit unaussprechlichem Namen, der auf eigene Rechnung kämpfte, und ein hünenhafter schwarzer Angorjaner, den der Gemahl der Regentin mitgebracht hatte, gehandelt.

Tezza erwirtschaftete, ohne dass es jemand bemerkte, inzwischen einen ordentlichen Haufen Geld. Er beteiligte sich an den Wetten. Denn wenn jemand genaue Einblicke in die Erfolgsaussichten der Kämpfer hatte, dann war er es, weil er praktisch mitten unter ihnen lebte. Als gewiefter Kaufmann fand er durch Beobachtung und Lauschen sehr schnell heraus, wo bei dem Einzelnen die Schwächen und Vorteile lagen. Demnach war er in der Lage, den Ausgang einer »Begegnung« ziemlich gut einschätzen zu können.

Pfeifend schlenderte er durch die Gewölbegänge in Richtung der großen Zisterne, die zwischendurch immer wieder auf kleinere Verschmutzungen und ihren Wasserstand hin überprüft werden musste.

Tezza wusste genau, wer hinter welchen Türen, die er unterwegs passierte, lebte. Und je nach Status des Shadoka herrschte schon beinahe unanständiger Luxus in den Räumen. Pech hatten dagegen die Sklaven, die in Massenunterkünften ganz unten eingesperrt waren.

Die Tür des derzeitigen Listenbesten war nur angelehnt, undeutlich vernahm der Palestaner eine Unterhaltung zwischen mehreren Stimmen.

Sofort war sein kaufmännischer Geist hellwach. Vermutlich eine Kampfbesprechung. Vielleicht erfuhr er etwas, was er bei den nächsten Wetten Gewinn bringend einsetzen konnte.

Auf Zehenspitzen pirschte er sich an die Kammer heran, hielt sich das rechte Ohr zu, um sich völlig auf das linke zu konzentrieren.

Doch zu seiner Enttäuschung redete der K'Tar Tur in einer Weise, die vom Volk die »Dunkle Sprache« genannt wurde und die er, wie die meisten Menschen des Kontinents, nicht verstand. Plötzlich wechselte der Beste der Shadoka ins Ulldart.

»Ich weiß, du verstehst unsere Sprache nur sehr schlecht. Aber du bist einer von uns und wirst sie lernen müssen. Außer uns beherrscht sie niemand, daher macht es uns sicher davor, belauscht zu werden.«

Tezza grinste.

»Ich werde mich bemühen«, sagte ein für den Palestaner unsichtbarer Sprecher etwas zerknirscht. »Aber ich war nicht lange bei meiner Familie, daher …«

»Es ist gut. Wir werden es dir beibringen«, beruhigte ihn der Preiskämpfer. »Also, nun berichte.«

»Es wird erzählt, dass Sinured, unser aller Vorfahr, wieder zurückgekehrt sei.«

Im Zimmer hinter der Tür war es nach dieser Mitteilung totenstill. Dem Offizier fuhr ein Schauder über den Rücken.

»Wer erzählt das?«, wollte L'Xarr misstrauisch wissen.

»Ich komme direkt aus Tûris, und ich kann euch allen nur berichten, dass in der so genannten ›Verbotenen Stadt‹ große Dinge vorgehen. Die Kreaturen der Sümpfe sammeln sich dort zu Hunderten, säubern die Ruinen vom Bewuchs, als würden sie die Vorarbeit für etwas leisten wollen.« Der Erzähler redete schnell und aufgeregt, die Begeisterung war deutlich zu erkennen. »Und zwei Fischer haben vor der turîtischen Küste die Galeere Sinureds gesehen, wie sie aus dem Wasser emporkam. Brüder, unser Vorfahr lebt wieder! Tzulan sei Dank!«

Die anderen Männer und Frauen, die sich außerdem in der Kammer befanden, unterhielten sich leise in der Dunklen Sprache.

»Ich gestehe«, begann der Listenbeste nach einer Weile, »dass ich einen innerlichen Drang verspüre, aus Tersion wegzugehen, in Richtung Norden. Ich wusste bisher nicht, weshalb. Aber nach diesen Neuigkeiten wird mir einiges klar. Unser aller Urvater ruft uns zu sich, auf dass wir ihn unterstützen. Was auch immer er beabsichtigt.«

»Ja, lasst uns gleich aufbrechen«, fiel ihm der Neuling begeistert ins Wort. »Je eher wir bei ihm sind, desto ...«

»Nicht so schnell«, herrschte ihn L'Xarr an. »Wir werden abwarten. Noch weiß keiner von uns, wo Sinured hin ist. Wir werden alle so lange in Tersion bleiben, bis uns ein Zeichen gesandt wird, das uns Klarheit verschafft. Oder wenn uns der Ruf unseres Vorfahren genauer leitet. Und überlegt: Wenn alle K'Tar Tur auf einen Schlag aus dem Land, womöglich noch aus allen anderen Reichen Ulldarts, nach Tûris marschierten, bekämen die Menschen Angst und würden sich uns wahrscheinlich in den Weg stellen wollen. Wir werden heimlich, nach und nach, verschwinden. Es darf niemandem auffallen.«

»Ob unser Vorfahr wieder so mächtig wird wie einst?«, fragte der andere leise. Hoffnung schwang mit. »Dann könnten sich die K'Tar Tur endlich für alle Schmach und Schande, die Verfolgungen und das Töten der letzten Jahrhunderte an diesem Kontinent rächen.«

»Ich weiß es nicht«, antwortete der Listenbeste. » Keiner von uns weiß, was Sinured möchte. Wir haben nicht einmal eine Ahnung davon, wo er sich aufhält. Vielleicht benötigt er unsere Hilfe ja auch hier, in Tersion. Keiner ist so nahe an der Regentin wie wir, nicht wahr, T'Sharr?«

»Sie vertraut mir wie niemand anderem«, bestätigte

der Kommandant der Stadt- und Leibwache und lachte. »Nicht einmal ihrem Gemahl.«

Tezza war einer Ohnmacht nahe. Dort drinnen saß einer der mächtigsten Männer des Reiches und redete durch die Blume über eine Übernahme des Throns durch die K'Tar Tur, wenn sein Vorfahr es ihm befehlen sollte.

»Also gut, Brüder und Schwestern.« L'Xarr hob seine Stimme. »Warten wir auf ein Zeichen, das uns hilft zu verstehen. Und danach lasst uns dafür sorgen, dass unser Vorfahr das erreicht, was er möchte. Wir sind seine Kinder und ihm ewig treu.« Der Schwur wurde von allen in der Kammer Versammelten wiederholt.

Erste Schritte näherten sich der Tür, und der Palestaner hüpfte das Gewölbe hinunter. Zu spät bemerkte er, dass sich in dem Gang keinerlei Möglichkeiten boten, wo er sich verstecken konnte.

Das Knarren in seinem Rücken sagte ihm, dass einer der Verschwörer hinaustrat.

Ruckartig blieb er stehen und kehrte imaginären Dreck auf dem Steinboden zusammen. Er pfiff die palestanische Nationalhymne und tat so, als würde er sich von unten den Korridor hinaufarbeiten.

Hinter sich hörte er Gemurmel, dann näherte sich jemand. Eine Hand legte sich auf seine Schulter, und Tezza spielte den Erschrockenen, was ihm nicht besonders schwer fiel.

»Oh, L'Xarr. Ich habe Euch gar nicht gehört. Ich höre nie etwas, wenn ich in meine Arbeit versunken bin. Absolut überhaupt gar nichts«, sagte er, aber sein Lächeln misslang gründlich, als er in die forschenden roten Augen des K'Tar Tur sah. Die dunkelrote Strähne im schlohweißen Haar, das Markenzeichen aller, die dem Dunklen Volk angehörten, zog seinen Blick an. »Schön, Euch in einem Stück zu sehen.«

»Tezza, wie gut, dass ich Euch hier zufällig treffe«, sagte der Listenbeste harmlos. »Ich wollte Euch fragen, was

Ihr von meinem Gegner haltet, der morgen auf mich trifft. Damit ich in einem Stück bleibe.«

»Das müsste doch der Shadoka der Familie Paskalon sein, nicht wahr? Wartet einen Moment.« Der Palestaner stützte sich auf seinen Besen und überlegte. »Nun, das dürfte kein Problem für Euch werden, L'Xarr. Seine Waffen sind Keule und Dolch. Zu langsam für Euch.«

»Das dachte ich mir.« Der Listenbeste nickte und schlug dem Offizier auf das Schulterblatt, sodass der Getroffene etwas in die Knie gehen musste. »Trotzdem danke ich Euch für Eure Einschätzung.« Er betrachtete den sauberen Boden und warf sein langes Haar zurück. »Das sieht sehr rein aus. Oder wollt Ihr, dass sich die Kämpfer darin spiegeln können? Ich denke, Ihr habt woanders mehr zu tun.«

»O ja, sicher doch«, sagte der Offizier beflissen. »Ich war auf dem Weg zur Zisterne, als ich das bisschen Dreck entdeckte und mir dachte, ich könnte ein wenig fegen, wenn ich schon mal hier bin, nicht wahr?« Tezza hob den Besen und zupfte am Reisig. »Aber ich sehe lieber nach dem Wasser. Die ersten Shadoka werden bald kommen.«

»Macht das, Tezza, macht das«, entließ ihn der Listenbeste und sah dem Mann im Brokatrock hinterher, der etwas verkrampft das Gewölbe hinablief.

Als der Palestaner um die Ecke verschwunden war, stellte sich T'Sharr an seine Seite. »Er hat unser Gespräch belauscht, oder?«

»Ich fürchte es beinahe«, sagte L'Xarr nachdenklich. »Hast du Vorschläge, Bruder?«

Der Kommandant legte die Stirn in Falten. »Wir dürfen es nicht nach Vorsatz aussehen lassen. Er ist immer noch ein offizielles Geschenk, das der Regentin gehört. Und Alana sieht es nicht gern, wenn man ihre Spielzeuge absichtlich kaputt macht. Zumal Palestan nun ein Verbündeter von uns ist.«

»Ein Unfall also«, meinte L'Xarr.

Der andere K'Tar Tur nickte knapp. »Ich fürchte, einer der Käfige wird demnächst nicht richtig verschlossen sein. Und ausgerechnet, wenn unser tapferer Tezza seinen Besen schwingt, wird das böse Tier ausbrechen. Da habe ich so eine Vorahnung.«

»Tragisch, tragisch«, murmelte der Listenbeste. »Dass er so enden muss.«

»Vorsichtshalber denke ich mir noch etwas anderes aus. Man weiß nie. Und ich unterschätze ungern jemanden. Sichert man sich doppelt ab, kann nichts schief gehen. Ich denke, wenn ich Alana dazu überreden könnte, den Palestaner spaßeshalber für einen unblutigen Kampf gegen einen Sklaven in die Arena zu schicken, hätten wir alle etwas davon. Auch dabei können sich Unfälle ereignen. Unfreie tun für ihre Freiheit einiges.«

I.

Nach der Zeit der Kämpfe folgte für unsere Welt eine Zeit des Friedens, in der sich die Menschen von den Jahrhunderte langen Kriegen und Schlachten erholten.

Die Kulturen, die Angor, Ulldrael, Senera, Kalisska und Vintera erschaffen hatten, blühten auf, trieben Handel und entwickelten sich weiter.

DIE ZEIT DES ERSTEN FRIEDENS,
Kapitel I

Ulldart, Königreich Tersion, südöstliche Grenze zum Königreich Ilfaris, Sommer 443

Von der Anhöhe herab sah der Befehlshaber, Faïs-bar-Lamshadai, auf das Lager herab, das in einer kleinen bewaldeten Talmulde aufgeschlagen worden war.

Zweitausend Mann hatten sich in den Zelten versammelt, alles kaiserliche Truppen oder angeheuerte Söldner aus Angor, wobei schärfstens darauf geachtet worden war, dass nicht ein einziger Kämpfer aus Ulldart stammte. Auch wenn man nur durch Ilfaris marschieren wollte, um nach Kensustria zu gelangen, wollten die drei Verbündeten Reiche, Palestan, Tersion und Angor, nicht einen einzigen Anlass geben, der nachträglich als Verletzung des Tausendjährigen Friedensvertrages gesehen werden konnte.

Faïs-bar-Lamshadai hatte als Tei-Sal, als Oberbefehlshaber, für den Kaiser von Angor mehr als eine Schlacht siegreich geschlagen, und sein großer Vorteil lag in der Besonnenheit, die er selbst in unübersichtlichen Situationen an den Tag legte. Mit fast fünfzig Jahren gehörte der grau melierte Mann mit der dunkelbraunen Haut und dem dünnen Schnurrbart sicherlich nicht mehr zu den Jüngsten, aber seine Erfahrung im Kampf war dem Kaiser mehr wert als alles andere. Und Erfahrung benötigte die Streitmacht, die gegen Kensustria ausrückte, dringend.

Der Befehlshaber wusste, dass er sich auf ein Abenteuer einließ. Die ausgehandelten Bedingungen besagten, dass er seine Truppen auf schnellstem Weg durch Ilfaris führen musste und dass ihm unterwegs keinerlei Hilfe gewährt würde.

Das bedeutete im Umkehrschluss, dass die Armee ihren Proviant, den sie benötigte, mitzuführen hatte, was den Tross für seinen Geschmack zu groß und zu langsam werden ließ.

Faïs-bar-Lamshadai hoffte, dass die Kensustrianer über wenig Aufklärer verfügten und die Angorjaner wenigstens ein bisschen auf das Überraschungsmoment bauen konnten, wenn sie in das Reich der Grünhaare einfielen.

Sein Auftrag sah vor, dass er die Küstenfestungen am westlichsten Punkt in seine Gewalt bringen sollte, um den wartenden angorjanischen Landungstruppen die Hindernisse aus dem Weg zu räumen.

Was die Armee in Kensustria allerdings erwartete, wusste niemand. Nicht einmal Perdór, der König von Ilfaris, der ansonsten über ein sehr gutes Netz von Spitzeln verfügte, wie man sich erzählte.

Der ranghöchste Offizier legte seine Hand als Sichtschutz an die Stirn und sah nach oben. Weit, weit über dem Lager kreisten vier mächtige Vögel und zogen gemütlich ihre Bahn. Solche großen Tiere hatte er noch nie gesehen, aber immerhin war er zum ersten Mal auf Ulldart, und daher wunderte er sich nicht allzu sehr über Ungewohntes. Lärm aus dem Lager ließ ihn seine Aufmerksamkeit auf die Zelte richten. Eilig schwang er sich in den Sattel seines Pferdes und ritt zurück, wo er von einem aufgeregten Soldaten empfangen wurde.

»Tei-Sal, die Grünhaare haben uns entdeckt!« Der Mann deutete den Weg entlang, der aus dem Tal in Richtung ilfaritische Grenze führte. »Dort warten sie auf uns.«

Lamshadai stieß dem Tier die Fersen in die Flanke und preschte die schmale Straße hinunter, wo er mehrere Soldaten und Offiziere erkennen konnte. Hart brachte er sein Pferd zum Stehen und sprang auf die Erde.

»Bericht«, rief er und bahnte sich einen Weg nach vorne. »Wie viele sind es? Müssen wir mit einem Angriff rechnen?«

Sofort machten die Kämpfer ihm Platz und gaben den Blick auf einen einzelnen Kensustrianer frei, der in etwa zweihundert Schritt Distanz gemütlich mit übereinander geschlagenen Beinen auf dem Boden hockte. Neben ihm lagen ein großer Bogen und ein Köcher mit Pfeilen, sein Körper steckte in einer vielgliedrigen Rüstung, die aus Metall-, Holz- und Lederstücken zusammengefügt schien. Hinter seinem Rücken ragten die Griffe von zwei Schwertern in die Luft.

»Das ist alles?« Der Befehlshaber entspannte sich ein wenig. »Ein einzelner Kensustrianer. Er wirkt nicht unbedingt sehr bedrohlich, oder?«

»Er sitzt seit wenigen Sandkörnern so da, Tei-Sal. Die Wache hat ihn bemerkt und vorsichtshalber Alarm gegeben«, meldete einer seiner Unteranführer. »Aber unternommen hat der gegnerische Soldat bisher noch nichts.«

»Leichte Bewaffnung, leichte Panzerung«, resümierte Lamshadai den Eindruck, den er gewonnen hatte. »Er sieht nach einem Späher aus. Damit ist unser Vorteil der Überraschung aller Wahrscheinlichkeit nach gestorben, wenn er seinen Leuten berichtet.«

»Sollen wir ihn fangen, Tei-Sal?«, fragte der gleiche Offizier. »Vielleicht erfahren wir mehr über das, was die Kensustrianer vorhaben.«

Der Mann schüttelte den Kopf. »Wir warten ab. Wenn er eine solche Ruhe hat, warum sollten wir sie nicht auch haben? Lasst die Wachen verstärken, besetzt die Posten auf den Hügelspitzen doppelt. Niemand außer diesem Kensustrianer wird in dieses Tal gelangen. Und keiner wird hinausgelassen. Beobachtet ihn, aber greift nicht an.« Lamshadai wandte sich zu seinem Pferd und stieg auf. »Ich bin im Lager, wenn sich etwas ereignen sollte. Sitzt der Kensustrianer in einer halben Stunde immer noch dort, fangt ihn. Ich will ihn lebend.«

Der Soldat mit den grünen Haaren hatte ein wenig

Reisig zusammengetragen und entzündete mithilfe eines Feuersteins eine kleine Flamme.

»Der hat vielleicht Nerven. Der brät sich was«, sagte eine der Wachen und kratzte sich unterm Helm. »Wenn ich so vielen Gegnern gegenüberstehen würde, wäre mir nicht nach Essen zu Mute.«

Ein eigenartiges Knattern, wie von Segeln in einem starken Wind, war plötzlich zu hören. Vier große Schatten huschten über die Spitzen der Bäume, und der Tei-Sal hob den Kopf. Verblüfft klappte sein Unterkiefer herab.

Das, was er vorhin für Vögel gehalten hatte, waren seltsame Flugkonstruktionen, unter denen Menschen hingen. Und als er die Farbe der Haare sah, wusste er, es waren Kensustrianer.

Zielstrebig schossen sie mit ihren Maschinen aus Leder, Holz und Pergament wie große Segelvögel über die Wipfel und steuerten das Lager an.

»Gebt Alarm!«, brüllte Lamshadai, doch er hörte schon erstes erstauntes Rufen aus der Richtung des Sammelpunkts.

Feiner Sprühnebel lag plötzlich in der Luft, der sich auch bis zur Position des Tei- Sal verteilte. Es roch intensiv nach Petroleum, gemischt mit einem anderen, beißenden Gestank.

Der Offizier verstand den Plan des Gegners. »Schießt den Kensustrianer ab!«, rief er. Aber keiner seiner Leute hatte Fernwaffen dabei.

Fluchend wendete er sein Pferd auf der Hinterhand, nahm sich den Speer eines völlig erstaunten Soldaten und galoppierte auf den Sitzenden zu.

Der Kensustrianer hatte sich mittlerweile erhoben und legte in aller Ruhe einen Pfeil auf die Sehne des geschwungenen Bogens.

»Tei-Sal, kommt zurück!«, brüllte einer der Unterführer hinterher. »Er wird Euch abschießen, wenn Ihr in seine Reichweite gelangt.«

Kurz hielt der fremde Krieger die Spitze des Geschosses in das Feuer, um die daran befestigte Watte zu entzünden, dann zog er das geflochtene Seil weit zurück und zielte scheinbar wahllos in den Himmel.

Lamshadai stieß dem Pferd wie ein Wahnsinniger seine Stiefelabsätze in die Flanken und peitschte das Tier zum schnellsten Tempo an. Mit ein wenig Glück konnte er den Kensustrianer durchbohren, bevor er den Pfeil abschoss.

Der Abstand verringerte sich mehr und mehr, und erst im letzten Moment tauchte der Gegner mit einer sehr eleganten Bewegung unter der tödlichen Lanze weg. Während der Tei-Sal noch versuchte, eine abrupte Wendung zu vollführen, ging das kensustrianische Geschoss auf die Reise, kleine Fünkchen hinter sich herziehend.

Lamshadais Pferd verlor den Halt auf dem lockeren Waldboden und stürzte. Schwer schlug der Befehlshaber der angorjanischen Streitkräfte auf und blieb hustend liegen. Als er sich nach dem Bogenschützen umsah, war der jedoch verschwunden.

Mühsam rappelte er sich auf, seine linken Rippen schmerzten. Wie durch einen dämpfenden Schleier hörte er das Schreien seiner Männer im Lager, dichte, dunkle Qualmwolken verfinsterten die Sonnen. Dann waren die ersten Wachen bei ihm.

»Sie haben unseren Proviant angesteckt«, berichtete einer der Männer. »Fast die ganzen Lebensmittel stehen in Flammen. Wenn wir Glück haben, können wir wenigstens die Unterkünfte retten, Tei-Sal.«

Ächzend machte sich Lamshadai auf zu seinem Pferd und kletterte vorsichtig in den Sattel, um zurückzureiten. Auf eine solche technische Überlegenheit des Gegners war er nicht vorbereitet gewesen. Weder auf diese Flugapparate noch auf die enorme Reichweite der Fernwaffe.

Am Sammelpunkt herrschte ein großes Durcheinander. Verängstigte Pferde rannten umher und behinderten die verzweifelten Löschversuche. Stellenweise hatte der Wald Feuer gefangen, einzelne Zelte schwelten bereits, und die zahlreichen Vorratswagen brannten lichterloh.

»Sie kamen wie die Vögel, Tei-Sal!«, rief ein aufgeregter Offizier von weitem. »Sie flogen über uns und warfen Beutel mit einer stinkenden Flüssigkeit auf unseren Verpflegungstross. Wir konnten nichts machen, sie waren zu schnell.«

Wütend warf Lamshadai den nutzlosen Speer weg. »Rettet, was zu retten ist«, befahl er. »Sichert die Tiere, dann ziehen wir uns nach Westen zurück.«

Argwöhnisch spähte er nach oben, ob diese Gleitmaschinen nicht noch einmal zurückkehrten und ihre Ladung nun auf seine Soldaten schleuderten.

Aber es geschah nichts dergleichen. Offenbar waren die Kensustrianer nur daran interessiert gewesen, den Proviant zu vernichten.

»Das geht schon gut los«, murmelte er. Damit verzögerte sich das Vorhaben, bis neue Vorräte und Zelte herangeschafft waren.

Für einen Moment sah der Tei-Sal ein Flammeninferno, in dem alle zweitausend Mann verbrannt wären, wenn die Kensustrianer anstatt auf die Vorräte auf die Unterkünfte gezielt hätten. Doch die Grünhaare hatten den Angorjanern Schonung gewährt. Sollte dies letztlich nur eine Warnung gewesen sein?

Seine Besonnenheit riet ihm dringend dazu, das Unternehmen abzubrechen. Mit diesen seltsamen Flugapparaten war der Gegner wahrscheinlich in der Lage, jederzeit und an jedem Ort einen Angriff auf die Truppen zu starten, dem das Fußvolk schutzlos ausgeliefert wäre.

Doch seine Ergebenheit dem Kaiser von Angor gegenüber verlangte, dass er das Wagnis einging und unter Umständen alle Männer in den sicheren Tod führte.

Mit gemischten Gefühlen und einem Zwiespalt, wie er ihn selten in seinem Inneren gefühlt hatte, ordnete er erneut den vorläufigen Rückzug an, um weiter westlich der Grenze auf den Nachschub zu warten, den die Regentin Tersions liefern musste.

Er vermutete, dass das nicht die einzige Überraschung gewesen war, die die Grünhaare für die Angorjaner auf dem Weg nach Kensustria bereithielten. Und deren Erfindungsreichtum hielt Lamshadai bereits jetzt schon für äußerst erschreckend.

Ulldart, Königreich Tarpol, Hauptstadt Ulsar, Sommer 443 n. S.

Das tarpolische Reich verschaffte sich mit dem Sieg über das Hauptheer Borasgotans einen Respekt bei den anderen Ländern, der an Angst grenzte. Hatten fast alle Reiche vornehme Zurückhaltung bei dem Krieg und in den Verhandlungen davor geübt, mussten sie nun den Zorn des jungen Kabcar fürchten, der sich als fähiger Stratege darstellte oder zumindest auf fähige Köpfe zurückgreifen konnte.

Sein Vetter vierten Grades, Mortva Nesreca, der Mann mit den langen silbernen Haaren, galt als neuer Vertrauter am Hof, der dem Herrscher, Lodrik Bardriç, mit seinem Rat zur Seite stand, so lange Stoiko Gijuschka immer noch das Krankenlager hüten musste. Die Pfeilwunden, die er in Dujulev erhalten hatte, verheilten nur zögerlich.

Das Ergebnis des klaren Erfolgs der tarpolischen Streitmacht und ihrer Verbündeten, denen man nach wie vor nachsagte, sie stammten aus Tûris, führte dazu, dass sich in Ulsar schon vor der Rückkehr des Kabcar diplomatische Vertretungen aller Reiche, mit Ausnahme Kensustrias, einfanden, die auf eine Audienz drängten.

Doch Lodrik ließ sie zappeln, sagte eine Besprechung nach der anderen ab, verschob Termine um Tage und hielt die Gesandten mit anderen Ausreden hin, während Sinured und seine Männer die letzten Reste borasgotanischen Widerstands aus Tarpol entfernen sollten. Nach wie vor galt die Losung »Keine Gefangenen«. Lodrik statuierte auf Anraten seines Konsultanten ein Exempel für weitere mögliche Invasoren.

Das Volk feierte ihn als Helden, der das Land von einer furchtbaren Bedrohung befreit hatte.

Selten war ein Name so oft und so voller Freude in Tarpol genannt worden wie der seinige. In den Geschichten von der entscheidenden Schlacht in der Ebene von Dujulev wuchsen die Verdienste Lodriks von Erzähler zu Erzähler. Es würde nicht mehr lange dauern, bis er der angesehenste und verehrteste aller Bardri¢s geworden war, vom »TrasTadc« zum Befreier und Erneuerer des Reiches. Einen solchen Aufstieg hatte der Kontinent noch nie erlebt.

Die freie Zeit, die Lodrik hatte, verbrachte er sehr zum Erstaunen Norinas nicht mit ihr, sondern verschwand mit seinem Vetter irgendwohin, um erst nach Stunden wieder aufzutauchen. Selbst Waljakov durfte die beiden nicht begleiten. Danach war der junge Mann zu müde und zu erschöpft, um sich länger um seine Geliebte zu kümmern, was er ihr manchmal sehr ruppig klar machte.

So hatte sich für Norina noch keine passende Gelegenheit ergeben, dem Kabcar zu berichten, dass er Vater werden würde. Und je öfter Lodrik mit Mortva unterwegs war, desto mehr zweifelte sie daran, dass es eine gute Idee wäre, von dem unehelichen Kind zu erzählen.

Mehr und mehr vertraute der junge Mann seinem Verwandten mit den silbernen Haaren, zog ihn zu allen Entscheidungen hinzu und ließ sich mehr als einmal von den Meinungen des Konsultanten beeinflussen.

Norina und Waljakov hegten und pflegten in den Stunden, in denen der Kabcar verschwand, den immer noch sehr anfälligen Stoiko, der sichtliche Schwierigkeiten mit dem Gesunden hatte. Die borasgotanischen Bogenschützen hatten damals ganze Arbeit geleistet.

Einmal erzählte der hünenhafte Leibwächter der Brojakin von dem seltsamen Verhalten Mortvas, als er in Dujulev tatenlos neben den blutenden Wunden des Vertrauten gestanden hatte. Dafür berichtete Norina von dem Vorschlag, den ihr der Konsultant bei der Siegesfeier gemacht hatte. Beide waren sich einig, dass Mortva so schnell wie möglich verdrängt werden musste, zum Wohle Lodriks und damit auch zum Wohle Tarpols.

Die schwarzhaarige Brojakin zweifelte daran, dass Mortva noch lange zurückhaltend blieb. Er würde in absehbarer Zeit sein wahres Gesicht zeigen, wie er es ihr kurz offenbart hatte: intrigant, hinterhältig und vermutlich äußerst skrupellos. Damit hatte er die besten Aussichten, die Gemahlin des Kabcar auf seine Seite zu ziehen.

Denn Aljascha wartete nur auf eine Gelegenheit, den Thron des Landes besteigen zu können, alle Macht in sich zu vereinen und zu regieren, wie sie es für richtig hielt. Daraus machte sie keinen Hehl. Schon einmal hatte sie versucht, den angedrohten Selbstmord Lodriks in die Tat umzusetzen, was Waljakovs Eingreifen jedoch in letzter Sekunde verhindert hatte. Sie an der Spitze Tarpols, das musste unter allen Umständen abgewendet werden.

Einen Tag nach der Rückkehr von Dujulev hatte sich etwas ereignet, das im Nachhinein zu großer Aufregung im Palast und der Hauptstadt führte. Es war der Morgen nach der Feier, der engste Kreis um den Kabcar hatte sich zum gemeinsamen Mittagessen getroffen.

Als Vorletzter erschien ein äußerst gut gelaunter Mortva, in der Hand einen gepanzerten Kriegshandschuh haltend, den er neben sich auf seinen Platz legte.

»Seht, was ich gefunden habe«, sagte der Konsultant. »Ich vermute, so martialisch wie dieses Ding aussieht, gehört es unserem ritterlichen Freund, nicht wahr?«

Die Versammelten starrten den Mann mit den silbernen Haaren an, Waljakov musste ein bösartiges Grinsen unterdrücken.

»Mortva, das, was Ihr uns da auf den Tisch gelegt habt, gehört in der Tat unserem Ordenskrieger«, meinte Lodrik nach einer Weile und sah dabei kein bisschen glücklich aus. »Und wenn Ihr jede weitere Schwierigkeit vermeiden wollt, dann empfehle ich, bringt den Handschuh so schnell Euch Eure Beine tragen wieder dorthin, wo Ihr ihn aufgehoben habt. Zu Eurem eigenen Schutz.«

Der Konsultant lehnte sich erstaunt zurück. »Ich fürchte, ich verstehe nicht ganz, was mein hoheitlicher Vetter mir sagen möchte. Wird denn Nerestro nicht glücklich sein, dass ich ihm sein wertvolles Rüstungsteil zurückbringe? Es wird einige Waslec gekostet haben, es anfertigen zu lassen.«

»Was der Kabcar sagen möchte«, schaltete sich Aljascha hilfreich ein, »ist, dass der Ritter damals eine Forderung an den Handschuh band. Jeder, der ihn aufhebt, befindet sich in Fehde mit ihm. Ihr solltet wirklich tun, was mein Gatte Euch rät.«

»Herzlichen Glückwunsch, Silberschopf«, murmelte der Leibwächter, und Norina lachte auf, bevor sie sich die Hand vor den Mund halten konnte.

Mortva tippte den metallenen Fingerschutz vorsichtig mit seinem Messer an. »Soll das heißen, ich muss jetzt gegen diesen Ritter einen Zweikampf bestehen? Ich?« Er sah an seinem wenig muskulösen Körper herab, der wie immer in einer tadellosen Uniform steckte.

Die Tür flog auf, und Nerestro von Kuraschka trat in den Raum, gewappnet mit Kettenhemd und Waffenrock, die aldoreelische Klinge an seiner Seite. Seine Augen verrieten, dass etwas nicht stimmte. »Ich muss mich für meine Verspätung entschuldigen, hoheitlicher Kabcar, aber jemand hat meinen Panzerhandschuh aufgenommen, ohne dass mir davon ...«

Der Konsultant hob den Arm.

Nerestro wandte seinen Blick um und entdeckte das Stück vor dem Mann mit den silbernen Haaren. Er schien erleichtert zu sein. »Aha, es ist bei Euch abgegeben worden, Nesreca. Hat es der Mensch nicht gewagt, bei mir zu erscheinen, aus Angst, er müsste mit mir ein Duell austragen, was? Nun, es war wohl ein guter Zug von ihm.«

Mortva lächelte. »Um ehrlich zu sein, ich habe den Handschuh aufgehoben. Es hat keinen Zweck, es zu leugnen. Zu viele haben mich damit gesehen.«

Das Gesicht des Ritters entgleiste. »Mit Verlaub, seid Ihr wahnsinnig geworden?«

»Ich dachte, Ihr hättet den Handschuh verloren«, versuchte der Verwandte des Kabcar zu erklären. »Daher ...«

»Er lag mit voller Absicht dort, Nesreca«, seufzte der Ordenskrieger. »Wer auch immer ihn aufhebt, der hat sich meine Feindschaft zugezogen. In diesem Fall trifft es dann wohl den Falschen.«

»Wer weiß«, murmelte Waljakov in seinen Bart.

Mortva legte die Fingerspitzen zusammen. Er wirkte sehr ruhig. Seine unterschiedlich farbigen Augen ruhten forschend auf dem Kämpfer. »Und wie geht es nun weiter? Wollt Ihr mich vielleicht direkt vor den Augen des Kabcar umbringen, oder wie habt Ihr Euch das vorgestellt? Ich schlage vor, da Ihr ohnehin sagtet, ich sei der Falsche, lassen wir es dabei bewenden und sagen einfach ...«

»Nein«, schnitt ihm Nerestro barsch das Wort ab. »Ich bin Ordenskrieger der Hohen Schwerter, Diener des Gottes Angor, und meine Ehre lässt es nicht zu, dass ich einen derartigen Vorfall einfach auf sich beruhen lasse. Das müsst Ihr verstehen.«

»Ihr wollt wirklich einen Zweikampf?« Die Brauen des Konsultanten wanderten ungläubig in die Höhe. »Ich bin doch aber kein gleichwertiger Gegner für Euch.«

»Ihr habt meine Forderung angenommen, meinen Fehdehandschuh aufgenommen.« Der mächtige Kämpfer schüttelte den kurz geschorenen Kopf, die blond gefärbte Bartsträhne pendelte hin und her. »Da spielt es keine Rolle, wer ihn aufnimmt. Entscheidend war, dass Ihr ihn aufgenommen habt.«

»Gibt es wirklich keine andere Möglichkeit?«, erkundigte sich Lodrik ein wenig ratlos. »Ich würde nur ungern meinen Vertrauten«, Norina und Waljakov zuckten bei diesem Wort zusammen, das der Herrscher bisher Stoiko vorbehalten hatte, »verlieren.«

»Nein.« Der Ritter blieb hart.

»Und wenn ich es Euch als Kabcar befehle?« Die Stimme des jungen Mannes bekam einen lauernden Unterton, die blauen Augen wurden schmal.

»Dann«, gleichmütig hielt sein Braun dem Blick stand, »müsste ich gegen Eure Anordnung handeln. Die Ehre eines Kriegers kann man nicht wegbefehlen, hoheitlicher Kabcar. Auch Ihr, der Held von Dujulev«, er klang dabei etwas amüsiert, »vermögt das nicht.«

Ein unangenehmes Schweigen breitete sich im Raum aus. Niemand griff nach den Speisen, deren Duft appetitlich in der Luft hing, jeder schien über eine Lösung des Problems nachzudenken.

»Und wenn Mortva einen Stellvertreter benennt, der

für ihn gegen den Ritter antritt? Um den wäre es wenigstens nicht schade, wenn er umkommen würde«, schlug Aljascha mit Begeisterung vor. »Ich meine natürlich den Stellvertreter, der umkommt. Nicht Euch, Herr Ritter.« Eine erneute Spitze der rothaarigen Schönheit gegen den Mann, der es gewagt hatte, sie zurückzuweisen.

»Zu gütig, hoheitliche Kabcara. Darauf könnte man sich einigen«, stimmte Nerestro zögerlich zu. »Aber um einen Zweikampf werdet Ihr nicht herumkommen, Nesreca.«

»Warum hat mir denn das niemand vorher gesagt?« Der Konsultant klatschte in die Hände. »Ich hätte da jemanden an der Hand, der gegen Euch antritt und meine Ehre verteidigt. So hätten wir beide Eurem Kodex genüge getan, unsere Gesichter blieben gewahrt.«

Die Spannung im Zimmer fiel ab, die Erleichterung spiegelte sich in den Mienen der Anwesenden. Bis auf Waljakovs Antlitz, der zu gerne gesehen hätte, wie der heimtückische Berater in zwei Hälften zerfiel.

»Und wie weit soll diese Ehrenrettung gehen?«, fragte Norina. »Muss einer tot auf der Erde liegen?«

»Wir können uns auf die Regelung ›Erstes Blut‹ einigen.« Der Ordenskrieger setzte sich und legte eine Fleischscheibe auf seinen Teller. »Und wie die Bezeichnung schon sagt: Derjenige, bei dem als Erster Blut zu sehen ist, hat verloren.«

»Dabei macht es aber keinen Unterschied, ob er einen Schnitt ins Ohrläppchen erhält oder seinen Kopf verliert?« Der Konsultant beugte sich nach vorne und beobachtete interessiert, wie Nerestro begann, sein Mittagessen zu verzehren. Das Fleisch war im Inneren noch leicht roh, daher lief roter Bratensaft auf den Teller, als das Stück durchschnitten wurde.

»Nein, es macht keinen Unterschied«, antwortete der Ritter langsam und sah auf das Rot, das sich auf dem hellen Porzellan ausbreitete.

»Ich hätte noch einen Vorschlag zu machen, der Gerechtigkeit halber.« Mortva deutete mit dem Zeigefinger an die Seite des Kriegers. »Ihr seid im Besitz einer aldoreelischen Klinge, und ich selbst habe gesehen, was diese Waffe mit Menschen und Rüstungen oder Menschen in Rüstungen anstellt. Wärt Ihr bereit, bei diesem Zweikampf auf diese Besonderheit zu verzichten? Nicht, dass mein Streiter Euren ersten Hieb nicht übersteht, weil er durch Mark und Bein geht.«

Nerestro fuhr sich über die gefärbte Bartsträhne, die einen Kontrast zu dem kurzen braunen Haarspitzen auf dem Kopf bildete. »Nun gut, weil Ihr es seid und weil Ihr den Handschuh aufgehoben habt, ohne zu wissen, was Ihr Euch damit aufladet. Aber den Ort bestimme ich. Und ich wähle den großen Marktplatz von Ulsar.«

»In aller Öffentlichkeit?«, wunderte sich Lodrik. »Warum denn das, Herr Ritter?«

»Ich habe meine Ehre vor aller Augen zur Verfügung gestellt, daher muss sie vor aller Augen wieder hergestellt werden, so will es die Ordensregel«, erklärte der Mann.

»Man könnte doch ein richtig kleines Spektakulum daraus machen«, sinnierte der Konsultant. »Die Ulsarer würden sich bestimmt darüber freuen, etwas Abwechslung im eintönigen Städterleben zu haben. Gut, mein Streiter wird hoffnungslos unterlegen sein, aber er wird einen guten Kampf liefern, das verspreche ich Euch.«

Der Kabcar nickte. »Wenn Ihr einverstanden seid, Nerestro«, der Ritter neigte den Kopf, » dann lasse ich die Ausrufer durch die Straßen und Gassen ziehen. Wenn wir eine Woche als Vorbereitungszeit ansetzen, reicht das aus?«

»Ich benötige keinerlei Vorbereitung«, lehnte der Ordenskrieger verächtlich ab, aber Mortva nahm den Vorschlag auf, damit sich sein Streiter geistig auf die Begegnung vorbereiten konnte.

Waljakov und Norina tauschten schnelle Blicke aus. Sie waren sich sicher, dass der Mann mit den silbernen Haaren etwas im Schilde führte und der Ritter, ohne dass er es wusste, ihm die beste Gelegenheit zu einer Gemeinheit bot.

Jemand, der Militärgeschichte studiert hatte, musste wissen, was ein umherliegender Panzerhandschuh bedeuten konnte. Zumal es absolut sicher war, dass Nesreca schon lange vom Fehdeschwur Nerestros wusste, so gut, wie er ansonsten informiert war. Daraus ergab sich zumindest für Waljakov nur ein Schluss: Er hatte den Handschuh mit voller Absicht aufgehoben.

»Kennen wir eigentlich Euren Streiter?«, wollte Aljascha neugierig wissen. Ihre Katzenaugen hingen an den Lippen ihres entfernten Verwandten. »Ich habe Euch bisher immer nur allein gesehen. Wollt Ihr jemanden von der Wache gegen unseren Ritter schicken?«

Der Konsultant langte über den Tisch und nahm sich einen Apfel, den er mit kurzen, präzisen Bewegungen schälte. »Mein Begleiter ist ein sehr stiller, zurückhaltender Mensch, der erst vor kurzem in Ulsar eintraf. Ich kenne ihn aus meiner Zeit in Berfor.«

»Sagt ihm, ich lasse ihm die Wahl, welche Waffe er sich nimmt«, sagte Nerestro, der sich seines Sieges beinahe schon sicher war. »Ich bin nur gespannt, wie lange er durchhält.«

»Nicht sehr lange, fürchte ich, Herr Ritter«, bestätigte der Konsultant und machte ein unglückliches Gesicht. »Meine Ehre wird dahin sein. Aber ich habe sie wenigstens verteidigt.«

»Ihr habt verteidigen lassen«, meinte Waljakov verächtlich.

»Was aber erlaubt ist«, fügte Lodrik schnell hinzu, um zu verhindern, dass Mortva durch den Einwand seines Leibwächters sich doch noch dazu berufen fühlte, selbst gegen den Ordenskrieger anzutreten. »Wir alle werden unser Vergnügen haben, da bin ich mir sicher. Ich werde Tribünen errichten lassen, um dem Volk den besten Blick auf die beiden Gegner zu ermöglichen. So etwas sieht man ja nicht alle Tage.«

»Ganz recht«, sagte der Mann mit den silbernen Haaren und schob sich genüsslich ein Stück Apfel in den Mund. »So etwas hat man in Ulsar eigentlich noch nie gesehen. Es wird einmalig werden.«

Eine Woche danach erhoben sich vier quadratisch angeordnete Tribünen auf dem großen Marktplatz. Im Hintergrund wurde eifrig an den einstigen Ruinen der Ulldrael-Kathedrale gearbeitet, um ein festes Fundament für den Neubau zu schaffen.

Jeden Tag fanden sich Freiwillige ein, die zu Ehren des Gottes der Gerechtigkeit und des Wissens Hand anlegten, um für seine Hilfe gegen Borasgotan zu danken. Seit dem Sieg des Kabcar erlebte die Arbeit an dem neuen Gotteshaus einen Zulauf wie noch nie. Wenn der Obere von den Gläubigen verlangt hätte, einen Berg an dieser Stelle zu errichten, vermutlich hätten die Menschen auch das getan.

Doch im Moment genügte es dem Oberhaupt, dass die Helfer die Trümmer abgeräumt und zu einer Plattform zusammengefügt hatten. In wenigen Monaten sollten die Pläne für die neue Kathedrale fertig gestellt sein, dann würde mit der Neuerrichtung begonnen.

An diesem Tag wurden die Freiwilligen gegen Abend aus ihrer Arbeit entlassen. Die Bänke der Tribünen füllten sich zügig, ebenso die Dächer der umliegenden Häuser.

In der Ehrenloge saßen bereits der Kabcar und seine Gemahlin, sein Leibwächter, die kensustrianische Priesterin sowie die Brojaken Tarpols, die sich das Schauspiel nicht entgehen lassen wollten.

Wenn sich Lodrik richtig erinnerte, war das seit langem der erste öffentliche Auftritt seines Gegenspielers im Rat, Tarek Kolskoi. Er hatte sich seit Beginn des Krieges nicht mehr sehen lassen und die Nähe des Herrschers gemieden. Von Unternehmungen, die am Thron des jungen Mannes rüttelten, wurde nichts gemeldet. Seine Spione berichteten, dass sich der granburgische Adlige mit einer Heerschar von Leibwächtern umgeben hatte und er dubiose Gelehrte zu sich kommen ließ. Es schien, als habe irgendetwas den dürren Harać außerordentlich beunruhigt.

Nun saß der vogelscheuchenhafte Mann einige Stufen unterhalb des Kabcar und starrte auf den Markplatz, wo allmählich Bewegung auszumachen war.

Nerestro von Kuraschka marschierte ein, funkelnd und glänzend in seine schwere, gravierte Rüstung gehüllt, eine Ladung kostbarer Pelze um die breiten Schultern gelegt. Der Kopf wurde von einem ebenso teuer anmutenden Helm geschützt, nur eine Aussparung ließ Augen, Nase und Mund frei, um eine bessere Atmung zu gewährleisten. Vom oberen Rand des Schutzes wölbte sich ein Metallbügel über den Nasenknochen.

Kaum trat der Ordenskrieger auf, schoss sein Banner am Fahnenmast am Rand des Platzes in die Höhe. Sein Gefolge schlug rhythmisch mit den gepanzerten Fäusten auf die Schilde.

Knappen befreiten den Ritter von den Pelzen, danach legte er in aller Ruhe seine aldoreelische Klinge ab, platzierte sie in einem eigens aufgestellten Halter und befestigte ein herkömmliches Schwert an seiner Seite. Den Dreiecksschild, den ein anderer Helfer ihm am Arm festschnallte, bewegte er mit spielerisch anmutender Leichtigkeit. Breitbeinig positionierte er sich auf dem Kopfsteinpflaster und wartete auf seinen Gegner.

Auf der gegenüberliegenden Seite erschien zunächst Mortva Nesreca, tadellos mit der grauen Uniform bekleidet, die silbernen Haare lagen wie Quecksilberfäden am Rücken. Die Fahne des Hauses Bardric, etwas abgewandelt und mit dem Zeichen des Hauses Nesreca versehen, flatterte kurz darauf im Wind.

Dann trugen vier Diener, denen die Anstrengung deutlich ins Gesicht geschrieben stand, einen großen Ständer mit verschiedenen Waffen und Schilden herein und stellten ihn hinter dem Konsultanten ab. Ein erstes Raunen ging daraufhin durch die Menge. Der Gegner des Ritters schien mit einer langen Auseinandersetzung zu rechnen.

Ein schwarz gekleideter Mann trat aus dem Schatten einer Tribüne wie aus dem Nichts an Nesreca heran, deutete eine Verbeugung an und sah hinüber zu Nerestro.

Er trug eine schwarze Lederrüstung, auf die silberne Metallstücke lamellenhaft aufgebracht worden waren und deren Enden bis weit über die Knie reichten. Die Arme wurden von miteinander verflochtenen Kettenringen geschützt, die Hände steckten in Panzerhandschuhen. Schwarze, nietenbesetzte Stiefel rundeten das Bild eines äußerst unliebsamen Zeitgenossen vollständig ab.

Sein fast schon hohlwangiges Gesicht, das von einem Dreitagebart geziert wurde, war ausdruckslos. Offenes, schwarzes Haar hing wie nasses Sauerkraut vom Kopf herab und wirkte fettig. Zum Erstaunen der Menschen trug der Unbekannte einen Augenschutz, wie er normalerweise im Winter benutzt wurde, wenn lange Strecken über gleißende Schneeflächen zurückgelegt werden mussten.

»Meine Güte, wo hat mein Vetter den denn kennen gelernt?«, murmelte Lodrik etwas überrascht.

»Auf alle Fälle sieht er aus, als könnte er mit Waffen umgehen«, gab Aljascha ihre Meinung ab. Wie immer hatte sie eine Garderobe ausgesucht, die viel versprach und sich hart an der Grenze zur Erregung öffentlichen

Ärgernisses befand. Ihr Haar leuchtete in den Strahlen der untergehenden Sonnen noch roter als sonst auf. Die scheuen Blicke männlicher Untertanen waren der Kabcara wieder einmal gewiss.

Norina, die eine abgewandelte granburgische Brojakentracht trug, saß in der Nähe von Waljakov, der interessiert nach unten sah. »Was überlegt Ihr?«

»Ich versuche mich zu erinnern, woher ich diese Art der Rüstung kenne«, antwortete der Hüne der jungen Frau. »Es ist ein sehr ungewöhnlicher Schutz. Wenn ich nur wüsste, woher mir diese Bauweise bekannt vorkommt.«

Ein Herold, der unterhalb der Ehrenloge gewartet hatte, schritt vorwärts, flankiert von Trompetern und Trommelspielern, die mit ihrem Instrumentenspiel auch den letzten Unaufmerksamen darauf hinwiesen, dass der Kampf gleich beginnen sollte. Abrupt endeten sie.

»Höret, höret, höret«, rief der Herold in die Stille hinein. »Nerestro von Kuraschka, Ritter des Ordens der Hohen Schwerter, Diener des Gottes Angor, steht zu meiner Rechten, um die Forderung von Mortva Nesreca, Vetter vierten Grades unseres hoheitlichen Kabcar und zugleich sein Konsultant, anzunehmen. Nesreca hat erklärt, dass Echòmer der Schwarze ...«

»Der Name passt«, raunte die schwarzhaarige Brojakin Waljakov zu. »Der Unheimliche wäre aber besser.«

»... als sein Streiter an seiner statt den Zweikampf führen wird. Es sei kundgetan, dass gekämpft wird, bis erstes Blut bei einem der Gegner erscheint, um der Ehrenrettung genüge zu tun.« Das Trio machte ein paar Schritte rückwärts, um den Platz symbolisch freizugeben. »Es möge beginnen.«

Auch der Konsultant wich bis an den Rand der Aufbauten zurück, verschränkte die Arme vor der Brust und lächelte, während sein Stellvertreter zum Waffenständer ging.

Der Ordensritter stapfte bis in die Mitte der improvisierten Arena, zog sein Schwert und ritzte eine Linie in den Stein. Knirschend zeichnete sich ein tiefer Kratzer ins Pflaster, danach stützte er die Hand auf den Knauf und wartete, dass sein Kontrahent zu ihm kam.

Echòmer warf einen Blick über die Schulter, schien den Ritter durch die schmalen Schlitze des Sonnenschutzes abzuschätzen, griff dann zu einem kleinen Rundschild und einem Kriegsmorgenstern, an dessen Ende drei spitzenbesetzte Kugeln baumelten. Die schlanken Dornen waren halb so lang wie ein kleiner Finger.

Prüfend ließ er die Waffe durch die Luft sausen, nickte knapp und wandte sich zu Nerestro um. Vor der Linie blieb er stehen.

»Er weiß mit Waffen umzugehen«, bestätigte Waljakov widerwillig die Einschätzung der Kabcara. »Er muss über enorme Kräfte verfügen, wenn er einen solchen Morgenstern mit einer Hand führen kann. Die Wahl lässt mich nichts Gutes für unseren Freund ahnen.«

»Ich entbiete Euch meinen Respekt, Echòmer der Schwarze«, sagte der Ritter höflich und hob das Heft seines Schwertes als Gruß vor sein Gesicht. »Ohne überheblich sein zu wollen, Ihr werdet einen schweren Stand haben, die Ehre Eures Freundes zu verteidigen.«

Regungslos stand ihm der andere gegenüber, der Morgenstern hing harmlos am ausgestreckten Arm nach unten. Leise klirrend schlugen die Kugeln aneinander.

»Wenn Ihr diesen Strich übertretet, sehe ich den Kampf als eröffnet an. Wagt Ihr …«

Ansatzlos sprang Echòmer nach vorne, rammte dem unterbrochenen Nerestro den Schild gegen die Brustpanzerung, um ihn aus dem Gleichgewicht zu bringen, und schlug einen Lidschlag später mit seiner mörderischen Waffe zu.

Krachend landeten die Kugeln auf der linken Schulter, die Eisendornen bohrten sich kreischend in das schützende Metall und steckten fest. Blut sickerte nicht hervor.

Während Nerestro noch um Standfestigkeit rang, ließ sein Gegner den Schild fallen, umfasste den Griff seiner Waffe mit beiden Händen, um daran zu reißen und zu zerren. Dabei stellte er sich so, dass der Ritter mit seinem Schwert nicht an ihn herankam.

Die Ulsarer schrien auf, die einen aus Schreck, die anderen aus Begeisterung über den unkonventionellen Stil des Fremden.

Belkala war aufgesprungen, die Hände ineinander verkrampft, die Brust hob und senkte sich schnell. Ihre Angst um den Geliebten war deutlich ablesbar.

Mortva hob den Kopf und sah zu der Priesterin. Das Lächeln wich nicht aus seinem Gesicht.

Echòmer begann, den Ordensritter wie einen störrischen Hund an einer Leine im Kreis um sich herumzuziehen, Nerestro taumelte und stolperte hinterher. Zu groß war die Kraft, die in den Armen des Gegners steckte und die er niemals vermutet hätte.

Mit einem wütenden Schrei schlug der Angor-Gläubige nach Echòmer, der zwar unter der Klinge wegtauchte, den Griff aber loslassen musste.

»Das«, keuchte Nerestro aufgebracht, »war weder ritterlich noch ehrenhaft. Benehmt Euch wie ein Recke!«

Der Kämpfer in der schwarzen Rüstung trabte zu seinem Waffenständer, um sich einen Dreiecksschild und einen Streitkolben zu nehmen.

Nun folgte ein Schlagabtausch, wie er dem Ordenskrieger zu gefallen schien, erkennbar an seinem grimmigen Lachen. Im ehrlichen Kampf schien Echòmer der Unterlegene zu sein, der sich mehr und mehr auf die Verteidigung beschränkte, als dem Ritter zuzusetzen.

Waljakov dagegen hatte den Eindruck, dass der Stellvertreter Nesrecas ein Spielchen spielte.

Es war ihm aufgefallen, dass sich der Unbekannte immer weiter zurückfallen ließ, immer weiter weg von dem Halter mit der aldoreelischen Klinge. Vielleicht setzte der Mann auch darauf, dass dem Ritter dank der schweren Rüstung die Kraft ausging.

Echòmer ließ die gegnerische Schneide einen Moment aus den Augen, und schon traf die Klinge in seinen Arm, durchbohrte das Kettengeflecht und drang, nur für den Ritter sichtbar, ein wenig in das blasse Fleisch ein.

Sofort machte Nerestro einen Schritt rückwärts. »Ich habe Euch getroffen, Echòmer der Schwarze. Damit ist meinem Ehranspruch genüge getan worden.« Die Menge verstand nicht genau, weshalb der Ritter seine Angriffsserie unterbrach. »Dankt mir nicht für meine Milde.«

Sein Kontrahent sah auf die Stelle, an der aber kein Blut austrat.

Mortvas Krieger lächelte kurz, dann zuckte der Arm mit dem Schild nach oben. Mit einem scheppernden Geräusch schlug die untere Kante des Schutzes gegen den Helm, Nerestros Kopf schnappte durch den Aufschlag neunzig Grad zur Seite. Benommen wankte er nach links und brach scheppernd in die Knie.

Echòmer kam auf ihn zu; die Deckung weit offen, und benebelt stocherte der Ritter nach dessen Beinen. Auf Grund des Widerstands, den er spürte, war sich Nerestro sicher, dass er den Mann ein zweites Mal verwundet hatte. Als er jedoch auf sein Schwert sah, fehlte erneut jede Spur von Lebenssaft.

Hart landete dafür die Stiefelsohle seines Gegners mitten in seinem Gesicht, und der Ordenskrieger fiel auf das Kopfsteinpflaster.

Belkala schrie auf und machte sich auf den Weg nach unten. Auch die Ulsarer brachen in aufgeregtes Gemurmel aus.

Waljakov wandte sich zu Lodrik, der mit Besorgnis die Vorgänge verfolgte.

»Herr, ich bin mir nicht sicher, aber ich habe den Eindruck, dass Nesrecas Stellvertreter den Ritter umbringen möchte«, sagte er leise, aber bestimmt ins Ohr des Kabcar. »Unterbrecht das, bevor Nerestro stirbt.«

»Das glaube ich nicht«, sagte der junge Mann, klang aber nicht sicher. »Ich meine, warum sollte er das tun?«

»Weil er für Euren Vetter antritt und Euer Vetter den Ritter aus irgendeinem Grund nicht leiden kann, Herr«, erklärte der Leibwächter lauter als beabsichtigt. Lodrik wandte sich erstaunt zu Waljakov um und wollte etwas entgegnen.

»Ach, Unsinn«, schaltete sich die Kabcara in diesem Augenblick samtweich ein. »Er wird ihm nur eine Lehre erteilen wollen. Der Mann ist für meinen Geschmack etwas zu anmaßend, und ein wenig Prügel dürften ihm nicht schaden. Wo er doch als echter Krieger des Gottes Angor so viel einstecken kann. Schaut nach unten: Er blutet nicht einmal.«

Der Herold hatte sich mittlerweile vorsichtig zu dem Ritter begeben, um nach dem Rechten zu sehen. Nerestro erhob sich schwankend.

»Kein Blut«, berichtete der Ausrufer tatsächlich, und inspizierte auf Wunsch des Ritters auch Echòmer. »Kein Blut«, rief er ein zweites Mal. »Der Kampf geht weiter. Oder möchte einer der beiden aufgeben?«

Der Ordenskrieger schüttelte den Kopf. Sein Gegner nahm als Antwort einen ovalen, beinlangen Schild, an dem jeweils rechts und links lange, dünne Spitzen hervorstanden, aus dem Ständer. Mit beiden Händen fasste Echòmer die Griffe, dann ließ er die Kombination aus Schutz und Waffe in atemberaubender Geschwindigkeit um die eigene Achse kreisen.

Nerestro wusste inzwischen, dass mit seinem Gegner etwas nicht in Ordnung war.

Beim ersten Mal hätte er sich vielleicht noch täuschen

können, aber das ungeschützte Bein dieses Echòmer müsste nach dem Schwerthieb bluten. Was es aber immer noch nicht tat.

Und er ahnte, dass er nicht mehr um seine Ehre, sondern um sein Leben kämpfte.

Nesreca hatte absichtlich darauf bestanden, dass er die aldoreelische Klinge ablegte. Warum das herkömmliche Schwert bei seinem Kontrahenten nicht wirkte, darüber machte er sich nicht wirklich Gedanken. Er musste nur irgendwie an seine kostbare Waffe, die am anderen Ende des Platzes stand, kommen, um Echòmer zu verwunden, bevor er tot auf das Kopfsteinpflaster fiel. Diesen Triumph wollte er dem Konsultanten nicht gönnen. Danach würde er sich ihn vorknöpfen.

Der Kämpfer in der schwarzen Rüstung stand so, dass er Nerestro den Weg zu seiner angestammten Waffe versperrte. Nach Lidschlägen der Regungslosigkeit, begann der Ordenskrieger mit seinen Angriffen, die nur dazu dienen sollten, Echòmer zur ständigen Parade zu zwingen.

Doch dieser seltsame Schild mit den Metallspitzen an den Enden, den sich der Mann ausgesucht hatte, war eine hervorragende Wahl gewesen und machte aus jeder Abwehr durch eine kleine Bewegung des Arms einen Gegenangriff.

Nerestro warf seinen Schild zur Seite, nahm das Schwert mit beiden Händen und drosch auf den Kontrahenten so schnell ein, dass Echòmer nur noch dagegenhalten konnte. Darauf hatte der Ritter gewartet.

Bei seinem letzten wuchtigen Hieb zog er das gepanzerte Knie nach oben und beförderte die Kante der gegnerischen Verteidigung gegen den Augenschutz, der daraufhin verrutschte.

Sofort ließ der Mann den Schild fallen, riss die Arme nach oben und versuchte, seine offensichtlich für Licht anfälligen Pupillen vor den Sonnen zu schützen.

Der Ordenskrieger lief los, so schnell es ihm sein schwerer Panzer und sein dröhnender Kopf erlaubten, um die aldoreelische Klinge zu erreichen. Die Ulsarer riefen und feuerten den Mann an.

Als er bei dem Schwert angekommen war und es aus der Scheide zog, traf ihn ein Schlag in den Rücken, der ihn gegen den Halter warf. Aber mit seiner Waffe in den Händen fühlte sich Nerestro sicherer als vorher.

Schwungvoll drückte er sich von dem Ständer ab und schlug aus der Drehung zu. Von schräg unten drang die Schneide in Höhe des Rippenansatzes in die Panzerung Echòmers ein, glitt ein paar Zentimeter in den Körper. Und steckte fest.

Fassungslos starrte Nerestro auf seine Waffe, während ein unmenschliches Gebrüll aus dem Mund seines bisher stummen Widersachers drang.

Reflexartig setzte der Ritter dem Getroffenen den Fuß auf den Bauch und stieß ihn nach hinten weg.

Knirschend kam die Klinge zum Vorschein, an der weiterhin kein Blut klebte. Normalerweise hätte sein Gegner in zwei Hälften zu Boden fallen müssen.

Aus den Augenwinkeln bemerkte er, wie der Herold mit blassem Gesicht angerannt kam. Die Ulsarer hatten sich von den Tribünen erhoben.

»Angor beschütze mich«, flüsterte der Ordenskrieger, und vielleicht zum ersten Mal in seinem Leben spürte er tiefe Furcht.

Dann drang die Metallspitze seines Gegners mit immenser Wucht vollständig in seine linke Brust ein, wurde ruckartig herausgerissen, gefolgt von einem dicken Schwall Blut, das aus dem Loch schoss.

Ein warmes Gefühl breitete sich in seinem Oberkörper aus, seine Finger wurden kraftlos, die Knie gaben nach, und er stürzte der Länge nach zu Boden. Entfernt hörte er das triumphierende Geheul Echòmers, das immer leiser wurde.

Nerestro spürte, wie man ihn auf den Rücken drehte, dann sah er undeutlich grüne Haare, ein geliebtes Gesicht und ein paar bernsteinfarbene Augen, die ihn entsetzt ansahen.

»Der Ring, den Angor mir gegeben hat, Belkala«, sagte er kaum vernehmlich und zuckte mit der linken Hand. »Zerschlag ihn. Schnell.«

Seine Linke wurde angehoben, etwas knirschte, dann glitt er in eine grüne Dunkelheit.

Mortva neigte den Kopf ein wenig zur Seite und lächelte zufrieden, als er den Ritter zu Boden gehen sah. »Nein, wie furchtbar«, rief er laut und machte sich auf den Weg, um sich unter die Schaulustigen zu mischen.

Immer mehr Menschen kamen auf den Marktplatz geeilt, um nach dem Getroffenen zu sehen. Wachen strömten herbei, um das Volk zurückzudrängen, auch die restlichen Ritter mit ihrem Gefolge sorgten dafür, dass die Ulsarer nicht zu nahe an den Verletzten heranliefen.

Als der Konsultant die Mauer aus Menschenrücken durchbrochen hatte, sah er Belkala neben Nerestro knien, ein dunkelgrünes Leuchten umgab den Körper des Verwundeten. Die Menge an Blut, das wie ein kleiner Brunnen rhythmisch aus dem Loch in der Rüstung spritzte, verringerte sich in kürzester Zeit.

Der Mann mit dem Silberhaar beugte sich zu dem Ordenskrieger herab. »Nerestro, hört Ihr mich? Sagt doch etwas?« Seine Hand legte sich an die Lebensader am Hals des Kriegers. Fast unmerklich pulsierte das Herz. Seine Enttäuschung darüber verbarg er meisterlich.

Das Grün, in das er mit den Fingern eingetaucht war, nahm er als Kribbeln wahr. Aus dem Prickeln wurde plötzlich ein schmerzhaftes Stechen, ruckartig zog er die Hand zurück und massierte sie. Was auch immer dem Ritter das Leben bewahrt hatte, es griff ihn an.

»Verschwindet, Nesreca!«, fauchte die Kensustrianerin, ihre Iris glühte giftgelb auf. Wie ein Tier, das seinen Nachwuchs beschützt, kauerte sie halb über dem Mann.

Mortva war für einen Sekundenbruchteil verunsichert. »Wenn Ihr meine Hilfe nicht wollt, dann lasst wenigstens einen Cerêler holen«, sagte er leise. »Was ist das für ein Leuchten um ihn herum?«

»Sein Gott hat ihn gerettet«, knurrte sie und zeigte dem Mann ihre langen Reißzähne. »Euer Mann hätte ihn ansonsten getötet. Absichtlich.«

»Es war wohl so eine Art Kampfrausch. Darüber reden wir ein anderes Mal«, lenkte Mortva ab und erhob sich. Der Konsultant winkte die Eskorte mit dem kleinwüchsigen Heiler zu sich.

Der Hof-Cerêler, Chos Jamosar, warf einen kurzen Blick auf den Ritter. »Da kann ich nicht viel machen. Die Magie hat bereits gewirkt. Wir müssen warten, bis sie ihre Kraft verloren hat, erst danach kann ich mit einer Weiterbehandlung beginnen.«

»Ich habe keinen Cerêler in seiner Nähe gesehen außer Euch«, meinte der Mann mit den silbernen Haaren nachdenklich, aber der kleinwüchsige Mensch mit dem übergroßen Kopf deutete auf einen Ring, dessen Stein zersplittert neben der Hand Nerestros lag.

»Das erklärt das Wunder. Er trug einen Heilstein. Es sind sehr mächtige, fast unbezahlbare Artefakte, die von uns nur in den seltensten Fällen an Außenstehende gegeben werden.« Jamosar lächelte. »Es scheint, dass ihm einer meiner Leute eine sehr große Schuld damit beglichen hätte. Und sie hat dem Ritter das Leben gerettet.« Er ließ den Verwundeten auf eine Bahre betten, welche die Knappen des Ordenskriegers gebracht hatten. »Bringt ihn in seine Kammer und sagt mir Bescheid, wenn das Leuchten aufgehört hat.«

»Wird er wieder gesund werden?« Belkala packte den Heiler am Ärmel, um ihn festzuhalten.

»Die Frage ist, wird er überleben«, verbesserte der Cerêler und löste sich sanft aus ihrem Griff. »Diese Wunde, die völlige Penetration des Herzens, ist normalerweise tödlich. Dieser Heilstein muss sehr kraftvoll gewesen sein. Ich vermute, er holt den Ritter von den Toten zurück. Wenn sein Geist davon keinen Schaden genommen hat, wird er es im Lauf der Zeit schaffen, wieder auf ein Pferd zu steigen und sich in weitere Zweikämpfe zu stürzen.« Er ging neben der Trage her. »Wenn er das tut, hoffe ich für ihn, dass er noch viele solcher Schmuckstücke hat.«

»Wartet, ich begleite Euch.« Die Priesterin ging besorgt neben der kleinen Prozession her, die zurück in Richtung Palast aufbrach.

»Höret, höret, höret«, war die Stimme des Herolds vernehmbar. »Der Zweikampf zwischen Nerestro von Kuraschka, Ritter des Ordens der Hohen Schwerter, Diener des Gottes Angor, und Echòmer dem Schwarzen, Stellvertreter von Mortva Nesreca, Vetter vierten Grades unseres Kabcar und dessen Konsultant, ist beendet. Die Entscheidung fiel, die Ehre von Mortva Nesreca wurde verteidigt.«

Der Applaus folgte nur sehr verhalten, kaum jemand hatte dem Ausrufer zugehört. In Gruppen standen die Ulsarer auf der Tribüne und rund um den Marktplatz zusammen, um über das eben Gesehene zu reden. Dann verschwanden die Städter in die Wirtshäuser.

Mortva war bald fast allein inmitten der improvisierten Arena. Langsam sah er zur Loge hinauf, in der nur noch Norina stand und nachdenklich mit ihren Mandelaugen auf ihn herabschaute.

Er lächelte freundlich, strich sich über das silberne Haar und deutete eine Verbeugung an. Die Brojakin wandte sich mit verächtlichem Gesicht ab und verließ das Holzgerüst.

»Wo ist Euer Streiter in diesem ganzen Durcheinander

hin verschwunden?«, hörte der Konsultant die Stimme Aljaschas in seinem Rücken. »Und warum hat er nach diesem Treffer, den ihm der Ritter zufügte, nicht geblutet?«

Mortva drehte sich zu der rothaarigen Frau um. »Ich habe ihn zu einem Cerêler bringen lassen, hoheitliche Kabcara«, log er. »Seine Rüstung ist ein Meisterstück an Schmiedekunst, durchsetzt mit den härtesten Metallen, wie sie auch in aldoreelischen Klingen vorkommen. Daher hielt sie dem Schlag stand. Ich finde es übrigens nicht eben ritterlich, dass Nerestro sich seine überlegene Waffe genommen hat. Er hat damit eindeutig gegen die Abmachungen verstoßen. Wenn ich so etwas nicht von ihm geahnt hätte, wäre mein Mann nun tot.«

»Wie es eigentlich Nerestro hätte sein sollen, nicht wahr?«, sagte Aljascha mit einem unschuldigen Augenaufschlag. »Ich weiß nicht genau, was für ein Spiel Ihr treibt. Aber noch unternehme ich nichts gegen Euch. Ich würde deshalb gerne mit Euch bei Gelegenheit darüber reden, was Ihr seinerzeit angedeutet habt.« Sie senkte die Stimme. »Ihr spracht von meiner Alleinherrschaft.«

»Oh, daher weht der Wind.« Der Konsultant entfernte einen Fussel vom Uniformärmel. Er mimte den Gleichgültigen. »Nun, wer sagt, dass ich Euch immer noch helfen möchte?«

»Ich bin die offizielle Nachfolgerin, wenn der Kabcar stirbt. Und ich bräuchte einen fähigen, skrupellosen, eiskalten Berater an meiner Seite.« Sie sah ihn an.

»Und an wen habt Ihr dabei gedacht?«, erkundigte sich Mortva amüsiert und ließ dabei den Blick über die wenigen Menschen schweifen, um zu ermitteln, ob sich auch niemand zu dicht in ihrer Nähe befand. Immerhin redeten die beiden nonchalant über Hochverrat.

»Ihr wisst sehr genau, an wen ich dabei gedacht habe.« Sie klappte den Fächer auf und wedelte sich frische Luft zu. »Sagt mir, was ich tun soll. Und was Ihr dafür verlangt.«

Der Konsultant neigte den Kopf ein wenig nach vorne, um näher an ihr Ohr zu gelangen.

»Wartet noch ein wenig ab, hoheitliche Kabcara«, raunte er. »Noch brauchen wir Euren Gemahl. Aber schon bald, je nach Entwicklung der Dinge, könnte sich das ändern. Meinen Lohn nehme ich mir selbst, da macht Euch keine Sorgen. Ich bin sehr genügsam.« Er hob den Zeigefinger. »Aber bis dahin, seid klug. Gebt Eure Sturheit auf, hoheitliche Kabcara. Spielt Eurem Gemahl das treue Weib vor, gebt ihm Euch notfalls auch hin«, er las Abscheu in ihrem hübschen Gesicht, »und denkt dabei an den Thron, der in naher Zukunft Euch gehören wird. Euch allein. Ich stehe dabei nur im Hintergrund. Ihr wärt die erste Kabcara Tarpols. Und ich mache Euren Namen unsterblich.«

Sie nickte zögerlich. »Ich werde es versuchen, Nesreca. Und gnade Euch, wenn Ihr mich bei unserem Abkommen hintergeht.«

Mortva lächelte, nahm ihre Hand und deutete einen Kuss an. »Das würde ich niemals wagen.«

Sie erwiderte sein falsches Lächeln nicht weniger routiniert und verließ den Platz.

Der Konsultant sah ihr eine Zeit lang nach und schlenderte an die Stelle, an der Nerestro Echòmer die aldoreelische Klinge in den Leib gejagt hatte.

Er bückte sich und tastete mit den Fingern das Kopfsteinpflaster ab. Etwas Feuchtes, Durchsichtiges, das sich wie zähe Suppe anfühlte, haftete daran.

Ich habe Hemeròc gewarnt, vorsichtig zu sein, dachte er und stieß geräuschvoll die Luft aus. *Hoffentlich ist die Verletzung nicht zu stark. Es wäre schade um diesen nützlichen Gesellen.*

Belkala saß am Bett des Ritters und betrachtete sorgenvoll sein weißes Gesicht.

Bei allem, was sie zusammen erlebt hatten, ein kranker, verletzter Nerestro war völlig neu für sie. Und das erschütterte die Kensustrianerin.

Auf dem Weg durch Tarpol, durch Schlamm, Eis und Schnee, im Krieg gegen Borasgotan und im dichtesten Schlachtgetümmel, niemals hatte der Ordenskrieger Anzeichen von Schwäche und Verwundbarkeit gezeigt. Sie sah und hörte in Gedanken sein Lachen, rief sich den wunderschönen Moment in Erinnerung, als er sie zum ersten Mal in die Arme geschlossen hatte.

Nun lag der Mann blass, die Augen fest geschlossen, vollständig entkleidet, bis zum Hals unter einer Decke und wirkte anfällig wie ein kleines Kind.

Kalte Schweißperlen rollten hin und wieder von seiner Stirn, sein Antlitz verzerrte sich in unregelmäßigen Abständen vor Schmerz, wenn das grüne Leuchten, das ihn nach wie vor umgab, heftiger wurde. Die Magie des Heilsteins hatte offensichtlich schwer zu arbeiten.

»Kämpf um dein Leben, Liebster.« Die Priesterin schluckte schwer, nahm einen feuchten Lappen und wischte ihrem Geliebten zärtlich die Tropfen vom Gesicht.

Bei der Berührung mit dem Grün spürte sie ein leichtes Kribbeln an den Fingern, aber sie ignorierte es. Im Gegensatz zu den Schmerzen, die der Krieger ertragen musste, war das nichts.

Belkala wrang das Leinentuch über einer Schüssel aus, legte es zur Seite und nahm das Gefäß, um den Inhalt auszuleeren. Sie stand auf und ging zuerst zum Fenster des Zimmers.

Inzwischen war es Abend geworden, ruhig und friedlich standen die Monde am Himmel und legten ein silbernes Licht auf Ulsar, das auch in Nerestros Kammer fiel. Die Dunkelheit machte der Kensustrianerin nichts aus, sie sah fast so gut wie im Hellen.

Nachdem sie das Wasser ausgeschüttet hatte, füllte

sie frisches nach, das in einer großen Kanne auf der Anrichte stand.

Während sie einschenkte, meinte sie ein Geräusch von der Ruhestätte des Verletzten zu hören. Schnell wandte sie sich um, weil sie fürchtete, Nerestro könnte sich zu sehr bewegt haben und dadurch die Wunde öffnen.

Aber sie sah zu ihrem Entsetzen den düsteren Krieger Mortvas neben dem Bett stehen.

Langsam beugte er sich zu ihm hinab.

»Ich weiß zwar nicht, wie du hereingekommen bist, aber du verlässt diesen Raum auf der Stelle wieder«, herrschte sie den Mann in der Rüstung an. Hass schoss in ihr hoch, ihre Augen flammten grellgelb auf. »Ich werde dich bei lebendigem Leib in Stück reißen, wenn du bleibst.«

Echòmer hob den Kopf und blickte sie an. Den Augenschutz trug er nicht mehr, und die Kensustrianerin sah ein tiefrotes Funkeln. Dann lächelte der Hohlwangige überheblich.

Knurrend sprang Belkala auf den Eindringling zu, ihre Hände krümmten sich zu Klauen, ihre spitzen Eckzähne wuchsen plötzlich an.

Echòmer ließ sie herankommen, dann schoss der rechte Arm nach vorne und umschloss ihre Kehle. Ihr entfuhr ein erschrockenes Keuchen, während der Mann sie mit einem kräftigen Ruck in die Luft hob und sie an seiner ausgestreckten Rechten mehrere Zentimeter über dem Boden hielt.

Die Fingernägel kratzten über den Arm des Fremden, richteten aber keinen Schaden an. Sie spürte, wie das Horn wirkungslos auf der merkwürdig warmen Haut entlangglitt.

Mehr und mehr schloss sich die Klammer um ihren Hals. Was auch immer ihr gegenüberstand, es war nichts Menschliches, sonst würde der Unterarm längst bis auf den Knochen aufgeschlitzt sein.

Echòmer beobachtete mit einer gewissen Neugier Belkalas Versuche, ihm Schaden zuzufügen, dann schleuderte er sie mehrere Meter durch den Raum. Krachend fiel sie gegen die Anrichte und rutschte auf den teppichbelegten Marmorboden. Mit einem Fauchen stellte sie sich wieder auf die Beine und ging in Angriffsposition.

Der Mann in der dunklen Rüstung beugte sich wieder über den Verwundeten. Die Priesterin beachtete er nicht mehr, sie schien keine Bedrohung für ihn zu sein.

»Ich bin hier, um ein Versprechen abzulegen«, flüsterte er dem Ordenskrieger krächzend ins Ohr, als bereite das Sprechen unendlich viel Mühe. »Ich werde das zu Ende bringen, was ich begonnen habe, Götzendiener. Niemand überlebt eine Begegnung mit Hemeròc. Wenn wir uns ein weiteres Mal im Kampf begegnen, stirbst du.«

»Nein«, rief Belkala und unternahm einen weiteren Versuch, gegen den Eindringling vorzugehen.

»Zurück, Rákshasa!«, brüllte Echòmer und streckte seine linke Hand aus. Fünf blasse Blitze zuckten aus den Fingerspitzen und trafen die Kensustrianerin auf die Brust.

Wie einen Hammerschlag fühlte sie die Wirkung der unbekannten Magie, die Luft wich ihr aus den Lungen, und ihr Körper stand scheinbar in Flammen. Das Amulett ihres Gottes glühte unter ihrer Kleidung auf und zerbarst. Die Frau fiel auf die Knie.

»Mit dir habe ich keinen Streit, Kreatur. Noch nicht.« Mortvas Krieger trat zurück in eine dunklere Ecke des Raumes, und das Letzte, was sie von ihm sah, war das Rot seiner Augen, das abrupt erlosch.

Als sie vorsichtig nachschaute, befand sich dort nichts außer ein paar Spinnweben und einem feuchten, klebrigen Fleck aus durchsichtiger Masse.

II.

Einzig Tzulandrien blieb in der Entwicklung stehen, Kriege rollten auch weiterhin über das Land, bis auch das angrenzende Sena in Gefahr geriet. Taralea errichtete eine magische Sperre an der Stelle, wo der Riss endete, bis ans Meeresufer.

DIE ZEIT DES ERSTEN FRIEDENS,
Kapitel II

Ulldart, Südküste Kensustrias,
Sommer 443 n. S.

»So, so. Das sind also die gefürchteten Strände Kensustrias.« Tei-Sal Haïl-er-Ibadan lächelte zufrieden, als er den unberührten weißen Sand sah, der in einem Abstand von zwei Meilen malerisch vor den Schiffen der angorjanischen Invasionsflotte lag. »Es scheint so, als ob sich niemand um uns kümmern würde. Unsere Aufklärer hatten also Recht. Unsere List, ihre Truppen an eine andere Stelle zu locken, hat funktioniert.«

Der einladende Strand erstreckte sich in einer natürlichen Bucht von einer Meile Breite, dahinter ragte eine schroffe Felswand auf, in die breite Stufen gehauen waren. Die Festung, die hoch über dem Stein thronte, machte einen verlassenen Eindruck. Rechts und links des natürlichen Hafens erhoben sich meterhohe Felsbrocken.

»Dürfte ich den Tei-Sal freundlicherweise daran erinnern, dass die Kensustrianer nicht unbedingt ein Volk sind, das man als leichtgläubig bezeichnen sollte?«, gab Parai Baraldino aus dem Hintergrund zu bedenken und wedelte mit dem Taschentuch vor dem Gesicht herum, um sich etwas Kühlung zu verschaffen. Die Sonnenstrahlen stachen an diesem wunderschönen Tag grausam vom Himmel, und der palestanische Offizier verwünschte seine mehrere Schichten umfassende Brokatkleidung. Aber Stil blieb für ihn nun einmal Stil. »Wenn ich mich richtig an die Meldungen Eures Landheeres entsinne, haben die sich bereits heiße Füße geholt, nicht wahr?«

Ibadan, ein gebräunter Mann um die vierzig Jahre mit breiter Statur, Glatze und einem bartlosen Gesicht, wandte sich missmutig um.

»Commodore, Ihr seid an Bord als Beobachter, nicht als Ratgeber. Behaltet Eure palestanischen Kaufmannsweisheiten für Euch, wenn ich bitten darf. Wenn Ihr schon nicht kämpfen wollt ...«

»Gute Güte, seid doch nicht so empfindlich, Tei-Sal«, sagte Baraldino herablassend. »Seid doch froh, dass ich mich um das Wohl Eurer Männer sorge. Ich war dabei, als die Kensustrianer ihre Macht demonstrierten, und das hat mir, gelinde gesagt, gereicht.«

»Seid beruhigt, die Schwarze Flotte ist nicht in der Nähe«, meinte der Befehlshaber. »Meine fünfzehn Galeeren würden denen schon beibringen, was es heißt, sich mit den kaiserlichen Seestreitkräften anzulegen.«

»Eure fünfzehn Galeeren würden, mit Verlaub und bei allem Respekt, absaufen.« Der Offizier und Diplomat sah bei seiner Antwort bewusst nicht in die Richtung des Angorjaners, sondern schaute mit zusammengekniffenen Augen zum Sandstrand. Er hörte das wütende Schnauben des Befehlshabers. »Wie wollt Ihr denn vorgehen?«

»Nachdem unsere Ablenkung acht Meilen von hier funktionierte, haben die Kensustrianer ihre Hauptkontingente dorthin verlagert. Ich rechne mit wenig Widerstand von der Festung.« Ibadan deutete auf die Einfahrt zur Bucht. »Es können, wenn wir gut manövrieren, zehn Schiffe auf einmal hindurch und gleichzeitig anlanden. Das Wasser ist tief genug, und auf dem Sand ruinieren wir uns auch die Buge nicht. Wir müssen so schnell wie möglich an den Strand, um den feindlichen Katapulten nicht viel Zeit zu geben, uns unterwegs zu versenken. Mit den verbleibenden fünf Schiffen werden wir unsererseits Sperrfeuer auf die Festung geben, dann stürmen wir.«

»Mit voller Fahrt voraus, wie? Wie ungestüm.« Baraldino setzte sich auf die Reling in den Schatten eines Segels, lupfte den Dreispitz und wischte sich den Schweiß von der Stirn. »Ich bin ja mal gespannt. Wo ist der sicherste Ort auf dieser Galeere? Ich würde nur ungern getroffen werden. Bedenkt, ich bin die offizielle Abordnung Eures Verbündeten.«

»Der bisher nichts geleistet hat, außer Versprechungen zu machen, Commodore. Die Blockade, die Euer Land angekündigt hat, wirkt wohl nicht so, wie Ihr es Euch vorgestellt habt.« Ein Hauch von Schadenfreude war in der Stimme des Seeoffiziers zu hören.

»Dafür«, gab der Palestaner freundlichst zurück, »haben wir ja die gefürchteten und bewährten Kämpfer des Kaisers von Angor auf unserer Seite, die alles, aber auch alles vernichten, was sich ihnen in den Weg stellt. Abgesehen von einzelnen Kensustrianern, die mit Bogen schießen oder durch die Luft fliegen.« Er imitierte mit seinen Armen Flügelschlagen. »Ich halte die Berichte von diesen Wundermaschinen für völlig übertrieben. Oh, wahrscheinlich hat der Tei-Sal nur nicht eingestehen wollen, dass er einer Unterzahl zum Opfer fiel.«

»Tei-Sal Faïs-bar-Lamshadai ist einer der besten Feldherren, die das Kaiserreich hat«, antwortete Ibadan, jedes Wort bekam eine sorgfältige Betonung.

»Vielleicht will er seinen guten Ruf deshalb nicht verlieren?«, schätzte der Commodore und begann wieder zu wedeln. »Und weil er den Zeitplan nicht einhalten konnte, mussten wir improvisieren, nicht wahr? Ich hoffe, das Unternehmen gelingt.« Auf eine Geste hin brachte ihm ein Matrose einen Becher mit Wein. »Wie lange wollt Ihr noch mit dem Angriff warten, Tei-Sal? Wenn da noch jemand in der Festung sitzt, hat er schon längst Vorbereitungen treffen können.«

Der Befehlshaber kniff die Mundwinkel zusammen, entgegnete aber nichts. Er winkte dem Mann am Bug des Schiffes zu, der mithilfe von Flaggen Signale an die Flotte gab.

Zehn Galeeren setzten Vollzeug, die Ruder hoben und senkten sich in einem schonungslosen Takt. Das Knallen der Peitschen, mit denen die Sklaven unter Deck angetrieben wurden, hallte herauf. In breiter Front schwammen die Kriegsschiffe auf den Eingang der Bucht zu.

Die Katapultisten der verbliebenen fünf Wassergefährte besetzten ihre Maschinen und zielten mit den Speerschleudern auf die Schießscharten der Befestigungen. Näher und näher rückte der natürliche Hafen.

Baraldino hatte sich ein Fernrohr genommen und spähte aufmerksam hinauf zu der verwaisten Festung. Nichts rührte sich hinter den Mauern, kein einziges grünes Haar war zu sehen, kein alarmierender Rauch stieg auf, kein dumpfes Rumpeln warnte vor dem Schuss einer der großen Steinschleudern. Offenbar hatte die angorjanische Verzweiflungslist die Kensustrianer täuschen können.

Ohne die Linsen abzusetzen, nippte der Commodore am Wein. Etwas Grelles blitzte an einer der Schießscharten auf, geblendet musste Baraldino die Augen schließen. Nach einem kurzen Blinzeln suchte er die Stelle erneut, wieder schoss ihm gleißende Helligkeit in die Pupille.

»Was, zum …« Er setzte seine Sehhilfe ab und schaute ohne Fernrohr nach oben. In unregelmäßigen Abständen funkelte etwas in den Strahlen der Sonne.

»Tei-Sal, ich wollte Euch …«

Doch der Angorjaner hob abwehrend die Hand. »Verschont mich mit Eurem ständigen affigen Geschwätz, Commodore. Ich muss einen Angriff durchführen, und dazu benötige ich keinesfalls Eure mehr als fragwürdigen Hinweise.« Ibadan verließ die Brücke und ließ den Palestaner mit offenem Mund stehen.

»Dann eben nicht«, murmelte Baraldino eingeschnappt und begab sich vorsichtshalber in den Schutz eines Mastes, falls die Kensustrianer das Feuer eröffnen sollten. Dabei machte er eine Bewegung auf dem linken Felsbrocken seitlich am Eingang der Bucht aus, von dem die ersten zehn Schiffe weniger als eine achtel Meile entfernt waren.

Wieder hob er die Sehhilfe und entdeckte die Umlenkrolle eines Flaschenzuges. Das Wackeln der Rolle war ihm aufgefallen, denn eine straff gespannte Kette lief am Gestein entlang nach unten und verschwand im Wasser. Jemand setzte wohl gerade etwas in Gang.

Baraldino verspürte ein ungutes Gefühl in der Magengegend. Der Wortwechsel, der vom Bug leise zur Brücke herübertönte, drehte sich um ein Blitzen, das einer der Katapultisten gesehen haben wollte.

»Das hättet ihr auch früher haben können«, murmelte der Palestaner und machte sich hinter dem Mast ganz schmal. Geschrei von vorne ließ ihn entgegen seiner Vorsätze neugierig werden, und vorsichtig schaute er um seine Deckung herum.

Die ersten zehn Schiffe schienen auf der Höhe der beiden Felsbrocken am Eingang zu Bucht gegen ein unsichtbares Hindernis geprallt zu sein. Die Buge blieben in einer Linie stehen, ruckartig wurden die Galeeren zum Stillstand gezwungen. Das vielfache Splittergeräusch von berstendem Holz klang herüber, Planken und Spanten brachen. Dann legte sich das erste der Kriegsschiffe nach Steuerbord und sank Stück für Stück. Soldaten entledigten sich ihrer Rüstungen und Waffen, sprangen über Bord, während man von unten die entsetzten Schreie der angeketteten Ruderer vernahm.

Mit nur zeitlich geringem Abstand zeigten nun auch die anderen Galeeren Anzeichen von Schlagseiten. Es blieb kein Zweifel, die unteren Räume mit den Sklaven liefen voller Wasser.

Tei-Sal Haïl-er-Ibadan gab Befehle an die anderen Schiffe, um die Fahrt zu stoppen und eine Kollision mit den Wracks zu verhindern.

Die Ruderblätter tauchten ins Wasser und verringerten Gischt sprühend die Geschwindigkeit, bevor das ein oder andere Holzstück unter der großen Belastung brach. Die Taue, mit denen die Segel gehalten wurden, kappten die Matrosen der Einfachheit halber, das Reffen hätte zu lange gedauert. Schweres Leintuch rauschte auf die Planken und bedeckte einen Großteil der Soldaten, die aber dank der Schilde und Helme keinen Schaden nahmen.

Tatsächlich schafften es die letzten fünf Galeeren, kurz vor den Havarierten zum Halten zu kommen. Kreuz und quer stand die Schiffsleiber vor der unsichtbaren Sperre, und es war für den Commodore ein Wunder, dass es zu keinem Zusammenstoß gekommen war. Die ersten Überlebenden versuchten, an Bord zu klettern.

»Da sind Pfähle im Wasser«, rief der Ausguck hinunter. »Ich sehe sie ganz deutlich. Ihre Eisenspitzen stehen knapp unter der Oberfläche hoch.«

»Ibadan, warum haben das Eure Späher nicht gemeldet?«, brüllte Baraldino über das Deck, weil er seinen Schutz nicht verlassen wollte.

»Weil sie vorhin noch nicht dort waren«, schrie der Tei-Sal wütend zurück.

Der Flaschenzug, zuckte es dem palestanischen Offizier durch den Kopf, und er schlug sich klatschend an die Stirn, dass der Schweiß spritzte. *Sie haben die Pfähle eben erst hochgezogen. Aber was kommt jetzt?*

Die verbliebenen Galeeren manövrierten sich auf Anordnung Ibadans so, dass die Rammsporne in Richtung offenes Meer wiesen. Nach der Bergung der Soldaten und Matrosen lautete die Devise »schneller Rückzug«. Um die ertrinkenden Rudersklaven scherten sich die Angorjaner offensichtlich nicht.

Ein kleines, seltsames Wassergefährt pflügte heran, das den Commodore an einen Schlitten erinnerte. Auf zwei Kufen ruhten eine schmale Plattform und ein Mast, dessen Segel vom Wind prall gefüllt war. Am Ende der Plattform saß ein Steuermann, zwei weitere Kensustrianer kümmerten sich um das Leintuch, ein Vierter stand hinter einer schwenkbaren Pfeilschleuder, die zum

Schutz gegen feindliche Geschosse für den Schützen mit einer Holzplatte versehen worden war, hinter die er abtauchen konnte.

Fünfzehn Mündungen waagerecht, zwanzig Mündungen senkrecht, zählte er die Öffnungen. *Bei allen geplatzten Wechseln! Wir werden gespickt wie die Hühner, wenn das Ding schießt.*

Die Wendigkeit, mit der das Boot, oder was immer es war, seine Fahrt machte, hätte der Palestaner nicht für möglich gehalten. Wie eine Mücke einen Hund umschwirrt, so ähnlich umkreiste der Kensustrianer die vorderste der angorjanischen Galeeren.

Einige der angorjanischen Katapultisten versuchten, das Gefährt zu versenken, aber dessen Bewegungen waren zu zackig, zu abrupt, als dass man den Kurs hätte genau vorherbestimmen können. Das Wasser links und rechts vom Gegner spitzte immer wieder auf, aber keiner der Kensustrianer wurde getroffen.

Dann eröffnete die Pfeilschleuder das Feuer und schickte ein Geschoss nach dem anderen im Abstand von wenigen Lidschlägen auf die Reise. Nach den ersten achtzig Pfeilen, die kaum nennenswerten Schaden unter den Soldaten angerichtet hatten, löste der kensustrianische Schütze alle auf einen Schlag aus.

Schwirrend und surrend kam der Schauer heran und stürzte sich in den Pulk derer, die den Schwimmenden hilfreich zur Hand gingen. Nun gab es massenweise Tote und Verletzte. Das feindliche Gefährt zog sich außerhalb der Reichweite zurück, um nachzuladen.

Baraldino wollte aufatmen, als gleich vier der Wasserfahrzeuge um die Felsen schossen und Kurs auf die fast unbewegliche Invasionsflotte nahmen. Sechs weitere kamen hinzu, und der Palestaner beschloss, dass es Zeit sei, zu gehen.

Mit einem Satz sprang er von der Brücke auf das Deck, sprintete zur Luke, die zu den Ruderbänken führte und warf sich kopfüber hinein, während draußen ein tödlicher Dauerregen aus Pfeilen einsetzte.

Verblüfft sahen die Sklaven dem gut gekleideten Mann mit der schief sitzenden Perücke hinterher, als er den schmalen Fußweg zwischen den Sitzreihen mit wehenden Rockschößen entlanghastete, den Aufseher mit den Paukenschlägeln zur Seite stieß und durch die Tür nach hinten in den Laderaum verschwand.

Keuchend lehnte er sich an das Holz, ruhte sich kurz aus und begann, alles an Fässern, Säcken und Kisten vor den Eingang zu türmen, was er finden konnte. Danach verkroch er sich angewidert in den hintersten Winkel des großen Laderaums und deckte sich mit einem leeren Sack zu.

Ihr werdet mich nicht finden, Grünhaare. Ihr nicht.

Die Grünhaare fanden ihn. Sogar recht schnell, wie der Commodore eingestehen musste. Seine Täuschungs- und Verbarrikadierungsversuche nützten nichts. Und natürlich identifizierten sie ihn anhand seiner Uniform als Palestaner.

Zwei schweigende Kensustrianer in einer leichten Lederpanzerung flankierten Baraldino auf dem Weg nach oben. Die Ruderbänke waren leer, die Ketten lagen einsam an den Plätzen, von draußen hörte der Mann keinen Ton.

An Deck angekommen, sah der Commodore zehn der Krieger, die sich leise unterhielten. Ihre Rüstungen wirkten schwerer als die seiner Begleiter und erinnerten ihn an die der kensustrianischen Gesandten, die er in Tersion gesehen hatte. Sie wandten ihre Aufmerksamkeit sogleich ihm zu.

»Ihr seid Palestaner?«, fragte einer der Soldaten unfreundlich.

Baraldino machte den obligatorischen Kratzfuß, schwenkte den Hut und stellte sich mit vollem Rang und Namen vor. »Mich umzubringen wird Euch nichts nützen. Nehmt mich lieber gefangen und verlangt Lösegeld«, schloss er seine Ausführungen.

»Kaufmann, Diplomat, Commodore und Feigling«, zählte der Kensustrianer auf. »Ich bin Kaàló. Es muss Euch genügen, wenn ich Euch sage, dass ich der Befehlshaber der Festung bin, die Ihr stürmen wolltet.« Die Männer um ihn herum lachten leise. »Ihr habt verloren. Und ich möchte, dass Ihr, Barilano …«

»Baraldino«, verbesserte der Palestaner mit süß-saurem Lächeln.

»… dem Kontinent davon berichtet, wie unser Reich auf Angreifer antwortet.« Der Kensustrianer schleppte den Commodore an die Reling und deutete in die Bucht, deren blaues Wasser sich vom Blut verfärbt hatte.

Der einst weiße Sand glich einem roten Schwamm, überall trieben Leichen. Durch das Gemisch aus Wasser und Leiber glitten die kleinen Segler und suchten nach Überlebenden, um ihnen den Gnadenstoß zu geben. Erste Raubfische hatten sich zu einem üppigen Festmahl eingefunden.

Fassungslos musste sich der Palestaner an der Bordwand festhalten, die Knie gaben nach. Zahllose Ruderer und über zweihundert Soldaten je Schiff ergaben eine für ihn grauenhafte Summe von Toten, die die Kensustrianer zu verantworten hatten.

»Ihr habt uns angegriffen, wir haben Euch zurückgeschlagen.« Kaàló reichte Baraldino einen schweren Sack. »Das sind die Rangabzeichen aller hohen angorjanischen Offiziere. Bringt sie zurück und erzählt von dem, was Ihr in der Bucht gesehen habt. Jeder Versuch, Kensustria anzugreifen, wird so oder so ähnlich enden.«

»Wie«, flüsterte der Offizier, dem der Ekel auf die Stimme geschlagen war, »komme ich zurück? Soll ich etwa schwimmen?«

»Einer unserer Katamarane wird Euch nach Westen

bringen, wo Ihr Eure schwächere Flotte zur Täuschung abgestellt habt. Man wird Euch an Land setzen, die restlichen Meter werdet Ihr dann laufen müssen, Commodore. Nun verschaffe ich Euch noch einen besseren Eindruck.«

Der kensustrianische Anführer packte den Kaufmann und warf ihn rückwärts über die Reling ins Wasser.

Schreiend stürzte Baraldino in die roten Fluten und spürte den Geschmack von Blut in seinem Mund. Das Blut der angorjanischen Verbündeten.

Keuchend und hustend kam er wieder an die Oberfläche, starke Arme zogen ihn an Bord eines Katamarans und ließen ihn auf der schmalen Plattform liegen, wo er nicht im Weg war. Das Wasser, das aus seinen Kleidern floss, war rot. Der Sack mit den Rangabzeichen wurde hinabgereicht.

»Erzählt ihnen davon, Baraldino!«, rief Kaàló von der Galeere herunter, die Arme auf die Bordwand gestützt, während der kleine Segler Fahrt aufnahm.

Und ob ich das erzählen werde, dachte der Palestaner, während er sich würgend übergab. *Der ganze Kontinent wird zum Krieg gegen euch rufen, wenn ich mit dem Berichten fertig bin.*

Ulldart, Königreich Tarpol, Hauptstadt Ulsar,
Sommer 443 n. S.

Ein leichtes regenbogenfarbenes Flimmern legte sich um die Spitze von Lodriks rechtem Zeigefinger. Sorgsam deutete er auf das Glas Wasser, das vor ihm auf dem Tisch stand, und das bunte Leuchten griff auf das Gefäß über.

Seine Konzentration stieg innerlich auf das Ungeheuerlichste an, und die Konturen des Glases begannen sich zu verändern. Zuerst gingen sie in die Breite, danach schossen sie in die Höhe und verformten sich mehr und mehr zu einer hübschen Vase. Schweiß glänzte auf Lodriks Stirn, und einen Moment lang verringerte er seine geistige Anspannung.

Das durchsichtige Material bekam Risse und zerbarst, das Wasser ergoss sich auf die Arbeitsplatte des Tisches und richtete eine Überschwemmung an.

»Verflucht«, entfuhr es dem Kabcar. Im letzten Moment gelang es ihm durch mentale Aufmerksamkeit, den Ausbruch wilder Magie aus seinem Körper zu verhindern. Mit Sicherheit wäre durch seinen Wutanfall etwas zu Bruch gegangen, und das Kristallglas reichte ihm für heute schon aus.

Was der junge Mann da unentwegt übte, wenn er allein war, nannte sein Vetter »Kleinigkeiten«. Mortvas Ansicht nach machte es nur Sinn, sich mit den wirklich großen Auswirkungen der Zauberkunst zu beschäftigen, wenn man sie im Kleinen beherrschte. Und da machte Lodrik inzwischen schon gewaltige Fortschritte.

Ohne dass sein Konsultant und neuer Vertrauter es wusste, versuchte sich der Herrscher Tarpols auch an den gefährlichen Dingen. Darunter verstand der Kabcar das Erzeugen einer Feuerkugel, die er mehr zufällig als absichtlich entstehen ließ und die zu allem Überfluss noch durch den Raum flog. Er hatte die Auswirkungen seines misslungenen Experiments als Kaminbrand ausgegeben, der einen Teil des Raumes in Schutt und Asche gelegt hatte.

Noch immer wusste er nicht genau, was er mit seinen geistigen Energien in Bewegung setzen musste, um Größeres auszulösen. Er handelte aus einem Gefühl der Ahnung heraus, intuitiv nutzte er sein Können. Nur das Steuern des Resultats seiner Bemühungen wollte er unbedingt in den Griff bekommen, mehr als vorher.

In seiner magischen Begabung sah er die beste Möglichkeit, sich den Kriegsfürsten Sinured, den er als Verbündeten herbeigerufen hatte, vor Ablauf des Jahres 443 vom Hals zu schaffen. Die Gefahr, dass der heraufbeschworene Unhold die Dunkle Zeit zurückbrachte, war dem Kabcar zu groß. Aber bis dessen Moment zu gehen gekommen war, sollte »Das Tier«, wie er genannt wurde, noch gute Dienste verrichten.

Seufzend wischte der junge Mann die Scherben vom Tisch und platzierte ein billigeres Glas auf dem polierten Holz. Er wollte die Übung noch einmal durchführen, und diesmal sollte sie gelingen.

Ein leises Klopfen hielt ihn von weiteren Versuchen ab. »Ja, wer stört?«

Mortva Nesreca trat ein und verbeugte sich vor seinem Verwandten. »Hoheitlicher Kabcar, Ihr werdet doch am Ende nicht vergessen haben, dass Ihr endlich die diplomatischen Gesandtschaften der ulldartischen Reiche empfangen wolltet?«, erkundigte er sich freundlich. Seine Stimme klang sanft, beruhigend und wie immer Vertrauen erweckend.

»Bei Ulldrael dem Gerechten«, sagte Lodrik überrascht und sah nach der Uhr, die an der Wand hing. »Tatsächlich. Ich hätte die Botschafter warten lassen, wenn Ihr mich nicht abgeholt hättet, lieber Vetter.«

»Wozu bin ich denn da?« Der Konsultant lächelte. »Kommt. Die Delegationen sind alle versammelt und warten mit Ungeduld auf Euer Erscheinen.«

Lodrik straffte die Uniform und warf einen prüfenden Blick in den Spiegel. Ein schlankes, gut aussehendes Ebenbild mit dunkelblauen Augen und einem energischen Ausdruck auf dem Gesicht nickte ihm zu. Der kurze blonde Bart erschien wie immer adrett getrimmt.

»Wie schade, dass ich schon verheiratet bin«, sagte er und grinste seinen Vetter an. »Ich wäre jetzt die beste Wahl in ganz Tarpol. Ein stattlicher Jüngling von siebzehn Jahren.« Er sah nach seinem Profil. »Nur der etwas ernste Zug um meine Mundwinkel schmälert das sympathische Bild, nicht wahr?«

Der Mann mit den silbernen Haaren und den unterschiedlich farbigen Augen stützte sein Kinn in die Hand. »Es macht Euch seriöser. Das wirkt vor allem auf Diplomaten, die endlich zu der Überzeugung gelangt sind, dass Ihr ein wahrer Herrscher seid, hoheitlicher Kabcar.«

»Ja, ja«, meinte der junge Mann vieldeutig. »Ich habe viele überrascht.«

Zusammen verließen sie den Raum und machten sich auf den Weg in den Audienzsaal, wo die Botschafter, Gesandten und anderen Abordnungen auf sie warteten.

Die Reiche Ulldarts brannten darauf, zu wissen, wie es nun mit dem Krieg weitergehen sollte, der bei allen Erfolgen immer noch in Tarpol herrschte. Zudem war die Besitzfrage der Baronie Kostromo ungelöst, und für die »freie Baronie Worlac« musste ebenfalls eine Lösung her.

Der Konsultant war der Auffassung, dass unter dem Eindruck der zurückliegenden Ereignisse jetzt der beste Zeitpunkt sei, Verhandlungen zu führen. Der Schock über die Schlagkraft der Tarpoler, die Verbündeten und die Gnadenlosigkeit gegenüber den Borasgotanern hatten den Boden für gute Verhandlungen bereitet.

»Ich vermute, es hat sich an der Front nicht viel geändert, seit ich die letzten Berichte gelesen habe?«, erkundigte sich der Kabcar bei seinem Vetter. »Ich wäre nur ungern schlechter in Kenntnis gesetzt als die Botschafter.«

»Keine Sorge, hoheitlicher Kabcar, Ihr seid auf dem neuesten Stand«, beruhigte ihn Mortva. »Sinured hat seine Männer gut organisiert und erobert Euch Dorf für Dorf das Land zurück.«

Lodrik wirkte sehr nachdenklich. »Ich hoffe, er hält sich dabei im Hintergrund, was seine persönliche Anwesenheit angeht?«

»Hoher Herr.« Sein Vetter lächelte ihn fast zärtlich an. »Die Einzigen, die wissen, dass Sinured wieder vom Grund des Meeres zurückgekehrt ist, seid Ihr und Eure Freunde. Die Truppenteile, die von Dujulev zurückgekehrt sind, halten sich an den Schweigebefehl. Soweit ich weiß, lässt sich unser Kriegsfürst nur hinter den Linien und heimlich sehen.«

»Trotzdem wird es nicht mehr lange dauern, bis er von anderen entdeckt wird«, meinte der Kabcar. »Ich kann mir nicht vorstellen, dass die Reiche sehr glücklich darüber sind, wenn sie davon erfahren. Und seine Männer, die er mitgebracht hat, wird man ebenfalls nicht mehr lange für turîtische Sonderkontingente halten. Ich vermute, dass der Botschafter von Mennebar dem Vierten mich nachher fragt, woher die Kämpfer kommen.« Unruhig spielte er an den Knöpfen seiner Uniform.

»Bedenkt eines immer, hoheitlicher Kabcar«, empfahl Mortva. »Ihr habt den Krieg nicht angefangen. Borasgotan und Hustraban trifft alle Schuld. Ihr habt Euch nur mit dem gewehrt, was Euch zur Verfügung stand. Und immer noch steht, so lange Ihr möchtet.«

»Ach, Mortva, was wäre ich ohne Euch?«, seufzte der junge Mann. »Stoiko kommt nicht auf die Beine. Ohne Euren Ratschlag wäre mir gewiss die eine oder andere Unbedachtheit unterlaufen.«

»Zu viel des Lobes«, schwächte der Konsultant ab. »Bisher musstet Ihr noch keine schweren Entscheidungen treffen, seit wir zurück in Ulsar sind. Aber das wird sich jetzt vermutlich ändern.«

Lodriks Gang wurde langsamer und langsamer, bis er schließlich vor einer Flurtür stehen blieb. »Eine Sache bleibt aber, über die ich nicht so einfach hinwegsehen kann. Das Duell zwischen Eurem Streiter und Nerestro.« Er blickte dem Mann fest in die Augen. »Ich frage Euch, Mortva, hat dieser Echòmer mit voller Absicht versucht, den Ritter umzubringen? Ohne den Heilstein wäre es ihm vermutlich auch gelungen. Warum diese Härte? Und was ist das überhaupt für ein Mensch, der in Ulsar nun einen sehr zweifelhaften Ruf genießt?«

»Ich werde mich persönlich bei Nerestro entschuldigen, dass mein Streiter den Kampf etwas zu verbissen gesehen hat«, meinte der Konsultant. »Aber er war in eine Art Kampfrausch verfallen, da ist es nicht mehr möglich, einen klaren Kopf zu bewahren. Und es war eine gute Portion Wut darüber dabei, dass der Ordenskämpfer unerlaubterweise nach seiner besonderen Waffe gegriffen hat. Man hätte ihn eigentlich sofort zum Verlierer erklären müssen.«

»Es war sehr ungeschickt von Euch, einen solch heißblütigen Mann in den Ring zu schicken«, strafte der Kabcar Mortva ab. »Ich kann froh sein, wenn die Hohen Schwerter mir weiterhin die Treue halten.«

»Ich werdet die Hohen Schwerter nicht mehr benötigen«, meinte der andere leichthin. »Andere, Bessere treten an deren Stelle. Und was die Herkunft von Echòmer angeht, ich lernte ihn als einen Studenten der Universität von Berfor kennen. Er widmete sich alten und ausgefallenen Kampftechniken. Ein Schmiedeunfall zwingt ihn dazu, seine Augen vor dem Sonnenlicht zu schützen.« Der Vetter öffnete die Tür für seinen Verwandten. »Nur durch Glück übrigens ist ihm nichts geschehen. Die Rüstung, die er trug, bestand aus reinem Iurdum, daher hat die aldoreelische Klinge wenig Schaden angerichtet. Und da bei Nerestro zuerst das Blut zu sehen war, verlor der Ritter den Kampf.«

»Echòmer ist demnach auch verletzt? Nun, alles andere hätte mich mehr als verwundert.« Der Kabcar setzte sich wieder in Bewegung. »Er hatte das Schwert ja halb im Leib.«

»Ein Cerêler behandelt ihn im Moment. Ich hoffe, er wird sich schnell erholen.«

»Wartet mit der Entschuldigung bei Nerestro nicht zu

lange«, wies ihn Lodrik an. »Und macht am besten einen Bogen um Belkala. Sie würde Euch dafür, dass Euer Kämpfer ihn fast getötet hat, gerne Ähnliches antun. Und ich erteile Euch hiermit in aller Form eine Rüge für den Ablauf des Zweikampfs, auch wenn ich dem Ritter eine Mitschuld nicht absprechen will.«

»Ja, Hoher Herr.« Der Konsultant verbeugte sich tief vor dem jungen Mann. »Ich habe verstanden.«

Norina und Waljakov kamen ihnen entgegen, in eine leise Unterhaltung vertieft.

»Ein schönes Paar, nicht wahr?«, flüsterte Mortva Lodrik zu. »Man erzählt sich, sie verbringt viel Zeit zusammen mit Eurem Leibwächter am Bett von Stoiko.«

»Sie macht sich eben Sorgen, wie wir alle«, entgegnete der Herrscher Tarpols.

»Und beim Spazieren gehen. Und in der Bücherei«, zählte der Mann mit den silbernen Haaren leise weitere Orte auf.

Als die Brojakin ihren Geliebten sah, strahlte sie und lief auf ihn zu. Liebevoll umarmte sie ihn. Nach kurzem Zögern erwiderte er ihre Zärtlichkeit. Er dachte noch einen Moment über die Worte seines Konsultanten nach.

»Endlich sehen wir uns«, sagte sie glücklich und lächelte. »Mein Kabcar macht sich äußerst rar, seit er von Dujulev zurück ist. Dabei habe ich so sehr gehofft, dass wir …«

»Nicht jetzt, Norina.« Lodrik wand sich aus ihren Armen und deutete nach vorne. »Ich muss zu den Diplomaten. Mal sehen, was sie möchten. Wir können uns später in aller Ruhe unterhalten. Warte am besten im Teezimmer auf mich.«

Die Enttäuschung stand der jungen Frau ins Gesicht geschrieben, die Augen spiegelten einen leichten Ausdruck von Traurigkeit. »Natürlich gehen die Herrschergeschäfte vor«, lenkte sie ein. »Aber danach sehen wir uns?«

Der Kabcar nickte. »Ist Waljakov plötzlich zu deinem Leibwächter geworden?«, fragte er amüsiert, konnte aber nicht verhindern, dass eine Spur Misstrauen mitschwang.

Das Braun ihrer Mandelaugen blitzte drohend auf. »Wir beide haben den armen Stoiko besucht, während andere in diesem Palast die Türen hinter sich abschließen und sich geheimnistuerisch in Räume zurückziehen, ohne auch nur ein Sterbenswörtchen von sich zu geben.«

Schuldbewusst senkte Lodrik den Kopf. »Ja, du hast Recht, schimpf nur. Ich habe ihn vernachlässigt. Aber die Angelegenheiten um Tarpol, der Krieg, du weißt, wie sehr ich mich damit befassen muss.«

»So sehr, dass du nicht einmal wenige Minuten am Tag hast, um nach deinem engsten Vertrauten und Berater zu sehen?« Sie sah ihm ernst in die blauen Augen. »Er hat dich durch Granburg begleitet, er stand dir in der Zeit nach dem Tod deines Vaters zur Seite, und er hat dir gegen die Brojaken geholfen.« Sie machte einen Schritt auf ihn zu und blickte von oben auf ihn herab. »Kabcar hin oder her, du vernachlässigst die, die dich wirklich lieben.«

»Hoher Herr«, schaltete sich der Konsultant freundlich von der Seite ein, »die Diplomaten warten.«

Die hübsche Brojakin warf dem Mann mit dem Silberhaar einen viel sagenden Blick zu, ihre kleine Narbe an der rechten Schläfe leuchtete rot. Waljakov schwieg wie immer, die mechanische Hand an der breiten Gürtelschnalle, die eisgrauen Augen ruhten kalt auf Mortva.

Lodrik hatte das unbestimmte Gefühl, zwischen zwei Fronten zu stehen.

»Ich gelobe Besserung, Norina. Sofort nach der Besprechung komme ich ins Teezimmer, und wir besuchen Stoiko gemeinsam.«

Sie nickte, gab ihm einen Kuss auf die Stirn und ging

weiter. Der Leibwächter blieb bei dem Duo und folgte ihm leicht versetzt.

Ein schönes Paar, hallte die Stimme seines Vetters durch den Kopf des Herrschers, unwillkürlich musste er zu dem Hünen im glänzenden Brustharnisch schauen.

Waljakov konnte den forschenden Blick seines Schützlings nicht deuten und zog es vor, geradeaus zu sehen.

»Bevor wir uns in die Höhle der Löwen begeben, hoheitlicher Kabcar«, begann Mortva nach einer Weile, »wollte ich Euch nur frühzeitig auf etwas hinweisen. Die Brojaken scheinen zu denken, sie könnten ihre alten Forderungen im Rat wieder aufleben lassen. Jetzt, nachdem ja verhältnismäßige Ruhe in Tarpol eingekehrt ist, wollen sie anscheinend zurück zu den Anfängen. Kolskoi hat sich in den Wochen Eurer Abwesenheit mit mehreren seiner Amtsgenossen getroffen.«

»Und mit anderen seltsamen Menschen«, ergänzte Waljakov. »Der Geheimdienst berichtet, dass er sich mit Traumdeutern beriet. Er wurde übrigens erst bei diesem Zweikampf wieder in der Öffentlichkeit gesehen.«

»Er hat bestimmt Angst vor Euch, werter Vetter«, lachte Lodrik. »Euer Versprechen, sich um Kolskoi zu kümmern, habt Ihr auf alle Fälle gehalten. Ihr dürft das gerne wiederholen, wenn Euch der Sinn danach steht.«

»Was habt Ihr denn in die Wege geleitet?«, erkundigte sich der Leibwächter interessiert. »Die Zustimmung des Rates geht tatsächlich auf Euch zurück?«

Mortva war es sichtlich unangenehm, dass der Kabcar vor dem glatzköpfigen Kämpfer so offen über die Angelegenheit sprach. »Ich habe mich nur mit ihm unterhalten, das war alles.«

»Eure Argumente müssen mehr als stichhaltig gewesen sein, wenn sie ihm anscheinend sogar den Schlaf rauben.« Waljakov machte keinen Hehl daraus, dass er der Lüge des Konsultanten nicht aufsaß. »Was bei Kolskoi etwas bedeuten muss. Übrigens hat er sich von seinen borasgotanischen Hunden getrennt. Ihr erinnert Euch noch an die Fahrt nach Granburg?«

»Wie könnte ich diese Episode jemals vergessen«, seufzte Lodrik.

Inzwischen waren sie vor der Tür des Audienzzimmers angelangt, zwei Livrierte öffneten die riesigen Flügeltüren und machten auf das Eintreten des Herrschers aufmerksam.

Die Gesandtschaften, Diplomaten und Abordnungen aller Reiche waren in diesem Zimmer vertreten. Bunte Uniformen, schlichte Trachten und protziges Brokat: Abwechslung wurde reichlich geboten.

Nicht minder atemberaubend gestaltete sich der Geruch, der in dem hohen, von Säulen getragenen Raum schwebte und schwer auf das hoheitliche Riechorgan schlug. Offensichtlich war jeder der Meinung gewesen, besonders viel Duftwasser auftragen zu müssen, dazu mischte sich das aufdringliche Lavendelaroma des Mottenpuders in den Perücken.

»Ein Wunder, dass der Stuck und das Blattgold nicht von der Decke stürzen«, knurrte der Leibwächter.

Mit einem kurzen Wink bedeutete der Kabcar den Pagen, die großen Fenster zu öffnen, um zu lüften.

Zielstrebig durchquerte er den Raum, ohne die Versammlung mit einem Blick zu würdigen, dicht gefolgt von Mortva und Waljakov, dann ließ er sich auf dem thronartigen Sessel nieder. Bedienstete schoben auf ein Zeichen des Konsultanten hin einen Kartentisch vor die Sitzgelegenheit, auf dem ein Pergament mit den Umrissen Ulldarts und allen Reichen lag.

»Willkommen allen«, erhob Lodrik seine Stimme. »Ich freue mich, so viele bekannte Gesichter wiederzusehen.« Sein Tonfall wurde schneidend. »Auch wenn dem ein oder anderen die Arroganz und die Aufgeblasenheit von früher nun fehlen. Es wurde der Wunsch geäußert, eine Unterredung stattfinden zu lassen. Nun denn. Und ich möchte mit einer alten Tradition beginnen.«

Er stand auf und schritt zu der Karte, nahm sich ein Stück weiße Kreide und umrandete Tûris, Aldoreel und die Inseln Rogogardo.

»Das sind die Länder, denen ich zu tiefstem Dank verpflichtet bin, weil sie mich moralisch und sogar mit Proviant und Truppen, die sie entbehren konnten, unterstützten. Der Rest«, er legte seine rechte Hand auf das Pergament, »hat nichts getan, um sich beim tarpolischen Reich besonders beliebt zu machen. Das wollte ich an den Anfang stellen, um einigen die Augen zu öffnen, die dachten, gut wegzukommen.« Er setzte sich wieder und wartete ab.

Sarduijelec, der dicke borasgotanische Botschafter, wurde unsanft von seinem Amtskollegen aus Hustraban, Fusuríl, nach vorne geschoben.

»Nun, hoheitlicher Kabcar, Arrulskhán lässt Euch durch mich seine Glückwünsche zu dem Sieg überbringen, auch wenn er mehr glücklich als alles andere war.«

»Wie auch immer, das Resultat zählt«, unterbrach ihn der Kabcar. »Fahrt fort. Ich erwarte die Kapitulation Eures Reiches mit Spannung. Und die Entschuldigung für diesen Überfall.«

Der Botschafter sah zu den Ahnengemälden der Bardri¢s. »Ich wurde nicht beauftragt, eine Kapitulation zu überbringen, sondern einen Vorschlag zu unterbreiten«, dämpfte Sarduijelec die Erwartungen. »Arrulskhán bietet Tarpol an, dass sich seine Männer sofort aus dem Reich zurückziehen, Borasgotan dafür jedoch als Entgegenkommen eine gewisse Summe erhält.«

Gelangweilt lehnte Lodrik sich zurück. »Jetzt kommt wahrscheinlich das ›andernfalls‹, nicht wahr?«

»Andernfalls«, sprach Sarduijelec wie vorhergesagt, »legen wir den Teil der Provinzen, den wir noch kontrollieren, in Schutt und Asche. Die Ernte werdet Ihr vergessen können, Eure Einwohner ebenfalls. Ihr könnt das Schlimmste jedoch verhindern.«

Lodrik kontrollierte nur mit äußerster Mühe eine Eruption wilder Magie. Die Hände krampften sich um die Lehnen. »Wenn auch nur eine einzige tarpolische Hütte brennt, befehle ich meinen Soldaten, dass sie bis in die Hauptstadt Borasgotans marschieren und Euren wahnsinnigen Herrscher mit Euren Eingeweiden füttern, Sarduijelec. Und das ist kein leeres Versprechen, Botschafter. Die Schlagkraft meiner Armee dürfte ich unter Beweis gestellt haben. Mein Gegenangebot ist: Zieht Euch zurück. Friedlich. Sofort, und Eure Männer werden ihr Leben behalten. Entschuldigt Euch, wie es sich für ein Reich gehört, das einen Krieg begonnen hat.«

Der borasgotanische Botschafter verbeugte sich. »Es tut mir aufrichtig Leid. Ich kann es nicht entscheiden, sondern bin angehalten, Euch diesen Vorschlag zu unterbreiten.«

»Inakzeptabel«, raunte Mortva dem Kabcar ins Ohr. »Ich werde den Truppen befehlen, schneller als bisher vorzugehen. Auch denke ich, dass zusätzliche Verstärkung unserer Streitmacht nicht schadet, damit wir gleichzeitig verschiedene Ziele angehen können.«

»Woher sollen wir die denn nehmen? Und wie versorgen?«, wisperte Lodrik ratlos zurück.

»Lasst das meine Sorge sein, Hoher Herr. Bittet Euch Bedenkzeit aus.« Sein Vetter richtete sich wieder auf.

»Ich werde über dieses wirre Ansinnen trotzdem nachdenken«, sagte der junge Mann. »In vier Wochen gebe ich Euch Bescheid.«

»Mit allem Respekt, hoheitlicher Kabcar.« Sarduijelec schüttelte den Kopf, sein Doppelkinn wabbelte hin und her. »Arrulskhán möchte innerhalb von vier Tagen eine Entscheidung von Euch.« Er stellte sich zurück in die Reihe der anderen. Beruhigend berührte Mortva die Schulter des Herrschers.

»Wenn wir nun schon dabei sind, Unmögliches voneinander zu verlangen, dann möchte ich, dass sich Hustraban unverzüglich aus meiner Baronie zurückzieht«, hallte die Stimme Aljaschas durch den Saal. Ihr makelloser Körper steckte in einem Traum aus weitem, fließendem Stoff in Beigetönen: Edelsteine funkelten und blitzten am Dekolletee und eiferten mit dem Diadem um die Wette. Mit eleganten Schritten kam sie vom Eingang herüber zu ihrem Gemahl und setzte sich neben ihn. »Unverzüglich.«

Sie schenkte Lodrik einen liebevollen Aufschlag ihrer grünen Augen.

Daraufhin machten Waljakov und der Herrscher gleichzeitig ein verdutztes Gesicht.

Fusuríl trat nach vorne und klappte den Oberkörper in seiner unnachahmlich starren Weise zur Begrüßung ab. »Der eine Sachverhalt hat mit dem anderen nichts zu tun, hoheitliche Kabcara.«

»Dann müssen wir es tatsächlich auf einen Krieg mit Hustraban ankommen lassen?«, meinte sie kühl. »Wir haben im Moment das bessere Heer.«

Der Gesandte legte das Gesicht in Falten. »Ihr würdet den Friedensvertrag brechen und Euch den Widerstand der übrigen Reiche zuziehen, wenn tarpolische Truppen einmarschierten, habt Ihr das vergessen, hoheitliche Kabcara?«

»Darüber müsst Ihr Euch keine Gedanken machen«, ergriff der Konsultant überraschend das Wort. »Hoheitlicher Kabcar, mit Eurer Erlaubnis lüfte ich das Geheimnis unserer Streitmacht.« Mortva gab Lodrik durch ein Blinzeln zu verstehen, dass er nicht mit der ganzen Wahrheit herausrücken wollte. »Jeder weiß, dass Tersion sich im Krieg mit Kensustria befindet. Um durch Ilfaris gelangen zu können, so kam mir zu Ohren, benutzt die Regentin angorjanische Freunde. Somit besteht nicht die geringste Gefahr, dass das Abkommen über den Tausendjährigen Frieden auch nur in irgendeiner Weise missachtet wird.«

»Was scheren uns die Südländer?«, warf Fusuríl ein.

»Sie geben ein sehr gutes Beispiel, Gesandter«, gab der Mann mit dem Silberhaar zurück. »Seht, Angor ist nicht der einzige Kontinent, auf dem Krieger zur Verfügung stehen. Das Königreich Tarpol hat sich erlaubt, nach Verbündeten Ausschau zu halten und wurde weit über dem Meer fündig. Ich vermute, die meisten hier haben von den Schiffen gehört, die den Repol bis in die Nähe von Dujulev gefahren sind? Exakt sie gehören zu unseren Freunden. Und sie sind nicht, wie immer behauptet wurde, aus Tûris.«

»Ihr habt Söldner angeworben?« Der Hustrabaner wirkte alarmiert. »Damit verstoßt Ihr genauso gegen ...«

»Wir«, unterbrach ihn der Konsultant hart, »haben niemanden angeworben. Die Soldaten stehen auch nicht unter dem Kommando des Kabcar, sondern eines befreundeten Feldherrn, der nichts von uns für seinen Aufwand erhält. Damit verletzt Tarpol den Vertrag ebenso wenig wie Tersion. Und aus dieser Freundschaft kann man dem Kabcar rein rechtlich keinen Strick drehen.«

»Und wie groß ist diese Streitmacht, die in Tarpol kämpft?«, wollte der Gesandte aus Borasgotan wissen, dem die Zuversicht ebenfalls abhanden gekommen war.

»Groß genug.« Mortva lächelte.

»Ihr seht«, griff Lodrik ein und spürte zu seiner Überraschung die Hand seiner Ehefrau auf der eigenen, »dass wir bestens vorbereitet sind. Und wenn dieser Feldherr, der uns bei Dujulev etwas half, beschließt, sich gegen Hustraban zu wenden ...« Absichtlich ließ der Kabcar den Satz unvollendet, um die möglichen Konsequenzen der Fantasie des Einzelnen zu überlassen. »Zu reden haben wir aber auch noch über die Rückkehr der Provinz Worlac. Ich verlange, dass der selbst ernannte Baron Pavloc Kinikai sich umgehend meinen Beamten stellt, das Gebiet sich unverzüglich und ohne weitere Schwierigkeiten zurück in den angestammten Schoß Tarpols begibt. Von Strafaktionen gegen die Aufständischen werde ich absehen, wenn alle Waffen abgegeben werden. Sarduijelec, würdet Ihr das bitte dem Gouverneur ausrichten, wenn Ihr ihn seht. Und sagt ihm auch, dass der Kabcar wenig Geduld hat. Diese Langmut wird innerhalb von einer Woche erschöpft sein. Es wäre somit auch günstig, Botschafter, wenn Borasgotan und alle seine Verbündeten die Unabhängigkeit der Abtrünnigen nicht weiter anerkennen würden.«

Der Konsultant flüsterte dem jungen Mann auf dem Thron etwas zu.

»Richtig, das hätte ich beinahe vergessen.« Lodrik deutete auf den Diplomaten Serusiens. »Soweit ich mich erinnere, hat Euer Land sich an den Bestrebungen gegen Tarpol beteiligt.«

»Ein bedauerliches Missverständnis, hoheitlicher Kabcar.« Der Angesprochene verbeugte sich, was ihm ein verächtliches Schnauben Fusuríls einbrachte. »Serusien entschuldigt sich vielmals für den begangenen Fehler und hofft, dass die Reiche weiterhin in Frieden miteinander leben können.«

»Wenn Serusien für seine Torheit bezahlt, sehe ich keinerlei Schwierigkeiten damit«, sagte der Herrscher Tarpols. »Immerhin ist das keine Kleinigkeit. Zweihunderttausend Waslec müssten genügen, findet Ihr nicht auch?«

Dem Botschafter wich die Farbe aus dem Gesicht. »Das ist eine immense Summe …«

»… aber für ein so wohlhabendes Land mit Sicherheit kein Problem«, wiegelte Lodrik ab. »Meine Entscheidung steht. Die Zahlung sollte bald erfolgen, damit der befreundete Feldherr rechtzeitig anhält, wenn er den serusischen Schlagbaum sieht und nicht einfach einmarschiert.« Unruhe breitete sich bei den versammelten Diplomaten aus.

»Übertreibt es nicht«, warnte ihn Mortva leise. »Noch sind wir die Opfer, aber wenn Ihr weitermacht, sind wir die Kriegstreiber, Hoher Herr. Eure Andeutungen könnten uns mehr schaden als nützen.«

Der Kabcar verzog keine Miene bei dem geraunten Hinweis. »Aber das sind natürlich nur Gedankenspiele«, sagte er laut. »Es gibt keinen Grund zur Beunruhigung, verehrte Botschafter und Gesandte.«

»Wenn Ihr Euren Freund nicht unter Kontrolle habt, hoheitlicher Kabcar«, meldete sich Tafur, der Botschafter Aldoreels, zu Wort, »wer garantiert den anderen Reichen, dass sie unbehelligt bleiben?«

Es war dem Leibwächter schon lange aufgefallen, dass sich niemand genau um die Herkunft der Krieger sorgte. Der Konsultant sprach immer nur von »Sinureds Männern«, sein Schützling fragte nicht weiter nach. Wie er so vieles nicht hinterfragte. Und auch ansonsten wusste niemand genau, wer Hilfe schicken würde, die sich freiwillig einem Ungeheuer anschloss.

»Ich gebe Euch mein Wort, dass alle, die sich nicht an den Kriegsakten gegen Tarpol beteiligt haben, nichts von meinen Freunden zu befürchten haben.« Lodrik erhob sich. »Unschuldige dürfen für die Dummheit anderer nicht bestraft werden. Aber alle anderen sollen gewarnt sein: Kommt meinen Vorschlägen nach oder erlebt Euer blaues Wunder. Ulldrael der Gerechte ist auf meiner Seite, wie man bei Dujulev sah. Und er wird so lange auf meiner Seite sein, bis wieder Gerechtigkeit herrscht.«

Der junge Herrscher fühlte, wie seine Cousine ihm sanft mit den Fingern auf dem Handrücken entlangfuhr. Im Stillen erwartete er, dass sie gleich etwas sagte, was ihn kompromittieren würde. Fragend schaute er zu ihr, aber sie lächelte nur freundlich und drückte seinen Oberarm.

Auch dem Leibwächter waren die Geste und der Ausdruck der Kabcara nicht entgangen.

»Die Audienz ist zu Ende, wenn die verehrten Gesandten keine Fragen mehr haben«, sagte Mortva laut. Als sich keiner zu Wort meldete, öffneten die Bediensteten die Türen, und die Versammlung löste sich auf.

Der Herrscher blickte nachdenklich auf die Karte. »Wie lange wird es dauern, bis die Verstärkung angekommen ist?«

»Im Moment stehen wir mit zwanzigtausend Männern im eigenen Land und treiben die Borasgotaner vor uns her.« Der Mann mit dem Silberhaar ließ die Zahl einen Moment wirken. »Ich muss nicht betonen, dass wir uns eine solche Streitmacht nur leisten können, weil wir uns mitten in der Erntezeit befinden, Hoher Herr. Ansonsten sähe es mit der Versorgung eher schlecht aus.«

»Dann werden wir im Winter schlecht aussehen«, murmelte Waljakov, klackend legte sich die mechanische Hand um den Säbelgriff. »Die fressen unseren Bauern die Haare vom Kopf.«

»Na, na. Ganz so schlimm ist es nun auch wieder nicht. Ihr seid ein Mann, der nur das Schlechteste annimmt, wisst Ihr das?«, sagte Mortva in Richtung des Leibwächters. »Wir haben noch keine Klagen von Landpächtern gehört, was wollt Ihr mehr?« Der Konsultant nahm sich eine Hand voll Holzklötzchen und positionierte sie. »Wir setzen sie pausenlosen Angriffen aus. Ein Teil der Soldaten erholt sich, der andere Teil attackiert. Für die Borasgotaner erweckt das den Eindruck, als würden wir über scheinbar unerschöpfliche Kraftreserven verfügen, somit kommt zu ihren materiellen Verlusten auch noch eine sinkende Kampfmoral.«

»Es wird aber reichen, um Feuer zu legen«, gab Waljakov zu bedenken.

Nun wirkte Mortva ungehalten, die rechte Augenbraue hob sich ganz langsam. »Ich teile Eure Bedenken, wenn auch nur bedingt. Ihr seid ein verdienter Scharmützelkämpfer, ich dagegen habe Militärgeschichte studiert. Ihr denkt zwar richtig, aber in zu kleinen Dimensionen.«

»Euer Studium kann wenig wert gewesen sein, wenn Ihr die mögliche Bedeutung eines umherliegenden Panzerhandschuhs nicht kennt«, brach es aus dem Hünen hervor. »Und erzählt mir nicht, Ihr hättet von dem Schwur des Ritters nichts gewusst.« Mit ein paar ausladenden Schritten stand er vor dem Vetter des Kabcar. »Ihr, Nesreca, habt den Handschuh absichtlich aufgehoben, um den Ritter im Zweikampf umbringen zu lassen.«

Mortva blieb gelassen, obwohl seine unterschiedlich farbigen Augen Waljakov zu durchbohren schienen. »Und was hätte ich davon, wenn es so wäre, wie Ihr sagtet?«

»Ich weiß es nicht«, gestand der Leibwächter, »aber Ihr betreibt ein seltsames Spiel am Hof. Und der Kabcar ist zu blind oder zu sehr von Euch beeinflusst, als dass er es merken würde.«

»Ihr dagegen besprecht Eure Verdächtigungen lieber mit Norina Miklanowo, vermute ich. Allein«, retournierte der Konsultant, verschränkte die Arme auf dem Rücken und zwang sich zu einem Lächeln. »Ihr werdet zumindest oft zusammen gesehen, wie ihr beide durch den Palastgarten wandelt oder Zeit in der Bibliothek verbringt, während sich der Kabcar den Regierungsgeschäften widmet. Ihr vernachlässigt, wenn ich es richtig betrachte, Eure Aufgabe als Leibwächter, findet Ihr nicht?« Er wandte sich zu einem schweigenden Lodrik und Aljascha, die ein gespanntes Gesicht machte. »Findet Ihr nicht auch, Hoher Herr?«

»Ihr seid ein …«, setzte Waljakov wütend an, doch der Herrscher Tarpols unterbrach ihn.

»Genug, ihr beide. Es reicht.« Der jugendliche Herrscher erhob sich. »Mortva und ich haben bereits über den Zweikampf gesprochen, und ich habe ihm offiziell einen Tadel erteilt, den er an seinen Kämpfer weiterreichen wird. Und immerhin hat Nerestro verbotenerweise nach seiner aldoreelischen Klinge gegriffen. Wenn Echòmer nicht so eine gute Rüstung benutzt hätte, wäre er vermutlich tot. Ich kann die Beweggrunde des Mannes schon verstehen.« Lodrik stellte sich neben den Glatzkopf. »Ich treffe meine Entscheidungen immer noch selbst, also sei unbesorgt. Mein Vetter leistet nur gute Dienste, indem er mich an Sachen erinnert.«

»Werdet Ihr ihn wieder aus Euren Diensten entlassen, wenn Stoiko auf die Beine gekommen ist?«, wollte Waljakov wissen. »Und erinnert Ihr Euch an das Versprechen, das Ihr dem Ritter bei Dujulev gegeben habt? Haltet Ihr Euer Wort, Herr?«

Lodrik senkte den Blick und sah auf seine Schuhspitzen. Er wirkte in diesem Augenblick wie der »TrasTadc«, hilflos wie ein kleines Kind, das sich nicht entscheiden konnte.

»Wie redest du mit dem Kabcar von Tarpol?« Aljascha kam an die Seite ihres Gemahls, hakte sich unter und sandte dem Leibwächter einen vernichtenden Blick. »Du magst viel zusammen mit ihm erlebt haben, aber er ist für dich immer noch der Herrscher Tarpols, den du mit Respekt zu behandeln hast. Du bist sein Leibwächter, nicht sein Vormund.«

Waljakov verbeugte sich knapp vor der rothaarigen Frau. »Meine tiefste Entschuldigung, hoheitliche Kabcara. Ich weiß durchaus, wo meine Position ist.«

»Es ist schon spät, lasst uns alle zu Bett gehen und den Tag morgen besser beginnen, als er heute endet«, schlichtete Lodrik müde. »Du kannst gehen, Waljakov. Es ist gut.« Wortlos wandte sich der Hüne um und verließ das Audienzzimmer.

Sein Vetter legte den Zeigefinger an sein Kinn. »Dürfte ich Euch einen Vorschlag machen, hoheitlicher Kabcar?« Der junge Mann nickte. »Wir sollten die Borasgotaner zurückschlagen bis weit in ihr eigenes Land.« Mortva nahm die rote Kreide. »Wenn ich mich richtig erinnere, verlangten unsere Nachbarn bei den Verhandlungen die Hälfte Tarpols, sozusagen als Sicherheit. Es wäre doch nur mehr als rechtens, wenn wir das Gleiche in Anspruch nähmen. Zum Schutz Eurer Untertanen. Es wäre der beste Garant für eine ruhige Grenze, wenn wir eine Besatzungszone einrichten würden.« Die Spitze des farbigen Kreidestücks fuhr über das Drittel Borasgotans, das an Tarpol grenzte. »Das müsste genügen.«

»Und wie bekomme ich meine Baronie zurück?« Aljascha schmiegte sich an Lodrik, der ihren warmen Körper durch seine Uniform spüren konnte. Auch bei ihm stieg die Temperatur sprunghaft an, und vorsichtig roch er an dem roten, verführerisch glänzenden Haar seiner Gemahlin. Sie registrierte es mit einem Lächeln.

Der Konsultant tippte nacheinander die Baronien an. »Tatsache ist, dass wir vor eine größere militärische Herausforderung gestellt sein werden als bei Borasgotan. Unglücklicherweise ist Kostromo das östlichste aller Kleinreiche, also müssen wir irgendwie herankommen, um Hustraban herauszuwerfen. Da sich die meisten Baronien mehr oder weniger freiwillig Borasgotan angeschlossen haben oder annektiert wurden, sollte eine Begründung für den Einmarsch nicht allzu schwer zu finden sein. ›Befreiung‹ ist ein sehr schönes Wort.«

Die grünen Augen der Kabcara glitzerten auf. »Man könnte sie zu einer Großbaronie zusammenfassen«, schlug sie vor und küsste Lodrik sanft aufs Ohr. »Und ich würde sie regieren, mit deiner Erlaubnis, Gemahl.«

»Ihr wisst, dass ihr beide sehr tief greifende Veränderungen vornehmen müsstet«, äußerte sich der überrumpelte Herrscher vorsichtig, während ihm ein heißer Schauder den Rücken hinablief. Seine Cousine hatte das Parfüm aufgelegt, das er am meisten an ihr mochte.

»Ich bin mir sicher, dass, wenn wir es den Baronen

entsprechend schmackhaft machen, inklusive der Zahlung von Rücktrittsgeldern, diese gewaltlose Umgliederung keine Schwierigkeiten bereiten dürfte.« Der Konsultant stützte eine Hand auf den Kartentisch, die andere legte er auf den Rücken. »Und wieder hättet Ihr einen Stein mehr in Eurer Straße zur Unsterblichkeit. Das Volk sieht in Euch bereits jetzt den größten aller Bardrics.«

»Und die gewachsenen Strukturen der Baronien zu den anderen Reichen?« Mehr und mehr schwand der Widerstand des jungen Mannes angesichts der Lösungen, die Mortva zu allen Problemen aus dem Hut zauberte, und der betörenden Nähe seiner Gattin, die weiterhin ihren Körper an seinen drückte. Das alte Verlangen, das er für tot gehalten hatte, flammte auf und kämpfte gegen die schlechten Erfahrungen, die er bisher machen musste.

»Ich glaube, dass allen Beteiligten der Anschluss an Tarpol lieber ist als die Herrschaft eines Wahnsinnigen«, schätzte der Konsultant die Lage ein. »Einzig und allein Ucholowo wird sich sträuben, weil der Baron mit einer Nichte Arrulskháns verlobt ist. Bijolomorsk wollte sich ohnehin wieder uns anschließen. Es sieht sehr gut für uns aus. Und mit der Bildung einer Großbaronie sitzen wir in einer strategisch äußert günstigen Position.«

»Man könnte meinen, Ihr plant weitere Eroberungen, verehrter Vetter«, scherzte der Kabcar und umfasste die Hüfte Aljaschas. Das Blut schoss ihm in den Kopf und andere Körperteile. Das Verlangen hatte den inneren Kampf gewonnen.

»Aber nein«, winkte Mortva ab. »Ich nicht. Aber wartet nur, Ihr werdet mir eines Tages selbst sagen, was Tarpol noch in die Arme schließen möchte. Im Übrigen empfehle ich gegen Hustraban die gleiche Vorgehensweise wie gegen Borasgotan. Ein Schutzgürtel, um die bis dann entstandene Großbaronie vor Feindseligkeiten zu bewahren, wäre eine sehr gute Einrichtung.«

»Wenn man Euch beide so reden hört«, sagte Lodrik, »könnte man glauben, Ihr möchtet ganz Ulldart zu tarpolischem Besitz machen.« Sanft streichelte Aljascha seinen Rücken.

Mortva und die Kabcara lächelten sich kurz an. Sie verstanden sich ohne Worte, während Lodrik zum Ausgang schaute, seine Cousine an der Hand nahm und mit ihr den Raum verließ.

Der Mann mit den silbernen Haaren vollführte eine Geste mit der linken Hand, und ein Windstoß löschte alle Lampen im Saal.

»Paktaï«, sagte er mild, und auf seinen leisen Befehl hin erschien die Frau aus dem Schatten einer Säule. Gekleidet war sie in eine schwarze, nietenbesetzte Rüstung aus gehärtetem Leder, darunter lag ein dicht gewobenes Kettenhemd. Die langen schwarzen Haare waren zu einem Zopf zusammengebunden, was ihr dünnes Gesicht noch schmaler wirken ließ. Die Monde leuchteten auf ihr fahles Antlitz, ihre Augen glühten dunkelrot. »Wie geht es dem unvorsichtigen Hemeròc?«

Paktaï senkte sich auf ein Knie herab. »Er wird wieder gesund werden, aber die aldoreelische Klinge hat ihn schwer verletzt. Ihr hattet ihn gewarnt.« Sie stand auf, das Haupt demütig gesenkt. »Habt Ihr gewusst, dass diese Kensustrianerin ein Rákshasa ist?«

Der Konsultant konnte seine Verwunderung nicht verbergen. »Nein. Ich ahnte es nur, als ich ihre Zähne und die leuchtenden Pupillen sah.« Seine Augen wurden schmal. »Wie hast du es herausbekommen?«

Die Frau schüttelte den Kopf. »Nicht ich. Hemeròc war es, bevor er sich zur Regeneration zurückzog. Er war bei diesem Ritter, um ihm den Tod zu versprechen.«

»Ach? Er handelt ohne meinen ausdrücklichen Befehl?« Er fuhr sich nachdenklich über die Haare. »Ich werde ihm noch einmal verdeutlichen müssen, wer wem unterstellt wurde. Du, meine bezaubernde Paktaï«, er umfasste ihr Kinn und hob den Kopf an, damit sie in seine Augen sehen musste, »weißt doch genau, wo dein Platz ist?«

»Ganz genau.« Sie blickte ihn teilnahmslos an.

»Gut.« Mortva ließ sie los und wandte ihr den Rücken zu. »Geh. Und richte Hemeròc aus, dass eine Strafe auf ihn warten wird.« Sie verneigte sich, trat zurück und verschmolz mit den Schatten.

Leise huschte Waljakov in Stoikos Kammer und trat an dessen Bett heran.

Sein Freund hatte die Augen geschlossen, das Gesicht erhielt allmählich seine Farbe wieder zurück. Die Genesung schritt voran, wenn auch nur zögerlich. Die Cerêler des Palastes gaben ihr Bestes, aber die Wunden schienen immer wieder von neuem infiziert zu sein, als wollte etwas verhindern, dass Stoiko auf die Beine kam.

Der Leibwächter hatte den Verdacht, dass das »Etwas« lange silberne Haare hatte und auf den Namen »Nesreca« hörte. Aber beweisen konnte er es nicht. Die Wachen, die er vor die Tür gestellt hatte, sahen und hörten nichts. Weder er noch Norina noch der Verwundete vertrauten diesem mysteriösen Vetter vierten Grades, und nach dieser Unterhaltung im Audienzsaal schon gar nicht mehr. Er musste weg. Und wenn Waljakov ihn eigenhändig an seinen Haaren nach Berfor zurückschleifen musste.

Der Verletzte schlug die Augen auf und versuchte, ein Lächeln zu fabrizieren. »Du siehst müde aus, Waljakov.«

»Ich bin müde«, sagte der Hüne grinsend und blickte sich im Zimmer um. »Benötigst du etwas? Trinken, essen oder etwas anderes?«

»Nein, danke, ich habe nur ein wenig gedöst. Es geht mir schon viel besser. Ich denke, dass ich nächste Woche aufstehen kann.«

Der Leibwächter nahm Platz. »Ich möchte dich wirklich nicht drängen, Stoiko, aber es wird höchste Zeit, dass du an Lodriks Seite zurückkehrst. Seit dieser Nesreca aufgetaucht ist, steuert der Junge stärker als zuvor etwas entgegen, was mir nicht gefällt. Und er hat sich Sinured als Verbündeten gewählt.«

»Er konnte nicht anders«, verteidigte der verletzte Mann den jungen Herrscher. »Aber er wird ihn wieder zurückschicken. Du hast gesagt, er habe es dem Ritter versprochen.«

»Und der Ritter liegt inzwischen ebenfalls halb tot in seinem Bett«, meinte Waljakov düster.

»Du hast mich damals gewarnt, nun ist es an mir.« Stoiko setzte sich ein wenig auf. »Alle um den Kabcar, auf die er unter Umständen hören würde oder die kritisch gegenüber seinem Vetter eingestellt sind, erleiden Unfälle oder werden anders ausgeschaltet. Wenn es wirklich Nesreca ist, der dahinter steckt, stehst du ebenfalls auf seiner Liste.«

»Und Norina«, ergänzte der Leibwächter gedankenversunken. »Ich werde sie beschützen. Vermutlich benötigt sie mich im Moment mehr als Lodrik.«

»Gebt auf euch beide Acht«, warnte der Verletzte, bevor er mit verzerrtem Gesicht zurücksank und die Augen schloss. »Nächste Woche bin ich wieder da. Und dann sorgen wir dafür, dass Nesreca schnell an Einfluss verlieren wird.«

»Ich hoffe es und bete sogar zu Ulldrael, wenn es sein muss.« Waljakov deckte den innerhalb von Lidschlägen eingeschlafenen Stoiko zu und verließ leise den Raum.

Ein Paar dunkelrote Punkte leuchteten in einer finsteren Ecke der Kammer auf.

»Ich wollte mich bei dir entschuldigen, mein Gemahl. Aufrichtig entschuldigen. Für alles, was ich dir in der Vergangenheit angetan habe.« Aljascha machte einen Knicks und senkte ergeben den Blick. »Es tut mir unendlich Leid, ich habe nun erkannt, dass ich falsch handelte. Ich erwarte nicht, dass du es vergisst. Aber verzeihe es wenigstens, damit wir einen Neuanfang wagen können. Wir müssen zusammenhalten, Lodrik, das habe ich nun erkannt.«

Sie hob den Kopf, dann konnte sie die Heiterkeit nicht mehr länger unterdrücken.

Aus vollem Hals tönte ihr glockenhelles, spöttisches Lachen durch das Zimmer. Sie betrachtete sich dabei im Spiegel. »Ich werde es nicht schaffen. Ich lache mich tot, wenn ich das zu ihm sage. O Mortva, du verlangst Schwieriges von mir.«

Die Tür zu ihrem Schlafzimmer öffnete sich, und der Kabcar trat ein, in der Hand ein Tablett mit Gläsern und einer Flasche Sekt balancierend. »So gute Laune, Gemahlin? Das freut mich aber, dass du so laut lachen kannst.«

»Welche Ehre, dass ich vom Herrscher von Tarpol persönlich bedient werde. Ist das nicht Grund genug, glücklich zu sein?« Sie lachte wieder und versuchte dabei, ihre Belustigung nicht zu sehr nach Hohn klingen zu lassen. »Wenn du fertig bist mit Ausschenken, würdest du mir bitte bei meinem Kleid helfen?«

Langsam senkte Lodrik die Flasche. Seine Fröhlichkeit war wie weggewischt. Die blauen Augen wurden ernst.

»Das hatten wir schon einmal. Ich werde es nicht wiederholen.« Als würde er aus einem Traum erwachen, veränderte sich sein Blick. »Ich weiß gar nicht, weshalb ich hier bin.« Er musterte sie von oben bis unten. »Du spielst wieder eins deiner Spielchen mit mir, und zum Schluss wirst du mich verhöhnen, wie immer.« Hart setzte er die Flasche auf die Anrichte, der Alkohol floss über und tropfte zu Boden. »Um ein Haar wäre ich auf dich hereingefallen. Gute Nacht.« Der junge Mann wandte sich um.

»Aber nein, aber nein«, beeilte sich seine Cousine zu

sagen. »Komm zurück. Um ehrlich zu sein, ich wollte mich bei dir entschuldigen. Für alles, was ich dir in der Vergangenheit durch mein Verhalten angetan habe.« Sie ließ sich mit unglücklichem Gesicht aufs Bett fallen. »Der Palast, der Tod meines Onkels, die viele Macht, die Veränderungen und der überreichliche Luxus haben mich noch schlimmer werden lassen, als ich mich ohnehin schon gebe, ich weiß.« Sie sah ihn fast flehend an. »Aber im Grunde bin ich nicht so schlecht. Ich habe dich behandelt, wie man niemanden behandeln sollte. Und das tut mir Leid.« Sie verbarg ihr Gesicht zwischen den Händen und begann zu weinen.

Lodrik war sichtlich überfordert. Weil er nicht wusste, was er tun sollte, schenkte er die Gläser voll, ging hinüber zu seiner Gattin und nahm neben ihr Platz. »Hier. Trink.«

Aljascha schniefte und warf ihre langen roten Haare zurück. Die Tränen funkelten im Kerzenlicht, und ein bisschen zitternd nahm sie den Sekt. »Danke.« Das Grün ihrer Augen schimmerte, fesselte seinen Blick, und ein Hauch ihres Duftwassers stieg in seine Nase. »Ich erwarte nicht, dass du mir verzeihst. Aber lass uns einen neuen Anfang machen. Ich als echte Gattin, die dir die Treue hält und dich unterstützt.«

Er stürzte sein Glas hinunter, legte die Arme um sie und zog sie nach hinten. »Ich nehme deinen Vorschlag an, Cousine.«

Vorsichtig näherten sich ihre Lippen, dann küsste er sie. Sie entzog sich ihm nicht.

Dann begann er, nach den Verschlüssen ihres Kleides zu tasten, doch ihre Hand legte sich auf seine. Wut kochte schlagartig in ihm hoch.

»Noch nicht«, bat sie. »Gib uns beiden Zeit, uns aneinander zu gewöhnen. Ich …«

Mit Schwung sprang er auf und stand drohend über ihr. »Du führst also wieder eine deiner Komödien auf,

Aljascha. Aber diesmal wird es nicht funktionieren. Ich werde diesmal nicht die übliche Rolle des dummen TrasTadc spielen.«

Er streckte die Arme aus, konzentrierte sich kurz und ließ orangefarbene Blitze zwischen den Handflächen hin und her zucken. Die Kräfte in seinem Inneren gehorchten bereitwillig. Mit großen Augen starrte ihn seine Gemahlin an. »Das, was du hier siehst, nennt man Magie. Ich kann sie kontrollieren und die unvorstellbarsten Dinge damit vollbringen.«

Er versuchte, den Trick mit dem Verändern eines Glases erneut, aber seine Gefühlswelt war zu sehr in Aufruhr. Krachend zerbarst das Gefäß.

Dennoch verfehlte die Demonstration der Macht ihren Eindruck nicht.

Aljascha rutschte ängstlich vom Bett und klammerte sich an seine Beine. »Bitte, verschone mich. Ich werde alles tun, was du von mir verlangst. Von heute an werde ich gehorchen.«

Lodrik zog sie selbstzufrieden auf die Füße.

Sie warf sich an seinen Hals und bedeckte ihn mit Küssen. »Ich tue alles, was du willst, mein Gemahl.«

Mit geschlossenen Augen genoss der Kabcar die Zärtlichkeiten seiner Cousine, die ihn irgendwann auf die Schlafstätte zurückzog. Nun endlich durfte er die so oft verschobene Hochzeitsnacht vollziehen.

Und sie gefiel ihm sehr.

III.

Die Allmächtige Göttin besah sich die Welt, und als sie überzeugt war, dass alles in Ordnung war, ging sie zu Angor, Ulldrael, Senera, Kalisska und Vintera, um sie zur Rückkehr zu den Menschen zu bewegen.

Doch die Menschen experimentierten mit der Magie, veränderten sie.

Vor allem die ehemaligen und neuen Getreuen des Gebrannten Gottes entwickelten Kenntnisse, mit denen sie andere Länder mühelos in die Knie zwingen konnten.

Geister, Untote und viele andere bösen Mächte zogen in Tzulandrien umher.

Die schlechte Magie,
Kapitel I

Ulldart, Königreich Tersion, Hauptstadt Baiuga, Sommer 443 n. S.

»Ihr wärt auch lieber in Freiheit, was?« Fraffito Tezza stützte sich auf den Reisigbesen und ließ seinen Blick über die Eisenkäfige schweifen, die dicht an dicht im großen Gewölbekeller standen.

Die linken Gefängnisreihen beherbergten Sumpfbestien in den unterschiedlichsten Formen und Größen aus allen möglichen Gebieten des Kontinents. Auf der anderen Seite wurden die Tiere gehalten, die man zu verschiedenen Gelegenheiten in der Arena zum Einsatz brachte.

»Aber warum sollte es anderen Kreaturen besser gehen als mir, nicht wahr?«, sagte er zu einem der Untiere, das ihn daraufhin anknurrte und sich gegen die Gitter warf.

Erschrocken machte der Palestaner einen Schritt zurück und hob drohend den Reisigbesen. Als er seine lächerliche Waffe begutachtete, senkte er sie lachend, nahm seinen kleinen Flakon mit Duftwasser aus der Tasche seines Brokatjupons heraus und besprühte das Wesen.

»Jetzt riechst du wenigstens besser als du aussiehst«, sagte der einstige Adjutant und nun Leihgabe des Händlerstaates an Tersion und kehrte den herausgefallenen Dung vor den Eisenstäben zu einem großen Haufen zusammen. Zwischendurch hielt er immer wieder kurz inne und schmierte sich etwas von dem Parfüm unter die Nase, um den Gestank nicht ertragen zu müssen.

Er wusste nicht, weshalb plötzlich diese Gewölbeteile in sein Ressort fielen, was er als äußerst erniedrigend empfand.

Am anderen Ende des Raumes angekommen, richtete er sich stöhnend auf, hielt sich das Rückgrat und sah sich nach dem Wasserfass um, das in seiner Nähe stehen musste. Er brauchte unbedingt etwas zu trinken.

Erleichtert ließ er sich das kühle Nass von der Holzkelle in den Mund laufen. Der Palestaner stockte aber mitten in der Bewegung, als er ein Geräusch in seinem Rücken hörte, das ihm gar nicht gefiel. Es war das Quietschen einer Eisentür.

Tezza versenkte zitternd die Kelle in dem Fass, langte nach seinem Kehrwerkzeug, das er sich als Schutz vor die Brust hielt, und wandte sich um.

Eine der größeren Sumpfbestien stand im Mittelgang und witterte lautstark nach allen Richtungen, der Eingang ihres Gefängnisses stand sperrangelweit offen. Noch interessierte sie sich scheinbar nicht für den Mann, der kleine Schritte rückwärts machte, um entweder zu entkommen oder sich zu verstecken.

Mit einem letzten großen Schnaufer wandte sich die Kreatur dem Palestaner zu. Ihr humanoider, muskelbepackter Körper spannte sich, das Fell richtete sich in der Nackenpartie auf, die Klauen bewegten sich sachte, und aus der Kehle drang ein dumpfes Grollen.

»Hilfe«, flüsterte Tezza, den die Angst vor dem Wesen gelähmt hatte. »Wachen, zu Hilfe.«

Verständlicherweise reagierte niemand auf seine zaghaften Rufversuche.

Ihm kam eine Idee. Vorsichtig bewegte er sich zur Seite und griff in den Futtertrog, in dem das halbverweste Fleisch für die Sumpfbestien gelagert wurde.

Angewidert nahm er irgendetwas Blutiges, Stinkendes mit spitzen Fingern heraus und beförderte es schwungvoll in die andere Ecke des Raumes.

»Hol's, bitte«, sagte der Palestaner unsicher. »Feines Fresschen. Na los.«

Tatsächlich setzte sich das Wesen in Bewegung.

»So ist's brav. Feines Ungeheuer.« Seine eigene Angst wich leiser Zuversicht, die sich aber schlagartig in reines

Grausen wandelte, als die Kreatur umdrehte und sich am Käfig eines Artgenossen zu schaffen machte.

»Nein, nein, ksch, weg!«, brüllte Tezza und fuchtelte mit dem Besen in der Luft. »Lass das! Hör auf damit!« Mit einem leisen Geräusch öffnete sich die Zelle. »O heilige Dublone«, entfuhr es dem Mann, der wieder den Rückzug antrat, nachdem er angeknurrt worden war.

Tür für Tür schwang auf und gab eine Kreatur nach der anderen frei.

Zu seinem Entsetzen bewegte sich die Bestie auf ihn zu, die er vorhin mit seinem Duftwasser behandelt hatte. Völlig verkrampft, zitternd wie Espenlaub und mit geschlossenen Augen erwartete der Adjutant sein Ende.

Er fühlte sich emporgehoben, durch die Luft geschleudert, und dann landete er klatschend in dem Trog mit dem halbverwesten Futter und dem widerlichen Gemisch aus Innereien, Blut und Fleisch.

Als er sich, einer Ohnmacht nahe, aus dem Holzbehälter erhoben und wenigstens die Augen freigewischt hatte, hörte er vielfaches, knurrendes Gelächter. Vier Dutzend der Bestien standen um ihn herum.

Ganz nahe vor ihm befand sich das Gesicht der von ihm besprühten Kreatur. Sie spitzte langsam die Lippen. »Pft, pft«, imitierte sie das Geräusch des Flakons. Das tierhafte Lachen der Artgenossen schwoll an.

Tezza stieg vorsichtig aus der stinkenden Wanne. »Ihr werdet mich nicht fressen, ja? Nehmt doch lieber das Zeug hier.«

»Bist dumm?«, fragte die Kreatur vor ihm und schlug ihm mit der flachen Klaue an die Stirn, dass das geronnene Blut und andere Flüssigkeit spritzten. »Schmecken schlecht. Sein alt.«

»Ich habe euch nichts getan«, keuchte Tezza ängstlich und wich wieder etwas zurück. »Ich bin auch sehr alt und schmecke nicht. Zu zäh. Zu wenig Fleisch.« Zum Beweis zeigte er die dünnen Handgelenke. »Da, schau.«

»Aber Pft- pft sein wenigstens frisch«, murmelte das Wesen. »Nein, wir nix machen. Wir nur wollen raus.« Es deutete auf die große, mit Eisenbändern verstärkte Tür des Seitenausgangs. »Du machen auf, wir weg. Oder nehmen uns Schlüssel selbst.« Es kniff prüfend in den Oberarm des Palestaners. »Pft- pft nix Kämpfer. Leichte Beute.«

»Einverstanden, wenn das alles ist«, sagte Tezza und bewegte sich mit dem Rücken zu den Stäben in Richtung des Ausgangs, während er den großen Schlüsselbund von seinem Gürtel fummelte. »Da draußen sind aber Wachen.« Zu diesem Hinweis fühlte er sich verpflichtet. Klackend öffnete er das Schloss.

Der Anführer der Bestien winkte ab. »Wissen. Aber egal. Hauen drauf. Ob sterben hier oder in Kreis, machen nix Unterschied. Aber vielleicht können frei.« Die Kreatur verzog das Gesicht ein wenig. »Pft- pft haben Feind. Großes, weißes Haar, rotes Augen. Haben geöffnet Tür von Klarrb«, das große Ungeheuer knurrte kurz, »damit Klarrb den Pft- pft fressen.«

»Aber Klarrb schlauer als Menschen denken«, griente das imposante Wesen. »Wir nix dämlich.« Er sah einen seiner Artgenossen an, der versuchsweise an einem vergammelten Knochen nagte, und seufzte. »Nix alle, wenigstens.«

Ein paar der Bestien öffneten das Tor und huschten hinaus, um zu spähen. Der Anführer grinste ihn zum Abschied an und folgte den anderen.

Der Adjutant ahnte sehr wohl, wen die Bestie mit ihrer Warnung gemeint hatte. L'Xarr wollte ihn umbringen, weil er wusste, was die K'Tar Tur besprochen hatten.

Kurz dachte er daran, Alana II. von seinem Wissen in Kenntnis zu setzen, schalt sich aber daraufhin einen Narren, weil die Aussicht, dass die Regentin ihm glauben würde, so wahrscheinlich war wie die Echtheit eines rogogardischen Schuldscheins. Sein Wort stand gegen das von T'Sharr, des Hauptmanns der Wache, und das des eigenen Shadoka der Regentin.

Als er von draußen ersten Kampflärm hörte, beschloss er, ein wenig Heldenmut vorzutäuschen.

Der Palestaner wartete, bis er Schritte hörte, die sich dem Seitengewölbe näherten, dann öffnete er einen Käfig mit einem seiner Ansicht nach bösartig aussehenden Tier darin, warf die Tür aber sofort mit Schwung zu und stellte sich breitbeinig davor auf.

»Ha, habe ich dich wieder einsperren können, wilde Bestie«, rief er, als er sich sicher war, Zuschauer zu haben. »Du bist die Letzte der zehn gewesen.« Dann drehte er sich um, den Besen zum Schlag erhoben. »Wer möchte noch Prügel?« Die Wachen der Regentin starrten ihm mit offenem Mund an. »Oh, ihr wart natürlich nicht gemeint. Habt ihr die Bestien aufhalten können? Sie haben mich einfach überrannt, während ich die Tiere in Schach halten musste. Wie ihr an meiner besudelten Kleidung seht, habe ich aber wenigstens einige von ihnen verwundet.« In Heldenpose deutete er auf die Käfige. »Es droht euch keine Gefahr mehr.«

L'Xarr trat ein, Blut lief an seinen beiden Schwertern hinab und tropfte zu Boden. Er hatte die letzten Worte Tezzas mitangehört.

»Oh, wahrlich, ein echter Held. Wenn man Euch so sieht, hätte man es niemals für möglich gehalten. Da habe ich eine freudige Botschaft für Euch. Ihr werdet Gelegenheit bekommen, Eure Zweikampfstärke in der Arena zu beweisen. Das Volk will den Kehrmeister wieder zurück und auch einmal heldenhaft erleben.«

»Danke vielmals, aber ich habe kein Verlangen, mich beweisen zu müssen, Shadoka«, versuchte der Palestaner sich aus der Falle zu manövrieren. »Ich bleibe beim Besen schwingen.«

Der K'Tar Tur lächelte. »Es abzuschlagen hat keinen Sinn. Die Regentin wünscht es.«

»Nachdem Ihr es vorgeschlagen habt, vermute ich?«, gab Tezza nun schlecht gelaunt zurück. Bevor es so weit war, wollte er aus diesem Land fort sein.

Ulldart, Königreich Tarpol, Hauptstadt Ulsar, Spätsommer 443 n. S.

Das östliche Tarpol steht in Flammen, und Ihr denkt an nichts anderes, als Eure brojakischen Rechte wieder verliehen zu bekommen?«, rief Lodrik wütend und sprang aus seinem Ratssessel, die Hände zu Fäusten geballt. Anscheinend hatte Mortva mit seiner Einschätzung, die Großbauern verlangten ihre alte Macht zurück, Recht behalten. Und er war der ewigen Streitgespräche überdrüssig. »Der Zeitpunkt, mit einer solchen Forderung an mich im Brojakenrat heranzutreten, ist mehr als schlecht gewählt. Was habt Ihr Euch dabei gedacht?«

Hara¢ Tarek Kolskoi, der Sprecher des dreihundert Köpfe umfassenden Gremiums der Großgrundbesitzer, verbeugte sich. »Es hätte nicht besser gewählt sein können, hoheitlicher Kabcar. Ihr habt die Borasgotaner geschlagen, Eure Freunde erobern das Land zurück, und es sieht doch alles nach einer guten Wendung der Ereignisse aus, findet Ihr nicht? Wir haben damals unsere Zugeständnisse gemacht und verlangen nichts weiter als ein wenig Anerkennung. Eine Anerkennung, die sich aber nicht nur auf ein freundliches Kopfnicken beschränken darf. Daher verlangen wir eine schrittweise Rücknahme der Reformen. Oder noch besser: Führt auf einen Schlag das alte System wieder ein und begründet es mit der Lage im Osten.« Der dürre Adlige mit der markanten Raubvogelnase vermied es bisher, in die

Richtung des Mannes mit den silbernen Haaren zu sehen. »Die Untertanen werden das Opfer im Moment gerne bringen, weil sie Borasgotan für den Schuldigen halten. Ist der Krieg erst einmal vorbei, werden sie sich nicht mehr darum kümmern, dass wieder alles so ist wie vorher.«

Mortva neigte sich zum Ohr seines Vetters. »Hoher Herr, seine Erklärungsversuche sind sehr einleuchtend. Wir sollten sie uns merken. Aber ich habe Euch davor gewarnt, dass die Großbauern meinen, Oberwasser zu haben.«

»Ich kann es kaum glauben, was Ihr mir da vorschlagt, Kolskoi.« Lodrik sah in die Runde der bärtigen, wohl genährten Gesichter. »Ich soll meine Untertanen, die sich so sehr über die Veränderungen freuten, wissentlich anlügen? Ich soll meine Versprechen brechen? Nennt mir einen Grund, weshalb ich das tun sollte.« Abwartend stemmte der junge Herrscher die Hände in die Hüften.

Kolskoi legte den Kopf ein wenig schief. »Auch Eure Freunde benötigen Nachschub an Proviant, was Eure Gemahlin und Eure Geliebte in der Vergangenheit so hervorragend organisiert haben. Wenn nun aber die Speicher plötzlich leer sein sollten oder die Zugtiere für Wagen fehlten …«

»Wenn die Rückeroberung fehl schlägt, verlieren einige in diesem Rat ihr Land an Borasgotan«, erinnerte der Kabcar. »Wenn diese Rückeroberung zu langsam läuft, brennen die Felder, Dörfer und Städte nieder. Ist es das, was Ihr wollt?«

»Es wäre natürlich ein schmerzhafter Schritt, wenn Ihr unseren Forderungen nicht nachkommen wollt«, gestand der granburgische Adlige ein. »Aber wir sind bereit, diese Verluste, die sich über kurz oder lang wieder ausgleichen werden, hinzunehmen.« Nun sah er absichtlich zu Mortva, Trotz lag in seinem Blick und eine stumme Herausforderung an den Konsultanten. »Die

Unterredung mit Eurem Vetter hat mich nicht nachhaltig überzeugen können. Um es kurz zu machen: Gebt uns unsere Macht zurück oder wir demonstrieren Euch den letzten Rest davon, der uns geblieben ist.«

Lodrik sah Hilfe suchend nach seinem Vetter, der einen nachdenklichen Eindruck machte. »Ich brauche dringend einen Ratschlag, Mortva«, flüsterte der junge Mann. »Ich bin diese sich immer wiederholenden, gleichen, fruchtlosen Unterredungen leid.«

»Ich hätte eine Idee, wie man sich für alle Zeiten des Problems entledigt«, meinte der Konsultant langsam. »Wollt Ihr mir dazu freie Hand gewähren?«

»Nie wieder Scherereien mit den Brojaken?« Der Kabcar horchte erstaunt und freudig überrascht auf. »Natürlich lasse ich Euch für so eine Absicht freie Hand.«

»Dann verkündet, dass Ihr ein wenig überlegen werdet und Eure Entscheidung bei einem Bankett in zwei Wochen bekannt geben werdet. Bis dahin ist mir etwas eingefallen, wie man diese Blutsauger am tarpolischen Volk ruhig stellen kann. Ladet alle Brojaken und Adligen des Reiches ein.«

»Wie Ihr möchtet, Vetter«, sagte Lodrik beruhigt und folgte den Anweisungen seines Konsultanten.

Kolskoi hob die Versammlung auf, die Großbauern verließen murmelnd den Saal.

»Was habt Ihr vor, Nesreca?«, fragte Waljakov scheinbar desinteressiert.

»Ich weiß es noch nicht so ganz genau, aber ich halte meine Versprechen.« Er lächelte dem Leibwächter und seinem Schützling zu. Es war ein grausames, bösartiges Lächeln, wie Waljakov fand.

Norina kam zu dem Trio hinzu, packte den Kabcar am Ärmel und zerrte ihn außer Hörweite der beiden Männer. Ihr Gesicht verriet nichts Gutes. »Du hast mich gestern im Teezimmer warten lassen«, sagte sie ruhig.

Ihr Geliebter senkte schuldbewusst den Blick. »Verzeih mir. Es soll nicht wieder vorkommen, Norina. Aber ich war so mit Papieren und Verträgen beschäftigt, dass ich unsere Verabredung vergessen habe.« Gedanklich sah er den nackten, alabasterfarbenen Körper seiner Gemahlin vor sich, und er erinnerte sich an die aufregende Nacht mit der erfahrenen Frau, die so völlig anders verlaufen war als die mit der schwarzhaarigen Brojakin.

Er wollte Norina umarmen, aber sie machte einen demonstrativen Schritt nach hinten.

»Es ist nicht das erste Mal, dass du mich vergessen hast«, stellte sie fest und verschränkte die Arme vor der Brust. »Und was noch viel schlimmer ist, Lodrik, du hast mich angelogen. Ich weiß, wo du die Nacht verbracht hast.« Der Kabcar warf einen Blick hinüber zu Waljakov. »Nein, er hat damit nichts zu tun. Er würde dich deswegen sogar noch verteidigen, wenn es sein müsste. Aber der ganze Palast weiß es, Aljascha redet gerne darüber.« Sie schüttelte den Kopf, ihre braunen Mandelaugen schimmerten feucht. »Wir verbrachten eine sehr schöne Zeit zusammen, Lodrik. Aber ich fürchte, sie ist vorbei.«

»Norina«, begann er und streckte die Arme aus, »ich gelobe Besserung. Ich werde mich wieder mehr um dich kümmern. Ich verspreche es. Und ich …«

»Du hast so viel beteuert und versprochen. Lass es gut sein. Es gibt Mägde in diesem Palast, die behaupten, du würdest ihnen nachstellen«, redete sie weiter, ohne auf seine verzweifelten Beteuerungen einzugehen. »Ich weiß nicht, ob es stimmt oder ob sie sich nur hervortun wollen. Früher hätte ich es nicht geglaubt. Aber inzwischen erscheint mir vieles möglich.« Sie sah ihn an. »Du hast dich verändert, Lodrik. Aus dem schüchternen Jungen, der voller Ideen und Tatendrang war, wird ein Mann, der sich mehr und mehr den höfischen Sitten anpasst.« Die Brojakin nickte zu Mortva hinüber. »Er ist dein neuer Lehrmeister, und ich hoffe, dass er nicht alles zunichte macht, was Stoiko und mein Vater versucht haben, dir beizubringen.« Eine Träne rollte ihre Wange hinab und tropfte auf das Kleid, wo sie einen dunklen Fleck hinterließ. Der Herrscher Tarpols nahm sein Taschentuch heraus und hielt es ihr hin.

Sie nahm es nicht. »Ich bin nur enttäuscht, nicht traurig. Der Entschluss ist mir nicht leicht gefallen, Lodrik, aber ich kann nicht anders. Ich werde nicht länger deine Geliebte sein.« Lodriks Augen weiteten sich vor Schreck, als er sich der Tragkraft ihrer Worte bewusst wurde. »Aus dem Palast ziehe ich natürlich aus. Auf meine Unterstützung im Rat kannst du jedoch weiterhin zählen. Wenn du noch daran interessiert bist.« Sie drückte ihm einen Kuss auf die Stirn. »Ich wünsche dir alles Gute.«

Nach dem Schreck folgte die reine Verzweiflung. Seine aufgewühlte Gefühlswelt brodelte.

»Nein! Du bleibst!« Die Augen des Kabcar leuchteten blau auf, eine magische Entladung flog unkontrolliert auf die Brojakin zu, und bevor Mortva oder Waljakov reagieren konnten, traf der unterarmdicke, orangene Strahl die junge Frau auf die Brust, durchdrang die Kleidung und strömte in ihren Körper.

Zuckend brach Norina zusammen, ihre langen Haare knisterten, und kleine dünne Blitze umspielten ihre Rundungen.

Nach einem Lidschlag griff sie sich an den Kopf und starrte ihren einstigen Geliebten an. Blut lief ihr aus der Nase.

»Was«, keuchte sie und tastete nach dem Rot, das am Kinn herabtropfte, »hast du getan? Wolltest du mich umbringen? Hat Nesreca dir das beigebracht?«

Waljakov half ihr auf die Beine und stützte sie. *Ein schönes Paar,* hörte Lodrik die Worte seines Vetters als Widerhall in seinen Gedanken, und er meinte, so etwas wie Zärtlichkeit in den Blicken des Leibwächters gesehen zu haben. Aus dem Schrecken über die Tat wurde Hass.

»Wenn ich dich hätte töten wollen, wäre es mir geglückt«, schrie er sie an, sein Gesicht war eine verzerrte Fratze. »Geh doch mit Waljakov, wohin du willst! Ich weiß von deiner Untreue, auch davon spricht der Palast.«

»Herr, Ihr wisst nicht, was Ihr da sagt«, versuchte der Leibwächter zu beruhigen, aber der Vorwurf seines Schützlings hatte ihn tief getroffen. »Bedenkt, von wem Ihr das vielleicht zuerst gehört habt.«

»Es ist gleich, von wem ich es habe«, tobte der Kabcar. Wieder begann es, blau um ihn zu leuchten. Wie eine fluoreszierende Aura umhüllte ihn das Glühen, er spürte ein Ziehen und Reißen in den Fingerspitzen, wie er es noch nie erlebt hatte. Nur mit Mühe unterdrückte er den Wunsch, die inneren Dämme zu öffnen und der ungestümen Magie freien Lauf zu lassen.

»Raus!«, kreischte er. Seine Stimme überschlug sich und klang wie die des »TrasTadc«, wenn man ihm etwas verweigerte, was er unbedingt hatte haben wollen. Danach warf er sich in den Sessel und verbarg das Gesicht in seinen Händen, während Norina und Waljakov langsam den Saal verließen.

Mortva betrachtete die Szenerie mit einer gewissen Zufriedenheit. Gedanken darüber, wie er das Vertrauen des Herrschers in seine Geliebte erschüttern konnte, musste er sich nicht mehr machen.

»Kommt, Hoher Herr. Es war genug Aufregung für heute«, sagte er milde und kam auf den jungen Mann zu.

»Bleib, wo du bist«, befahl Lodrik in einer ungewöhnlich tiefen Stimme. »Kümmere dich um die Brojaken. Ich will allein sein.«

Devot verbeugte sich der Konsultant vor dem jungen Mann, die silbernen Haare flimmerten dabei kurz in überirdischem Glanz, dann ging er.

Als Mortva die Tür hinter sich zuzog, hörte er noch den lauten Schrei, mit dem sich der junge Mann von seiner Verzweiflung, seiner Wut und seinem Hass befreien wollte. Und er vernahm das charakteristische Knistern von starken Magieströmen, die sich entluden.

So etwas wie Mitleid empfand Mortva nicht.

Er lächelte still in sich hinein.

Von einem Diener ließ er sich ein Stück Papier, Tinte und Federkiel geben, um die Liste mit den Einladungen für das Brojakenbankett zu schreiben. Er wollte sicher gehen, dass kein Einziger vergessen wurde.

Genüsslich schrieb er den Namen »Ijuscha Miklanowo« ganz an den Anfang.

»Ich freue mich, die werten Adligen und Brojaken des tarpolischen Reiches im Namen des Kabcar begrüßen zu dürfen«, rief Mortva in das Gemurmel des Saales hinein. Alle Gäste, die er geladen hatte, waren erschienen, mit Ausnahme von Norina. Dafür saßen ihr Vater und Tarek Kolskoi in seiner unmittelbaren Nähe. »Der Kabcar lässt seine Verspätung entschuldigen, er wird zum Nachtisch zu uns stoßen und die Entscheidung, die sehr wohl zu Euer aller Gunsten ausfallen wird, verkünden.«

Er winkte dem Oberkoch des vornehmen Gasthauses *Numstroff*, der daraufhin die Schlange der Pagen mit den übervollen Tabletts, Schüsseln und Platten in Bewegung setzte. Reichlich verzierte und garnierte Köstlichkeiten wurden aufgetragen, offensichtlich hatte der Herrscher Tarpols keine Kosten und Mühen gescheut, den Mächtigen seines Reiches nur das Beste zu servieren.

»Lasst es Euch schmecken.« Er hob den Pokal. »Auf den Kabcar und Euch!«

Gehorsam hoben die Geladenen ihre Trinkgefäße und prosteten einander zu, bevor sie sich über das Essen hermachten.

Der Konsultant setzte sich. »Lernen wir uns endlich auch einmal kennen, Gouverneur«, sagte Mortva freundlich zu Miklanowo, der sich eine Hasenkeule auf den Teller legen ließ. »Ich habe bereits einiges von den granburgischen Abenteuern aus dem Mund des Kabcar gehört. Er hat Euren Ratschlag sehr geschätzt.«

»Danke vielmals.« Der bärtige Brojak und Stellvertreter des Herrschers zwinkerte. »Ihr habt dafür in Ulsar meine und Stoikos Rolle gleichzeitig eingenommen, was meine Tochter mir so erzählt hat.«

»Und wie findet Ihr das?«, wollte Mortva neugierig wissen.

»Ich weiß es nicht«, gestand Miklanowo. »Ohne Eure Planung wäre die Schlacht in Dujulev verheerend verlaufen, dafür gebührt Euch Respekt und Anerkennung. Aber was meine Tochter mir sonst so berichtet, stimmt mich sehr nachdenklich.«

»Das tut mir Leid«, bedauerte Mortva und beobachtete gespannt, wie sein Gegenüber die Zähne im Fleisch versenkte. »Schmeckt es?«

»Ausgezeichnet.« Der Gouverneur kaute angestrengt. »Nur fürchte ich, werden dem ein oder anderen die Bissen wieder aus dem Hals fallen, wenn Ihr Eure Pläne verkünden werdet. Oder wollt Ihr den Ausbeutern wirklich alle alten Rechte wieder zukommen lassen?« Fragend hielt er inne und musterte das amüsierte Gesicht des Konsultanten. »Hat der Junge nachgegeben?«

Mortva legte einen Zeigefinger ans Kinn. »Nein, nein. Keiner der Brojaken und Adligen soll in Zukunft mehr Vorteile erhalten. Nicht jetzt und nicht später. Rechtlich wird sich einiges ändern.«

»Das wird die Vogelscheuche nicht besonders freuen, wenn sie es hört«, rief Miklanowo gut gelaunt über den Tisch, sodass es Kolskoi zwangsläufig hören musste. Dessen Teller und Weinpokal waren noch unberührt.

»Ihr enttäuscht unseren Koch, wenn Ihr diese Köstlichkeiten verschmäht«, sagte der Konsultant in Richtung des Ratssprechers. Mortva hatte sich selbst den Teller voll geladen und begann, mit kurzen, exakten Bewegungen zu essen. Nach dem ersten Stück schloss er genießerisch die Augen. »Ihr werdet es bereuen, nichts gegessen zu haben.«

Aber selbst das Drängen seiner Tischnachbarn brachte den dünnen Mann nicht dazu, etwas von den Köstlichkeiten zu versuchen. Seine dünne Hand schloss sich um ein Amulett, das er um den Hals trug.

Der Abend schritt voran, aber der Kabcar, auf den die Mächtigen des Landes warteten, kam nicht.

Beim Dessert erhob sich der Konsultant und schlug an seinen Pokal, um die Aufmerksamkeit der Versammlung zu erhalten. Einige der Brojaken hatten dem Wein bereits reichlich zugesprochen, und es ging laut zu im Festsaal. Mortva musste seine Anstrengungen mehrfach wiederholen, bis er sicher sein konnte, gehört zu werden.

»Nun, da der Kabcar noch nicht erschienen ist, übernehme ich es …«

»Hört, hört«, murmelte Kolskoi. »Nun haben wir schon einen eigenen Gouverneur in Ulsar. Wie weit gehen denn Eure Befugnisse noch? Man hört so einiges.«

Der Vetter des Herrschers stimmte in das verhaltene Gelächter mit ein.

»Ja, verehrter Kolskoi, da mögt Ihr Recht haben. Ich ziehe so manche Fäden im Palast«, meinte Mortva fröhlich. »Dieser Abend war beispielsweise mein Vorschlag, damit wir alle auf einem Haufen zusammenhaben, die meinen, sie könnten dem Kabcar vorschreiben, was er zu tun und zu lassen habe.« Wieder lachte er, aber der Chor wurde leiser. Nur die Betrunkenen klopften sich auf die Schenkel, weil sie den Sinn der Worte nicht genau verstanden hatten.

Miklanowo setzte seinen Wein ab und sah misstrauisch zu dem Konsultanten hinüber. Der Tonfall, mit dem der Mann sprach, ließ ihn den Verdacht schöpfen, zusammen mit den anderen in eine Falle gelaufen zu sein. Am Gesicht Kolskois erkannte er, dass der granburgische Adlige Ähnliches dachte.

»Aber der hoheitliche Kabcar, der Held von Dujulev, wie ihn das Volk nennt, das in ihm den größten aller Bardri¢s sieht, kann und will das nicht zulassen. Ein Gremium, das nur beratende Funktion hat, hat keine Forderungen zu stellen. Ihr, die Brojaken, verwaltet Land, das Ihr oder Eure Vorfahren von einem tarpolischen Herrscher verliehen bekamt, um die Untertanen zu regieren.« Mortva ließ den vergorenen Rebensaft in seinem Pokal kreisen. »Und Ihr besitzt noch die Frechheit, von ein paar rühmlichen Ausnahmen einmal abgesehen«, er legte Norinas Vater die Hand auf die Schulter, »und stellt Forderungen?«

Nun setzten erregte Gespräche der Brojaken untereinander ein.

Kolskoi stand auf. Die Flügel der Raubvogelnase blähten sich. »Ich denke, es ist im Sinne aller, wenn ich Euch, Nesreca, frage, was hier gespielt wird.« Einige Großbauern riefen zornig ihre Zustimmung. »Ihr habt uns eingeladen, um uns zu beschimpfen, wie ich sehe, nicht um uns unsere verlangten Rechte zurückzugeben.«

»So in etwa«, sagte der Mann mit den silbernen Haaren. »Nur gehe ich sogar noch einen Schritt weiter. Der Kabcar hat mir gesagt, er habe die leidigen Dispute mit Euch satt. Und ich wiederum habe mich gefragt, weshalb man eigentlich Brojaken benötigt.« Er nahm ein Papier aus seinem Ärmelaufschlag, seine Uniform saß wie immer perfekt. »So Leid es mir tut, ich kam zu der Erkenntnis, dass Ihr alle, wie Ihr da sitzt, unnötig seid. Mit der Zustimmung des Herrschers, werden die Ländereien zukünftig von den neuen Gouverneuren direkt verwaltet, die Garnisonen helfen, die allgemeine Ordnung aufrecht zu halten und dienen als Abgabepunkte für die Landpächter.« Er schwenkte seinen Rechtsvorschlag. »Keine Zwischenstationen, keine unnötigen Verzögerungen mehr. Was haltet Ihr davon?«

In dem Saal war es totenstill.

Kolskoi schaute seine Amtskollegen an, dann lachte er laut auf. »Habt Ihr in Eurem Eifer nicht etwas vergessen, was Euer abstruses Vorhaben verhindern wird?« Er reckte seinen dürren Körper, die braunen Augen bohrten sich stechend in die des Konsultanten. »Uns Brojaken?«

Mortva setzte sich, schlug die Beine übereinander und legte die Fingerspitzen aneinander. »Nein«, entgegnete er nach einer Weile, »habe ich keineswegs.«

Miklanowo spürte einen leichten Schwindel, der ihn erfasste. Eine lähmende Mattigkeit breitete sich in seinem Körper aus, die rasend schnell jede Faser in ihm ergriff. Selbst das Sprechen misslang ihm, Lippen und Kiefer gehorchten ihm nicht mehr. Lallend sank er mit dem Kopf auf den Tisch, Pudding drang in seine Nase ein und brachte ihn zum Röcheln. Seinen Nachbarn erging es ähnlich. Langsam verlor er das Bewusstsein.

Kolskoi und Mortva beobachteten, wenn auch mit unterschiedlichem Ausdruck in den Gesichtern, wie alle Brojaken und Adligen Tarpols, einer nach dem anderen, starben.

»Ihr seid eine wahnsinnige Missgeburt!«, schrie Kolskoi und zog seinen Säbel. »Ich hatte Recht, Euch und dieser Einladung nicht zu vertrauen. Wie wollt Ihr das dem Volk und den Verwandten erklären?«

»Beruhigt Euch, Kolskoi.« Lässig legte Mortva die Beine mit den auf Hochglanz polierten Stiefeln auf den Tisch. »Ihr werdet in dieser Tragödie die Rolle des Helden erhalten. Des toten Helden. Da wird Euch auch der schmucke Trödel um den Hals nichts helfen.«

Der Granburger blinzelte. »Das hättet Ihr wohl gerne, was? O nein, ohne mich.« Er rannte zum Ausgang, rüttelte aber vergebens an der Klinke. Die Tür war verschlossen worden.

»Ich sage Euch, was hier Schreckliches passiert ist. Bei der Leiche des Kochs wird man hundert Waslec finden sowie Reste eines Giftes, mit dem er die Speisen behandelte. Ihr habt den Koch in der Küche gestellt, von ihm erfahren, dass er in borasgotanischen Diensten stand, um den Kabcar umzubringen. Ihr schlepptet den Verräter hierher, um mich ebenfalls in Kenntnis zu setzen, aber noch während Ihr mir das berichtet, kann sich der Koch losreißen, nimmt einen Säbel eines Gastes und trifft Euch tödlich«, erklärte der Mann mit dem Silberhaar in aller Ruhe. »Ihr stecht ihn im Todeskampf nieder und rettet mich. Ich dagegen erhole mich wie durch ein Wunder von der Vergiftung und lege dem Kabcar meine Änderungen vor, die er annehmen wird.« Er entfernte einen Fleck vom rechten Stiefel. »Unter uns, ich habe vorher ein Gegengift genommen. Das Leben kann so einfach sein, wenn man skrupellos genug ist, nicht wahr? Ihr wisst, was ich meine.«

»In Euch habe ich meinen Meister gefunden, Nesreca«, spie Kolskoi dem Konsultanten entgegen. »Aber Euer feiner Plan hat immer noch einen Fehler.« Er kam auf den Vetter des Kabcar zu, die Waffenspitze zeigte auf dessen Kehle. »Wenn mich ein Säbel töten soll, müsstet Ihr einen dabei haben.« Der dürre Adlige legte dem Berater die Schneide an den Hals. »Ich schlage Euch jetzt den Kopf herunter, überführe Euch anhand des Gegenmittels des Verrats und werde Konsultant. Was sagt Ihr zu meiner Version?«

Ein scheinbar zufälliger Windstoß löschte den Großteil der Lampen im Saal.

»Ich halte davon nichts«, meinte Mortva. »Aber warum fragen wir nicht Paktaï?«

Kolskois Augen verengten sich zu schmalen Schlitzen. »Wer ist denn..?«

Ein Paar feuerroter Punkte glomm im Schatten hinter ihm auf, etwas Blitzendes schoss durch die Luft, und der

Adlige bekam einen furchtbaren Schlag in den Rücken. Fassungslos starrte er auf die lange Klinge, die aus seiner Brust ragte.

»Ihr hattet übrigens Recht. Ich benutze keine Waffen.« Mortva drückte sachte die Schneide von Kolskois Säbel vom eigenen Hals weg. »Aber die bezaubernde Paktaï schon.«

Ruckartig wurde die Waffe aus dem Oberkörper gezogen, der Mann brach zusammen.

»Ohne den Brojakenrat benötigt man auch keinen Sprecher mehr«, raunte der Konsultant dem Sterbenden höhnisch ins Ohr. »Lebt wohl, Kolskoi.«

Die Frau in der schwarzen Rüstung wischte ihr Schwert an der Kleidung des Toten ab und verstaute es wieder in der Hülle.

Mortva ließ den Blick über die mehr als dreihundert Toten wandern. »Sieh dir das an. Dieser verrückte Arrulskhán aus Borasgotan ist zu allem fähig.« Er tunkte den Finger teilnahmslos in Miklanowos Pudding und kostete die Nachspeise. Anerkennend verzog er das ansprechende Gesicht.

»Warum bringen wir den bettlägerigen Vertrauten nicht auch einfach um?« Paktaï sah kalt auf den granburgischen Adligen, dessen Körper ein letztes Mal zuckte. »Wozu das Theater?«

»Ich habe andere Pläne mit ihm. Geh in die Küche und hinterlasse alles so, wie wir besprochen haben. Den Koch drapierst du schräg neben Kolskoi. Es wird Zeit, dass ich vergiftet werde.« Der Mann mit den silbernen Haaren sah angewidert auf den blutbefleckten Boden. »Ich werde dann doch lieber im Sessel auf Hilfe warten. Beeil dich.«

Malerisch begab er sich in Position und schloss die Augen.

Der Aufschrei, der nach dem vermeintlichen borasgotanischen Massenmord an den Brojaken und Adligen des

Landes durch Tarpol ging, war enorm. Dabei bedauerte das Volk weniger die wohlhabenden Toten, sondern empörte sich über die Niedertracht des Feindes, der offenbar zu den wahnsinnigsten Taten fähig war. Auch die anderen Reiche verdammten den heimtückischen Anschlag.

Der entsetzte und tief betroffene Kabcar, der nur wegen eines glücklichen Zufalls nicht bei dem Bankett erschienen war, erließ eine dreitägige Staatstrauer und führte den Zug bei der feierlichen Beerdigung persönlich an. Wäre das Rad an seiner Kutsche an jenem Abend nicht gebrochen, müsste sich Tarpol einen neuen Herrscher suchen.

Mortva Nesreca litt eine Woche an den Folgen des Giftes, die ihn ans Bett fesselten.

Dennoch nahm er seine Aufgabe als Konsultant wahr und fertigte eine rechtliche Lösung an, die das brojakenlose Land nicht ohne Aufsicht ließ. Auf seine Empfehlung hin wurden die neuen Gouverneure, die er in aller Eile vorgeschlagen hatte, mit der Verwaltung des Landes betraut.

An die Untertanen erging der Aufruf, sich in dieser Zeit der Not ruhig zu verhalten und Verständnis für die ein oder andere Maßnahme zu haben, die den Reformen scheinbar zuwider laufe.

Als die Gouverneure den Auftrag erhielten, die Änderungen, die der Kabcar erlassen hatte, vorerst rückgängig zu machen, beschwerte sich kein einziges Dorf. Mortvas Plan war aufgegangen. Der Schuldige an der Misere saß für das Volk in Borasgotan, nicht im Palast zu Ulsar.

Einen Grund zur Freude gab es dennoch. Stoikos Verwundung schien endlich einigermaßen verheilt zu sein, und so sah man in der Abwesenheit Mortvas wieder den gutmütigen Berater mit dem gewaltigen braunen Schnauzbart an der Seite des jungen Herrschers.

Stoiko spürte jedoch sehr schnell, dass er seinen einstigen Einfluss zum großen Teil verloren hatte. Dass ein anderer den Hobel an Lodrik angesetzt hatte und mit Erfolg Schicht für Schicht seine Lehren und seine Arbeit abtrug, war unübersehbar.

»Herr, ich habe das Gefühl, dass Ihr mir nicht mehr alles anvertraut«, begann er am dritten Tag, nachdem er zum ersten Mal sein Bett verlassen hatte, die Unterhaltung abends im Teezimmer. »Könnt Ihr mir sagen, wieso?«

Lodrik schüttelte energisch den Kopf. »Du hast mein Vertrauen nicht verloren. Ich brauche nur eine andere Art von Beistand als früher. Du und Waljakov habt mich in Granburg zu einem Mann erzogen.« Er musste lächeln, als er sich erinnerte. Zum ersten Mal seit längerer Zeit war der ernste Zug um seinen Mund kurz verschwunden. »Wir haben im Norden ganz schön was erlebt, nicht wahr?«

»Ja, Herr, das haben wir.« Der Vertraute legte einen Scheit in den Kamin. Er ließ dem jungen Mann die nötige Zeit, sich zu öffnen, wie er es früher ihm gegenüber getan hatte.

Doch Lodriks Gesicht wurde verschlossen und hart. »Und jetzt gehört das Land Borasgotan.« Er sah Stoiko an. »Und das ist der Grund, weshalb ich meinen Vetter so sehr brauche, verstehst du das nicht? Er hat Militärgeschichte studiert, ohne ihn wäre das tarpolische Reich bereits bei Dujulev am Ende gewesen.«

»Ohne ihn und Sinured, den Ihr zurück vom Meeresgrund geholt habt«, fügte der ältere Mann langsam hinzu. »Ihr habt Euch auf ein gefährliches Spiel mit etwas eingelassen, das Ihr nicht kontrollieren werden könnt, Herr.«

»Das sagst du.«

»Ja, das sage ich.« Seufzend schenkte sich Stoiko Tee ein. »Es ist gut, dass wir uns unter vier Augen unterhalten können. Wir hatten noch keine Gelegenheit, über die jüngste Vergangenheit zu sprechen. Das möchte ich nachholen, damit Ihr auch andere Meinungen als die Eures Vetters hört. Ich werde nun von ein paar Dingen sprechen, die Ihr in der Zukunft bedenken solltet.« Ein Löffel Kandiszucker tauchte in das Getränk, leise splitterten die großen Brocken. »Wie wollt Ihr den Kriegsfürsten bis in einem halben Jahr wieder los werden? Waljakov hat mir das Gemetzel beschrieben, das Eure neuen Freunde in Dujulev angerichtet haben. Was tut Ihr, wenn sie sich gegen Euch richten?«

Der Kabcar lächelte freundlich und legte seinem alten Freund entspannt die Hand auf den Unterarm. »Sinured hat mir Treue geschworen. Und ich besitze etwas, was mich stärker macht als ihn.«

Innerlich sammelte er seine Kräfte, ließ die Magie in seinen rechten Zeigefinger fließen und benutzte sie, um einen orangenen Blitz gegen eine Vase zu schleudern. Das Gefäß zerbarst, und Stoiko hob die Augenbrauen.

»Das nennt man Magie. Und ich kann sie beherrschen, wenn ich mich anstrenge, und viel Größeres damit bewirken, wie Mortva sagt.«

»Wie Mortva sagt? Und er unterrichtet Euch nicht zufällig darin?« Der Mann nahm einen Schluck und kippte Milch nach. »Waljakov und ich haben diese Gabe schon vorher bei Euch bemerkt, aber wir dachten, es gäbe keine Magie mehr auf Ulldart, und konnten es uns nicht erklären. Stellt Euch die Fragen: Warum sollte sie in Euch vorhanden sein? Woher kommt sie? Und was, wenn sie nicht so stark ist, um Sinured in wenigen Monaten zu verjagen?«

»Vielleicht hat dieser Blitz damals in Granburg das alles angerichtet«, grübelte Lodrik. »Ulldrael hat mir diese Macht geschenkt, um mich gegen Sinured zu behaupten. Anders kann ich es mir nicht erklären. Ich denke, dass der Gerechte mich damit segnete, um die Bedrohung aus Borasgotan zu vernichten. Und alle weiteren Bedrohungen, die auf meine Untertanen zukommen. Denn nur mein Tod bringt die Dunkle Zeit zurück. Solange ich lebe, kann nichts geschehen.« Der junge Mann atmete tief ein. »Versteht mich denn keiner? Es war die letzte Gelegenheit, Tarpol zu retten. Ohne Sinured und seine Männer hätte Borasgotan uns überrannt, sieht das niemand?«

»Habt Ihr Euch denn niemals gewundert, weshalb das Tier ausgerechnet dann zurückkam, nachdem Ihr es gerufen habt? Seit Jahrhunderten versuchen die Tzulani vergeblich, das Böse zurück auf die Welt zu bringen. Und dann, mit Verlaub, soll ein Junge mit einem einzigen Wunsch erreichen, was Menschenopfer nicht vollbrachten?«

»Du bist also der Meinung, der irre Mönch hat mit seiner Annahme, ich müsste sterben, um die Dunkle Zeit zu verhindern, doch Recht?« Es lag kein Argwohn in der Frage des Herrschers, nur Überraschung. »Ich habe mir die Frage selbst gestellt, warum ich diese Unterstützung bekam. Ich denke, Ulldrael prüft mich, damit ich auf das Jahr 444 vorbereitet bin. Er gab mir die Magie, um Sinured zu verjagen. Endgültig.« Er machte eine kurze Pause. »Nachdem er seine Aufgabe erfüllt hat, die ich ihm aufgetragen habe.«

Der Vertraute beugte sich vor, sein Gesicht verriet die tiefe Sorge. »Herr, Sinured hat zwanzigtausend Kämpfer mitgebracht. Selbst wenn Ihr das Tier aus Tarpol verjagt, was meint Ihr, was der Kriegsfürst mit seinen Männern macht? Er wird sich das nächste Land heraussuchen und es unterjochen. Was sollte sich einer solchen Armee in den Weg stellen? Ihr werdet Sinured wahrscheinlich zum Wohle aller Menschen töten müssen. Sonst bringt er die Dunkle Zeit zurück, egal ob Ihr lebt oder tot seid.« Eindringlich sah Stoiko seinen Schützling an. »Wollt Ihr die zwanzigtausend Krieger ebenso weghexen? Eine Vase zum Bersten zu bringen ist eines. Eine Armee vom Schlachtfeld zu fegen etwas anderes. Seid Ihr so mächtig, Herr?«

In Lodriks meeresblauen Augen regte sich Trotz und Hochmut. »Ich habe einen besseren Vorschlag. Warum behalten wir ihn nicht einfach auf unserer Seite?«, sagte er nach einer Weile wie beiläufig. »Wenn wir ihn kontrollieren, kann er kein Unheil anrichten, und mit der Rückeroberung meines Reiches hat er noch einiges zu tun.«

»Wenn es dabei bleibt«, murmelte Stoiko.

»Was soll das heißen?« Die Überraschung des Kabcar war nicht gespielt. Offenbar war er immer noch der Meinung, Sinured lenken zu können, wie er wollte.

»Was genau habt Ihr damals von dem Wesen verlangt?«, wollte der Vertraute wissen und fuhr sich über den Schnauzer. »Erinnert Euch genau.«

»Ich habe ihn schwören lassen, dass er das tarpolische Volk in Ruhe lässt und dass er alle einstigen Besitzungen Tarpols für mich zurückerobert«, zählte Lodrik grob auf.

»Alle einstigen tarpolischen Besitzungen«, wiederholte sein Gegenüber leise. »Wenn Ihr dabei keine zeitliche Beschränkung gemacht habt, sollten wir uns schnell einen Geschichtsalmanach besorgen, um die größte Ausbreitung Tarpols nachzuprüfen. Ich habe den Verdacht, dass Ihr mit Eurem frommen Wunsch mehr angerichtet habt, als Ihr damals ahntet. Sinured ist gewitzt und bösartig.«

»Aber ich meinte damit, dass er Borasgotan zurückschlägt«, verteidigte sich der junge Mann, der nun auch unsicher wurde. »Aber ich werde Arrulskhán zunächst seine eigenen Methoden zu schmecken geben. Nach dem Mordversuch an mir und dem Gifttod der Brojaken habe ich nicht vor, an der Landesgrenze anzuhalten.« Grimmig starrte er in seine Tasse. »Er hat angefangen, ich trage die Fackel des Krieges nun zurück. So weit meine Truppen kommen.«

Sachte schüttelte Stoiko seinen Kopf. »Herr, bitte, das bringt nichts. Auch wenn Euer studierter Vetter etwas anderes gesagt haben sollte, lasst es sein.«

»Nein. Das bin ich den Toten auf dem Schlachtfeld, den verbrannten Dörfern und sogar den heimtückisch gemeuchelten Großbauern schuldig«, widersprach der junge Mann bestimmt. »Ich werde den gleichen Schutzgürtel für mein Land installieren, wie Arrulskhán es für sich haben wollte, wenn auch aus anderen Motiven. Und je mehr ich darüber nachdenke, desto mehr komme ich zu der Überzeugung, dass dieser Streifen nicht groß genug sein kann.« Lodrik stürzte das heiße Getränk hinab. »Eigentlich sind mein Land und meine Untertanen erst sicher, wenn dieser Wahnsinnige aus dem Weg geräumt ist. Und Hustraban hat ebenfalls eine Lektion verdient.«

»Ihr redet jetzt wie ein echter Bardric aus alten Tagen«, kommentierte Stoiko das Gehörte. »Euer Vater wäre stolz auf Euch.« Unwillkürlich huschte der Blick des jungen Mannes zum metallenen Kästchen auf dem Kaminsims, in dem sich die Asche seines Erzeugers befand. »Ich hoffe, dass ich ebenfalls noch lange stolz bleiben darf. Vergesst nicht zu viel von dem, was ich Euch gelehrt habe.« Der Vertraute schenkte ihm Tee nach. »Wie verkraftet Ihr die Trennung von Norina?«

Geistesabwesend sah Lodrik aus dem Fenster. »Ich vermisse sie schrecklich«, gestand er sich und seinem Vertrauten ein. »Diese eine Nacht mit Aljascha hat alles zerstört. Dabei liebe ich sie immer noch, andererseits fühle ich mich zu meiner Cousine hingezogen.« Er schwieg einen Moment. »Und dann sind da noch die Gerüchte, dass sie und Waljakov eine Liaison hätten. Das würde ich nicht ertragen. Ihr habe ich die Treue gehalten. Wenn man es genau nimmt, war diese Nacht nur eine Pflichterfüllung. Aber sie hintergeht mich mit meinem eigenen Leibwächter.«

»Ihr seid Euch sehr sicher, was diese Angelegenheit

angeht, Herr.« Stoiko deutete auf das Schachbrett. »Lasst uns eine Partie spielen. Wie früher. Das lenkt Euch ab.«

Lodrik hob die Augen, argwöhnisch funkelte er den älteren Mentor an. »Weißt du etwas über die beiden? Ist es wahr, was man sich erzählt? Sie waren doch oft gemeinsam an deinem Bett, als sie dich besuchten? Haben sie sich irgendwie verraten?«

»Sie waren so oft bei mir wie kein anderer in diesem Palast«, bei diesen Worten sah er den jungen Mann vielsagend an, »aber bemerkt habe ich nichts. Sie sind kein heimliches Paar, glaubt mir.« Routiniert stellte er die Figuren auf. »Ihr fangt an.«

»Der Gedanke daran, dass sie mich tatsächlich betrogen haben könnte, macht mich verrückt.« Der Kabcar ließ nicht locker. In seinem Inneren gerieten die Gefühle in Wallung.

»Es ist nur Euer Gedanke, Herr. Es gab die Tat niemals. Das schwöre ich Euch, wenn mein Wort Euch noch etwas bedeutet.«

»Natürlich tut es das.« Kaum beruhigt machte Lodrik den ersten Zug. Es klopfte und Waljakov kam herein.

Der Kabcar zwang sich, seinen Blick auf die Figuren zu richten, während seine Freunde ein belangloses Gespräch begannen.

Als er das stilisierte Gesicht der weißen Schachkönigin sah, schweiften seine Gedanken zu der Nacht mit Aljascha.

Dass sie eine sehr erfahrene Frau war, hatte er zwar gewusst. Dass ihre große Erfahrung zu seinem Vergnügen sein konnte, davon wurde er beim Liebesspiel überzeugt.

Seine Cousine verstand es, mit kleinen Bewegungen, Berührungen und Liebkosungen an den richtigen Stellen Stürme der Leidenschaft zu entfachen, wie er es, bei aller Liebe zu Norina, nicht gewohnt war. Wie es wohl mit anderen Frauen sein würde, diese Frage hatte er sich schon öfter und heimlich gestellt. Nun bekam er eine ungefähre Ahnung davon.

Im Grunde wollte er aber noch mehr die Freuden körperlicher Liebe erkunden, die jugendliche Neugier und die Lust, die jahrelang geschlummert hatten, brachen nach dem Erlebnis mit seiner Gemahlin mehr und mehr durch.

Nach einem sehr schweigsam geführten Spiel verließ der Kabcar das Teezimmer und begab sich in sein Schlafgemach, um die Erlebnisse mit Aljascha aufzufrischen. Seine Erinnerungen hatten ihn zu sehr erregt.

Zurück blieben Waljakov und Stoiko.

»Glaubst du an den borasgotanischen Anschlag?«, fragte der Vertraute nach einer Weile ins Leere.

Der Leibwächter zog sich einen Stuhl heran und setzte sich. Bedächtig wiegte er den rasierten Schädel hin und her. »Arrulskhán ist verrückt und zu allem fähig«, antwortete er. »Aber irgendetwas stört mich an der Sache. Ich war zusammen mit dem Kabcar dort, und wir haben uns die Leichen alle angesehen. Nichts deutete darauf hin, dass es anders gewesen sein sollte, wie es der Silberschopf erzählt hat.« Er entkorkte eine angebrochene Flasche Wein und nahm einen Schluck daraus.

»Aber?«, drängte Stoiko den Hünen und nahm ihm die Flasche weg, um sich ebenfalls etwas davon zu gönnen.

»Die Küchenschabe …«

»Der Küchenmeister«, verbesserte der Vertraute tadelnd.

»… hat den Säbel nach der Tat an der Kleidung Kolskois gereinigt. Weshalb? Warum sollte er die Waffe also bei einer eventuellen Flucht mitnehmen wollen? Er war ein bekannter … Koch. Er hätte in aller Ruhe hinausgehen und sich absetzen können. Und warum hat er nicht ein Messer genommen, das er von seinem Handwerk her besser handhaben kann?« Er angelte sich den Wein zurück. »Und das ist noch nicht alles. Die Ränder von Kolskois Wunden waren oben und unten glatt. Das heißt, er wurde mit einer zweischneidigen Waffe, vermutlich einem Schwert, nicht mit einem Säbel erstochen. Dazu kommt, dass das Austrittsloch vorne genauso groß ist wie die Stelle, an der die Waffe eingedrungen ist. Das bedeutet, dass die Waffe komplett durchgestoßen wurde.« Waljakov spannte seine mächtige Muskulatur an. »Ich wäre in der Lage, jemandem ein Schwert durch den Rücken zu jagen, aber nur, wenn ich mit aller Kraft, beiden Armen und Anlauf zustoße. Ein Koch mit dessen Statur? Niemals!«

Verblüfft sah Stoiko seinen Freund an. »Ich bin beeindruckt.«

»Kinderspiel, wenn du so viele Verletzte und Tote gesehen hättest wie ich. Ich war lange in der besten Scharmützeleinheit des Reiches«, schloss er seine Erklärungen ab.

»Der Koch hat Kolskoi nicht umgebracht. Also waren es, wenn wir Nesreca die Tat einfach unterstellen, dessen Komplizen«, überlegte der Vertraute laut, eroberte sich die Flasche zurück und sah den Hünen vorwurfsvoll an. »Du hast sie leer getrunken.«

»Das kommt vom vielen Reden«, entschuldigte sich Waljakov grinsend. »Das bin ich nicht gewohnt.« Wortlos reichte ihm sein Freund eine neue.

»Hast du darüber mit jemandem gesprochen?«

»Wozu?«, fragte der Leibwächter resigniert, die metallenen Finger wackelten. »Wenn wir mit der Vermutung Recht haben, wird der Silberschopf schnell Ausreden und andere Begründungen gefunden haben. Und letztendlich hört der Junge nur noch auf ihn.« Er öffnete die Flasche und nahm einen langen Zug. »Du bist zu spät zurückgekommen.«

»Ich bin nur durch einen Trick zurückgekommen«, stellte Stoiko richtig. »Es war eine Ahnung, aber es war gut, dass ich ihr gefolgt bin.« Als er das ratlose Gesicht seines Gegenübers sah, begann er mit der Erklärung. »Seit wir zurück in Ulsar sind, hatte ich immer wieder den Traum, dass sich nachts jemand an meinen Wunden zu schaffen machte. Oft erwachte ich vor Schmerzen, aber ich fantasierte, mein Besucher würde mir den Mund zuhalten.«

»Ach das«, sagte Waljakov. »Du hast es mir erzählt, ich habe Wachen aufgestellt. Und sogar eine Nacht an deinem Bett verbracht.«

»Und dennoch«, beharrte der Vertraute des Kabcar, »war ich nicht allein. Ein Paar glühende rote Augen kam wie aus dem Schatten, eine Gestalt sah nach meinen Verbänden und bestrich sie mit einer Flüssigkeit. Ich habe daraufhin die alten, mit Exkret und Blut verkrusteten Binden behalten und sie mir über die frischen gelegt. Als meine Traumgestalt sah, dass die Wunden scheinbar noch eiterten, ging sie wieder, ohne etwas zu tun.« Er entzündete alle Kerzen im Raum, sodass in jeden noch so kleinen Winkel Licht fiel. »Seltsam, nicht wahr. Ich weiß bis heute nicht, ob es eine Illusion war oder nicht.«

Waljakov schwieg nachdenklich. »Hast du etwas von der Gestalt sehen können?«

»Sie trug eine Rüstung.« Er beschrieb, an was er sich noch aus seinen Fieberzuständen erinnern konnte. »Ich kann dir nicht sagen, ob es eine Frau oder ein Mann war. Auf alle Fälle trug der Besucher ein …«, er stockte, »… Schwert.« Die beiden Männer sahen einander an. »Es kann ein Zufall sein.«

»Hier passiert schon lange nichts mehr zufällig«, knurrte der Leibwächter. »Oder der Zufall heißt seit neuestem Nesreca. Übrigens trug dein Gast fast die gleiche Rüstung wie der Krieger, der den Ritter um ein Haar getötet hätte.«

»Die Verbindung zu dem mysteriösen Verwandten ist daher sicher. Wenn dieser Vetter den Jungen im Umgang mit Magie schult«, legte sich Stoiko seine Gedanken zurecht, und Waljakov spuckte den eben genommenen Schluck Wein prustend auf den kostbaren Teppich, »müsste er dann nicht ebenfalls in dieser Kunst bewandert sein? Kann er Menschen übermenschlich stark machen und sie durch Schatten gehen lassen? Und wenn mein Besucher tatsächlich in der Lage ist, sich durch die Schatten zu bewegen, wäre er dann nicht mit Leichtigkeit fähig, jemandem ein Schwert bis zum Heft in den Körper zu rammen?«

»Ich werde in Zukunft immer Licht brennen lassen«, meinte der Leibwächter. »Im Schlaf lasse ich mich gewiss nicht töten.«

»Das Gleiche werde auch ich tun.« Der Vertraute ordnete seinen braunen Schnauzer, dessen Haare etwas unordentlich von der Lippe abstanden. Dann bekam sein Antlitz einen höchst beunruhigten Ausdruck. »Du denkst wirklich, Echòmer sollte Nerestro umbringen?« Der Hüne nickte. »Und wenn diese Gestalt es nun auf die gleiche Weise versucht wie bei mir?«

»Hoffen wir, dass Angor eine Auge auf seinem Diener ruhen hat.« Waljakov erhob sich. »Und falls nicht, gehe ich vorsichtshalber nachsehen und stelle ein paar Wachen auf. Auch im Zimmer.«

»Vergiss Norina nicht«, wies Stoiko ihn an. »Solange sie noch im Palast wohnt, ist sie, so seltsam es klingt, sicherer.« Der kahle Kämpfer ging.

Als Belkala die Kammer Nerestros betrat und den Konsultanten Nesreca am Fenster stehen sah, ahnte sie, dass ihr nun ein unangenehmes Gespräch bevorstand. Schnell warf sie einen Blick auf den Ordenskrieger, aber er lag friedlich auf der Matratze, das grüne Leuchten umgab ihn immer noch.

Die Kensustrianerin setzte sich an das Bett des Ritters, faltete die Hände im Schoß zusammen und wartete.

»Tarpol ist ein sehr schönes Land«, begann Mortva nach einer Weile und deutete hinaus. »Es wäre aber noch schöner, wenn Ihr und der Ritter nicht mehr hier wärt.«

Die Priesterin sah ihn schweigend an.

»Um es auf den Punkt zu bringen«, sagte der Mann mit dem Silberhaar, den die Sprachlosigkeit der Frau überraschte, »ich will, dass Ihr Euren Helden nehmt und verschwindet. So schnell Euch Eure kensustrianischen Füße tragen können. Ihr seid mir in Tarpol im Weg, das sage ich Euch klipp und klar ins Gesicht. Übrigens ein sehr hübsches Gesicht.« Wie eine Statue nahm sie das Kompliment hin und äußerte sich nicht. Keine Regung verriet, was in ihr vorging.

»Solltet Ihr meine Anweisungen missachten«, Mortva deutete auf den Schlafenden, »nehme ich sein Leben. Dass ich Euch mit der Androhung des Todes nicht schrecken kann, ist mir bewusst.« Er lächelte und fuhr sich über die Haare, die glatt auf seinen Rücken hinabhingen. »Was einmal tot war, ist schwer wieder zu töten.«

Abwartend verschränkte er die Arme auf dem Rücken. Irgendwann zuckte er mit den Achseln und machte sich auf den Weg zum Ausgang.

»Ihr habt zwei Wochen Zeit, um Eure Vorbereitungen zu treffen. Ist das Liebespaar bis dahin nicht verschwunden, stirbt der Ritter Aufbraus. So wird Euer Geliebter doch genannt?« Seine Augen nahmen einen eiskalten, berechnenden Ausdruck an. »Ich empfehle Euch, meinen Ratschlag anzunehmen. Oder ich überlege mir eine sehr unfreundliche Todesart für den Ritter. Keiner wird etwas vermuten, nur Ihr werdet die Schuld auf dem Gewissen haben, für sein Ableben verantwortlich zu sein. Und ich glaube, ein Rákshasa hat lange Zeit, sich Vorwürfe zu machen, nicht wahr?« Mortva betätigte die Klinke. »Wohin Ihr geht, ist mir gleich. Nur raus aus Tarpol.«

Belkalas Kopf zuckte herum. Für einen unbeherrschten Moment wollte sie ihre Fingernägel in das Fleisch des Konsultanten schlagen, mit ihren Zähnen den Hals zerfetzen und sein schwarzes, bösartiges Herz herausreißen, um es zu essen. Ihre Augen glühten grellgelb auf, doch Mortva reagierte mit Belustigung auf die Drohgebärde und den Hinweis, dass die Kensustrianerin gleich explodieren könnte.

»Was ist, Belkala? Wollt Ihr mich etwa angreifen?« Er breitete die Arme aus. »Ich bin unbewaffnet. Versucht es.«

Sie atmete tief ein und aus, ballte die Hände zusammen und starrte aus dem Fenster.

»Ihr ahnt also, wie wenig Erfolg Ihr hättet? Kluges Mädchen. Ich erwarte Eure baldige Abreise«, sagte er leise. Schwer fiel die Tür ins Schloss.

Kurz darauf klopfte es wieder.

»Wir haben gesehen, wer eben hier war.« Waljakov, gefolgt von zwei Soldaten, trat ein. »Es wäre besser, wenn der Ritter nachts Schutz in seinem Zimmer hätte«, sagte er eindringlich, aber die Kensustrianerin lehnte dankend ab.

»Es wird uns nichts geschehen. Auch nicht in der Dunkelheit, aber ich weiß, was Ihr meint, danke. Das heilende Grün schützt ihn vor dem Bösen, das im Palast umgeht. Und ich habe keine Angst.« Die beiden Wachen wechselten einen schnellen Blick. »Aber es ist nicht der Ort, an dem Nerestro gesund werden kann. Ich werde Ulsar zusammen mit ihm in einer Woche verlassen und zurück auf seine Burg gehen. In der gewohnten Umgebung wird seine Genesung schneller voranschreiten.«

Zärtlich strich sie dem Angor-Gläubigen über das Haupt, das schmerzhafte Ziehen an der Hand, als sie in das grüne Leuchten eintauchte, missachtete sie wie immer. »Meinen Dank nochmals für Eure Sorge um sein Wohl, aber ich denke, Ihr seid mehr in Gefahr. Lakastra, der Gott des Wissens und des Südwindes, beschütze Euch.«

Sie erhob sich und geleitete die drei Männer hinaus. Danach kehrte sie zurück an Nerestros Seite.

»Es geht nicht anders, Geliebter. Wir müssen gehen. Er und seine Gesellen sind noch zu mächtig für dich.« Die Diamanten und Edelsteine der aldoreelischen Klinge, die im Halter neben der Schlafstätte hing, funkelten im Mondenlicht auf. »Aber eines Tages wird diese Waffe das Übel vernichten.«

Ulldart, Königreich Ilfaris,
Herzogtum Turandei, Königspalais,
Sommer 443 n. S.

Wie mit Euch verabredet, haben wir die Angorjaner vor Eurer Haustür beim ersten Mal verschont.« Moolpár der Ältere fischte sich ein Stück Konfekt von dem Silbertablett. Er hatte die Pralinen des ilfaritischen Staatsoberhaupts zu schätzen gelernt, nicht zuletzt, weil der König eine eigene Rezeptur entwickeln ließ, die der kensustrianische Botschafter als nicht ganz so süß empfand.

Auf Anweisung Perdórs hatte der Pralinenmeister Sauerkirschen mit zartbitterer Schokolade, etwas Pfeffer, Zimt und einem Hauch zwanzig Jahre altem Kirschschnaps kombiniert. Das sanfte Feuer, das die Süßigkeit beim langsamen Kauen freigab, weckte bei Moolpár alle Sinne.

»Dafür habt Ihr ein wahres Massaker an Euren Weststränden angerichtet«, warf Fiorell ein und ließ sich auf die Schreibtischplatte fallen. Den Federkiel, den er sich an den Bauch hielt, benutzte er als Symbol für ein Schwert. In gespielter Agonie wälzte er sich hin und her, bis ihn Perdór mit einem Schubser unsanft von dem Möbel entfernte. Regungslos blieb der Hofnarr am Boden liegen.

»Du übertreibst einmal mehr schamlos, Bursche«, sagte der König seufzend.

»Ich verstehe noch immer den Sinn eines Spaßmachers nicht«, meinte der Kensustrianer kopfschüttelnd.

Fiorell sprang in den einarmigen Handstand, drückte sich ab und kam federnd vor Moolpár auf. Die Glöckchen seiner Kappe wippten und klingelten leise. »Da könnt Ihr sehen, wie humorlos Euer Volk ist«, kommentierte er. »Wenn Ihr nichts zu lachen habt, sollen es andere auch nicht haben, was?«

»Und das Lachen ist Palestan inzwischen vergangen«, meinte der Herrscher. »Gerüchteweise denkt der Kaufmannsrat über das Einstellen seiner Beteiligung an diesem Krieg nach. Er dauert den Pfeffersäcken wohl zu lange. Und wird damit zu kostspielig.«

»Tja, und da der Kontinent nicht auf das Wehgeschrei dieses«, der Spaßmacher tauchte nach einem Blatt, »Baraldino hört, wird sich kein anderes Land an dem Krieg gegen Euch beteiligen.« Er legte beide Hände aufs Herz, verdrehte die Augen und sagte schmachtend: »Ist das nicht wunderbar?«

»Es ist in erster Linie gut«, bestätigte der grünhaarige Kämpfer. »Dennoch werden wir gezwungen sein, die angorjanischen Truppen durch Ilfaris ziehen zu lassen.«

»Bitte?«, fragten Perdór und Fiorell gleichzeitig.

Moolpár nahm sich eine Praline, betrachtete sie und wollte sie eben in den Mund schieben, als ihm der Hofnarr blitzartig das Konfekt aus der Hand schnappte und nicht weniger schnell das Tablett außer Reichweite des Kensustrianers brachte. »Ich höre ja wohl nicht richtig?«

»Wärt Ihr so freundlich, Eurem Spaßaffen zu sagen,

dass er mir unverzüglich meine Praline geben soll?« Der Gesandte machte den Eindruck, als zückte er jeden Augenblick sein Schwert.

Der Hofnarr bleckte die Zähne und steckte das Streitgut in die Backentasche. »Der Spaßaffe pfeift Euch einen.«

Moolpárs Augen wurden zu Schlitzen.

Perdór räusperte sich. »Fiorell, benimm dich und gib das unserem Gast zurück,« der Kensustrianer strahlte siegessicher, »nachdem er uns erklärt hat, was er eben meinte.« Der Spaßmacher streckte dem Mann mit den grünen Haaren und den bernsteinfarbenen Augen die Zunge heraus und klammerte sich an das silberne Servierbrett.

»Wir denken, dass es zu auffällig würde, wenn wir jedes Mal dort auftauchen, wo die Angorjaner sich sammeln«, erklärte der Gesandte zähneknirschend. »Und wenn der Kaiser von Angor beschließen würde, in Ilfaris einzumarschieren anstatt nur hindurchzulaufen, weil er das Königreich der Zusammenarbeit mit dem Feind verdächtigt, wäre keinem von uns geholfen. Ihr bekamt etwas Ähnliches bereits angedroht.«

»Sehr weitsichtig«, lobte Perdór und gab Fiorell mit einem energischen Zeichen zu verstehen, dass er das Konfekt gefälligst rauszurücken hatte. »Wir haben erfahren, dass sich der Anführer in einer Unterredung mit Tersionern in der Tat Gedanken gemacht haben soll, woher die Kensustrianer so genau wussten, wo die Streitmacht zu finden war. Und da es nur wenige auf diesem Kontinent gibt, die bekannt für Wissensbeschaffung sind, wird der Verdacht bei einem zweiten Ereignis dieser Art auf uns fallen. Noch kann man es als Zufall ansehen.«

»Na gut«, stimmte der Hofnarr versöhnlich zu und hielt das Tablett hin, um es im letzten Moment, bevor Moolpár ein Stück ergattert hatte, schadenfroh lachend wegzuziehen. »Zu langsam, Herr Krieger.«

Mit vereister Miene saß der Kensustrianer auf dem gepolsterten Sessel, die Unterkiefer mahlten.

»Lass das jetzt endlich, Fiorell«, wies ihn der König zurecht. Nachdenklich kraulte er sich die grauen Locken seines Bartes. »Aber wenn die Angorjaner mit ihren zweitausend Mann bei Euch ankommen, werdet Ihr an zwei Fronten gleichzeitig kämpfen müssen.«

»Sagen wir einfach, es wird ein Wunder geschehen«, meinte Moolpár lakonisch und übersah den Spaßmacher, der das Tablett vor seiner Nase hin und her schwenkte, absichtlich.

»Es wird wieder unlöschbares Feuer regnen? Doch nicht in meinem Land?«, rief Perdór entsetzt. »Moolpár, Ihr habt mir versprochen, dass Ilfaris nicht zu Schaden kommen wird.«

»Welches Wunder sollte es dann also sein?« Keck setzte Fiorell den runden Silberuntersatz mit den Pralinen auf den Zeigefinger und ließ die Scheibe in atemberaubender Geschwindigkeit auf dem Drehpunkt kreisen.

Moolpár zog mit einer fließenden, eleganten Bewegung sein Schwert, schob es wie einen Tortenheber unter das Tablett und zog seine Beute zu sich heran. Fiorell, dem die Spitze der Waffe knapp an der Nase vorbei gezischt war und dabei eine Schelle von seiner Narrenkappe abgetrennt hatte, klappte der Unterkiefer nach unten.

Der König staunte mit großen Augen, dann klatschte er begeistert in die Hände. »Das war schnell! Findest du nicht auch, Fiorell?«

Blass sank der Hofnarr mit einem Stöhnen in sich zusammen. Er hatte verstanden, dass die Klinge genauso gut mitten durch sein Gesicht hätte fahren können.

»Fiorell?«

Ohne die Spur von Triumph und völlig stoisch nahm sich der Kensustrianer eine Praline und aß sie. »Das Wunder wird sein, dass Tersion und Angor aufgeben werden.«

»Das ist allerdings wirklich ein Wunder.« Perdór kratzte sich am Kopf. Dann sah er auf seinen bewusstlosen Spaßmacher. »Habt Ihr ihn getroffen? Irgendwo?«

»Wenn ich gewollt hätte«, antwortete Moolpár ruhig. »Es wird der Schreck gewesen sein.« Der Kensustrianer stand auf, steckte das Schwert ein und nahm mit der anderen Hand die Servierunterlage. »Ich wollte Euch nur davon in Kenntnis setzen, dass wir nichts gegen die Streitmacht unternehmen werden. Seid also nicht beunruhigt, wenn sie ein paar Meilen in Euer Land marschieren werden. Sie werden sich sehr schnell zurückziehen, ohne auch nur etwas von Ilfaris angetastet zu haben.«

»Ihr wollt mir nicht sagen, was Ihr plant?«, sagte Perdór enttäuscht und geleitete seinen Gast zur Tür. Über den liegenden Hofnarren, der alle viere weit von sich streckte, stieg er achtlos hinweg. »Seid nicht so hart, wir sind schließlich Verbündete.«

»Seht es als Herausforderung für Euren Geheimdienst«, empfahl Moolpár kauend, während er dem Herrscher plötzlich über die Schulter sah. »Euer Spaßaffe kommt wieder zu sich.«

»Ja, ja, soll er doch«, winkte der Herrscher ab. Das andere Thema interessierte ihn mehr. »Gebt mir doch wenigstens einen Hinweis, auf was ich achten sollte.«

Der kensustrianischer Krieger nahm das letzte Konfekt und reichte dem König die leere Silberscheibe. »Meine Empfehlung an Euren Pralinenmeister. Diese Kreationen waren hinreißend. Sagt Euren Spionen, sie sollen Baiuga demnächst im Auge behalten. Vor allem nachts.«

»Die tersionische Hauptstadt? Ihr macht mir Spaß! Hast du gehört, mein lieber Fiorell?«, sagte Perdór nach hinten. »Ich bin gespannt.«

Moolpár verneigte sich andeutungsweise und verließ die Bibliothek.

»Hier, fang«, warnte der Herrscher kurz vor und

schleuderte das Tablett. Mit einem dumpfen Laut flog es an den Kopf Fiorells, der gerade im Begriff war, sich zu erheben, und nicht auf seine Umgebung achtete.

»Majestät, wenn Ihr mich köpfen wollt, dann werft es wenigstens mit der Kante voraus«, beschwerte er sich und rieb sich die Stelle, wo ihn das Geschoss getroffen hatte. »So dauert das zu lange.«

»Sei froh, dass das nicht unser guter Moolpár getan hat.« Sein Herr hob den Zeigefinger. »Du weißt, wie stolz unsere Freunde sind. So etwas kann schnell ins Auge gehen.«

»Ja, oder in andere Körperteile, je nachdem, wohin er mit dem Schwert zielt«, maulte der Hofnarr. »Und mir geht es gut, danke der Nachfrage.«

Perdór hatte inzwischen die Regalwand mit den ganzen Bänden über Ereignisse und Begebenheiten geöffnet.

»Bei all dem Trubel rund um uns herum bin ich noch gar nicht richtig dazu gekommen, die neuen Berichte aus dem Norden zu sichten«, erklärte der König und schob die Trittleiter an die Bücherregale heran. »Hopp, hopp.«

»Da war es wieder«, knurrte Fiorell. »Ihr habt Glück, dass keine Pralinen in der Nähe sind, die ich anlecken könnte, wie ich es Euch androhte.« Hurtig begab er sich in Schwindel erregende Höhen. »Was hätte Majestät denn gerne?« Nach einer knappen Anweisung von unten, suchte der Hofnarr das Passende heraus und brachte es mit zurück. »Bitte sehr.« Er warf einen kritischen Blick auf den Bauch, der sich unter der königlichen Kleidung wölbte. »Ihr werdet das nächste Mal selbst klettern. Ihr habt ganz schön zugelegt, Majestät.«

Perdór murmelte etwas von »Maulkorb« in seinen grauen Lockenbart und vertiefte sich in die Lektüre. Der Spaßmacher folgte ihm wie ein Schatten und las über die Schulter mit.

Eine halbe Stunde lang wanderte das Duo auf diese

Weise durch den Saal. Der König gab dabei kommentierendes Gebrumm von sich, Fiorell hatte sich auf das Pantomimische verlegt.

Vor der Kordel, die die Glocke der Dienstboten betätigte, machte der Herrscher schließlich Halt und zog daran, um sich eine Karaffe mit Eistee zu ordern. In seinem »Denksessel«, wie er ein besonders gemütliches Möbelstück nannte, harrte er schweigend seiner Bestellung und grübelte.

Erst nach einem ausgiebigen Schluck des Getränks und dem obligatorischen genussvollen Schmatzen danach war Perdór gewillt, etwas zu sagen.

»Es gibt nichts Besseres bei dieser Hitze als das.« Er tippte auf seinen künstlerisch bemalten Glaskelch, in dem die Mischung aus Tee, gepressten Zitronen, Zucker, Eis und einem Schuss Kartoffelschnaps schwamm.

»Das sagt Ihr bei fast allem, was kalt ist.« Prüfend sog Fiorell den Geruch des Getränks ein. »Und in dem Alkohol ist, Majestät«, meinte er vorwurfsvoll und schenkte sich selbst großzügig ein. »Das ist ungesund.«

»Ganz im Gegenteil, Stimme des Neids«, meinte der König. »Alkohol konserviert die guten Gedanken und Einfälle. Und die brauchen wir im Moment mal wieder ziemlich dringend.« Er richtete den Blick an die Decke. »Wenn also der Vetter des Kabcar nicht in den Unterlagen der Universität in Berfor zu finden ist, woher hat er dann die Zeugnisse, die er mit nach Ulsar genommen hat? Es müssen Meisterstücke des Fälscherhandwerks sein, und normalerweise fertigen wir die an. Wir haben aber nichts Entsprechendes ausgestellt. Das wirft sowohl die Frage nach unliebsamer Konkurrenz als auch die der Herkunft des Mortva Nesreca auf. Wenn er seine Zeugnisse fälschen ließ, dann kann sein Stammbaum ebenso behandelt worden sein.«

»Sozusagen ›zurechtgestutzt‹«, bestätigte Fiorell und sah ebenfalls an die Vertäfelung. »Hängt da oben irgendetwas Besonderes, oder warum schaut Ihr ständig an die Decke?«

»Das tue ich, damit ich dein Gesicht nicht ertragen muss«, gab Perdór unwirsch zurück. »Störe mich nicht.« Nach dem nächsten Absetzen war sein Glas leer. »Und die ersten Hinweise haben ergeben, dass diese Linie der Familie schon lange ausgestorben ist. Woher kommt dieser Mann, der das Königreich Tarpol gerettet hat?«

»Oder was bezweckt er damit?«, fügte der Hofnarr hinzu. »Warum sollte ein Unbekannter diese Mühen auf sich nehmen?« Er rieb Zeigefinger und Daumen aneinander. »Gut, er wird sich eine goldene Nase am Hof verdienen. Aber mit den Fälscherkünsten hätte er auch einen ontarianischen Wechsel nachahmen und einlösen können.«

»Hier geht es um pure Macht«, schätzte der Herrscher. »Die Reformen wurden zurückgenommen, was das Volk nicht weiter stört. Die Brojaken und Adligen, die den jungen Mann behindert haben, sind alle tot. Die Borasgotaner werden verjagt, und nachdem, was immer deutlicher zu hören ist, wird Tarpol die Baronien und Teile Hustrabans zur ›eigenen Sicherheit‹ besetzen.« Er stand auf, legte die Arme auf den Rücken und wanderte auf und ab. »Die Reiche haben ihn zum Krieg gezwungen, der ihm und seinen Verbündeten mittlerweile ein wenig Spaß zu bereiten scheint. Aus dem Übel wurde eine Freude, wenn ich die Zeichen richtig interpretiere. Und das alles hat so richtig begonnen, seit dieser Vetter aufgetaucht ist.«

»Er wirkt auf das Umfeld des Kabcar wie der Geruch eines reifen Käses in der Sonne«, meinte Fiorell. »Äußerst abstoßend. Die Kensustrianerin und der Ritter sind auf dem Weg zu dessen Burg oder sonstwo hin, die Beziehung mit dieser Brojakin, die als Einzige den Anschlag überstand, weil sie nicht am Bankett teilnahm, ist dahin. Sie ist gerade dabei, sich ein Haus in der Stadt einzurichten, und ihr wird ein Techtelmechtel mit dem Leibwächter nachgesagt. Und der alte Vertraute, dieser Stoiko Gijuschka, dient nur noch als Schachpartner. Wenn der Kabcar zwischen den ganzen Weiberröcken, hinter denen er herrennt, noch Zeit findet.« Er deutete auf das Regal und den Ordner, in dem die Aufzeichnungen über Borasgotan verwahrt wurden. »Es gab übrigens keinen einzigen Hinweis von Arrulskhán, dass er plante, die Großbauern zu vergiften. Es steckt demnach ein anderer dahinter, der dem Kabcar den Rücken freihalten will.«

»Zählen wir alles zusammen, ist Tarpol auf dem besten Wege, zu der feudalen Militärgroßmacht zu werden, die es einst war«, resümierte der König beunruhigt und überflog einen Zettel. »Mit der Hilfe von zwanzigtausend Soldaten, die wohl aus Tzulandrien stammen und unter der Führung eines Ungeheuers stehen. Haben sich die Gerüchte über die Rückkehr Sinureds bewahrheitet?«

»Ja, Majestät«, bestätigte der Spaßmacher. »Wir sollten mit der Benachrichtigung der anderen Königreiche nicht länger warten. Das ist eine Neuigkeit, die diplomatischen Zündstoff beinhaltet.«

»Wir werden Tarpol und den jungen Bardric zu einer Erklärung zwingen«, beschloss Perdór. »Es kann nicht angehen, dass Sinured wieder einen Fuß auf den Kontinent gesetzt hat und für den Kabcar kämpft, ohne dass es jemand erfährt. Sollte diese Armee gegen andere Länder ausziehen, müssen die wenigstens gewarnt sein.«

»Hier steht«, meldete sich Fiorell, »dass neue Schiffe gesichtet worden seien, diesmal näher an der turîtischen Küste. Vielleicht will sich Sinured gleichzeitig sein altes Reich zurückerobern.«

»Es würde zu neuen Meldungen aus der Verbotenen Stadt passen.« Demonstrativ stapelte der Herrscher von Ilfaris mit seinen dicken Fingern ein paar Zuckerwürfel aufeinander. »Es sind trotz aller Vorsichtsmaßnahmen Tzulani in die Ruinen eingedrungen, die Berichte schwanken zwischen zwanzig und fünfzig. Darunter wohl einige Architekten und Ingenieure. Und die Sumpfbestien beginnen unter deren Anweisung, die Festung Stein für Stein aufzubauen.«

»Das sieht nicht gut aus, Majestät, was? Wie lange will Mennebar dem Treiben in seinem Land noch zusehen, ohne einzugreifen?«

»Er hat bereits eingreifen lassen«, widersprach der gelockte Herrscher langsam. »Doch die Tzulani haben den Widerstand der Kreaturen sehr gut organisiert. Unser Freund Hetrál bekam eine saftige Abreibung. Einundsechzig seiner Männer sind getötet worden.« Er füllte sein Glas neu und nippte nachdenklich daran. »Was läuft auf diesem Kontinent ab? Ist denn nur das Böse auf dem Vormarsch? Schläft Ulldrael denn, oder soll es eine Prüfung für uns werden?«

»Vielleicht überprüfen die Götter, bevor das Jahr 444 anbricht, wie sich die Menschen verhalten, damit nach der Generalprobe die Aufführung noch gerettet werden kann«, schlug Fiorell vor. »Ich würde so etwas machen, wenn ich ein allmächtiger Gott wäre.« Der Hofnarr langte nach der Karaffe mit dem Eistee und fischte eine Zitronenscheibe heraus, die er dem König hinhielt. »Hier, Majestät, sauer macht lustig.«

Perdór sah angewidert auf die Frucht. »Bist du wahnsinnig, Bursche? Ist da Schokolade drum herum? Nein, also werde ich sie nicht essen.« Sein Gesicht hellte sich auf. »Aber die Idee ist nicht schlecht. Ich werde den Pralinenkreateur sofort an die Arbeit setzen. Ein Konfekt mit Zitrone darin, mh.« Er schloss die Augen und hüllte sich in visionäres Schweigen.

»Ich lenke dann mal so lange die Geschicke Eures Landes, wenn's recht ist«, sagte Fiorell und griff nach einem leeren Blatt, um die Anweisungen an die Untertanen aufzuschreiben, wie man sich beim Durchzug der angorjanischen Truppen zu verhalten habe.

»Mach nur, mach nur, lieber Fiorell«, sagte der König huldvoll. »Ich vertraue dir voll und ganz. Meine geliebten Ilfariten sollen freundlich sein, friedfertig und keinesfalls provozierend, schreib das auf. Und füge hinzu, dass Angorjaner keine Menschenfresser sind, wie immer behauptet wird, auch wenn der ein oder andere von ihnen vielleicht den Eindruck macht.« Er hielt kurz inne. »Na, die Kinder sollen trotzdem von der Straße. Vorsichtshalber.«

Ulldart, Baronie Worlac
(einstige tarpolische Provinz Worlac),
Hauptstadt Worlac, Sommer 443

Die Stadt hat ihre Tore fest verschlossen, mein Gebieter«, berichtete der Mann in der nachtschwarzen Lamellenrüstung, der vor der Furcht einflößenden Gestalt Sinureds kniete.

Der sagenumwobene Kriegsfürst aus dem nicht mehr existenten Königreich Barkis thronte entspannt auf einem verschnörkelten Stuhl, der aus dem Stamm einer Ulldraeleiche geschnitzt worden war, eine Hand hielt die eisenbeschlagene Deichsel.

Obwohl er saß, war er fast immer noch doppelt so groß wie ein erwachsener Mensch. Die schlohweißen Haare hingen wirr ins verbrannt wirkende Gesicht, die Augen glühten tiefrot aus den Höhlen heraus.

»Die Borasgotaner wollen sich uns nicht ergeben und lehnen das Angebot auf freien Abzug ab. Der abtrünnige Gouverneur und der Stadtrat weigern sich ebenfalls.« Osbin Leod Varèsz, der beste Feldherr Sinureds, war kein Schönling. Sein pockennarbenverziertes Gesicht, das einmal recht hübsch anzuschauen gewesen war, und die durch einen Hieb gespaltene Unterlippe ließen ihn nun unsympathisch wirken. Aber von ihm ging dieselbe unbändige Kraft und Wildheit aus, die man auch bei Sinured dem Tier spürte. Kurze, grauschwarze Haare bedeckten seinen Kopf.

Die pechschwarze Rüstung schien jedes Licht, das auf sie fiel, zu absorbieren. Der Helm, der mit den Haarsträhnen seiner getöteten Gegner verziert worden war, lag seitlich neben ihm am Boden und wirkte wie ein totes Tier. Sein mächtiger Zweihänder, den er auf dem Rücken trug, schlug gegen die Beinpanzerung, als der Krieger sich aufrichtete, und erzeugte einen höchst unangenehmen Ton.

»Wie die Sterblichen wollen«, dröhnte die Stimme seines Herrn. »Wir ziehen zu unseren zweitausend Männern weitere zweitausend hinzu und belagern die Stadt genau eine Woche. Wenn sie sich bis dahin nicht ergeben haben, stürmen wir.« Er richtete sich ein wenig auf. »Nein, warte. Wir stürmen die Stadt nicht. Wie groß ist sie?«

»Nach den letzten Erkenntnissen leben dreiundzwanzigtausend Einwohner und rund fünfhundert Borasgotaner in ihr.« Osbin setzte sich den Helm auf. »Ich denke, ich weiß, was Ihr vorhabt, mein Gebieter.«

Sinured lachte böse. »All die verschlafenen Jahrhunderte auf dem Meeresgrund haben uns nicht geschadet. Wir verstehen uns immer noch ohne viele Worte.«

»Ich lasse die notwendigen Vorbereitungen treffen.« Der Stratege stapfte hinaus und instruierte die Offiziere. Boten wurden auf den Weg geschickt, um weitere Truppen nach Worlac zu beordern.

Das riesige Heerlager teilte sich in vier kleine Abteilungen auf und setzte sich damit vor alle vier Stadttore, außerhalb der Katapultreichweite. Dutzende von Männern schwärmten in den nahe gelegenen Wald, um Bäume zu fällen, die für den Plan benötigt wurden.

Auf einer besonders hohen Tanne ließ Osbin eine Beobachtungsplattform errichten, um die Tätigkeiten in der Stadt besser überblicken zu können.

Als sich der Krieger mit einem Seilzug hatte nach oben schaffen lassen, fiel ihm sofort die mächtige Zitadelle ins Auge, die auf einer kleinen Anhöhe im Kern stand, und ein lauter Fluch kam über seine Lippen. Sie machte eine schnelle Eroberung unmöglich.

Belagerungsgeräte würden wegen der engen Gassen und dicht aneinandergebauten Häuser nicht heranzuschaffen sein, allem Anschein nach stand die Stadtburg zu allem Überfluss auf einem Felsbrocken. Ein Untertunneln schied damit ebenfalls aus.

Er beobachtete, Verwünschungen ausstoßend, die Festung mit dem Fernglas, ob er eine Schwachstelle entdeckte, doch die Mauern zeigten weder Risse noch andere Verformungen, die auf einen schlechten Zustand schließen lassen konnten. Der ehemalige Gouverneur und selbst ernannte Baron hatte genau gewusst, warum er sich mit seinen letzten Getreuen hierher zurückzog.

Kleine Punkte, die um die Türme und den Bergfried wirbelten, ließen ihn aufmerksam werden.

»Schwalben«, murmelte er, und ein zufriedenes Grinsen legte sich auf sein wenig ansprechendes Gesicht. Suchend forschte er durch die geschliffenen Linsen die Umgebung von Worlac ab, bis er ihren Zielpunkt, den großen See, entdeckte, zu dem die Vögel flogen, um Insekten zu jagen und Wasser zu trinken.

Leise lachend setzte er die Sehhilfe ab und ruckte an dem Seil, als Zeichen, dass er wieder auf den Boden wollte. Unten angelangt, rief er weitere Offiziere im Beratungszelt zusammen.

»Nehmt alle überschüssigen Männer, lasst enge Netze knüpfen und Körbe flechten, damit zieht ihr zum See«, wies er sie an.

»Wir haben aber noch Proviant, und Fisch wird in dieser Hitze sehr schnell schlecht«, gab einer der Anführer sofort zu bedenken.

»Ich habe nichts von Proviant gesagt, oder?« Er legte den Zweihänder auf den Kartentisch. »Ich möchte, dass die Männer die Schwalben, die dort herumfliegen, fangen und in die Käfige stecken. Lebend. Sie werden uns bei der Einnahme der Festung einen wertvollen Dienst leisten.«

»Wollt Ihr etwa, dass unsere Krieger mit ihnen hineinfliegen?«, fragte einer der Offiziere und lachte. »Wie soll ich meinen Männern erklären, dass sie Frauenarbeit machen sollen? Flechten und Vögel fangen, pah!«

»Sagt ihnen, dass ich sie töten werde, wenn sie es nicht tun.« Osbins Augen ruhten kalt auf dem Mann. »Jeden Einzelnen, wenn es sein muss. Die Tzulandrier werden lernen, sich Befehlen ohne Widerspruch zu beugen. Und es sei Euch noch mit auf den Weg gegeben, dass Sinured weitaus weniger Geduld hat als ich.« Der Feldherr nickte zum Ausgang. »Beginnt. In einer Woche muss alles fertig sein.«

Die Wache auf dem Bergfried patrouillierte auf dem hölzernen Gehweg entlang der Mauer und spähte immer wieder über den Rand. In weiter Entfernung konnte er rings um die abendliche Stadt erste kleine, leuchtende Punkte ausmachen.

Die Truppen des Kabcar hatten ihren Ring inzwischen vollständig geschlossen, ein Ausbruchsversuch war seit heute, dem achten Tag der Belagerung, aussichtslos.

Mehr als viertausend Krieger umgaben Worlac und fingen jeden Boten ab, der es wagte, ein Hilfegesuch an die borasgotanischen Verbündeten von hier nach Ucholowo zu bringen. Fünf Tapfere hatten es versucht, fünfmal wurden ihre grausam verstümmelten Leichen mit Katapulten in die Stadt geschleudert. Inklusive der Aufforderung, die Stadt und den abtrünnigen Gouverneur bis zum Ablauf der Woche zu übergeben.

Die Aufregung war nach diesen »Einschlägen« groß, einige der Bewohner hatten von Baron Pavloc Kinikai bereits verlangt, die Tore zu öffnen, um den Zorn der Belagerer nicht weiter anzufachen.

Doch der einstige Gouverneur blieb hart. Er verließ sich auf die Mauern, die Soldaten und nicht zuletzt auf die Zitadelle, von der aus jeder Punkt der Stadt und jedes Stadttor mit den eigenen Wurfmaschinen beschossen werden konnte.

Das wussten auch die hoheitlichen Truppen, denn sie kamen nur dann in die Nähe, wenn sie einen der armen Boten zurückschleuderten. Ansonsten beschränkten sie sich darauf, Bäume zu fällen, um vermutlich Belagerungsgeräte und Sturmleitern zu bauen.

»Miskoc, alles in Ordnung auf deiner Seite?«, rief sein Vorgesetzter von weitem und schlenderte zu dem Soldaten. »Die anderen haben nichts berichtet.«

»Es sieht wieder nach einer ruhigen Nacht aus, Hauptmann Groblyz.« Die Wache salutierte und ging in Habachtstellung, die Hellebarde dicht an den Körper gezogen.

»Rühren«, befahl der Offizier. »Ich hoffe, es wird so ruhig auch morgen bleiben, wo doch das Ultimatum des Kabcar heute abgelaufen ist.« Er stützte sich auf die massive Mauerkrone und seufzte.

»Haben die Feinde denn überhaupt eine Chance, uns zu erobern?«, fragte Miskoc vorsichtig und stellte sich an die Seite seines Vorgesetzten.

»In dieser kurzen Zeit? Schwerlich, wenn ihnen keiner die Tore öffnet«, schätzte er. »Wir decken sie, egal wo sie ihre Soldaten formieren, von hier oben mit Felsen und Pfeilen ein, dass ihnen Hören und Sehen vergeht. Aber um die Stadt mache ich mir Sorgen. Sie wird nicht ganz so schadlos davonkommen, fürchte ich. Die Gegner machen einen sehr wilden, kampflustigen Eindruck.«

»Sollen sie nur kommen, wir bombardieren sie weg, nicht wahr, Hauptmann?« Die Wache schüttelte eine Faust gegen die leuchtenden Punkte.

»Genau, Miskoc. Ganz genau.« Der Hauptmann schlug dem Soldaten lachend auf die Schulter. »Der edle Kabcar wird sich die Zähne an uns und unseren borasgotanischen Freunden ausbeißen, so wahr ich hier stehe.«

»Es heißt doch immer, die Ratten verlassen das sinkende Schiff«, meinte die Wache. »Machen es Schwalben genauso? Das wäre ein schlechtes Zeichen.« Der Hauptmann sah ihn fragend an. »Es werden immer weniger«, erklärte er seine Bemerkung. »Normalerweise ist abends der Himmel voll von ihnen, aber sie verschwinden. Es sind nur noch eine Hand voll übrig.«

Groblyz winkte ab. »Die werden sich schon auf die Reise gemacht haben, um rechtzeitig in den warmen Gebieten anzukommen, bevor der Winter einbricht. Wohin sie fliegen, weiß keiner so genau.«

»Aber«, machte ihn Miskoc aufmerksam, »sie haben ihren Nachwuchs in den Nestern gelassen.«

»Kümmere dich doch nicht um die dämlichen Vögel, sondern halte die Augen offen.« Der Hauptmann würgte die Unterredung ab, die ihm zu dumm wurde. »Sei doch froh, dass die dir die Rüstung nicht zuscheißen.« Er zog lachend weiter, um die nächste Wache zu kontrollieren.

An den Toren entstand wie auf ein Kommando plötzlich Unruhe. Die Soldaten dort hatten erste Feinde auf dem Feld ausgemacht. Offensichtlich begann nun doch der Angriff der hoheitlichen Truppen.

Die leuchtenden Punkte bewegten sich und zogen sich wie eine Schlinge um Worlac zusammen.

In seinem Rücken hörte Miskoc, wie die Katapultisten mithilfe von Seilen, Ketten, Umlenkrollen, Hebeln und zahlreichen Helfern anfingen, die gewaltigen Wurfmaschinen einsatzbereit zu machen. Der Baron hatte die Geräte eigens anfertigen und heimlich montieren lassen, weil er mit dem Widerstand des tarpolischen Oberhaupts gegen die Lossagung von Worlac rechnete. Jetzt zeigte sich, wie Recht er damit gehabt hatte.

Befehle wurden gebrüllt, ächzend und knarrend richteten sich Arme und Läufe der Fernwaffen aus, um ihre todbringende Ladung auf den Weg zu schicken.

»Kommt nur«, brach es aus der Wache heraus. In freudiger Erwartung, die Feinde wie die Fliegen sterben zu sehen, konnte er sich nicht mehr länger beherrschen. »Los, ihr feiges Pack. Kommt und holt euch eine Nase voll. Wir rächen unsere Toten heute hundertmal!«

Als hätten die Soldaten des Kabcar seinen Ruf gehört, blieben sie stehen. Wie ein brennender Kreis schlossen sie die Stadt ein und warteten.

»Angst, was?«, brüllte Miskoc höhnisch in den Abend hinaus. Danach wandte er sich zu seinem Kameraden auf der unteren Balustrade, der zehn Meter unter ihm auf dem Wehrgang stand. »Hey, wie viele Sturmleitern und Rammböcke haben sie dabei? Müssen wir uns Sorgen machen?«

»Die anderen haben gesagt, nicht einen einzigen«, kam die verwunderte Antwort. »Nur riesige, eingesägte Latten und Holzpflöcke.«

»Warum …«, setzte er an, doch ein anderes Schauspiel zog seine Aufmerksamkeit an.

Hinter dem Wald, wo der See lag, erhob sich plötzlich hundertfacher Feuerschein und kam als wirbelnde, brennende und qualmende Wolke auf Worlac zu. Ab und zu stürzte eine einzelne kleine Flamme ab, aber das Gros näherte sich stetig.

»Was ist das?«, rief er nach unten, doch bei seinem Kameraden herrschte die gleiche Ratlosigkeit.

Bevor die Feuerwolke über der Stadt stand, fächerte sie auseinander, und Miskoc hört das schrille Rufen, das er so lange vermisst hatte.

Schwalben, durchzuckte es ihn entsetzt, und da huschte der erste Vogel aufgeregt an ihm vorbei, um in sein vermeintlich sicheres Nest zu gelangen.

Die Wache erkannte, dass am Schwanz der Schwalbe ein langes Garn mit einem brennenden Stück Tuch befestigt worden war. Als das Tier in seiner Brutstatt verschwunden war, begann das trockene Nest sofort zu brennen. Die Flammen züngelten nach oben und leckten über die Eichenbalken, um sich neue Nahrung zu suchen. Erste Stellen kokelten bereits.

»Feuer!«, schrie Miskoc, ließ seine Hellebarde fallen und rannte zur Treppe, um einen Wassereimer zu holen.

Immer mehr Tiere kehrten in ihre Nester zurück oder setzten sich auf die Dächer der Stadt, wobei die meisten ihre Bleibe in der Zitadelle gefunden hatten. Die anderen Wachen sprangen hin und her, um die Schwalben am Landen zu hindern oder sie wegzuscheuchen. Vergeblich.

Als der Mann keuchend mit dem Nass oben angelangt war, brannte es bereits an mehreren Stellen, die Katapulte entluden sich ohne Zutun, oder die gespannte Seile zerrissen durch die Wirkung des Feuers. Die Wurfmaschinen wurden nutzlos.

Immer noch kreisten Vögel mit ihrer verheerenden Fracht um Worlac und ließen sich nieder.

Fassungslos starrte Miskoc auf die Brandherde, die jetzt immer schneller in den Gassen aufloderten. Die Menschen versuchten anfangs noch zu löschen, erkannten aber die Hoffnungslosigkeit ihres Unterfangens. In großen Trauben sammelten sich die Bewohner auf den freien Plätzen, um zu den Stadttoren zu gelangen, während um sie das Inferno heftiger tobte.

Der Ring der Belagerer hatte sich in der Zwischenzeit etwas enger zugezogen, stoppte aber auf Bogenschussdistanz erneut.

Hauptmann Goblyz kam mit geschwärztem Gesicht

und angesengten Haaren durch den Rauch auf Miskoc zugewankt. Hustend lehnte er sich gegen die Mauer. »Wir müssen nach unten, an das Westtor. Die Zitadelle zu halten ist unmöglich.«

»Warum flüchten die Worlacer nicht?« Zusammen rannten sie die Treppen hinab, um den Flammen zu entkommen.

»Die hoheitlichen Truppen haben die Tore mit Barrikaden blockiert, man kommt nicht hinaus«, sagte Groblyz wütend. »Ich weiß nicht, was das bezwecken soll. Und ich weiß auch nicht, warum sie die Stadt anzünden. Wir versuchen, wenigstens einen Ausgang zu schaffen. Vielleicht gelingt einigen die Flucht.«

Geduckt hasteten sie zwischen brennenden Häusern entlang, um den Qualm nicht einatmen zu müssen.

Am Platz vor dem Westtor drängten sich mehrere Tausend Männer, Frauen und Kinder, die verzweifelt darauf warteten, dass die Flügel zurückschwangen. Mit Unruhe im Herzen suchte er nach den vertrauten Gesichtern seiner Familie, entdeckte sie aber nirgends.

Alle Anstrengungen an den Toren brachten nichts. Miskoc erkannte sehr schnell, weshalb. Von außen waren Nägel durch das Holz getrieben worden, die die Flügel mit den errichteten Barrikaden verbanden und ein Öffnen unmöglich machten.

Eine Gruppe von Männern war gerade dabei, Leitern nach außen herabzulassen, als ein Pfeilschauer sie von draußen traf. Tot oder verletzt stürzten sie zurück und fielen auf das Kopfsteinpflaster.

Noch immer unternahmen die hoheitlichen Truppen unverständlicherweise keinen Versuch, Worlac zu stürmen und bei den Löscharbeiten zu helfen. Schließlich verbrannte eine der wichtigsten Städte des Landes, auf die der Kabcar kaum verzichten konnte.

Miskoc hörte das Sirren, das einen weiteren tödlichen Hagel ankündigte, und er warf sich hinter einem Karren in Deckung. Am Schreien erkannte er, dass es zahlreiche Menschen getroffen hatte, und als er sich umsah, musste er feststellen, dass die Belagerer nun konstant mit Brandpfeilen in die Stadt feuerten.

»Sie wollen Worlac auslöschen«, sagte er zu sich und lief zu Hauptmann Groblyz, um ihm mit einigen anderen, die klaren Verstand bewahrt hatten, zu helfen, Pferde einzufangen, anzuschirren und sie vor den Ausgang zu spannen, um das Tor aufzureißen.

Nach einer Ewigkeit, so schien es zumindest für den Wachmann, lösten sich die Nägel aus dem Holz, ein Flügel wurde geöffnet, und mit einem Aufschrei der Erleichterung drangen die verängstigten Menschen nach draußen.

Miskoc wurde von den Leibern mitgespült, obwohl er lieber in der Nähe der Mauer geblieben wäre.

Seine Ahnungen bestätigten sich. Wieder setzte das Rauschen ein, und selbst ein schlecht abgeschossener Pfeil fand bei der Masse ein Ziel. Nun rannten die Worlacer, Jung und Alt, über die freie Fläche, um sich in Richtung Wald zu retten.

Zwischen den Stämmen traten die nächsten der hoheitlichen Truppen heraus und hoben ihre gespannten Bögen, bereit für eine weitere Salve.

Dann richtete sich eine schreckliche Silhouette zwischen den Feinden auf, dreimal so groß wie ein Mann, die Augen leuchteten dunkelrot, die Haut war verbrannt. Schlohweiß wehten die langen Haare. Die eine Hand hielt eine immense Keule, die andere einen Schild so groß wie ein Mühlstein.

»Zurück mit euch allen in die Stadt«, dröhnte die gewaltige Stimme durch die immer stärker werdende Dunkelheit. Der Ton ging durch Mark und Bein. »Euer Leben gebührt dem Gebrannten Gott, nicht mir. Also kehrt um.« Wuchtig schlug die Keule auf das Erdreich, Dreck flog in die Luft, und die Erde zitterte.

Panisch kehrte der Großteil der Flüchtenden um und stolperte aus Furcht vor dem Wesen freiwillig in das Flammeninferno.

»Sinured«, stammelte der entgeisterte Miskoc. »Die Dunkle Zeit ist zurückgekehrt. Ulldrael sei mir gnädig.«

Gelähmt starrte er auf den Kriegsfürsten, bevor ein Geschoss vor ihm einschlug und er kehrt machte, um zusammen mit den anderen in die sterbende Stadt zurückzulaufen, die ihren hellen Schein weit in die Nacht schickte. Die Angst vor Sinured war größer als die Furcht vor den Flammen.

Aus den Augenwinkeln sah er, wie mit den Katapulten des Feindes Tote und Verletzte, die auf dem Feld lagen, zurück in das brennende Worlac geschossen wurden.

»Ihr alle gehört Tzulan«, brüllte Sinured triumphierend. »Gebrannter Gott, nimm mein Opfer gnädig an. Und lang lebe der Kabcar!«

Miskoc war wieder hinter den Toren angekommen und erinnerte sich an einen Geheimgang tief im Bauch der Zitadelle. Dort wollte er sich verstecken und warten, bis alles vorbei war. Und er betete, dass seine Familie es schaffte, einen sicheren Unterschlupf zu finden.

Vier Tage verbrachte Miskoc in seiner verborgenen Unterkunft, so lange hörte er das Knistern der Brände und das Schreien der Menschen durch die Mauern.

Die Steine erhitzten sich nach dem zweiten Tag so sehr, dass er Angst bekam, wie ein Brot im Ofen gebacken zu werden. Die Wärme und eindringender Qualm ließen ihn ohnmächtig werden, und als er wieder zu sich kam, hatten die Mauern ihre hohe Temperatur verloren. Draußen herrschte Grabesstille.

Der Soldat wagte sich aus seinem Versteck, dessen Ausgang im Hof der Zitadelle lag.

Als er in den Sonnenschein trat und in die Helligkeit

blinzelte, sah er nur auf ein paar rauchende Steintrümmer, die von der einstigen Festung geblieben waren, und den halb zerfallenen Bergfried. Der beißende Geruch von kaltem Rauch und verbranntem Fleisch stieg ihm sofort in die Nase.

Miskoc balancierte die letzten Stufenreste des Turms hinauf, um einen Blick auf Worlac zu werfen. Er hoffte inständig, dass noch mehr Menschen überlebt hatten. Immer wieder lösten sich Steine und stürzten nach unten, nur mit größter Vorsicht gelangte er an den höchsten Punkt der Zitadelle.

Aber egal in welche Himmelsrichtung er schaute, die schreckliche Ansicht änderte sich nicht.

Von Worlac stand nichts mehr. Die Flammen hatten die Vorarbeit geleistet, den Rest mussten die Truppen des Kabcar besorgt haben. Kein Stein ruhte auf dem anderen, aus der Provinzhauptstadt war ein riesiges, qualmendes Trümmerfeld geworden. Selbst die Stadtmauern lagen eingerissen und umgestürzt auf der Erde. Es gab keine Gassen und keine Straßen mehr, nur Steine. Mit den vielen Häusern waren auch die mehr als dreiundzwanzigtausend Einwohner verschwunden. »Ulldrael der Gerechte«, flüsterte er, »wie konntest du das zulassen?«

Auf dem Marktplatz erhob sich ein Galgen von zwanzig Fuß Höhe, an dem mehrere Gehängte sachte im warmen Wind pendelten. Über ihnen baumelte an einem separaten Balken ein einzelner Mensch.

Wie betäubt machte sich Miskoc an den Abstieg, schritt über die schwarzen Steine hinweg und stapfte durch Asche und Schutt zum Stadtmittelpunkt. Die Truppen des Kabcar hatten die Ratsmitglieder gehängt, über allen hing die Leiche des Barons. Sie alle hatten ihren Freiheitswillen mit dem Leben bezahlt.

Er wandte sich um und ging zu seinem Haus, um nach seiner Familie zu sehen, die am Rand der Stadt gewohnt hatte. Der Soldat wusste, dass es auch sie nicht mehr gab, aber er brauchte die traurige Gewissheit. Er fand sie zwischen verkohlten Balken und Steinen.

Miskocs Beine gaben nach, schwer sackte er mitten in der Ruine zusammen, die vor dem Angriff sein Heim gewesen war.

Tränen der Trauer, der Wut und des Schmerzes rannen ihm über die Wangen. Deutlich sah er vor seinem geistigen Auge die mächtige Gestalt Sinureds und hörte noch einmal, wie sie dem Kabcar huldigte.

IV.

Aus den ganzen Kriegswirren erhob sich ein Mann, der sich Tzulans Sohn nannte. Er eroberte mithilfe von schlechter Magie ganz Tzulandrien, doch seine Machtgier war nicht gestillt. Tzulans Sohn ließ eine Flotte bauen und segelte nach Kalisstron, das er in kurzer Zeit unterwarf.

Die schlechte Magie,
Kapitel II

Ulldart, Königreich Tersion, Hauptstadt Baiuga, Spätsommer 443 n. S.

Perückenpuder, Gesichtspuder, Schönheitsflecke, Wechselwäsche und Parfüm«, zählte Fraffito Tezza leise die Gegenstände an den Fingern ab, die er in seine Reisetasche gepackt hatte. »Fraffito, du Idiot«, schimpfte der Palestaner mit sich selbst, bevor er nach dem kleinen Beutel griff, der neben dem Bett lag. »Beinahe hättest du den Proviant vergessen.«

Nach einem musternden Blick in den Spiegel, ob denn die prachtvolle Garderobe, Perücke und der federgeschmückte Dreispitz auch noch richtig saßen, nahm er das Gepäck auf und verließ seine Kammer in den Katakomben, um sich auf den Weg zum Palast der Regentin zu machen.

Der Abend sollte entscheidend für seine Zukunft werden, der Ablauf war genau durchdacht.

Zunächst wollte er Alana II. davon überzeugen, dass er am morgigen Nachmittag nicht in der Arena für einen unblutigen Schaukampf antreten musste. Der Adjutant fürchtete, dass er den Sandplatz nicht mehr lebend verließ, denn den beiden K'Tar Tur, deren Verschwörungsgeheimnis er kannte, traute er nach dem misslungenen Anschlag bei den Unterkünften der Sumpfbestien alles an Gemeinheiten zu.

Sollte dieses Vorhaben nicht gelingen, wollte er der Herrscherin Tersions von dem belauschten Gespräch erzählen, um sie vor dem Umsturz zu warnen, wenn er in der Arena umkam. Ob sie ihm glaubte oder nicht, war ihm egal, er hatte sie zumindest in Kenntnis gesetzt und konnte seinen Feinden vielleicht ihr Vorhaben verderben.

Da er nicht mit einem positiven Verlauf rechnete, wollte er nach der Audienz in aller Heimlichkeit aus Baiuga flüchten, ein Schiff hatte er sich bereits herausgesucht, mit dem er nach Palestan zurück wollte. Dass er noch mehr als vier Monate den Status einer offiziellen Leihgabe hatte, darauf pfiff er. Baraldino konnte ihn hier gerne vertreten.

Die Stimmung in der Hauptstadt Tersions verschlechterte sich zusehends. Der Krieg gegen Kensustria verlief ohne einen einzigen Erfolg, dagegen bewiesen die Grünhaare, dass sie militärtechnisch in allem weit überlegen waren. Nach der ersten Warnung zu Lande hatte die totale Vernichtung der größeren Invasionsflotte unter dem Kommando von Tei-Sal Haïl-er-Ibadan eine ernüchterte Niedergeschlagenheit ausgelöst.

Alles wartete nun mit großer Spannung darauf, wann Tei-Sal Faïs-bar-Lamshadai die Kensustrianer schlug, der mit seinen zweitausend Kriegern und neuem Proviant bereits die Landesgrenze zu Ilfaris überschritten hatte und die gegnerischen Festungen der Südküste anstrebte. Wenn sie fielen, bekam die kleinere angorjanische Invasionsflotte endlich die Gelegenheit zu landen.

Tezza hielt den Krieg immer noch für ein unnötiges Unternehmen. Die Kensustrianer würden, seiner laienhaften Ansicht nach, in aller Ruhe warten, bis sich die Truppen des Kaisers an einem Ort versammelt hatten, und wieder irgendeine unvorhergesehene tödliche Überraschung aus dem Hut zaubern.

Aus noch einem Grund wollte der Offizier aus dem Land so schnell wie möglich verschwinden. Sollte sich bewahrheiten, dass Palestan aus der Allianz gegen die Grünhaare ausschied, würde sich der Zorn der Regentin garantiert an ihm entladen. Dann sah er sich bereits nackt und mit Honig beschmiert an einen Pfahl gebunden und hungrigen Ameisen ausgesetzt.

In solch trübe Gedanken versunken, rief Tezza sich eine Sänfte herbei, die ihn vor die Tore des imposanten Gebäudekomplexes beförderte. Er wollte jede Anstrengung vermeiden, um nicht zu sehr zu schwitzen. Es kam darauf an, einen mehr als guten Eindruck bei der Regentin zu machen, die so sehr Wert auf Körperpflege legte.

Zu gerne wäre er damals dabei gewesen, als Baraldino sich vor der Frau die Hosen beschmutzt hatte. Wobei »beschmutzt« noch ein harmloser Ausdruck für das war, was die Beine in Strömen herabgelaufen war.

Im Schein der aufgestellten Fackeln und Kohlebecken schimmerte der reine weiße Marmor rötlich, die Gold- und Silberornamente reflektierten das warme, unregelmäßig leuchtende Licht und wirkten beinahe lebendig. Der Palestaner bewunderte erneut die verspielte, aufwändige Architektur mit kleinen Türmen, filigranen Kuppeldächern und bunten Glasfronten. Leise plätscherten die Springbrunnen, und die Blumen aus den weitläufigen Gartenanlagen sorgten für einen betörenden, allgegenwärtigen Blumengeruch. Eine gewisse Ruhe breitete sich in ihm aus, mit der es aber schlagartig zu Ende war.

Die Gestalt Lom T'Sharrs schob sich aus dem Eingang, und Tezza blieb beinahe das Kaufmannsherz stehen. Unverbindlich lächelnd zog er an ihm vorbei und zwang sich, nicht in einen leichten Trab zu verfallen.

Misstrauisch sah ihm der Kommandant in der weißen Lederrüstung hinterher.

Zwei kichernde Dienerinnen, die sich sehr über seinen herausgeputzten, fremden Aufzug amüsierten, geleiteten ihn durch den duftenden Palast bis vor die Gemächer der Regentin, vor der zwei K'Tar Tur als Wachen standen.

Das war neu. Er nahm die Veränderung sofort zur Kenntnis.

Ein Blick in seine Umgebung zeigte ihm, dass sich weitere Angehörige des Dunklen Volkes in den Mauern der Residenz aufhielten, die er zuerst nicht bemerkt hatte. Wie zufällig standen ein paar zusammen und unterhielten sich leise, andere trugen die Kleidung der Wachen und versahen ihren Dienst.

Unter normalen Umständen hätte sich Tezza nichts dabei gedacht, die K'Tar Tur gehörten sozusagen zum tersionischen Inventar. Aber seit der belauschten Unterhaltung war er empfindlicher geworden, und der Hinweis der Bestie hatte seinen Verfolgungswahn ins Unendliche gesteigert. Seine Fluchtpläne gerieten in Gefahr.

Eilig betrat er den Marmorsaal und vollführte das übliche Begrüßungszeremoniell, wie es sich gehörte, wenn man Alana II. besuchte.

Die Frau saß am Fenster und sah hinaus in den Garten, mehrere Lagen Teppiche sorgten für einen bequemen Untergrund. Das Licht der Monde fiel auf ihr Gesicht, das eingewobene Iurdum in ihren schleierartigen Gewändern blitzte und funkelte. Deutlich hob sich die Figur der Regentin unter dem durchsichtigen Stoff ab. Um sie herum standen, saßen oder knieten Dienerinnen, die auf die kleinste Geste reagierten. Auch hier roch es nach Blumen und Zitrusfrüchten.

»Ihr wolltet mich sprechen, Fraffito Tezza?«, sagte sie, ohne in seine Richtung zu schauen, ihre Stimme klang gelangweilt. »Wieder eine Beschwerde über die Arbeit in der Arena?«

Der Palestaner warf sich auf den Boden und rutschte wieselflink zu ihr. »Hochwohlgeborene Regentin, lasst mich sagen, dass Eure Grazie, Eure Eleganz einem Mann den Verstand rauben können …«

»Sofern er überhaupt über einen solchen verfügt«, fiel Alana ihm ins Wort. »Kommt zur Sache, Kehrmeister.«

Vorsichtig stand der Adjutant auf, machte einen Kratzfuß und schwenkte den Dreispitz, die Nase berührte beim vollführten Bückling fast den Boden. »Ich wollte mit einer Bitte an Euch herantreten. Erlasst mir den morgigen Kampf in der Arena. Ich belustige das Volk auch ohne dieses abgekartete Spektakel.«

»Die Tersioner haben von Eurem Heldenmut in den Katakomben gehört, als Ihr zehn der wilden Bestien nur mit Eurem Besen zurück in die Käfige scheuchtet.« Jetzt erst wandte sich die Regentin zu ihm um. »Und da wundert es Euch, wenn sie Euch auch einmal kämpfen sehen wollen?« Grazil streckte sie die rechte Hand aus und spreizte die Finger auseinander. Eine der Dienerinnen beugte sich vor und begann, die langen, spitzen Nägel zu polieren. »Ihr müsst keine Angst haben. Der Sklave, der gegen Euch antritt, wird angewiesen, Euch nicht zu treffen. Beruhigt Euch das?« Der Spott war unüberhörbar. »Mehr kann ich nicht veranlassen. Ihn zu fesseln, wäre zu auffällig.«

Tezza nahm all seinen Mut zusammen. »Ich fürchte jedoch, ich werde in der Arena sterben, weil Euer Shadoka und der Kommandant Eurer Leibwache es so wollen.«

»L'Xarr und T'Sharr? Warum sollten sie?« Ihre geschwungenen Augenbrauen schossen in die Höhe, ihre Neugier war geweckt. »Das müsst Ihr mir nun aber erklären, Adjutant Tezza.«

Die Worte sprudelten wie ein Wasserfall aus dem Palestaner hervor, getreu gab er jedes Detail der Unterhaltung wieder, auch wenn er dabei der Wirkung halber etwas dramatisierte. Dann erzählte er von der Bestie, die ihn gewarnt hatte. Als er seine Ausführungen beendet hatte, fühlte er sich unendlich erleichtert. »Ich weiß, dass das alles unfassbar, ungeheuerlich und abenteuerlich klingt, aber es ist die Wahrheit. Ich schwöre es bei allem, was mir heilig ist, hochwohlgeborene Regentin.«

»Tezza, wir wissen beide, dass den Palestanern nichts heilig ist«, meinte Alana nachdenklich. »Es hört sich an wie ein Märchen. Sinured soll zurückgekehrt sein, und die K'Tar Tur planen deshalb, mich vom Thron zu stoßen?«

»Es ist ein wenig pauschal zusammengefasst, aber es trifft den Kern«, sagte der Offizier.

»Warum sollte ich Euch glauben, Adjutant?« Die Regentin erhob sich und kam auf den Mann zu. Die Steine an ihrer Kappe blitzten auf. »Ein Palestaner, der mich vor einer Verschwörung meines ergebensten Beschützers warnt, wie wirkt das auf Euch?«

»Hochwohlgeborene Regentin, ich hätte wohl den geringsten Grund, Euch anzulügen. Unsere Länder sind Verbündete im Kampf gegen Kensustria. Und wenn andere auf dem Thron säßen, die ich als unberechenbar einschätze, was glaubt Ihr, was passieren würde?« Tezza versuchte, so überzeugend wie nur irgend möglich zu klingen. »Das Kaiserreich würde alle Unternehmungen gegen Kensustria einstellen und Tersion den Krieg erklären. Vielleicht würden die Grünhaare sich auch rächen wollen und sich mit den K'Tar Tur verbrüdern. Zusammen würden sie den Kontinent von Süden her erobern.« In einem Anfall von Heldenmut machte er einen Schritt nach vorne und stand nur wenige Handbreit von der Frau entfernt. »Oder Euer Reich würde in einem Bürgerkrieg versinken. Eure Anhänger gegen die des Dunklen Volkes. Tersion würde im Chaos untergehen und Euer Name ebenfalls. Ich habe von meiner Warnung nichts, außer der Dankbarkeit einer Regentin.«

Er wurde sich bewusst, wie sehr er gegen das tersionische Protokoll verstoßen hatte. Schnell machte er ein paar Hüpfer rückwärts und bügelte den Fehler mit einem engagierten Bückling aus.

Alana betrachtete die polierten Fingernägel und deutete nach unten. Zwei Dienerinnen machten sich sofort an den Füßen zu schaffen.

»Ich weiß, dass Kaufleute gute Schauspieler sind, Euer Vorgesetzter hat eine eindrucksvolle Vorstellung geliefert«, sagte sie nach einer Weile. »Aber ich weiß wirklich nicht, was ich von Eurer Geschichte halten soll. Es gibt nur eine Lösung.« Sie drehte ihren Kopf zu einer Bediensteten. »Hol Lom T'Sharr und L'Xarr. Ich erwarte sie sofort in meinem Gemach.« Die Regentin schnippte mit den Fingern, woraufhin Tezza ein gepolsterter Hocker gebracht wurde, auf den er sich setzen sollte. »Wir warten gemeinsam. Und dann wird sich zeigen, dass Ihr ein Lügner seid, wie ich stark vermute. Danach werdet Ihr sterben.«

Sie kehrte zurück an ihren Fensterplatz, während der blasse Palestaner zitternd in dem weichen Kissen des Hockers versank.

Heilige Dublone, ich werde nicht mal lebend in die Arena kommen. Eine Gegenüberstellung war in seinem Plan nicht vorgesehen. Hektisch wanderten seine Augen durch den Raum, um nach einer Fluchtmöglichkeit zu suchen, die ihn außerhalb der Reichweite des Zweihänders von T'Sharr brachte. Warum hatte er auch nur seine große Klappe aufgerissen?

An einem Paravent aus undurchsichtigem, buntem Glas blieb sein Blick hängen. Anscheinend stand dieser dünne Wandschirm vor einem Durchgang zu einem Nebenraum. Für den Notfall merkte sich Tezza die Richtung, die rechte Hand schloss sich um den Griff seiner Reisetasche.

Es dauerte nicht lange, und der weißhaarige Anführer der Leibwache kam zusammen mit drei K'Tar Tur in das Gemach. Den Palestaner, der wie ein Häufchen Elend auf dem Hocker saß, strafte er mit Missachtung.

Seine Begleiter blieben an der Tür stehen. Zielstrebig ging er auf die Regentin zu und warf sich zu Boden, um kurz darauf wieder aufzustehen und sich vor sie zu knien. »Ihr wolltet mich sprechen, Regentin?«

Alana machte einen amüsierten Eindruck; sie freute sich anscheinend auf die Szene, die nach ihrer Eröffnung folgen würde.

»Mein geschätzter Lom T'Sharr, unser palestanisches Geschenk hat mir eine Mitteilung gemacht, die du unbedingt hören musst.« Mit dem Zucken ihres kleinen

Fingers verscheuchte sie die Dienerinnen zu ihren Füßen. »Der Adjutant sagte, dass dein Vorfahr, Sinured, nach Ulldart zurückgekehrt sei und du zusammen mit meinem Shadoka, L'Xarr, dem sagenhaften Kinderschreck in Tersion ein neues Heim geben möchtest.« Sie lachte hell auf. »Ich dachte mir, dass ihr beide diese Geschichte unbedingt hören müsstet.«

Der Arenakämpfer der Regentin trat ein, vollführte die gleiche Begrüßung vor der Frau und stand daraufhin neben dem Kommandanten.

»Verzeiht meine Verspätung, aber ich lag bereits im Bett, um für den morgigen Kampf ausgeruht zu sein«, entschuldigte sich der Albino. Der Ausdruck seiner roten Augen, als er zu Tezza hinüberschaute, ließ dem Palestaner den kalten Schweiß unter der Perücke hervorbrechen.

Sie hacken mich gleich hier in Stücke. Seine Gedanken rasten. Eine Spannung ging durch seinen Körper, er war bereit, sofort aufzuspringen und loszurennen, sollte es die Situation erfordern. Angesichts der Muskelberge auf zwei Beinen um sich herum schätzte er seine Chancen aber sehr gering ein.

Unterdessen erklärte Alana ihrem besten Arenakämpfer, weshalb er gerufen worden war.

»Sagt mir Eure Beleidigungen ins Gesicht«, knurrte L'Xarr ihn an und kam drohend auf ihn zu, »wenn Ihr es wagt, räudige Krämerseele.«

»Es gibt keinen Grund, unhöflich zu werden«, versuchte der Adjutant die Haltung zu bewahren. »Ich äußere mich auch nicht zu Eurer zweifelhaften Herkunft. Und ich habe die Wahrheit gesprochen, es waren keine Beleidigungen. Es sei denn, Ihr fühltet Euch von der Wahrheit beleidigt, L'Xarr.«

Tezza bemerkte eine huschende Bewegung hinter dem Paravent. Und er meinte, gleichzeitig eine Gestalt hinter einem Berg Teppiche verschwinden gesehen zu haben.

Es fiel ihm wie Schuppen von den Augen: *Natürlich! Sie wollen die Macht heute schon an sich reißen. Deshalb die vielen K'Tar Tur!*

Jetzt war Tezza alles egal. Wenn sich die Männer T'Sharrs heimlich in Position brachten, um auf dessen Signal hin loszuschlagen, kam er ohnehin nicht mehr lebend hinaus, geschweige denn nach Palestan. Heldenmut durchströmte ihn.

»Und bevor ich sterbe, sage ich Euch in Euer blasses, hässliches Gesicht, dass Ihr ein niederträchtiger Verräter an der Regentin seid. Genauso wie Euer feiner Freund, diese Ausgeburt an Gemeinheit und Niedertracht!« Er baute sich vor dem völlig verdutzten Shadoka auf, dem eine solche Behandlung noch nie widerfahren war. »Pfui, sage ich zu Euch.« Tezza schlug ihm den Dreispitz ins Gesicht, die Federn blieben in einem der Ohrringe des Albinos hängen, die weißen Haare flogen ins Gesicht. »Und nochmals Pfui.«

L'Xarr stierte dem erregten Palestaner ungläubig und mordlüstern nach, als er auf den Kommandanten der Leibwache zusteuerte.

»Und Ihr, Vater des Verrats, habt meine tiefste Verachtung. Ihr steht sogar noch weit unter Baraldino.« Er sammelte lautstark Speichel, um dem K'Tar Tur ins Antlitz zu spucken.

»Das genügt«, bremste ihn die Regentin, und sie sah kein bisschen erheitert aus. »Was unser palestanischer Freund soeben an Gefühlen zeigt, scheint mir zu echt zu sein. Schließlich hat er sich mit seinen Beleidigungen den sicheren Tod eingehandelt, wenn seine Worte nicht wahr sind.« Sie stand anmutig wie eine Tänzerin auf. »T'Sharr und L'Xarr, was habt ihr beide dazu zu sagen?«

Der Shadoka packte Tezza im Genick und schleifte ihn neben den Kommandanten. Eine Zornesader war auf seiner Stirn angeschwollen, die Federn hingen von ihm unbemerkt immer noch am Ohrring.

T'Sharr lächelte. »Nun, für seine Worte wird er sterben. Auch wenn es die Wahrheit war.«

»Was?«, rief Alana und machte einen Schritt rückwärts. »T'Sharr, wie kannst du das tun?«, sagte sie enttäuscht, dann erhob sie ihre Stimme. »Wachen!«

L'Xarr zog dem Palestaner die Beine weg, nahm eines seiner Schwerter zur Hand und legte es ihm in den Nacken. »Niemand hat es bisher gewagt, so mit mir zu sprechen.«

»Dann wurde es höchste Zeit«, keifte Tezza, dem das Adrenalin durch die Blutbahn rauschte. Verzweifelt grapschte er nach dem Griff seines Rapiers, bekam ihn aber nicht zu fassen.

»Ihr werdet vergeblich auf die Wachen warten, Regentin«, erklärte der Kommandant gelassen. »Niemand wird im Palast sein, um Euch zu helfen. Außer uns. Wir, die K'Tar Tur, übernehmen ab heute in Tersion die Herrschaft. Aber zuerst werdet Ihr abdanken und uns die Geschäfte übertragen.« Er kam auf sie zu. »Freiwillig oder anders. Ihr habt die Wahl.«

»Fass mich an, und ich zerschlitze dir dein Gesicht«, kündigte die Regentin an. Sie hob langsam ihre Hände mit den langen, spitzen Fingernägeln. Dienerinnen stellten sich dem Krieger in der weißen Rüstung in den Weg, die er wie Puppen zur Seite fegte.

»Ja, Frauen schlagen, das könnt Ihr, was, T'Sharr?«, meinte der Palestaner gepresst, weil ihm der Griff des Arenakämpfers Probleme beim Sprechen bereitete. »Dafür habt Ihr also Eure Männer hinter dem Paravent gebraucht, falls die Mädchen einem großen Krieger wie Euch zu stark sind, wie?«

Ruckartig fuhr der Kopf des K'Tar Tur in Richtung des dünnen Sichtschutzes, seine Männer zogen alarmiert ihre Waffen. L'Xarr richtete sich erstaunt auf, während er nach seinem zweiten Schwert langte.

Und dann brach ein Albtraum in der Kammer los.

Menschenähnliche Wesen mit Dämonenfratzen kamen lautlos hinter dem Sichtschutz herausgesprungen, in ihren Händen wirbelten sie kurze, schwarz schimmernde Klingen, ihre Körper waren durch metallplattenbesetzten Stoff geschützt.

Ohne ein Wort der Erklärung gingen sie in den Nahkampf, tauchten und duckten sich unter den nicht minder akrobatischen Angriffen der K'Tar Tur ab und beharkten ihre Gegner in atemberaubender Geschwindigkeit mit ihren Kurzschwertern.

Eine der Wachen brüllte nach Verstärkung, die prompt ins Zimmer geeilt kam, und das Fechten nahm an Intensität zu. Von irgendwoher schienen auch die Unbekannten neue Kämpfer zu erhalten oder sie waren einfach überall gleichzeitig. Stahl prallte klingend auf Stahl und erzeugte eine tödliche Melodie, in die sich gelegentlich ein Schrei oder ein Stöhnen mischte.

Tezza verstand gar nichts mehr und rannte geduckt zwischen den Kontrahenten hindurch und warf sich hinter einem Stapel Teppiche in Deckung, um nicht versehentlich Opfer einer fehlgeleiteten Schneide zu werden.

Als er neben sich heftiges Atmen wahrnahm und sich umdrehte, blickte er in das ängstlich-erboste Gesicht der Regentin. Er zuckte gleichgültig mit den Achseln. Über die Kante eines besonders weichen Läufers hinweg spähte er wieder nach dem Verlauf des Gemetzels.

Zwei völlig unterschiedliche Kampfstile waren in dem Gemach der Regentin aufeinander geprallt. Die K'Tar Tur bedienten sich neben ihren Schwertern ihres ganzen Körpers, schlugen mit Fäusten, traten nach dem Gegner, um ihn zu verletzen.

Die unbekannten Eindringlinge dagegen wichen den meisten Attacken aus, ließen sie ins Leere laufen, um dann im richtigen Augenblick mit den wirbelnden Klingen den Kontrahenten schnelle Schnitte und Stiche zuzufügen.

Was der Palestaner in einem Anfall von Kopflosigkeit zuerst für Dämonenfratzen gehalten hatte, waren bemalte Ledermasken und Helme, die das Gesicht der Angreifer verdeckten und eine äußerst erschreckende Wirkung erzielten. Da bereits mehrere der Unbekannten zu Boden gegangen waren und Blut aus ihren Wunden lief, schloss Tezza beruhigt, dass es sich auch nur um Menschen handelte.

Ob das Mitglieder der Göttlichen Sichel waren? Jeder auf Ulldrael hatte von dem geheimnisvollen, legendären, militanten Orden Ulldraels des Gerechten schon einmal gehört, offiziell bestätigt wurde seine Existenz noch nie, Mitglieder wurden noch nie gesehen. Bekannt war nur, dass sie sich nach der Sichel Ulldraels benannt hatten. Sie sahen sich als das Werkzeug des Gerechten, um das »faule Korn« unter den Gläubigen zu schneiden. Vielleicht waren sie gekommen, um die Nachfahren Sinureds zu vernichten. Das wäre in der Tat ein ziemlich faules Korn.

Nach einiger Zeit standen vom Dunklen Volk nur noch T'Sharr und L'Xarr. Rücken an Rücken, hochaufmerksam und völlig konzentriert wehrten sie alle Angriffe ab und verletzten etliche Eindringlinge. Fünf standen den beiden K'Tar Tur noch gegenüber und bildeten einen Kreis um sie. Der Marmorboden und die Teppiche waren übersät mit Blutflecken.

Der Kommandant der Leibwache umfasste den Griff seines mächtigen geschwungenen Säbels fester. »Wer seid ihr, und was wollt ihr?«

Alle Maskierten griffen nach etwas an ihren Waffengürteln und schleuderten es gleichzeitig auf die Kämpfer. Eine blitzende Wolke verteilte sich um die Nachfahren Sinureds, fast gleichzeitig mussten sie ihre Augen schließen, während die anderen ihre Attacken synchron begannen.

Geblendet von der puderigen Substanz, hatten die

beiden K'Tar Tur nicht die Spur einer Möglichkeit, den insgesamt zehn wohl gezielten Klingen zu entgehen. Im Todeskampf schlug der Shadoka einem unvorsichtigen Angreifer die Hände samt Waffen ab, T'Sharrs Säbel spaltete einen der Maskierten vom Schlüsselbein bis zur untersten Rippe, dann starb auch er durch einen waagerechten Stich in den Hals.

Die Unbekannten sahen sich suchend im Raum um, einer von ihnen deutete auf den Offizier und die Gruppe der Bediensteten, die sich alle rund um den Mann geschart hatten. Er sagte etwas in einer seltsamen Sprache, und der Adjutant meinte, wenigstens den Namen »Alana« verstanden zu haben.

»Bleibt unten, Regentin«, wisperte Tezza und breitete einen Teppich über ihr aus. »Ich glaube, die suchen nach Euch.« Er nahm sich ihre Kappe, wobei er nicht weiter auf ihr wütendes Gesicht achtete, und setzte die edelsteinbesetzte Kopfbedeckung der nächstbesten Dienerin auf.

»Los!« Er zog sein Rapier, packte das Mädchen am Arm und zerrte sie hinter sich her zum Ausgang.

Von rechts kam einer der Unbekannten in sein Gesichtsfeld gesprungen und landete mit einem großen Satz vor ihm, die Kurzschwerter in unterschiedlicher Haltung zum Stoß erhoben.

»Schon gut. Ich gebe auf.« Wie angenagelt blieb Tezza stehen, war sich plötzlich bewusst, dass er seine Stichwaffe in der Hand hielt, und warf sie schnell zu Boden. »Ich bin unbewaffnet.« Er zerrte die Dienerin vor sich. »Es tut mir Leid, hochwohlgeborene Regentin, aber gegen diese Überzahl bin ich machtlos.« Er schob sie von sich.

»Es ist nur einer«, fauchte ihn das Mädchen an.

»Einer von vielen«, stellte Tezza überzeugt fest, »ist durchaus eine Überzahl.«

Der Kämpfer veränderte seine Position nicht eine einzige Handbreit.

Ein weiterer Maskierter kam hinzu, die Schwerter locker umfasst. Die kaum zu erkennenden Augen musterten die Bedienstete. »Das ist nicht Alana«, kam es dumpf hinter dem schützenden Leder hervor. Die Stimme klang nach einem Mann. Er deutete auf die Gruppe der Frauen im Hintergrund. »Sucht sie.«

Innerhalb von nur wenigen Lidschlägen hatten die anderen Unbekannten die Regentin ausgemacht, die sich in ihrer Kleidung und ihrem Verhalten deutlich von den Dienerinnen unterschied. Mit Haltung trat sie vor den Eindringling, der als Einziger bisher Ulldart geredet hatte.

»Ich möchte sofort wissen, was Ihr mit Eurem Überfall bezweckt«, herrschte sie ihn an.

»Ein wenig mehr Dankbarkeit wäre angebracht«, entgegnete der Sprecher. »Wir haben Tersion eben vor einem Umsturz bewahrt, wenn ich das richtig verstanden habe, was sich kurz vor unserem Eintreffen ereignet hat.« Er gab seinen Begleitern ein Zeichen, die Alana mit Seidebändern zu fesseln begannen. »Trotzdem werde ich Euch einladen, uns zu begleiten.«

»Ihr werdet nicht weit kommen«, versprach die Regentin, bevor ihr ein Knebel den Mund verstopfte.

»Wir sind unbemerkt in den Palast eingedrungen, haben Eure Leibwächter ausgeschaltet und werden unbemerkt wieder hinausgelangen«, sagte der Mann. »Wir haben es so geplant, und so wird es geschehen.« Er machte einen Schritt auf den Offizier zu, zog einen Umschlag unter seiner seltsamen Panzerung hervor und hielt ihn ihm hin. »Palestaner, nimm das und übergib es dem Gemahl der Regentin. Er wird sich freuen, wenn er den Inhalt liest.«

Seine Begleiter stülpten der Herrscherin von Tersion einen schwarzen Seidesack über, der wiederum mit einer Holzstange verbunden war, und banden ihn zu. Zwei der Maskierten übernahmen die Rolle der Träger, die anderen sammelten ihre Verwundeten und Toten ein.

Der Sprecher drückte Tezza die Kiefer auseinander und schob ihm etwas in den Mund. Die Dienerinnen wurden ähnlich behandelt.

Augenblicklich wurde die Zunge des Palestaners taub, und das Gefühl breitete sich weiter aus. »Das Mittel wirkt schnell, hält aber nur kurze Zeit«, erklärte ihm der Mann. »Wenn die Lähmung abgeklungen ist, sind wir verschwunden.« Tezza versagten bereits die Beine, und er sank auf einen Teppich. »Die Leichen der K'Tar Tur werden deine Geschichte bezeugen. Es waren gute Gegner.«

Unbeweglich wie ein Brett musste Tezza zuschauen, wie die Maskierten hinter dem Paravent verschwanden, ihre Toten dabei mitnahmen und lautlos wie ein Spuk entschwanden.

Was den Adjutanten am meisten an der Sache ärgerte, war, dass die Unbekannten nicht einen einzigen Hinweis auf ihre Herkunft gegeben hatten. Daher hoffte er, dass er sich wieder bewegen konnte, bevor ein zufällig hereinkommender Diener das Schlamassel bemerkte, Alarm schlug und jede Möglichkeit auf ein Lesen des Briefes zunichte machte.

Nach einer gewissen Zeit kehrte nach einem leichten Kribbeln im ganzen Körper die Kontrolle über seine Gliedmaßen zurück. Sofort öffnete er den Umschlag und las:

Hoheitlicher Lubshá Nars'anamm,
das Land Kensustria hat Eure Gemahlin, Alana II., Regentin von Tersion, bis auf weiteres als Gast in aller Freundschaft aufgenommen.

Der Aufenthalt endet dann, wenn sämtliche angorjanischen Truppen in die Heimat Angor zurückgekehrt sind. Den Abmarsch werden unsere Beobachter überwachen. Nach Ab-

schluss eines Einigungsvertrages mit allen am Krieg gegen uns Beteiligten entlassen wir Eure Gemahlin.

Werden die invasorischen Bestrebungen jedoch weiter vorangetrieben, gleichgültig gegen wen, wird Eurer Gemahlin für jeden toten kensustrianischen Krieger ein Körperglied entfernt, in Honig konserviert und Euch zugesandt.

Kensustria hofft auf Eure Einsicht und weist darauf hin, dass unsere Kämpfer die Regentin hätten genauso gut töten können.

Oder Euch.

Als Beweis werdet Ihr einen roten Farbfleck an Eurem Hals finden.

»Ha, am Arsche!«, entfuhr es Tezza, während er mit der freien Hand auf das Dokument schlug, dass es klatschte.

Wortlos legte er das Papier auf das Gesicht einer Dienerin, stieg etwas angewidert über die toten K'Tar Tur, wobei er peinlichst darauf achtete, dass das Blut nicht seine weißen Strümpfe beschmutzte, und nahm seine Reisetasche.

»Perückenpuder, Gesichtspuder, Schönheitsflecke, Wechselwäsche, Parfüm und«, zählte er noch einmal zur Sicherheit auf, kramte im Inneren herum und hob triumphierend den kleinen Beutel hoch, »Proviant.«

Tezza stapfte zum Ausgang, wo er vor den immer noch gelähmten Dienerinnen zum Abschied den Dreispitz schwenkte. »Meine Damen, ich empfehle mich aufs Herzlichste. Diese liebliche Botschaft darf ein anderer überbringen. Ich habe wahrlich genug erduldet und muss noch ein Schiff erreichen.«

Mit wehenden Rockschößen verließ er den wie ausgestorben wirkenden Palast, um den Hafen anzusteuern. Er freute sich auf zu Hause und darauf, nie wieder einen Besen schwingen zu müssen. Und Baraldino eine schallende Ohrfeige zu verpassen.

Ulldart, Königreich Tarpol, Hauptstadt Ulsar, Spätsommer 443 n. S.

Norina seufzte und setzte sich vorsichtig auf das Sofa, das an der hinteren Wand des Zimmers stand. Alles in allem gefiel ihr das neue Zuhause, das sie sich in der Hauptstadt gesucht hatte, aber die Umstände verhinderten, dass sie sich im Moment über etwas wirklich aufrichtig freuen konnte.

Vier Räume im Obergeschoss des großen Hauses hatte sich die junge Frau nach ihrem Geschmack eingerichtet. Eine Zofe und eine Köchin, die im unteren Bereich lebten, erleichterten ihr die alltäglichen Arbeiten, kümmerten sich um die Sauberkeit der Wohnung und das Essen, während sie sich voll und ganz auf die Reformen im Brojakenrat hatte konzentrieren wollen.

Doch das Gremium existierte nun nicht mehr. Der borasgotanische Meuchelmord hatte die Großbauern, Gouverneure und Adligen ausgelöscht. Unter den Opfern war auch ihr Vater gewesen, Ijuscha Miklanowo, seitdem trug sie den schwarzen Schleier als Zeichen der Trauer vor ihrem Gesicht. Am Abend des Banketts verursachte eine heftige Übelkeit, dass sie auf die Teilnahme verzichtete. Zwar bewahrte sie sich damit ihr Leben, aber sie verspürte immer öfter den Wunsch, es loszuwerden.

Eine einsame Träne quoll zwischen ihren Wimpern hervor und rann ihre Wange hinab. Die Erinnerungen an die Zeit in Granburg, als die tarpolische Welt noch halbwegs in Ordnung gewesen war, wirkte quälend für sie. Selbst der Gedanke an Lodrik brachte keine Besserung, vielmehr verstärkte er ihre Verzweiflung.

Noch immer liebte sie ihn, das wusste sie, aber im Palast leben, zwischen all den Intriganten, die so heimtückisch zu Werke gingen, lag jenseits ihrer Vorstellung.

Ohne die Unterstützung ihres Geliebten wollte sie dort nicht mehr sein.

»Ich habe alles verloren«, sagte die junge Frau leise zu sich selbst. »Das Land, meinen Vater, meine Liebe und meine Hoffnung.«

Tief in sich spürte sie eine Bewegung. Allein das war der Grund, weshalb sie in trostlosen Stunden ihr Leben nicht freiwillig aufgab.

Ein Lächeln huschte über ihr Gesicht, sanft legte sie eine Hand auf den Unterleib, der sich in den letzten Wochen merklich verändert hatte. Lange würde sie die Schwangerschaft nicht mehr geheim halten können. »Wenigstens habe ich dich.«

Das Wohlergehen des Kindes lag ihr am Herzen, und Norina hoffte inständig, dass diese unheimlichen Strahlen, mit denen Lodrik sie damals traf, dem neuen Leben in ihr nicht geschadet hatten. Die Hitzewallungen, die wie ein Lavastrom in unregelmäßigen Abständen durch ihre Adern jagten und für Schweißausbrüche sorgten, schob sie auf das Voranschreiten der Gravidität.

Die junge Brojakin stand auf, um nach der Zofe zu klingeln und sich etwas zu trinken bringen zu lassen. »Aber wie erkläre ich das Kind?«

Als die Tür des großen, gemütlich eingerichteten Wohnzimmers geöffnet wurde, traten zwei alte Freunde an Stelle der Bediensteten ein.

Stoiko balancierte das Tablett mit zusätzlichen Gläsern und zwinkerte ihr zu, Waljakov hatte ein Päckchen unterm Arm und wirkte damit reichlich verlegen. Erleichtert stellte er das Mitbringsel auf dem Tisch ab, bevor er Norina mit einem freundlichen Kopfnicken grüßte. Klackend schloss sich die Metallhand um die Gürtelschnalle.

»Das ist eine nette Überraschung!« Die junge Frau freute sich sichtlich über den Besuch und bot den beiden

Männern Stühle an. »Setzt Euch doch. Was gibt es Neues? Geht es Euch gut?«

»Aber sicherlich. Unkraut vergeht nicht«, sagte Stoiko und lächelte sie an. »Seit die Wunden sich einmal geschlossen haben, werde ich wie von Zauberhand gesünder und gesünder. Und Waljakov kann sowieso nichts umwerfen. Außer ein von einem Katapult abgeschossener Stein vielleicht.« Der kahle Leibwächter griente, die eisgrauen Augen verloren ihren kalten Ausdruck, als würden sie auftauen.

Der Vertraute strich die braunen Haare nach hinten und setzte sich, nachdem er reihum die Gläser gefüllt hatte. »Wir vermissen Euch sehr.«

Dankbar strahlte sie ihn an. »Das ist sehr freundlich, dass Ihr das sagt.«

Die Männer wechselten einen schnellen Blick. Stoiko schien zu zögern, bis er von dem Hünen einen leichten Rempler bekam. »Wir wollten uns erkundigen, was Ihr nun in nächster Zeit tun wollt.«

Sie sah in die Gesichter der Besucher, als versuchte sie, ihre Gedanken zu lesen. »Ich habe gehört, dass die Rückeroberung schneller vorangeht. Der Kabcar hat das Tempo der Truppen verschärfen lassen, um die Borasgotaner an weiteren Untaten zu hindern. Da es keine Anzeichen gibt, den Brojakenrat oder ein ähnliches Gremium wieder ins Leben zu rufen, wollte ich so schnell wie möglich zurück nach Granburg, um nach unserem Land und unseren Leuten zu sehen.« Norina schluckte. »Vater hätte gewollt, dass ich das tue. Hoffentlich bleibt den Menschen das erspart, was die Bewohner von Worlac erdulden mussten. Dass Arrulskhán eine ganze Stadt niederbrennt, nur um seine Wut auszulassen, hätte niemand vermutet.« Sie atmete langsam aus und betrachtete abwesend das Muster der Spitzentischdecke. »Und was sollte mich hier halten? Es gibt nichts, wozu man mich benötigt.«

Wieder bekam der Vertraute einen sanften Stoß von Waljakov, der noch ein energisches Kopfnicken folgen ließ.

»Was ich Euch nun frage, müsst Ihr nicht beantworten«, begann Stoiko nach einer Weile. Die Brojakin schreckte aus ihren Gedanken an die Heimat auf. »Liebt Ihr Lodrik noch?«

Sie schloss ihre Mandelaugen, um die nächste Flut von Tränen zurückzuhalten, aber es gelang ihr nicht. »Ja«, sagte sie leise. »Aber er hat mich aufgegeben. Er vergnügt sich lieber mit seiner Cousine, dieser Schlange.«

Der Krieger machte ein zufriedenes Gesicht. Stoiko nahm vorsichtig die Hand der jungen Frau. »Wollt Ihr uns helfen, den Jungen wieder zur Vernunft zu bringen? Wir benötigen alle Hilfe, die wir bekommen können. Dieser Nesreca breitet sich am Hof aus wie eine Seuche, er durchsetzt und durchdringt alles und jeden. Wer ihm aber widersteht, verschwindet oder stirbt.« Er lehnte sich zurück und reichte ihr sein Taschentuch, damit sie sich die Tränen wegwischen konnte. »Waljakov und ich haben versucht, diesem Mann eine Blöße zu entlocken, aber es funktioniert nicht. Er ist nicht nur mit allen Wassern gewaschen, sondern auch, wie mir scheint, mit dem Blut unschuldiger Opfer.«

»Wie meint Ihr das?«, fragte Norina verwirrt.

»Was ich Euch sage, ist mehr als vertraulich. Wir reden hier über etwas, was man im weitesten Sinne als Verrat bezeichnen könnte.« Stoiko beugte sich vor und senkte seine Stimme etwas. »Nesreca muss weg. Egal wie. Er ist schuld, dass die Dinge hier in Tarpol anders laufen. Waljakov und ich sind uns ausnahmsweise einig und sehr sicher.«

Sie nickte, wirkte aber gleichgültig. »Da gebe ich Euch Recht. Dennoch ich werde Euch nicht helfen können. Lodrik hat seine Wahl getroffen, ich gehe zurück.«

»Das ist nicht die Norina, wie ich sie kennen gelernt habe«, schaltete sich der Leibwächter endlich in das Gespräch mit ein. »Ihr wart doch immer die Unbequeme, die sich gegen die Verhältnisse auflehnt, wenn sie ungerecht sind.«

Die Brojakin senkte den Blick. »Ich habe die Kraft nicht. Mein Vater ist tot, alles scheint in Trümmern zu liegen, und ohne Euch würde ich mutterseelenallein in diesem riesigen Ulsar sitzen. Was Ihr vorhabt, ist zu groß für mich.«

»Nesreca zerstört alles, was Ihr zusammen mit Lodrik einführen wolltet«, wandte sich Stoiko eindringlich an die junge Frau. Mit beiden Händen umfasste er ihre. »Die Reformen sind bereits zurückgenommen, die Brojaken sind …« Er hielt inne und verwünschte sich selbst für diese Bemerkung. Norina war zusammengezuckt. »Nach den Vorschlägen seines Vetters hat er Gouverneure einsetzen lassen, die als brutale Militärs bekannt sind und die Distrikte genauso regieren werden. So lange man die Schuld dafür auf den Krieg wälzen kann, wird sich das Volk dagegen auch nicht wehren. Der Kabcar ist für sie ein Held. Lodrik hat bei den einfachen Tarpolern einen solchen Kredit, dass er fast alles mit ihnen machen kann.« Der Vertraute schüttelte sanft ihre Hände. »Aber was passiert, wenn die Kriege zu Ende sind? Oder wenn der Krieg nie zu Ende geht? Welcher Wind wird durch das Reich wehen? Wenn Nesreca nicht beseitigt wird, sehe ich schwarz für die Untertanen.«

»Der Silberschopf ist die Quelle, aus der die Gedanken des Jungen vergiftet werden«, meinte Waljakov grimmig. »Und wir sollten diese Quelle trocken legen und zuschütten.«

»Erinnert Euch, Norina. Früher hätte der Kabcar uns zuerst gefragt, wenn er einen Rat benötigte. Heute sagt ihm sein Vetter alles vor oder steuert ihn so, dass er glaubt, selbst auf die Lösung gekommen zu sein. Mit

Aljascha hat sich Nesreca anscheinend arrangiert, und wer weiß, was er dieser Frau versprochen hat.« Stoiko ließ ihre Hände los und legte seine in den Schoß. Gespannt wartete er eine Reaktion ab.

»Borasgotan hat ihm dabei mit dem Giftanschlag auch noch zugespielt«, sagte sie, aber die beiden Männer schüttelten fast gleichzeitig die Häupter. »Wie meint Ihr das?«

»Nicht rempeln«, sagte der Vertraute, bevor der Kahlköpfige den Arm heben konnte, »ich sage es ihr.« Er sah die junge Brojakin an, anscheinend rang er mit sich selbst, bevor er mit der Sprache rausrückte. »Wir glauben, dass Nesreca den Brojakenrat vergiften ließ, um die unbequemen Großbauern und die gemäßigten Gouverneure aus dem Weg zu räumen. Borasgotan trifft ausnahmsweise keine Schuld.«

Norina keuchte auf. »Dieser Mann hat meinen Vater auf dem Gewissen?«

»Dieser Mann«, verbesserte Stoiko ohne eine Spur von Humor, »hat kein Gewissen. Waljakov hat Anzeichen gefunden, die Zweifel an der Geschichte des Vetters aufkommen lassen.« Der Leibwächter erzählte in kurzen Sätzen, wie er zu der Annahme kam.

»Und was sagt Lodrik dazu?«, erkundigte sich die schwarzhaarige Frau, ihre Gesichtsfarbe hatte eine Spur von Rot angenommen. Ihre Gefühle waren nach dieser Ankündigung in Aufruhr.

»Wir haben dem Kabcar noch nichts gesagt«, gestand Waljakov. »Der Junge würde uns nicht glauben.«

»Und deshalb brauchen wir Euch«, fügte der Vertraute hinzu. »Wir müssen Nesreca mit seinen eigenen Waffen schlagen, Intrigen spinnen und eine große Falle auslegen, in die er tappt und mit der er beim Kabcar die Glaubwürdigkeit verspielt. Aber es muss alles genau geplant sein, nichts darf dem Zufall überlassen sein. Wenn es ihn trifft, muss er versenkt werden, oder sein darauf folgender Zug wird uns alle ins Verderben stürzen. Einen Fehler können wir uns nicht erlauben, dafür ist er zu mächtig.« Stoiko fuhr sich über das Gesicht und nahm einen langen Zug aus dem Glas. »Damit hätte der Kabcar den Rücken frei, wenn er sich gegen Sinured wenden müsste. Denn, ehrlich gesagt, denke ich, dass das Auftauchen der beiden Ungeheuer irgendwie miteinander in Verbindung steht.«

Keiner der drei sprach.

Norina blickte wieder auf das verworrene Muster der Tischdecke, die Gedanken scheinbar weit, weit entfernt. Ihre Hände spielten mit dem Stoff ihres Kleides. Dann hob sie den Blick, entschlossen ruhten ihre braunen Augen zuerst auf Waljakov, danach auf dem Vertrauten.

»Ihr habt Recht. Wir müssen ihm helfen, auch wenn er es vielleicht nicht verdient hat. Aber die Menschen Tarpols müssen vor Unheil bewahrt werden.« Sie lächelte, und es war den beiden Männern so, als kehrte bei jedem Wort Stück für Stück die Norina zurück, die in Granburg heftige Dispute geführt hatte. »Ich muss Euch noch etwas gestehen. Ihr seid die Ersten, die es erfahren. Ich trage ein Kind in mir.« Sie wartete gespannt auf eine Reaktion. »Das Kind des Kabcar.«

»Donnerwetter«, entfuhr es Stoiko nach einer Weile. »Also, ich hätte es Euch nicht angesehen, wenn Ihr es mir nicht gesagt hättet.« Er schüttelte wieder ihre Hand und strahlte dabei. »Herzlichen Glückwunsch. Wenn man das sagen kann.«

»Ich freue mich auf das Kind, auch wenn ich ein wenig Angst vor der Geburt und seiner Zukunft habe«, sagte die Brojakin.

Waljakov nickte ihr grinsend zu. »Das habt Ihr nun davon. Ihr hättet nur Händchen halten sollen.«

Urplötzlich legte sich ein Schatten über das Antlitz Stoikos. »Nur mache ich mir Gedanken darüber, wie der Kabcar reagiert, wenn er von der Schwangerschaft hört.

Und wie Nesreca reagiert. Schließlich reift in Euch im Moment der mögliche Thronfolger heran, auch wenn er nicht legitim ist. Dennoch besteht ein gewisser Anspruch.« Er stand auf und wanderte zum Fenster, um einen Blick auf die belebten Straßen der Hauptstadt zu werfen.

»Bin ich damit etwa in Gefahr?«, fragte Norina erschrocken.

»Nach Granburg zu gehen, ist vielleicht keine schlechte Idee«, brummte der Leibwächter. »Ihr wärt aus der Schusslinie und könntet in aller Abgeschiedenheit das Kind zur Welt bringen.«

Stoikos Augen verengten sich. »Der mürrische Glatzkopf hat Recht. Hier sind zu viele neugierige Augen und Ohren. Wenn der Vetter oder gar Aljascha davon Wind bekämen, steht garantiert die nächste Schweinerei an.«

»Nein«, widersprach die Brojakin energisch. »Noch ist wenig zu sehen. Ich werde weite Kleidung tragen und mich in den letzten Monaten weitab von Ulsar bewegen. Ihr wolltet, dass ich an Eurer Verschwörung teilnehme, jetzt bin ich dabei. Und Ihr werdet mich nicht mehr los.«

»Einverstanden«, willigte der Vertraute ein, auch wenn man sehen konnte, dass er es nur mit größter Überwindung tat. »Aber wenn es zu gefährlich werden sollte, wenn nur der Hauch von Gefahr sichtbar wird, bringt Euch Waljakov aus der Stadt an einen sicheren Ort. Das müsst Ihr versprechen.« Sie tat ihm den Gefallen. »Sehr gut. Auf Eure Schwangerschaft werden wir bei den Planungen Rücksicht nehmen und Euch nur einfache Arbeiten übertragen. Ihr könntet Euch beispielsweise mehr in der Welt der Reichen bewegen. Zeigt Euch in der feinen Gesellschaft. Ihr seid im Moment ein Unikum, die erste und einzige Brojakin in ganz Tarpol. Man wird sich um Euch reißen. Wenn Ihr berühmt seid, kann Euch Nesreca weniger anhaben. Und wenn Ihr das Vertrauen Einzelner gewonnen habt, erkundet, was sie von dem Konsultanten halten. Schürt ihr Misstrauen, aber seid dabei vorsichtig.«

»Das klingt machbar«, sagte Norina. Ihre Besucher gingen zur Tür.

»Wir lassen uns in regelmäßigen Abständen sehen, um Neuigkeiten auszutauschen«, kündigte der Vertraute an. »Passt auf Euch auf.«

Sie drückten sich die Hände und verließen ihre Wohnung.

Als die Brojakin am Fenster den beiden Männern nachsah, sickerten die Worte in ihren Verstand, die sie vorhin zwar gehört, aber nicht richtig beachtet hatte. »Sinured? Das Tier ist zurück?« Verblüfft ließ sie sich auf einen Stuhl sinken, eine neuerliche Hitzeflut rollte durch ihren Körper, sie musste sich an der Lehne festklammern, um nicht zur Seite zu sinken.

»Die Tür stand offen«, sagte eine angenehme Stimme vom Eingang her. Erschrocken fuhr die junge Frau herum und sah Mortva Nesreca auf der Schwelle stehen.

Er trug eine graue tarpolische Uniform ohne Rangabzeichen, die wie immer frisch gewaschen und gestärkt wirkte. Noch nie hatte sie den Konsultanten des Kabcar mit verknitterter oder unordentlicher Garderobe gesehen, wie ihr auffiel. Seine Hände steckten in weißen Handschuhen, die langen silbernen Haare lagen entlang des Rückgrats, als hätte man ihnen befohlen, dort zu verharren und sich keinen Fingerbreit zu bewegen. Das einfallende Licht der Sonnen schien ihm direkt in seine unterschiedlich gefärbten Augen und erzeugte einen Glanz, der den Mann wahnsinnig wirken ließ.

»Die Tür stand nicht offen«, stellte Norina richtig. »Hinaus!« Sie versuchte, so energisch wie möglich zu klingen, um ihre Überraschung zu verbergen. Doch es gelang ihr nicht wirklich. Eine böse, abstoßende Aura ging für sie von dem Konsultanten aus, die im Widerspruch zu seiner freundlichen, Vertrauen erweckenden Art stand, mit der er so viele am Hof um den Finger wickelte.

»Vielen Dank, ich nehme gerne Platz.« Nesreca zog die Tür hinter sich ins Schloss und setzte sich tatsächlich an den Tisch. Er sah auf die Gläser und das noch immer ungeöffnete Päckchen. »Ihr hattet bereits Besuch, wie ich annehme. Oder versucht Ihr Eurer Einsamkeit im Wahn zu entfliehen?« Gelangweilt entledigte er sich seiner Handschuhe und warf sie achtlos auf den Tisch. »Ein Verehrer?« Er nahm die Schachtel in die Hand und schüttelte sie versuchshalber. »Ihr habt demnach Eure Trauerphase trotz Schleier beendet?«

Norina beobachtete den Mann mit den silbernen Haaren bei seinem Tun und verstand es nicht.

»Ich war gerade in der Stadt, um einige Geschäfte zu erledigen, und ich dachte mir, ich schaue bei Euch vorbei«, erklärte er, als habe er ihre Gedanken gelesen. »Wie geht es Euch, wo Ihr nicht mehr im Palast seid, Euer Vater bei den Toten weilt und Euer Land vermutlich verbrannt ist? Ach ja, und Euer Geliebter Euch verstoßen hat, wenn man das so nennen kann.« Der Tonfall, in dem er sprach, klang nach süßester Konversation und Komplimenten, die Worte dagegen trafen wie Pfeile ins Gemüt der Brojakin.

Doch die Unterhaltung mit ihren beiden Freunden hatte sie so weit gestärkt, dass sie nicht gleich in Tränen ausbrach. Der alte Trotz, die Gefasstheit waren zurückgekehrt. Hinzu kam der tiefe Hass gegen den Mann, der ihren Geliebten so verändert und ihren Vater umgebracht hatte.

Wortlos lief sie zur Tür und öffnete sie. »Jetzt ist offen. Und Ihr werdet gefälligst verschwinden. Ich habe mit Euch nichts mehr zu tun.«

Ohne Regung blieb der Konsultant sitzen, die Augen musterten Norinas Statur aufmerksam. »Ihr habt ein wenig zugenommen, wenn ich mich nicht sehr irre. Kummerspeck?« Ruckartig nahm er seine Handschuhe und stand auf. Unwillkürlich wollte die Brojakin einen Schritt rückwärts machen, spürte aber die Wand im Rücken.

»Ich bin hier, um gegen meine Prinzipien zu verstoßen«, sagte er, als er vor der Trauernden angekommen war. »Ich machte Euch bei der Rückkehr Eures damaligen Geliebten ein Angebot, erinnert Ihr Euch? Ich habe Euch gefragt, was Ihr bereit wärt zu tun, um als rechtmäßige Gemahlin neben dem Kabcar zu sitzen.« Er kam noch näher, sodass sie seinen Atem spüren konnte. »Und ich habe Euch gesagt, dass Ihr eine sehr begehrenswerte Frau seid. Wenn Ihr beides zusammenfügt, wisst Ihr, was ich von Euch erwarte, wenn ich Euch helfen soll, zurück in den Palast zu kommen.« Er beugte sich vor und roch an ihrem Haar.

Norina war hin und her gerissen. Auf der einen Seite hätte sie dem Mann am liebsten einen Dolch in die Brust gestoßen, wenn sie einen zur Hand gehabt hätte. Auf der anderen Seite würde das angedeutete Angebot die Möglichkeit bieten, Aljascha loszuwerden und an ihrer Stelle auf Lodrik einzuwirken. Der Plan, danach den Konsultanten zu beseitigen, wäre sofort um Längen einfacher in die Tat umzusetzen.

Nesrecas Kopf wanderte an dem Schwarz ihrer Haare entlang, bis er am Hals angelangt war. Er hob den Schleier der jungen Frau. »Solche Augen sollten auf ein Königreich schauen, nicht voller Kummer sein.« Schmeichelnd legten sich die Worte um ihren Verstand. Seine rechte Hand berührte ihren Hals. »Ihr habt eine wunderschöne Haut, Norina.« Ganz nah spürte sie seinen Mund, der nur noch eine Tuchbreite von ihr entfernt war. Die Linke hatte der Konsultant auf ihren Bauch gelegt.

Als würde das Kind in ihrem Inneren rebellieren, trat es nach der Hand.

Nesrecas Augenbrauen wanderten in die Höhe, und Norinas Verstand arbeitete bei der Bewegung schlagartig wieder normal. Schnell wich sie zur Seite aus.

»Ich warte immer noch auf eine Antwort, Norina«, forderte er sie auf.

»Ich habe es damals gesagt, ich wiederhole es nun gerne«, antwortete sie hart. »Verschwindet!«

Der Konsultant legte den Kopf ein wenig zur Seite, als überlegte er. Mit einem schnellen Schritt stand er direkt vor ihr, riss ihr den Schleier vom Haar und schleuderte ihn zu Boden. Dann nahm er sie in die Arme und unterband damit gleichzeitig jede Möglichkeit zur Gegenwehr.

»Ich könnte mir auch nehmen, was Ihr mir nicht freiwillig geben wollt«, sagte er milde. Nach einem kräftigen Ruck an ihrem Kleid fühlte sie, dass er ihr den Stoff zerrissen hatte. »Niemand würde Euch helfen.« Er stieß sie von sich, sodass sie gegen den Tisch prallte und schmerzerfüllt zu Boden ging. »Ich habe Euch auch damals gesagt, dass ein erneutes Ablehnen nicht ratsam wäre.«

Bevor sie etwas tun konnte, setzte er einen Stiefelabsatz auf ihren Unterleib. »Habe ich da vorhin etwa Bewegung gespürt? Wächst da ein Balg in Euch, das dem Kabcar gehört?« Sie lag wie erstarrt auf dem Teppich und betete zu Ulldrael, dass der Gerechte das ungeborene Leben schützte. »Wenn Ihr mein Angebot nicht annehmen wollt, solltet Ihr Ulsar verlassen.« Er reduzierte langsam den Druck. »Ihr wisst, ich bin zu allem fähig. Diese Haut, die das Kind des Kabcar noch vor mir schützt, ist sehr dünn. Aber noch werde ich das Geheimnis für mich behalten.«

Als sei nichts geschehen, nahm er seinen Fuß weg und wollte sich die Handschuhe anziehen, als sich ein schwerer Schatten gegen ihn warf und ihn zu Boden riss.

Norina erkannte Waljakov, der den Konsultanten im

Würgegriff hielt und ihn erst auf mehrmaliges Zurufen von Stoiko, der in der Tür erschien, losließ.

Keuchend hielt sich Nesreca den malträtierten Hals, und zum ersten Mal sah man den Konsultanten überrascht, wütend und äußerst zornig. »Was«, zischte er den Leibwächter an, »erlaubt Ihr Euch? Seid Ihr wahnsinnig geworden, mich, den Ratgeber des Kabcar anzugreifen? Dafür könnte ich Euch hängen lassen.«

»Ihr habt sie verletzen wollen«, entgegnete der Hüne, der sich nur schwer unter Kontrolle halten konnte. »Ich wollte Euch eigentlich umbringen, aber Stoiko hat mir davon abgeraten.«

»Sie ist gestürzt, und ich wollte Ihr aufhelfen«, erklärte Nesreca. Die Brojakin erhob sich mit der Hilfe von Stoiko. Ihr Kleid war unangetastet, der Schleier saß fest in ihren Haaren, als habe das Erlebte vorhin niemals stattgefunden. »So war es doch?«

Norina sah nur unsicher zu ihren beiden Freunden.

Als sie auf seine Frage nicht antwortete, verließ der Konsultant wütend das Zimmer.

»Bedenkt unser Gespräch gut, Brojakin. Ich kehre in einer Wochen wieder«, rief er vom unteren Flur, bevor die Eingangstür laut zuschlug. Kurz darauf klapperte Hufschlag auf der Straße, die Kutsche des Ratgebers rollte davon.

»Wir haben seine Kutsche an unserer vorbeifahren sehen und dachten uns, es sei eine gute Idee, uns in Bereitschaft zu halten. Wir haben den Schluss Eurer Unterhaltung gehört«, begann der Vertraute. »Wir müssen unseren Plan ändern. Ihr und das Kind seid hier nicht mehr sicher.«

Waljakov reichte der jungen Frau etwas zu trinken, das sie zitternd hinunterstürzte. »Er hat mein Kleid zerrissen und den Schleier ...« Sie stockte, und tastend erkundeten ihre Hände das intakte Rückenteil des Kleides. »Nein. Oder doch?«

»Ich weiß auch schon, was wir tun werden. Ihr werdet Euch weiter von Ulsar entfernen als vorgesehen.« Stoiko hielt ihr einen Brief hin. »Ein guter Freund von uns, Torben Rudgass, wird in einigen Wochen in Rundopâl vor Anker gehen, wie er uns geschrieben hat. Wir werden Euch ihm anvertrauen, damit er Euch ins sichere Rogogard bringt.«

Norina sah nicht sehr überzeugt aus. Eben noch war in ihr der feste Vorsatz entstanden, sich in Ulsar an den Umsturzversuchen ihrer Freude zu beteiligen, nun sollte sich das alles wieder ändern? »Aber ich werde Euch nur für die Geburt des Kindes verlassen. Wenn ich es dort in Sicherheit weiß, kehre ich zurück und unterstütze Euch.«

»Die Inselfestungen sind ein uneinnehmbarer Zufluchtsort. Ein Risiko einzugehen, indem wir Euch nicht den besten Schutz gewähren, ist zu gefährlich. Er würde das Kind gegen Euch einsetzen. Der silberhaarige Teufel hat mit einem Recht: Er ist zu allem fähig.« Der Vertraute fuhr sich durch die braunen Haare und schien zu überlegen. »Wir können Euch natürlich nicht davon abhalten, zurückzukommen. Aber bedenkt, was Euch Nesreca angedroht hat.«

»Mein Kind hat nach ihm getreten«, sagte sie leise und strich zärtlich über die Rundung ihres Bauchs. »Es konnte ihn nicht ausstehen.«

»Wen wundert das?«, meinte Waljakov, dem die Sorge um das Wohl der werdenden Mutter ins Gesicht geschrieben stand. »Ich werde Euch auf Eurer Reise begleiten. Ich bin der beste Schutz, den es in Tarpol gibt.«

»Und ich werde so lange für Ablenkung sorgen und Fallen ausheben, damit wir den Vetter schnell beseitigen«, schloss Stoiko. »Bis zum Tag der Abreise werdet Ihr Euch nur noch in der Öffentlichkeit bewegen, seid auf einer Festivität nach der anderen. Ich werde alles

Weitere in die Wege leiten. Offiziell werdet Ihr nach Granburg reisen, das glaubt man Euch am ehesten. Und wenn Nesreca tatsächlich etwas planen sollte, schickt er seine Häscher auf eine falsche Fährte.«

»Ich hätte ihn eben umbringen können«, murmelte der Leibwächter. »Dann hätten wir eine Sorge weniger.«

»Nein, nein, das wäre eine schlechte Eingebung gewesen«, wies der Vertraute ab. »Keiner hätte unseren Ausführungen geglaubt. So war es besser.« Er legte einen Arm um Norina, den anderen um seinen glatzköpfigen Freund. »Ein wenig Geduld. Unsere Gelegenheit kommt noch. Und zwar schon bald.«

In aller Seelenruhe entfernte Mortva zuerst die Schnur, dann das wertvolle Seidenpapier vom Geschenk, das er in der ganzen Aufregung unbemerkt aus der Wohnung gestohlen hatte. Eine Holzschachtel kam zu Tage, in der eine Reihe von Taschentüchern mit dem Monogram von Norina Miklanowo gelagert waren.

»Das nenne ich praktisch veranlagt«, sprach der Konsultant leise. »In der Zeit der Trauer Taschentücher verschenken.«

Im Deckel des Kistchens war die Adresse des Herstellers eingebrannt. Von ihm würde er erfahren, wer diese Aufmerksamkeit für die junge Frau geordert hatte. Der Mann mit dem Silberhaar schätzte, dass es seine beiden härtesten Gegenspieler gewesen waren, aber das ließ sich herausfinden.

»Ich werde dem Kabcar leider sagen müssen, dass sein einst so treuer Leibwächter seine Geliebte geschwängert hat.« Er legte den Zeigefinger ans Kinn und lehnte sich in die weichen Polster der Kutsche, die dem Palast entgegenrollte.

Kurz bevor das Gefährt in den Hof rollte, nahm er eines der Taschentücher heraus und packte das Geschenk wieder ein, wobei er darauf achtete, dass nichts darauf hindeutete, ein anderer könnte es geöffnet haben. Dann hielt er es scheinbar sinnlos in die Luft.

»Paktaï, würdest du bitte das Paket unbemerkt zurück in das Haus von Norina Miklanowo bringen?« Ohne Geräusch tauchte die unheimliche Frau aus einer schattigen Stelle des Kutscheninneren auf, nahm das Geschenk und war genauso schnell wieder im Dunkel verschwunden. »Braves Mädchen.«

Die Kutsche hielt an, und äußerst zufrieden stieg Mortva aus. Langsam ließ er den Blick über die Fassade des Palastes schweifen, die silbernen Haare bewegten sich sachte in einem leichten Luftzug. In wenigen Monaten würde hier der mächtigste Mann Ulldarts leben.

»Wie konnte das geschehen?«, fauchte die Kabcara den kleinwüchsigen Mann vor sich an, die Hände in die Seiten gestemmt, das Kinn emporgereckt, die grünen Augen sprühten vor Zorn. » Ich habe dir Unmengen von Waslec bezahlt, damit du mir gute Arbeit leistest. Und nun das!«

Der Cerêler Chos Jamosar senkte den Blick, seine Hände krampften sich um den Hut, den er vor Verlegenheit zerdrückte, und er wusste nicht, was er sagen sollte. »Vielleicht war es der Fluch Kalisstras, dass ich meine Fähigkeiten missbraucht habe? Wenn die Kalte Göttin nicht länger damit einverstanden war …«

Doch ein energischer Wink der Kabcara ließ den Hofheiler verstummen. »Sieh dir das an.« Aljascha fuhr sich mit beiden Händen die schmale Taille entlang, die durch das geschnürte, aufwändig bestickte Kleid in Beige betont wurde. »Was glaubst du, was damit in ein paar Monaten passieren wird?« Sie langte nach einem kleinen Fläschchen und warf es nach dem Cerêler. »Nimm deine Quacksalberei und verschwinde! Geh, bevor ich mir noch andere Sachen für dich ausdenke!«

Jamosar neigte seinen übergroßen Kopf und watschelte ungelenk aus dem Gemach der Kabcara. Unterwegs nahm er das kleine Gefäß auf, das ihn verfehlt hatte und auf den dicken Teppichen nicht zerbrochen war.

»Jamosar!«, rief ihn Aljascha mit etwas milderer Stimme zurück. Das Schlimmste fürchtend, wandte sich der Cerêler um. »Ich gebe dir die unverdiente Gelegenheit, die Ungnade, in die du bei mir gefallen bist, zu dämpfen. Kennst du einen Vertrauenswürdigen, der sich mit der Beseitigung solcher kleiner Missgeschicke auskennt? Es müsste eine verschwiegene, erfahrene und zuverlässige Person sein.«

»Ich kann mich umhören, hoheitliche Kabcara«, erwiderte der Kleinwüchsige etwas zögerlich. »Es sind Kräuterfrauen in der Stadt, denen nachgesagt wird, sie beherrschten diese Kunst, die Ihr wünscht. Ich werde die Beste für Euch heraussuchen, wenn Ihr es möchtet.«

»Es ist auch deine verdammte Pflicht, nachdem deine Nichtskönnerei das alles ausgelöst hat«, stellte sie schneidend fest. »Und nun verschwinde. Heute Nachmittag möchte ich eine gute Nachricht von dir erhalten, oder du wirst dein Haus und deine Anstellung am Hof los sein. Es gibt noch zwei andere Cerêler in der Stadt, die deinen Posten liebend gerne übernehmen würden.« Jamosar ging.

Seufzend positionierte sie sich vor dem großen Spiegel, begutachtete ihre Figur und schüttelte langsam den Kopf. Die Kabcara konnte es nicht fassen.

»Schwanger«, flüsterte sie, noch immer war sie entsetzt darüber, dass alle Anzeichen ihres Körpers darauf hindeuteten. »Schwanger von einem Idioten.« Sie raufte sich ein wenig die roten Locken und pumpte die Wangen auf.

»Ich werde auseinander gehen wie ein Hefekuchen. Meine Figur wird dahin sein, ich werde zum Gespött des Hofes und der Gesellschaft.« In ihrer Vorstellung sah sie sich bereits mit einem riesigen Bauch durch die Korridore laufen. »Plump wie ein Maikäfer, fett wie ein Schwein und grausam entstellt. Meine Schönheit wird verloren sein, wenn das Kind wächst.«

Daher war es für die Vasruca von Kostromo vollkommen logisch, dass die ungewollte Schwangerschaft beendet werden musste, bevor sie überhaupt richtig begann. Sie bedachte den Cereler mit einem weiteren Fluch.

»Wozu habe ich diesem Pfuscher Waslec bezahlt, wenn er mir Unsinn andreht?«, ärgerte sie sich, die Augen blitzten böse auf. Schon hatte sie einen Kerzenleuchter in der Hand, den sie in die reflektierende Oberfläche, die in wenigen Monaten die Wahrheit verkünden würde, schleudern wollte. Doch sie besann sich.

»Ich werde es los, ohne dass es jemand bemerkt. Womöglich bekäme meine makellose Haut solche hässlichen Streifen.« Sie schüttelte sich.

Gerade jetzt käme ihr eine Minderung ihrer Anziehungskraft sehr ungelegen. Sie gedachte, ihren silberhaarigen Vetter in ihren Bann zu ziehen, wobei sie nicht genau wusste, ob ihr Verwandter sie nicht schon längst in den seinigen gezogen hatte.

Sie bemerkte jedes Mal eine gewisse, noch nie da gewesene innere Unruhe, wenn sie den Konsultanten sah, auch ihre ständigen Affären hatten fast schlagartig ein Ende gefunden, seit sie Mortva tief in die Augen geblickt hatte. Und daher war sie sich ziemlich sicher, dass für ihr Kind nur einer infrage kam. Der Kabcar.

Wenn es wirklich Liebe für den Konsultanten war, wollte sie es sich nicht eingestehen. Denn Liebe war nach der Definition der Kabcara nur etwas für Schwächlinge, die auf das Gefühl anderer angewiesen waren.

Und dennoch konnte sie sich des Verdachts nicht erwehren, dass sie sich mehr als üblich zu ihrem entfernten Vetter hingezogen fühlte. Sie wollte ihn für sich gewinnen, allein schon, weil er ein raffinierter Staatsmann war, der in Wirklichkeit ein Großteil der Geschicke des Landes führte oder zumindest ihren Gatten maßgeblich beeinflusste. Mit ihm zusammen, wenn er sich an das Abkommen hielt, würde sie Tarpol so einfach regieren, wie man einen zahmen Gaul lenkt.

Und wenn Tarpol wuchs und wuchs, war sie dem nicht abgeneigt. Mit Freude erinnerte sie sich an die Berichte, dass die befreundeten Truppen nach der Rückgliederung Worlacs auf breiter Front in die Baronien einrückten, um die Borasgotaner und deren Sympathisanten aus dem Land zu werfen.

Auch die Grenze zum Nachbarreich Borasgotan hatten die Soldaten, die ohne Banner in die Schlacht zogen, hinter sich gelassen und begannen, weite Teile im Westen zu besetzen.

Doch allmählich wurden die Streitkräfte knapp. Die unvorstellbare Zahl von zwanzigtausend Kriegern reichte nicht aus, um ein weiterhin zügiges Erobern zu garantieren. Sie verteilten sich gefährlich weit an der breiten Front, und die Kabcara fürchtete bereits, Arrulskhán würde bald mit einem Gegenschlag antworten.

Auch in Hustraban sah man die Gefahr auf sich zurollen. Die tarpolischen Geheimdienste berichteten von ersten Treffen der beiden Reiche, um eine gemeinsame Armee gegen den Vormarsch zu stellen.

Der Rest Ulldarts hielt sich noch zurück, nur Ilfaris hatte darauf gedrängt, für den heutigen Vormittag eine Diplomatenkonferenz einzuberufen.

Aljascha hatte den leisen Verdacht, dass das Königreich, das von dem verfressenen Perdór regiert wurde, mehr im Schilde führte. Bisher hatte die Schlemmereule sich niemals in den Vordergrund gedrängt. Aber Aljascha würde sich genauso überraschen lassen müssen wie der Großteil der Versammlung.

Es wurde Zeit, dass die Kabcara sich auf den Weg ins Audienzzimmer machte. Bevor sie ihre Gemächer verließ, schlug sie sich sanft auf den Bauch. »Elendes Balg. Du wirst mich nicht lange quälen.« Beinahe leidend besah sie sich im Spiegel. »Wenn ich auch nur ein Gramm zunehme, reiße ich dich mit meinen eigenen Händen aus meinem Leib.« Sie legte etwas von dem Parfüm auf, mit dem sie ihren Gemahl so verrückt machen konnte, dass er ihr an Ort und Stelle die Kleider herabreißen würde, wenn er dürfte. »Dieser Knabe macht mir doch tatsächlich ein Kind. So ein Idiot!«

Sie betrachtete ihr mürrisches Gesicht und zwang sich zu einem Lächeln. Nach wenigen Lidschlägen war ihr die Verwandlung zur liebreizenden, anmutigen, unterwürfigen Gattin gelungen. Die von ihr herbeigerufene Zofe kämmte ihre roten Locken noch einmal, danach begab sie sich zu den Botschaftern, Gesandten und Diplomaten.

Als sie eintrat, verneigten sich die Männer, die ihr Kommen bemerkt hatten, eiligst. Nicht, dass ein solches Verhalten ungewohnt war, immerhin lenkte sie ihre Baronie mit eiserner Hand. Aber die Ehrbezeugungen heute wirkten auf sie schneller als sonst.

Sicher schritt sie durch das Spalier und begab sich zu ihrem Gatten. Auf dem Weg zum Thron, neben dem Waljakov und Mortva standen, musterte sie den jungen Mann.

Seine Art, sich auf dem Herrschersitz zu halten, hatte sich verändert. Der Oberkörper war leicht zurückgelehnt, ein Bein angewinkelt, das andere nach vorne weggestellt, und die Arme ruhten entspannt auf den weichen Lehnen. Er strahlte eine gewisse Ruhe, Selbstsicherheit und Überlegenheit aus, die Uniform stand ihm perfekt. Das Gesicht mit dem kurzen blonden Bart verriet Aufmerksamkeit, die dunkelblauen, leuchtenden Augen besahen sich immer wieder Einzelne der Versammlung, als wollte er deren Gedanken lesen. Den harten Zug um seinen Mund nahm sie erst jetzt wahr. Je näher die Kabcara auf ihn zuschritt, desto fester glaubte sie, dass aus dem Jungen täglich mehr ein Mann wurde. Als er aufstand und ihre Hand nahm, um sie die letzten Meter zu geleiten, hätte sie sich beinahe verneigt.

»Es ist schön, dich zu sehen, verehrte Aljascha«, begrüßte er sie nach einem angedeuteten Kuss auf den Handrücken. »Ausnahmsweise sind wir heute nicht hier, weil *ich* eine Versammlung einberufen habe. Es könnte vielleicht daran liegen, dass ich endlich einmal nicht derjenige bin, der Grund zur Sorge hat.« Lodrik sagte die Worte zu seiner Gemahlin laut genug, dass es die Diplomaten mitbekamen. Er wandte sich um. »Wo ist der Botschafter von Ilfaris?«

»Holla, das bin ich!« Glöckchen klingelten lustig irgendwo im Hintergrund, eine Hand hob sich aus dem Meer der zahlreichen Perücken und Köpfe. Eine schlanke Gestalt in einer schillernden und blinkenden Uniform, wie sie Zirkusdirektoren gerne trugen, bahnte sich den Weg nach vorne. Selbst in die knallblaue Perücke waren kleine Schellen eingeflochten worden. In einer Hand trug die Figur einen Narrenstab.

Die Gesandten begannen untereinander zu tuscheln, »Unverschämtheit« und »bodenlose Frechheit« waren undeutlich zu vernehmen.

Inzwischen war der Mann vor dem Thron des Kabcar angekommen, verbeugte sich übertrieben tief und schnellte wie ein Stehaufmännchen in die Höhe. Lodrik fühlte sich dumpf an Fusuríl, den hustrabanischen Gesandten, erinnert und musste grinsen. »Ich bin Fiorell, hoheitlicher Kabcar, Lodrik Bardriç, Herrscher von Tarpol, Held von Dujulev, Reformator und Gegenreformator in einer Person und Bezwinger der borasgotanischen Truppen an allen Fronten«, verkündete der Mann. »Mein Herr, seine Majestät Perdór der Pralinige, König von Ilfaris, Bezwinger unzähliger Leckereien und Schlemmereien, Torten, Kuchen und Konfekt, entbietet seinen ehrlichsten, aufrichtigsten Gruß.« Wieder verneigte er sich und verwandelte sich durch die Bewegung ein weiteres Mal in einen menschlichen Schellenbaum.

Der Kabcar hatte sein Grinsen nicht verloren, auch wenn man schon in der Begrüßung ein Affront sehen könnte. Aljaschas Gesicht war einfach zu deuten. Sie teilte die Meinung der Versammlung. »Aha. Ein Narr, wie ich vermute?«

»Wir hatten keinen passenden Diplomaten zur Hand, daher wurde ich geschickt«, erklärte Fiorell sein Erscheinen. »Ich habe mir sehr viel Mühe wegen meines Aussehens gegeben. Ein Narr sollte immer als solcher zu erkennen sein. Manch andere beherrschen die Täuschung perfekt.« Er klimperte mit den Wimpern. »Ihr seid damit natürlich nicht gemeint.«

Lodrik lachte laut auf. »Mann, Ihr seid köstlich. Endlich mal ein Botschafter, der absichtlich unterhaltsam ist. Doch nun zur Sache … Botschafter Fiorell.«

»Ich bevorzuge die Bezeichnung Ambassadeur.« Der Hofnarr wirbelte dabei das Stöckchen zwischen den Fingern umher, warf es in die Luft und fing es sicher wieder auf. »Das klingt edler.«

»Kommt zum Punkt, Ambassadeur«, drängte Aljascha säuerlich und legte ihre Hand auf die Lodriks. »Wenn Ihr uns nur mit Kunststückchen unterhalten wollt, dann haben wir unsere Zeit verschenkt.«

Mortva legte einen Zeigefinger ans Kinn. Er machte nicht den Fehler, die bunte und lustige Person zu unterschätzen. Wenn Ilfaris ihn schickte, hatte das seinen Grund. Der Mann war kein Dummkopf.

»Hoheitliche Kabcara, Vasruca von Kostromo, obwohl man das vorläufig noch ausklammern sollte, haha, aber schönste Frau Tarpols, würde ich den langen Weg auf mich nehmen, nur um meine Tricks vorzuführen?« Er schenkte ihr einen schmachtenden Blick. »Aber wenn Ihr schon von Kunststücken sprecht: Jemand hat ein solches vollbracht und kehrte vom tiefen, tiefen, tiefen Meeresgrund zurück.« Fiorell betonte alles, was er sagte, mit ausladenden, pantomimischen Gesten. »Derzeit prügelt er den Borasgotanern den Grips und alles andere aus dem Schädel.« Lodriks Augen verengten sich alarmiert. »Ich nehme an, es wissen nicht alle in diesem Raum, wen ich meine, oder?« Er zog die Schultern hoch und blickte in die Runde der Gesandten, die sich fragend ansahen. »Dachte ich's mir doch.«

»Redet deutlicher, Narr!«, verlangte Sarduijelec. »Gegen uns ziehen die ›Freunde‹ des Kabcar ins Feld. Oder was wollt Ihr mit Eurem Gefasel vom Meeresgrund andeuten?«

»Machen wir ein Rätsel daraus.« Fiorell rollte mit den Augäpfeln, breitete die Arme aus und plusterte sich auf, was schon allein wegen seines eher schmalen Körperbaus komisch wirkte. Sein Antlitz nahm schlagartig einen bösartigen Ausdruck an. Zuerst grollte er unverständlich und stapfte dann auf den Borasgotaner zu. »Ich opfere deinen Wanst Tzulan!«, brummte er mit Grabesstimme.

»Sinured«, entfuhr es Sarduijelec, der vor dem Hofnarr zurückgewichen war.

»Genau, Exzellenz! Ganz exzellent,« jauchzte Fiorell und klopfte ihm mit dem Stabende auf den Hintern. Die Überraschung des Botschafters war so groß, dass er nicht einmal protestierte. »Gut erraten! Und nun stellen wir uns alle die Frage, weshalb der eigentlich tote Kriegsfürst seinen Weg zurück nach Ulldart gefunden hat, wo doch der Jahreswechsel zum entscheidenden Datum 444 ansteht.« Sein Kopf ruckte zum Kabcar. »Vielleicht will der hoheitliche Kabcar etwas dazu sagen? Immerhin kämpft der Heimgekehrte ja auf seiner Seite.«

Lodrik reckte trotzig wie ein ertapptes Kind sein Kinn. »In der Tat. Sinured ist zurückgekehrt und hilft mir, mich von den borasgotanischen Angreifern zu befreien, die mein Land besetzt hielten und sich benahmen wie wilde Tiere.«

Nun herrschte heller Aufruhr im Saal. Wie eine Welle schwappten die Gesandten in Richtung Thron, jeder redete drauflos, die Stimmen wurden immer lauter, um den jeweils anderen zu übertönen. Heraus kam dabei ein Wirrwarr, in dem nicht ein einziges klares Wort zu verstehen war. Die Wachen positionierten sich vor den Herrschersitzen und bildeten mit den Hellebarden eine Barriere.

Waljakov gab ein paar knappe Befehle, die Hand lag am Säbelgriff, sein Gesicht war ausdruckslos.

Doch die Versammlung wollte sich nicht beruhigen, bis der Kabcar aufsprang.

»Ruhe!«, brüllte er in den Raum. Augenblicklich erstarb das Gezeter. »Zurück auf Eure Plätze, Gesandte! Benehmt Euch gefälligst, wie es sich vor dem Thron eines Kabcar gebührt. Oder Ihr macht Euch alle der Missachtung schuldig. Selbst der Narr war höflicher als Ihr.« Wie getretene Hunde wichen die Männer zurück. »Ich werde Euch erklären, weshalb Sinured für mich kämpft.«

»Wir sind alle gespannt, hoheitlicher Kabcar«, sagte Fiorell ernst, dem das Lustige nicht mehr anzumerken war. »Immerhin steht das Schicksal des Kontinents auf dem Spiel, wenn Euer Verbündeter sich entscheiden sollte, mit seinen Männern auf eigene Faust gegen die anderen Reiche zu ziehen. Die Truppen stammen aus Tzulandrien, nehme ich an?«

Lodrik sah ihn erstaunt an und wollte etwas entgegnen.

»Ja, das stimmt«, schaltete sich der Konsultant ein und trat etwas nach vorne. »Es besteht aber keinerlei Grund zur Aufregung. Ulldart ist nicht in Gefahr. Nur die Feinde Tarpols sind es.«

»Der Reihe nach«, bremste ihn der Kabcar. »Ihr alle

wart damals dabei, als ich um Hilfe bat, während Borasgotan in mein Land einfiel. Und Arrulskhán nahm sich die Baronien. Nicht einer von Euch hat etwas dagegen unternommen.«

»Wir protestierten«, widersprach der Abgesandte aus Rundopâl unsicher.

»Selbstverständlich haben einige protestiert«, höhnte Lodrik. »Aber hat es die borasgotanischen Soldaten davon abgehalten, sich Warst für Warst einzuverleiben? Hat es die Soldaten davon abgehalten, meine Untertanen zu quälen, Dörfer zu plündern oder Frauen zu schänden?« Er kam die Stufen herab, passierte die Wachen und stellte sich mitten in die Versammlung. Mortva und Waljakov folgten ihm auf dem Fuß. »Ich habe Taralea, Ulldrael und alle Götter um Beistand gebeten. Und offensichtlich wurde mein Flehen erhört. Es traf mich mit einiger Überraschung, als ich sah, wen die Götter mir sandten. Aber in dieser Lage hätte ich in Dujulev selbst Tzulan meine Seele verschrieben, wenn er mich von den Borasgotanern befreit hätte.« Er ballte die Fäuste. »Keiner, niemand von Euch kennt die Schrecken des Krieges. Ich, als Jüngster in diesem Saal, habe mehr gesehen und erlebt als Ihr alle zusammen. Ich kenne Verzweiflung, Schmerzen und tausendfachen Tod. Und ich wollte nur, dass meine Untertanen dies nicht mehr erdulden müssen.« Er herrschte Stille nach diesen Worten, die Lodrik aus tiefstem Herzen vorgetragen hatte. Eine Träne rann ihm die Wange hinab. »Nichts habt Ihr getan. Gar nichts.« Der Kabcar schloss einen Moment die Augen, um seine Gefühle wieder in den Griff zu bekommen. Sein Hass auf die damalige Untätigkeit der anderen flammte erneut auf.

»Und dann«, begann er nach einer Weile, »versucht mich dieser Wahnsinnige aus Borasgotan umzubringen. Ich habe durch den Giftanschlag einen meiner besten Freunde verloren und um ein Haar meinen Vetter. Und wieder kam nichts von Euch außer schönen Worten.« Lodriks Gefühle überrollten ihn. Er zog das Exekutionsschwert und setzte die Spitze an den Halsansatz des erschrockenen Sarduijelec. »Zum Abschied verbrennen mir Eure Soldaten die Stadt Worlac. Dreiundzwanzigtausend Männer, Frauen und Kinder starben in den Flammen.« Eine weitere Träne tropfte auf die Uniform. »Und da wundert Ihr Euch, wenn meine Untertanen nach Blut verlangen? Da wundert Ihr Euch, wenn ich nun in der Sprache Arrulskháns rede?« Der dicke Borasgotaner versuchte nach hinten auszuweichen, aber der Kabcar setzte nach. »Erinnert Ihr Euch an mein Versprechen, das ich Euch gab, Sarduijelec?«, fragte Lodrik leise. »Ich sagte, wenn nur ein einziges tarpolisches Dorf brennt, besuche ich Euren Herrscher und füttere ihn mit Euren Eingeweiden.« Die Waffe zielte nun auf den Bauch des Diplomaten. »Erinnert Ihr Euch?«

»Hoheitlicher Kabcar«, jammerte der Borasgotaner und fiel Hände ringend auf die Knie, »ich kann doch nichts dafür, dass …«

»Dreiundzwanzigtausend Tarpoler konnten auch nichts dafür«, schrie ihn Lodrik wütend an. »Die dreihundert Brojaken konnten nichts dafür. Die Dörfer konnten nichts dafür …«

»Hoher Herr«, wisperte es beruhigend in sein Ohr. Die Hand des Konsultanten legte sich sanft auf die Schulter des Kabcar. Der junge Mann atmete tief durch, dann ließ er die Waffe sinken. Sarduijelec sank in sich zusammen und bedankte sich mit schmatzendem Küssen auf Lodriks Schuhe für die gezeigte Gnade.

»Wir haben verstanden, dass nur die Rettung Eurer Untertanen und die Verzweiflung Euer Antrieb war, hoheitlicher Kabcar«, erhob Fiorell seine Stimme in das Schweigen. »Und im Grunde tragen wir einen Teil der Verantwortung dafür, was bisher geschehen ist. Nun lasst uns aber nicht im Unklaren darüber, was passiert, wenn das Jahr 444 anbricht. Wenn die Götter Euch Sinured gesandt haben, müssen die Götter doch etwas dazu gesagt haben, oder? Wann wird er wieder gehen?«

Langsam und mit zitternden Armen verstaute Lodrik die auffällige Waffe in der Scheide. »Die Götter haben dazu nichts gesagt. Aber ich kann ihn kontrollieren, wie ich möchte.«

Ungläubig starrte ihn der Hofnarr an. »Ihr und Sinured kontrollieren? Mit Verlaub, hoheitlicher Kabcar, es bedurfte bei seinem letzten Auftritt eines gewaltigen Heeres und göttlicher Hilfe, um ihn wieder loszuwerden. Und wenn ich mich richtig an die Berichte erinnere, ist das einzig große Heer im Moment das des Kriegsfürsten. Zwanzigtausend Mann aus Tzulandrien.« Laute der Überraschung waren von den anderen Diplomaten zu hören. Keiner hatte die Zahl gekannt. »Und unsere wachsamen Augen meldeten bereits neue Segel am Horizont, die die Farben Tzulandriens tragen.«

Der junge Herrscher Tarpols blickte kurz zu seinem Konsultanten, der etwas zögerlich nickte.

»Ich bin von den Göttern gesegnet worden«, eröffnete er und zupfte sich die Handschuhe von den Fingern. »Mir wurde etwas geschenkt, was keiner von Euch jemals zuvor erblickte.« Nach ein wenig Konzentration ließ er der wilden Magie in sich geordneten Lauf. »Seht und begreift.«

Eine kleine leuchtende, silberne Kugel entstand zwischen seinen Händen. Gemächlich schwebte sie über seinen Kopf und blieb stehen, dünne Blitze zuckten zwischen den Fingern und dem schimmernden Gebilde hin und her. Dem inneren Gefühl folgend, vollführte der Kabcar einige Gesten. Flimmernd blieben die merkwürdigen Zeichen als Silberglanz ein paar Lidschläge sichtbar in der Luft. Als Lodrik die Arme sinken ließ, entstand zunächst ein sanfter Wind, der angenehm kühlend durch den Raum strich.

»Das war alles?« Fusuríl, der wie alle anderen im Raum etwas zurückgewichen war, blinzelte. »Gewiss, es hatte einen …«

Dann, ohne Vorwarnung, folgte ein ohrenbetäubendes Brüllen. Ausgehend vom Kabcar, jagte eine immense Druckwelle kreisförmig nach allen Seiten gleichzeitig weg und fegte alles zu Boden, was nicht irgendwie gesichert stand.

Wie die Puppen schlug es die Diplomaten auf den glänzenden Marmor, Möbel wurden an die Wand gerückt, lose Dekoration und schwere Vorhänge flogen durch die Gegend, selbst Teile der Kronleuchter rissen und stürzten herab.

Als sei nichts geschehen, standen Lodrik und sein Vetter als Einzige aufrecht im Audienzsaal. Die leuchtende Kugel war verschwunden.

»Ihr habt heimlich geübt, Hoher Herr«, rügte ihn Mortva scherzhaft. »Ihr beherrscht die größeren Sachen schon recht gut, wie ich sehe.«

Die ersten Gesandten stemmten sich umständlich in die Höhe, manche hatten kleinere Blessuren, aber niemand war ernsthaft durch umherfliegende Stücke verletzt worden.

Glück hatte die Kabcara gehabt, die, weil sie auf dem Thron saß, nur ordentlich in die Polster gedrückt worden war. Doch ihre Kleidung und die Frisur sahen aus, als sei sie bei Sturm im Freien gewesen. Die Versuche, Haar und Stoff zu richten, fruchteten kaum.

»Das, werte Exzellenzen, war eine kleine Demonstration meiner Magie, die ich von den Göttern in Granburg erhielt«, erläuterte der junge Mann ruhig und zog sich die Handschuhe über. »Seit vielen Jahrhunderten war diese Macht unbekannt auf Ulldart. Da ich darüber verfüge, bin ich in der Lage, Sinured zu kontrollieren. Gehorcht er mir nicht, werde ich ihn vernichten. Und Sinured weiß das.«

»Man kann Euch getrost als eine umwerfende Persönlichkeit bezeichnen, hoheitlicher Kabcar«, sagte Fiorell, während er an den Polstern seiner leicht ramponierten Uniform herumschob. Die Perücke hing völlig schief auf dem Kopf. »Äußerst beeindruckend.«

»Sagt das nächste Mal vorher Bescheid«, grummelte Waljakov, der seinen alten Platz wieder eingenommen hatte.

»Bei allem Respekt und auch wenn ich mehr als überrascht von Eurem göttlichen Geschenk bin«, meldete sich der Gesandte Agarsiens zu Wort. »Damit könnt Ihr, hoheitlicher Kabcar, den Kriegsfürsten vielleicht töten. Aber was ist, wenn Ihr es Euch anders überlegt? Oder er es sich anders überlegt?«

»Ausnahmsweise stimme ich mit der Meinung Agarsiens überein«, unterstützte ihn der Botschafter Palestans. »Wir verlangen Sicherheiten. Euer Wort in allen Ehren, hoheitlicher Kabcar, aber es muss so etwas wie ein Vertrag her, in dem Ihr Euch binden müsst, die anderen Reiche bei Eurem berechtigten Vergeltungsfeldzug in Ruhe zu lassen.«

»Ich protestiere energisch«, fiel ihm Fusuríl in seine Rede. »Auch wir, das Volk von Hustraban, möchten in einen solchen Vertrag eingebunden sein. Das Stellen von Geiseln wäre doch ein hervorragender Gedanke.« Die anderen murrten ihre Zustimmung.

»Seht Ihr, Hoher Herr«, raunte Mortva Lodrik zu. »Schon sind sie sich wieder alle einig, wenn es gegen Tarpol geht. Es wird bestimmt noch schöner, darauf wette ich.«

»Sicherheiten und Geiseln sind vielleicht gar kein so schlechter Gedanke«, meinte auch der Hofnarr. »Man könnte es eher symbolisch sehen.«

»Und wer sollte das sein? Brojaken und Adlige habe ich keine mehr«, sagte der Kabcar eisig. »Ihr braucht keine Sicherheiten. So lange ich lebe, wird die Dunkle

Zeit nicht anbrechen, egal ob Sinured hier ist oder nicht. Das sagt die Prophezeiung.«

»Geiseln wären aber besser. Ihr habt eine Gemahlin«, sagte der Palestaner. »Sie wird an einen sicheren, neutralen Ort in … Ilfaris gebracht. Dort lässt es sich gut leben. Sie wird dort so lange bleiben, wie Sinured auf Ulldart ist.«

Aljaschas Mund klappte auf.

»Und wenn etwas passieren sollte, was dem Vertrag zuwider läuft?«, erkundigte sich Lodrik, obwohl er in Gedanken diesen Vorstoß lange abgelehnt hatte. Er wollte hören, was verlangt wurde.

»Nun, Ihr müsstet Euch von Eurer Gemahlin trennen«, redete der Gesandte aus Agarsien weiter. »Solche Geiseln werden üblicherweise bei Vertragsbruch getötet.«

»Was?«, kreischte die Kabcara und rauschte heran. »Ihr seid wohl nicht bei Trost? Nur weil ihr Wichte am Wort eines Herrschers zweifelt, was allein schon eine Beleidigung ohne Beispiel ist, soll ich herhalten?« Sie hakte sich bei Lodrik unter.

»Was Ihr da eben vorgeschlagen habt, war in der Tat ungehörig«, gab der junge Mann seiner Cousine Recht. Vor ein paar Monaten noch hätte er einem solchen Vorschlag freudestrahlend zugestimmt und dann einen Krieg begonnen, nur um Aljascha absichtlich loszuwerden. Doch die verführerische Frau an seiner Seite war nicht mehr das furchtbare Weib, das er einst gehasst hatte. Er wollte sie schon lange nicht mehr missen.

»Hoher Herr, seht Ihr nicht, was gerade geschieht?«, wisperte sein Konsultant. »Eben heuchelten sie Verständnis, nun verbünden sie sich wieder gegen Tarpol. Im Grunde haben sie nur Angst davor, dass es wieder so mächtig wird, wie es vor dem Krieg war. Sagt Ihnen, was Ihr beabsichtigt, und achtet auf die Reaktion.«

»Ich möchte Euch von meinen neuen Plänen in Kenntnis setzen«, sagte Lodrik laut. Er war gespannt darauf, wie die Versammlung reagieren würde. Behielt sein Vetter mit seiner Vermutung Recht, musste er sich etwas gegen die Reiche ausdenken. Aber noch teilte er die Auffassung Mortvas nicht vollständig. »Die Baronien haben uns signalisiert, dass sie bereit sind, ihre Gebiete nach der Befreiung von Borasgotan zu einer einzigen Großbaronie zu vereinigen. Mit Ucholowo wird noch verhandelt, aber die Unterhändler sind sehr zuversichtlich. Regiert wird dieses neue Gebilde von der Kabcara.« Aljascha strahlte ihren Gatten an und schmiegte sich an ihn. »Des weiteren werde ich die Idee Borasgotans aufgreifen und mir vorbehalten, einen Sicherheitsgürtel einzurichten. Er beträgt jeweils die westliche Hälfte der Reiche Hustraban und Borasgotan. Die von meinen Vertrauensleuten verwalteten Bereiche werden vollständig entmilitarisiert, die Einheimischen werden bleiben, und alle Ernteerträge und sonstigen Einnahmen, wie Minen- und Salinenabbau, fließen an Tarpol. Das betrachte ich als Entschädigung für die Verluste, die durch den Überfall entstanden sind. Ein Teil der Gelder wird an die Tarpoler ausgezahlt, damit sie sich etwas Neues aufbauen können.«

»Sollten die Erträge nicht ausreichen, den entstandenen Schaden abzudecken, wird der Gürtel entsprechend vergrößert werden«, ergänzte Mortva freundlichst. »Er ist in erster Linie als Schutz gedacht, um weitere Überfälle zu verhindern.«

»Und natürlich, um eine Lehre zu erteilen«, giftete die Kabcara.

Fusuríl und Sarduijelec brachen gleichzeitig in schallendes Gelächter aus. »Und wie lange soll dieser Gürtel bestehen bleiben?«, erkundigte sich der hustrabanische Gesandte, mühsam unterdrückte er die Heiterkeit. »Einen Monat? Ein Jahr?«

Lodrik fühlte sich vom Lachen der beiden Männer

provoziert. Einem Staatsoberhaupt auf diese Weise zu begegnen, war eine Respektlosigkeit ersten Ranges. »Ich mag jung sein, aber ich bin der Kabcar von Tarpol«, sagte er mit eiskalter Stimme. »Benehmt Euch. Ich werde die Schäden in meinem Land berechnen lassen. Wenn die Einnahmen aus der Sicherheitszone einen Ausgleich erreicht haben, werde ich die Truppen abziehen. Einen Zeitpunkt kann ich nicht nennen. Ihr wolltet, wenn ich Euch erinnern darf, mein Land sogar vollständig besetzen. Und Tûris gleich mit. Doch das scheint von den meisten hier völlig verdrängt worden zu sein. Daher verstehe ich meine Vorgehensweise als durchaus gnädig.« Er geleitete Aljascha zurück zum Thron und nahm dann ebenfalls Platz.

»Hoheitlicher Kabcar«, gluckste der Borasgotaner, »wir lehnen Eure Pläne vollkommen ab.«

»Dann werde ich mir so viel Land erobern, wie nötig ist. Ihr bekamt Eure Gelegenheit«, sagte Lodrik ruhig. »Und Hustrabans Entscheidung?«

Alle Augen richteten sich auf den langen Fusuríl. »Unter diesen Umständen werde ich dem Vorschlag des Kabcar, wohlgemerkt unter Protest, folgen.«

»Verräter«, keifte Sarduijelec empört. Er reckte den Zeigefinger gegen Lodrik. »Wir werden uns gegen die Invasoren zur Wehr setzen. Ganz Ulldart wird sich gegen Tarpol wenden, wenn Ihr den weiteren Vormarsch nicht beendet.«

»Ulldart hat sich damals nicht gerührt, als es gegen mich ging«, entgegnete der junge Mann und nahm eine bequeme Haltung auf dem großen Herrschersitz ein. »Warum sollte es nun einen wirklich Wahnsinnigen unterstützen, dessen Taten geächtet wurden?«

»Mit Verlaub, die Dinge liegen nun ein wenig anders«, schaltete sich der Agarsiener ein. »Es geht hier nicht mehr um den Tausendjährigen Friedensvertrag. Sinured ist zurück, die Tzulani wissen das mit Sicherheit schon. Man hört Berichte über einen Aufstand der K'Tar Tur in Tersion, die die Gewalt an sich reißen wollten. Die Bestien in allen Reichen sind unerwartet lebendig geworden. Dieses Relikt aus vergangenen Zeiten verbreitet Unruhe auf dem Kontinent. Und bevor er die Dunkle Zeit verbreitet, muss etwas geschehen. Selbst wenn Ihr ihn mit Eurer Magie beherrscht, bedenkt: Ein einziger erfolgreicher Attentäter, der Euch beseitigt, und ganz Ulldart ist dem Untergang geweiht.« Die anderen Botschafter zeigten durch Kopfnicken ihre Zustimmung. »Ihr habt mehr Verantwortung, als nur Kabcar von Tarpol zu sein.«

Der junge Mann schaute voller Verachtung über die Versammlung. »Ich benötige ihn und seine Männer aber, um mein Reich zu schützen«, widersprach Lodrik beschwörend. »Begreift das und nehmt es hin: Sinured bleibt. Es wird keine Geiseln oder andere Bedingungen geben. Ihr habt dafür mein Wort.«

Fiorell trat vor. »Hoheitlicher Kabcar, ich schlage Euch vor, dass wir, die Botschafter, uns zurückziehen und über die neue Situation beraten. Gebt uns zwei Stunden Zeit, danach berichten wir Euch von unserem Ergebnis und wie wir die Lage zur Zufriedenheit aller entspannen können.«

»Eure Worte beweisen, dass Ihr kein echter Narr seid, Ambassadeur.« Der junge Herrscher lächelte den Spaßmacher an. »Meine grundsätzliche Haltung kennt Ihr alle. Geht und besprecht Euch. Ihr wisst, wo Ihr mich finden könnt.«

Als die leise disputierende Versammlung von der Dienerschaft in einen benachbarten Raum geleitet worden war, betrat Stoiko den Audienzsaal. Deutlich erkannte man dem Vertrauten an, dass er in großer Eile unterwegs gewesen war. Leicht schnaufend verneigte er sich vor dem Kabcar.

»Verzeiht mir, Herr, ich habe noch eine wichtige Angelegenheit regeln müssen«, entschuldigte er sich. »Ich denke aber, Ihr hattet Ratgeber zur Seite.«

»Die hatte der Kabcar in der Tat«, sagte Aljascha herablassend. »Und zwar Bessere als je zuvor.«

Ein lächelnder Mortva, dem nicht anzumerken war, was sich vor wenigen Tagen zwischen Stoiko, Waljakov und ihm ereignet hatte, erstattete eine kurze Zusammenfassung von der Besprechung mit den Botschaftern.

Von den exakten Plänen des Schutzgürtels hörte der Vertraute heute zum ersten Mal. Leicht zuckte der Leibwächter mit den breiten Schultern als Zeichen, dass auch er von den Ausmaßen des Vorhabens nichts geahnt hatte.

»Dann ist die Verhaltensweise der Gesandten fast nachvollziehbar. Zumal sie mit den Bedenken Recht haben«, sagte Stoiko nach einer Weile und strich sich den Schnurrbart glatt. »Ich habe Euch ebenfalls auf die Gefährlichkeit Sinureds hingewiesen, Herr. Und Ihr konntet mir damals schon keine Lösung dafür präsentieren.«

»Dann such du mir eine«, entgegnete sein Schützling beleidigt. »Muss ich mich vor denen rechtfertigen, die zugesehen haben? Sie sollen froh sein, dass ich Sinured nicht gegen sie hetze, wenn die Angelegenheiten im Norden zu meiner Zufriedenheit gelöst sind.«

»Und ich muss Euch fragen, Gijuschka«, sagte Mortva mit nachdenklicher Miene, »auf welcher Seite Ihr steht? Ihr galtet einst als Vertrauter und Mentor des Kabcar, aber die Äußerungen eben lassen mich, ehrlich gesagt, an Eurer Loyalität zweifeln.«

»Meine Loyalität gegenüber dem Kabcar ist grenzenlos und steht über meinem eigenen Wohl.« Stoiko blieb ruhig und erwiderte gleichmütig den Blick seines Gegenspielers. Er wusste, dass ein Gefühlsausbruch nichts half. Er musste genauso berechnend sein wie sein Gegenspieler. »Ihr, Nesreca, seid ein verantwortungsloser Kriegstreiber, der keinen Funken Sinn für die Brisanz der Lage hat«, erwiderte er und trat an Lodrik heran. »Dass er skrupellos ist, haben wir schon öfter an seinen Vorschlägen gesehen. Dieser Schutzgürtel, Herr, darf nicht von Euch verlangt werden. Lasst Arrulskhán zahlen, aber zieht Eure Truppen aus Borasgotan zurück. Und dann jagt Sinured zu Tzulan, samt seinen Männern, bevor es zu spät ist. Befehlt es ihm, solange er Euch noch gehorcht.«

Der Konsultant schüttelte mitleidig den Kopf. »Ihr seid ein Zauderer, Gijuschka. Der Kabcar beherrscht das Tier. Niemand auf dem Kontinent ist mit der Gabe der Magie gesegnet worden, und wenn das kein Zeichen von Wertschätzung seitens der Götter ist?«

»Welcher Götter?«, fragte Stoiko heftig. »Alle Götter sollen ein wenig mitgewirkt haben oder nur Ulldrael? Oder am Ende war es Tzulan selbst, der dem Kabcar seine Kräfte gab, weil er eine Teufelei mit ihm plant, die Ulldart in den Abgrund stoßen soll?« Er setzte sich auf die Stufen, die zum Thron führten. Er hatte nicht bemerkt, wie Lodrik bei seinem letzten Satz zusammengezuckt war. »Ich verstehe vieles nicht, was sich ereignet. Mal passt alles zusammen, dann ergibt es keinen Sinn mehr. Und dann gehen mir die verschiedenen Auslegungen der Prophezeiungen von diesem Mönch Matuc durch den Kopf.« Als erinnerte er sich eben erst, kramte er in den Taschen seines Rocks und faltete ein Blatt mit einer eilig gefertigten Skizze auseinander. »Nachdem Ihr mir sagtet, Ihr hättet Sinured den Auftrag gegeben, die ehemaligen Besitzungen zurückzuerobern, habe ich nachgeforscht.« Wortlos reichte er dem jungen Mann das Papier.

Gespannt nahm es Lodrik und warf einen Blick darauf.

»Ich bin in den Aufzeichnungen so lange zurückgegangen, wie es mir möglich war«, erläuterte der Vertraute.

»Uns gehörte einst ein Drittel von Ulldart?«, rutschte es dem Herrscher heraus. Die Augen seiner Gemahlin bekamen einen verzückten Ausdruck, Mortva wirkte dagegen kein bisschen überrascht.

»Da hättet Ihr nicht lange suchen müssen«, kommentierte er. »Das hätte ich Euch dank meines Studiums auch sagen können. Die Universität in Berfor ist hervorragend ausgestattet.« Er nahm Lodrik das Blatt sanft aus der Hand. »Oh, da habt Ihr aber fehlerhaftes Material erwischt, Gijuschka. Gehen wir in der Zeit auf das Jahr 173 vor Sinured zurück, war Tarpol noch größer als hier. Dank der strategischen Genialität von Kabcar Iljor dem Dritten besaß das Kaiserreich Tarpol beinahe die Hälfte.«

Ein fröhliches Lachen kam aus Aljaschas Mund. »Wie klug Ihr seid, Vetter.«

»Es wundert mich nicht, dass Ihr das wusstet, Nesreca. Ich hoffe sehr, Herr, dass Ihr Eure Anweisung an den Kriegsfürsten revidieren könnt«, meinte Stoiko. »Im Moment sieht es fast danach aus, als richte er sich nach der Order.«

»Und im Moment werde ich ihn auch nicht zurückpfeifen.« Der Kabcar lehnte sich nach vorne und stützte die Ellenbogen auf die Knie, um seinem Vertrauten in die Augen zu sehen. »Die Rache für die Toten meines Volkes hat Vorrang.«

Der Vertraute spürte beim Anblick des kalten Blaus, das wie ein eisiges Meer um die schwarzen Pupillen des jungen Mannes lag, dass er mit seinen Appellen und Argumentationen nichts erwirken würde. Sein Schützling würde auf dieser Schutzzone bestehen, weil er eine starke Macht auf seiner Seite wusste, die ihm diente.

»Sinured abzuziehen ist auch aus einem weiteren Grund nicht ratsam«, bemerkte der Vetter. »Ich habe die Nachricht, dass Arrulskhán Freiwillige rekrutiert, die sich uns entgegenstellen und uns zurückwerfen sollen, um eine Gegenoffensive zu starten. Zeigen wir nun

Schwäche, steht Borasgotan morgen wieder mitten in Tarpol. Es muss reiner Tisch gemacht werden. Um die Eroberungen schneller voranzutreiben, habe ich Pläne zur Herstellung neuer Waffen erstellt. Es wird die Kriegführung revolutionieren und uns dem Gegner haushoch überlegen machen.« Mortva verschränkte die Arme auf dem Rücken. »Ich prophezeie Euch, Hoher Herr, die Diplomaten werden sich in diesem Augenblick gegen Tarpol verschwören, weil sie Eure edlen Absichten nicht verstehen. Es sind Kleingeister.« Er nickte Stoiko zu. »Wie Ihr, Gijuschka.«

»Das reicht, Mortva«, rügte ihn Lodrik. »Es gibt keinen Grund für Eure harten Worte. Stoiko hat immer zu mir gehalten.« Der junge Mann fand, dass sich sein Mentor wirklich zu sehr auf die Seite derer stellte, die in ihm fälschlicherweise den Bösen sahen anstatt in Arrulskhán. Und das verstand er beim besten Willen nicht. Daher entschied er, dass es am besten sei, wenn Stoiko nicht mehr in alles eingeweiht werden sollte. »Über die neuen Waffen sprechen wir später. Ich bin zu gespannt auf die Beratungen der Botschafter.«

Als hätten sie den Satz des Herrschers vernommen, wurde die Rückkehr der Versammlung von den Dienern angekündigt.

»Das ging viel zu schnell«, bemerkte Mortva beim Eintreten der Männer. Er versuchte, in ihren Gesichtern zu lesen, auf was sie sich geeinigt hatten. Erkennbar schlecht gelaunt wirkte der Gesandte von Tûris.

Auch Fiorell machte nicht den glücklichsten Eindruck. Der ilfaritische Hofnarr machte einen Kratzfuß und schwenkte ein beschriebenes Blatt. »Da wären wir wieder, hoheitlicher Kabcar. Und wir haben folgende Vorschläge zu unterbreiten. Erstens: Ihr zieht Eure Truppen zurück, wir unterstützen im Gegenzug, dass Borasgotan, Hustraban und Serusien Strafgelder an Tarpol bezahlen, um für die Kriegsschäden aufzukommen. Zweitens:

Ihr sollt Sinured mitsamt seinen Truppen sofort und unverzüglich des Landes verweisen, notfalls mit Zwang und unter Einsatz Eurer Magie, die Euch zu diesem Zweck von den Göttern gegeben wurde, wie Ihr selbst sagtet. Drittens: Bis der letzte Tzulandrier und Sinured den Kontinent Ulldart verlassen haben, sollen tarpolische Geiseln in Ilfaris gehalten werden. Gleichermaßen haben Borasgotan, Hustraban und Serusien die selben Sicherheiten zu stellen, bis das Geld gezahlt wurde. Sollte das Territorium der Baronien oder Tarpol durch eines der drei Reiche angegriffen werden, sterben die Geiseln, die sich aus Familienmitgliedern der Königshäuser zusammensetzen. Die Regierung der Kabcara über die neu zu formierende Großbaronie wird anerkannt.« Fiorell senkte den Schrieb. »Hoheitlicher Kabcar, ich appelliere an Euch, diese Vorschläge anzuerkennen. Sie sind annehmbar.«

Stoiko stellte sich zur Rechten seines Schützlings. »Herr, das klingt sehr gut. Wenn wir die Summe der Entschädigungen selbst festlegen können, sind die Schäden und die Verluste auszugleichen. Tarpol hat unter Borasgotan gelitten, gewiss, aber der ganze Kontinent könnte leiden, wenn Sinured bis 444 nicht verschwunden ist. Bitte, Herr, denkt an die große Verantwortung für alle Menschen.«

Mortva beugte sich auf der anderen Seite zu Lodrik hinab. »Hoher Herr, glaubt Ihr im Ernst, dass Arrulskhán sich an einen Vertrag hält? Er wird sich in seinem Palast auf die Schenkel klopfen, Geiseln stellen und sich keinen Deut um sie scheren. Und nach einem Jahr werden seine Soldaten mordend, plündernd und brandschatzend durch Tarpol ziehen, ohne dass ein anderes Reich den Finger krümmt. Denkt an Worlac. Denkt an die Soldaten in Dujulev. Sollen deren Tode etwa umsonst gewesen sein?«

In Lodriks Ohren wurde die eindringliche Stimme seines Vetters immer leiser und leiser, gedanklich kehrte er zur Schlacht in der Ebene zurück. Er schaute über die Toten, die ihn anklagend mit gebrochenen Augen ansahen; er glaubte, die brennende Provinzhauptstadt vor sich zu sehen und den Qualm riechen zu können; er hörte das triumphierende Geschrei der borasgotanischen Truppen, als sie hundert wehrlose Menschen geköpft hatten. Innerlich zogen die Gesichter, die hohlen Entschuldigungsphrasen und fadenscheinigen Ausreden der Diplomaten von damals vorüber. Er fasste einen Entschluss.

Schwer hämmerte die Faust auf die Lehne seines Throns. »Verehrte Exzellenzen Botschafter. Ihr glaubt doch nicht allen Ernstes, dass ich die Zukunft meines Reiches einem Abkommen mit einem Wahnsinnigen anvertraue, für den das Stück Papier allenfalls zum Abwischen des Hinterns gut ist. Ich wurde einmal von den Mächtigen Ulldarts im Stich gelassen, ich habe meine Lehre daraus gezogen.« Er stand auf. »Ich werde diese Schutzgürtel einrichten, und ich werde das mit der Hilfe von Sinured tun, der verlässlicher ist als die meisten hier drinnen. Euer Vertragsabkommen kann ich nicht annehmen, weil ich an der Umsetzung berechtigte Zweifel hege. Aber ich garantiere denen, die nichts mit dem Krieg gegen Tarpol zu tun hatten, sie unbehelligt zu lassen. Und Ihr alle solltet zu Ulldrael beten, dass mir nichts zustößt, denn dann wäre das Tier befreit und losgelassen.« Der junge Mann deutete zur Tür. »Die Audienz ist beendet. Ich danke dem ilfaritischen Botschafter für seinen Einsatz.«

»Da einige der Versammlung eine ähnliche Antwort erwartet haben, beschloss eine große Mehrheit, dass in einem solchen Fall der Ablehnung Maßnahmen zum Schutz des Kontinents ergriffen werden sollen«, begann Tafur höflich, aber bestimmt. »Ich möchte darauf hinweisen, dass das Königreich Aldoreel, das immer freundschaftliche Beziehungen zu Tarpol pflegte und auch nicht materielle Hilfe verweigerte, als Borasgotan angriff, nichts Böses gegen den hoheitlichen Kabcar im Schilde führt. Doch die Sicherheit der eigenen Bevölkerung ist wichtig.«

Lodrik senkte seinen ausgestreckten Arm ungläubig. »Ich hatte die Audienz soeben beendet, Botschafter.«

»Dennoch solltet Ihr noch einen Moment zuhören«, bat Fiorell freundlich. »Wir möchten nicht, dass Ihr unsere Entscheidung falsch versteht. Sie ist nicht gegen Euch gerichtet.«

Tafur entrollte ein eigenes Pergamentstück. »Da Sinured das Tier sich nun nicht vor Beginn des Jahres 444 aus Ulldart zurückzieht, hat ein Großteil der Reiche, mit Ausnahme von Borasgotan und Tûris, beschlossen, für das Schlimmste gerüstet zu sein. Vertreter Kensustrias waren leider nicht anwesend, eine entsprechende Anhörung soll, ohne Rücksicht auf den im Süden herrschenden Krieg, noch folgen.«

»Kommt bitte zur Sache«, drängte der Konsultant freundlich. »Der hoheitliche Kabcar hat nicht den ganzen Tag Zeit. Schließlich muss dafür gesorgt werden, dass Gerechtigkeit herrscht.«

»Sicherlich«, bestätigte Tafur. »Ilfaris, Rogogard und Rundopâl stellen jeweils zweitausend Mann, die übrigen sechs Reiche rekrutieren je zehntausend Mann Bewaffnete aus der Bevölkerung, ihren Garnisonen und Scharmützelkommandos. Sie alle werden unter einem gemeinsamen Kommando als ein zweites ›Geeintes Heer‹ immer an diese Grenzen ziehen, an denen Sinured und seine Männer zu finden sind. Das ist kein Akt der Drohung, sondern der Vorbeugung, um eine unerwartete Eroberung im Fall des plötzlichen Todes des Kabcars oder anderen unvorhergesehenen Ereignissen unmöglich zu machen.«

»Nicht schlecht«, lobte der junge Herrscher. »Das sind

dann sechsundsechzigtausend Krieger, die an meinen Landesgrenzen stehen. Wenn Ihr Euch die Verpflegung eines solchen Heeres ein Jahr lang oder mehr leisten könnt, dann tut es.«

Der Gesandte des Königreiches Tûris drängelte seine Amtskollegen zur Seite und kam aufgeregt nach vorne. Dass der Beschluss ohne seine Zustimmung gefallen war, war offensichtlich.

»Hoheitlicher Kabcar, Ihr sollt wissen, dass Tûris unter keinen Umständen an einem solchen Unternehmen teilnehmen wird. Wenn eine Streitmacht von diesen Ausmaßen aufgestellt ist, kann leicht Schindluder getrieben werden, sollte die Disziplin der Truppen verloren gehen. Tûris hält das neue Geeinte Heer für eine schlechte Eingebung und unterstützt die Vorgehensweise Tarpols aus ganzem Herzen. Denn auch wir wurden von Borasgotan bedroht. Ohne den Kabcar und seine Unterstützung wären wir das nächste Opfer Arrulskháns und der Untätigkeit der Übrigen geworden.« Demonstrativ stellte sich der Mann an den Fuß des Throns. »Das Volk von Tûris bewundert Euch, hoheitlicher Kabcar, sagt Euch Dank, Anerkennung und Treue zu, wenn Ihr sie benötigen solltet.«

Fiorell breitete beschwichtigend die Arme aus. »Aber, aber. Wir bereiten uns doch nicht auf einen Krieg untereinander vor, sondern wollen nur für den Fall gerüstet sein, dass das Böse losschlägt, aus welchen Gründen auch immer. Ich denke, der Kabcar hat dafür Verständnis.«

Lodrik unterdrückte seine schlechte Laune und neigte stattdessen huldvoll den Kopf. »Ich würde wahrscheinlich ähnlich handeln. Seid aber gewarnt. Wenn Eure Truppen Sinured ohne Grund angreifen, um vielleicht vorab eine Gefährdung ausschalten zu wollen, die meiner Meinung nach nicht existiert, kann ich für die Folgen nicht geradestehen. Nun ist die Audienz aber wirklich beendet.«

Die Gesandten verbeugten sich und verließen zum zweiten Mal für heute den Saal.

Die Kabcara erhielt eine geflüsterte Nachricht von einem Diener und verabschiedete sich wegen »dringender Erledigungen«. Stoiko wurde von Lodrik zusammen mit Waljakov in die Bibliothek geschickt, um nach weiterem Material zu suchen, das Aufschluss über die Größe Tarpols in der Vergangenheit gewährte. Die Fadenscheinigkeit des unnötigen Auftrags war so offensichtlich, dass der junge Mann bei seiner Anweisung selbst sogar etwas rot wurde. Dennoch hatte er das dringende Bedürfnis, mit seinem Vetter sofort und unbelauscht über die Geschehnisse zu sprechen.

Der Konsultant wartete darauf, dass sein Magielehrling, der wie ein Häufchen Elend auf dem Thron saß, den Anfang machte.

»Ihr hattet Recht, Mortva.« Seufzend sackte Lodrik ein Stückchen in sich zusammen. »Sie verbünden sich gegen mich. Gegen mich, weil ich mein Land schützen will. Welche Ungerechtigkeit!«

»Ich weiß, Hoher Herr«, sagte der Mann mit den silbernen Haaren fast gütig. »Wenn Ihr mich fragt, ist das eine Ausrede, um in aller Ruhe eine immense Streitmacht vor Euren Augen zusammenzustellen, die losschlagen wird, sobald alle versammelt sind.«

»Warum sollten sie das tun?«, widersprach der Herrscher kraftlos. »Ich habe ihnen nichts getan.«

»O doch«, entgegnete Mortva und hob den Zeigefinger. »Ihr habt Sinured zurückgeholt, Ihr habt dem Abkommen nicht zustimmen wollen, Ihr beherrscht eine neue Form der Magie, und Ihr habt eine riesige Armee auf Eurer Seite. Das alles macht Euch zu einem in ihren Augen gefährlichen Mann.« Er warf die Haare zurück und blickte sinnierend in die Ferne. »Wahrscheinlich werden sie erst Ruhe geben, wenn sie Euch und Sinured in ihre Gewalt bekommen haben. Dass sie von Euch vorhin nicht verlangten, dass Ihr Euch selbst einsperrt, war alles.«

Beunruhigt hob Lodrik den Blick und sah seinen Vetter an. »Ihr meint, sie werden einmarschieren? Um mich besser unter Kontrolle zu bekommen?«

»Ich weiß es nicht«, gab der Konsultant zu. »Aber unwahrscheinlich ist es keineswegs. Wir sollten uns auf alles vorbereiten. Wer kümmert sich um Tausendjährige Friedensverträge, wenn sich alle einig sind?«

Lodrik überlegte. »Was sind das für Waffen, von denen Ihr spracht?«

»Oh, es sind Neuheiten. Eigentlich sind es antike Waffen, die man vor langer, langer Zeit benutzte. Aber das Wissen über sie ging verloren. Glücklicherweise entdeckte ich alte Aufzeichnung in ... Berfor, die ich mir aneignete. Es sind Fernwaffen von großer Reichweite und neuer Wirkung, leicht zu transportieren und schnell beweglich. Ich kann es schlecht erklären. Gebt mir die Erlaubnis, sie im Geheimen anfertigen zu lassen. Wenn wir sie besitzen, gleichen wir die zahlenmäßige Überlegenheit des Geeinten Heeres mit Leichtigkeit aus.« Mortva legte eine Hand auf die Schulter des jungen Mannes. »Keine Angst. Ich und Sinured werden Euch nicht im Stich lassen.«

»Ihr habt meine Erlaubnis, Euch um alles zu kümmern, was notwendig ist, um diese Waffen herzustellen«, gab ihm Lodrik die Vollmacht. »Obwohl ich nicht denke, dass sie es tatsächlich schaffen, sechsundsechzigtausend Soldaten aufzustellen. Wer sollte sie führen?«

»Sicher ist sicher«, meinte der Konsultant. »Es bringt uns keinen Schaden, wenn wir uns verteidigen können.«

Der Herrscher stemmte sich aus dem Thron. »Nein, Schaden wird es nicht sein. Zumal wir die Waffen im Notfall selbst gegen Sinured einsetzen können. Ich traue dem Kriegsfürsten auch nicht unbedingt über den Weg. Es wäre doch ein Leichtes, dass er irgendwelche Männer auf mich ansetzt, um die Dunkle Zeit einzuläuten. Mit Sicherheit hat er bereits an so etwas gedacht.«

»Ein Leibwächter ist zu wenig«, bestätigte Mortva den Gedankengang seines Schützlings.

»Dann soll Waljakov mir die besten und vertrauenswürdigsten Wachen heraussuchen«, beschloss Lodrik spontan. »Ein Dutzend, das Tag und Nacht um mich herum ist. Am Besten, ich sage ihm gleich selbst Bescheid.«

Der Kabcar drehte sich in Richtung Ausgang, als sein Blick an etwas Weißem hängen blieb, das seitlich neben dem Herrschersessel lag. »Nanu?« Er bückte sich und hob seinen Fund vorsichtig auf. »Ein Spitzentaschentuch. Mit Monogramm. ›N.M.‹«

»Was könnte das heißen?«, fragte Mortva überrascht.

»Norina Miklanowo«, murmelte Lodrik leise und roch an dem Stoff. »Aber wie kommt es hierher?«

»Wenn ich mich richtig erinnere, stand dort Waljakov.« Der Konsultant legte die Arme auf den Rücken. »Aber wie sollte er in den Besitz eines Taschentuchs der Brojakin gekommen sein?«

»Vielleicht hat er es gefunden«, mutmaßte Lodrik. »Aber warum sollte er ein Taschentuch von ihr aufbewahren?«

»Früher gab die Dame ihrem … Favoriten etwas, womit er sich an sie erinnern konnte«, sagte Mortva wie beiläufig. »Aber ein Talisman scheidet in diesem Fall wohl aus, nicht wahr? Schließlich hat sie die ganze Zeit nur Euch geliebt. Auch wenn man sich Gegenteiliges erzählte. Aber was gibt man schon auf Geschwätz anderer Leute, Hoher Herr?«

Der junge Kabcar presste den Stoff in seiner Faust zusammen. Zwar hatte ihn Norina verlassen, und es konnte ihm egal sein, was sie trieb. Aber der Gedanke daran, dass sie ihn hier vor aller Augen mit seinem Leibwächter betrogen hatte, so absurd es klang, ließ ihn nicht los. Die Verbindungen schienen immer noch zu bestehen.

Die Eifersucht schoss in ihm hoch, und er verfluchte sich dafür, nicht viel früher aufmerksam geworden zu sein. Doch die Magiestunden hatten zu viel Vorbereitungszeit in Anspruch genommen.

»Mortva, lasst Waljakov beschatten«, befahl er hart. »Ich will wissen, ob er sie besucht. Und was es mit den Taschentüchern auf sich hat. Findet es heraus. Wenn sich herausstellt, dass die beiden mich betrogen haben, dann gnade ihnen Ulldrael der Gerechte.«

»Natürlich, Hoher Herr«, sagte sein Konsultant, sein Gesicht drückte Bedauern aus. »Wenn es wirklich wahr wäre, dann handelt es sich um einen unvorstellbaren Vertrauensbruch. Dass der Mann, dem Ihr die ganze Zeit über den Rücken zukehren konntet, Euch nun doch auf diese Weise den Dolch in die Schulter rammte, das verletzt tief, nicht wahr?«

»Veranlasst das Nötige«, wiederholte der Kabcar düster. »Ich werde mir die Berichte über den letzten Vormarsch ansehen.«

»Wenn das Wetter hält, haben wir in wenigen Tagen den letzten Borasgotaner aus der Baronie geworfen«, gab sein Vetter Auskunft, während er zur Tür ging. »Dann könnten wir mit dem Errichten des Schutzgürtels in Hustraban beginnen. Auch in Borasgotan laufen die Unternehmungen nach Plan.«

»Sehr gut«, sagte Lodrik grimmig. »Sie sollen ihre Taten nicht vergessen. Und im Übrigen halte ich es unter diesen Umständen für besser, wenn Ihr die Männer meiner Leibwache aussucht, Mortva. Ich vertraue Euch.«

»Und bin des Vertrauens würdig, Hoher Herr«, verabschiedete er sich.

Der junge Mann betrachtete das zerknitterte Taschentuch. Er hatte niemanden mehr, auf den er sich verlassen konnte. Nur Mortva und seine Cousine hielten zu ihm. Wenn ihm vor einem halben Jahr jemand diese Wendung prophezeit hätte, er hätte ihn ausgelacht. Nun schien das Unmöglichste wahr geworden zu sein. Der Kreis um ihn wurde lichter, und nun zeigten sich die wahren Freunde.

»Ach, Ulldrael, deine Prüfung ist sehr schwer«, seufzte er und schritt zur Tür. Es wurde Zeit, dass er seine magischen Fertigkeiten weiter schulte. Irgendwie beschlich ihn eine Ahnung, dass er sie bald benötigen würde. Und es gab noch so viel zu experimentieren.

Drei Truhen mit Kleidern standen in Norinas Ankleidezimmer und warteten darauf, von den starken Helfern nach unten getragen zu werden.

Die werdende Mutter stemmte die Arme in die Seiten und lehnte sich ein wenig nach hinten, um das Kreuz zu entlasten. Es wurde höchste Zeit, dass sie aus der Hauptstadt verschwand, denn die weite Kleidung war nicht mehr in der Lage, ihre Schwangerschaft sicher zu verbergen.

Norina hatte in aller Ruhe die schönsten Stücke ausgesucht, die sie mit nach Rogogard nehmen wollte. Offiziell, so verbreitete sie auf allen Empfängen, Bällen, Diners und Essen, die sie besuchte, kehrte sie nach Granburg zurück, um nach dem Land und den Menschen zu sehen.

Das Schicksal der schönen Brojakin, deren Gesicht kaum hinter dem schwarzen Schleier zu erkennen war, rührte die Herzen der Ulsarer Reichen, und so wurden der jungen Frau etliche Geschenke gemacht, die sie annahm, aber umgehend in Waslec umtauschte, um sie an die Armen der Stadt zu verteilen. Schon bald war sie als Wohltäterin bekannt.

Heute war der Tag der Abreise. Die Reisekutsche stand bereit, mit der sie vor aller Augen aus der Stadt in Richtung Granburg rollen wollte. Ein paar Warst hinter den Mauern wartete ein zweites Gefährt, in das sie umsteigen würde. Eine Doppelgängerin würde ihren Platz einnehmen und weiter in Richtung der Provinz reisen. Für Norina und Waljakov, der sich trotz aller Schwierigkeiten seine Mission nicht ausreden lassen wollte, ging es dann in Richtung Norden, wo der Rogogarder Torben Rudgass mit seiner Kriegskogge eine sichere Überfahrt versprach.

Als würde Ulsar um sie weinen, hatte sich ein schwarzes Wolkenband an den Himmel geschoben und verdunkelte die Sterne. In weiter Ferne kündigte Wetterleuchten ein Gewitter an.

Dass die Stunde der Abreise nicht länger hinausgezögert werden sollte, sagte der jungen Brojakin auch ein anderes Gefühl. Immer häufiger vermeinte sie, verfolgt oder zumindest beobachtet zu werden. Es trieben sich Gestalten um ihr Haus herum, die ihr merkwürdig bekannt vorkamen und nicht zu den üblichen Bettlern gehörten, die sich ab und zu sehen ließen. Anscheinend zog der Konsultant sein Netz enger um sie, je näher der letzte Tag des Ultimatums rückte, als wollte er sicher gehen, dass sie wirklich verschwand.

Sie klingelte nach der Bediensteten und ließ das Wohnzimmer fürs Abendessen richten, da sie Stoiko, Waljakov und einen unbekannten Besucher erwartete. Der einst beste Vertraute des Kabcar hatte ein großes Geheimnis um den Gast gemacht, der zu einer letzten gemeinsamen Besprechung stoßen sollte.

Pünktlich trafen die beiden Männer ein, zusammen mit einer stark geschminkten Frau, die anscheinend nichts anderes konnte, als albern zu kichern, und ansonsten kein Wort sagte.

Nachdem alle Speisen aufgetragen worden waren, hielt es die Brojakin nicht mehr länger aus, die Neugier war zu groß.

»Ich vermute, Ihr seid eine gute Freundin der beiden?«, fragte sie sich, nachdem sie der Unbekannten den Teller belegt hatte. Unsicher huschte ihr Blick zwischen den beiden grinsenden Männern hin und her. »Seid Ihr gekommen, um mir eine gute Reise zu wünschen?«

Mit Erstaunen schaute sie zu, wie die Dame ihren Teller nahm und ihn auf dem Daumen balancierte, um ihn mit der anderen Hand in Rotation zu versetzen.

»So kann man es auch sagen, Brojakin Miklanowo«, erwiderte die »Frau« nun mit einer sehr männlichen Stimme. »Mein Name ist Fiorell, ich bin der Botschafter von Ilfaris und hier, um Informationen mit Euch auszutauschen.« Der Hofnarr klimperte mit den dicken Wimpern und platzierte den Teller wieder vor sich auf dem Tisch. »Bin ich nicht ein Prachtweib?«

Um ein Haar hätte Norina die Gabel fallen lassen. »Ich … Ihr … Ja, durchaus«, stotterte sie überrascht. »Aber warum die Maskerade?«

»Es ist nicht gut, wenn bekannt wird, dass ich zu Euch Kontakt aufgenommen habe. Nennt mich Hulalia, sollten Bedienstete hereinkommen«, feixte der verkleidete Mann. »Ich finde den Namen so schön außergewöhnlich.«

»Und weshalb hat Ilfaris Interesse, sich mit uns zu unterhalten?«, fragte die Brojakin vorsichtig weiter. Sie hatte keine Vorstellung, was der Gast über ihr Vorhaben wusste und was nicht.

Stoiko sprang ein. »Die liebreizende Hulalia wurde von mir mit aller Diskretion gefragt, was denn ihr Königreich alles über das veränderte Tarpol in Erfahrung gebracht hat«, sagte er. »Ilfaris ist bekannt dafür, das größte Wissen über Verborgenes zu haben. Ich musste nicht lange reden, denn es hat sich schnell gezeigt, dass auch dort eine gewisse Sorge herrscht.«

»Tatsache ist, dass in Berfor nichts über diesen angeblichen Vetter des Kabcar namens Mortva Nesreca zu finden ist«, erklärte Fiorell. »Es gibt keinen einzigen Hinweis auf seine Vergangenheit, niemand in Berfor hat ihn jemals gesehen, weder an der Universität noch in der Stadt selbst. Und eine solch auffällige Erscheinung, wie der neue Ratgeber eine ist, kann man nicht übersehen. Bleibt die bange Frage: Wer ist er dann, und warum tut er das alles? Zwar hat er Tarpol aus einer schwierigen Lage befreit, aber der Kurs, den das Land weiterhin nimmt, erfüllt meinen Herrn mit Unruhe. Sein Pralinenkonsum ist fast auf das Doppelte gestiegen.«

»Nicht nur das«, ergänzte der einstige Vertraute. »Waljakov und ich haben im Palast mit der Hilfe von ein paar wenigen Dienern Nachforschungen betrieben …«

»Wir haben geschnüffelt«, brummte der Leibwächter, »wie die Diebe.«

»Ja, von mir aus«, winkte Stoiko ab. »In den Gemächern dieses Nesrecas wird nie aufgeräumt, er lässt niemanden hinein. Als es einem der Bediensteten gelang, heimlich einzudringen, entdeckte er nichts.«

»Was soll das heißen, nichts?«, stutzte Norina, die mit steigender Faszination den Berichten gelauscht hatte.

»Nesreca verfügt über kein einziges Kleidungsstück und hat keinen persönlichen Besitz«, erläuterte er. »Aber woher nimmt er die tadellosen Uniformen und anderen Gewänder, die perfekt und faltenfrei an ihm sitzen? Zu jeder Gelegenheit trägt er das Passende, ohne es im Schrank zu haben.«

»Sehr mysteriös«, murmelte Fiorell und kratzte sich unter seiner Perücke. »Hat er eine zweite Wohnung in der Stadt? Und selbst dann reichte die Zeit nicht aus, sich umzuziehen.«

»Wir vermuten stark, dass er Magie beherrscht«, sagte Stoiko. »Schließlich unterrichtet er Lodrik darin, und wie man vor kurzem gesehen hat, mit verblüffendem Erfolg. Vielleicht wechselt er seine Garderobe auf magischem Weg. Das erklärt aber nicht, wie er unsere Anschläge überlebt hat.«

»Anschläge?« Die Brojakin fuhr aufgeregt von ihrem

Sitz hoch. »Wurde Lodrik dabei in Gefahr gebracht? Was waren das für Mordversuche?«

»Und warum wurde davon nichts bekannt?«, sagte der Hofnarr sinnierend.

Waljakov zuckte mit den Achseln. »Wir haben ein wenig von dem Gift, das bei dem Koch gefunden wurde, abgezweigt und es dem Silberschopf ins Essen getan.« Der Leibwächter betrachtete seine mechanische Hand. »Nichts.«

»Aber die Ratten, denen wir hinterher von der Substanz verabreichten, starben praktisch auf der Stelle«, warf der ehemalige Mentor des Kabcar ein. »Nesreca war also immun gegen das Gift, was seine Version von dem Brojakenmahl ad absurdum führt. Als ein von uns bezahlter Kutscher ihn mit seinem Gefährt überrollen sollte, wichen die Pferde plötzlich zur Seite aus, während er in aller Ruhe die Straße überquerte. Und wir haben eine gespannte Wolfsfalle über seiner Tür angebracht. Ich habe keine einzige Schramme an ihm gesehen.«

»Etwas beschützt ihn«, vermutete Norina leise. »Es kann aber nur etwas Böses sein.«

»Die Rüstung, die sein Streiter Echòmer trug«, steuerte Waljakov bei, »gleicht bis ins Detail der Darstellung, wie man sie in alten Büchern über die Legende der Erschaffung der Welt liest. Es hat einige Zeit gebraucht, bis es mir eingefallen ist. Die Zweiten Götter trugen solche Metallpanzer, wenn sie sich den Menschen zeigten.«

»Ich möchte niemanden beunruhigen, aber den Namen ›Echòmer‹ kann man zu ›Hemeròc‹ umformen«, meinte Fiorell. »Wie lustig. So hieß doch einer der Zweiten Götter, oder?«

Als ein Blitz aus dem wolkenverhangenen Himmel zuckte und sich das Sommergewitter entlud, fuhr das Quartett zusammen.

Fast augenblicklich setzte prasselnder Regen ein, der

gegen die Scheiben trommelte, als wollte er unbedingt zu den vier Verschwörern dazugehören. Weitere Energiestrahlen krachten in schneller Reihenfolge herab.

»Sinured kehrt zurück; ein rätselhafter Mann, der Lodrik in Magie unterrichtet, taucht auf; seine ›Studienfreunde‹ tragen Rüstungen und Namen wie die Zweiten Götter«, murmelte Stoiko. »Das Jahr 444 rückt näher und näher, ein ›Geeintes Heer‹ zieht sich zusammen, während der Kabcar sich falsch verstanden fühlt. Das ist eine Entwicklung, die schnell zu einem Unglück führen kann.«

»Und mit den richtigen Kommentaren und Einflüsterungen schafft es der Silberschopf, den Jungen dorthin zu manövrieren, wohin er möchte.« Die Hand des Leibwächters schloss sich um den Griff des Säbels. »Ich werde ihn töten. An irgendetwas muss auch er sterben. Alles andere dauert zu lange. Intrigen führen zu nichts, er ist uns in allem einen Schritt voraus.«

»Deshalb habe ich Ilfaris um Unterstützung gebeten.« Stoiko wies auf den Hofnarr. »Hulalia soll uns helfen, Beweise zu erbringen, die so schlagend sind, dass sich selbst der blinde Lodrik nicht länger gegen die Zweifelhaftigkeit seines Vetters wehren kann. Wenn uns das gelingt, kommt der Junge wieder zur Vernunft und wird zu dem Kabcar, der er ursprünglich werden wollte.«

»Immerhin sind wir bereits jetzt schon in der Lage nachzuweisen, dass Nesreca nicht verwandt ist«, begann der Ilfarit. »Auch zur Vergiftung der Großbauern wird sich einiges finden lassen. Und Worlac, so hat es den Anschein, wurde von Sinured in Schutt und Asche gelegt, nicht von den Borasgotanern.« Er balancierte das Messer mit der Spitze auf seinem kleinen Finger aus und sammelte die anderen Schneidewerkzeuge ein, bis auf allen fünf Fingern Teile des Essbestecks ruhten. Fiorell grinste, als er die fassungslosen Gesichter der Frau und der Männer sah. »Es ist eine Art Berufsleiden. Ich kann einfach nicht anders.« Mit einer kurzen schwungvollen Bewegung schleuderte er die fünf Gegenstände in die Luft und begann, mit den Messern zu jonglieren. »Gut, nicht wahr?«

»Was?« Waljakov packte den Hofnarren am Kleid und zerstörte dessen Konzentration. Klingelnd fielen die Messer zu Boden, eine der Klingen bohrte sich durch das Kleid. Geistesgegenwärtig spreizte der Narr die Beine, und das Messer traf nur die Sitzfläche anstatt edlere Teile.

»Ihr wollt mich wohl wirklich zu Hulalia machen, was?«, unterstellte er dem Leibwächter, der seinen Griff nicht gelockert hatte. »Bevorzugt Ihr die maskulinen Frauen? Zutrauen würde ich es Euch.«

»Wer hat Worlac verbrannt?«, wiederholte der Krieger fordernd.

Fiorell tippte auf die Hand des Hünen. »Wärt Ihr wohl so freundlich, mich loszulassen? Das Kleid war sündhaft teuer. Wenn Ihr mir den Saum zerrissen habt oder den Stoff geknittert, wird Hulalia sehr, sehr böse.« Er formte mit den geschminkten Lippen einen Schmollmund. »Und dann gibt sie Euch einen dicken Schmatzer auf die Glatze. Na, Bursche?« Widerwillig ließ Waljakov den Spaßmacher los.

Übertrieben sorgfältig richtete Fiorell seine Garderobe. »Wir haben nach dem Angriff einen Augenzeugen, eigentlich den letzten Augenzeugen ausfindig machen können. Es ist ein Soldat der Zitadellenmannschaft gewesen, der wie durch ein Wunder überlebt hat. Und er schilderte sehr eindringlich, was in dieser Nacht geschah. Alle Menschen wurden Tzulan geopfert. Das war der eigentliche Zweck der Belagerung, nicht die Befreiung der Stadt.«

»Unglaublich«, meinte Stoiko leise, erschüttert von der Nachricht. »Warum habt Ihr das nicht vorhin der Versammlung vorgebracht?«

»Mit welchem Ergebnis?«, hielt Fiorell dagegen. »Ich konnte den Zeugen nicht mitbringen, von daher wäre es eine unbestätigte Behauptung, die Nesreca vermutlich als Kriegslist der Borasgotaner hingestellt hätte. Und unserem armen Zeugen wird er ohnehin vorwerfen, feige gewesen zu sein.«

»Es zeigt, dass sich Sinured nicht an seinen Schwur hält«, meinte der einstige Vertraute. »Er hatte niemals vor, sich an das Treuegelöbnis zu halten. Waljakov, du hast gesagt, Sinured musste schwören, das tarpolische Volk zu schützen?« Der Leibwächter nickte. »Wenn wir das beweisen könnten …«

»… würde ich an Nesrecas Stelle sagen, dass es zum Zeitpunkt der Eroberung eine eigenständige Baronie gewesen sei und nicht zu Tarpol gehörte«, schaltete sich Fiorell ein. »Ich denke, dass der Mann um Spitzfindigkeiten niemals verlegen sein wird.« Umständlich hob er die Messer vom Boden auf, seine künstlichen Brüste baumelten herab und erschwerten seine Tätigkeit. »Das zeigt aber, dass die Aufstellung des Geeinten Heeres eine gute und mehr als notwendige Maßnahme ist. Unseren Beobachtungen nach werden in den kommenden Wochen zehn weitere Schiffe aus Tzulandrien den Repol hinauffahren und geschätzte zehntausend Soldaten an Land setzen. Und was uns noch zu Ohren kam: Die Armee ist dabei, von ihrem Heerführer namens Osbin Leod Varèsz auf Disziplin gedrillt zu werden. Aus dem mehr oder weniger geordneten Riesenhaufen werden kleinere Einheiten abgespalten.«

»Ulldrael der Gerechte stehe uns bei.« Norina schüttelte den Kopf. »Dass sich das alles in nur so kurzer Zeit ereignet, hätte ich niemals für möglich gehalten. Dennoch dürfen wir nicht aufgeben. Wir müssen Tarpol vor dem Schlimmsten bewahren.«

»Was ist, wenn der Mönch von damals doch Recht mit seiner Auslegung der Prophezeiung hatte?«, fragte Waljakov in die Runde. »Wenn der Kabcar sterben müsste, um die Dunkle Zeit zu verhindern?«

»Wir wissen nicht mit Bestimmtheit, dass sein Tod alles Unheil abwenden wird«, widersprach die Brojakin dem indirekt gemachten Vorschlag des Hünen. »Wir sollten zunächst versuchen, Nesreca und seine Machenschaften, Lügen und Intrigen mit der Hilfe von Ilfaris zu entlarven, danach ihn zu töten, wenn das nichts bringen sollte. Am liebsten würde ich gar nicht von hier weg, um Euch allen weiter beistehen zu können.«

»Ihr habt Euch selbst Euer Stichwort gegeben«, hakte Stoiko ein. »Ihr müsst Euch auf den Weg machen, ungeachtet des schlechten Wetters, wenn Ihr Rundopâl und Rudgass rechtzeitig erreichen wollt.«

»Sie könnte aber in Ulsar von unschätzbarem Nutzen sein. Sie kennt die mächtigen und einflussreichen Menschen hier«, meinte Fiorell, den dieser Plan verwunderte. »Und was wollt Ihr ausgerechnet jetzt in Rundopâl?«

»Er meinte natürlich Granburg«, beeilte sich Norina zu sagen. »Ich will nach meinen Landpächtern sehen. Ihr Schicksal liegt mir sehr am Herzen.«

Der Hofnarr zwinkerte ihr zu. »Ich glaube Euch die Sorge. Aber nicht Euer Reiseziel. Rudgass war der Mensch, mit dessen Hilfe der erste Attentäter zur Strecke gebracht wurde, und an Rundopâls Stränden wird er öfter gesichtet. Wenn Ihr also nach Rundopâl wollt, werdet Ihr einen Grund haben.«

»Sehr geschickt von dir«, lobte Waljakov seinen Freund. »Rede einfach weniger.«

Stoiko seufzte. »Also gut. Norina ist schwanger, Nesreca hat sie und das Kind bedroht, deshalb möchte sie wenigstens den Nachwuchs in Sicherheit wissen.«

»Aha, Tarpol hat also womöglich einen unrechtmäßigen Thronfolger, wie?«, sagte der Narr und grinste. »Ihr tut gut daran, das Kind von hier wegzubringen, fort von dem unmittelbaren Einfluss des Silberschopfs mit den wahnsinnigen Augen. Ich wünsche Euch alles Gute auf Rogogard.«

»Woher wisst …«, setzte die junge Frau an, erkannte aber an dem noch breiteren Grinsen Fiorells, dass sie ihm in die Falle gegangen war. »Verdammt, Ihr wusstet nicht, dass ich nach Rogogard reise, oder?«

Er schüttelte den Kopf, rückte sich die falsche Oberweite zurecht und stand auf. »Auch für mich wird es Zeit, nach Ilfaris zurückzukehren. Wichtige Dinge sind Perdór dem Pralinigen zu berichten, und Vorbereitungen sind zu treffen, um die Dinge in Tarpol wieder ins rechte Lot zu bringen. Es wäre doch gelacht, wenn es uns nicht gelänge.« Er küsste den Handrücken Norinas und zauberte wie aus dem Nichts eine Rose hervor, die er ihr überreichte. »Der Kabcar hätte Euch heiraten sollen. Aber was nicht ist, kann noch werden, wenn wir dem jungen Mann die Augen für sein Umfeld geöffnet haben. Und wenn Ihr ihn immer noch wollt.« Die Brojakin schluckte und unterdrückte ein Nicken. »Würde mich einer der Herren bitte zur Tür geleiten?« Der Leibwächter kam der Aufforderung nach. »Ihr seid ein Knuddelfratz«, jauchzte der Narr mit hoher Stimme und kniff Waljakov in die Wange. »Bei so viel Mann kann eine kleine Frau wie ich direkt schwach werden.«

»Untersteht Euch«, knurrte der Hüne und schubste den Hofnarr zur Tür, der ein paar unbeholfene Schritte in dem weiten, aufgebauschten Kleid machte.

»Hach, wie stürmisch. Passt ja zum Wetter, stattlicher Krieger«, kommentierte Fiorell fistelnd.

»Ich sende Euch regelmäßig Brieftauben, in denen ich über das Neueste berichte«, sagte Stoiko. »Sobald ich etwas über die Waffen erfahren habe, lasse ich es Euch wissen.«

»Innerhalb eines Monats haben wir alles zu einem richtig schönen Dossier zusammengetragen, was diesen

Nesreca belastet.« Er winkte zum Abschied. »Hulalia muss nun gehen. Und seid vorsichtig.«

Die beiden polterten die Treppe hinab. Durch die geschlossene Tür hörten der Vertraute und Norina, wie »Hulalia« immer wieder etwas säuselte, albern kicherte und die Einrichtung des Hauses in den höchsten Tönen lobte. Kurz darauf klapperten Pferdehufe auf der Straße, der maskierte Hofnarr war verschwunden.

Es klopfte, und zwei Männer kamen zusammen mit dem Leibwächter in das Zimmer. Schweigend nahmen sie die restlichen Truhen auf und trugen sie nach unten.

Schnell verabschiedete sich die Brojakin vom Gesinde und überwand eilig die paar Meter durch den Regen von der Haustür zum Kutschenverschlag. Das nasse Cape streifte sie im Innenraum ab und legte es gegenüber auf die Bank.

Stoiko erschien am Fenster, das Wasser rann durch die braunen Haare und tropfte auf den mächtigen Schnurrbart. Er reichte der jungen Frau einen Umschlag. »Das sind ein paar Zeilen an Torben, die die Situation erklären, falls Waljakov etwas zustoßen sollte und Ihr allein reisen müsstet. Was ich nicht hoffe.« Er lächelte sie an und drückte ihr einen väterlichen Kuss auf die Stirn. »Bringt ein gesundes Kind zur Welt und kehrt zurück. Wir brauchen Euch hier.«

Sie drückte seine Hand und sah ihm fest in die Augen. »Ich komme bald nach Ulsar. Ulldrael der Gerechte steht uns bei.«

Stoiko nickte ihr zu und rannte dann zu seinem eigenen Gefährt, das ihn zurück durch den strömenden Regen in den Palast brachte.

Das Unwetter hatte an Intensität zugelegt, das Wasser rann in kleinen Bächen über das Kopfsteinpflaster, spülte Dreck und Unrat mit sich.

Mit dem nächsten Blitz erschien Waljakovs breite Statur am anderen Fenster, und Norina schrie auf. Heftig atmend legte sie eine Hand auf die Brust, eine Hitzewelle raste durch ihren Körper und ließ ihr den Schweiß ausbrechen.

»Verzeiht, ich wollte Euch nicht erschrecken«, entschuldigte sich der Leibwächter. »Wir können nun los.« Als die Brojakin die Tür öffnen wollte, lehnte er ab. »Ich reite auf Treskor. Damit bin ich beweglicher.«

»Aber es regnet doch so furchtbar, und Ihr werdet nass und danach bestimmt krank«, meinte sie besorgt.

Die Tropfen klatschten auf Waljakovs Glatze. Ein freundliches Lächeln legte sich auf sein ernstes Gesicht. »Keine Angst. Ich habe eine zähe Natur. Und mein Mantel hält das Wasser schon ab. Wenn etwas sein sollte, klopft gegen das Dach oder winkt mit einem Taschentuch.«

Er verschwand aus ihrem Blickfeld, aber sie hörte, wie er sich in den Sattel schwang. Ein Peitschenknall, ein lautes Rufen des Kutschers, und das Gefährt setzte sich in Bewegung.

Müde sank Norina in die Polster, zog eine Decke über sich und versuchte zu schlafen. Ein wenig Ruhe würde ihrem pochenden Herzen gut tun.

Kurz vor dem Stadttor, das in östlicher Richtung aus Ulsar hinausführte, bemerkte Waljakov die Verfolger.

Sie hatten sich geschickt im Schatten der Häuser bewegt, und wegen der klappernden Hufe und der knarrenden Kutsche war es dem Leibwächter nicht möglich gewesen, sie zu hören. Vor dem Tor jedoch lichtete sich die Bebauung, und den fünf Berittenen fehlte die Möglichkeit, sich länger zu verbergen.

Doch sie bogen plötzlich nach links ab, stiegen von den Pferden und betraten eine Schänke, in der sich meistens das Wachpersonal nach dem Dienst einen Schluck gönnte.

Waljakov ließ sich von ihrem Verhalten nicht täuschen. Kein normaler Ulsarer betrat diese Kneipe, in der eine Schlägerei um diese Uhrzeit unvermeidlich war, wenn man nicht zur Wachgarnison gehörte, das wusste er aus seinen früheren Zeiten bei den Scharmützeleinheiten.

Er erteilte dem Wagenlenker und drei Begleitern Anweisung, nach Verlassen der Stadt schneller zu fahren und die Augen dabei stets offen zu halten. Notfalls sollten sie sich den Weg freischießen. Unter einer Plane versteckt und geschützt vor dem Regen lagerten für diesen Fall vier gespannte Armbrüste.

Der Leibwächter ritt zur Schänke, stieg ab, ohne sein massiges Streitross anzubinden, und stellte sich in den Schatten des Gebäudes, um auf die fünf Männer zu warten, die der Kutsche gefolgt waren.

Kaum rollte das Gefährt hinaus, öffnete sich die Tür. Ohne sich großartig umzusehen, liefen die Unbekannten zu ihren Tieren und wollten in die Sättel steigen, als einer inne hielt und sich Treskor betrachtete, der ruhig im Regen stand und gelangweilt schnaubte.

»Das ist doch das Pferd des Leibwächters«, sagte er zu seinen Kumpanen.

»Ganz recht«, sagte Waljakov aus dem Dunkel und tat einen Schritt nach vorne. Das Grau seiner Augen glänzte im nächsten Blitz kalt auf. Überrascht fuhren die anderen herum, die Hände flogen an die Waffen, die sie unter ihren Umhängen verborgen hatten. »Wer schickt euch, und was wollt ihr?«

»Ist er allein?«, fragte sich einer und sah sich um.

»Du sagst uns jetzt, wohin die Reise geht«, forderte ein anderer der Männer.

»Ich habe zuerst gefragt«, knurrte der Hüne und ließ den Mantel zu Boden gleiten, um mehr Bewegungsfreiheit zu haben. Der polierte Brustpanzer schimmerte ein wenig im trüben Licht, das durch die dreckigen Scheiben der Kneipe fiel. »Also?«

»Wir könnten ihn mitnehmen und in aller Ruhe befragen, Sergei«, schlug der Erste der Unbekannten vor.

»Aber seid leise. Die Wachen könnten sonst etwas mitbekommen. Ich möchte kein Aufsehen«, stimmte ihr Anführer zu. »Wir sind eben schon knapp an einer Schlägerei vorbei gekommen.«

Waljakov zog seinen Säbel, die mechanische Hand öffnete und schloss sich klackend. »Versucht es.«

Den Hieb des ersten Angreifers fing er ab und schlug dem Mann die künstliche Extremität waagerecht mit voller Wucht ins Gesicht, dass das Blut aus Nase und Mund spritzte. Wimmernd fiel der Kontrahent auf die nassen Steine, Regen spülte sein Blut in die Rinne.

Waljakov wartete nicht darauf, dass ein Zweiter seinen Mut sammelte, sondern eröffnete den Tanz. Er zog alle Register seines K'Tar Tur-Könnens und schaltete die Männer so schnell aus, dass die meisten nicht die Zeit dazu hatten, ihre Waffen mehr als einmal zum Schlag zu erheben.

Sergei stand als Letzter, seine Männer lagen tot oder schwer verwundet auf dem Kopfsteinpflaster. Der Mann hatte einen Langdolch und einen Säbel gezogen, hielt den Körper leicht geduckt und achtete auf jede Bewegung des Leibwächters.

Waljakov verstaute seine Waffe in der Scheide und hob seinen Mantel auf. Dann sah er den Anführer an.

»Also, zum letzten Mal: Wer hat Euch geschickt?«

Sergei ließ seinen Gegner keinen Moment aus den Augen und kreiste wie ein Raubtier um ihn.

Als er dabei am Streitross vorbeikam, gab der Leibwächter einen Befehl in der Dunklen Sprache.

Treskor erwachte ruckartig aus seiner Trägheit, verlagerte sein Gewicht auf die Vorderläufe und schlug nach hinten aus. Das geschah so schnell, dass der Mann nicht die leistete Vorwarnung bekam.

Die beschlagenen Hufe krachten Sergei in den Rücken, der nach vorne katapultiert wurde, gegen die

Wand der Schänke prallte und halb ohnmächtig in Waljakovs stahlharten Griff sank.

»Noch mal?«, fragte der K'Tar Tur und schleifte den Mann in Reichweite des Streitrosses.

»Nein, nein, ich habe sowieso schon alles gebrochen«, wehrte Sergei ächzend ab und hielt sich die Seite. »Nesreca hat uns geschickt, wir sollen nachsehen, wohin Miklanowo reist, und ihm Bericht erstatten.« An den Augenbewegung erkannte der Leibwächter, dass sich hinter ihm etwas abspielte. Treskor schnaubte im gleichen Moment warnend.

Waljakov drehte sich zur Seite, und der von hinten geführte Dolchstoß fuhr knapp an ihm vorbei, mitten in die Brust des Anführers.

Einen Fluch röchelnd, brach der Mann zusammen, während der Leibwächter sich dem heimtückischen Angreifer zuwandte. Kurzerhand schlug er ihm den nassen, schweren Mantel ins Gesicht und entwaffnete den orientierungslosen Gegner, indem er ihm mit den stählernen Fingern das Handgelenk brach.

Schreiend sank der Mann in die Knie, bevor ihn der Leibwächter mit einem harten Kniestoß ins Reich der Träume schickte.

Aber der erste und einzige Laut des Kampfes war gehört worden.

Die Tür der Schänke flog auf, ein paar Wachen stolperten ins Freie und fielen über die Toten und Verletzten. Alarmrufe gellten durch die Dunkelheit.

Waljakov sprang in den Sattel. Noch bevor das Stadttor geschlossen werden konnte, war der kahlköpfige K'Tar Tur auf und davon. Er hatte keine Lust, sich mit unnötigen Erklärungen aufzuhalten.

»Hoher Herr, ich habe schlechte Neuigkeiten«, sagte Mortva mit Grabesstimme. »Ich fürchte, mit Euren Vermutungen lagt Ihr genau richtig.«

Etwas abwesend drehte sich der Kabcar zu seinem Konsultanten um, der Anblick der Blitze nahm ihn zu sehr gefangen. »Was habt Ihr gesagt?« Er ging zum kleinen Schachtisch und nahm im Sessel Platz. Der Tee, den er sich vorhin eingeschenkt hatte, war inzwischen kalt.

Angewidert schüttete er ihn ins Feuer und füllte sich aus dem Samowar frischen nach.

»Die Taschentücher waren ein Geschenk, das Waljakov für die Brojakin anfertigen ließ, wie ich inzwischen herausgefunden habe. Der Tuchmacher erinnerte sich noch sehr genau an die markante Gestalt«, berichtete der Mann, während er sich im Teezimmer umsah.

Ausdruckslos starrte Lodrik in die Flüssigkeit. Er sprang auf und schleuderte das Gefäß gegen die Wand, danach umklammerte er die Lehne des Möbels, bis die Knöchel weiß wurden. »Bringt die beiden zu mir. Ich will sie selbst fragen.« Sein Vetter bewegte sich nicht, sondern verzog bedauernd das Gesicht. »Hört Ihr nicht?«, schrie ihn der Kabcar an. »Bringt sie her!«

»Nun, Hoher Herr, das wird nicht möglich sein.« Mortva verschränkte die Arme hinter dem Rücken. »Der Leibwächter hat meine Männer, die ich auf Euer Geheiß abstellte, kurz vor den Stadttoren bemerkt, sie gestellt und im Kampf getötet. Nur einer überlebte schwer verletzt. Er sagte aber, sie hätten beobachtet, wie die beiden sich geküsst hätten.« Die Sessellehne knarrte unter dem Druck von Lodriks Händen. Der Konsultant registrierte es mit einem flüchtigen Lächeln, das er sofort wieder aus seinem Antlitz verbannte. »Und er berichtete von der Schwangerschaft der Brojakin.« Er legte eine kunstvolle Pause ein. »Sie erwartet ein Kind von Waljakov.«

Ein tiefes Grollen drang aus Lodriks Kehle, das sich zu einem unmenschlichen, hasserfüllten Schrei steigerte. Eine orange funkelnde Aura legte sich um den Körper des Kabcar, splitternd barst das Holz des Sessels. Wütend schleuderte er die Trümmer von sich, krachend zerschellten sie an der Wand des Zimmers.

Doch das innere Gefühl hatte sich dadurch nicht beruhigt. Aufgewühlt drängte die wilde Magie mit aller Macht hinaus.

Mit schnellen Schritten war er bei den mannsgroßen Fenstern angelangt und riss sie auf. Er rannte hinaus auf den kleinen Balkon in das Unwetter, breitete die Arme aus und ließ der Energie freien Lauf. Die mühsam kontrollierten Schleusen und Dämme brachen.

Geblendet schloss Mortva die Augen, als das Schauspiel begann. Lodrik verwandelte sich eine gleißende Gestalt, von der nichts zu erkennen war außer den menschlichen Umrissen.

Lichtbogen zuckten von ihm weg, schlugen in alles ein, was sich in seiner Umgebung befand, und sprengten mit spielerischer Leichtigkeit Mauerstücke ab. Zerstörende Strahlen leckten über den Granit des kleinen Balkons, der erste Risse zeigte und sich mit einer gewaltigen Detonation in Trümmer auflöste.

Aber der Kabcar fiel nicht.

Eine gleißende Kugel aus reiner Magie umgab ihn und ließ ihn frei über dem weit entfernten Boden schweben. Orangefarbene Blitze peitschten aus dem Himmel in die Sphäre, die mit jedem Treffer ihren Durchmesser vergrößerte und zu pulsieren begann.

Der junge Mann öffnete den Mund und schien die Energie in sich aufzusaugen. Immer schwächer leuchtete die Blase, bis sie flackernd erlosch. Es herrschte wieder Dunkelheit.

Lodrik flog immer noch. Die Augen leuchteten tiefblau, die Uniform und alles, was er am Körper getragen hatte, war vernichtet, zu Asche verbrannt. Sein nackter Körper strahlte eine enorme Hitze ab, die den Regen, wenn er auf die Haut klatschte, in Dampfwolken verwandelte.

Tief atmete er ein. Etwas unsicher steuerte er auf die geöffneten Fenster zu und landete im Teezimmer. Seine Füße hinterließen Brandflecken auf dem kostbaren Teppich, doch er bemerkte es nicht. Nach einem kurzen Wanken brach er keuchend in die Knie.

Mortva seufzte und zog ihn auf den Marmor, um zu vermeiden, dass der Läufer Feuer fing. Ihm machte die glühend heiße Körperoberfläche nichts aus. Auf dem Hof hörte der Konsultant aufgeregte Stimmen und lautes Rufen von Wachen und Bediensteten, die durch den Lärm aufmerksam geworden waren.

»Hoher Herr, das war phänomenal«, lobte sein Vetter. »Ihr tragt Magie in Euch, dass Ihr es mit Tzulan persönlich aufnehmen könntet. Oder mit jedem anderen Gott dieser Welt. Wenn Ihr noch ein wenig übt …«

Lodriks zitternde Hand packte Mortva an der Uniform und zog ihn zu sich herab. »Finde die beiden«, sagte der Kabcar angestrengt. »Finde die beiden und lasse sie herbringen.«

Sein Konsultant spürte, wie die Hitze rapide wich und sein Schützling zu frösteln begann.

Behutsam legte er eine Decke um ihn. »Ich bin gleich wieder zurück. Eure Anweisungen sollen sogleich umgesetzt werden. Die Diener werden sich um Euch kümmern. Wenn Ihr gefragt werdet, sagt einfach, die Götter hätten Euch ein zweites Mal gesegnet.« Er eilte hinaus.

Es begann. Ulldart würde bald von dem mächtigsten Mann beherrscht, den es je gegeben hat. Und er, Mortva Nesreca, lenkte ihn.

V.

Danach setzte Tzulans Sohn von dort aus nach Ulldart über und unterjochte auch diesen Kontinent.

Die Allmächtige Göttin hatte in der Zwischenzeit Angor, Ulldrael, Senera, Kalisska und Vintera zur Rückkehr bewegt.

Und sie kamen rechtzeitig, um Tzulans Sohn und dessen schlechte Magie auf dem Kontinent Angor aufzuhalten und zu töten.

Die schlechte Magie,
Kapitel II

Ulldart, Königreich Serusien, Fürstentum Patamanza, Herbst 443 n. S.

Dünne Nebelschwaden zogen über den morgendlichen Repol, die ersten Strahlen der Sonnen durchdrangen den Dunst und wärmten die abgekühlte Erde. Die Tierwelt entlang der Flussufer erwachte mit leisen Tönen zum Leben und stimmte ein Konzert an.

Belkala, gekleidet in eine Nachfertigung ihrer kensustrianischen Robe, lauschte dem Klang der Vögel, während sie vom Bug des Schiffes in Richtung der Kabine ging, in der Nerestro untergebracht worden war.

Sie blieb stehen und genoss das ungetrübte Lied, dann schreckte der Vogel auf und flatterte davon.

Die Kensustrianerin winkte dem Mann am Steuer der *Stromschnelle* zu und grüßte auch die Besatzungsmitglieder, die sich gerade mit dem Einholen des Ankers beschäftigten. In den letzten Wochen, in denen sie auf dem Flussgefährt unterwegs gewesen waren, wurden sich Passagierin und Mannschaft immer vertrauter. Aufmerksam hatten die Flussschiffer ihrer Erzählung über Lakastra zugehört, das Interesse an dem fremden Gott war zumindest teilweise geweckt worden.

Die zwanzig Ritter und Knappen des Ordens der Hohen Schwerter hielten standesgemäße Distanz zu den einfachen Leuten. Sie verbrachten die Zeit mit Kampfübungen an Deck oder mit der Pflege ihrer Ausrüstung.

Im Bauch der *Stromschnelle* warteten die ungewöhnlich unruhigen Pferde darauf, endlich wieder festen Boden unter die Hufe zu bekommen. Immer wieder wurde die Reise unterbrochen, um den Tieren den nötigen Auslauf zu gewähren: Die Knappen ritten eine Strecke am Ufer entlang, um nach einigen Warst wieder aufgenommen zu werden.

Als Belkala Herodin, den Anführer von Nerestros Gefolge, zum sofortigen Aufbruch aus Ulsar gedrängt hatte, verstand der anfangs nicht, wieso der schwer Verletzte diese Strapaze auf sich nehmen sollte. Doch die Kensustrianerin beteuerte immer wieder, dass nur die Gelehrten in ihrem Land in der Lage seien, ihren Geliebten vollständig genesen zu lassen, wenn der Heilstein seine Wirkung verlieren würde. Ihr Glück war, dass sich der Ritter nicht bei einem Cerêler von der Richtigkeit ihrer Behauptung überzeugt hatte, sondern auf das Wort der Gefährtin seines Herrn vertraute.

Die wahren Gründe und die Drohung Nesrecas verschwieg sie, weil sie fürchtete, einer der Kämpfer würde wutentbrannt versuchen, den Konsultanten zur Rede zu stellen. Das hätte den Tod ihres Geliebten bedeutet.

Noch immer lag das grüne Glühen um Nerestro, der seit dem schicksalhaften Zweikampf die Augen nicht ein einziges Mal geöffnet hatte. Sein Körper schien ohne Nahrung und Essen auszukommen, die Magie des Heilsteins wirkte Wunder.

Belkala wich nur hin und wieder von der Seite des Verwundeten, um sich selbst ein wenig Ruhe zu gönnen oder um auf Jagd zu gehen. Ohne die heimliche Aufnahme von Menschenfleisch müsste sie vergehen, so wollte es ihr Gott Lakastra, der sie dafür von den Toten zurückgeholt hatte.

Um die notwendige Besatzung nicht zu dezimieren oder gar einen der Ritter und Knappen in Gefahr zu bringen, verbrachte sie ab und zu einige Stunden mit »Spaziergängen«. Unterwegs verwandelte sie sich in das gefürchtete Wesen mit den übermenschlichen Kräften, das damals im Wald vor Granburg unter den Begleitern der Brojakin gewütet hatte. Sie tarnte ihre Bluttaten als Bestienattacken, und wer die hübsche Kensustrianerin mit den bernsteinfarbenen Augen friedlich an Deck stehen sah, würde ihr das zweite Gesicht, das nur ihre Opfer kannten, nicht glauben.

Aber etwas veränderte sie und fachte ihren Hunger nach menschlichem Fleisch weiter an. Sie schob es auf den häufigen Kontakt mit der cerêlischen Magie, die ihr Schmerzen bereitete.

Ihre Hände, mit denen sie die Tücher über die schweißnasse Stirn ihres Geliebten führte, wirkten verätzt, als seien sie in Berührung mit Säure gekommen. Dennoch ließ sie sich nicht von ihrer Fürsorge abbringen, sondern ertrug das quälende Brennen, das sie noch lange nach der Berührung mit dem grünen Flimmern empfand. Auch ihre Selbstheilungskräfte schafften es nicht, die Hautverletzungen rückgängig zu machen.

Sie bildete sich ein, dass durch die Zerstörung ihres Amuletts die Auswirkungen noch schlimmer zu spüren waren. Welchen Ursprung auch immer diese magischen Blitze Echòmers hatten, sie waren stark und in der Lage, den Talisman eines Gottes zu vernichten.

Zudem hatte dieser Echòmer sie als »Rákshasa« angesprochen. Niemand konnte wissen, was sie geworden war, nicht einmal Nerestro kannte die Bezeichnung dafür. Aber dieser Fremde hatte sie ohne Unsicherheit auf diese Weise benannt. Sie schloss daraus, dass der Krieger Nesrecas sich mit der kensustrianischen Götterwelt und Lakastra beschäftigt hatte, was wiederum eigentlich nicht sein konnte, weil einem Fremden solch tiefe Einblicke in das Religiöse verwehrt blieben.

Je länger sie auf der Fahrt über die Begebenheit gegrübelt hatte, desto mehr kam sie zu der Erkenntnis, dass es sich bei dem Streiter des Konsultanten, so abstrus der Gedanke erschien, um einen der Zweiten Götter handeln musste. Er hatte sich am Bett Nerestros selbst als »Hemeròc« vorgestellt, als er dem Ritter den Tod schwor. Wenigstens diese Bedrohung war durch die Flucht aus Ulsar von ihr abgewendet worden.

Aber das Schicksal des Kontinents bereitete ihr Sorgen. Es sah alles danach aus, dass man den Kabcar hätte töten müssen, so wie es Matuc vorgehabt hatte. Nun war es zu spät. Die bösen Mächte hatten sich um den jungen Herrscher versammelt.

Deshalb wollte sie nun zurück nach Kensustria, ihrer Meinung nach der sicherste Ort, wenn die Dunkle Zeit anbrechen würde. Wenn ein Land dem zurückgekehrten Kriegsfürsten Sinured standhalten konnte, dann war es ihre Heimat.

Gedankenversunken stand sie an der Reling und starrte in den Dunst, der lichter wurde und Platz für einen herrlichen Herbsttag machte.

Einerseits freute sie sich auf das warme Land, andererseits sah sie dem Tag ihrer Ankunft mit Angst entgegen. Zu viel war dort vorgefallen.

»Belkala!«

Der Ruf schreckte sie aus ihren verschwommenen Erinnerungen auf, die sich verflüchtigten wie der Nebel, von dem fast nichts mehr zu sehen war. Herodin winkte sie zur Kabine ihres Geliebten, sein Gesicht zeigte Freude und Aufregung.

»Er ist wach! Angor sei gepriesen, unser Herr ist zurück aus dem Reich der Toten!«

Die Frau eilte über die Planken zum Eingang und stürzte in den kleinen Raum. Der Ritter hatte die Augen geöffnet und blickte sich verwirrt um. Das Grün um ihn war verschwunden.

Belkala schlug die Hände vor den Mund, um den lauten Freudenschrei zu unterdrücken, dann trat sie an das Lager des Mannes und setzte sich zu ihm.

Ohne ein weiteres Wort warf sie sich ihm um den Hals und drückte ihn zärtlich an sich. Tränen der Erleichterung rollten ihre bronzefarbenen Wangen hinab und tropften auf seinen nackten Oberkörper. Sie genoss das Gefühl, seine Nähe zu spüren, ohne den brennenden Schmerz, den sie seit Wochen ohne Murren ertragen hatte.

»Wo bin ich?«, fragte Nerestro sichtlich orientierungslos. »Ich war in Ulsar ... der Marktplatz ...«

Sanft löste sich die Kensustrianerin von ihm und fuhr ihm zärtlich über das Gesicht, das sie jeden Tag rasiert hatte.

Sofort tastete er nach seiner Wunde. Die Stelle lag ungeschützt, ohne Verband. Nur eine kleine weiße Stelle, etwa in der Größe eine Knopfes, erinnerte an die tödliche Verletzung, die er im Zweikampf erlitten hatte. Die Gabe seines Gottes hatte ihren Zweck erfüllt.

Er blickte in ihre Augen. In den seinen spiegelten sich Unglaube, Überraschung und nach wie vor große Unsicherheit. »Ich war ... tot. Glaube ich. Ich sah alte Freunde, die im Turnier zu Ehren Angors gestorben sind. Ich habe meine Ritter getroffen, die im Wald bei Granburg gegen die Mörder im Kampf starben. Ich war bei den Gefallenen, den Tapfersten unseres Ordens. Dann kam dieses grüne Licht, wie eine strahlende Sonne, die durch das Blätterdach unzähliger Bäume scheint. Ein lebendiges, warmes Grün.« Er packte sie an den Oberarmen. »Und dann erwachte ich in diesem Raum.« Er küsste sie leidenschaftlich. »Ich dachte, ich würde dich nie mehr wiedersehen, Belkala.«

Versuchsweise stand er auf. Ohne ein Zeichen von Unsicherheit ging er in der Kabine umher, das Leinentuch um die Hüfte gewickelt.

Besorgt liefen Belkala und Herodin neben ihm her, immer bereit, notfalls eine helfende Hand zu reichen.

»Ist alles in Ordnung?«, fragte sie. »Spürst du nichts mehr von deiner Verletzung?«

»Ha«, sagte der Ritter nach einer Weile des Probierens glücklich, »ich bin so gesund wie je zuvor. Herodin, ich brauche Unterwäsche, meinen Waffenrock und meine Rüstung. Und danach werde ich diesem Vetter ein paar Worte sagen, von denen er sich nicht mehr erholen wird. Er hat mich betrogen. Was auch immer dieser Echòmer ist, er stammt nicht aus der Welt der Lebenden. Ich habe ihn zweimal getroffen. Es floss kein Blut« Er warf einen Blick hinaus. »Bin ich etwa auf einem Schiff? Was machen wir hier? Und wo sind wir?«

»Nerestro, Liebster, setz dich«, beruhigte ihn die Priesterin und zog ihn aufs Bett. Während der Unteranführer nach dem Gewünschten schickte, begann Belkala mit ihrem Bericht.

Nichts ließ sie aus, jedes kleinste Detail erzählte sie, auch von ihren Vermutungen, wer ihn im Kampf besiegt hatte. Währenddessen zog sich der Ritter an, schlüpfte in die Unterwäsche und ließ sich von einem Knappen in die Rüstung helfen, die ihm Herodin gebracht hatte. Ihre Schilderung endete in dem Moment, als der letzte Lederriemen durch die Öse gezogen wurde und Nerestro gewappnet vor ihr stand. Eigenhändig legte er die aldoreelische Klinge um.

»Dieser Dämon, dieser hinterhältige Wichtigtuer von Konsultant«, wetterte er. »Ich werde ihm nicht zeigen, was meine Milde bedeuten kann, sondern meinen ganzen Zorn spüren lassen. Den berechtigten Zorn Angors.« Mit einem leisen, schleifenden Geräusch zog er seine Waffe, reckte sie nach oben und küsste andächtig die Blutrinne. »Diesmal wird diese Schneide Echòmer, Hemeròc oder wie auch immer diese Kreatur heißen mag, in zwei Teile spalten. Und danach ist Nesreca an der Reihe. Ich werde sofort den Kurs ändern lassen. Wir müssen nach Ulsar zurück.«

Die Priesterin erhob sich und legte die Arme um seine Taille. »Nein, Liebster. Lass uns nach Kensustria reisen. Wir sind nur noch drei Meilen von unserer Endstation Patamanza entfernt. Wenn wir uns beeilen, sind wir in knappen zwei Wochen an der Grenze zu Ilfaris.« Sie sah ihn bittend an. »Ich habe Angst, dass Nesreca dich tötet, wenn du zurückkehrst.«

»Mich töten?«, lachte der Ordenskrieger, sein geflochtener Bart wackelte hin und her. »Ich stehe unter dem Schutz Angors.«

»Aber du hast den Ring nicht mehr, dein Schutz ist aufgebraucht«, widersprach die Kensustrianerin heftig. »Dieser Mensch, wenn es einer ist, verfügt über Kräfte und Verbündete, denen keiner auf Ulldart gewachsen ist. Er wird sich dir nicht zu einem ritterlichen Duell stellen. Wahrscheinlich trifft dich ein vergifteter Bolzen von einem Dach herab oder einer seiner Schergen ersticht dich in einem unaufmerksamen Augenblick.« Sie streichelte seine Wange. »Er ist kein Ehrenmann. Er kämpft auf seine Weise, eine Art, die dir verboten ist.«

Nerestros Gesicht verfinsterte sich. »Dann gehe ich zum Kabcar und erkläre ihm die Sache. Er muss etwas gegen diesen Vetter unternehmen, bevor er das Reich ins Unglück stürzt.«

Sie schüttelte den Kopf und streifte sich eine aufsässige grüne Strähne hinters Ohr. »Du würdest nicht einmal bis zum Palast kommen. Nesrecas Spitzel sitzen überall, und der Konsultant selbst hat bereits so große Macht über den jungen Herrscher, dass er dir nicht glauben würde. Oder glauben wollte.«

Der Ordenskrieger schob sie von sich und verschränkte die Arme vor der breiten Brust. »Du glaubst doch nicht ernsthaft, dass ich mich in aller Ruhe nach Kensustria begebe und mir anschaue, wie der Kontinent, wenn die schlimmsten Befürchtungen wahr werden, unter das Joch von Sinured fällt? Ich bin Diener des Gottes Angor …«

»Ganz recht, Angor, nicht Ulldrael«, fiel sie ihm wütend ins Wort. »Sollen sich doch die Gläubigen Ulldraels um die Sache kümmern! Schließlich gibt es genügend Tempel des so genannten Gerechten hier, warum tun sie nichts? Warum musst ausgerechnet du dich berufen fühlen?«

»Ich fühle mich nicht berufen. Ich bin es«, sagte er.

Sein Antlitz hatte sich weiter verfinstert. »Mein Gott erschien mir in Ulsar und verlangte, dass ich in der Nähe des Kabcar bleibe, um zu sehen, ob er eine Gefahr oder ein Segen für den Kontinent werden würde. Nach allem, was ich erlebt habe, ist er zu einer Bedrohung geworden, die ich nicht in ihm sehen wollte. Der Kabcar hat mir in Dujulev versprochen, den Kriegsfürsten vor 444 zu verbannen. Ich gab ihm innerlich die Frist bis Jahresende. Wenn Sinured bis dahin nicht verschwunden ist, würde ich ihn und das Tier töten. Hält er sich nicht daran, müssen beide sterben.«

»Und wie stellst du das an, großer Ritter?«, wollte Belkala wissen. Ihr Tonfall wurde leicht spöttisch. »Versammelst du deine Kämpfer um dich herum und stürmst den Palast? Der Kabcar kann überall in Tarpol sein. Du wirst es nicht mehr schaffen, den Jungen vor 444 umzubringen, geschweige denn seine neuen Freunde, Sinured und Nesreca. Oder die mehr als zwanzigtausend Tzulandrier.« Sie kam auf ihn zu. »Das wäre die einzige Möglichkeit, Unheil zu verhindern. Aber es ist zu spät, verstehst du? Wir haben die Gelegenheit, die Dunkle Zeit aufzuhalten, verpasst. Sie braut sich schon lange zusammen.«

»Ein Grund mehr, nach Ulsar oder Tarpol zu gehen, um dem Bösen die Stirn zu bieten. Denn wir haben einen Teil der Schuld auf uns geladen«, beharrte der Ritter. »Du wirst mich nicht davon abhalten.«

»Dann«, sie wandte sich ab und schaute durchs Fenster auf das vorüberziehende Ufer, »musst du ohne mich reisen.«

Die Priesterin hörte sein Atmen, dann polterten die Stiefel über die Planken in Richtung Tür.

»Wenn es sein muss, Belkala.« Der Eingang wurde geöffnet, und der Ritter ging hinaus. Mit Hochrufen und lautem Klopfen gegen die Schilde wurde er von seinen versammelten Männern begrüßt. Er brüllte Anweisungen an den Steuermann, den Kurs zu ändern.

»Dieser dickköpfige Narr«, murmelte Belkala wütend. »Er wird sich sinnlos umbringen lassen, ohne etwas von dem erreicht zu haben, was er wollte.«

Sie folgte ihrem Geliebten eilig, lief zum Ruderhaus, wo sie seine breite Gestalt ausmachte, und zog ihn zur Seite.

»Es ist zwecklos, ich werde meine Meinung nicht ändern«, sagte er, bevor sie den Mund aufmachen konnte. »Ich werde …«

»Du bist ein rücksichtsloser, egoistischer Trottel«, zischte sie ihn leise an, das Bernstein ihrer Augen glühte, »der meine Liebe nicht verdient hat. Und dennoch kann ich mich gegen das Gefühl nicht wehren.« Sie küsste ihn. »Ich bitte dich um einen Gefallen. Tapferer Recke, benutze deinen Verstand. Geh und schließe dich mitsamt deinen Männern dem Geeinten Heer an, das aufgestellt werden soll. Wenn du das Böse schon bekämpfen möchtest, dann wenigstens mit ein wenig Aussicht auf Erfolg. In ungestümer Rächermanier nach Tarpol zu traben, bringt nichts.« Sie legte ihre Arme um ihn. »Ich werde dich dafür begleiten und nicht von deiner Seite weichen.«

»Ein neues Geeintes Heer?« Nerestros Unterkiefer mahlten. Nachdenklich fuhr er sich mit der Rechten die Bartsträhne entlang, dann revidierte er die Anweisung zum Kurswechsel. »Gut. Einverstanden. Wir fahren bis nach Patamanza, nehmen Vorräte und Proviant an Bord und kehren um, sobald wir die neuesten Nachrichten erfahren haben. Vielleicht hat sich inzwischen noch mehr ereignet.« Er stützte sein Kinn auf ihren Kopf und roch an ihrem Haar. Tief atmete er den Geruch ein. »Du hast Recht. Wir werden im Geeinten Heer einen besseren Dienst leisten. Ich werde alle meine Brüder aus allen anderen Orden in Kenntnis setzen.« Zärtlich hob er mit seinem Zeigefinger ihr Gesicht ein wenig an und drückte seine Lippen auf ihre. »Wenn ich dich nicht hätte.«

Glücklich legte sie ihren Kopf an seine Brust.

»Habe ich mich schon für die Fürsorge bedankt, die ich von dir bekam?«, fragte er nach einer Weile leise und nahm ihre Hände. Erschrocken sah er auf ihre verunstalteten Finger, die sie ihm zu entziehen versuchte. »Bei Angor! Was ist mit deinen Händen passiert?«

Belkala versteckte die geschundenen Gliedmaßen in den langen Ärmeln. »Es ist nichts. Du hast mit dem Tod gerungen, da machen solche kleine Verletzungen gar nichts.«

Ohne auf ihren Widerspruch einzugehen, fasste er ihre Gelenke und betrachtete sich die Verätzungen. »Säure? Lauge? Wie ist das passiert?«

»Ich schätze, es war die cerêlische Magie«, erzählte sie. »Du kennst mein Geheimnis, und vermutlich wollte das Grün auch mich heilen.« Die Priesterin bewegte ihre Finger. »Aber dieses tote Fleisch lässt sich nicht heilen. Kalisstras Gabe kämpfte gegen die von Lakastra.«

»Und das nur, weil du mich gepflegt hast.« Nerestro konnte den Blick nicht von den Händen wenden. »Warum hast du niemand anderen diese Arbeit machen lassen? Es muss doch höllisch schmerzen.«

»Nein, schon lange nicht mehr«, log sie tapfer und umarmte ihren Geliebten wieder. »*Jetzt* nicht mehr. Ich spüre nur Glück.«

Die Endstation ihrer Reise, Patamanza, war der Hauptsitz des gleichnamigen Fürstentums, das siebte von insgesamt neun, die alle dem serusischen König unterstanden. Die Fürsten hatten die Kontrolle über ihre Gebiete, und die funktionierte sehr gut.

Das Umland war von atemberaubender Schönheit: Obsthaine, so weit das Auge reichte, immer wieder durchsetzt von Baumwollfeldern, aus deren Ertrag das bekannte und geschätzte Patamanzatuch gewoben wurde.

Im Schein der Herbstsonnen glich die mittelgroße Stadt mit den sanften Hügeln und ihrer Flusslage einem Paradies. Die letzten Äpfel reiften an den Zweigen und sorgten dafür, dass ein schwacher Geruch der Früchte in der Luft lag.

In der kleinen Kabine des Schiffes feierten Belkala und Nerestro auf die Weise der Liebenden das vollständige Gesunden des Ritters. Beide genossen die Zweisamkeit wie noch nie zuvor. Für die Schönheit der Landschaft, die an der Kabine vorbeizog, blieb nur wenig Zeit.

Die *Stromschnelle* legte gegen Mittag im Hafen an. Ein äußerst gut gelaunter Nerestro teilte Trupps ein, die sich jeweils um Proviant und Neuigkeiten kümmern sollten.

Die Kensustrianerin verabschiedete sich eilig, um die Stadt auf eigene Faust zu erkunden, wie sie sagte. Inmitten von gerüsteten Männern fühle sie sich zwar beschützt, aber mit Menschen würde sie kaum ins Gespräch kommen.

Der Ordenskrieger ahnte, dass sich der Drang nach »Nahrung«, wie er es beschönigend nannte, bei der Priesterin meldete. Er konnte es ihr nicht verbieten, dafür liebte er sie zu sehr.

Aber es blieb ein schaler Geschmack in seinem Mund, als er ihre Gestalt zwischen den vielen Menschen verschwinden sah.

Knappen legten ihm an Deck seine schwere Rüstung an, dann ging es auf Bolkors Rücken an der Spitze des eindrucksvollen Zuges in Richtung des Stadttores.

Vorweg bahnte ein Bannerträger einen Weg durch die Fußgänger, Herodin ritt neben ihm, die übrigen vier Ritter folgten danach. Schwer gewappnete Knappen bildeten den Schluss. Wie immer flatterten bunte Wimpel und Fahnen im Wind, die Hohen Schwerter machten aus ihrer Ordenszugehörigkeit keinen Hehl.

Die Wachen am Tor hielten sie nicht auf, und die Ritter in ihren prächtigen Panzerungen und ihr nicht weniger gerüstetes Gefolge zogen in Patamanza ein.

Die Menschen blieben stehen und staunten den Männern hinterher. So etwas hatte man noch nie in der Stadt gesehen, und schon bald waren die Kämpfer die Attraktion.

Einen Pulk von neugierigen, lärmenden Kindern hinter sich, ritt der Tross auf den Marktplatz, wo er sich aufteilte. Jeder Ordenskrieger machte sich zusammen mit zwei Knappen in die verwinkelten Gassen der Fürstenstadt auf. Herodin und Nerestro steuerten die nächste Wirtschaft an, um gleich dort mit den Nachforschungen zu beginnen. Die restlichen Begleiter besorgten die Einkäufe.

Die naseweisen Jungen und Mädchen folgten ihnen, sehr zum Leidwesen des Anführers, bis in den Schankraum des *Weißen Hirschen*, doch ein energischer Ruf des Wirts ließ sie kreischend verschwinden. Danach wandte sich der Hausherr, ein schlanker Mann von mittlerem Alter und einem freundlichen Gesicht, seinen neuen Gästen zu.

»Verzeiht die aufdringliche Neugier der Kleinen«, sagte er, als er sich dem Tisch näherte. »Aber in Patamanza haben wir noch nie Ordensritter gesehen, werte Herren.« Mit einem Leintuch wischte er die Holzfläche ab. »Ich bin Savilas. Wohlan, was darf ich meinen edlen Gästen kredenzen? Ich habe einen hervorragenden Hirschen in Rotwein eingelegt, dazu ein paar Kartoffeln und bunte Nudeln.« Abwartend stand er neben ihnen. »Oder lieber etwas anderes?«

Nerestro blickte sich im leeren Raum um. »Gibt es einen Grund, weshalb deine Stube ein paar Gäste mehr vertragen könnte? Liegt es vielleicht an deinen Kochkünsten?«

»Herr«, begehrte Savilas auf, »das beim besten Willen nicht. Wäre ich sonst das beste Haus am Platz?«

»Aber was ist es dann?« Herodin blieb hartnäckig.

Schritte waren auf der Treppe, die nach oben führte, zu hören. Der Hausherr wurde etwas unruhig. »Nun, Ihr werdet den Grund gleich selbst sehen. Aber ich versichere Euch, es sind gewöhnliche Gäste wie Ihr auch.«

Zwei Menschen kamen aus dem ersten Stockwerk herab. Sie waren hoch gewachsen, einen genaueren Blick auf ihre Statur verhinderten die Umhänge, die sie um sich gelegt hatten. Zwei Schwerter hingen auf ihrem Rücken. Ohne sich um die Umgebung zu kümmern, nahmen sie am anderen Ende des Raumes Platz und streiften ihre Kapuzen zurück.

»Kensustrianer«, entfuhr es Nerestro überrascht, als er die langen, grünen Haare entdeckte, die die Fremden in einem seltsam anmutenden Doppelzopf am Hinterkopf trugen. »Na, das ist eine Überraschung. Da wird sich Belkala aber freuen, Landsleute von sich zu sehen.«

»Schwerter«, grübelte sein Unteranführer. »Dann werden sie wohl eher zu den Kriegern als zu den Priestern gehören.« Sofort begannen seine Augen erwartungsvoll zu funkeln. »Herr, das wäre doch eine Herausforderung, wie wir sie schon lange nicht mehr hatten. Bedenkt, ein Zweikampf gegen einen Kensustrianer in aller Freundschaft, das gab es bei den Hohen Schwertern noch nie.« Gespannt wartete er auf eine Antwort.

»Wenn Ihr ein Duell in Betracht zieht«, meldete sich Savilas betont freundlich, »dann bitte nicht in meinem Gasthaus. Es wird ohnehin schon genug geredet.«

»Was wird denn geredet?«, wollte Nerestro wissen.

»Nun, die Kensustrianer haben doch diese langen Eckzähne. Na ja, einige der Städter fürchten, sie könnten mit den Sumpfbestien verwandt und heimliche Verbündete sein. In letzter Zeit sind diese Viecher wieder sehr unruhig geworden. Und ihre Manieren im Umgang mit dem normalen Volk lassen auch ein wenig zu wünschen übrig«, erklärte er mit säuerlicher Miene. »Einen Händler, der sie angeblich nicht mit der passenden Achtung bediente, hätten sie beinahe geköpft.«

»Sehr verständlich«, meinte Herodin grinsend, was ihm einen entsetzten Blick des Wirts einbrachte. »Wir scheinen viele Gemeinsamkeiten zu haben.«

»Dann sollten wir den beiden unsere Aufwartung machen«, beschloss Nerestro und erhob sich, um hinüber zum Tisch der Kensustrianer zu gehen. Dort angekommen, deutete er ein knappe Verbeugung an, legte eine Hand an den edelsteinbesetzten Knauf der aldoreelischen Klinge und stellte sich vor.

»Ich bin Nerestro von Kuraschka, Ritter im Orden der Hohen Schwerter, Diener Angors, der Gott des Krieges und Kampfes, der Jagd, der Ehrenhaftigkeit und der Anständigkeit. Für ihn lebe und sterbe ich.« Er deutete auf Herodin. »Und das ist mein Unteranführer, Herodin von Batastoia, auch er führt eine vortreffliche Klinge. Unser beider Anliegen ist es, in freundschaftlichem Miteinander die Klingen zu kreuzen, wenn es erlaubt ist.«

Die beiden Kensustrianer warfen sich einen Blick zu, wobei dem Jüngeren der beiden die Neugier offensichtlich ins Gesicht geschrieben stand. Der Ältere dagegen hob nur beschwichtigend die Hand.

Danach wandte er sein markantes, langes Gesicht den beiden Ordenskämpfern zu. Von Kopf bis Fuß musterte er sie. Langsam erhob er sich und streifte den Umhang ab. Darunter hatte sich eine Rüstung aus Holz-, schimmernden Metall- und Lederkomponenten verborgen, vereinzelt war unter dem Schutz beigefarbener Stoff zu erkennen. Er überragte den Angor-Gläubigen um einiges. Stolz hob er das Kinn.

»Ich bin Moolpár der Ältere, Angehöriger der Kriegerkaste und Diplomat des kensustrianischen Volkes.« Er deutete auf seinen Begleiter, der daraufhin aufsprang und sein Cape ebenfalls ablegte. Eine baugleiche Panzerung kam zum Vorschein. »Das ist mein Famulus, Vyvú ail Ra'az. Euer Angebot können wir leider nicht annehmen. Ihr wärt keine Herausforderung für uns. Ich wünsche Euch und Eurem Freund einen angenehmen Tag. Möge Euch Euer Gott beschützen.« Er schwankte leicht, nahm wieder Platz, und der andere Kensustrianer folgte seinem Beispiel.

Es dauerte eine Zeit, bis Nerestro die Ungeheuerlichkeit der Antwort erfasst und das Schwanken als Verbeugung verstanden hatte. Wortlos streifte er seinen Panzerhandschuh ab und warf ihn auf den Tisch, wo er rumpelnd aufschlug.

»Wir werden sehen, ob ich eine Herausforderung für Euch sein werde, Moolpár der Ältere«, sagte er kühl. »Ihr wart mehr als unhöflich.«

Mit einer lockeren Bewegung fegte Vyvú ail Ra'az den metallenen Fingerschutz vom Holz. »Wir benötigen Platz zum Essen. Wir wollen Euer Geschenk nicht.«

»Das war kein Geschenk«, erklärte Nerestro bebend vor Wut. »Damit habe ich Eure Ehre herausgefordert.«

»Wessen Ehre?«, fragte Moolpár. Die goldenen Augen ruhten forschend auf dem Gesicht des Ritters. »Meine oder seine?«

»Ich habe mit Euch gesprochen, also geht davon aus, dass Eure Ehre gemeint war.« Nerestro sah auf den Handschuh, der zu den Füßen Vyvú ail Ra'az' lag. »Und da er meine Ehre durch seine Tat angegriffen hat, werde ich nach dem Zweikampf mit Euch ihm beibringen, was es heißt, sich bei einem Ritter des Gottes Angor unbeliebt zu machen.«

Der Ältere atmete laut aus, hob den Fingerschutz auf und reichte ihn Nerestro. »Nehmt ihn, Nerestro von Kuraschka, dankt Euren Ahnen, dass wir Eure Forderung nicht annehmen, und esst etwas.«

»O doch. Ihr werdet sie annehmen.« Der Ordenskämpfer zog die aldoreelische Klinge und umfasste sie mit beiden Händen. »Ihr müsst Euch verteidigen, wenn

Ihr nicht sterben wollte, Moolpár der Ältere. Der Kampf ist mit dem ersten Blut beendet.«

»Meine Wirtschaft«, jammerte Savilas lautstark aus dem Hintergrund. Herodin nahm einen Beutel mit Münzen und warf ihm das Behältnis zu. Als die Kronen in seiner Hand aufblitzten, hörte das Gezeter des Wirts sofort auf, und er nahm eine bequeme Haltung ein, um den Kampf verfolgen zu können.

»Das bedeutet, dass einer von uns beiden dann verloren hat, wenn sich Blut an einer Stelle des Körpers zeigt?«, vergewisserte sich der Kensustrianer.

Nerestro nickte grimmig. »Ich werde Euch nicht töten. Ich will nur sehen, wie Ihr kämpft.«

»Nun gut.« Moolpár zog eines seiner beiden Schwerter. »Ich werde Euch mit einer Angriffsreihe täuschen und danach einen Schnitt in die rechte Hand zufügen«, gab er ruhig bekannt. »Was werdet Ihr tun?«

Der Ritter schüttelte ungläubig den kurz geschorenen Kopf. »Mann, Ihr könnt mir doch nicht im Voraus sagen, was Ihr plant!«

»Es wäre nicht gerecht, wenn ich es nicht täte«, erwiderte sein Gegner. »Ihr seid mit dieser Rüstung im Nachteil. Ich werde zu schnell für Euch sein. Deshalb verzichte ich auf mein zweites Schwert.«

Allmählich wurde es dem Ritter zu bunt. »Nun gut. Ich bedanke mich in aller Form für Euren Hinweis. Können wir dann endlich beginnen, oder wollt Ihr noch etwas erläutern?«

»Nein, das wäre alles«, sagte Moolpár aufrichtig. »Ihr zuerst.«

Nerestro schloss einen Moment die Augen. »Danke, Moolpár, zu gütig«, knurrte er und schlug zu. Doch an der Stelle, wo der Kensustrianer eben noch gestanden hatte, traf er nur Luft. Die Bewegung neben sich erkannte er aus den Augenwinkeln, geistesgegenwärtig riss er das Schwert hoch.

Als die Klingen sich trafen, ertönte ein seltsames Geräusch, und die Waffe Moolpárs bekam eine Kerbe, die bis zur Mitte reichte. Verblüfft starrte der Kensustrianer auf sein fast gebrochenes Schwert.

Ihre Waffen hatten einen hohen Iurdumanteil. Aber einen zweiten Schlag würde sie nicht überstehen.

Das wusste auch Moolpár, der sich von seiner Überraschung erholt hatte.

Flink wie eine Katze sprang er nach hinten weg und umrundete den Ritter, der für eine komplette Drehung zu lange brauchte.

Als er sich endlich bewegt hatte, stand der Kensustrianer schlagbereit vor ihm, sein Schwert zuckte nach vorne, im letzten Moment lenkte Nerestro die Spitze zur Seite.

Klirrend ging die Waffe zu Bruch, doch gleichzeitig spürte er einen heißen Schmerz über seinen Handrücken fahren. Blut sickerte aus einer flachen Schnittwunde hervor, während Moolpár seinen Dolch verstaute.

»Damit ist meine Ehre nach Euren Spielregeln wieder hergestellt.« Der Kensustrianer setzte sich. »Ihr hättet Euren Handschuh anlegen sollen.«

Der Famulus stand auf und stand mit glühenden Wangen vor dem Ritter.

»Gelten die gleichen Regeln?«, fragte sich der Kensustrianer und zog sein Schwert.

Nerestro seufzte und betrachtete die rote Bahn, die das hervorsickernde Blut auf der hellen Haut hinterließ. Er nickte und hob zugleich abwehrend die Hand. »Wartet. Diesmal möchte ich nicht, dass mir jemand sagt, was er zu tun gedenkt. Greift einfach an.«

Viel zu stürmisch begann Vyvú ail Ra'az seine Attacke. Der Ritter beschloss, ein Experiment zu wagen. Da er wusste, an welchem Teil seine schwere Rüstung getroffen werden würde, parierte er nicht, sondern erlaubte dem jungen Gegner, das Schwert durchkommen zu lassen.

Der Aufprall der Schneide war auszuhalten, die Wucht

war weniger stark als angenommen. Vyvú ail Ra'az' Gesicht wirkte äußerst entschlossen.

Mit einem unangenehmen Laut fuhr die geschliffene Seite daumennagelbreit in das schützende Metall.

Die Panzerung hielt. »Nun ich«, sagte Nerestro grimmig, täuschte einen hohen Schlag an, den der Kensustrianer sofort unterlaufen wollte, zog sein aldoreelisches Meisterwerk aber in einer schrägen Linie dem Abduckenden hinterher.

Mit einem unterdrückten Schmerzenslaut fiel sein Gegner auf die Diele und hielt sich den Oberarm. Zwischen seinen Fingern quoll Blut hervor, seine Rüstung hatte nichts von der Wirkung des Treffers aufhalten können. Nur der Besonnenheit und der Zielgenauigkeit des Ordenskriegers verdankte es der Kensustrianer, dass Fleisch und Knochen nicht durchtrennt worden waren. So bekam er nur einen leichten Schnitt.

Zufrieden küsste Nerestro die Blutrinne der Waffe und steckte sie zurück in die Scheide. »Ihr seid noch jung und unerfahren. Nehmt Euch ein Beispiel an Eurem Meister.« Der Ritter deutete auf die eigene Verletzung. »Aber Ihr werdet bestimmt auch einmal so gut wie er. Dankt mir nicht für meine Milde.«

Sein zweiter Gegner stand auf und grüßte ihn mit einem knappen Nicken. Nach einer kurzen Unterhaltung mit seinem Mentor auf Kensustrianisch verschwand er im oberen Stockwerk.

Moolpár bedeutete den beiden Männern, sich zu ihm zu setzen.

»Ich gestehe, ich bin neugierig geworden. Nachdem die ernsten Angelegenheiten geregelt sind, wäre ich einer Unterhaltung mit Euch nicht abgeneigt«, eröffnete der fremde Krieger. »Immerhin sind wir beide etwas Außergewöhnliches hier in Serusien, nicht wahr? Auf alle Fälle habe ich Kämpfer wie Euch noch nie vorher gesehen. Und wir kamen schon weit herum.«

»Meinen Dank für das Angebot, das ich gerne annehme.« Nerestro setzte sich klappernd auf die Bank, die gefährlich unter seinem Gewicht ächzte. Mit einem Wink orderte er beim Wirt Essen und Getränke. »Nun, Ihr gehört zur Kriegerkaste. Zurzeit steht Ihr an der Spitze des kensustrianischen Kastensystems, wenn ich mich recht entsinne.« Innerlich versuchte er alles aus seinem Verstand abzurufen, was ihm seine Geliebte über das Land erzählt hatte. »Ist das immer noch so? Und aus welchem Grund sind zwei Krieger auf dem Weg durch Serusien? Von Priesterinnen ist man es ja gewohnt.«

Der Wirt brachte kurz darauf ein Holztablett mit dicken, saftigen Fleischscheiben. »Alles Übrige kommt sofort«, beeilte er sich zu sagen und eilte wieder in die Küche.

Nerestro warf einen Blick auf das Mahl. »Dieses Stück wird Euch bestimmt munden. Je roher das Fleisch, desto mehr nach kensustrianischem Geschmack, nicht wahr?«

Moolpár schaute etwas pikiert auf die Scheibe. »Nun, zunächst dachte ich, Ihr kennt Euch ein wenig aus, Nerestro von Kuraschka. Aber was die Essgewohnheiten angeht, liegt Ihr völlig daneben. Die meisten Kensustrianer mögen scharf angebratene Sachen, die im Inneren durch sind. Nicht so rosa, wie … das.« Vor seinem geistigen Auge sah der Ritter, wie sich Belkala immer die fast rohen Fleischstücke genommen hatte. »Es liegt daran, dass rohes Fleisch anfällig für Krankheiten ist. Wir achten in unserem heißen Land sehr darauf. Natürlich auch außerhalb.« Er lehnte sich etwas nach vorne. »Woher habt Ihr denn Euer Wissen über Kensustria? Ihr erwähntet eine Priesterin.«

Der Ritter erhielt die unvermittelte Eingebung, dass es kein guter Einfall sei, den beiden Landsmännern Belkalas von seiner Geliebten zu erzählen. Aber Herodin war schneller als er.

»Sie heißt Belkala und ist Priesterin des Gottes Lakastra«, erklärte er freimütig.

»Ach?« Moolpárs Augenbrauen zuckten in die Höhe. »Belkala, so, so.« Inzwischen stapelten sich mehrere Schüsseln auf dem Tisch, und der Kensustrianer nahm sich aus allen jeweils eine kleine Portion auf seinen Teller. Vorsichtig versuchte er die Speisen, dann aß er mit Appetit weiter. Unter dem Tisch verpasste der Ritter seinem Unteranführer einen warnenden Fußtritt. »Und wo habt Ihr sie getroffen? Ich dachte bisher, Vyvú ail Ra'az und ich seien die weit Gereistesten unserer Heimat.«

Verunsichert schwieg Herodin und stocherte in seinem Hirschbraten.

»Es war weit weg von hier, in Tarpol«, sagte stattdessen Nerestro und versuchte, ehrlich zu klingen. »Ihr kennt sie nicht zufällig?«

»Fast jeder in Kensustria kennt Belkala«, sagte der Krieger und schnitt sich das Gemüse klein, »die Verstoßene der Priesterkaste.«

Nerestro fuhr sich über die geflochtene Bartsträhne und hoffte inständig, dass der mit Essen beschäftigte Moolpár sein kurzfristiges Entsetzen nicht bemerkt hatte. Auch sein Unteranführer kämpfte mit der Fassung.

Glücklicherweise kam in diesem Augenblick Vyvú ail Ra'az die Treppe hinab und lenkte die Aufmerksamkeit auf sich. Ein ordentlich angelegter Verband zierte seinen Oberarm. Wortlos setzte er sich an den Tisch und nahm sich ebenfalls etwas von den aufgetragenen Gerichten.

»Warum wurde diese Frau verstoßen?«, hakte Nerestro nach einer Weile scheinbar gleichgültig nach.

»Belkala? Nun, die genauen Umstände kenne ich nicht, denn ich gebe mich im Allgemeinen mit den niederen Kasten kaum ab«, begann Moolpár, wischte sich den Mund mit einem Stück Tuch ab und langte nach seinem Becher, der mit Wasser gefüllt war. »Aber die Geschichte ist recht bekannt. Belkala war vor vielen Mondumläufen die Hohepriesterin des Gottes Lakastra und belebte seinen Kult in Kensustria wieder neu. Dank ihrer Energie fand der Glaube an ihn großen Zulauf. Doch sie veränderte seine Lehre, wenn ich mich recht erinnere. Und das wiederum rief den Widerstand der gesamten Priesterkaste auf den Plan.«

»Vorgeworfen wurde ihr, durch falsche Visionen die Menschen zum Glauben gerufen zu haben«, ergänzte der jüngere Kensustrianer. »So ließ sie ein Trugbild von Lakastra erscheinen, das zu den Menschen sprach.«

»Nach dem Beschluss der Priesterkaste wurde sie wegen des Frevels des Landes und der Kaste verwiesen. Soweit ich weiß, hat man einen Fluch über sie verhängt.« Moolpár nahm einen Schluck Wasser. »Mehr weiß ich jedoch nicht. Sie beherrscht Künste, die nicht rechtens sind. Wenn Ihr sie das nächste Mal sehen solltet«, Nerestro zuckte zusammen, »wenn Ihr wieder in Tarpol seid, schlagt Ihr den Kopf ab und verbrennt ihren Körper. Wir würden es zumindest tun, wenn wir sie träfen.«

»Kennt Ihr sie denn?«, krächzte Nerestro und leerte seinen Becher mit Wein, um das trockene Gefühl aus dem Hals zu spülen.

»Sie macht kein Geheimnis um ihre Person«, antwortete der Ältere. »Und es gibt außerhalb Kensustrias nicht viele Priesterinnen Lakastras.« Prüfend sahen seine bernsteinfarbenen Augen in die des Ritters. »Hattet Ihr länger mit ihr zu tun? Man sagt, wenn sie einen Mann in ihren Bann gezogen hat, sei er ihr auf ewig verfallen.«

Geistesabwesend fuhr sich der Ordenskrieger mit der Hand ins Genick. Die fünf Rillen, Überbleibsel der Kratzer, die er damals in seinem Albtraum in Granburg erhalten hatte, waren trotz der cerêlischen Magie nicht verschwunden.

Seine Gedanken rasten, sein Verstand setzte das Gehörte zu einer Ungeheuerlichkeit zusammen, die er sich weigerte zu glauben.

»Nein, nein«, sagte Herodin. »Wir haben sie auf dem Weg nach Dujulev und am Hof gesehen.« Als er die neugierigen Gesichter der Kensustrianer bemerkte, schilderte er in allen Einzelheiten taktische Vorgehensweisen der Hohen Schwerter, den Einsatz der Kavallerie und die Wucht eines massierten Lanzenangriffs.

Die beiden fremden Krieger waren so gebannt, dass sie den stummen Nerestro nicht weiter beachteten. Immer wieder hakten sie ein oder wollten Näheres wissen.

»Entschuldigt mich«, flüsterte der Ritter und wankte hinaus auf den Marktplatz.

Er stützte sich an einem Steinpfeiler ab, ein Schwindel hatte ihn erfasst.

Nach einer Weile waren die Kinder wieder da und sprangen um Nerestro herum, berührten vorsichtig seine Rüstung und hüpften kreischend zurück, wenn er einen Schritt auf den Mutigsten zu machte.

»Verschwindet, ihr Gören!«, herrschte er sie ein wenig hilflos an. »Ich bin keine Jahrmarktattraktion. Ich bin ein Ordenskrieger, den ihr mit Respekt behandeln sollt. Verschwindet und geht anderen auf die Nerven!«

Die Jungen und Mädchen ließen sich von seinem unfreundlichen Gesicht endlich in die Flucht schlagen und verschwanden zwischen den Marktständen.

Die Tür des *Weißen Hirschen* flog auf. Herodin kam im Eilschritt hinaus, der Kopf hochrot, die Aufregung sprang förmlich aus ihm hervor. »Herr, die Kensustrianer befinden sich im Krieg mit dem Kaiserreich Angor! Sie haben einen Großteil ihrer Flotte zerstört und Hunderte von Angorjanern getötet.«

»Was?« Nerestro fuhr herum. »Sie haben es gewagt, den Kontinent anzugreifen, der von Angor persönlich geschaffen wurde? Welch ein unverzeihlicher Frevel. Dafür sollten wir den beiden da drinnen die Köpfe abschlagen.« Er besann sich und zwang sich zur Ruhe. »Die Pest über Kensustria! Berichte mir mehr, und nichts wie weg von dem Ort, an dem ein Teil der Schuldigen sitzt, bevor ich mich vergesse. Ich will in einem fremden Land keine Scherereien haben.«

Im Galopp ging es zurück zur *Stromschnelle,* wo bereits ein Teil der ausgeschwärmten Ritter wartete und ähnliche Neuigkeiten zu erzählen hatte. Nerestro verbot den aufgeregten Männern, auf der Stelle ins Gasthaus zu reiten und die beiden Kensustrianer zu einem Kampf herauszufordern.

»Herr, was machen wir mit Belkala?«, wagte einer seine Gefolgsleute zu fragen. »Eure Gefährtin gehört zum Volk der Frevler, die die Schöpfung unseres Gottes bekämpfen.«

»Ich weiß, was du sagen möchtest«, entgegnete der oberste Ordenskrieger verbittert. »Ich werde mit ihr reden und ihr die neue Lage schildern. Ich hoffe, sie hat Verständnis dafür, dass sie nicht weiter mit uns reisen kann.«

Er ging von Bord des Schiffes und wartete auf der Kaimauer auf die Rückkehr der Kensustrianerin. Immer wieder rief er sich die Worte des fremden Kämpfers in Erinnerung, und seine Unsicherheit wurde dadurch nicht geringer. Liebe und übergroße Dankbarkeit kämpften in seinem Herzen gegen die Pflicht, alles zu ächten, was sich gegen Angors Werk stellte.

Dazu kam, dass er sich immer mehr in die Vorstellung steigerte, sie habe ihn mit falschen Visionen seines Gottes getäuscht und ihn mit ihren Künsten, von denen Moolpár sprach, in ihren Hexenbann geschlagen. *Den Kopf abschlagen und den Körper verbrennen.*

»Was grübelst du da, mein Junge?«, fragte eine vertraute Stimme neben ihm, die er seit ewigen Zeiten nicht mehr gehört hatte. Erschrocken wandte sich der Ritter um und sah den alten Mann, der neben ihm stand.

»Vater? Du bist tot, Vater«, stammelte Nerestro. »Geh weg, Trugbild!«

»Wie redest du mit mir, Nerestro?«, herrschte sein Vater ihn an, der in einer ähnlichen Rüstung wie sein Sohn erschienen war. »Ich bin kein Trugbild. Ich bin …«

Der Ordenskrieger zog die aldoreelische Klinge, sprang auf und durchbohrte den Mann.

Wirkungslos fuhr die Waffe in den Körper.

»Ha, ich wusste es! Zauberwerk!«, schrie Nerestro triumphierend, und als die Figur beschwichtigend die Hände hob und einen Fuß nach vorne setzte, wich der Ritter aus. Die warnenden Rufe vom Deck der *Stromschnelle* hörte er nicht.

Sein Tritt ging ins Leere. Um Gleichgewicht kämpfend stand er für einen Lidschlag rudernd in der Luft, dann fiel er nach hinten in das Wasser des Repol.

Blubbernd und gurgelnd wich die Luft aus den Hohlräumen seiner Rüstung, die Blasen kitzelten ihn im Gesicht, und wie ein Stein sank er tiefer und tiefer in die klaren Fluten. Unbarmherzig zogen ihn fast dreißig Kilogramm Metall dem Grund entgegen.

Belkala hob den Kopf und sah über die Schulter, giftgelb leuchteten ihre Augen. Keiner hatte sie bei ihrem Tun beobachtet, und beruhigt setzte sie das Mahl fort.

Die Schafe des Mannes, der tot unter der Kensustrianerin lag, verteilten sich in der Umgebung unter den Obstbäumen und fraßen in aller Ruhe Gras. Sie hatten sich weit genug von dem seltsamen Wesen in Sicherheit gebracht, das gerade dabei war, ihren Hüter zu verspeisen. Der Hund des Hirten ruhte nur wenige Meter neben seinem Herrn leblos im Grün. Er hatte seine Treue und Tapferkeit mit dem Leben bezahlt.

Darüber machte sich Belkala nur wenig Gedanken. Als sie den Schafhirten etwas außerhalb entdeckte, wusste sie, dass sich eine solche Gelegenheit nicht noch einmal bieten würde. Der Mann hatte sich erstaunlich heftig zur Wehr gesetzt, aber gegen die Kräfte der Priesterin nützte ihm sein Kurzschwert nichts. Seine Jacke diente ihr zum Abwischen des Blutes um Mund, Kinn und Nase.

Sie schleppte die Überreste an ein nahes Sumpfloch und versenkte die Kadaver von Hund und Herrn darin. Außer dem roten, niedergedrückten Gras wies nichts auf die ungeheuerliche Tat hin, die sie vor Hunger nach Nahrung begangen hatte.

Die Schafe blökten und rückten weitere Meter von der Stelle weg.

Satt und mit einem unbeschreiblichen Gefühl der Erleichterung machte sie sich auf den Rückweg nach Patamanza. Ein Liedchen summend, schritt sie die breite Straße entlang in Richtung Stadttor.

Sie genoss den wunderschönen Anblick der Obstbäume und Baumwollfelder und freute sich auf das Wiedersehen mit ihrem Geliebten. Sie hoffte, dass das Geeinte Heer niemals zum Einsatz kommen musste, und damit blieb Nerestro jede mögliche Auseinandersetzung mit Nesreca und seinen Schergen erspart.

Nicht, dass sie es dem Ritter nicht zutrauen würde, gegen einen der Zweiten Götter mithilfe seiner aldoreelischen Klinge zu bestehen, aber wenn dieses Wesen zusätzlich seine magischen Fertigkeiten einsetzte, hätte ihr Geliebter nicht den Hauch einer Möglichkeit, den Gegner zu bezwingen. Die Rüstungen widerstanden Bolzen und Schwertern, doch nicht dieser Energie.

Wenn aber das Geeinte Heer wie vor 444 Jahren ein zweites Mal gegen Sinured und seine Truppen antreten müsste, war sie wenigstens an seiner Seite, um ihn zu beschützen.

Sie zog die Kapuze ihres Capes über den Kopf, um sich vor den noch kräftigen Sonnenstrahlen zu schützen. Kurz darauf passierte sie das Stadttor, misstrauisch beäugt von den Wachen, die ihre Robe mit einer gewissen Verwunderung bereits beim Verlassen von Patamanza betrachtet hatten.

Die Kensustrianerin schlenderte durch die Straßen und Gassen in Richtung des Marktplatzes, vorbei an den zahlreichen Ständen und Buden, die alles Mögliche, von frischem Obst und Geflügel bis hin zu Likören und Branntwein, anboten. Eine Auslage mit besonders schönem Tuch fesselte ihre Aufmerksamkeit, neugierig kam sie näher und begutachtete die Ware.

»Ich weiß nicht, wohin die beiden Ritter so schnell verschwunden sind«, sagte eine Stimme in ihrem Rücken. »Aber sie scheinen mit dem Umstand, dass wir Krieg gegen das Kaiserreich führen, nicht sehr glücklich.«

Belkala erstarrte und unterdrückte den Wunsch, sich umzudrehen und nach dem Sprecher zu sehen. Die Worte waren in ihrer Sprache, Kensustrianisch, gesprochen worden.

»Herodin, so hieß er doch, empfand es als Frevel«, meinte eine zweite, tiefere Stimme ruhig. »Es wird etwas mit ihrem Glauben an die ulldartische Gottheit Angor zu tun haben. Wir sollten uns besser auf eine Auseinandersetzung vorbereiten. Du weißt, welche Macht der fanatische Glaube haben kann.«

Ganz dicht gingen die beiden Männer an ihr vorbei. Sie zwang sich dazu, ruhig zu bleiben und den Stoff zu prüfen, als wäre sie eine ganz normale Einkäuferin.

»Das ist eine ganz besonders gelungene Arbeit«, erklärte ihr ein beflissener Krämer. »Das Tuch liegt wunderbar weich auf der Haut. Es kratzt nicht.« Belkala lächelte freundlich, was den Mann am Stand zu weiteren Anstrengungen um die Gunst der möglichen Kundin anspornte. »Es wird Eure Statur veredeln. Und die Farbe passt hervorragend zu Euren ungewöhnlichen grünen Haaren. Welche Färbemittel benutzt Ihr? Paturawurzel?«

»Nein, es ist eine Rindensorte«, stotterte die Priesterin. »Legt mir zwei Ellen von dem Stoff zurück. Ich hole mir ein paar zusätzliche Kronen aus meinem Zimmer und bin gleich wieder da.« Ohne sich umzudrehen, verließ sie die Stelle vor der Verkaufsbude und schritt langsam den schmalen Gang hinab, den die Stände freigelassen hatten.

»Hallo!«, rief es in ihrem Rücken. Doch Belkala setzte ihren Weg fort. »Bleibt stehen, edles Fräulein!« Fußgetrappel näherte sich von hinten. »So wartet doch. Halt, habe ich gesagt.«

Die Priesterin rannte los und rempelte sich ihre Bahn durch die Menschen frei, die vor den Waren standen. Ihre Kapuze glitt nach hinten und gab die Sicht auf ihre grünen Haare frei.

»Euer Geld!« Der Tuchkrämer blieb stehen und reckte den Beutel, den er gefunden hatte, kopfschüttelnd in die Höhe. »Ich gebe ihn Euch, wenn Ihr den Stoff abholt.«

Ein Lederhandschuh schloss sich um die Börse. »Spart Euch die Mühe, Kaufmann«, sagte ein hoch gewachsener Mann und entwand ihm den Beutel. »Ich bringe ihn der Frau. Ich bin ihr Bruder.«

Bevor der Händler protestieren konnte, waren der Unbekannte und sein Begleiter nicht weniger rücksichtslos durch die Masse unterwegs, um seiner Kundin nachzusetzen.

Als Belkala einen Blick über die Schulter warf, fluchte sie laut. Die beiden kensustrianischen Krieger kamen näher. Sie verspürte keinen Drang, sich mit ihren Landsleuten zu unterhalten. Dieser Plausch würde einen schlechten Verlauf nehmen.

Im Eiltempo hastete sie durch das Labyrinth aus Gestängen, Zeltbahnen, stieß Leute zur Seite, die ihre zufällig ausgewählte Fluchtroute versperrten, bis sie schließlich den direkten Weg wählte. Nun ging es quer über die Tische und Auslagen. Die gemurmelten Verwünschungen wurden hinter ihr zu lauten Rufen und Drohungen.

Innerlich mobilisierte sie zusätzliche Kraft, ihre Sprünge und Schritte wurden ausladender, ihre Geschwindigkeit steigerte sich weit über die eines normalen Menschen. Sie wollte ihren Verfolgern entkommen, auch wenn sie dafür nach der ungeplanten Anstrengung wieder Nahrung zu sich nehmen musste. Sie wusste, dass sie gegen zwei kensustrianische Krieger nicht bestehen konnte, zumal sie völlig unbewaffnet war. Ihre geringen Selbstverteidigungskünste taugten gegen vier wirbelnde Schwerter wenig. Wenn sie erst einmal säuberlich in einzelne Körperteile zerlegt und verbrannt worden war, nützte alle Macht Lakastras nichts mehr.

Mit ihrem nächsten Satz beförderte sie sich auf ein Zeltdach, das sie als Schwunggeber nutzte und von dem sie sich nach oben auf einen Balkon katapultierte. Hinter der Brüstung duckte sie sich ab, um für ihre Häscher unsichtbar zu werden.

Auf allen vieren kroch sie zum Eingang, der ins Haus führte. Scheinbar verlassen lag das Zimmer vor ihr. Schnell erhob sie sich, eilte durch das Gebäude zum Ausgang und spähte auf die dahinter liegende Gasse. Keine Spur von den beiden Kensustrianern, keine Schritte, nur das Echo des Gezeters, das vom Markt herüberschallte.

Leise verließ sie das Versteck. Sie sprintete die schmale Straße entlang, schlug mehrere Haken, bis sie sich sicher war, von niemandem verfolgt zu werden und sich restlos in dem Gassengewirr verlaufen zu haben.

Ratlos stand sie in einem kleinen Hinterhof, in dessen Mitte ein Springbrunnen plätscherte. Die Fenster der Häuser waren alle mit Holzläden geschlossen.

Sie überlegte, wo die beiden herkamen, und setzte sich auf den Rand der Einfassung. Sie gönnte sich eine Pause und nahm einen Schluck von dem Wasser, während sie wieder zu Atem kam. Ein brennender Hunger nach Nahrung meldete sich. Die Flucht hatte viel Kraft gekostet. Und was hatte Nerestro mit den beiden zu schaffen? Sie hoffte inständig, dass die Unterhaltung zwischen den Kriegern nicht allzu ausführlich gewesen war, sonst würden ihre Schwierigkeiten an Bord der *Stromschnelle* nicht zu Ende sein.

»Du hast aber schöne Haare«, sagte eine Kinderstimme plötzlich. Ein kleines Mädchen kam durch den Eingang, den auch die Priesterin in den Hinterhof genommen hatte. »So grün wie eine Wiese im Frühling.« Sie kam schüchtern näher. »Darf ich es einmal anfassen?«

»Aber natürlich«, sagte Belkala. Der leichte Körpergeruch des Kindes, den sie in ihrem aufgeregten Zustand doppelt so intensiv wahrnahm, regte ihren Appetit an. Sie beugte sich ein wenig nach vorne, um dem Mädchen die Berührung zu erleichtern.

Zögernd streckte es die Hand aus, der Hals mit dem weißen, sauberen Fleisch kam näher und näher.

Die Frau lächelte, ihre Reißzähne wuchsen an. Im Versuch, ihren Drang nach Nahrung zu beherrschen, schloss sie die Augen, sog aber unwillkürlich den Duft der Haut ein. Sie durfte es nicht tun. Das Mädchen war zu klein, zu jung.

Sanft und gegen ihren Willen legten sich ihre Hände auf die Schultern des Mädchens und zogen es an sich heran.

»Hast du schon immer grüne Haare, oder malst du sie an?«, fragte das Kind neugierig. Versuchsweise wickelte es eine Strähne um den Finger und ließ die Locke wieder wegschnellen. »Sie sind sehr weich. Ich wollte, meine wären auch so.«

Belkala riss sich zusammen. Hart stieß sie ihre kleine Besucherin von sich.

»Lauf! Lauf nach Hause, Kleine.« Das Gesicht der Kensustrianerin verzerrte sich. Der innere Kampf war deutlich auf ihrem Antlitz ablesbar. Die Iris glomm auf, wechselte von Bernstein zu Gelb.

Verunsichert und überrascht wich das Mädchen zurück. Dann rannte es weg.

Schwer atmend stützte sich Belkala auf die Mauer, benetzte sich die Stirn mit Wasser und rang mit ihrer Fassung. Um ein Haar wäre ihr anderes Wesen hervorgebrochen, und wie knapp das Kind vor dem sicheren Tod gestanden hatte, konnte sie nicht sagen.

Vorsichtig und ein wenig taumelnd verließ sie den Hof und bog nach rechts ab.

»Belkala?«

Die Priesterin wandte sich um. Ein gerüsteter Kensustrianer mit langem Gesicht stand vor ihr, ein Schwert und einen Dolch gezogen. »Welch Zufall.« Der Krieger senkte den Kopf ein wenig und begab sich in Angriffsposition. »Die Ausgestoßene.«

Am Ende der Gasse tauchte der zweite, jüngere Kensustrianer auf, riss seine Waffen hervor und rannte in ihre Richtung.

Doch ihr erster Gegner wartete nicht. Ansatzlos begann er eine kombinierte Attackenserie gegen die Priesterin, die knurrend zurückwich. Der Rákshasa in ihr brach hervor.

Immer wieder erwischte eine Schneide ein Stück Stoff ihrer Robe, kleinere Schnittwunden zeigten sich, die aber ohne nachhaltige Wirkung blieben. Nur mit dem Verlust des Hauptes war die Priesterin wirklich geschlagen.

Nun stand der jüngere Krieger an der Seite des Älteren. Beide zusammen erzeugten mit ihrer Kampfkunst eine funkelnde, tödliche Wand aus wirbelnden Schwertern, die sie nicht durchdringen konnte. Machte sie einen Schritt vorwärts, würde sie von den Klingen innerhalb von Augenblicken zerlegt werden. Hinter ihr mündete der Weg in einen weiteren Hof.

Aber die Mauer der Gasse zeigte breite Fugen zwischen den Steinen.

Sie fauchte wütend, stieß sich vom Boden ab und sprang an der Wand empor.

Ihre langen Fingernägel krallten sich in die Zwischenräume, die Füße fanden recht schnell Halt. Wie eine Spinne erklomm sie die Wand, um sich aufs Dach zu schwingen und in luftiger Höhe ihre Flucht fortzusetzen.

Bevor sie den rechten Fuß über die Kante ziehen konnte, durchzuckte ihr Gelenk ein glühender Schmerz. Einer der Krieger hatte ihr seine Waffe hinterhergeschleudert.

Zuerst wollte sie sich nicht weiter darum kümmern, aber als sie ihren Fuß belasten wollte, knickte er einfach zur Seite weg. Krachend stürzte sie auf die Ziegeln, rutschte auf das Ende der schrägen Fläche zu und fing sich im letzten Moment an einem Kamin ab.

Fast vollständig abgetrennt baumelte der rechte Fuß am Unterschenkel. Die dumpfen, leicht zu ertragenden Schmerzen meldeten sich erst, nachdem sie sich ihrer Verletzung bewusst geworden war. Somit war ein Sprung auf das nächste Dach unmöglich. Ein zorniges Heulen drang aus ihrer Kehle.

Sie hörte, wie sich einer ihrer Verfolger ächzend die Mauer hinaufarbeitete. Kopfüber warf sie sich in den Schlot und brauste in die schwarze Tiefe hinab.

In einer dunklen Wolke aus Ruß und Staub schlug sie nach einem langen Fall in einem erloschenen Kamin auf. Hustend rutschte sie auf einen Teppich und wischte sich die Augen frei, damit sie ihre Umgebung betrachten konnte.

Belkala fand sich in einer gut eingerichteten Wohnstube wieder. Niemand hatte ihr ungewöhnliches Auftauchen bemerkt.

Leise fluchend zog sie sich an einem Schrank in die Höhe und wankte vorsichtig zu einem Sessel. Sie konzentrierte sich auf die Heilung ihres Beins und des Arms, den sie sich bei ihrem Sturz gebrochen hatte. Das

Schließen der Wunden und Richten der Knochen, das normalerweise von selbst einsetzte, gelang selbst unter Aufbietung aller geistigen Kräfte mehr schlecht als recht. Dabei achtete sie auf jedes verdächtige Geräusch um sich herum. Ihre Verfolger, so schien es, hatten sie verloren.

Hungrig durchstreifte sie das Haus und fand Nahrung in der Gesindeküche, wo eine Köchin und der Diener eine willkommene, wehrlose Beute waren. Ihre Körper, denen sie sogar das Mark aussog, reichten aus, um ihre Bedürfnisse nach Fleisch zu stillen. Noch während des Mahls verschwanden die letzten Blessuren.

Sie schleuderte die schwarze, blutbefleckte Robe ins Feuer, wusch sich das Gesicht und zog sich die zu weite Kleidung der Köchin an. Ihr auffällig grünes Haar färbte die Priesterin mit etwas Asche so dreckig, dass der ursprüngliche Farbton nicht mehr zu erkennen war. Danach verließ sie das Haus durch den Dienstboteneingang, unterm Arm einen Korb mit Wäsche, um als Angestellte einer Herrschaft durchzugehen. Sie war sich sicher, dass Patamanza ihren Besuch nie mehr vergessen würde.

Als sie in aller Eile am Hafen der abendlichen Stadt ankam, war die Anlegestelle der *Stromschnelle* verwaist. Entsetzt senkte sie den Korb mit der Wäsche.

Am Kai, wo das Schiff gelegen hatte, saß ein kleiner Junge und spielte gelangweilt mit einem versiegelten Umschlag. Voller böser Vorahnung ging sie zu ihm und setzte sich neben ihn.

»Das sieht aber sehr wichtig aus, was du da hast«, begann sie die Unterhaltung. »Für wen ist denn der Brief?«

»Der?« Der Junge streckte sich ein bisschen. »Ein Ritter hat ihn mir gegeben, damit ich ihn einer Dame aushändige. Aber sie hat sich noch nicht sehen lassen.«

»Aha.« Belkala fühlte ihren Verdacht bestätigt. »Vielleicht kann ich dir helfen, sie zu suchen. Wie sieht sie denn aus?«

»Nein, das musst du nicht«, winkte der Knabe ab. »Du hast noch viel Wäsche zu waschen. Sie kommt hierher, hat der Ritter gesagt. Und sie ist sehr hübsch und hat halb lange grüne Haare.«

»Oh, das ist eine sehr gute Bekannte von mir«, sagte die Priesterin freundlich. »Sie heißt Belkala, nicht wahr?«

»Stimmt«, sagte der junge Bote eifrig. »Kommt sie bald vorbei?«

»Nein, sie kann nicht. Sie musste etwas erledigen«, sagte Belkala bedauernd. »Aber ich sehe sie später noch. Weißt du was, bevor es dunkel wird und du armer Kerl hier immer noch sitzen musst, gibst du mir den Brief, und ich reiche ihn weiter, einverstanden?«

»Ich habe dem Ritter aber mein Wort gegeben, dass ich den Umschlag nur ihr gebe.« Die Pflicht kämpfte gegen die Aussicht, schnell nach Hause zu kommen. Listig funkelte er die Frau an. »Du sagst ihm nichts?«

»Versprochen«, sagte die Priesterin und nahm den Brief, den der Junge ihr entgegenhielt. Dann lief er in Richtung des Stadttores.

Belkala wartete, bis der Knabe verschwunden war, dann erbrach sie das Siegel und las die Zeilen, die man ihr hinterlassen hatte:

Geliebte,
ich habe heute von deinen Landsleuten erfahren, dass euer Land Krieg gegen das Kaiserreich Angor führt: der Kontinent, der von unserem Gott persönlich geschaffen wurde.

Kensustria bekämpft die Schöpfung des höheren Wesens, in dessen Namen wir leben, streiten und sterben.

Du wirst verstehen, dass ich unter diesen Umständen auf deine Anwesenheit an Bord der Stromschnelle *verzichten muss. Ich kann nicht mit einem Menschen zusammenleben, dessen Volk das Werk Angors bereits tausendfach vernichtet hat.*

Das mag für dich vielleicht engstirnig klingen. Aber für mich ist es eine Sache des Glaubens, der Loyalität meinem Gott gegenüber, der mich durch seine Gabe vor dem Tod bewahrt hat.

Aber das ist nur ein Grund.

Deine Landsleute, und Angor möge sie dafür strafen, haben mir eine kensustrianische Begebenheit geschildert. Du wärst eine Ausgestoßene, eine Priesterin, die die Lehren Lakastras veränderte und Menschen mit falschen Visionen und Hexenkünsten in ihren Bann zog.

Es ergeben sich dadurch für mich viele Fragen, die ich nicht beantwortet haben möchte.

Die Wahrheit aus deinem Mund hierzu könnte schlimmer sein, als ich je vermutete.

Um ein Haar wäre ich heute beinahe ertrunken, als ich in einem Anfall von Wahn meinen toten Vater sah und vor Schreck ins Wasser fiel. Ich weiß nicht, ob es dein Hexenwerk war, das mich ihn erblicken ließ.

Zu deinem und meinem Schutz habe ich dem Kapitän der Stromschnelle *befohlen, abzulegen und wieder flussaufwärts zu steuern. Ich werde zum Geeinten Heer stoßen und mich als Kämpfer anbieten.*

Egal was du dir zu Schulden kommen ließest, ich wünsche dir, dass du an irgendeinem Ort des Kontinents glücklich wirst. Danke mir nicht für meine Milde.

An meiner Seite bist du nicht mehr erwünscht, auch wenn es mir das Herz zerreißt.

Folge mir nicht, es würde dir schlecht bekommen.

Ich hoffe, dass ich in einem möglichen Kampf oder in einem Turnier ein baldiges, ruhmreiches Ende finde.

Angor mag dann entscheiden, was nach meinem Tod mit meiner Seele geschieht.

Nerestro

Belkala ließ das Schreiben sinken und betrachtete ihre verätzten Hände. Wut siegte über die riesige Enttäuschung und das Gefühl, verlassen worden zu sein und das Liebste verloren zu haben.

Ein harter Tritt beförderte den Korb mit der Wäsche in hohem Bogen in den Repol. Die Menschen am Hafen sahen befremdet zu der scheinbar recht unordentlichen Magd, die die Kleidung der Herrschaft einfach so ins Wasser stieß.

Aber so leicht würde der Feigling sie nicht los. Er würde ihr selbst ins Angesicht sagen, dass seine Liebe zu ihr auf immer verloren war oder nur von diesem lächerlichen Krieg abhing. Wenn er das schaffen würde, würde sie ihn aufgeben. Vorher nicht.

Die Priesterin stand auf und wollte zurück in die Stadt, um sich für die Verfolgung der Ritter ein paar Sachen zu organisieren.

»He, Magd«, sagte einer der Schiffer laut. »Deine Wäsche liegt noch im Fluss.«

»Nimm sie dir, wenn du willst«, giftete die Kensustrianerin ihn an und setzte ihren Weg fort.

Der Schiffer zuckte mit den Achseln und begann, die Stücke mit einem Bootshaken einzusammeln. So billig war er noch nie an neue Kleider gekommen.

Ulldart, Königreich Ilfaris,
Herzogtum Turandei, Königspalais,
Herbst 443 n. S.

Da brat mir doch einer einen Storch«, murmelte Perdór verblüfft.

Fiorell schnappte die Klingelschnur. »Ich werde Eure Anweisung sofort in die Tat umsetzen lassen, Majestät.

Für einen kleinen Imbiss wäre genau die richtige Zeit. Es ist ja auch kaum zwei Stunden nach der letzten Mahlzeit.«

»Nein, du Narr«, seufzte der König von Ilfaris. »Lass den Vogel leben.«

»Wie Ihr möchtet.« Gehorsam ließ er die Kordel los. »Also war es nur der Ausdruck Eures Erstaunens und nicht Eures allgegenwärtigen Hungers?« Unschuldig spielte er mit einem Federkiel, setzte ihn auf die Nasenspitze und balancierte das leichte Schreibutensil senkrecht aus. Mit einem Luftstoß beförderte er die Feder in die Höhe, dass sie sich bei ihrem Flug um die eigene Achse drehte, und ließ sie wieder auf seinem Riechorgan landen.

Perdór ging an ihm vorbei und nahm ihm den Federkiel weg, um ihn in die Tinte zu tauchen und rasch ein paar Notizen auf ein Blatt zu kritzeln.

»Was denn, Majestät?«, fragte der Hofnarr beleidigt. »Keinen Applaus für diese Leistung? So etwas habt Ihr doch noch nie gesehen, oder?«

»Um genau zu sein«, stellte der Herrscher mit dem grauen Lockenbart fest, »habe ich es auch eben nicht gesehen. Ich war mit Lesen beschäftigt. Aber versuch es noch einmal. Ich gebe Acht.« Mit viel Liebe platzierte er den Kiel auf der Nase Fiorells, wo prompt ein dicker, blauer Punkt entstand. Der Spaßmacher verzog das Gesicht und tupfte sich den Fleck ab.

»Das kann ich auch«, meinte Perdór, imitierte die Wischbewegungen des Narren im rautenbemalten Trikot und flegelte sich in seinen Lieblingssessel. »Lass uns eine heiße Schokolade bringen. Und ein paar Kekse. Dann fällt das Denken leichter.«

»Eine der üblichen Wagenladungen, meintet Ihr, was? Und das Denken fällt Euch nur deshalb leichter, weil Ihr mit vollem Mund nicht sprechen könnt, Majestät«, sagte der Hofnarr immer noch eingeschnappt. »Zwei Sachen zu koordinieren ist eben nicht einfach.«

»Spotte nur. Es trifft mich nicht.« Er legte eine Hand auf die Ansammlung kleiner Zettel. »Das hier dagegen schon. Tarpol rollt ungebremst vorwärts und peitscht seine tzulandrischen Truppen voran, dass man es schon nicht mehr glauben möchte. Dieser Feldherr, Varèsz, hat ganze Arbeit bei der Disziplinierung der Soldaten geleistet. Auch wenn er dafür etliche zur besseren Durchsetzung seines Drills exekutieren ließ.«

Fiorell lachte böse. »Na und? Sie haben ja genügend davon.«

»Dieser Tzulandrier ist von strategischer Genialität. Bei ihm müssen wir mit allem rechnen. Wenn die Schilderung stimmt, die uns dieser Miskoc von der Vernichtung Worlacs gegeben hat, wird es schwer werden, diesen Menschen im Notfall aufzuhalten.« Ungeduldig wartete Perdór auf seinen Kakao. »Wo bleiben denn diese Lakaien?«

»Sie werden, wie Ihr, immer unbeweglicher und fe…«

»Noch ein Wort, Possenreißer, und ich stopfe dir deine Narrenkappe in den vorlauten Schlund«, drohte der König mit bösem Gesicht und ausgestrecktem Zeigefinger. Die Korkenzieherlocken seines Barts wippten auf und ab.

Augenblicklich verstummte Fiorell und pfiff eine Volksweise, die der Herrscher sofort als *Die dicke Sau* erkannte. Seine Augen verengten sich kerbendünn, umständlich stemmte er sich aus dem Sessel und stapfte auf den Spaßmacher zu.

Fiorell machte eine Rolle rückwärts und brachte sich außer Reichweite seines Herrn. »Ihr habt gesagt ›Wort‹, nicht ›Lied‹, Majestät«, wies er hin. Es bereitete ihm nach wie vor einen höllischen Spaß, seinen Herrn herauszufordern, wenn sie allein waren. »Dafür könnt Ihr mich nicht zur Verantwortung ziehen.«

»Dir gebe ich Verantwortung«, brummte Perdór und langte nach dem marmornen Briefbeschwerer. Polternd landete das Geschoss an der Holzvertäfelung, wo es eine tiefe Delle hinterließ.

Schon hatte der Herrscher den Öffner in der Hand. Fiorell tauchte lachend und scherzhaft um Gnade flehend hinter dem Schreibtisch in Deckung. Er vertraute darauf, dass er dank seiner Beweglichkeit nicht getroffen wurde.

Doch bevor sich weiteres Unglück ereignen konnte, wurde die heiße Schokolade serviert, und das erregte Gemüt des Königs ließ sich von Kakao, Sahne und Keksen augenblicklich beschwichtigen.

»Oink, oink«, kam es unter dem Schreibtisch hervor. Der Hofnarr streckte seinen Kopf ein wenig über die Arbeitsplatte, um nachzusehen, ob die Luft rein sei. »Höre ich da etwa ein Schmatzen?«

Perdór, in der Hand eine Tasse des heißen Getränks, trat von seiner Seite gegen das Möbel, sodass die Mittelschublade auf der anderen Seite hervorschnellte und dem von der Flinkheit überraschten Fiorell gegen den Schädel rauschte.

»Treffer.« Sich den Kopf reibend, erhob sich der Spaßmacher mit missmutigem Gesicht. »Das war nicht nett.«

»Wohl eher eine Carambolage als ein Treffer. Holz auf Holz. Und ich habe nicht behauptet, nett zu sein«, griente der König schadenfroh und äußerst glücklich. »Mh, diese Schokolade ist ein wahrhaft göttlicher Genuss. Nimm dir etwas, wenn du möchtest. Und dann zurück an die Arbeit, hopp, hopp.«

Abwehrend hob Fiorell die Hand. »Ein Eis gegen die Beule wäre mit lieber. Und außerdem muss einer von uns beiden auf die Figur achten.« Er zog die Großkarte des Kontinents aus dem Halter an der Decke nach unten.

Nach den genuschelten Anweisungen Perdórs, der die letzten Meldungen der Spione vorlas, zeichnete er die neuen Ostgrenzen Tarpols zu Borasgotan und Hustraban ein. Dann stellte er sich neben seinen Herrn, um die Linie auf sich wirken zu lassen. Zwischendurch kiebitzte er sich einen Keks.

Kauend betrachteten sie die Entwicklung des Frontverlaufs.

»Starker Tobak«, stellte der Herrscher von Ilfaris nach einer Weile lakonisch fest.

»Und wie«, bestätigte Fiorell, nun völlig ernst geworden. »Alle Grenzverläufe zweihundert Warst nach Osten verschoben, eine Großbaronie installiert, in der sich die Kabcara nach Herzenslust austoben kann, und das nur innerhalb von wenigen Monaten. Als wollte er noch vor Ende des Jahres auf der anderen Seite des Kontinents ankommen.«

»Der Kabcar oder Sinured?«, fragte Perdór.

»Tja, das ist die bange Frage.« Der Hofnarr deutete in den Süden. »Aber dafür haben sich die Kensustrianer einen netten Sieg an Land gezogen. Die Entführung der Regentin aus dem tersionischen Palast war brillant. Und nun mussten sich die Angorjaner tatsächlich zurückziehen. Unseren Beobachtungen nach haben zwei Drittel der Kämpfer Ulldart bereits verlassen. Ich schätze mal, dass Lubshá Nars'anamm Sehnsucht nach seiner liebreizenden Gattin hat. Und er sie in einem Stück wieder sehen möchte.«

»Ein Glück für uns«, meinte der König erleichtert und langte nach dem Kleingebäck. »Wenn die Kensustrianer begonnen hätten, die Angorjaner in meinem Land zu bekämpfen, hätte ich nichts dagegen machen können. Ein Hoch auf die Grünhaare!« Er hob die Tasse und leerte sie auf einen Zug. »Wenigstens in unserer Nachbarschaft herrscht ein wenig Frieden. Dadurch können wir unsere gesamte Aufmerksamkeit auf den Norden verlagern.« Er goss sich Schokolade nach. »Übrigens sind wir gebeten worden, ein förmliches Waffenstillstandsabkommen für Palestan, Tersion und Kensustria auszuarbeiten. Kümmere dich darum, Fiorell.«

»Wie erfreulich ruhig es bei uns wird, während da oben die Welt untergeht«, kommentierte der Hofnarr zynisch. »Unsere Freiwilligen für das Geeinte Heer stehen parat und machen sich auf den Weg. Was ich bisher in Erfahrung bringen konnte, werden die Truppen schneller mobilisiert, als ich erwartet habe. Sammelpunkt ist übrigens der Grenzschnittpunkt zwischen Aldoreel, Serusien und Hustraban.«

»Ah, die goldene Mitte. Hoffen wir, dass der Kabcar die Vorsichtsmaßnahme als solche versteht«, murmelte Perdór und blies über die heiße Oberfläche seines Getränks.

»Er würde es mit Sicherheit«, schätzte Fiorell. »Aber dieser falsche Verwandte ist Tzulan in Person, wenn es um die Boshaftigkeit geht. Um ehrlich zu sein, Majestät, wir sollten mit allem rechnen. Unser neuer Verbündeter in Ulsar, Stoiko Gijuschka, beschreibt nachdrücklich, wie sehr Nesreca den jungen Herrscher zu beeinflussen vermag. Im Moment ist Gijuschka dabei, der Kabcara eine Liaison mit dem Konsultanten anzudichten, aber die Intrige muss sicher gesponnen sein, damit sie funktioniert. Er hofft, auf diese Weise das Misstrauen des Kabcar zu wecken.« Er wiegte skeptisch den Kopf hin und her. »Ich bin mir nicht sicher, ob er sich dabei nicht ein wenig überschätzt. Er machte auf mich einen zu ehrlichen Eindruck. Es ist der ungleiche Kampf zwischen Spinne und Skorpion. Während der arme Gijuschka, unsere Spinne, ihr Netz webt und auf Beute hofft, macht sich unser Skorpion Nesreca von hinten heran. Ein gezielter Stich, und weg ist die Spinne. Und das Gift des Konsultanten wirkt verhängnisvoll.«

»Diese Miklanowo und der Leibwächter sind nach wie vor unterwegs?«, fragte sich der König.

»Ja, Majestät. Auch wenn ich es nicht für möglich gehalten hätte, es gelang Waljakov, Nesreca zu täuschen. Und uns.«

»Bitte?« Erstaunt wandte sich der dicke Mann seinem Hofnarren zu. Gedankenverloren schob er sich einen Keks in den Mund.

»Wie auch immer er es angestellt hat, unsere Augen und Ohren in Tarpol haben ihre Spur verloren«, gestand Fiorell. »Aber ich sehe es positiv. Solange wir nichts wissen, stehen die Wahrscheinlichkeiten gut, dass auch der Konsultant nichts in Erfahrung bringen kann.«

»Jetzt unterschätzt du ihn auch«, mahnte Perdór. »Er ist doch magisch begabt, oder etwa nicht? Und der Kabcar genauso. Ich habe nicht die geringste Vorstellung, was man mit dieser Fähigkeit anstellen kann, aber es würde mich nicht wundern, wenn man damit auch Menschen aufzuspüren vermag.«

»Ein Punkt für Euch«, gab der schlanke Spaßmacher zu. »Und er hat mindestens ein Wesen auf seiner Seite, das der Erscheinung nach einem der Zweiten Götter gleicht und durch Schatten von einem Ort zum anderen gehen kann.«

»Was hat es mit den Waffen auf sich, von denen der Konsultant angeblich sprach? Hat Gijuschka etwas darüber geschrieben?«, wollte der Herrscher wissen.

»Nein, nichts«, bedauerte Fiorell. »Es scheint, als wäre er in der Gunst gesunken und nicht mehr in alles eingeweiht, was im Palast vorgeht. Seit die Brojakin und sein Leibwächter verschwunden sind, ist der Kabcar gereizter als jemals zuvor. Das Einzige, was uns Aufschluss geben könnte, sind diese Beobachtungen.« Er reichte seinem Herrn einzelne Aufstellungen über Waren, die aus den besetzten Teilen Borasgotans und Hustrabans sowie aus der Großbaronie nach Tarpol gekarrt worden waren.

»Verschiedene Metalle, Schwefel, Salpeter«, zählte Perdór unwirsch auf. »Ja, und?«

»Mehr kann ich Euch auch nicht bieten«, sagte der Hofnarr und zuckte mit den Schultern. »Und er hat eine große Anzahl von Goldschmieden, Eisenschmieden,

Waffenschmieden und Feinmechanikern zusammenrufen lassen. Der Ort blieb unseren Spionen jedoch verborgen. Angeblich sind auch mehrere Alchemisten dorthin unterwegs.«

»Ach? Alchemisten?« Interessiert hob Perdór die Augenbrauen. »Besorge etwas von dem Zeug, wie es Tarpol zusammenträgt, und trommele mir ebenfalls ein paar dieser Gelehrten her. Ich will sehen, was sie zu diesen Zutaten sagen. Das scheint mir eine ganz schlecht verdauliche Praline zu sein, die uns der Konsultant da zusammengießt.« Er zerkaute einen weiteren Keks, spülte die Krümel mit einem Schluck Kakao hinunter und verzog den Mund. Danach knetete er wie ein Besessener seine Unterlippe.

»Wenn Ihr so weitermacht«, meinte Fiorell, »wird diese Hautfalte zum Schluss so breit und lang wie eine Schuhsohle sein.«

Das Oberhaupt von Ilfaris ignorierte ihn mehrere Minuten lang. Dann verengten sich seine Augen. »Warum sollte er der Einzige sein?«

»Bitte?«

»Ich habe die ganze Zeit überlegt, warum der Kabcar der einzige Mensch sein sollte, der in den Genuss der magischen Gabe kam. In der Prophezeiung wurde nichts darüber gesagt. Wenn die Götter beschlossen haben sollten, die Magie auf Ulldart wieder auferstehen zu lassen, vielleicht traf es dann auch weitere Menschen, die aber noch nichts von ihrer Macht wissen?«, spekulierte er. »Man müsste sie nur finden, um für den schlimmsten aller Fälle dem jungen Herrscher Tarpols etwas Gleichwertiges entgegensetzen zu können.«

»Im Grunde ist der Einfall nicht schlecht«, bestätigte Fiorell. »Aber an was erkennt man Magische? Und wer sollte sie für uns ausbilden? Nesreca wollt Ihr bestimmt nicht auf die Gehaltsliste setzen.«

»Wir suchen sie zunächst einmal«, entschied Perdór.

»Ich möchte es wissen, wenn sich irgendwo etwas Ungewöhnliches ereignet. Du hast die Magie selbst im Einsatz erlebt, du wirst aufschreiben, auf was es zu achten gilt.«

»Ha, Ihr macht mir Spaß. Dabei ist das doch eigentlich meine Aufgabe.« Nachdenklich kratzte er sich unter seiner Narrenkappe. »Ich gebe zu, ich habe keine Ahnung. Ein Leuchten? Eine kleine Kugel, die über dem Kopf schwebt, wie beim Kabcar? Und wer sagt uns, dass es immer gleich ist? Wir haben keine Ahnung, wie Magie aussieht oder wie man sie erkennt. Man müsste es auf der Stirn stehen haben, das würde die Sache erleichtern. Der Kabcar ist übrigens ein weiteres Mal von den Göttern gesegnet worden, wie Gijuschka aus Ulsar erzählt. Es muss sehr spektakulär gewesen sein.«

»Ich glaube, ich wandere aus«, seufzte der König betrübt. »Ich suche mir ein anderes Reich, weit weg, irgendwo auf dem Kontinent Angor, wo es schön warm ist.«

»Daraus wird nichts. Ihr habt keine Qualifikationen als Herrscher«, höhnte Fiorell.

»Du wirst beim Morgengrauen geköpft«, sagte Perdór trocken und schlürfte von seinem Getränk. »Und dein Schandmaul wird man vorsichtshalber ein zweites Mal totschlagen.«

»Dann kehre ich als Geist zu Euch zurück, Majestät, und mache Euch das Leben zur Hölle.« Der Spaßmacher stakste mit steifen Gliedern durch den Raum. »Ich werde alle Eure Kekse verschimmeln lassen und Eure Köche in die Flucht schlagen«, ächzte er mit Grabesstimme.

»Gut, ich gewähre dir Gnade, Fiorell. Aus reinem Eigeninteresse.« Huldvoll wedelte der grau gelockte, dickliche Mann mit der freien Hand. »Nun mach dich an die Arbeit. Ich möchte in Schwermut und Katzenjammer versinken.«

»Warum? Sind die Kekse alle gegessen?«

»Du!«, drohte Perdór und langte nach dem Brieföffner. Blitzartig war der Hofnarr verschwunden, sein heiteres Lachen war noch lange zu hören.

Schmunzelnd lehnte sich der Herrscher des ilfaritischen Reiches in den Sessel und umfasste die Tasse mit beiden Händen. »Irgendwann lasse ich ihn wirklich hinrichten.«

VI.

Die Götter beschlossen, dass Magie eine zu gefährliche Sache für die Menschen sei, und verbannten diese Kunst von unserer Welt.

Lediglich Kalisska erlaubte auf ihrem Kontinent eine harmlose Form der Magie, die in der Lage ist, die schwersten Wunden zu heilen.

Die Einzigen, die bis heute noch die ›grüne Magie‹ beherrschen, sind die Cerêler, und sie sind im Volk berühmt für ihre Wohltaten.

DIE ZEIT DES ZWEITEN FRIEDENS
UND DAS ENDE DER MAGIE,
Kapitel I

Ulldart, Königreich Tûris,
Herbst 443 n. S.

Hetrál schaute über die Palisaden der einstigen ontarianischen Handelsstation, die von seinen Soldaten längst zu einer kleinen Befestigungsanlage ausgebaut worden war. Friedlich lag der Waldrand, der Eingang zur Verbotenen Stadt, eine Viertelmeile entfernt. Nichts verriet, dass im Unterholz der sichere Tod in mannigfacher Gestalt wartete.

Die ursprünglichen Wälle hätten einem Angriff nicht mehr standgehalten, selbst wenn nur wenige Sumpfbestien einen Ausfall aus der Verbotenen Stadt wagten. Die Gräben waren verbreitert und vertieft, die dünnen Stämmchen gegen massive Baumleiber ausgetauscht worden. Wachtürme sorgten für eine gute Rundumsicht um das entstandene Kastell, und die Kapazität des Steingebäudes war durch Anbauten um das Vielfache vergrößert.

Sechshundert Krieger lagerten hier, viel zu wenige, um die Kreaturen in Schach zu halten. Immer wieder gelang es kleinen Trupps, den Blockadering zu durchbrechen und in die einstige Hauptstadt Sinureds zu pilgern.

Erst als Hetrál mehrere Lager rund um das Areal aufschlagen ließ, um die Überwachung zu verbessern, wurde das Durchkommen für die Bestien schwerer, die dafür umso verbissener darum kämpften, an den Wachen vorbeizugelangen.

Ihrerseits hatten die Wesen damit begonnen, Posten aufzustellen, die das Eindringen von Erkundungseinheiten beinahe unmöglich machten. Viele der Bestien verfügten über feine Geruchsorgane, womit sie die Soldaten witterten, wenn diese noch weit entfernt waren. Dass der Vorteil somit bei ihnen lag, wurde Hetrál schmerzhaft durch die Toten klar gemacht, die er in der Vergangenheit zu beklagen hatte. Eine ganze Abteilung wurde von den Kreaturen aufgerieben, als diese in einem Anfall von Mut glaubte, bis in die Ruinen der Stadt vordringen zu müssen. Bereits nach wenigen Metern lebte keiner der Männer mehr, deren Waffen und Ausrüstung eine willkommene Beute für den Gegner war.

Niemandem, der hier länger stationiert war, unterlief der Fehler, die Wesen zu unterschätzen.

Sie waren keineswegs die »dämlichen Ungeheuer«, wie viele glaubten, sondern ganz im Gegenteil gut organisiert, schlagkräftig und äußerst gewitzt. Sie kombinierten die Vorteile von einzelnen Bestien derart effektiv, dass nur Selbstmörder oder Geistesschwache freiwillig in den dunklen Wald schlichen, um ihn zu erkunden.

Zu welcher Kategorie sich der Meisterschütze zählen sollte, wusste er nicht genau. Jedenfalls wagte er sich als Einziger hin und wieder in den Wald, um nachzusehen, was die Kreaturen trieben.

Mehrfach war er dem Tod von der Schippe gesprungen, Blessuren und Schrammen waren Zeugen von der denkbar knappen, aber erfolgreichen Flucht vor den Bestien, die seinen Geruch inzwischen bestens kannten. Was es nicht unbedingt einfacher machte. Hetrál vermutete, dass die Wesen untereinander Wetten abschlossen, wer den Kommandanten zuerst zur Strecke bringen würde. Noch hatte er aber nicht vor, als Futter für den Nachwuchs der Sumpfbestien zu enden.

»Es sieht gut aus, oder?« Leise war sein Stellvertreter, Tarmann Nurk, an seine Seite gekommen. Der bärtige Mann mit den wilden schwarzen Locken beherrschte die Gebärdensprache des Stummen und gab dessen Anweisungen an die Untergebenen weiter. »Nichts zu sehen.«

Es kommt nicht auf das an, was du siehst, gestikulierte Hetrál. *Ich werde gleich hinausgehen. Die Monde stehen heu-*

te Nacht günstig. Stell mir einen Wein aufs Feuer, damit ich mich aufwärmen kann, wenn ich zurück bin.

»Vielleicht solltet Ihr den vorher trinken? Ihr werdet Euren Mut brauchen«, meinte Nurk.

Mehr benötige ich meine klaren Sinne. Für Außenstehende war diese Art der Unterhaltung mehr als ungewöhnlich zu betrachten. Aber gleichzeitig für Uneingeweihte absolut nicht zu belauschen, wenn es um die Befehle des Kommandanten ging. *Wünsch mir Glück.*

Der Meisterschütze färbte sich mit einem Stück versengten Korks das Gesicht schwarz, hing die Sehne seines Bogens ein, lockerte die Pfeile in seinem Köcher und trabte zu der kleinen Luke, von der ein Geheimgang unter den Palisaden durch in den Graben führte.

Sicher kroch er durch das muffige, nach Erdreich riechende Dunkel, bevor er seinen Körper langsam auf der anderen Seite herausschob und spähend am Rand des Grabens liegen blieb.

Nach einiger Zeit, nachdem er sich ganz sicher war, dass am Waldrand niemand zu sehen war, rutschte er auf dem Bauch hinüber zu den ersten Bäumen und arbeitete sich geräuschlos ins blickdichte Unterholz vor. Seinen Atem hielt er flach, um sich durch den Laut nicht zu verraten. Um ihn herum war alles still.

Vorsichtig setzte er einen Fuß vor den anderen. Durch die weichen Sohlen seiner Lederstiefel spürte er Äste am Boden, die er behutsam zur Seite schob, um das Knacken zu vermeiden.

Als er eine Silhouette in einiger Entfernung ausmachte, duckte er sich ab und legte einen Pfeil auf die Sehne. Ein kurzer Lichtreflex im Licht der Monde verriet ihm, wo die Augen des Gegners waren.

Millimeterweise zog er das geflochtene Material nach hinten, zielte und schickte das Geschoss auf die Reise. Er hörte nur den Aufprall eines schweren Körpers, die geschliffene Eisenspitze hatte dem Leben zu schnell ein

Ende bereitet, als dass die Bestie eine Warnung hätte schreien können.

Hetrál wartete, ob sich weitere Wesen nach dem Tod ihres Artgenossen zeigen oder zumindest ihre Position verraten würden. Nichts geschah.

Zügig überwand er die Strecke bis zur Leiche und entkleidete das menschenähnliche Wesen, das ein gutes Stück breiter und kräftiger war als er, und hüllte sich in die riechenden, schon leicht mitgenommenen Sachen. Sein Pfeil war dem Posten genau durch das linke Auge ins Gehirn geschlagen.

Ohne mit der Wimper zu zucken, fuhr er ein paarmal mit seinen Händen über den Kadaver und rieb sich damit unter die Achseln und über das Gesicht, um seine eigenen Ausdünstungen ein wenig zu überdecken.

Doch um sich vor einer allzu frühen Entdeckung zu schützen, durfte er nicht zimperlich in der Wahl seiner Methoden sein. Er wusste genau, dass der Effekt nur von begrenzter Dauer war. Den Kreaturen mit den besonderen Spürnasen bereitete es keine Schwierigkeiten, den Menschenduft auszumachen.

Schneller, aber nicht weniger vorsichtig, machte er sich auf den Weg in die Verbotene Stadt. Die erste Kette von Wachen hatte er durchbrochen, nun galt es, die anderen zu täuschen.

Die Götter waren anscheinend mit ihm, denn er kam an die Ruinen, von denen ein heller Lichtschein ausging, bis auf eine Bogenschusslänge heran, bevor er weitere Posten entdeckte.

Die Kreaturen waren menschenähnlich, kleiner als er und anscheinend sehr aufgeregt, wie er an ihrem Verhalten zu erkennen glaubte.

Er kniete sich hinter einem schützenden Stamm ab und gönnte sich den Luxus, die Bestien zu beobachten, selbst auf die Gefahr hin, von ihnen aufgespürt zu werden, falls der Wind plötzlich drehen sollte.

In kehligen Lauten sprachen sie leise miteinander, zwei deuteten immer wieder zu den Überresten der Hauptstadt Sinureds, die Dritte schüttelte energisch den Kopf und die Faust.

Doch die anderen ließen sich von den Gebärden nicht einschüchtern, sondern verließen sehr zu Hetráls Erstaunen ihren Platz.

In aller Ruhe legte der Meisterschütze auf den Verbliebenen an und schickte die Bestie, nachdem sie argwöhnisch in seine Richtung schnüffelte, mit einem frontalen Treffer in den Mund zu den Toten. Wieder verharrte er in seiner Deckung.

Er hastete gebückt vorwärts, rollte seinen erlegten Feind ins Dickicht und pirschte sich an die Ruinen heran. Er versuchte an die Stelle zu kommen, wo ihm die hohen Gebäudereste einen guten Ausblick auf die Verbotene Stadt und ihre Bewohner garantierten. So weit war er schon lange nicht mehr ungestört vorgedrungen. Etwas musste die Aufmerksamkeit der Kreaturen ablenken.

Er fand seine Ruine wieder, hängte sich den Bogen auf den Rücken und erklomm vorsichtig die Steinmauer. Nichts durfte seinen Aufstieg verraten, wenn er lebend zurück ins Lager kommen wollte.

Oben angekommen, legte er sich flach auf ein Sims, drückte sein schweißnasses Gesicht in den Ärmel und atmete durch den Stoff, damit sein Keuchen von den Wänden nicht widerhallte. Die Kletterpartie war äußerst langwierig und anstrengend gewesen.

Als er seine Augen hob und damit rechnete, die Ruinen zu sehen, wurde ihm ein Anblick geboten, den er so nicht erwartet hatte.

Auf dem gesäuberten Steinboden erhoben sich etliche Baukräne, die sich mithilfe von riesigen Laufrädern, Flaschenzügen und der Muskelkraft besonders kräftiger Bestien bewegten. Steinquader um Steinquader wurde im Schein der Lagerfeuer damit gehievt, und die Festung Sinureds, die einst bis fast auf die Grundmauern geschleift worden war, reckte sich bereits einige Meter in die Höhe.

Zwischen den umherwuselnden, schuftenden und fluchenden Kreaturen in allen Größen, Farben und Formen standen Menschen, die Anweisungen gaben oder Pläne studierten. Offenbar wurde nach ihren Instruktionen gearbeitet.

Tzulani, schätzte er. Die Fortschritte, die seit seinem letzten Besuch gemacht worden waren, ließen ihn erschrecken. Diese Effektivität hätte er den Sumpfbestien niemals zugetraut. Etwas beflügelte ihre Anstrengungen.

Eine dunkle Wolke schob sich vor den größten der Monde und verdunkelte die Sicht ein wenig. Im nächsten Moment wurde ein großer Gong hektisch und andauernd geschlagen.

Hetrál meinte zunächst, er wäre auf seinem Aussichtspunkt entdeckt worden, und bereitete sich auf eine schnelle Flucht vor. Doch die Bestien unter ihm ließen ihre Arbeit ruhen und versammelten sich in Windeseile auf dem großen Vorplatz vor der Festung. Es roch von irgendwo her nach Meer, verrotteten Algen und Salz.

Was der Turît zunächst für eine Wolke gehalten hatte, senkte sich immer weiter herab. Hetrál erkannte nun die Umrisse einer Galeere, die durch die Luft flog und sich zur Landung auf dem Steinboden bereit machte.

Er hatte die Berichte des fliegenden Schiffes als übertrieben abgetan, aber nun setzte die sagenhafte Galeere vor seinen ungläubigen Augen knirschend auf.

Sanft legte sich das Gefährt nach Backbord und stützte sich auf die Ruder, die wie durch ein Wunder nicht unter dem Druck zerbarsten. Die Kreaturen und Tzulani knieten nieder.

Breite Planken fuhren wie von Geisterhand bewegt

aus, um dem Ankömmling den Ausstieg zu ermöglichen.

Der Kriegsfürst, der vor über vierhundert Jahren von diesem Ort aus eine Schreckensherrschaft über den Kontinent ausgeübt hatte, begab sich gemessenen Schritts nach unten.

Hetrál erkannte die weißen Haare, die rot glühenden Augen, die wie heiße Kohlen glommen, und die enorme Statur Sinureds, die vor Kraft nur so strotzte. Mächtige Muskelpakete zuckten unter der verbrannt wirkenden Haut, wenn sich der barkidische Kriegsfürst bewegte. Mit einer lockeren Selbstverständlichkeit, so wie der Turît seinen Bogen trug, hielt Sinured seine eisenbeschlagene Deichsel in der Hand.

Der mutigste Soldat würde angesichts dieses Gegners vor Furcht zu Boden sinken. Es kostete auch ihn, der etliche Bestien im Zweikampf besiegt hatte, Mühe, nicht sofort von seinem Spähplatz hinunterzukriechen und Fersengeld zu geben. Das Tier war zurück!

Kurz spielte er mit dem Gedanken, die Gunst zu nutzen und einen Pfeil auf Sinured zu schießen. Aber würde ein einziges, ungeweihtes, herkömmliches Geschoss ausreichen, diesen Koloss zu töten?

Stattdessen beobachtete er weiter. Es würde sich zeigen, ob es sich gelohnt hatte, die Dunkle Sprache zu lernen.

Sinured sah auf die mehr als tausend Menschen und Bestien, die sich ihm zu Ehren in den Ruinen seiner Hauptstadt versammelt hatten.

»Erhebt euch, meine Kinder«, dröhnte die Stimme. Zögernd kamen die Massen seiner Aufforderung nach. Es herrschte eine Totenstille auf dem Platz. Alles lauschte den Worten des Fürsten. »Mein Dank für das Geleistete ist euch gewiss. Bald wird sich meine Stadt wieder erheben, noch mächtiger als jemals zuvor. Weil ihr an mich glaubtet, noch bevor meine Rückkehr sicher war, seid ihr die Auserwählten. Tzulan wird jeden Einzelnen von euch und alle Nachkommen für eure Treue segnen. Und ich habe euch ein Geschenk mitgebracht.«

Er stieß die Keule auf den Boden, dass die Steine bebten. Daraufhin trieben gerüstete Soldaten von der Galeere Menschen in Ketten die Planken herab.

Der Turît glaubte, zerschlissene borasgotanische Trachten oder Uniformen erkennen zu können, war sich aber auf Grund der Lichtverhältnisse und der Entfernung nicht sicher. Er überschlug ihre Zahl und kam auf rund vierhundert Gefangene.

»Das, meine Kinder, sind Männer und Frauen, die es gewagt haben, sich meinen Truppen in den Weg zu stellen. Sie gehören euch. Macht mit ihnen, was ihr wollt. Es werden bald mehr werden, denn wir erobern im Namen des Kabcar von Tarpol Stück für Stück der Erde, die einst mir gehörte, zurück.« Sinured, dreimal so groß wie die verängstigten Menschen, hob seine Waffe.

Die Kreaturen und Tzulani brachen in Hochrufe aus, während der Kriegsfürst und seine Soldaten zurück an Bord des Schiffes stapften. Knarrend löste sich der Rumpf von den Steinplatten, die Galeere begann zu schweben und flog in nordöstlicher Richtung davon.

Das Gejubel war in ein Gebet übergegangen. Der Gebrannte Gott wurde aus Hunderten von Kehlen gepriesen. Hetrál lief bei den finsteren Worten ein Schaudern den Rücken hinab.

Ein paar Tzulani berieten sich und nahmen eine Auswahl der Gefangenen vor, trennten die knapp zweihundertachtzig Männer von den Frauen.

Sumpfbestien verteilten die Männer auf verschiedenen Laufräder der Lastkräne. Die Gruppe der weiblichen Gefangenen wurde im Pulk vorwärts gescheucht und geriet sehr schnell außerhalb der Sichtlinie des Meisterschützen. Er ahnte, welches Schicksal ihnen blühte.

Ein heller Flammenschein zwischen den Ruinen und

strenger Petroleumgeruch sagten ihm, dass ein immenses Feuer entzündet worden war. Dann gellten die ersten entsetzten, qualvollen Schreie durch die Nacht, während mehrere Trommeln und Gongs einsetzten. Frenetische Tzulan-Anrufungen mischten sich dazwischen.

Hetrál hatte genug gesehen.

Schneller als es in Anbetracht der Umgebung sinnvoll war, stieg er nach unten. Wut und Hass stauten sich in seinem Inneren, weil er nichts gegen die Opferungen unternehmen konnte. Es sei denn, er führte einen Überraschungsangriff gegen die Verbotene Stadt. Seine Gefühle und die Eingebung verliehen ihm Flügel.

Ohne Rücksicht auf eine mögliche Entdeckung, sein gezogenes Schwert in der Hand, den Bogen auf dem Rücken, rannte er durch den Wald. Sein Orientierungssinn wies ihm den rechten Weg hinaus. Längst hatte er die Kleider der getöteten Bestie abgeworfen; sie behinderten ihn in seiner Wendigkeit und verlangsamten unnötig.

Die Frauenschreie hinter ihm wurden leiser und leiser, dennoch würde er sie sein ganzes Leben lang in den Ohren haben. Für die Unglücklichen würde jede Hilfe zu spät kommen, diese Erkenntnis setzte sich immer mehr durch, je näher er der ehemaligen Handelsstation kam. Und das fachte seinen Hass an.

Als er am Waldrand auf eine kleine Gruppe der Sumpfkreaturen stieß, die durch das unerwartete Auftauchen eines Menschen, der dazu noch aus der falschen Richtung in ihren Unterstand stolperte, zu überrascht für eine sofortige Gegenwehr waren, entlud sich der gewaltige Zorn des stummen Turîten. Wie ein Berserker vergaß er alle Vorsicht und fuhr unter die Bestien, tötete lautlos und mit aller Kraft, die in seinem Körper ruhte. Sein Schwert stieß öfter in die Körper, als es zum Töten bedurft hätte.

Keuchend fiel er nach dem Gemetzel auf den roten, feuchten Farn, wischte sich über das Gesicht, um den

Schweiß aus den Augen zu reiben. Zum ersten Mal in seinem Leben wünschte er sich, er könnte schreien.

Leicht unsicher stemmte er sich auf die Beine und rannte auf das Haupttor des kleinen Kastells zu. Er brauchte einen Schluck Wein oder am besten eine ganze Flasche. Danach würde er einen Boten an den König schicken. Mennebar musste ihm mehr Männer geben, damit er diese Ruinen endgültig in Schutt und Asche legen konnte. Es wurde schon viel zu lange gezögert. Er würde die verrotteten Seelen der Bestienbrut zu ihrem Götzen Tzulan schicken. Sollte er daran ersticken.

Ulldart, Königreich Tarpol, Hauptstadt Ulsar,
Herbst 443 n. S.

Der Kabcar saß auf dem neuen Balkon des Teezimmers, die Füße gemütlich auf die Steingeländer gelegt und in Gedanken bei den guten Nachrichten, die ihn von allen Fronten erreichten. Nichts konnte Sinured und seine Tzulandrier lange aufhalten, der Schutzgürtel wuchs und wuchs, so wie sich Lodrik die Sache vorgestellt hatte.

Er legte den Kopf in den Nacken, öffnete die Uniformjacke und schloss die Augen.

Angenehm wärmten ihn die Herbstsonnen, die milde auf Ulsar herabschienen. Dennoch konnten die Gestirne nicht darüber hinwegtäuschen, dass in wenigen Wochen das wüste Wetter mit sinkenden Temperaturen und Regen einsetzen würde. Viel Regen. Und das wiederum würde das Tempo des Vormarschs bremsen. Was ihn aber nicht weiter beunruhigte, denn das Gebiet, das von seinem Verbündeten erobert worden war, bot bereits eine gewisse Sicherheit für die Grenzen.

Vorgesehen hatte der junge Mann, das Hauptkontingent die Wintermonate über im südlichen Teil der Großbaronie in die verdiente Ruhepause zu schicken. Eine komplette Stadt war zu diesem Zweck errichtet worden, in der sich die Tzulandrier niederlassen konnten. Ein gewisser Restbestand, rund zehntausend der inzwischen dreißigtausend Mann, sorgte für die Sicherung der Grenzen.

Dank der Disziplinierung durch Osbin Leod Varèsz musste sich Lodrik um die Umgebung und die Untertanen keine Sorgen machen. Der Feldherr sorgte mit eiserner Faust nicht nur für schnelle Erfolge, wenn es zu schwierigen Situationen während eines Gefechts kam. Er brachte den Truppen zugleich sehr effektiv bei, was Benehmen bedeutete.

Hinter den Linien wurde abgeräumt, was zu holen war. Vorsichtshalber ließ der Kabcar alle Erträge der Minen sofort aus den besetzten Zonen herauskarren und nach Tarpol befördern.

Sollte es Arrulskhán gelingen, die Tzulandrier zurückzuwerfen, sollte wenigstens die Staatskasse etwas von der Unternehmung profitiert haben. Und die füllte sich momentan außerordentlich reichlich. Zu den ganzen Besitztümern der toten Brojaken floss nun ein guter Teil der wertvollen Bodenschätze der Großbaronie. Dabei hatte der junge Herrscher so gut wie keine Ausgaben für den Krieg, außer etwas Nachschub für die Verbündeten, zu stellen.

Drohte dem tarpolischen Reich vor einem Jahr noch die Katastrophe, war es nun im Begriff, mächtiger als alle anderen zu werden.

Und das gefiel Lodrik außerordentlich.

Das Gefühl, endlich Macht zu haben und gefürchtet zu werden, empfand er als berauschend. Heimlich hatte er bereits mit dem Gedanken gespielt, Borasgotan vollständig erobern zu lassen.

Zufrieden sah er in den wolkenlosen Himmel und wippte mit dem Stuhl.

Die vermummte Gestalt, die in dem Augenblick mit den Füßen voran vom Dach gesprungen kam, entdeckte er dadurch rein zufällig. Einen Lidschlag später, und es hätte ihn völlig unvorbereitet getroffen.

Ohne nachzudenken, drückte er sich mit Schwung nach hinten und rollte sich rückwärts ab.

Der Maskierte, der einfache tarpolische Kleider trug, landete auf der Sitzfläche und verlor die Balance, während das Möbel unter der Wucht des Aufpralls zerbarst. Lodrik stand auf und zog sein Exekutionsschwert. Der Unbekannte zückte im Liegen eine Sichel, schnellte in die Höhe und attackierte den Herrscher.

Ein wildes Gefecht begann. Der Angreifer zog eine weitere Sichel und setzte Lodrik schwer zu. Aber die Schule Waljakovs war gut gewesen.

Der junge Mann fühlte einen gewissen Spaß am Kampf, weshalb er auch nicht sofort nach seiner Wache gerufen hatte. Innerlich sammelte er die Kraft für den Einsatz von Magie, die er seit der Nacht auf dem Balkon besser und selbstverständlicher als jemals zuvor beherrschte.

Technisch war ihm der Mann durch das Führen von zwei Waffen überlegen, und auf Dauer würde er wahrscheinlich den Kürzeren ziehen. Aber auf seine Gabe würde der Maskierte nicht kontern können.

Nach einer besonders gelungenen Parade und einem gezielten Tritt in den Unterleib des Gegners, der ihm sichtlich Schmerzen bereitete und ihn zum Luft holen zwang, nutzte Lodrik die Gelegenheit.

Mit einem bösen Lächeln vollführte er eine Abfolge von anmutigen Gesten, danach richtete er Zeige- und Mittelfinger auf den Attentäter.

Ein breiter Energiestrahl entlud sich, erfasste den Mann und hüllte ihn knisternd ein. Der Kabcar hob den

Arm und lenkte den Blitz samt dem Gefangenen über die Brüstung.

Ungläubig starrte der Maskierte in die Tiefe. »Ulldrael der Gerechte! Hilf deinem treuen Diener!«

»Ich glaube nicht, dass er das tun wird.« Lodrik streckte ruckartig die restlichen Finger aus. »Mir hat er auch nie geholfen.«

Wie vom Katapult abgefeuert, schoss der Mann schreiend in die Höhe, stieg und stieg in den hellen Himmel, bis sein Gebrüll fast nicht mehr zu hören war.

Als der junge Herrscher die Faust ballte, rissen die Energiestrahlen ab, und eine weitere Sonne strahlte für einen winzigen Augenblick über Ulsar. Der Attentäter verging in einem glühenden Feuerball. Nach einiger Zeit regneten winzige Aschepartikel auf den Balkon, und geschmolzenes Metall tropfte auf den Hof.

Lodrik nickte zufrieden. Er wurde nach eigenem Empfinden immer besser. Auch die Übungsstunden mit Mortva hatte er abgesagt, er experimentierte mit dieser nicht mehr ganz fremden Gabe lieber allein. Das Entdecken von neuen Nuancen forderte ihn heraus, die Magie selbst wies ihn an, gab ihm ein, welche Bewegungen er vollführen musste.

Er fühlte sich so sicher, dass er es jederzeit mit dem verbündeten Kriegsfürsten aufnehmen wollte, sollte der ihm plötzlich die Loyalität versagen.

Erst jetzt rief er nach den Soldaten und einem Diener, der seinen Vetter holen sollte. Mortva Nesreca eilte nach wenigen Minuten bereits heran, sein Gesicht verriet Sorge, als er die Leibwachen sah. Unterm Arm trug er ein rechteckiges Holzkistchen.

»Hoher Herr, ist etwas geschehen?«, fragte er sich und blickte auf die Trümmer des Stuhls.

»Ein Attentäter war eben hier«, antwortete Lodrik ruhig. »Ich habe ihn mithilfe der Magie besiegt.«

»Diese verfluchten Tzulani«, ärgerte sich der Konsultant. »Ich werde den Wachen erklären, ihre Aufgabe besser wahrzunehmen.« Suchend fuhr sein Kopf hin und her. »Wo ist die Gestalt?«

»Ich habe ihn ausgelöscht.« Der Kabcar wartete, bis die Livrierten das zerstörte Sitzmöbel gegen ein intaktes austauschten, und nahm Platz. »Ich weiß, das war töricht, Mortva. Wir hätten ihn verhören können. Dennoch denke ich zu wissen, wem ich den Besuch zu verdanken habe.«

Abschätzend betrachtete sein Vetter ihn. »Ihr seid erstaunlich gelassen für jemanden, der eben einen Mordanschlag erfolgreich abgewehrt hat«, sagte er und setzte sich ebenfalls. »Dass Ihr mir nicht zu sicher werdet, nur weil Ihr Magie einzusetzen vermögt. Ruft in Zukunft lieber nach den Wachen, Hoher Herr.« Er fuhr sich über die silbernen Haare, die in der Sonne aufblinkten. »Und Euer Verdacht?«

»Nicht die Tzulani waren hier. Die Göttliche Sichel wollte mich umbringen«, verkündete Lodrik. »Der Attentäter griff mich mit Sicheln an, rief Ulldrael um Beistand an und trug, wenn ich es richtig bemerkte, eine Ähre an seiner Jacke. Kein Tzulani hätte den Namen des Gerechten über die Lippen gebracht.«

»Und dabei hieß es immer, den geheimnisvollen Orden würde es nicht mehr geben«, murmelte der Konsultant. »Nichtsdestotrotz teile ich Eure Meinung, Hoher Herr. Wenn die Göttliche Sichel Euch umbringen möchte, können wir davon ausgehen, dass sie eine andere Auslegung der Prophezeiung favorisiert, als das jahrelang der Fall war. Und dann werden sie nicht aufgeben, schätze ich.«

»Ich bin bereit. Auch ohne Waljakov kann ich mich sehr gut verteidigen.« Die Stirn Lodriks zog sich zusammen, als er an seinen ehemaligen Leibwächter dachte, der ihm allen Anschein nach seine Geliebte abspenstig gemacht hatte. »Gibt es etwas Neues?«

Mortva verneinte. »Wir wissen nur, dass sie nicht nach Granburg unterwegs sind. Ansonsten können sie überall im Reich sein. Ich persönlich denke, sie werden sich in Richtung Aldoreel absetzen. Meine Männer bekamen entsprechende Anweisungen.«

Der Kabcar versank in Schweigen, sein Vetter wischte schwarze Rußpartikel vom Tisch, ohne zu wissen, was er da an seinen Händen kleben hatte.

Die Wachen verließen den Raum, und unbemerkt betrat Stoiko das Teezimmer. Er wollte gerade hinaus auf den Balkon zu den anderen beiden treten, als er ein paar verstreute Papiere am Boden entdeckte, die er aufhob und ordnete.

»Hoher Herr, wir haben uns übrigens getäuscht, was das Geeinte Heer angeht«, sagte der Konsultant. »Sie werden es noch vor Ende des Jahres zusammengezogen haben, wie mir meine wachsamen Augen berichteten. Und, wie ich gehört habe, sprechen einige der Heerführer hinter vorgehaltener Hand davon, dass es besser wäre, Sinured mit einem Angriff zuvorzukommen.« Lodriks Kopf hob sich, ein Schatten legte sich auf seine Miene. »Wie ich es Euch gesagt habe. Wenn das Heer von sechsundsechzigtausend Soldaten erst einmal steht, wird es nicht zur Verteidigung eingesetzt werden.«

»Wir werden, dank Eurer Umsicht, vorbereitet sein.« Die Stimme des Kabcar war kalt. »Ich hätte niemals gedacht, dass die anderen Reiche so weit gehen würden.« Fest schaute er seinem Vetter in die unterschiedlich gefärbten Augen und suchte dessen Gedanken zu ergründen. »Sind Eure Informanten verlässlich? Gibt es keinen Anlass, daran zu zweifeln?«

»Nein, Hoher Herr. Ich kann Euch die Berichte zeigen.«

»Nicht nötig. Ich vertraue Euch. Aber wie wäre es, wenn wir das Zusammenziehen der Invasionsarmee verhindern?«, fragte der Kabcar nachdenklich bei Mortva nach. »Wie weit sind ihre Vorbereitungen?«

Der Konsultant lächelte. »Ein sehr guter Vorschlag, Hoher Herr. Meinen Erkenntnissen nach sind die Truppen von Aldoreel, Serusien und Hustraban beim Sammelpunkt Telmaran bereits eingetroffen. Alle anderen sind noch beim Zusammenstellen oder auf dem Marsch.«

»Das ist nicht der richtige Ansatz«, grübelte Lodrik. Dann hellte sich sein Gesicht auf. »Wenn man einer Würgeschlange den Kopf abschlägt, nützt ihr der starke Körper nichts. Wer leitet das Heer?«

Mortva deutete stummen Applaus an. »Großartig. Ich kann mir denken, was Ihr vorhabt.«

Wie gelähmt stand Stoiko im Zimmer. Wenn er das Gespräch soweit richtig verstand, plante der Kabcar eine große Gemeinheit. Und das mussten Perdór und die anderen unbedingt erfahren.

Den Unsinn über den vorgesehenen Einmarsch des Geeinten Heeres hielt er für eine weitere unheilvolle Finte des Vetters, die im Endeffekt zu Tausenden von Toten führen konnte. Wenn er aber nun entdeckt würde, da war er sich sicher, bekäme die Unterhaltung abrupt eine andere Richtung. Also musste er sich verstecken.

Flugs war er hinter einem Wandbehang, auf dem Jagdszenen abgebildet waren, verschwunden, als die beiden Männer vom Balkon ins Teezimmer traten.

Auf der anderen Seite des Gobelins war es dunkel und muffig. Spinnweben verfingen sich in seinen Haaren. Für einen Moment schloss er die Augen, um nicht an die Heerscharen von Ungeziefer denken zu müssen, die sich auf ihn herabließen. Gleichzeitig wurde ihm bewusst, dass er immer noch die geordneten Unterlagen in Händen hielt. Er hoffte, dass sie nicht wichtig waren.

Er hörte, wie in Blättern gekramt wurde; mehrere Schubladen öffneten und schlossen sich wieder. Stoiko brach der Schweiß aus.

»Ah, da sind sie ja«, triumphierte der Konsultant. »Insgesamt wird das Geeinte Heer von einem Rat befehligt, der sich aus Repräsentanten der Reiche zusammensetzt. Der Rat wählt einen zum Heerführer, der das Oberkommando führen wird, und dessen Befehle müssen die mehrheitliche Zustimmung des Gremiums erhalten.«

Lodrik lachte schallend. »Dann bin ich beruhigt. Auf diese Weise wird sich die Armee nicht einen Schritt vom Sammelpunkt wegbewegen. Haben wir schon einen Kandidaten für das undankbare Amt?«

»Soweit ich weiß, wird König Tarm von Aldoreel der Führer sein«, antwortete sein Vetter. »Wo sind denn bloß die anderen Seiten hin?« Wieder raschelte Pergament. Der Mann hinter dem Gobelin atmete ganz leise durch den Mund, selbst auf die Gefahr hin, eine Spinne zu inhalieren. »Er gilt als die unstrittigste Person und hat ein wenig Militärgeschichte studiert, wie ich.«

»Ihn oder den Rat müsste man also ausschalten«, grübelte der Kabcar. Stühle knarrten, die Männer hatten sich offenbar gesetzt.

»Wie sollen wir das bewerkstelligen?«, fragte sich Nesreca freundlich, gemischt mit einer Spur Unglaube. »Über den Repol hätten wir zwar schnell einen Attentäter dort, aber wie gelänge der in die Nähe des Königs?«

»Ich habe eine Idee.« Eine Schublade wurde aufgezogen, dann rasselte es leise, ein metallisches Klappern ertönte. »Das hier bekam ich in Granburg geschenkt. Von den Modrak. Sie meinten, ich könnte damit ihre Hilfe in Anspruch nehmen. Und wem gelänge es besser als diesen Wesen, sich unbemerkt einem Menschen zu nähern?«

»Ein solches Amulett habe ich noch nie gesehen«, staunte der Konsultant. Es entstand eine kurze Pause, wieder hörte man das Rasseln einer dünnen Kette. Offenbar untersuchte es Nesreca gerade. »Das sind keine Schriftzeichen, die mir bekannt wären. Und Ihr denkt, diese Modrak, die Beobachter, sind vertrauenswürdig?«

»Sie haben mich vom ersten Tag an ›Hoher Herr‹ genannt, wie Ihr es zu tun pflegt. Es waren also die Ersten, die meine Qualitäten richtig einschätzten, würde ich sagen. Nun gedenke ich, diese Wesen zu meinem Vorteil einzusetzen.« Es rumpelte ein wenig, eine Schublade wurde geschlossen. »Norina wollte, dass ich das Amulett verbrenne, weil ihr die Modrak ...« Der Kabcar stockte. »Aber natürlich! Dass ich nicht schon lange vorher darauf gekommen bin!« Böse Freude schwang in seiner Stimme mit. »Mithilfe der Beobachter habe ich die beiden im Handumdrehen gefunden.«

»Hoher Herr«, mahnte Nesreca vorsichtig, »ich denke, dass die Angelegenheit mit dem Geeinten Heer Vorrang hat, bei allem Respekt und Verständnis für die tiefe Enttäuschung in Eurem Herzen. Schützt Tarpol, danach kümmert Euch um den Rest.« Lodrik schwieg.

Stoiko konnte sich die Szenerie auf der anderen Seite des Wandschmucks bildlich vorstellen: ein brütender Kabcar, der in seinem Inneren abwog, ob er seinen Rachegelüsten nachgeben sollte. Die vermeintliche Flucht des Leibwächters und der Brojakin hatte ihn tief verletzt. Offensichtlich empfand er immer noch etwas für Norina.

»Ihr habt Recht, Mortva. Erst meine Untertanen. Ich werde die Modrak heute Abend zusammenrufen und instruieren.«

Stoiko atmete auf. Damit war seinen Freunden noch eine Frist eingeräumt worden, in der sie mithilfe von Torben Rudgass das Reich verlassen konnten.

»Sehr gut«, lobte der Konsultant, der ebenfalls ziemlich erleichtert klang. »Nun habe ich noch eine Überraschung für Euch.« Er klopfte offenbar auf Holz. »Seht Euch an, was die Handwerksmeister nach meinen Anweisungen und Plänen geschaffen haben.«

»Sind das die neuen Waffen, die Ihr mir versprochen habt?«, fragte der Kabcar neugierig. Es ächzte hölzern, als würde eine Schatulle geöffnet. »Ach?«, kam es enttäuscht aus Lodriks Mund. »Das ist alles? Eine Miniaturarmbrust? Da fehlt nach meinem bescheidenen Wissen außerdem noch der Metallbügel, an dem die Sehne aufgehängt wird. Der Griff ist ja ganz nett modelliert, die Intarsien sind wunderbar, aber wie soll ich damit eine Übermacht aufhalten?«

Nesreca lachte leise. »Nein, nein. Hoher Herr, das ist etwas ganz anderes. Zuerst müsst Ihr das hier zurück ziehen.« Es klackte.

Stoiko hätte zu gerne gesehen, was da im Teezimmer vorging. Solches Wissen müsste unbedingt in die Hände von Ilfaris gelangen. Aber der gewebte Stoff war zu dicht.

»Das riecht ein wenig merkwürdig«, kommentierte der Kabcar. »Ist das ein Stein, da unten an dem Hebel? Für was ist denn der nütze?«

»Fasst den Griff«, verlangte der Konsultant, »und richtet das Ende auf ein Ziel.« Anscheinend waren die Augen auf der Suche nach etwas. »Da. Nehmt doch den hässlichen Wandteppich. Da steht dieses Kitz zwischen den Bäumen. Visiert den Kopf des Tieres an.«

Der Mann hinter dem Gobelin riss die Augen auf, ein Kloß bildete sich in seinem Hals. Was auch immer die neue Waffe anrichtete, er wollte nicht unbedingt Opfer der Wirkung sein, die gerade demonstriert werden sollte. Wo war das Kitz? Er versuchte sich fieberhaft an die Szene auf dem Teppich zu erinnern.

»So?«

»In etwa.«

»Und dann?«

Das Kitz war genau vor ihm. Oder?

»Dann, Hoher Herr, betätigt den Abzug. Wie bei einer Armbrust. Aber erschreckt nicht. Es ist laut.«

Stoikos presste sich an die Wand des Teezimmers, die Lider geschlossen, der Körper völlig verkrampft.

Es krachte ohrenbetäubend. Etwas durchschlug fast gleichzeitig knapp neben seiner rechten Schulter die Fasern des Teppichs, kleine Steinsplitter flogen ihm ins Gesicht und ritzten die Haut. Mühsam unterdrückte er einen Schreckens- und Schmerzensschrei. Sein Herz schlug wie wild in seiner Brust. Der Geruch von etwas Verbranntem lag beißend in der Luft. Durch das fingerdicke Loch fiel ein Lichtstrahl.

»Knapp vorbei«, bemerkte sein Vetter belustigt. »Ihr werdet den Umgang üben müssen.«

»Das war beeindruckend«, sagte Lodrik nach einer Weile. »Und sehr laut. Es hat die gleiche Durchschlagskraft wie eine Armbrust?«

»Die hier auf große Entfernung nicht. Nur im Nahkampf«, verneinte Nesreca, entzückt, dass seine Präsentation ihre Wirkung nicht verfehlt hatte. »Aber wir haben auch andere Modelle davon, die vom Prinzip her gleich arbeiten.«

»Das ist wirklich praktisch. Man kann es in den Gürtel stecken.« Es klickte. »Es geht nicht mehr. Ist es kaputt?«

»Nein, Hoher Herr. Ihr müsst nach jedem Schuss nachladen.« Wieder verstummten die beiden Männer eine lange Zeit. Blut sickerte von der Stirn Stoikos, aber er wagte nicht, sich zu bewegen. »Jetzt geht sie wieder.«

»Das ist aber wiederum umständlich«, kritisierte der Kabcar. »Was ist das für ein Pulver? Und wie funktioniert das alles überhaupt?«

Nesreca lachte leise. »Fragen über Fragen, Hoher Herr. Kommt mit, wir machen einen Ausflug, und ich zeige Euch die Werkstätten. Sie liegen an einem versteckten Ort. Es soll keiner Kenntnis davon haben, um die Überraschung so groß wie möglich zu machen. Ihr wisst, Ilfaris hat seine Augen und Ohren überall.«

»Ihr sagtet, Ihr hättet die Pläne aus der Universität von Berfor«, meinte Lodrik. »Sollten wir die nicht sofort vernichten lassen, bevor ein anderer auf die Idee kommt?«

»Es wird sofort geschehen, Hoher Herr. Meine Leute kümmern sich darum.«

Schritte bewegten sich zur Tür, der Kabcar und sein Konsultant verließen den Raum. Von draußen hörte Stoiko die Stimmen der aufgeregten Leibwache, die von Nesreca und Lodrik beruhigt wurde.

Eilig verließ er sein Versteck, legte die Blätter ab, klopfte sich den Schmutz aus der Kleidung und tupfte sich das Blut von der Stirn. Eine dicke, stinkende Qualmwolke war gerade im Begriff, sich aufzulösen.

Stoiko wandte sich dem Gobelin zu. »Ulldrael sei Dank und Lob«, murmelte er. Unvermittelt wurde ihm schwummrig: Das Kitz stand dort, wo ungefähr sein Kopf gewesen war.

Die Waffen lagen nicht herum, nur die Reste eines schwarzen Pulvers fanden sich auf dem kleinen Schachtisch. Vorsichtig kratzte er sie zusammen und wischte sie mit der Hand auf ein Stück Papier, das er zu einem kleinen Briefchen zusammenfaltete, um die feinkörnige Substanz transportieren zu können. Er wollte die Probe nach Ilfaris schicken, auch wenn er keine Ahnung hatte, was die beiden Männer vorhin hier getrieben hatten oder wie diese Waffe aussah. Nur eine ungefähre Vorstellung davon, hervorgerufen durch die gehörten Worte. Und es gab anscheinend verschiedene Größen. Der Lärm jagte einem eine Höllenangst ein.

Aber zunächst musste Schlimmeres verhindert werden.

Stoiko zog versuchsweise das Schubfach des Schachtisches auf und nickte. Dort lag das Amulett, mit dem sein einstiger Schützling, der so viele gute Ansätze zu einem guten Herrscher gezeigt hatte, heimtückisch Tod und Verderben bringen wollte.

Rasch nahm er es heraus und legte es sich um den Hals, die Kleidung verbarg es vollständig. In seinem Zweitquartier würde er es sich in aller Ruhe betrachten und danach in Stücke schlagen. Zumal er damit Waljakov und Norina zusätzlich den Rücken freihielt.

Als er vor der Tür stand, um hinauszugehen, schwang sie auf.

Stoiko sah in das überraschte Gesicht des Konsultanten. Die unterschiedlich farbigen Augen verengten sich misstrauisch.

»Wo kommt Ihr denn her, Gijuschka?«, wollte Nesreca wissen.

»Eine reichlich einfältige Frage für einen schlauen Menschen wie Euch«, entgegnete Stoiko schlagfertig. »Ich komme natürlich aus dem Zimmer, wie Ihr erkennen könnt.«

»Aber wie seid Ihr hineingelangt?«, überlegte der Vetter des Kabcar. Seine Miene wandelte sich von Argwohn zu falscher Freundlichkeit.

»Da ich nicht fliegen kann«, konterte der Mann mit süßer Stimme, »wie Ihr: durch die Tür.«

»Ich stand die ganze Zeit über vor dem Eingang.« Nesreca kam einen Schritt näher. »Vielleicht könnt Ihr doch fliegen, Gijuschka.« Sein Blick wurde hart. »Oder wart Ihr die ganze Zeit über hier?«

»Dann hättet Ihr mich doch gesehen, oder?« Stoiko schritt an ihm vorbei. »Euch entgeht doch nichts im Palast, oder irre ich mich da? Einen schönen Tag.«

Schweigend schaute ihm der Mann mit den silbernen Haaren nach. Dann durchforstete er das Zimmer.

Nachdem er in die leere Schublade des Schachtischs gesehen hatte, glaubte er Bescheid zu wissen. Die feinen Blutspritzer, die er hinter dem Gobelin fand, verdichteten seinen Verdacht und ließen Gewissheit daraus werden.

Sorgsam traf er die notwendigen Vorbereitungen, um

auch die letzte mahnende Stimme aus dem Kreis der Menschen um den Kabcar zu entfernen.

Stoiko saß in der kleinen Kammer an dem stark ramponierten Schreibtisch und kritzelte mithilfe einer Lupe in knappen Stichworten die neusten Erkenntnisse auf den dünnen Papierstreifen.

Er war nicht so töricht, diese Spionagetätigkeiten im Palast durchzuführen, dafür war ihm das Gebäude schon lange zu unsicher geworden. Zu diesem Zweck hatte er sich die Dachkammer eines kleinen Häuschens im ärmeren Teil Ulsars angemietet. Dort befanden sich auch die Tauben, die er mit den wichtigen Erkenntnissen nach Ilfaris sandte. Auf dem Weg in sein Zweitquartier absolvierte er einen wahren Hindernislauf, wechselte mehrfach die Kutschen und die Kleidung, um die möglichen Verfolger abzuschütteln und zu täuschen. Bisher war ihm das immer großartig gelungen.

Zwei Vögel hatte er schon auf den Weg geschickt. Der eine trug das Briefchen mit dem rätselhaften Pulver darin, der andere brachte die Beschreibung der unbekannten Waffe. Nun galt es, Ilfaris von den möglichen Anschlägen zu unterrichten. Selbst wenn er das Amulett zerstören konnte, Stoiko glaubte nicht, dass Nesreca oder Lodrik deshalb die Hände untätig in den Schoß legen würden.

Es tat ihm in der Seele weh, seinen Schützling auf diese Weise hintergehen zu müssen, aber im Grunde wollte er den Jungen nur vor sich selbst und dem Einfluss des Bösen retten. Wenn es ihm endlich gelänge, den Konsultanten auszuschalten, könnte die Lage gerettet werden. Das Geeinte Heer würde sich dann mit den Tzulandriern herumschlagen.

Das letzte Zeichen war gemacht. Der Mann, der im Moment die Kleidung eines einfachen Arbeiters angelegt hatte, streute etwas Sand über die Tinte, um das Trocknen zu beschleunigen. Danach faltete er die Mitteilung mehrfach und steckte sie in das kleine wasserdichte Lederbehältnis, das mit Riemen auf dem Bauch der Taube befestigt wurde.

Gurrend harrte der Vogel aus, bis er beladen worden war. Liebevoll strich Stoiko dem Tier über die Federn, setzte es zurück in den Käfig aus geflochtenem Rohr und schob die Futterschale hinterher. »Friss, damit du deinen Flug gut überstehst.« Ein wenig zögerlich pickte die Taube die Körner auf.

Stoiko nahm währenddessen das Amulett zur Hand. Warm und pulsierend lag es auf der Haut, der Stein leuchtete schwach. Auch ihm war es nicht gelungen, die Symbole irgendeiner bekannten Sprache oder Schrift zuzuordnen.

»So schön du auch bist, du darfst nicht sein.« Er legte den Schmuck mit dem Stein nach oben auf die dreckigen Dielen und packte den Hammer.

Wuchtig landete das geschmiedete Eisen auf dem Amulett, ohne eine Wirkung zu erzielen.

Stoikos Augenbrauen wanderten in die Höhe.

Entschlossen umklammerte er das Werkzug nun mit beiden Händen und schlug zu.

»Bei Ulldrael dem Gerechten und seiner Mutter Taralea!«, entfuhr es ihm. Die braunen Haare hingen ihm wirr ins Gesicht. Als wäre nichts geschehen, lag das Kleinod auf dem Holz. Lediglich die Ränder hatten sich ein wenig in die Bohlen eingedrückt. »Dir zeige ich …«

Stoiko beließ es nicht mehr bei einem einzigen Versuch, sondern hämmerte mehrfach drauflos. Ein silbernes Flimmern zuckte über die Ziselierungen, als wollte das Amulett ihn verhöhnen.

Etwas außer Atem setzte sich Stoiko und überlegte. Dann suchte er im Zimmer umher, ob sich etwas Besseres finden ließe.

Auf einem Regal entdeckte er einen alten Nagel, dessen Spitze er auf dem Stein platzierte.

Zwar ahnte er, dass auch dieser Versuch nicht fruchten würde, aber er wollte nicht aufgeben.

Seine Vermutung bestätigte sich. Zunächst rutschte der Nagel ab, danach verbog er sich, irgendwann war das Ende abgestumpft. Das geheimnisvolle und widerspenstige Kleinod trotzte weiterhin allen Gewalteinwirkungen.

»Schöne Bescherung«, seufzte Stoiko. »Säure vielleicht? Aber woher nehme ich die?«

Die Tür flog auf. Der Riegel, mit dem er den Eingang gesichert hatte, zersplitterte unter der Wucht des Tritts, der gegen das Holz geführt worden war.

Soldaten der Leibwache drängten in den Raum, gefolgt von dem Konsultanten und dem Kabcar.

Stumm schüttelte Lodrik den Kopf, als er seinen einstigen Vertrauten vor dem Amulett am Boden sitzen sah. Die maßlose Enttäuschung in Lodriks meeresblauen Augen brachte Stoiko die Erkenntnis, dass, egal was er nun sagen würde, der junge Herrscher ihm nicht glauben würde.

»Kannst du mir erklären, was du da tust, Stoiko?«, fragte Lodrik leise.

Langsam stellte sich der Mann auf die Beine, das Schmuckstück in der Rechten haltend. »Ich versuchte, Euch vor einem großen Fehler zu bewahren. Ich würdet Euch und Tarpol damit unglücklich machen.«

»Seitdem mich meine engsten Freunde hintergehen, bin ich unglücklich.« Der Kabcar streckte die Hand aus. »Gib mir mein Eigentum zurück, das du mir wie ein gewöhnlicher Dieb gestohlen hast. Du wolltest verhindern, dass ich mein Land vor dem Ansturm der anderen bewahre. Das ist Hochverrat, Stoiko. Und du hast mich verraten, hintergangen, betrogen. Nach Waljakov und Norina nun auch du. Habe ich denn jahrelang auf den falschen Menschen gehört?« Sein Mund verzog sich. »Gib es mir.«

Mit Schwung beförderte es Stoiko aus dem Fenster. »Wenn die Götter mit uns sind, werdet Ihr es nicht finden, Herr. Ihr dürft Euch nicht von Nesreca ins Verderben leiten lassen. Das Geeinte Heer wird nicht in Tarpol einmarschieren. Niemand plant, Euch anzugreifen. Das Heer dient einzig und allein dazu, Sinured im Notfall abzuwehren, solltet Ihr ihn nicht beherrschen können.«

»Seht Ihr, Hoher Herr«, meinte Nesreca triumphierend, »er war im Teezimmer und hat gelauscht.«

»Als mir Mortva das sagte, wollte ich ihm nicht glauben. Auch nicht, dass du mein Amulett gestohlen hättest.« Der Kabcar atmete tief ein. »Nun bist du überführt. Vor meinem Angesicht. Und du denkst, ich schenke noch einem einzigen Wort aus deinem Mund Glauben? Ich werde das Amulett finden, und wenn alle Ulsarer auf Knien dort herumrutschen und suchen müssen.«

»Merkt Ihr denn nicht, was um Euch herum vorgeht, Herr? Diese Schlange, diese Ausgeburt an Bosheit, zieht Euch in ihren Bann. Dabei ist dieser Mann nicht einmal Euer Vetter!«, sagte Stoiko inständig. »Überprüft die Papiere in Berfor. Er war niemals an der Universität, niemand kennt ihn dort. Er kann auch die Pläne für die Waffen nicht von dort haben.«

Gleichgültig erwiderte der junge Mann seinen Blick. »Was soll's? Er steht mir, im Gegensatz zu anderen, treu zur Seite. An ihm habe ich nicht die Spur von Verrat entdecken können. Aber du, Stoiko, ausgerechnet du. Ich wurde eines Besseren belehrt, obwohl es mein Verstand nicht begreifen will.«

»Dann hört auf Euer Herz«, bat sein früherer Vertrauter. »Norina, Waljakov, ich, wir alle möchten Euch von diesem silberhaarigen Dämon, den Tzulan höchstpersönlich geschickt haben könnte«, ein Lächeln huschte über das Gesicht des Konsultanten, »befreien. Seine Ratschläge werden die Dunkle Zeit zurückbringen. Mehr will er doch nicht. Seht das, bei Ulldrael dem Gerechten!«

Eine der Leibwachen, die offenbar vor dem Haus Stellung bezogen hatten, kam herein und reichte dem Kabcar eine zerrissene Kette. Das Amulett fehlte.

»Die Götter sind mit uns«, murmelte Stoiko. Er wusste, dass er Lodrik nicht mehr überzeugen konnte. Also musste er wenigstens die anderen warnen. Bis das Schmuckstück gefunden worden war, war nur eine Frage der Zeit. Der Mann lief zum Tisch und öffnete den Käfig mit der letzten Taube darin.

Einer der Soldaten verpasste ihm einen Hieb mit dem Stiel seiner Hellebarde, dass Stoiko polternd zu Boden ging und das kleine Gefängnis mit sich riss.

Das Bastgeflecht zerbrach, der Vogel hüpfte aufgeregt über die Dielen und schlug mit den Flügeln. Gurrend landete er auf dem Tisch und hackte nach ein paar Körnern.

»Die Brieftaube«, zischte Nesreca und schaute zu dem geöffneten Fenster. »Keine schnellen Bewegung, sonst fliegt sie davon. Wer weiß, welche Geheimnisse sie mit sich trägt.«

Wie auf rohen Eiern gehend, pirschten sich die Männer an das aufmerksame Tier heran. Der Kopf der Taube ruckte hin und her. Eine Wache streckte langsam die Hände aus, um nach ihr zu greifen.

Stoiko wälzte sich ächzend auf den Rücken und trat gegen ein Tischbein.

Von der Erschütterung erschrocken, schlug der Vogel mit den Schwingen und flüchtete sich hinaus. Selbst der beherzte Sprung des Soldaten kam zu spät. Die Taube machte sich auf die Reise.

Ein furchtbarer Knall ertönte aus der Richtung des Kabcar, eine kleine Flamme zuckte aus der Mündung der neuen Waffe, die der Konsultant in der rechten Hand hielt, und eine stinkende Dampfwolke stieg auf. Getroffen geriet der Vogel ins Trudeln und stürzte ab.

Lächelnd reichte Nesreca die Waffe an Lodrik zurück. »Verzeiht, dass ich mich selbst bediente, Hoher Herr, aber die Zeit drängte.«

»Guter Schuss«, lobte der Kabcar anerkennend.

Es roch in der Kammer nach Schwefel. Die Soldaten standen da mit kreidebleichen Gesichtern und starrten auf das kleine Ding in der Hand des Herrschers, das den infernalischen Lärm verursacht hatte und scheinbar mit einem Blitz tötete. Die Dunstwolken lichteten sich.

»Geht und findet die Taube.« Der Herrscher wandte sich Stoiko zu. »Du hast für die anderen Spionage betrieben. Dafür könnte ich dich hier und jetzt töten lassen. Aber ich schulde dir immer noch meinen Dank für die vielen Jahre, in denen du dich um mich gekümmert hast. Auch die Zeit in Granburg sei dir wohlwollend angerechnet.« Ein verächtlicher Blick fiel auf seinen alten Mentor. »Eine Gefängniszelle im Palast wird für dich frei sein. Du wirst gut behandelt werden, aber niemals mehr das Licht der Sonnen sehen dürfen.«

»Wozu auch, Herr?«, entgegnete Stoiko niedergeschlagen. »Wenn die Dunkle Zeit dank Euch und dem Dämon an Eurer Seite schon bald zurückkehrt, wird es ohnehin Nacht auf Ulldart werden.« Wachen führten ihn hinaus. »Im Vergleich zu den vielen Menschen auf dem Kontinent werde ich es in meiner Zelle noch gut haben«, rief er von draußen.

Lodrik wurde die erschossene Taube gebracht. Die Bleikugel hatte ihren Leib zerfetzt. Das Blut, das ihm an den Fingern herablief, als er die kleine Tasche entfernte, störte ihn nicht.

Vorsichtig nahm er den Zettel heraus und warf einen Blick darauf. Dann reichte er ihn seinem Vetter. »Lasst das entschlüsseln und berichtet mir. Sperrt die Umgebung rund um das Haus und dreht jeden Stein um. Ich brauche dieses Amulett.«

Abrupt wandte er sich um und verließ das Haus, in dem seinem scheinbar besten Freund die Maske vom Gesicht gerissen worden war. Er hasste das Gebäude dafür, die enttäuschende Wahrheit ans Licht gebracht zu haben.

Vor seiner Kutsche blieb er stehen. »Wenn die Suche erfolgreich abgeschlossen ist, reißt dieses Haus hier ein«, befahl er seinem Kommandanten. »Von ihm soll nichts mehr zu sehen sein.« Er reinigte sich die Hände an der Pferdedecke. Beim nächsten Verrat, ganz gleich, von wem er begangen worden war, würde er nicht die Spur von Milde zeigen.

In einer seltsamen Stimmung zwischen Niedergeschlagenheit und Hass stieg er in das Gefährt.

Sobald er im Palast angekommen war, würde er das Hauptkontingent der Tzulandrier anhalten und nach Süden schwenken lassen. Wenn er sich richtig erinnerte, war Telmaran nicht allzu weit von der südlichsten Ecke der Großbaronie entfernt.

Ulldart, Königreich Rundopâl,
vierzehn Warst vor der Hauptstadt Tularky,
Spätherbst 443 n. S.

Treskor schnaubte unwirsch, setzte einen Huf vor den anderen und trottete die aufgeweichte Straße entlang. Das, was ihm sein Herr angelegt hatte, war ihm fremd, und er empfand es als äußerst unbequem. Es schränkte ihn in seiner Bewegungsfreiheit sehr ein, und das machte den schwarzen Hengst leicht gereizt.

»Er wirkt nicht sehr glücklich«, merkte Norina an,

und als habe das Streitross sie verstanden, peitschte der Schweif hin und her.

»Es bleibt ihm nichts anderes übrig«, meinte Waljakov freundlich. »Er ist das Ziehen eines Karrens nicht gewohnt. Vermutlich verwünscht er mich, weil ich ihm das angetan habe.«

Die Brojakin sah den Kämpfer an und musste einmal mehr grinsen.

Waljakovs Schädel zierte eine schwarze Perücke. Unter einer weiten Bauerntracht, die er reichlich ausgestopft hatte, um seinen Körper unförmig und dick erscheinen zu lassen, trug er den Brustharnisch. Sein Säbel klemmte verborgen unter dem Kutschbock, vier Armbrüste lagen versteckt unter einer Decke auf der Ladefläche.

Zum ersten Mal sah die junge Frau den Mann ohne die mechanische Hand. Stattdessen trug der Krieger ein Paar herkömmliche grobe Handschuhe. Er hatte ihr gestanden, dass er in Wirklichkeit den Trick mit der mechanischen Hand erfunden hatte, um seine verkrüppelte Extremität zu verbergen und zugleich mehr Eindruck in der tarpolischen Armee zu schinden.

Sein kahl rasiertes Gesicht wirkte ungewohnt auf Norina. Wäre sie dem Leibwächter so in Ulsar begegnet, hätte sie ihn nicht erkannt. Nur die eisgrauen Augen konnte Waljakov nicht verbergen.

Auch die Brojakin kam um Veränderungen nicht herum. Auf seine Anweisungen hin hatte sie sich die Haare um die Hälfte gekürzt und braun gefärbt. Ihr Körper steckte in einer tarpolischen Bauerntracht, die sie als verheiratete Frau kennzeichnete. Das machte für einen Beobachter aus Waljakov ihren Gemahl, und genauso sollte es wirken. Dass der Mann mehr als doppelt so alt war wie sie, würde niemanden stören. Solche Heiraten kamen öfter vor.

Selbst Treskor wurde vom Streitross zum Zugpferd

degradiert, was dem Hengst sichtlich nicht passte. Dafür bekam er gelegentlich eine doppelte Ration Hafer vom Leibwächter und besondere Streicheleinheiten von Norina. Nicht verheimlichen konnte sie ihre Schwangerschaft, die den Bauch mit dem ungeborenen Leben deutlich sichtbar werden ließ.

Auf ihrem kleinen Planwagen, den sie erstanden hatten, transportierten sie Proviant für ihre langsame, ereignislose Reise, von dem sie vorgaben, ihn auf dem Markt verkaufen zu wollen, wenn sie danach gefragt wurden. Sollte Nesreca ihnen Verfolger nachgeschickt haben, ließen sie sich bisher von der Tarnung täuschen.

Die meiste Zeit verbrachte die werdende Mutter auf der Ladefläche, einigermaßen gemütlich gebettet zwischen Decken und unter sich eine dicke Schicht Stroh, um die Schläge des Gefährts abzudämpfen. Die Aussicht war langweilig: flaches Land, wenig Vegetation und selten ein paar Menschen. Die meisten der Rundopâler lebten an der Küste, das Hinterland war karg und wenig ertragreich, wenn es um Landwirtschaft ging.

Immer öfter durchrollten ihren Leib Hitzewallungen, in manchen Nächten lief ihr der Schweiß in Strömen hinab. Seit Neuestem gesellten sich Unterleibskrämpfe hinzu, und die Brojakin betete inständig zu Ulldrael, er möge das Kind beschützen. Die Strapazen der Reise machten sich täglich stärker bemerkbar.

Die Augen des Leibwächters wanderten zum Himmel, der sich mehr und mehr verfinsterte.

»Wir sollten demnächst ein Gasthaus suchen. Es ist zwar nicht mehr weit bis nach Tularky, aber wenn es heftig regnet, wird sich diese Straße in einen einzigen Morast verwandeln«, erklärte er seiner Begleiterin, die daraufhin nickte. Treskor wieherte seine Zustimmung.

»Manchmal glaube ich wirklich, er versteht, was man sagt«, wunderte sich Norina. »Ein solches Pferd habe ich noch nie erlebt.«

»Er ist etwas Besonderes«, stimmte der Krieger zu. Er kratzte sich. »Diese Perücke ist furchtbar. Wie kann man so etwas nur freiwillig tragen?«

Ein großer Tropfen Wasser fiel aus den Wolken und klatschte laut hörbar auf die leinene Abdeckung des Wagens: der erste Vorbote eines gewaltigen Schauers, der wenig später mit Wucht einsetzte. Der Hengst schnaubte, schüttelte den massigen Kopf und beschleunigte seinen Gang.

»Er hat keine Lust mehr«, sagte Norina. »Er möchte ins Trockene.«

»Er hat andere Pferde gerochen«, meldete Waljakov und deutete den Weg entlang. »Da vorne kommt so etwas wie eine Raststation. Schätzungsweise zwei Warst.«

Ein einsetzender Wind jagte dichte Regenschleier vor sich her und ließ sie gegen die linke Seite des Wagens prasseln. Bald standen die ersten Pfützen auf der Straße, die sich, ganz nach der Vorhersage des Leibwächters, in eine einzige Schlammpiste verwandelte.

In einiger Entfernung stapften zwei Wanderer durch den Matsch, offensichtlich ein älterer Mann und ein Mädchen. Als sie das Fuhrwerk kommen hörten, blieben sie stehen und wedelten mit den Armen.

Waljakov machte keine Anstalten, Treskors flotten Trab zu zügeln.

»Wir könnten sie doch mitnehmen«, meinte Norina leise. »Es regnet doch so stark.«

»Wenn sie sich beeilen, sind sie in weniger als einer Stunde im Gasthaus«, entgegnete der Leibwächter. »Es könnte eine Falle sein.« Er sah in ihre braunen Augen, die ihn bittend anblickten. »Auch wenn die Wahrscheinlichkeit sehr gering ist.« Seufzend brachte er den Wagen zum Stehen. Ihr etwas abzuschlagen fiel ihm schwer.

»Springt auf. Aber benehmt euch«, knurrte er die beiden an. »Sonst setzt es eine Tracht Prügel.«

Die beiden Wanderer, die einfache braune Kleidung trugen, liefen nach hinten, um auf die Ladefläche zu klettern.

Zu Norinas Erstaunen half das Mädchen dem Mann beim Einsteigen. Ächzend schwang er sich hinauf, das Kind schob von unten. Etwas klackte leise, als er sich richtig hinsetzte. Mit einem Satz hopste es dann ebenfalls in den Planwagen.

»Ulldrael der Gerechte sei mit dir«, grüßte der Mann, der schon einige Jahre Lebenszeit auf dem Buckel hatte, freundlich und legte den nassen Umhang ab. Etliche graue Strähnen zeigten sich zwischen den schwarzen Haaren, und sein Gesicht kam der Brojakin merkwürdig bekannt vor. »Danke, dass ihr uns vor dem Regen bewahrt habt. Ulldrael scheint das Land wegspülen zu wollen.«

Das Mädchen, das Norina auf vierzehn Jahre schätzte, grinste sie an und pochte gegen eines der Vorratsfässer. »Habt ihr etwas zu essen? Ich sterbe vor Hunger.« Sie öffnete den Deckel und steckte die Nase in die Tonne.

»Fatja!«, wies der Mann das Kind zurecht. »Willst du, dass die netten Leute uns wieder in den Regen werfen?« Er zog sie zurück und wollte den Behälter wieder schließen, aber die Brojakin hinderte ihn daran.

»Nehmt euch ruhig etwas von dem Brot. Daneben liegt der Schinken und der Käse. Wir haben genug.«

Fatja lachte auf, klatschte in die Hände und verschwand schnell wie er Blitz fast bis zur Hälfte im Fass, um nach den Köstlichkeiten zu tauchen.

»Kinder«, sagte der Mann. »Du bist sehr freundlich, Bäuerin. Ich bin Piotr, das ist meine Enkelin Fatja. Wir sind auf dem Weg nach Tularky.« Er reichte ihr die Hand.

Norinas Gedächtnis arbeitete auf Hochtouren, aber noch konnte sie das Antlitz und die Stimme nicht genau einordnen. Ein vager Verdacht kam auf. Offenbar hielt die eigene Maskerade der Betrachtung stand. Wenn der Wanderer sie erkannt hatte, ließ er sich nichts anmerken.

Glücklich und auf beiden Backen kauend erschien das Mädchen wieder und schwenkte ein angebissenes Brot und Käse.

»Ich bin Marjala und das ist mein Mann Oljomov. Wir fahren auf den Markt«, übernahm sie die Vorstellung. Der Leibwächter schaute kurz über die Schulter und nickte. Er schenkte den beiden Mitfahrern keine große Aufmerksamkeit.

Der Brojakin fiel es wie Schuppen von den Augen. »Sag mal, bist du unsere kleine Fatja? Die Schicksalsleserin?«

Augenblicklich stoppten die Essbewegungen, misstrauisch verengten sich die Augen.

Vom Kutschbock ertönte ein Fluch, Waljakov hatte das Gefährt angehalten, dann drehte er sich um. Auch seine Erinnerung hatte etwas Zeit benötigt, um zurückzukehren. »Das sind doch der Mönch und die kleine Hexe aus Granburg!«, brach es aus ihm hervor.

Fatjas Blicke flogen zwischen den vermeintlichen Bauern hin und her, dann raffte sie in aller Eile Proviant zusammen und sprang fluchtartig aus dem Wagen. »Los, komm! Sie wissen, wer wir sind!«, forderte sie ihren Begleiter auf.

Der ältere Mann war zu überrascht, um reagieren zu können. Starr saß er auf seinem Platz und beobachtete ängstlich den hünenhaften Landwirt, der nach hinten auf die Ladefläche sprang. »Du bist Matuc, der bei der Krönung damals ein Bein verloren hat, oder?« Waljakov packte nach dem rechten Unterschenkel und grunzte zufrieden. »Eine Prothese. Er ist es.«

»Keine Angst«, beruhigte die junge Frau den Geistlichen. »Wir wollen dir nichts Böses. Wir waren nur zu verwundert. Wir haben nicht damit gerechnet, dich in

Rundopâl zu treffen. Du wolltest doch zurück in dein Ulldrael-Kloster. Und wo ist deine Robe?«

»Norina Miklanowo?«, fragte Fatja. Sie kam ein paar Schritte zurück zum Wagen. Der Regen hatte sie inzwischen vollständig durchnässt. »Ich meine, Ihr seid Norina Miklanowo?«

Matuc starrte sie an. »Ihr?« Sein Kopf drehte sich zu ihrem vermeintlichen Gatten. »Dann seid Ihr wohl Waljakov? Ich hätte Euch nicht erkannt. Mit Haaren.«

»So wie es aussieht, stecken hinter diesem Zusammentreffen zwei sehr interessante Geschichten«, sagte die werdende Mutter und lehnte sich gequält lächelnd zurück, weil sie ein Stechen im Unterleib spürte. »Wir sollten sie aber in aller Ruhe an einem wärmenden Feuer austauschen, findet ihr nicht?« Sie winkte dem Mädchen zu, das bibbernd im Schlamm stand, nass von Kopf bis Fuß. »Komm rein. Du wirst sonst noch krank.«

Fatja warf Waljakov einen abschätzenden Blick zu, bevor sie sich wieder ins Innere schwang.

Der Leibwächter kehrte grummelnd auf den Kutschbock zurück und ließ Treskor antraben.

»Ich hätte dich fast nicht mehr erkannt«, sagte die Brojakin zu der Schicksalsleserin und strich ihr über das feuchte Haar. »Du bist gewachsen.«

»Und Ihr seid schwanger«, entgegnete das Mädchen. »Von ihm?« Sie deutete auf Waljakovs Rücken und kaute auf dem Käse herum. »Müsst Ihr deshalb flüchten?«

»Nein, nein«, wehrte Norina ab. »Das werde ich nachher in aller Ausführlichkeit am Kamin erklären. Und dann würde ich gerne erfahren, warum ihr beide euch den Weg teilt. Und wer euch beide verfolgt, oder warum bist du sonst so schnell aus dem Wagen gesprungen?«

»Wann ist es denn so weit?«, fragte sich der Geistliche, weil er den Grund ihrer Reise nicht preisgeben wollte. Mit einem Mal kehrte die Prophezeiung, die ihm seine kleine Begleiterin gegen seinen Willen verkündet hatte, in den Kopf zurück. War da nicht die Rede von einem Kind gewesen? Er betrachtete die Schwangere nachdenklich. Ob damit ihr Nachwuchs gemeint war?

Auf alle Fälle war er sehr gespannt, was die Brojakin und Geliebte des Kabcar dazu veranlasst hatte, sich unerkannt und noch dazu in dem Zustand der höchsten Gravidität ohne Arzt oder Gefolge durch Rundopâl zu schlagen.

»Ich weiß es nicht genau«, antwortete die Brojakin und schloss einen Moment die Augen. Eine heiße Welle durchlief ihren Körper von unten nach oben, ein Schwindel erfasste sie. »Aber ich fürchte, etwas stimmt nicht.«

»Und dennoch macht Ihr Euch auf die Reise?« Fatja schüttelte den Kopf mit dem kurzen schwarzen Haar. »Ist er denn wenigstens Medicus?«

»Ja. Ich kann deine Flausen kurieren und dir die Neugier austreiben«, brummte Waljakov und lenkte den Wagen in den kleinen Innenhof vor dem Eingang zum Gasthaus. Er sprang von seinem Sitz und spannte Treskor aus, um ihn schnell in den Stall zu führen. Danach kehrte er zurück und half der Brojakin von der Ladefläche; das borasgotanische Mädchen unterstützte Matuc.

Durch die beschlagenen Scheiben des Gehöfts hörte man laute Musik, Gelächter und angeregte Unterhaltungen.

»Im Stall sind einige Pferde und Gespanne untergebracht«, berichtete der Leibwächter knapp. »Vermutlich Küfer, die zur Fischsaison an die Küste ziehen. Derbe Menschen, also seid etwas vorsichtig, wenn ihr mit ihnen redet.«

Gemeinsam traten sie ein. Gelegentlich wandte sich den Neuankömmlingen ein Gesicht zu, aber im Großen und Ganzen wurden sie ignoriert.

Der verkleidete Krieger leitete die Gruppe an einen kleinen Tisch in der Nähe des Kamins, um die zähneklappernde Schicksalsleserin so rasch wie möglich aufzuwärmen. Auch der Schwangeren würde das Feuer gut tun.

Matuc reckte dankbar die klammen Hände gegen die Flammen und rieb sie, Fatja hüpfte vor dem Kamin auf und ab. Norina lehnte sich mit dem Rücken an die aufgeheizten Backsteine und begann sofort zu dösen.

Waljakov verschwand zwischen den dicht an dicht gedrängten Menschen und kehrte nach einiger Zeit mit dampfenden Schüsseln zurück.

»Es gibt nichts außer Eintopf«, entschuldigte er das Essen. »Aber es wärmt. Nur eine Unterkunft kann uns der Wirt nicht geben. Die Zimmer seien schon alle durch die Küfer belegt.« Die Gruppe löffelte die heiße Suppe.

»Vielleicht könnten wir zumindest einen von ihnen höflich bitten, sein Bett für eine Schwangere zu räumen«, sagte Matuc.

»Versuch dein Glück«, meinte der Leibwächter grantig. »Die Fassmacher sind sture Hunde. Ich habe schon mit ihnen gesprochen.«

Ungläubig sah Fatja von ihrer Suppe auf. »Wenn du das im gleichen Ton wie eben gemacht hast, wundert mich nicht, dass wir keinen Platz bekommen.«

Der Hüne sandte ihr einen bösen Blick.

»Vermutlich ist es wirklich besser, wenn ich es noch einmal versuche.« Matuc stand auf und suchte nach der Gruppe von Küfern.

Die vier Männer, durchschnittliche Gestalten mit kräftigen Armen, hockten um einen Tisch und leerten ihre Bierhumpen. Alle wirkten bereits angetrunken. Auf dem Holz lagen abgegriffene Spielkarten und ramponierte Würfel.

Der Mönch trat heran und räusperte sich. »Ulldrael der Gerechte sei mit euch allen. Ich komme mit einer Bitte. Wir«, er deutete auf seine Begleiter, »haben eine Schwangere in unserer Mitte, und sie müsste dringend eine Nacht in einem Bett verbringen. Die Reise war sehr anstrengend.«

»Sieht sie gut aus? Dann kann sie die Nacht gerne in meinem Bett verbringen!«, grölte einer der Küfer, und seine Kumpane wieherten los. »Wir hatten auch eine anstrengende Reise.«

»Ihr seid aber nicht schwanger«, hielt Matuc tapfer dagegen.

»Das hätte sie sich dann eben vorher überlegen müssen«, meinte der Sprecher. »Wir haben uns den Schlaf auf bequemen Matratzen redlich verdient.«

Der ehemalige Klostervorsteher überlegte kurz und hatte einen Einfall. »Wir könnten ein Spiel darum wagen. Ihr seid, wie mir scheint, alle sehr gute Spieler. Aber ziemlich verweichlicht, wenn ihr unbedingt in Betten schlafen müsst. Dabei dachte ich immer, Küfer wären solch harte Männer.«

Das Lachen hatte schlagartig aufgehört. »Was sagst du da, Bursche?« Der Sprecher erhob sich und baute sich vor Matuc auf. »Du beleidigst eine ganze Zunft mit deinen Worten.« Er hob seine breiten, vernarbten Hände. »Die hier legen glühende Eisenringe um Holz, schmieden und schneiden, ohne dass ich Schmerzen spüre, und du redest von ›verweichlicht‹?« Musternd glitt sein Blick an der Statur des Mönchs herab. »Was bist du denn für einer? Ein halbes, altes Hemd?«

»Ich bin Schreiber«, lautes Lachen brandete um ihn herum auf, »und ich ertrage mehr Schmerz als du. Darauf wette ich.«

»Ein Tintenfresser! Um wie viel?«, kam es sofort aus dem Mund seines Gegenübers. Matuc hatte mit seiner Einschätzung Recht behalten. Er war an echte Spielernaturen geraten.

»Eine Unterkunft«, gab er seinen Einsatz bekannt. »Mehr will ich nicht.«

»Das ist alles, Federkiel?« Der Küfer schwankte ein

wenig und musste sich am Tisch abstützen. Der Alkohol tat weiterhin seine Wirkung. »Na schön. Und wenn du gewinnst, spendiere ich eine Runde.« Umständlich erklomm er einen Stuhl. »Hört alle her! Es gibt einen Wettkampf. Kommt her und setzt auf mich!«

Die Gäste drängten sich heran, auch Waljakov schob sich durch die Menge. Er war gespannt, was der Mönch vorhatte.

Fatja stand wieder vor den Flammen, in die sie zuvor drei große Scheite nachgelegt hatte und drehte und wendete sich, damit die Kleidung trocknete. Dabei stopfte sie sich immer wieder Brotstücke in den Mund.

Amüsiert beobachtete Norina das Mädchen, das sich seit ihrem letzten Treffen sehr verändert hatte.

Erste Ansätze von Weiblichkeit waren deutlich zu sehen, ihr Gesicht war etwas schmaler geworden, der ernste Zug dagegen wich nicht. Er stand im Gegensatz zu dem kindlichen Verhalten der Schicksalsleserin.

»Was tust du eigentlich hier in Rundopâl?«, fragte die Brojakin. »Was ist aus deinen Leuten geworden? Sie haben sich große Sorgen gemacht, nachdem du verschwunden warst.«

»Ich musste dringend weg«, wich das Mädchen aus und kniff prüfend den Stoff ihres Kleides, um zu sehen, ob die Feuchtigkeit daraus verdampfte. »Ich musste es jemandem versprechen. Seitdem habe ich sie nicht mehr gesehen. Wisst Ihr etwas?«

»Nein.« Norina senkte den Kopf. Dann erzählte sie in aller Kürze, dass sie schon lange in Ulsar gelebt hatte, danach das Land von Borasgotan erobert worden und sie seitdem nicht mehr dort gewesen war.

»Und nun erwartet Ihr ein Kind und macht Euch auf die Reise nach Tularky?« Fatja setzte sich ihr gegenüber. »Das muss doch einen gewichtigen Grund haben, oder?« Sie fixierte die Mandelaugen der jungen Frau.

Und dann geschah es. Ohne dass die Schicksalsleserin es wollte, setzte der Vorgang ein, mit dem sie bruchstückhaft in die Zukunft der Menschen sehen konnte.

Aber etwas war bei Norina anders. Das Gefühl gestaltete sich intensiver, sie konnte den Blick nicht mehr von den braunen Augen der Brojakin wenden, die einen geistesabwesenden Eindruck machte. Etwas zog sie wie ein übermächtiger mentaler Strudel ins Innere, immer tiefer und tiefer. Und dann kamen die Schmerzen.

Fatja krallte sich keuchend an der Tischplatte fest, verzweifelt versuchte sie, diesen Prozess anzuhalten, aber es gelang ihr nicht. Sie gab ihren aussichtlosen Widerstand auf. Es war stärker als sie.

Die werdende Mutter dagegen spürte die eigentümliche innerliche Leichtigkeit, den Schwebezustand im Kopf, das Nichts der Gedanken. Sie vermeinte zu fliegen, schwebte, schwebte …

Wetten wurden abgeschlossen, wobei natürlich niemand ernsthaft den »Schreiberling« als Favoriten betrachtete. Matuc setzte sein ganzes Vermögen, vierzig Waslec, auf sich selbst.

»Und wie soll der Wettkampf nun laufen?«, fragte der Fassmacher belustigt.

»Ich habe dich herausgefordert, also sage ich, was wir machen.« Der Mönch schaute in die Runde. »Such dir ein Körperglied aus, mit dem du gegen mich antreten willst.« Wortlos hob sein Kontrahent die schwielige Hand. Der Mönch zeigte auf sein rechtes Bein. »Meine Hände schone ich, weil ich damit noch schreiben muss«, erklärte er seine Wahl. »Einverstanden?«

Der Küfer nickte gönnerhaft, seine Augen waren vom Alkohol gerötet.

Matuc ließ sich einen Hammer bringen, setzte sich auf einen Stuhl und legte das Bein hoch.

»Ich beginne.« Krachend landete die flache Seite des

Werkzeugs auf seinem rechten Unterschenkel, und in simuliertem Schmerz zuckte er ein wenig zusammen. »Nun du.«

Grübelnd stand der Fassmacher neben seinem Gegner. Zögerlich packte er den Stiel und schlug sich auf den Handrücken. Auch er verzerrte das Gesicht, aber kein Stöhnen entfuhr ihm. Dann nahm er seinen Humpen und leerte ihn hastig in einem Zug.

»Gleichstand«, entschied der Wirt. »Nächste Runde.«

Matuc wiederholte den Hieb, diesmal deutlich fester, auch der Fassmacher zog nach. Die Lippen fest zusammengepresst, die Zähne aufeinander gebissen, stand er einige Lidschläge im Raum und beherrschte sich. Der Schmerz war gewaltig. Diesmal gönnte er seiner Kehle zwei der riesigen Becher, sein Handrücken glühte förmlich.

»Hmm«, meinte der Wirt, der nun immer mehr gespannt war, wie das Duell ausgehen würde. »Wieder Unentschieden.« Er nahm das Werkzeug. »Diesmal schlage ich zu.«

Die bereits etwas getrübten Augen des Küfers wurden groß. Der Mönch tat so, als überlegte er sich, die Wette verloren zu geben. Doch nach vielen Anfeuerungsrufen der Gäste im Schankraum willigte er ein.

Der Gasthausbesitzer schonte keinen der Gegner.

Der Küfer hatte sich ein Stück Holz in den Mund geschoben, Matuc klammerte sich an die Sitzfläche seines Stuhls. Nach dem Treffer sprang er auf, hüpfte durch den Raum und rieb sich dabei immer wieder die Stelle, wo es seinen rechten Unterschenkel getroffen hatte.

In der Kneipe war es inzwischen so still, dass man eine Stecknadel fallen hören konnte. Jeder wollte mitbekommen, welcher der Männer zuerst einen Laut von sich geben würde.

Dem Fassmacher entschlüpfte ein gequältes Stöhnen, als der Hammer auf seine Hand donnerte. Aber Matuc ließ es großzügig gelten, um eine nächste Runde herauszuschlagen, in der er den Betrunkenen endgültig aus dem Rennen werfen wollte.

»Ich werde drei Wochen nicht mehr gehen können«, jammerte der Mönch. »Du bist ein harter Gegner«, lobte er seinen Widersacher, der von Bier zu Branntwein gewechselt hatte. Dicke Blutergüsse zeigten sich unter seiner Haut. »Aber nun, gib gut Acht.«

Als ein Stück Holz im Kamin laut knackte, zuckte Norina zusammen und kehrte in die Wirklichkeit zurück.

Ihr gegenüber saß eine bleiche Fatja, die die Brojakin aus vor Überraschung geweiteten Augen anstarrte. Die Fingernägel hatten sich tief in den Tisch gebohrt, ihre Haltung wirkte steif wie die einer Puppe.

»Was«, stammelte die Brojakin und lehnte sich an die Wand. »Was ist passiert? Ich bin geflogen … aber nun sitze ich hier …« Sie berührte sanft die Rechte der Schicksalsleserin.

Das Mädchen blinzelte daraufhin ein wenig, löste die Hände und schüttelte sie vorsichtig aus. »Ich sollte mir die Augen ausstechen lassen«, flüsterte sie leise.

»Warst du das etwa?«, wollte Norina wissen. »Was hast du gemacht? Hast du meine Zukunft gesehen? Rede!«

Fatja langte nach Matucs Becher und leerte ihn hastig, ohne auf die Frage der jungen Frau einzugehen. Dann schaute sie in die Flammen, um sich zu sammeln. »Euer Schicksal hat sich geändert. Und ist noch nicht in allen Punkten festgeschrieben.«

»Bitte«, drängte die Brojakin ungeduldig und besorgt, »lass mich nicht länger im Unklaren. Du machst mir Angst.«

Das Mädchen wandte sich um. »Wenn Ihr es so wollt. Ich sah ein Schiff, einen Sturm und unbekannte Schiffe, die ein anderes angriffen. Ich sah Euch, wie Ihr in einer kargen Hütte saßt, zusammen mit Matuc. Er kümmerte sich um ein Kind.« Fatja deutete auf den Bauch mit dem ungeborenen Leben darin. »Dieses Kind. Das Kind des Kabcar. Es wird ein Junge werden, ein ganz besonderer Junge, dem die Macht gegeben wurde, sich gegen das Dunkel in all seiner Gestalt zu stellen, weil er das Dunkel mit seinen eigenen Waffen schlägt. Deshalb trägt er eine Art Fluch in sich. Und nur zusammen mit seinem Bruder wird er Licht in die Düsternis bringen.« Sie schluckte. »Aber erst nach Eurem Tod.« Ein Schluchzen kam aus ihrer Kehle. Sie schlug die Hände vors Gesicht und weinte plötzlich. »Ich bin schuld, dass die Dunkle Zeit zurückkehrt. Ich hätte alle warnen können. Aber die Beobachter …« Der Rest des Geständnisses ging in Tränen und Schniefen unter.

Norina schüttelte ihr Erstaunen ab, setzte sich neben das aufgelöste Kind und nahm es in die Arme. »Ruhig, Fatja.«

Die kleine Schicksalsleserin wischte sich mit ihrem Ärmel die salzigen Tropfen aus dem Gesicht und putzte sich lautstark die Nase. »Ich habe damals nicht gewusst, dass es der Kabcar ist, dessen Zukunft ich sehe. Ich habe ihm gesagt, dass er der Nachfolger eines sehr großen, gefürchteten Herrschers werden und über viele Untertanen gebieten wird. Aber ich habe ihm das andere verschwiegen, weil die Beobachter es so wollten. Niemandem durfte ich von meinen Visionen über die großen, alten und halb zerfallenen Kampfschiffe erzählen, die durchs Meer pflügten. Keiner wusste von den furchtbaren, hasserfüllten Kriegern, die plündernd und mordend durch einst blühende Ebenen zogen und alles niedermetzelten, was sich ihnen in den Weg stellte.«

Norina lief es bei den Worten eiskalt den Rücken hinunter. Sie ahnte, was das zitternde Mädchen schilderte. Das konnten nur die tzulandrischen Truppen sein.

»Eine wunderschöne Frau mit den grausamsten Augen, die ich mir vorstellen konnte, befehligte die Truppen, ein hübscher junger Mann stand in einem Ring gleißender Energie und verbrannte mit seinem Purpuratem ein Dorf zu Asche.« Fatja schnäuzte sich ein weiteres Mal in den Ärmel und nahm einen Schluck, diesmal aus Waljakovs Krug. Ihr Körper bebte immer noch. »Mütter und Kinder wurden von einem missgestalteten, riesigen Krüppel in einer prächtigen Rüstung mit einer gewaltigen Keule lachend erschlagen, und über allen Geschehnissen glühten die riesigen Augen Tzulans.« Sie barg ihr Gesicht an der Brust Norinas, die fassungslos der Erzählung gelauscht hatte. »Es war schrecklich. Und dann haben die Beobachter mir gedroht, dass sie mich umbringen, wenn ich es jemandem sage.« Sie hob ihr Antlitz. »Die Vision von Eurem Schicksal hat das Gesehene von damals wieder an die Oberfläche gebracht. Ich musste es einfach loswerden. Ich …«

»Es ist gut«, sagte die Brojakin beruhigend und drückte Fatja an sich. »Beruhige dich. Wir warten auf die anderen.«

Als der Mönch nach einem Nagel verlangte, hielt das Publikum den Atem an.

Er tat so, als suchte er nach dem Schienbeinknochen und setzte die Spitze darauf. Dreimal schlug er auf das Nagelende und trieb das Metallstück mehrere Zentimeter in sein Bein.

Mit lautlosem Leiden stand er auf, lief ein wenig umher und hängte sich sogar noch einen Bierhumpen an den Nagel.

Dann entfernte er den Eisenstift und warf sich keuchend auf den Stuhl.

»Konzentration und völlige Körperbeherrschung«, schnaufte er. Er hielt dem entsetzten Küfer Hammer und Nagel hin.

Einer seiner Kumpane setzte die Spitze auf den Handrücken, Matucs Wettgegner hob mit zitterndem Arm das schwere Werkzeug. Dicke Schweißperlen liefen ihm über die Stirn, und er kämpfte sichtlich mit der Fassung.

Alles wartete gebannt auf den Schlag.

Der Hammer zuckte ruckartig nach unten und zerschmetterte die Tischplatte.

Wütend schleuderte der Fassmacher das Werkzeug weg und rannte hinaus. Die Schmach, von einem »Federkiel« besiegt worden zu sein, ertrug er nicht.

Nun wurde allgemeines Gerufe laut, jeder klopfte dem tapferen Schreiber auf die Schulter. Die Kumpane des Besiegten räumten freiwillig ihre Stube, aus Anerkennung für Matuc.

»Das war doch ein Trick«, meinte ein anderer Küfer argwöhnisch, und bevor ihn der Mönch davon abhalten konnte, zog er ihm das Hosenbein hoch. Deutlich sahen die Umstehenden das Holzbein.

Einen bangen Moment war es totenstill in der Schankstube, in der sich der betagte Mann wünschte, zwischen den dreckigen Holzdielen zu verschwinden. Waljakovs Muskulatur spannte sich, um den Geistlichen notfalls mit Gewalt zu befreien.

Die Mundwinkel des Fassmachers wanderten langsam in die Höhe, dann lachte er aus vollem Halse los, die anderen Gäste stimmten mit ein, und erleichtert sackte Matuc ein wenig zusammen. »Bei Taralea! So ein raffinierter Federkiel! Den Gewinn hast du dir redlich verdient.« Er boxte dem Mönch auf den Arm und prostete ihm zu. »Das nächste Mal werdet ihr beide die Hände nehmen.«

Matuc holte sich seinen Gewinn beim Wirt ab, grinste dreckig von einem Ohr zum anderen und humpelte zusammen mit dem Leibwächter zurück zu der Gruppe. »Ich hätte niemals gedacht, dass mir das Holzbein eines Tages noch einmal zugute kommen wird«, flüsterte er lachend. »Ein Hoch auf Nerestro von Kuraschka.«

»Wäre dein Gegner nicht sturzbetrunken gewesen, hätte der Trick niemals funktioniert«, dämpfte Waljakov die gute Laune des Geistlichen. »Es war schon gewieft, da hatte der Küfer von eben Recht. Aber wäre ich es gewesen, der den Betrug entdeckte, hätte ich die Kunststücke mit Eurem echten Bein wiederholt.«

Erst jetzt bemerkten sie, dass sich die Stimmung der beiden Frauen zum Schlechten gewandelt hatte.

Norina fasste das Gehörte zusammen, wobei sie jedes Detail sorgsam wiederholte. »Ich glaube nun nicht mehr, dass Lodrik nichts von ihnen wusste«, fügte sie hinzu und erzählte ihr Erlebnis mit den Wesen in Granburg.

»Er wusste sehr wohl etwas über sie«, unterbrach Waljakov düster. »Er hat damals, als wir bei Eurem Vater zu Besuch waren, etwas über sie in alten Büchern gesucht. Modrak nannte er sie, glaube ich. Er hat mich und Euch angelogen.«

»Sie werden mich umbringen«, jammerte Fatja und drückte sich noch enger an die Schwangere. »Ich habe das Geheimnis verraten.«

»Tja«, seufzte Matuc, »wenn wir das alles früher gewusst hätten, wären wir in der Lage gewesen, die Dunkle Zeit aufzuhalten. Der Geheime Rat folgte also der richtigen Auslegung.« Nun war auch der Mönch ein Bild des Elends. »Wenn ich damals besser auf die Worte von Karadc gehört hätte …«

»Der Geheime Rat des Ulldraelordens hat also tatsächlich den Attentäter nach Granburg geschickt?«, staunte der Leibwächter.

»Und weil ich das weiß, wollen sie mich töten lassen«, sagte der Mönch leise. »Das ist der Grund für meine Flucht.«

»Wenn ich daran denke, wie viele Menschen gestorben sind, um dem Kabcar das Leben zu bewahren … dabei wäre nur sein Tod der einzige Ausweg gewesen, das Schlimmste zu verhindern.« Waljakov schlug mit der

Faust auf den Tisch, seine Perücke fiel von der Glatze. Schnell setzte er die falschen Haare wieder auf. »Aber das Geheule nutzt nichts. Wir können die Zeit nicht zurückdrehen. Ohne die ganzen Umstände wäre der Junge bestimmt ein guter Herrscher geworden. Der Silberschopf und Arrulskhán sind an allem schuld.« Er langte grimmig nach seinem Krug und entdeckte, dass er leerer als vorher war.

»Das sehe ich auch so. Lodrik war auf dem richtigen Weg«, stimmte Norina dem Hünen zu. »Wenn ich an die ganzen Reformen denke, die wir schon eingeführt hatten. Aber wir haben die Gefahr, die von Nesreca ausgeht, zu spät erkannt. Hoffentlich geht es Stoiko gut.«

Der Wirt brachte eine Runde Bier an den Tisch. »Die spendiere ich dem heldenhaften Schreiber. Auf dein Wohl, Federkiel!« Er prostete, und der gesamte Schankraum hob ebenfalls die Gefäße.

Matuc winkte lachend ab, wischte sich nach einem langen Zug den Schaum vom Mund und reichte dem Hausherrn eine Hand voll Waslec. »Hier. Die nächste Runde geht auf meine Rechnung.« Der Mann verschwand, während die Gäste ein Sauflied zu Ehren des Mönchs anstimmten, was reichlich schief klang.

»Wenn Ihr nichts dagegen habt, Norina Miklanowo«, fing Matuc an, »würde ich Euch gerne begleiten, egal wohin es geht. Ich habe damals versagt, und vielleicht kann ich meine Fehler bei diesem Kind gut machen. Ulldrael der Gerechte hält wieder seine Hand über mich, ich erfuhr nach einer langen Zeit des Zweifels wieder seine Gnade, und das stimmt mich mehr als zuversichtlich. Ich denke, dass ich wichtig für das Schicksal des Knaben bin.«

»Wir wollen nach Rogogard, um das Kind in Sicherheit zu bringen«, gab Norina bekannt. »Nach dieser Vision liegt mir die Gesundheit des Knaben mehr als alles andere am Herzen. Wenn du uns zu den Inselfestungen begleiten möchtest, bist du herzlich willkommen. Du wirst die Erziehung des Jungen übernehmen, wenn ich unterwegs bin. Auf der Überfahrt können wir uns in aller Ruhe über die Ereignisse der letzten Wochen und Monate unterhalten.«

Matuc strahlte. »Liebend gerne.«

»Ich will auch mit«, schniefte Fatja leise.

»Das darfst du sicherlich.« Der Geistliche strich ihr über den Kopf. »Du wirst die große Schwester des Knaben.«

»Was mir wichtiger ist«, hakte der Leibwächter ein, »ist die Beschreibung des Trios, das sich in der Vision auf dem Schlachtfeld austobt. Die Frau könnte die Kabcara sein, der junge Mann Lodrik. Bleibt der Krüppel übrig. Den gibt es noch nicht. Oder sollte Sinured damit gemeint sein?«

Schweigend brütete das Quartett über das Rätsel nach, ohne zu einem Ergebnis zu kommen, bis Matuc vorschlug, das Nachtlager zu beziehen, weil er die Erschöpfung im Gesicht der werdenden Mutter und seiner kleinen Begleiterin erkannte. Unter dem Beifall der Gäste, zogen die vier in ihre Stube.

Waljakov verschwand kurz in den Stall, um nach Treskor zu sehen und seinen Säbel und die Armbrüste zusammen mit dem Gepäck zu holen. Er wollte auf alles vorbereitet sein.

Du hast unser Geheimnis und den Hohen Herrn verraten, kleine Menschenfrau, wisperte es in Fatjas Kopf, und schreiend schreckte das Mädchen aus dem Schlaf.

Sofort entzündete Norina eine weitere Kerze, Waljakov sprang aus dem Bett und nahm die gespannte Armbrust in Anschlag. Matuc angelte ebenfalls nach einer der Fernwaffen.

»Sie sind hier«, rief die Schicksalsleserin aufgelöst und rückte ganz dicht an die Brojakin heran.

»Ich sehe niemanden«, flüsterte der Leibwächter. Im schummrig beleuchteten Zimmer war keine Spur eines Eindringlings zu entdecken.

Leise klapperten die Läden auf und zu, ein kräftiger Herbstwind wehte um das Haus. Wirbelnde Blätter flogen durch die Nacht und stießen mit einem leisen Geräusch gegen das Glas der Scheibe.

Wir kommen, dich zu bestrafen, kleine Menschenfrau, hörte Fatja wieder die raschelnde Stimme in ihren Gedanken. *Keine Gnade.*

Das Fenster zerbarst in einem Splitterregen, und der erste der Modrak sprang fauchend in den Raum. Die beiden Frauen schrien entsetzt auf, als die nackte, hagere Gestalt landete und sich in der Unterkunft umschaute.

Waljakov schoss in aller Ruhe einen gut gezielten Bolzen nach dem Wesen und traf es in den Hals.

Überrascht griff es nach dem Geschoss, machte einen Schritt rückwärts und sank in die Knie. Mit ausgebreiteten ledernen Schwingen starb der erste Angreifer. Das Purpur in seinen Augenhöhlen flackerte und erlosch.

»Das war einfach«, knurrte der Hüne, nahm dem Mönch die Armbrust aus der Hand und visierte das zerstörte Fenster an. »Hol mir die anderen und dann lade nach.«

Von draußen drang vielfaches Rauschen herein. Offenbar war es nicht der einzige der Modrak gewesen, der dem Mädchen ans Leben wollte.

Waljakov ließ sich von den vorbeihuschenden Schatten in der Dunkelheit nicht provozieren. Er vermutete, dass sie ihn dazu bringen wollten, aufs Geratewohl zu schießen und Munition zu verschwenden. Er umfasste den Schaft der Armbrust fester und schwenkte den Lauf nicht einen Millimeter.

Die zweite mutige Kreatur erschoss der Leibwächter bereits im Landeanflug. Dann rumpelte es gewaltig über und neben ihnen.

Deine Freunde werden ebenso sterben müssen, raunte es in Fatjas Gedanken. Wimmernd presste sie die Hände gegen die Schläfen. *Tot. Du bist tot, kleine Menschenfrau. Und deine Seele gehört uns.* Das Mädchen erschlaffte. Eine gnädige Ohnmacht hatte sie überwältigt und bewahrte sie davor, den Drohungen zuhören zu müssen.

»Sie tragen die Ziegel ab«, rief Waljakov. Matuc wies er an, auf das Fenster zu zielen, während er nach oben sicherte.

Die Tür flog nach innen. Ein Modrak, der über das Nachbarzimmer ins Haus gekommen war, warf sich gegen den Krieger, bevor er das Geschoss auf die Reise schicken konnte. Polternd gingen die beiden zu Boden.

Noch im Fallen ließ Waljakov die Fernwaffe los und zog zwei Dolche, die er an den Unterarmen befestigt hatte. Als das Wesen sich auf ihn hockte, stach er ihm immer wieder rechts und links in die Seiten. Fontänenartig spritzte purpurfarbene Flüssigkeit aus den tiefen Wunden.

Der Modrak kreischte auf und flatterte mit den Schwingen, um zu flüchten, aber die kämpferische Ader eines K'Tar Tur ließ das nicht zu. Noch bevor die Kreatur den Ausgang erreichen konnte, durchtrennte Waljakov ihr das Genick.

Matuc hatte derweil zwei Bolzen sinnlos in die Dunkelheit verschossen, Norina war dabei, die anderen Armbrüste nachzuladen.

Als ein weiterer der einst für harmlos gehaltenen Beobachter auf das Fenster zusegelte, schnappte sich der Mönch einen Stuhl, positionierte sich seitlich des Rahmens und schlug mit aller Kraft zu, als er die Krallen über das Sims kratzen hörte. Zusammen mit den Trümmern des Möbels stürzte der Modrak ab und knallte in den Hof.

Nun gab es keine Waffen mehr, der Säbel des Leibwächters lag zu weit weg.

»Da kommt noch einer«, warnte ihn die Brojakin, die

plötzlich ihr Gesicht verzog, die Hände auf den Leib schlug und stöhnend umsank.

Schon hörte der Geistliche das Rauschen der Schwingen.

Der Einfall kam fast zu spät. In letzter Sekunde schnallte er sich das künstliche rechte Bein ab und setzte es im Kampf gegen den Beobachter als improvisierten Dreschflegel ein. Wenn er mit etwas umgehen konnte, dann waren das Werkzeuge für die Feldarbeit.

Tatsächlich ließ sich der Modrak damit abwehren. Und als Waljakovs breite Statur erschien, suchte der Letzte der Angreifer das Weite.

Nun waren auch andere Männer im Hof und im Zimmer erschienen, mit Äxten, Beilen und Hämmern bewaffnet, um die ungebetenen Gäste zu verjagen. Die Aufregung war so groß, dass keiner der Helfer bemerkte, dass der Leibwächter plötzlich weniger dick und mit Glatze dastand.

Norinas kämpfte mit den Unterleibskrämpfen, die erst nachließen, nachdem der Wirt ihr einen mildernden Tee gebraut hatte. Die wieder erwachte Fatja hielt die Hand der werdenden Mutter.

»Sie werden es heute nicht noch einmal versuchen«, schätzte Waljakov. Mit spielerischer Leichtigkeit spannte er die Fernwaffen, die Muskeln seiner Arme und der Brust schwollen zu Gebirgen an. »Wir haben sie in die Flucht geschlagen.«

»Weiß jemand, wie viele es von diesen Ungeheuern gibt?«, fragte sich Matuc vorsichtig. Er bekam keine Antwort.

»Und ich will es auch gar nicht wissen«, sagte das Mädchen leise. »Sie werden mich sicher ein Leben lang verfolgen, bis sie mich haben.«

»Sicherlich gibt es keine auf Rogogard«, mutmaßte der Mönch, um seiner kleinen Begleiterin Mut zu machen. »Sie mögen bestimmt kein Salzwasser.«

Es knirschte ganz leise über ihren Köpfen.

»Da bin ich mir auch ziemlich sicher«, meinte der Leibwächter, langte nach seinem Säbel und rammte die Waffe mit Wucht durch die dünne Decke aus Stroh und Lehm. Ein Heulen war zu hören, und als der K'Tar Tur die Klinge zurückzog, troff purpurne Brühe aus dem Spalt.

Es rumpelte, mehrere Ziegel rutschten weg, dann rauschten ledrige Schwingen durch die Nacht.

»Der hat genug.« Waljakov hob prüfend die Spitze der Waffe vor die Augen, um nach der Flüssigkeit zu sehen. »Sie bluten und sterben. So mag ich das.« Er verstaute den Säbel wieder, nachdem er ihn an einem Kadaver gereinigt hatte. »Ich entsorge die Leichen und halte Wache. Vorsichtshalber.«

Als er den ersten toten Modrak kurzerhand aus dem zerstörten Fenster befördert hatte, blieb er vor dem Geistlichen stehen. »Ich werde dir beibringen, mit der Armbrust umzugehen. Ein Blinder schießt besser als du.«

Matuc verzog das Gesicht. »Aber mit dem Holzbein bin ich ungeschlagen.«

Der K'Tar Tur grinste kurz und setzte seine Arbeit fort. Danach verriegelte er die Läden, setzte sich aufs Bett, die geladenen Fernwaffen griffbereit.

Beruhigt schliefen die anderen ein, auch wenn es nach den letzten Ereignissen kaum eine echte Erholung bedeutete.

VII.

Dass sie unsere Welt im Stich gelassen hatten, tat Angor, Ulldrael, Senera, Kalisska und Vintera sehr Leid, und sie halfen den Menschen, ihre Städte und Länder, die Tzulans Sohn vernichtet hatte, wieder aufzubauen.

Danach schlossen sie die Vereinbarung, die Menschen künftig eigenständig handeln zu lassen: Die Götter wollten nur noch Ratschläge erteilen und die Menschen aus ihrem Handeln lernen lassen.

DIE ZEIT DES ZWEITEN FRIEDENS
UND DAS ENDE DER MAGIE,
Kapitel II

Ulldart, Königreich Rundopâl, Hauptstadt Tularky, Spätherbst 443 n. S.

Aus dem Weg, rundopâlische Tranbirne«, rief Torben Rudgass gut gelaunt und versetzte dem Mann einen Tritt in den Hintern, dass er nach vorne in die Auslage mit den Fischen fiel.

Wütend schoss der Misshandelte herum, sein erbostes Antlitz zeigte plötzlich freudiges Erstaunen. Die zum Schlag erhobene Rechte, in der er einen besonders großen Seehecht hielt, senkte sich wieder.

»Kapitän Rudgass! Ich hätte es mir denken können, als ich deinen verfaulten Atem im Genick spürte.« Der Händler warf den Fisch zurück auf den Tisch und umarmte den Rogogarder. »Hat dich immer noch kein Palestaner versenkt?« Er musterte den Freibeuter. Ein von der Sonne gebräunter Mann mit kurz geschorenen blonden Haaren und einem langen, geflochtenen Bart stand vor ihm und feixte. »Du siehst gut aus.«

»Das macht der Erfolg«, meinte Torben und schaute an sich herab. »Feinste Seidenhemden, edelste Stoffhosen, weiche Lederstulpen und das beste Riechwasser, das man auf dem Meer klauen kann. Nicht zu vergessen das fast unbezahlbare Rapier an meiner Seite. Ich musste fast fünf Minuten mit dem ehemaligen Besitzer fechten, bis ich es hatte.« Der Rogogarder stippte einen der Fische an. »Und du verkaufst immer noch das stinkende Zeug, Pick?«

»Natürlich. Das und alles, was du mir bringst, Rudgass.« Er hakte sich bei dem Freibeuter unter und zerrte ihn in sein Geschäft, vor dem er den heutigen Fang aufgebaut hatte. »Auch wenn jeder weiß, mit was du handelst, es muss nicht jeder hören.« Pick nahm zwei Gläser unter der Theke und eine Flasche hervor, goss den Inhalt großzügig ein und prostete dem Freibeuter zu. »Auf Rogogard!« In einem Zug verschwand der Branntwein. »Was hast du dabei?«

»Nur feine Sachen.« Torben machte die Nase lang und stellte eine Ledertasche auf den Tresen. Vorsichtig nahm er fein gearbeitete Glasvasen und Flakons heraus. »Na?«

Pick ließ die Mundwinkel hängen und kratzte sich die behaarten Unterarme. »Echte Männerware, was? Rudgass, was hast du aufgebracht? Kein Branntwein, kein Wein, kein Schmuck oder so etwas?«

Der Freibeuter seufzte. »Muss wohl ein Schneiderschiff gewesen sein. Vier Dutzend Stoffballen, zehn Kisten mit diesem Zeug und Garnrollen.« Er nahm einen der zerbrechlichen Gegenstände auf und hielt ihn gegen das Licht. »Aber schau, wie hübsch die Sonnenstrahlen sich darin spiegeln und brechen. Pick, ich sage dir, das verkaufst du spielend an reiche Damen. Oder füll deinen Tran darin ab und verkaufe es als Heilmittel. Ist mir doch egal, was du damit anstellst.«

Doch der Händler hatte sein skeptisches Gesicht beibehalten. »Rudgass, das Zeug werde ich in vier Jahren noch nicht los sein. Die Stoffballen nehme ich, aber den Schund kannst du ins Wasser werfen. Zehn Waslec pro Ballen, einverstanden?«

»Zwanzig Waslec, und ich gebe dir noch drei Kisten von den Vasen dazu«, feilschte der Kapitän.

Pick grummelte seine Zustimmung, das Geschäft wurde per Handschlag besiegelt, und beide Männer freuten sich, einen guten Preis erzielt zu haben.

»Was gibt es sonst noch so Neues in Tularky?«, wollte Torben wissen.

»Nun, die Leute lachen immer noch über den zahnlosen Freibeuter.« Unschuldig sah der Händler an die Decke, während der Rogogarder in gespielter Wut nach ihm schlug. »Aber ansonsten ist nichts vorgefallen. Die Tran-Saison hat begonnen, aber das riecht man ja.«

»Handelsschiffe?«, fragte der Freibeuter.

Pick schüttelte den Kopf. »Die Palestaner trauen sich fast nicht mehr hierher, die drei Agarsiener im Hafen genießen seitens Rogogard weitestgehend Schutz, also nichts, was in deinen Bereich fallen würde.«

»Verdammt«, ärgerte sich Torben und füllte sein Glas neu. »Ich könnte eine gute Prise wahrlich gebrauchen. Mein letzter großer Fang ist schon einen Monat her. Seitdem bringe ich nur noch diesen Krempel hier auf.«

»Rüste deine Kriegskogge doch für den Walfang um«, schlug der Händler ironisch vor.

Der Rogogarder nahm sich die Flasche mit dem Branntwein. »Ich schlendere mal durch die Gegend. Ich bringe dir auf dem Rückweg die hier zurück.« Er nahm einen Schluck und ging los, ohne auf den Protest Picks zu achten.

Langsam schritt er durch die engen Gassen der Fischerstadt, über der ein aufdringlicher Geruch hing. Die Tranküchen brauten von morgens bis abends die ölige Flüssigkeit aus dem Fett der Großfische. Die Jagd auf Wale und andere Meeresriesen war eröffnet. Dementsprechend pulsierte das Leben in Tularky, das nun reichlich Arbeit für Tagelöhner bot und Händlerschiffe anzog.

Die dreckigste Tätigkeit wurde auf den vorgelagerten Inseln verrichtet, nachdem der Gestank in der Stadt derart überhand genommen hatte, dass selbst die eingesessensten Bewohner die Nasen rümpften. Dort wurde nun in kleinen Hütten oder Häusern ausgenommen, geräuchert, gesalzen, filetiert, geröstet und alles Mögliche mit den Fischen angestellt.

Für den Freibeuter kam eine Ladung Stockfisch oder Tran nur im äußersten Notfall als Beute in Betracht. Abgesehen hatte er es in erster Linie auf Palestaner, aber die ließen sich kaum noch so weit im Norden blicken. Und wenn doch, tauchten sie immer zu dritt auf, was das Entern zu einer unmöglichen Sache machte.

Torben ging die lange Kaimauer des Hafens entlang. Hier reihte sich Lagerhaus an Lagerhaus, einige Kaufherren unterhielten eigene Reedereien und Handelsniederlassungen, bauten Kontore und Lager, um nicht an Fremde Abgaben bezahlen zu müssen. Das wäre noch eine Möglichkeit für den Rogogarder: ein Raubzug an Land.

Doch seine Hoffnungen wurden enttäuscht. Vor den meisten Scheunen und Kontoren standen Posten, die den Freibeuter mit wachsamen Augen beobachteten. Dennoch wollte er seinen Einfall nicht völlig abschreiben. Bevor seine Leute meuterten, ließ er sie ein Lagerhaus ausräumen.

Als er sich in Richtung Meer drehte, bemerkte er ein Schiff unbekannter Bauart, das in diesem Moment in den Hafen einlief. Neugierig hockte er sich auf den Eisenpfosten einer Mole und beobachtete den Neuankömmling.

Das Schiff war etwas länger als seine tarpolische Kriegskogge, verfügte über drei Segel und über hohe Aufbauten. Das Ruderblatt war nicht zu sehen. Nur am vordersten Mast hing etwas Leinwand an den Rahen, was zur gemächlichen, aber sicheren Einfahrt ausreichte.

Torben stellte die Flasche ab und nahm sein Fernrohr aus dem Gürtel, mit dem er sich das Gefährt aus der Nähe betrachtete. Zwei Mann bedienten das Steuerruder, rund vierzig Männer turnten in den Wanten herum. Die Segel, so entdeckte er mithilfe der geschliffenen Linsen, bestanden allerdings nicht aus Leinen. Ein anderes, helles Material war lamellenartig angebracht worden. Die gehisste Flagge war ihm fremd. Und das sollte schon etwas heißen.

In Torbens Kopf entstand eine Gleichung: *Unbekanntes Schiff ist gleich unbekannte Ware ist gleich ungeheurer Gewinn.* Von der Gestalt des Rumpfes und des Bugs her würde seine erhoffte Beute jedoch schneller sein als die *Grazie*. So kam nur ein Überraschungsangriff infrage.

Vier kleine Ruderboote schleppten das Schiff an eine Mole ganz in der Nähe des Freibeuters. Sofort begann ein hektisches Treiben. Seile wurden vertäut, Stege ausgelegt, und eine Gruppe von Bewaffneten ging von Bord.

Vorweg schritt eine Frau in seinem Alter mit kurzen schwarzen Haaren und braunen, geschlitzten Augen. Ihren Körper umhüllte ein wattierter Waffenrock, der bis zu den Knien reichte und über den noch eine zusätzliche Schicht nietenbesetztes Leder gelegt worden war. An den Unterarmen lagen dicke Lederschienen, schwarze Handschuhe schützen die Finger. Die schlanken Beine steckten in hohen schwarzen Stiefeln, an ihrer rechten Hüfte baumelte ein Degen, an ihrer linken eine Art Kurzschwert mit breitem, massivem Griffschutz. Ihre vier männlichen Begleiter, an denen Torben sofort die schmalen Augen auffielen, trugen Lederrüstungen und seltsam anmutende, gebogene Schwerter.

Wohl kaum reine Kaufleute. Zielsicher steuerten die fünf auf den Freibeuter zu, der das Fernrohr nicht gesenkt hatte. »Schiff ahoi«, grüßte der Rogogarder und hielt die Linsen auf den Oberkörper der Frau gerichtet. »Das nenne ich mal eine stattliche Ladung.« Grinsend verstaute er seine Sehhilfe. »Willkommen in Tularky, der Stadt des Trans und der Fische.«

»Wo finde ich den Hafenmeister, Bursche?«, wollte die Frau wissen. Ihr Dialekt, mit dem sie das Ulldart sprach, war ihm unbekannt. Ihre Schlitzaugen fixierten ihn.

»Lasst mich überlegen, edle Dame.« Der Rogogarder stand auf. »Bevor ich Euch antworte, müsst Ihr mir sagen, woher Ihr kommt. So ein Schiff habe ich noch nie gesehen.«

»Das glaube ich dir«, sagte sie knapp. »Wenn du immer nur auf die Brüste von Frauen starrst, wirst du nichts anderes in deinem Leben entdeckt haben.«

»Das Leben beginnt an der Brust einer Frau«, konterte Torben amüsiert. »Warum sollte ich jetzt nicht mehr hinschauen dürfen?«

»Vermutlich hast du deshalb die Zähne eingeschlagen bekommen«, schätzte die Unbekannte, die einen sehr kriegerischen Eindruck machte. Noch immer wurde der Kapitän nicht aus ihrem Akzent schlau. »Kleine Kinder, die an der Mutterbrust liegen, haben auch keine Zähne.«

»Ihr dürft mir gerne zu Leibe rücken, wenn Ihr möchtet«, sagte der sonnengebräunte Mann grinsend und machte einen Kratzfuß. »Seid Ihr aus Tersion? Oder vielleicht sogar aus dem Kaiserreich Angor?«

Wortlos ging die Frau an ihm vorbei und lief zusammen mit ihrer Begleitung auf einen Hafenarbeiter zu.

Der Rogogarder lachte ihr nach und winkte. »Wir sehen uns bestimmt noch einmal.« Und wenn er das Schiff erst mal geentert hatte, würde sie auch mit ihm reden.

Torben marschierte vor den Steg, der an das Deck des fremden Schiffes führte.

Versuchsweise setzte er einen Fuß darauf. Als er die Hälfte der Strecke überwunden hatte, entdeckte er die beiden Wachen mit den langen Spießen, die ihm interessiert zusahen, wie er an Bord kommen wollte. Er reckte die Flasche mit dem Branntwein.

»Ahoi! Ein kleiner Willkommenstrunk gefällig?« Der Freibeuter ging weiter. »Ich dachte mir, die Freunde aus Tersion sollte man schon persönlich begrüßen. Ihr seid doch aus Tersion, oder?«

Die beiden Männer sahen sich unschlüssig an, dann deutete einer mehrfach auf die Mole. Offenbar wollte er, dass der Rogogarder verschwand. Aber Torben missachtete die Geste.

»Ihr versteht mich nicht, was?« Forschend schweiften seine grün-grauen Augen über das Deck, um so viele Eindrücke wie möglich aufzunehmen. Katapulte konnte er keine entdecken, aber Halterungen verrieten ihm, dass es möglich war, jederzeit Waffen zu montieren. Nun kamen auch einige Matrosen neugierig herbei.

»Das ist ein schönes Schiff«, lobte der Kapitän in langsamen Worten und wagte einen weiteren Schritt. »Mit was handelt ihr denn?«

Die Wache wedelte nun mit den Armen, als wollte sie eine Horde Mücken verjagen, und sagte etwas in einer unbekannten Sprache.

»Es freut mich auch, euch kennen zu lernen«, antwortete Torben und hielt dem Mann die Flasche entgegen. Als die Wache zögernd danach greifen wollte, herrschte ihn sein Kumpan an. Die ausgestreckte Hand zuckte zurück.

»Runter von meinen Schiff«, sagte eine Frauenstimme böse in Torbens Rücken. Als er über die Schulter blickte, sah er die Unbekannte an der Mole stehen, die Hände in die Seiten gestemmt.

»Also seid Ihr der Kapitän? Das ist aber ungewöhnlich. Darf ich Euch wenigstens einladen? Zu einem Schluck feinsten Branntweins?« Der Freibeuter wandte sich um. »Ihr könnt mir Euer Schiff zeigen. Es sieht sehr gut aus. Was sind das für Segel?«

»Bastmatten«, gab die Frau Auskunft. »Und nun schaff dich weg.«

»Noch bin ich nur auf dem Steg. Um Eurer Bitte nachzukommen, müsste ich erst an Bord, oder?«

Sie rief einen unverständlichen Befehl.

Der Rogogarder spürte, wie die Planke unter seinen Füßen in Bewegung geriet. Die beiden Schiffswachen machten sich daran zu schaffen und kippten das breite Brett zur Seite. Torben sprang hoch und balancierte wie ein Seiltänzer auf der schmalen Kante. Die Frau sagte wieder etwas in der unbekannten Sprache, und ihre Leute lachten.

»Holla! Das könnt Ihr nicht machen«, beschwerte er sich. »Das ist reine Seide, was ich an meinem Körper trage. Und das Wasser ist so kalt, dreckig und …« Die Wachen rüttelten an dem Holz.

Verzweifelt ruderte der Freibeuter mit den Armen, um das Gleichgewicht zu halten, aber die Schwingungen wurden zu stark.

Seufzend ergab er sich in sein Schicksal und fiel unter dem Gelächter der Besatzung in das trübe Meerwasser. Im Sturz presste er die Hand auf die Flaschenöffnung, um den Alkohol vor dem Verdünntwerden zu retten.

Spuckend tauchte er wieder auf und schwamm auf dem Rücken zu den nächsten Steinstufen.

Nass von oben bis unten, erklomm er die Treppe, leerte grinsend die Flasche und winkte der Frau zu. »Wir sehen uns wieder!«, versprach er lautstark und lief in lockerem Trab zurück zur *Grazie*, um sich trockene Sachen anzuziehen.

Einige der Hafenarbeiter sahen dem triefenden Mann kopfschüttelnd hinterher, dem das Bad im Hafenbecken die Laune keineswegs ruiniert hatte. Eine schöne Dame und ein unbekanntes Schiff. Doppelte Beute. Sein Ehrgeiz als Freibeuter und als Mann war geweckt.

Eines kam Torben nach zwei Tagen seltsam an dem unbekannten Schiff vor, das keine Anstalten machte, seine geladenen Waren von Bord zu bringen. Beim Einlaufen hätte er geschworen, dass der Kiel recht tief im Wasser gelegen hatte. Allein deshalb machte er sich zunächst Hoffnung auf fette Beute.

Doch nun zeigte sich, dass das Schiff auf merkwürdige Art und Weise an Gewicht verlor.

Da der Rogogarder die Neuankömmlinge genauestens observierte, entging ihm nicht, dass der Bug nun geschätzte zwei Fingerbreit höher über der Wasserlinie stand, erkennbar an der dunkleren Färbung der Holzplanken und dem Algenbewuchs, der sich deutlich von dem dünnen, grünen Pflanzenfilm darüber unterschied.

Für den erfahrenen Seemann ergaben sich daraus gleich mehrere Schlussfolgerungen. Das Schiff hatte eine lange Fahrt hinter sich, die es durch fremde Gewässer geführt hatte, wie er an den unbekannten Algen am Rumpf erkannte. Ein Heimathafen irgendwo auf Ulldart schied somit aus. Ein Umstand, der Torbens Neugier zusätzlich weckte.

Was den Rogogarder indirekt erboste: Die Besatzung löschte heimlich Ladung und schmälerte somit die Aussicht auf eine ordentliche Prise. Nur so ließ sich erklären, weshalb das Schiff innerhalb weniger Tage in Gänze aus dem Wasser stieg, obwohl niemand tagsüber arbeitete.

Das wollte er nicht hinnehmen.

Also weitete er seine Beobachtungen aus und legte sich nachts im Krähennest der *Grazie* auf die Lauer, um den Fremden auf die Schliche zu kommen.

Eingewickelt in eine dicke Decke und ausgestattet mit einer Kanne Grog, spähte er auf das unbeleuchtete Schiff mit den Bastsegeln hinüber.

Doch ausgeladen wurde nichts. Lediglich die Mannschaftsmitglieder verschwanden gegen Abend in die Stadt, um sich nach langer Fahrt Vergnügungen hinzugeben. Wie auch immer die Sachen aus dem Bauch des Gefährts geschafft wurden, er bekam es nicht heraus.

Nach einer Woche schwand Torbens Geduld, und er beschloss zu handeln. Nur bekleidet mit einer kurzen Hose und zwei Dolchen am Gürtel, glitt er ins eiskalte Wasser des Hafenbeckens, um sich von See her an Bord des Dreimasters zu schleichen. Beinahe lautlos schwamm er an den Rumpf des Schiffes heran.

Mithilfe der beiden Klingen, die er in die Plankenzwischenräume bohrte, hangelte er sich am Heck hoch, um sich auf dem Sims vor dem Fenster der Kabine von seiner Kletterpartie auszuruhen. Warmer Lichtschein fiel durchs Glas nach draußen.

Vorsichtig lugte der Rogogarder über die Kante.

Im Inneren erkannte er die Kapitänin, die am Kartentisch stand, ein Glas in der Hand, mit der anderen massierte sie sich ihr Genick. Mit geschlossenen Augen ließ sie den Kopf kreisen, danach öffnete sie den Verschluss ihres Waffengürtels, und polternd fielen die Klingen auf die Holzbretter. Achtlos stieg sie darüber hinweg. Mit einem langen Schluck leerte sie ihr Glas, um sich aus einer Tonflasche nachzufüllen, eine Melodie vor sich hin summend.

Vielleicht kam Torben ja in den Genuss eines besonderen Anblicks. Doch allmählich wurde ihm kalt. Wenn er sich nicht durch sein Zähneklappern verraten wollte, musste er sich bei seinem Ausflug beeilen. Sein Kundschaftervorhaben hatte Vorrang.

Seufzend löste er sich von dem Anblick der unbekannten Frau, die eben im Begriff war, die Knöpfe an ihrer Bluse zu öffnen. Das nächste Mal wollte er ihr beim Ausziehen helfen, versprach er sich grinsend, bevor er seinen Aufstieg fortsetzte.

Auf dem Oberdeck schien alles ruhig, kein Laut drang an sein Ohr. Stück für Stück schob er sich über die hölzerne Brüstung und rutschte langsam auf die Planken. Nur eine äußerst aufmerksame Wache hätte das schwache Geräusch gehört. Doch niemand war zu sehen. Erst im letzten Moment entdeckte er die beiden Schemen, die sich im Schatten des Großmastes leise unterhielten. Auf dem Bauch rutschte er bis zur Treppe und ließ seinen Blick schweifen, konnte aber nichts Interessantes entdecken.

Fast mitten auf dem Deck befand sich die Ladeluke, durch die er wohl hinunter musste, um seine Neugier zu befriedigen. Dazu mussten jedoch die Männer weg.

Vorsichtig robbte er zum Steuerrad und löste eine Speiche heraus, die er im hohen Bogen über Bord beförderte, dass sie klappernd auf dem Kai aufschlug.

Während die beiden Wachen argwöhnisch an Land schauten, bewegte sich Torben möglichst im Schatten zur Öffnung und verschwand darin.

Sein Herz klopfte vor Aufregung, aber er fühlte sich unglaublich gut dabei. Für den Rogogarder war das nach langer Zeit wieder ein richtiger Spaß. Was die Fremden mit ihm anstellen würden, wenn sie ihn fingen, daran verschwendete er keinen Gedanken. Schlimmer als die Palestaner konnten sie nicht sein.

Es roch seltsam unter Deck. Eine Mischung aus Schweiß, Gewürzen und Essen sammelte sich in dem dunklen Gang. Torben tastete sich vorwärts und entdeckte mehrere Türen, die abzweigten. Die Schwierigkeit bestand für den Freibeuter darin, dass er dieses Schiffsmodell nicht kannte. Ob in einem agarsienischen, palestanischen oder jedem anderen Frachter, mit geschlossenen Augen wäre er hindurchgewandelt. Hier kam er sich jedoch vor wie ein Kind auf Entdeckungsreise in einem unbekannten Haus.

Über eine weitere Treppe am Ende des Gangs gelangte er auf das zweite Deck. Als er vorsichtig die Tür öffnete und eintrat, stockte ihm der Atem. Hier unten hingen Hängematten neben Hängematten, die inzwischen fast alle leer waren. Nur vereinzelt drehte sich ein Schläfer grunzend um oder gab andere Geräusche im Traum von sich. Alles in allem schätzte der Rogogarder die Zahl auf dreihundertfünfzig Stück, von denen noch rund fünfzig belegt waren.

Vorsichtig trat er den Rückzug an, seine Gedanken arbeiteten. Nacht für Nacht sah er die Leute von Bord gehen. Wann sie zurückkehrten, darauf hatte er nicht geachtet. Sie mussten sich inzwischen in Tularky verteilt und unauffällig unters Volk gemischt haben. Am Ende waren es Piraten, die die Stadt einnehmen wollten. Aber warum ließen sie sich so lange Zeit dafür?

Grübelnd stieg er wieder hinauf. Nur ein Mensch konnte ihm die richtige Antwort geben, und den wollte er schnell besuchen. Auf allen vieren pirschte er die Treppe hinauf.

Zu seinem Entsetzen hatte sich die Zahl der Wachen verdoppelt. Eine stand sogar auf dem Oberdeck, die andere am Bug. Die letzten beiden Männer drehten versetzt ihre Runden auf dem Hauptdeck. Hier würde es kein Durchkommen für den Freibeuter geben.

Torben öffnete die erste Tür im Gang und stand inmitten von Kisten. Teile von Holzgestellen verrieten ihm, dass er zerlegte Katapulte gefunden hatte. Eine schnelle Untersuchung offenbarte jedoch keinen Weg hinaus. Die Tür auf der gegenüberliegende Seite führte zu einem gleichartig gebauten Raum. Diesmal entdeckte er eine mit einem eisernen Riegel gesicherte Luke. Vor der lag ein stabiles Tau, das an einem Eisenring im Boden festgebunden war.

Torben grinste und schob die Sperre zur Seite. Kühle Nachtluft strömte in die Kammer. Er schätzte, eine »Rattenluke« gefunden zu haben. In wärmeren Gewässern nutzten Piraten solche Klappen, um ein paar Mann während eines Gefechts auf der abgewandten Seite des Feindes ins Wasser zu lassen. Sie tauchten unter dem Kiel durch, erklommen das Schiff und griffen die Gegner überraschend an. Eine Methode, die in Rogogard wenig Sinn machte. Innerhalb weniger Lidschläge wäre ein Mann in der eisigen See erfroren.

Rasch war das Seil an der Bordwand hinabgelassen, und der Rogogarder hangelte sich geräuschlos nach unten. Würde die offene Klappe gefunden, wäre es offensichtlich, dass ein Spion den Weg ins Innere des Schiffes geschafft hätte. Aber solange ihm rechtzeitig die Flucht gelang, sollte es ihm gleichgültig sein.

Zum zweiten Mal in dieser Nacht erklomm er das Heck, um durch das Fenster in die Kabine der Frau einzusteigen. Die Kälte ließ seine Finger allmählich steif werden, aber noch kontrollierte er seinen Körper recht gut.

Der Lichtschein aus der Unterkunft erlosch in dem Augenblick, als er sich auf das schmale Sims schwang. Undeutlich erkannte er durch das Glas, wie die Kapitänin zu ihrem Bett ging und sich zudeckte.

Er wartete mehrere Minuten und winkte zwischendurch zur *Grazie,* wo sein Maat im Krähennest saß und die Szenerie wahrscheinlich mit einem breiten Grinsen im Gesicht und einem Priem in der Backentasche beobachtete. Dann drückte er prüfend gegen die Scheibe. Das Fenster war nicht verschlossen.

Mit ein wenig Spucke, die er auf die Scharniere gab, verhinderte er ein verräterisches Quietschen und öffnete seinen Zugang millimeterweise. Aus der Schlafstätte klangen regelmäßige Atemzüge.

Endlich war der Spalt groß genug, dass er sich hineingleiten lassen konnte. Am Kartentisch verharrte Torben einen Moment und warf einen Blick darauf. Im schummrigen, kaum vorhandenen Licht erkannte er keine Details. Dennoch erschien ihm die Karte genauer als die, die er benutzte. In etwa zehn Meilen Entfernung in westlicher Richtung, wenn er den Maßstab richtig deutete, waren drei Stecknadeln mit schwarzen Köpfen platziert worden.

Waren das Schiffe? Er prägte sich die Position der Marker gut ein, dann schlich er auf Zehenspitzen zum Bett, zog seinen Dolch und legte der Schlafenden eine Hand auf den Mund.

Augenblicklich erwachte die Frau, die Klinge an ihrer Kehle deutete sie als Aufforderung, ruhig zu bleiben. Sie bewegte sich nicht. Dem Freibeuter fiel der sanfte Geruch von Parfüm auf, der von ihr ausging.

»Ihr werde nun meine Hand wegnehmen«, flüsterte er mit verstellter Stimme. »Schreist du, fährt das Eisen durch den Hals bis ins Hirn. Keinen Laut und keine schnellen Bewegungen.« Sie nickte langsam. »Gut.« Torben nahm die Finger weg. »Was habt ihr geladen?«

»Nichts«, kam die Antwort aus dem Dunkel. Ihr Gesicht erkannte er nur als hellen Fleck. »Wir sind hier, um Handel zu treiben.«

»Das ist gelogen«, widersprach der Rogogarder sanft. »Es sind in einer Woche rund dreihundert Männer von diesem Schiff gegangen. Wohin sind sie?«

»Das waren Arbeitskräfte, die hierher zur Fischsaison kamen«, log sie weiter.

»Aber warum sind sie dann nicht am hellichten Tag von Bord?«, hielt der Freibeuter dagegen.

»Sie hatten Angst vor der Gilde und deren Auflagen«, gab die Kapitänin bereitwillig Auskunft. »So können sie ohne Abgaben und ohne Anmeldung arbeiten.«

»Du willst mir erzählen, dass ein fremdes Schiff den weiten Weg macht, um Menschen zur Arbeit nach Tularky zu schmuggeln?«, fragte Torben.

»Du bist der Mann, der sich mein Schiff ansehen wollte«, sagte seine Gefangene. »Ich erkenne deine Art zu sprechen wieder. Ohne Zähne.«

»Verdammter Waljakov«, fluchte Torben. Diesen Moment der Unachtsamkeit nutzte die Fremde, indem sie dem Freibeuter die Hand mit dem Dolch zur Seite schlug, die Decke über ihn warf und ihn von der Kante stieß.

Weich landete er auf dem Boden und spürte im gleichem Moment das Gewicht der Frau auf sich. Das Laken wurde von seinem Gesicht gezogen, ein Dolch lag nun an seiner Halsschlagader.

»So ändern sich die Gegebenheiten«, sagte sie. Bevor er etwas erwidern konnte, drückte sie ihm einen wilden Kuss auf die Lippen. »Als ob man einen Greis küsst«, lachte sie. »Nur dein Körperbau ist viel besser.«

Der Freibeuter wusste nicht, wie ihm geschah. »Es freut mich, dass Ihr mich anziehend findet, aber würde es Euch etwas ausmachen, die Klinge wegzunehmen?«

Die Waffe bewegte sich nicht. »Ich habe einen Einbrecher gestellt, den ich den Behörden übergeben werde«, sagte sie. Große Belustigung schwang in ihrer Stimme mit. »Aber zuerst möchte ich noch ein wenig Spaß mit dir haben.« Sie beugte sich vor und küsste ihn, diesmal sanft und einfühlsam. »Du wirst an die Nacht noch ewig zurückdenken, wenn du im Gefängnis sitzt.«

Die Gelegenheit, ein Liebesabenteuer zu bestehen, brachte die Absicht Torbens, die Flucht zu ergreifen, etwas ins Wanken. Er fühlte die Körperwärme der Unbekannten, die einen Kontrast zum kühlen Dolch an seiner Kehle bildete. »Können wir nicht vorher darüber reden, was Ihr in Tularky wollt?«, versuchte er es noch einmal.

Von draußen wurde etwas fragend durch die Kabinentür gerufen. Die Frau antwortete in der eigentümlichen Sprache. »Meine Leute haben bemerkt, dass ein Spion an Bord war«, erklärte sie. »Und ich habe ihn gefangen, wie praktisch. Vielleicht behalte ich dich auch als Lustsklave. Nach einer eingehenden Prüfung werde ich darüber entscheiden. Was hältst du davon?«

Das würde ihm noch fehlen. Aber er wollte zum Schein auf das amouröse Angebot eingehen, um wenigstens die Klinge von seinem Hals zu bekommen. »Gut. Ich stehe Euch zu Verfügung, edle Dame.«

Sie stand auf und zog ihn auf die Beine. Die Waffe blieb, wo sie war. »Was hast du hier gesucht? Gold? Arbeitest du allein, oder kundschaftest du uns für andere aus?« Mit der freien Hand öffnete sie den Gürtel, an dem der Dolch hing. »Aber du siehst, wie so ein Vorhaben enden kann.«

»Legt doch endlich den Dolch zur Seite, damit ich Euch verwöhnen kann.« Torbens Arme schlossen sich um ihre Taille.

»Ich werde ihn die ganze Zeit über in der Hand halten«, entgegnete sie. »Und wenn du versuchst abzuhauen oder du mich nicht zufrieden stellst, wirst du sehen, was du davon hast, Lustsklave.«

Der Rogogarder küsste sie leidenschaftlich, legte all sein Temperament in die Zärtlichkeit und drückte die Frau gegen die Kabinenwand. Als er bemerkte, dass der Druck des Dolchs etwas nachließ, zuckte sein Kopf zurück. Aber die Klinge erwischte ihn dennoch am Hals und hinterließ einen tiefen Kratzer, aus dem Blut sickerte. Dann rief die Frau wütend in der unbekannten Sprache Anweisungen. Sofort polterten Stiefel über das Deck.

Torben sprang zum Fenster. »Es war mir eine Freude, Euch kennen zu lernen«, grüßte er. »Aber um ehrlich zu sein, Ihr seid mir ein wenig zu wild, edle Dame. Morgen früh werde ich dem Stadtrat von Tularky von meinen Beobachtungen berichten. Es wäre dann besser für Euer Schiff, nicht mehr im Hafen zu liegen.« Der geschleuderte Dolch der Unbekannten verfehlte ihn nur knapp. »Hoppla. Ich würde an Eurer Stelle …«

Die Tür flog auf, Lichtschein drang herein, und Männer mit leichten Armbrüsten stürmten in den Raum. Wieder ertönte ein Befehl, die Läufe ruckten in die Höhe.

Mit einem eleganten Hechtsprung katapultierte sich der Freibeuter hinaus und sprang ins dunkle Wasser. Keiner der Bolzen erwischte ihn.

Der Rogogarder tauchte, so weit es ihm möglich war, und wagte sich hinter einem kleinen Boot mit dem Kopf heraus. Im nun hell erleuchteten Fenster erkannte er die Silhouette der Frau, die nicht gezögert hatte, ihm die Kehle aufzuschlitzen.

»Was für ein Weib«, murmelte er anerkennend. Der Kratzer brannte dank des Seewassers höllisch. Leise schwamm er zur *Grazie,* wo ihn sein Maat grinsend erwartete.

»Stürmische Nacht, was, Kapitän?«, begrüßte er ihn.

»Wo doch gar kein Wind weht.« Er legte seinem vor Kälte zitternden Vorgesetzten eine Decke um die Schultern und reichte ihm einen Becher Grog. »Und? Was haben die Fremden vor?«

»Ich weiß es nicht«, bedauerte Torben zähneklappernd und blickte hinüber. Dort wurden plötzlich Lampen entzündet. Innerhalb einer knappen halben Stunde waren die Segel gesetzt, und die Unbekannten nahmen Kurs hinauf aufs offene Meer.

»Navigation bei Nacht«, stotterte der Rogogarder. »Die trauen sich was.«

Schweigend beobachteten die beiden, wie die Lichter des Gefährts am schwarzen Horizont kleiner und kleiner wurden.

»Lass die Männer morgen früh bewaffnet antreten«, gab der Freibeuter schlotternd Anweisung. »Die Fremden haben dreihundert ihrer Männer in Tularky gelassen, und da möchte ich auf alles vorbereitet sein.« Er wandte sich zu seiner Kabine. »Ich werde dem Stadtrat einen Hinweis geben. Dreihundert Gestalten mit Schlitzaugen werden nicht zu übersehen sein.«

»Aye.« Der Maat instruierte die Wache, besonders aufmerksam zu sein, während ein ziemlich erschöpfter und vor Kälte bibbernder Torben Rudgass in seine Unterkunft eilte, um zwischen die wärmenden Laken zu kriechen.

Die Stadtältesten waren dem Rogogarder dankbar für die Warnung, aber an ihren Gesichtern erkannte der Freibeuter, dass er wohl nicht wirklich ernst genommen wurde. Also machte er sich zusammen mit seinen Leuten selbst auf den Weg durch die Gassen, Straßen und Plätze, um nach den Neuankömmlingen zu suchen. Diesem Geheimnis wollte er auf den Grund gehen.

Aber selbst nach einem ganzen Tag intensivster Suche ergab sich keine Spur vom Verbleib der dreihundert Fremden.

Irgendwann war es Torben zu dumm, und er fragte überall nach, wer denn vielleicht etwas Auffälliges bemerkt hätte. Wieder kam er zu keinem Ergebnis, was nicht weiter verwunderlich war. Immerhin herrschte in den Tranküchen Hochsaison, da blieb niemandem die Zeit, auf seine Umgebung zu achten. Die Zahl der Fremden in der Stadt war so groß wie selten. Alles in allem die beste Ausgangslage, um in Tularky unerkannt zu bleiben.

Torben ärgerte sich. Keine Fracht aus fremden Ländern, kein gelüftetes Geheimnis und eine unbekannte Frau, die ihn hereingelegt hatte. Nicht unbedingt das, was er sich beim Einlaufen des Schiffes erhofft hatte.

Aber der Rogogarder vergaß seinen Unmut bereits wieder am späten Abend, als er in einer Taverne bei einem Glas heißem Rum mit Gewürzen und Honig saß. Doch er befahl seinen Freibeutern, immer in Gruppen unterwegs zu sein, falls die zurückgelassenen Fremden doch etwas planten.

Als sie zur *Grazie* zurückkehrten, erstattete die Wache einen merkwürdigen Bericht.

»Ein riesiger Bauer hat nach Euch gefragt, Kapitän«, meldete der Mann. »Er ist aber gleich wieder verschwunden, ohne einen Namen zu nennen. Er wollte später noch einmal vorbeischauen.«

Torben erinnerte sich nicht, ein Geschäft mit einem solchen Menschen abgeschlossen zu haben. Der notwendige Proviant befand sich bereits in den Laderäumen. »Beschreib ihn.«

Doch aus der Schilderung des Äußeren wurde er nicht wirklich schlau. Als seine Bootswache die eisgrauen Augen erwähnte, bekam der Freibeuter eine ungefähre Ahnung. Seitdem ihm der Leibwächter des Kabcar in Granburg damals mit dem Griffschutz des Säbels die Zähne ausgeschlagen hatte, konnte er sich sehr gut an dessen Gesicht erinnern. Zwar bekam er für die irrtümliche Attacke eine Entschuldigung, seine Beißwerkzeuge blieben aber für immer verloren. Das konnte nicht sein. Warum sollte Waljakov nach Tularky kommen? Zudem in dieser Verkleidung?

Gespannt wartete der Rogogarder auf die Rückkehr des Hünen, der sich allerdings erst am nächsten Morgen blicken ließ. Leichter Nebel lag im Hafen, als die Wache die schweren Fußschritte eines Mannes hörte, der sich der Mole, an der die *Grazie* lag, näherte.

Sofort war Torben an Deck und musterte den Mann, der auf Geheiß der Wache auf der Planke stehen geblieben war. Ohne Bart sah der Leibwächter fremd aus, aber die Augen und die übrigen Gesichtszüge passten. Der Körper wirkte unnatürlich aufgeschwemmt und wabbelig.

»Da hol mich doch das Ungeheuer der Tiefsee!«, entfuhr es dem Freibeuter. »Wenn Ihr gekommen seid, mir auch noch die übrigen Zähne zu ziehen, ich werde das nicht kampflos zulassen.« Er zwinkerte dem Leibwächter zu, der daraufhin an Deck sprang und dem Kapitän die Hand reichte.

»Ihr habt mich also gleich wiedererkannt?«, wollte er wissen. »Dabei habe ich mir solche Mühe gegeben.«

Torben lachte. »Nach dem Erlebnis auf dem Marktplatz würde ich Euch sogar im Dunkeln ausmachen.« Sein Gesicht wurde etwas ernster. »Aber nun mal ohne Flachs: Was soll die Maskerade? Ist der Kabcar etwa unerkannt auf einer Reise durch Rundopâl?« Er deutete auf die schwarze Perücke. »Ihr habt Euch wirklich bis zur Unkenntlichkeit gewandelt. Und wo ist Eure mechanische Hand hin?«

Waljakov zog den Mann am Ellenbogen in Richtung Kajüte. »Das sollten wir unter Deck besprechen. Es ist einiges passiert, seit Ihr von Granburg weggegangen seid, Kapitän.«

Staunend lauschte Torben den Schilderungen des ansonsten so schweigsamen Leibwächters, der sich nun ganz der ehemaligen Geliebten des Herrschers von Tarpol angenommen hatte. Die Veränderungen des jungen Mannes, sollten sie sich tatsächlich so zugetragen haben, wie der Krieger sie schilderte, verhießen nichts Gutes. Umso mehr war er bereit, Norina und ihr merkwürdiges Gefolge nach Rogogard zu bringen, wo sie vor dem Zugriff Lodriks in Sicherheit waren.

»Wenn Ihr es nicht wärt, der mir das alles erzählt, würde ich es nicht glauben«, sagte Torben langsam. »Ich hatte ein völlig anderes Bild von dem Jungen. Sicher, er war noch etwas weich, aber ich hätte mein Leben verwettet, dass er es eines Tages zu einem guten Kabcar bringt. Was er auch ist, wenn ich an die begeisterten Geschichten der Tarpoler denke. Niemand redet schlecht über Lodrik. Er ist ein Held. Und auch ich verdanke ihm viel.« Er klopfte auf den Tisch. »Mit seinem Geschenk, der *Grazie*, habe ich es zu ein bisschen Vermögen gebracht, daher ist es schon eine Art Verrat, den ich nun begehe.«

»Nein. Ihr helft lediglich, unschuldiges Leben zu bewahren«, widersprach der Leibwächter hart. »Wenn Ihr wollt, redet mit Norina. Sie wird alles bestätigen, was ich sage.«

»Ihr seid der Letzte, an dessen Ehrlichkeit ich zweifeln würde.« Torben rieb sich das Kinn. »Ihr hättet einst Euer eigenes Leben gegeben, um ihn zu retten.« Er angelte nach seiner Seekarte. »Dann sollten wir den Kurs festlegen, damit die Dame und das Kind sicher ankommen. Ich wüsste sogar einen Ort, an dem sie ungestört bleiben kann. Einer meiner Brüder ist Obmann in einem Küstendorf. Es sollte keine Schwierigkeiten bereiten, euch alle dort unterzubringen.«

»Das freut mich«, meinte Waljakov erleichtert. »Ich hatte gehofft, dass Ihr so etwas sagen würdet.« Nachdem er einen Blick auf die Zeichnung geworfen hatte, verzog er das Gesicht und zeigte auf die drei schwarzen Punkte. »Was bedeutet das? Wollt Ihr noch auf Kaperfahrt gehen? Das wäre mit einer Schwangeren an Bord keine gute Idee.«

Lachend winkte der Freibeuter ab. »Nein, keine Angst. Ich werde mich und meine Männer zügeln. Das war die Position von drei fremden Schiffen.« Und schnell erzählte er seine Erlebnisse mit der unbekannten Frau.

Der Leibwächter sah alarmiert aus. Die Vision Fatjas von den unbekannten Schiffen verschwieg er wohlweißlich. »Wenn es Euch nichts ausmacht, sollten wir so schnell wie möglich von hier weg. Seit dieser Nesreca aufgetaucht ist, geschieht nichts mehr zufällig.«

»Gut«, stimmte Torben zu. »Ich werde eine Route wählen, die uns weit an den Schiffen vorbeibringt, um jede mögliche Gefahr zu umgehen, auch wenn ich nicht glaube, dass die Fremden wegen Euch in Tularky sind. Und woher sollte dieser Vetter wissen, dass Ihr hier seid?«

»Ihr hattet Stoiko einen Brief geschickt«, erinnerte ihn Waljakov. »Wenn der Silberschopf durch seine ständige Schnüffelei dahintergekommen ist, wird er eins und eins zusammenzählen.«

»Dann wären die Schiffe aber lange nicht so schnell hier gewesen«, hielt Torben kopfschüttelnd dagegen. »Ich denke, sie wollten die Lohnkassen der Arbeiter plündern, und ich habe ihnen einen Strich durch die Rechnung gemacht. Wobei das Vorhaben an sich bestimmt interessant gewesen wäre.« Nachdenklich schaute er an die Decke.

»Ihr werdet doch nicht an deren Stelle ein Auge auf die Kassen werfen wollen?«, sagte der Hüne. »Ihr habt Besseres zu tun.« Er griff unter seine Jacke und reichte dem Freibeuter einen Beutel. »Das müsste reichen.«

Vorwurfsvoll schaute Torben auf das Säckchen. »Ihr wollt wohl, dass ich Euch die Zähne einschlage? Steckt das Geld weg. Ich segle Euch als Freund nach Rogogard, nicht als Geschäftsmann. Und außerdem brachte es mir jedes Mal Unglück, wenn ich einen zahlenden Passagier an Bord nahm.«

»Dann nehmt es, um die Mannschaft zufrieden zu stellen, damit sie nicht auf See Schiffe entern wollen«, schlug Waljakov vor. »Sie sollen nicht das Gefühl haben, eine Prise verloren zu haben. Das hier«, er wog das Behältnis in der Hand, »wird sie ausreichend entschädigen.«

»Nun gut«, lenkte der Rogogarder ein und spielte mit einer der geflochtenen Bartsträhnen. »Meine Männer werden es Euch nicht vergessen und Euch sicher, schnell und ohne Umwege von hier wegbringen.« Er verstaute das Geld ohne nachzuschauen in einer eisernen Truhe. »Nun holt unsere übrigen Passagiere, ich werde die *Grazie* zum Auslaufen bereit machen lassen.«

Der Hüne erhob sich. »Wir sind gegen Mittag hier.« Er nickte dem Freibeuter zu und stapfte hinaus.

Gut gelaunt machte sich Torben an die Kursberechnung. Zwischendurch schweiften seine Gedanken zu dem Gehörten ab. Wenn sich der Kabcar tatsächlich so schlecht entwickelte, täte es ihm sehr Leid. Noch immer konnte er die Geschichte nicht wirklich glauben. Er würde dieser Norina einmal kräftig auf den Zahn fühlen.

Ein paar Stunden später kam eine seltsame Familie an Bord der *Grazie.* Ein breit gebauter Bauer half seinem alten Vater vom Wagen, scheuchte seine Tochter die Planke hinauf und geleitete schlußendlich seine schwangere Gattin bis unter Deck. Dann luden die Matrosen der Kriegskogge die Proviantfässer um, der Hüne fuhr den Wagen weg und kehrte mit dem massigen Pferd zurück, das kaum nach Ackergaul aussah.

Ohne ein unruhiges Schnauben ging der schwarze Hengst die Planke hinauf, von wo er mithilfe eines Flaschenzugs und Leibgurten in den Laderaum verfrachtet wurde. Das Tier blieb ruhig, selbst als es mit allen vier Hufen gleichzeitig in der Luft hing. Sein Besitzer richtete hin und wieder ein paar Worte an das Pferd, dem das Schweben sichtlichen Spaß zu bereiten schien.

Noch in der Abenddämmerung legte die *Grazie* ab und segelte hinauf aufs offene Meer. Torben kannte eine seichte Stelle ein paar Meilen von hier, an der er vor Anker gehen wollte.

Er kam damit dem Wunsch des Leibwächters nach, Tularky so schnell wie möglich zu verlassen. Zeit, sich um seine Passagiere zu kümmern, hatte er noch nicht gefunden. Bis auf das Mädchen waren alle unter Deck verschwunden.

Fatja, wie die Kleine gerufen wurde, war überall und nirgends zugleich. Mal kletterte sie zum Erstaunen der Mannschaft ins Krähennest, dann stand sie am Bug und ließ sich den Wind durch die kurzen Haare wehen, im nächsten Augenblick löcherte sie den Steuermann mit Fragen zur Navigation.

»Und du bist der Kapitän?«, erklang es plötzlich neben dem Rogogarder. Das Mädchen hatte sich nun ihn als nächstes Opfer ihrer Neugier ausgesucht.

Der Freibeuter grinste. »Jau, mein Fräulein. Ist irgendetwas nicht zu Ihrer Zufriedenheit?«

Fatja lächelte, die Arme auf dem Rücken verschränkt, den Kopf etwas schiefgelegt. »Darf ich das Schiff mal lenken? Der Steuermann hat gesagt, dass ich das nur mit deiner Erlaubnis dürfte.«

»Morgen, wenn wir die offene See erreicht haben«, vertröstete er das heranwachsende Kind. Ihr Akzent verriet ihre borasgotanische Herkunft. »Hier ist es noch zu gefährlich.«

Sie kniff misstrauisch die Augen zusammen. »Versprochen? Bei deiner Piratenehre?«

»Wer hat dir denn den Unsinn erzählt?« Torben spielte den Entrüsteten. »Ich bin Freibeuter, kein Pirat, edles Fräulein! Und mein Wort ist besser als jede Unterschrift auf einem Vertrag.«

»Du kannst vermutlich gar nicht schreiben«, neckte Fatja ihn und hüpfte die Treppe aufs Deck hinunter, wo sie die Schiffskatze, Juka, entdeckt hatte. Sie schnappte sich das Tier und machte es sich in einem Taustapel gemütlich. Die Katze genoss das Kraulen, schnurrend schloss sie die Augen.

Waljakov erschien, diesmal ohne seine Verkleidung. Der Harnisch schimmerte in den Strahlen der untergehenden Sonnen, die mechanische Hand lag in der Nähe des Säbelgriffs, und seine Haltung war wieder ganz die alte, die des Kämpfers.

An seiner Seite folgte die Schwangere, die nach wie vor eine tarpolische Tracht trug. Torben kam ihnen ein paar Schritte entgegen, damit die junge Frau nicht die Stufen überwinden musste. Er sah die einstige Geliebte des Kabcar heute zum ersten Mal.

»Meinen Dank für das, was Ihr für uns tut«, grüßte ihn die letzte Brojakin Tarpols und wollte sich verbeugen, aber der Rogogarder unterbrach die Demutsgeste im Ansatz, indem er ihren Arm fasste.

»Nein, Ihr müsst Euch nicht bedanken. Wenn sich alles so zugetragen hat, wie Waljakov es mir berichtete, dann ist es nur rechtens.« Verstohlen musterte er die werdende Mutter.

Norina bemerkte seinen forschenden Blick. Sie nickte und reichte ihm einen Umschlag. »Der Brief ist von Stoiko Gijuschka. Solltet Ihr irgendwelche Zweifel haben, hier drinnen stehen die Antworten. Unsere Reisegefährten sind in ähnlich schwierigen Umständen.«

Der Freibeuter erbrach das Siegel und las die Zeilen aufmerksam durch. »Ich hätte mir gewünscht, dass es nicht stimmte, was Ihr mir erzählt habt«, sagte er danach zu Waljakov. »Aber leider wird alles bestätigt. Hoffen wir, dass wir den Kabcar wieder zur Vernunft bringen können. Ich habe ihm damals nicht das Leben gerettet und ihn vor dem Attentäter bewahrt, damit er nun den Kontinent ins Unglück stürzt. Wenn Ihr meine Hilfe weiterhin benötigt, so sagt es nur. Das Schiff und alle Männer stehen Euch zur Verfügung.« Torben wandte sich an Norina. »Bei Euch muss ich mich entschuldigen. Wie konnte ich nur dem Attentäter auf den Leim gehen? Wenn ich in Granburg gewusst hätte, wie schön Ihr seid, wäre ihm die Täuschung nicht geglückt.«

»Ihr seid charmant«, bedankte sich die Brojakin mit einem traurigen Lächeln. »Auch wenn ich mir sicher bin, dass Ihr anderen Frauen die gleichen Komplimente macht.«

»Nur, wenn sie sie verdient haben«, meinte der Rogogarder.

»Dann nehme ich die Schmeichelei gerne entgegen. Aber für alles Weitere fehlt mir momentan der Sinn, Herr Kapitän. Kommt erst gar nicht auf die Idee, auf Kaperfahrt nach meiner Gunst auszulaufen«, machte sie ihm freundlich klar. »Schmeicheln dürft Ihr mir trotzdem.«

»Ich gebe mein Bestes«, sagte Torben lachend, dem die Offenheit der jungen Frau gefiel. Um es mit einer rogogardischen Redensart zu sagen: So deutlich hatte ihm noch keine gesagt, wo der Fisch entlangschwamm.

Ihr Gesicht verzerrte sich für einen Moment, und sie griff nach Waljakovs Arm. »Ich gehe wieder hinunter und lege mich etwas zur Ruhe«, entschuldigte sie sich. »Mir ist nicht besonders wohl. Die lange Reise bis nach Tularky war sehr anstrengend. Und haltet das Schiff einigermaßen ruhig. Ich fürchte, in meinem jetzigen Zustand bin ich nicht sehr seetauglich.«

»Ich werde es nach den Wellen ausrichten, Brojakin«, versprach der Rogogarder. »Ich habe den Kurs so angelegt, dass wir um alle Stürme herumsegeln. In knapp zwei Wochen werdet Ihr Eure Füße auf rogogardisches Land setzen.«

Der Leibwächter und sein Schützling verschwanden wieder unter Deck.

»Gibt es bei euch auf Rogogard Modrak?«, wollte Fatja wissen. Sie hielt die immer noch schnurrende Katze im Arm. »Die können mich nämlich nicht besonders gut leiden, und deshalb frage ich lieber vorher, was mich erwartet.«

»Wenn du mir sagst, was Modrak sind«, erkundigte sich der Freibeuter und wollte Juka ebenfalls streicheln. Die Katze schlug die Augen auf, fauchte und schlug nach der Hand. Torben zog sie ruckartig nach hinten. Dann kuschelte sich die Katze dichter an das Kind.

»Du darfst ihr nicht böse sein«, meinte das Mädchen. »Juka mag dich, aber es gefällt ihr im Moment besser bei mir. Und die Modrak werden von den anderen Menschen Beobachter genannt. Sie sitzen auf Häusern und schauen sich die Welt an, um zu spionieren.«

»Nein, die haben wir nicht bei uns.« Der Freibeuter schüttelte den Kopf. »Vermutlich mögen sie Wasser nicht besonders. Ich werde die Augen aber dennoch offen halten, einverstanden?«

Sie nickte eifrig, setzte Juka ab und erklomm die Wanten, als ob sie in ihrem Leben täglich nichts anderes gemacht hätte, als die wackelnden Stricke hinaufzuklettern.

»Ich werde dich als Matrose anheuern«, rief ihr Torben fröhlich hinterher. Er erinnerte sich mit einem Mal an das traurige Lächeln der jungen Frau.

Hastig verschwand er in seiner Kabine und durchsuchte sie in aller Eile. Endlich hielt er den Gegenstand in der Hand. Damit ging er zur Unterkunft seiner Passagiere, seinen Fund hinter dem Rücken verborgen.

Höflich klopfte er an die Holztür, die von dem Leibwächter geöffnet wurde. Etwas widerstrebend wich er zur Seite, als Torben eintrat und auf die Brojakin zusteuerte. Den älteren Mann, den Waljakov als Matuc vorgestellt hatte, ignorierte er.

»Hier habe ich etwas für Euch«, sagte er geheimnisvoll und präsentierte sein Mitbringsel. »Damit Eure Traurigkeit ein wenig nachlässt.«

Norina besah sich das lackierte Kistchen. »Schmuck? Nein, danke. Ohne Euch nahe treten zu wollen, aber man sagt den Rogogardern nach, sie wären mitunter nicht wählerisch, wenn es um die Herkunft von Reichtümern geht. Und wenn an diesem Geschenk das Blut ...«

Der Kapitän winkte ab. »Nein, seid unbesorgt. Das habe ich ehrlich erworben.« Sie sollte bloß nicht danach fragen, woher das Geld stammte, mit dem er es ehrlich erworben hatte. Er reckte das Kistchen etwas mehr in ihre Richtung, bis sie es schließlich in die Hände nahm. Torben bemerkte den feinen Schweißfilm, der sich auf ihrer Stirn gebildet hatte. Ein Tropfen rann die Narbe entlang und zur Wange hinab.

»Es ist schwer«, meinte sie etwas überrascht. »Kein Gold?«

»Kein Gold, Brojakin«, sagte der Freibeuter und setzte sich ihr gegenüber, um ihr Gesicht beobachten zu können, wenn sie den Deckel öffnete.

Behutsam stellte sie das Behältnis auf den kleinen, groben Tisch und klappte das Oberteil zurück. Augenblicklich ertönte eine zarte Melodie. Die Miniatur eines tarpolischen Tänzers sprang um seine filigran gearbeitete Partnerin herum, die sich auf den Zehenspitzen immer um die eigene Achse drehte. Die Umgebung war einem Gasthaus nachempfunden.

»Eine Spieluhr!« Norina schlug die Hände zusammen. Kindliche Begeisterung zeigte sich in ihrem Gesicht, und dem Freibeuter wurde es heiß und kalt, als er ihre braunen Mandelaugen funkeln sah. Er spürte eine tiefe Regung und ein keimendes Gefühl von großer Zuneigung zu der Frau, die so viel in ihrem Leben hatte erdulden müssen, ohne daran zu zerbrechen.

»Wenn Ihr an diesem Rädchen dreht, könnt Ihr die Melodie verändern«, erklärte er und hatte dabei das Gefühl zu erröten. »Hört das Lied auf, müsst Ihr es an der Seite aufziehen.« Ihr Hände berührten sich zufällig, und nun wurde der Freibeuter wirklich rot. Waljakovs Gesicht wurde dagegen eine Spur böser. Die Brojakin schien der Hautkontakt nichts ausgemacht zu haben

»Ihr seht besser nach dem Kurs, Kapitän«, empfahl der Leibwächter und stand auf. Dieses Zeichen war unübersehbar.

Der Rogogarder beeilte sich, aus der Kajüte zu kommen, wobei ihn der Hüne vor sich her trieb, um ganz sicher zu sein, dass er ging. An der breiten, metallgeschützten Brust Waljakovs vorbei warf er Norina noch einen letzten Blick zu, bevor die Tür ins Schloss fiel.

Seufzend lehnte er sich an die Wand. Das konnte ja heiter werden.

Ulldart, Königreich Tarpol, Hauptstadt Ulsar, Spätherbst 443 n. S.

Lodrik bewegte sich nicht mehr in der Öffentlichkeit ohne seine Leibwache. Die Ereignisse der letzten Wochen hatten ihn dazu veranlasst, sich nicht allein auf seine magischen Fähigkeiten zu verlassen. Mitunter benötigte er eine gewisse Zeit, um die Kräfte kontrolliert zu bündeln, und das könnte einem guten Attentäter ausreichen, ihn zu töten. Daher begleiteten ihn nun auf Schritt und Tritt ein Dutzend Männer, die Mortva ausgesucht hatte. Nur in ganz wenigen Räumen durften sie vor der

Tür warten. Der Kabcar vertraute niemandem mehr, außer seinem Vetter und seiner Gattin, die ihn nach Kräften unterstützte und ihm Nacht für Nacht Abwechslung bot, wie sie ihm von der unerfahrenen Norina niemals zuteil geworden war.

Aljascha besuchte die vielen Feste der Reichen der Hauptstadt und suchte aus deren Reihen Ersatz für die ausgelöschten Adligen, die dem Giftanschlag Borasgotans zum Opfer gefallen waren. Dabei versprach sie vielen den Einzug in den irgendwann neu zu formierenden Brojakenrat, ohne sich aber auf einen genauen Zeitpunkt festzulegen. Man wolle erst die Loyalität der Aspiranten auf die Probe stellen.

Lodrik widmete sich fast ausschließlich dem Studium der Magie und der Suche nach dem Amulett, das ihm die Modrak Untertan machen sollte. Politik stand hinten an. Das Erkunden seiner Fertigkeiten nahm ihn gefangen, machte ihn süchtig nach dem Gefühl, das ihn durchlief, wenn er die Kräfte formte und ihnen Gestalt gab. Und je mehr er von dieser Macht bündelte, desto intensiver wurde das eigene Empfinden. Niemand, nicht einmal Mortva, besaß eine Vorstellung von dem, was er konnte. Und er wollte es auch erst dann zeigen, wenn es unbedingt notwendig war.

Der junge Mann vermutete, dass er sein Können gegen das Geeinte Heer unter Beweis stellen musste, von dessen Angriffsabsicht er inzwischen fest überzeugt war. Nicht ohne Grund hatte er die Hauptstreitmacht der Tzulandrier in den Süden der Großbaronie verlegen lassen, nur wenige Marschtage von Telmaran entfernt. Mit Ausnahme des Nachbarreiches Tûris bekannte sich niemand zu Tarpol. Und wenn die übrigen Ulldarter eine Invasion wagten, sollten sie sich eine blutige Nase holen.

Mithilfe der neuen Waffen, die sein Konsultant ihm im Rohzustand zeigte, würde es ein Leichtes sein, eventuelle Angreifer in die Flucht zu schlagen. Zwar hatte der

Kabcar noch keine der seltsamen Metallrohre im Einsatz gesehen, Mortva versprach jedoch eine immense Wirkung.

Er ließ zahlreiche Männer als »Geschützmeister« ausbilden, qualifizierte Handwerker, die mit den neuen Fernwaffen hantieren konnten.

Das Ganze geschah in aller Heimlichkeit, damit keiner der ilfaritischen Spione Wind von den Neuerungen bekam. Dass ausgerechnet Stoiko, der allein in einer geräumigen Zelle im Kerker des Palastes saß, für den Feind kundschaftete, sah der junge Mann als endgültigen Beweis dafür, dass alle seine früheren Freunde ihn verraten hatten.

Der Kabcar goss sich von dem dampfenden Getränk nach und blickte nach draußen. Vor dem Fenster des Teezimmers trieben dunkle Regenwolken vorüber, ein kalter Wind jagte sie nach Osten. Tropfen sammelten sich an der Scheibe, und in Lodriks Vorstellung nahm das wirre Muster das Antlitz von Norina an.

Wut und Traurigkeit mischten sich in seinem Inneren und kämpfen gegen den letzten Rest von Liebe, der geblieben war. Auch wenn er das Zusammensein mit seiner Cousine genoss, etwas fehlte. Und dieses Etwas fand er auch nicht bei den anderen Frauen, mit denen er in einigen Nächten zusammen gewesen war. Weil die Brojakin sich ihm und damit das entzogen hatte, was er nun vermisste, hasste er sie noch mehr.

Tief atmete er ein und aus, dann öffnete er das Fenster zum Balkon, um die feuchte, kühle Luft hereinzulassen. Die Vorhänge blähten sich unter der Wucht des Windes, die Kerzen im Raum erloschen, und nur das Kaminfeuer sorgte für Licht. Lodrik ignorierte die beiden Wachen in den dicken Mänteln auf dem Balkon, stellte sich hinaus in den Regen und ließ das Nass mit geschlossenen Augen auf sein Gesicht prasseln. Das Wasser kühlte seinen Zorn, so schien es ihm. Nach ein paar Minuten kehrte er in das

Zimmer zurück und setzte sich durchnässt vor die Flammen. Tropfen rannen aus den langen blonden Haaren und aus seinem kurz getrimmten blonden Bart.

Gedankenverloren griff er nach der Metallschatulle auf dem Sims, in der er die Asche seines Vaters aufbewahrt hielt. Ob der alte Kabcar das alles so kommen gesehen hatte? fragte er in Gedanken, als ob der Geist Grengor Badrics Antwort geben könnte. *Bin ich nicht ein echter Eroberer geworden, Vater? Habe ich deine Vorstellungen nun erfüllt?*

Teilnahmslos stellte er das Behältnis zurück, kippte den Tee weg und schenkte sich stattdessen Kartoffelschnaps ein. Vor seinem inneren Auge sah er das Geeinte Heer, er hörte die Stimmen der Botschafter und die Forderungen nach Garantien.

Es klopfte. Allein an dem Ton erkannte der junge Mann, wer Einlass begehrte. »Kommt herein, Mortva.«

Leise trat sein Vetter in den Raum, die silbernen Haare glänzten rötlich im Feuerschein des Kamins. »Hoher Herr, ich habe eine Neuigkeit für Euch.«

Lodrik hob die Hand. »Wenn sie schlecht ist, behaltet sie für Euch. Wenn sie gut ist, dann glaube ich ihr nicht. Das Schicksal hat sich gegen mich verschworen, das ist so sicher wie die Nacht nach dem Tag.«

»In so düsterer Stimmung?«, fragte der Konsultant. »Dabei sind Eure Männer überall auf dem Siegeszug. Die Schutzgürtel wurden soweit wie möglich errichtet und gesichert, das Hauptkontingent der Tzulandrier marschiert nach Süden, Tarpol liegt Euch zu Füßen. Um das Geeinte Heer müsst Ihr Euch keine Sorgen machen.«

»Das hebt meine Laune in der Tat«, meinte der Kabcar und kippte den Alkohol die Kehle hinab. »Und mit was gedenkt Ihr meine Laune wieder zu dämpfen?«

Der Mann mit den silbernen Haaren nahm in einem Sessel Platz. Lodrik wandte sich um, um den Uniformrücken zu trocknen.

Die flackernden Flammen veränderten das Gesicht seines Vetters und ließen es unwirklich erscheinen, als ob sich hinter der Maske des ansprechenden Äußeren ein zweites Ich verstecken würde, das hindurchschimmerte und undeutlich sichtbar wurde. Die unterschiedlich farbigen Augen verstärkten seinen Eindruck, und der Herrscher war sich für einen beängstigenden Moment nicht sicher, was ihm da gegenüber saß. Unwillkürlich sammelte er magische Energie zusammen. Zum ersten Mal empfand er Misstrauen gegenüber seinem Berater.

Mortva quittierte die Anstrengung mit einem gütigen Lächeln. »Ich sehe, Ihr übt sogar jetzt. Sehr gut. Wenn Ihr so voranschreitet, werdet Ihr mich bald überholt haben. Wenn Ihr das nicht bereits getan habt.« Erneut meinte der Kabcar, dass unter der Hautoberfläche die Abdrücke einer hässlichen Fratze zum Vorschein kamen. »Aber ich habe wirklich noch etwas anderes.«

Mit allergrößter Vorsicht drängte Lodrik die Magie wieder zurück, um sie nicht versehentlich zu entladen und seinen Konsultanten dabei zu verletzen. »Ich höre.«

Sein Vetter setzte sich gerade. »Wir alle haben uns doch gewundert, dass die Priesterin und der Ritter so schnell verschwunden sind«, begann er. »Nun, ich weiß jetzt, warum.«

Lodriks Augenbrauen wanderten in die Höhe. »Hatte sie nicht gesagt, sie wollte mit ihm in ihr Heimatland, um ihn dort vollständig gesunden zu lassen?«

»Eine glatte Lüge. Eine weitere Lüge von einer Person, der Ihr ein gewisses Vertrauen entgegengebracht habt, Hoher Herr«, erklärte Mortva bedauernd. »Sie ist in Wirklichkeit eine Mörderin und hatte Angst, dass man ihr endlich auf die Spur kommt.«

»Was?«, rief der Kabcar. »Das wäre ein starkes Stück. Welcher Mord soll das gewesen sein?«

»Nicht einer, sondern mehrere. Ihr erinnert Euch, wie vermutlich ganz Ulsar, an die Reihe von Einwohnern, die einem unbekannten bestialischen Meuchler zum Opfer fielen.« Der Kabcar nickte. »Es haben sich inzwischen mehrere Zeugen gemeldet, die Belkala bei ihrem Treiben beobachtet haben. Diese Frau ist eine Menschenfresserin. Offenbar stimmen die angeblichen Märchen, die man sich über Kensustria erzählt, doch.«

»Unbegreiflich«, flüsterte Lodrik und schenkte sich Kartoffelschnaps nach. »Aber …«

»Und ich fürchte, dass der Ritter Bescheid wusste«, fügte Mortva hinzu. »Oder glaubt Ihr, dass ein Gefährte, mit dem man Bett und Leben teilt, nichts davon wusste?«

»Schwerlich«, gab der Kabcar zu.

»Die Zeugen sagten, dass sie sich aus Angst vor der Kensustrianerin nicht gemeldet haben.« Mortva betrachtete seine Fingernägel. »Aber nun, nachdem die Priesterin weg ist, wagten sie den Gang zu den Behörden, damit zukünftiges Unheil aus unserem Land fern gehalten wird.«

Der junge Mann überlegte schweigend. »Ich wünsche, dass die Soldaten der Garnisonen entsprechend angewiesen werden, beim Auftauchen von Kensustrianern höchste Vorsicht walten zu lassen. Ihre Besuche müssen zuerst beantragt und von einer königlichen Behörde genehmigt werden. Man soll sie, werden sie in Tarpol von Soldaten aufgegriffen, bestimmt, aber höflich nach dem Wunsch des Aufenthalts befragen. Gibt es keinen Beleg für die Rechtmäßigkeit, etwa die schriftliche Erlaubnis oder etwas in der Art, sollen sie umgehend zur Grenze eskortiert und des Landes verwiesen werden.« Langsam zog er seine Jacke aus und schwang sie über den Sessel. »Ich finde, das ist eine gute Anweisung, oder?«

»Aber sicher«, pflichtete Mortva bei. »Niemand kann uns daraus einen Strick drehen, wir handeln völlig legal.«

»Wenn Belkala es wagen sollte, ihren Fuß noch einmal in mein Reich zu setzen, nehmt sie fest. Nerestro lasst unbehelligt, wo auch immer er sein möge. Seine Schuld ist nicht bewiesen. Auch wenn ich ein Exempel statuieren wollte, es wäre unklug, den Zorn der Ordensritterschaft auf mich zu ziehen. Es sind zwar wenige, aber man sollte sie nicht unterschätzen.« Lodriks Zeigefinger malte ein magisches Symbol in die Luft, und auf einen Schlag brannten die Kerzen wieder. »Es war lange genug dunkel. Ich werde noch ein wenig in alten Papieren meines Vaters kramen. Vielleicht entdecke ich noch etwas anderes außer Schuldscheinen.«

»Die uns aber nicht mehr zu kümmern haben.« Der Konsultant hatte den Rauswurf verstanden. »Ich wünsche Euch viel Vergnügen. Derweil kümmere ich mich um die Anweisungen.«

»Wo ist eigentlich das Amulett geblieben?«, fragte der junge Mann ungehalten. »Ist es denn so schwer, dieses bisschen Stadt, wo das Stück hingefallen sein muss, zu durchsuchen?«

»Wenn wir Pech haben, Hoher Herr, freut sich vielleicht ein unbekannter Finder über den seltenen Schmuck«, vermutete sein Vetter.

»Dann setzt einen Preis darauf aus«, schlug Lodrik ungehalten vor. »Lasst Ausrufer durch die Stadt marschieren und eine Beschreibung verlesen. Dem Finder oder demjenigen, mit dessen Hilfe wir das Amulett zurückerhalten, geben wir tausend Waslec.« Er setzte sich an den Schachtisch und begann, die Schublade auszuräumen. »So erreichen wir auch die, die vielleicht nur gesehen haben, wie ihr Nachbar das gute Stück einsteckte.«

Mortva ging hinaus.

Etwas genervt durchstöberte der Kabcar die Blätter, die er mit beiden Händen aus der Lade schaufelte. Zwar hatte er sie schon einmal durchforstet, aber nur sehr oberflächlich.

Das letzte Blatt verklemmte sich zwischen dem Rand der Schublade und der Tischoberfläche, sodass es in dem nun offenen Schubfach liegen blieb. Lodrik tastete danach und entdeckte dabei ein weiteres Schreiben, das bei seiner vorherigen Sucherei verborgen geblieben war. Es trug zu seinem Erstaunen das Siegel des Oberen des Geheimen Rates.

Neugierig las er den Brief. Dann las er ihn ein zweites Mal. Meisterhaft beherrschte er sich dabei, sonst wäre der Trakt des Palastes in einem hellen Feuerball verglüht.

Grimmig faltete er das Beweisstück zusammen und verstaute es sorgfältig wieder im Schubfach. Sobald er die Sache mit dem Geeinten Heer zufrieden stellend gelöst hatte, würde er sich mit dem Ulldraelorden befassen. Stumm dankte er den Göttern, wobei er zuerst Tzulan dankte, dass er ihn das Papier hatte finden lassen.

Es musste schneller gehen. Der junge Mann wollte nicht mehr länger warten, bis jemand das Amulett zurückgab. Er würde es am besten selbst suchen.

Eilig brach er trotz strömenden Regens zusammen mit seiner Leibwache auf und preschte auf dem Pferderücken durch die Gassen der Hauptstadt. Die Kutsche anspannen zu lassen, würde zu lange dauern.

Vor dem Haus, das ihn immer noch an den Verrat seines einst innigsten Vertrauten erinnerte, hielt er an und sprang aus dem Sattel. Er gab ein paar Anweisungen, eine seiner Wachen ging nach oben.

»Jetzt, hoheitlicher Kabcar«, kam es wenig später aus dem Fenster, und ein kleiner Gegenstand flog durch die Luft.

Klirrend landete die Mantelspange, die in dem Experiment als Ersatz für das verlorene Schmuckstück benutzt wurde, in der Gosse und war schnell durch das Dreckwasser unsichtbar geworden. Ein paar schnell rekrutierte Ulsarer wühlten im feuchten Unrat, ohne eine Spur zu finden. Lediglich die Spange brachten sie zurück.

Dann eben anders. Lodrik schloss die Augen und konzentrierte sich. Deutlich sah er das Amulett vor seinen Augen und versuchte, die magische Energie auf die Suche zu schicken.

Als der Kabcar sich umsah, entdeckte er ein schwach orange glimmendes Band, das von der Gosse aus in Richtung Stadtmauer verlief. Am Gesicht seiner Leute erkannte er, dass nur er diesen Hinweis sehen konnte. Er stieß einen triumphierenden Ruf aus und schwang sich in den Sattel.

Seine Männer folgten unter der Leitung ihres Herrn dem Wegweiser, bis sie vor einem ziemlich verfallenen Haus standen, das sich beinahe Schutz suchend an die stabile Befestigungswand drückte. Das fingerbreite Band verschwand darin.

»Hier ist es«, sagte Lodrik, während er voller Vorfreude abstieg und auf die Tür zulief. Dass er dabei sein Henkersschwert zog, bemerkte er nicht einmal.

Mit einem wuchtigen Tritt beförderte er die Tür aus den morschen Angeln.

Erschrocken sprang ein Mann in stark abgetragener Kleidung vom Tisch auf und griff nach einem abgewetzten Messer. Eine Frau riss einen Säugling an sich, acht weitere Kinder in unterschiedlichem Alter drängten sich sofort in den hinteren Teil des Raumes. Auf der schäbigen Holzplatte stand ein Kessel voller gekochter Süßknollen.

Das magische Band führte zu einem der kleineren Mädchen mit langen, dunkelbraunen Haaren, das der Herrscher auf acht Jahre schätzte.

»Du!« Die Schwertspitze zeigte auf das ungepflegte Kind. »Du besitzt etwas, was dir nicht zusteht!«

Schützend stellte sich der Vater vor seinen Nachwuchs, auch wenn die Furcht des Mannes unübersehbar war.

Lodrik konnte seine Angst riechen. »Wer bist du?«, herrschte er ihn an.

»Ich bin Zasbranskoi, Herr. Tut meinen Kindern nichts.« Das Messer hatte er gesenkt. »Was wollt Ihr von einem rechtschaffenen Bürger Ulsars?«

Eine der Leibwachen schlug ihm den Säbelgriff in den Magen, sodass der Getroffene auf die Knie sank. »Das ist der Kabcar von Tarpol, du Abschaum«, brüllte der Kämpfer ihn an. »Zolle Respekt!«

»Ich wusste es nicht«, presste Zasbranskoi mühsam hervor, »verzeiht mir, hoheitlicher Kabcar.« Auch seine Gattin sank demütig zu Boden, der Nachwuchs folgte dem Beispiel der Eltern. Ein paar Kleinere begannen zu jammern und zu wimmern.

»Du hast deine Kinder zu Dieben erzogen«, erklärte Lodrik und setzte das Exekutionsschwert auf die Schulter des Ulsarers. »Sie«, er deutete auf das Mädchen, »hat mein Eigentum.«

»Stimmt das, Soscha?«, wollte der Vater wissen, wobei er sich den Leib hielt.

»Es ist nicht gestohlen.« Zögernd machte das Kind einen Schritt rückwärts. »Ich habe es gefunden. In der Gosse. Es hat so hübsch geleuchtet, und da dachte ich mir …«

Lodrik streckte die Hand aus. »Es ist meins.« Er zwang sich zu einem Lächeln. »Gib schon her, Kleine.«

»Soscha!«, rief Zasbranskoi, dem die Spitze der Waffe schmerzhaft in die Schulter bohrte. »Gib es dem hoheitlichen Kabcar.«

»Ich habe es aber gefunden, Vater«, protestierte sie wütend und holte das Amulett unter ihrem zerlumpten Leinenkleid hervor. Der Kabcar erkannte den Talisman sofort wieder. »Es gehört mir. Ich habe es nicht gestohlen, es lag im Dreck.«

Ein Leibwächter nahm dem Kind das Schmuckstück unsanft weg, schlug ihm an den Kopf, dass es zur Seite taumelte, und reichte das Kleinod vorsichtig seinem Herrn.

Erleichtert schloss Lodrik die Finger darum, dann verstaute er seine Waffe.

»Ich könnte euch alle hinrichten lassen«, meinte er kühl. »Niemand würde sich um euch sorgen. Aber ich unterstelle euch einfach, dass ihr es nicht besser wusstet. Besser eine späte Einsicht als keine, nicht wahr?« Er nahm eine Hand voll Waslec und warf sie auf den Tisch. »Nehmt das und kauft euch davon, was ihr wollt. Aber wenn ich einen deiner Familie jemals wieder bei etwas erwische, das nicht erlaubt ist, wird es keine Gnade geben.«

Ohne ein weiteres Wort verließ er die Hütte, die Worte des Dankes glitten an ihm ab. Wichtig war für ihn, dass er den Schmuck zurückerhalten hatte. Und nun wollte er die Modrak zusammenrufen, um dem Geeinten Heer eine erste Lektion zu erteilen. Beinahe hätte das diebische Kind seine Absichten vereitelt.

»Ich habe es mir anders überlegt. Lass das Mädchen in den Kerker bringen und dort bis auf weiteres niedere Aufgaben verrichten«, gab Lodrik dem Anführer der Wache vor der Behausung Anweisung. »Und verpass ihr noch eine Tracht Prügel. Strafe muss sein.«

Der Kabcar stand zusammen mit Mortva auf dem nächtlichen Balkon des Teezimmers. Die Leibwächter hatte er weit genug in der Umgebung verteilt, sie sollten die Unterredung mit den Beobachtern nicht mitbekommen.

Seine Stadt breitete sich wie ein Meer aus glitzernden Lichtern um ihn herum aus. Dort lebten seine Untertanen, für die er sorgen würde. Keiner würde es jemals mehr wagen, einen Fuß auf sein Land zu setzen.

Er nahm das Amulett hervor und berührte den von innen glimmenden Stein sachte an der Oberfläche. Vorsichtig drehte er den geheimnisvollen Edelstein dreimal in der Fassung, die Schriftzeichen und Ziselierungen leuchteten nach einem silbrigen Flimmern in schneller

Reihenfolge grell auf. Der junge Mann bemerkte am Prickeln in seinen Fingern, dass durch sein Tun eine fremde Magie vollends zum Leben erweckt worden war.

»Nun werden wir abwarten müssen«, meinte sein Konsultant gespannt und richtete seine Augen in den dunklen Himmel. Arkas und Tulm, die beiden Sterne, die der Legende nach die Augen Tzulans symbolisierten, funkelten blutrot und sehr intensiv. Mortva lächelte still.

Lodrik hing sich das Kleinod um den Hals und zog den Uniformmantel fester zusammen, um sich gegen die kühle Luft besser zu schützen.

»Wie gut seid Ihr inzwischen in der Kunst der Magie, Hoher Herr?«, fragte sein Vetter leise.

»Ich mache Fortschritte«, sagte der Kabcar unbestimmt. »Wieso fragt Ihr?«

Mortva wandte sich dem jungen Mann zu. »Es wäre an der Zeit, Euch auf die nächste Stufe vorzubereiten.«

»Noch mehr?«, rutschte es Lodrik heraus. »Ich meine, die Macht, die ich verspüre, ist immens. Und dazu soll es noch eine weitere Steigerung geben?« Er zog die Handschuhe fester.

Sein Ratgeber betrachtete wieder die Sterne. »Es gibt zu allem eine Steigerung. Nichts gilt für alle Zeiten. Im Moment habt Ihr einen ungefähren Vorgeschmack von dem, was in Euch ruht. Ihr nutzt das Gegenwärtige. Aber es ist auch möglich, mithilfe der Magie sich des Vergangenen zu bedienen.«

»Wie meint Ihr das?«, wunderte sich Lodrik. »Etwa so, wie Sinured wieder erschienen ist?«

»Exakt, Hoher Herr«, meinte sein Vetter. »Die Eingeweihten nennen so etwas ›Nekromantie‹. Zugegeben, es ist nicht immer das Angenehmste und Sauberste. Aber im Allgemeinen ist es effektiv.«

»Widerlich«, kommentierte der Kabcar, sein Gesicht verriet die Abscheu. »Nein, danke. Die Toten sollen bleiben, wo man sie verscharrt hat, vom Kriegsfürsten einmal abgesehen. Sie haben sich ihre Ruhe verdient.«

»Wie Ihr möchtet.« Mortva legte einen Arm auf den Rücken und fuhr sich mit der anderen Hand durch die silbernen Haare. »Aber wenn Ihr es Euch anders überlegen solltet, sagt mir Bescheid. Ich leihe Euch gerne die entsprechende Literatur dafür. Damit ist es auch möglich, Seelen der Toten zu sich zu rufen, um deren Rat in Anspruch zu nehmen. Vorausgesetzt man weiß, an welchen Ort sie das Schicksal gebunden hat.«

»Genug, Mortva«, unterbrach ihn der junge Mann energisch, die blauen Augen glühten kurz auf. »Ich habe gesagt, ich will damit nichts zu tun haben.«

Ein dürrer Schatten rauschte durch die Luft, der erste der Modrak reagierte auf den Ruf des seltsamen Amuletts. Die purpurnen Augen glühten in der Dunkelheit, leise raschelnd faltete das Wesen die lederartigen Schwingen zusammen und kniete vor dem Kabcar nieder.

Ein unheimliches Schauspiel begann. Mehr und mehr Beobachter sammelten sich auf dem Balkon, ließen sich irgendwann auf den umliegenden Dächern des Palastes nieder, ohne einen einzigen Laut von sich zu geben. Leises Rauschen lag in der Luft, überall leuchteten purpurne Punkte wie Glühwürmchen.

Wir haben Euren Ruf vernommen, Hoher Herr, hörte er es vielstimmig in seinen Gedanken. Eine Gänsehaut bildete sich. *Wir sind erschienen, wie wir es versprachen. Womit können wir dienen, Hoher Herr?*

»Ich will, dass ihr nach Telmaran fliegt«, befahl Lodrik, der gegen ein unerklärbares Unbehagen ankämpfen musste. »Dort ist eine riesige Streitmacht im Begriff, sich zu versammeln. Ich möchte, dass ihr die Anführer ausschaltet, die vor Ort sind. Heimlich. In aller Stille. Könnt ihr das?«

Die meisten Menschlinge sterben, wenn sie aus großer Höhe

auf den Boden stürzen, Hoher Herr, sagten die vielen Stimmen leise. *Andere erschrecken sich zu Tode. Es werden Unfälle sein. Ist das in Eurem Sinne?*

Dem Kabcar wurde mit einem Schlag bewusst, welche unbezahlbaren Verbündeten er in den Kreaturen besaß. Man hielt sie für harmlos, sie gelangten dank ihrer Flugkünste überall hin, und sie waren beinahe lautlos. »Das ist ein sehr guter Vorschlag. Macht das so. Und wenn ihr diese Aufgabe erledigt habt, meldet sich einer von euch bei mir, um neue Anweisungen zu erhalten. Ihr werdet jemanden für mich suchen. Beeilt euch also!«

Es wird ein wenig Zeit in Anspruch nehmen, erklärten die Modrak. *Aldoreel ist weit entfernt. Aber nicht so weit, als dass wir Eurem Befehl nicht nachkommen könnten, Hoher Herr.* Die Kreaturen erhoben sich wieder in die Lüfte und verschmolzen mit der Nacht.

Irgendwann konnte der junge Mann ihre glühenden Augenhöhlen nicht mehr ausmachen, und er verließ den Balkon.

Lodrik ließ sich in den Sessel fallen. »Ich bin nun etwas beruhigt. Der Verlust der Anführer wird uns einen Vorsprung schaffen. Unsere Truppen werden rechtzeitig im Süden der Großbaronie ankommen. Und dann sehen wir, was diese zusammengewürfelte Heldentruppe vorhat.«

Mortva wollte etwas sagen, wurde aber durch ein Klopfen an der Tür unterbrochen. Ein Livrierter brachte eine Nachricht ins Teezimmer, um sich dann abwartend in eine Ecke des Raumes zu stellen.

Neugierig entzifferte der Kabcar die Botschaft. Ein Lächeln entstand auf seinem Gesicht. »Vetter, das Schicksal, die Götter und alles andere sind uns gnädig.« Er reichte dem Mann mit den silbernen Haaren den Zettel. »König Mennebar von Tûris ist bei einem Ausritt ums Leben gekommen. Und der Hofrat hat beschlossen, dass sich das Land an Tarpol anschließt, wenn ich zustimme.«

»Besser hätte es nicht kommen können«, freute sich sein Konsultant. »Damit eröffnen sich bei einem möglichen Konflikt andere Perspektiven. Eines jedoch sollten wir umgehend verhindern, Hoher Herr.« Mortva warf einen Scheit ins Feuer. »Mennebar ließ, wenn ich mich richtig erinnere, eine Armee um die Verbotene Stadt aufziehen, um die darin versammelten Bestien zu vernichten.«

»Hat Hetrál nicht das Kommando über diese Männer?«, fragte Lodrik und tippte sich an die Unterlippe. »Ich wünsche ihm jedenfalls Erfolg.«

»Nein, Hoher Herr.« Der Konsultant sah in die Flammen. »Es wäre ein grober Fehler, jetzt die ehemalige Hauptstadt Sinureds dem Erdboden gleichmachen zu lassen. Unser bester, wichtigster Verbündeter könnte sich vor den Kopf gestoßen fühlen.«

»Na und?« Der Kabcar reagierte äußerst ungehalten, missmutig verzog er das Gesicht. »Wenn diese ganzen Viecher nun in meinem Tûris herumspringen und Menschen bedrohen, ist es mir nur recht, wenn unser Meisterschütze aufräumt.«

»Das ist die falsche Einstellung«, widersprach sein Ratgeber. »Wir müssen im bevorstehenden Kampf gegen das Heer alle Hilfe annehmen, die wir bekommen können.«

Lodrik verstand. »Ich soll Sumpfbestien in meine Truppen aufnehmen? Allmählich erscheinen mir Eure Vorschläge etwas zu abstrus. Und Eure viel gepriesenen neuen Waffen? Was ist mit ihnen? Sollte ich damit nicht überlegen sein?«

»Es gab unerwartete Schwierigkeiten«, räumte Mortva ein. »Einige Zutaten, die wir zur Herstellung des Pulvers benötigen, waren mangelhaft. Und Tzulandrier sind hart im Nehmen und nicht gerade zimperlich in der Wahl ihrer Waffengenossen. Bedenkt, dass sie sechsundsechzigtausend Männern gegenüberstehen.«

»Und wie soll ich die Bestien dazu überreden, für mich anzutreten?«, wollte der Herrscher wissen.

»Abschaffung des Kopfgeldes, Verbot des beliebigen Tötens, eigene Gebiete, in denen sie sich offiziell aufhalten dürfen«, zählte Mortva auf, als hätte er mit dieser Frage lange gerechnet. »Es stehen uns einige Offerten zur Verfügung. Diese Wesen sind nicht so dumm, wie viele annehmen, Hoher Herr. Und ihre Dankbarkeit dem Mann gegenüber, der sie unter Schutz stellt, wäre grenzenlos. Wem schadet es denn, wenn sie sich in der Verbotenen Stadt niederlassen möchten? Niemandem. Ein Loch aus Sumpf und Morast, mehr ist es doch nicht.«

Hörbar atmete Lodrik aus. »Wen schicke ich als Unterhändler zu ihnen?«

»Sehr gut«, lobte der Konsultant mit schmeichlerischer Stimme die Entscheidung. »Ich habe da meine Leute zur Verfügung, die sofort aufbrechen und die Verhandlungen beginnen werden. Wir sollten etwas aufsetzen, sowohl für Hetrál als auch für unsere neuen Freunde. Mein Bote wird dem turîtischen Hofrat außerdem Eure Bestätigung übermitteln, dass Ihr den Thron von Tûris annehmt, oder?«

»Ich schlage vor, das Gremium führt die Geschäfte weiter, bis ich mir einen Stellvertreter für dort gesucht habe.« Der Kabcar ging zu dem massiven Schreibpult und machte sich an die Formulierung der Briefe. »Wenn Sinured die Kämpfe erfolgreich beendet, könnte er doch dort einziehen. Meinetwegen soll er es auch wieder Barkis nennen, wenn er möchte.«

»Ein ausgezeichneter Vorschlag, Hoher Herr«, sagte Mortva anerkennend. »Eine Anerkennung für seine ruhmreichen Taten, die er zu Eurem Schutz ausführt.«

»Er soll es aber nicht übertreiben. Wenn er wirklich beabsichtigt, den ganzen Kontinent zu erobern, müsste ich ein oder zwei Worte mit ihm wechseln. Über die Stränge schlagen soll er nicht.« Währenddessen flog die Feder nur so über das Papier. Nach einer Ladung Sand, um die Tinte aufzunehmen, faltete Lodrik die Briefe, siegelte sie und reichte sie seinem Konsultanten. »Veranlasst das Nötige.« Der Mann mit den silbernen Haaren verbeugte sich und verließ den Raum.

In Hochstimmung schraubte der Herrscher von Tarpol die Kartoffelschnapsflasche auf und goss sich großzügig ein. Dabei fiel sein Blick auf das Kästchen mit der Asche seines Vaters.

Einen Moment lang dachte er daran, was er wohl zu seinen Erfolgen sagen würde. Er stützte seinen Ellenbogen auf das Sims. Zu gerne würde er es ihm unter die Nase reiben. Was hatte Mortva über die Rückholung von Seelen gesagt? Vielleicht würde ich es doch eines Tages ausprobieren.

VIII.

Und so geschah es.

Nie mehr mischten sich Angor, Ulldrael, Senera, Kalisska und Vintera in das Geschehen auf den Kontinenten ein.

›Was auch immer sich auf der Welt ereignen sollte, wir werden sehen, wie die Menschen gelernt haben‹, sagten sich die Götter und warteten ab.

Die Zeit des zweiten Friedens
und das Ende der Magie,
Kapitel III

Ulldart, Königreich Tûris,
Spätherbst 443 n. S.

Das kann nicht sein Ernst sein. Hetrál hob den Kopf und schaute die Frau, die ihm die Anweisung des Kabcar von Tarpol und Tûris überbracht hatte, ungläubig an, als sei sie für den Inhalt des Schreibens verantwortlich. Stummer Protest lag in den Augen des Befehlshabers der Truppen.

Die blasse Botin trug eine schwarze Lederrüstung, auf die silberne Metallstücke lamellenhaft aufgebracht worden waren und deren Enden bis weit über die Knie reichten. Die Arme wurden von miteinander verflochtenen Kettenringen geschützt, die Hände steckten in Panzerhandschuhen. Schwarze, nietenbesetzte Stiefel rundeten das Bild einer äußerst wehrhaften Frau ab. Das Gesicht war schmal, die langen schwarzen Haare waren zu einem Zopf geflochten und hingen als dicker Strang auf den Rücken herab. Teilnahmslos erwiderte sie den Blick Hetráls.

Die Hände des Meisterschützen bewegten sich, Tarmann Nurk, sein Stellvertreter, übersetzte die Gesten. »Kommandant Hetrál bezweifelt stark, dass es eine gute Idee ist, die Bestien sich selbst zu überlassen. Er möchte eine zweite Bestätigung des Befehls.«

Die Frau zuckte mit den Schultern. »Das ist nicht meine Aufgabe. Eure Anweisung lautet, die knapp zwölfhundert Mann in die Hauptstadt abzuziehen.« Es war eine rauchige, krächzende Stimme, die mit ihrem dunklen Ton die unheimliche Ausstrahlung der Botin verstärkte. »Wenn Ihr damit Schwierigkeiten habt, reitet nach Tarpol und beschwert Euch. Als Soldat des Kabcar bekamt Ihr einen Befehl.«

Der stumme Turît schüttelte den Kopf, die Finger wirbelten durch die Luft. »Der Kabcar ist nicht über alles so in Kenntnis gesetzt worden, wie es Mennebar war. Es gehen ungeheuerliche Dinge in der Stadt vor. Menschen werden darin versklavt und dem Gebrannten Gott geopfert«, gab Nurk weiter und musste seinen Vorgesetzten bremsen. »Nicht so schnell, Kommandant. Ich komme ja fast nicht mehr mit Übersetzen nach.«

»Ich werde es Eurem Herrscher melden. Ihr zieht so lange die Soldaten ab.« Nurk fiel plötzlich auf, dass sie, während sie im kleinen Wachhaus stand, nicht ein einziges Mal mit den unergründlichen Augen geblinzelt hatte. »Tut Ihr es nicht, suche ich mir jemandem in Eurem Haufen, der es kann. Auf Befehlsverweigerung steht der Tod.«

Die beiden Turîten warfen sich einen schnellen Blick zu, dann gestikulierte der Meisterschütze.

»Was hat er gesagt?«, wollte die Frau wissen.

»Es ging größtenteils an mich, nicht an Euch«, wiegelte Nurk ab. »Es waren Anweisungen an die Männer.«

Die Augen der Botin verengten sich ein wenig. »Seid Ihr der Einzige, der das Gefuchtel des Kommandanten deuten kann?«

Der Kämpfer lächelte. »Ihr müsst auf das vertrauen, was ich Euch sage. Ich bin der Einzige.«

»Das würde die Sache für mich erleichtern, sollte sich der Kommandant weigern. Ohne Euch versteht ihn niemand mehr in diesem Lager.« Ihre Augen ruhten auf Nurk, der unwillkürlich zurückweichen wollte.

»Die Truppen ziehen sich morgen Früh zurück«, beeilte sich der Übersetzer zu sagen.

»Ich werde morgen Früh wieder hier sein und mich davon überzeugen«, sagte die Botin kalt. Ohne einen Gruß verließ sie das Steinhaus, krachend fiel die Tür ins Schloss. Wortlos sahen sich Hetrál und Tarmann an.

Ich habe keine Ahnung, was das für eine Person ist, meinte der Schütze nach einer Weile, *aber sie kommt nicht vom Kabcar.* Er nahm den Brief auf, überflog die Zeilen ein weiteres Mal und warf die Befehle achtlos zurück auf den Tisch. *Mennebar ist vor eineinhalb Wochen gestorben, die Nachricht von seinem Tod wird höchstens gestern erst in Tarpol angekommen sein. Und schon taucht ein Bote von Lodrik auf? Selbst eine Brieftaube hätte es schwer gehabt, die Strecke in dieser knappen Zeit zu überbrücken, aber wie sollte es ein Mensch schaffen?*

»Dennoch sind die Siegel echt«, gab sein Stellvertreter zu bedenken.

Ein guter Fälscher macht so etwas im Handumdrehen, hielt Hetrál dagegen. *Ich denke, dass es eine Tzulani-List ist. Etwas geht in der Stadt vor, und sie wollen, dass wir es nicht mitbekommen. Oder sie haben Angst, dass wir ihre Götzenstätte vernichten. Oder der Kabcar macht wirklich gemeinsame Sache mit Sinured. Ich kann es immer noch nicht glauben.*

»Sie sah auch nicht wirklich wie ein offizieller Bote aus«, gab ihm Nurk nach etwas Überlegen Recht. »Es gibt mehr Ungereimtheiten als Klarheiten. Und warum übernachtet sie im Dorf und nicht bei uns?« Er sah auf den gesiegelten Brief. »Aber dennoch ist es ein Befehl, Kommandant.«

Der Meisterschütze fasste einen Entschluss: *Ich werde noch in dieser Nacht einen Angriff befehlen. Etwas stimmt nicht, und umso schneller sie uns loswerden wollen, umso mehr bin ich sicher, dass ein ganz furchtbares Unterfangen im Gange ist. Vielleicht neue Opferungen oder etwas in der Art. Dennoch lasse ich meinen Männern die Wahl.* Er ging hinaus und ließ die Trompeter das Sammelsignal schmettern.

In Windeseile waren die Unteroffiziere angetreten, die Nurk von der neuen Lage unterrichtete. Auch sie glaubten selbst angesichts des Dokuments nicht daran, dass es sich um eine wahrhaftige Anweisung des Mannes aus Tarpol handelte, den sie als Helden betrachteten. Ein solcher Befehl passte nicht wirklich in das Bild, das sie von dem Kabcar hatten.

Der Meisterschütze musste ständig an die belauschte

Ankündigung Sinureds denken. Jetzt schien es ihm sicher, dass der junge Mann in Tarpol dem Bösen vertraute. Oder vom Bösen besessen war.

Hetràl schickte sie zurück in ihre entsprechenden Lager, die in und vor der umgebauten Handelsstation aufgeschlagen worden waren, um die Soldaten zu befragen. Alle sollten wissen, was sich ereignet hatte, und der Kommandant wollte nur Freiwillige mit sich gegen die Bestien in der Verbotenen Stadt führen.

Nach einer halben Stunde stand fest, dass alle zwölfhundert Kämpfer den Kommandanten begleiten würden.

Rasch wurde das Kontingent in vier Gruppen zu dreihundert Mann aufgeteilt, und von drei Seiten stießen die Menschen in das Unterholz vor. Späher räumten zuvor mit den Posten der Sumpfbestien auf, um einen Überraschungsangriff zu garantieren. Bis einen halben Warst vor den eigentlichen Bauten der Verbotenen Stadt blieben die Männer unentdeckt.

Pashtak die Bestie machte es sich auf dem Hocker so bequem, wie es nur möglich war. Das harte Holz drückte unangenehm in die Sitzfläche; eine entspannte Haltung zu finden, war erst nach einer äußerst langen Testphase möglich. Ein Laut des Unbehagens entfuhr ihm.

Mit ihm im wieder aufgebauten Tempelvorraum saßen vierzehn weitere seiner Artgenossen und vier Tzulani an einer großen, hufeisenförmig angeordneten Tafel und schauten die Frau an, die bei der »Versammlung der Wahren« im Namen des Kabcar von Tarpol und Tûris vorstellig geworden war. Die »Versammlung« sorgte für Ordnung innerhalb der Stadt, beschloss Maßnahmen für ein friedliches Zusammenleben und sorgte für die Koordination der zahlreichen Bauarbeiten.

Dem vorsitzenden Menschen gegenüber, ein Tzulani namens Boktar, hatte sie sich »Paktaï« genannt, was

Pashtak als äußerst vermessen betrachtete. Immerhin beherrschte sie wenigstens die Dunkle Sprache. Sich in den Mauern der Verbotenen Stadt eines Namens der Zweiten Götter zu bedienen, war frech, beinahe ungehörig. Das würde kein guter Anfang für die angedeuteten Verhandlungen sein.

Die Botin ging sogar so weit, dass sie die Art der Rüstung der Zweiten Götter nachahmte. Einige seiner Amtsgenossen, die in die Versammlung berufen worden waren, knurrten bereits gereizt. Nicht alle hatten ihr von Tzulan gegebenes Temperament so im Griff wie er.

»Nachdem Mennebar tot ist, will der Kabcar mit uns einen Vertrag abschließen«, wiederholte Boktar die Vorschläge der blassen Frau, die inmitten der Sumpfkreaturen völlig ruhig und teilnahmslos blieb, als hätte sie noch niemals in ihrem Leben Angst empfunden. Tot wie Glas ruhten ihre Augen auf dem Vorsitzenden des Gremiums. »Er möchte tatsächlich die Abschaffung des Kopfgeldes auf unsere Freunde durchsetzen? Sie dürfen nicht mehr einfach so getötet werden und stattdessen eigene Gebiete haben, in denen sie sich offiziell aufhalten dürfen?«

»Du hast meine Worte gehört, Boktar«, kam es aus dem Mund Paktaïs. »Ich bin befugt, die Verträge zu siegeln, wenn ihr alle einverstanden seid. Der Hohe Herr möchte euch zudem die Verbotene Stadt schenken, die sich wahrscheinlich sehr nach der Rückkehr von Sinured sehnt, und das Land im Umkreis von zehn Warst. Die Truppen des Kastells werden morgen Früh abziehen und ihre Überfälle einstellen.«

»Verzeiht meine Neugier«, erhob Pashtak das Wort und verlagerte sein Gewicht ein wenig zur Seite. »Wieso sollte der Kabcar uns ein solches Angebot machen?«

»Weil er mit Sinured ein Bündnis geschlossen hat«, lautete ihre nüchterne Antwort. »Und weil er weiß, dass ihr dem Kriegsfürsten treue Gefolgsleute seid, sieht er keinen Grund, euch länger in seinem Land bejagen zu lassen. Wird das noch etwas mit den Abkommen, oder muss ich die ganze Nacht über wie vor einem Gericht auf eure Antwort warten?«, drängte sie. »Ich bin es nicht gewohnt, dass man mich warten lässt.«

»Ach, Ihr seid es nicht gewohnt?«, jaulte eine hundeähnliche, felltragende Kreatur namens Faruuk spöttisch, sprang auf und stemmte die Fäuste auf den Tisch. Pashtak ahnte, dass sein Kollege seinem Ärger über die Namensgebung freie Bahn lassen würde. »Ihr seid nur eine Botin, die es wagt, sich nach einem der Zweiten Götter zu nennen!« Er flankte über die Tischplatte und stellte sich vor die Frau. »Wie kommt Ihr dazu? Selbst Tzulani wagen so etwas nicht. Wenn Ihr nicht eine Gesandte des Kabcar wärt und die Verhandlungen wichtig wären, würde ich Euch für Eure Anmaßung auf der Stelle in Fetzen reißen und Euer Fleisch essen.«

Mehrere aus der Versammlung der Wahren grunzten ihre Zustimmung. Pashtak vergaß seinen unbequemen Sitz und war auf die Reaktion der Frau gespannt.

Langsam drehte sie ihren Kopf in die Richtung des Sprechers, ihr Kinn wanderte ein wenig in die Höhe, die Augen fixierten Faruuk. »Versuche es.«

Die Kreatur duckte sich augenblicklich zum Sprung und hechtete mit ausgestreckten Klauen gegen die Botin des Kabcar. Doch mitten in der Bewegung stoppte Faruuk in der Luft und hing erstarrt zwischen Himmel und Erde. Ein erschrockenes Winseln drang aus seiner Kehle.

»Ich bin die Eine, die Zerstörerin, die Vernichterin. Das Kind Tzulans.« Die Augenhöhlen Paktaïs begannen zu funkeln. »Wer mich lästert, wird in heißem Feuer vergehen. Wer mich verhöhnt, wird in Qualen zu Grunde gehen. Und wer mich nicht ehrt, wird unendliches Leid erdulden.«

Der Ausdruck in den Pupillen der Bestie veränderte sich von wütend zu verblüfft. Schwarzer Rauch quoll aus seinem zum Biss geöffneten Maul, es roch nach verbranntem Fleisch. Die anderen Mitglieder des Rates wichen vor dem schwebenden Faruuk zurück.

»Vergehe zu Asche«, befahl Paktaï ruhig.

Grellgrüne Flammen brachen aus Bauch, Mund und Augen des Wesens hervor, krochen in Windeseile über den restlichen Körper und verwandelten den jaulenden Faruuk in eine Fackel. In wenigen Lidschlägen war die Kreatur verbrannt, ihre Konturen blieben als groteskes Aschebild in der Luft stehen, dann rieselten die grauen Überbleibsel zu Boden oder wurden vom Wind davongetragen.

Boktar schüttelte sein Entsetzen als Erster der Anwesenden ab, warf sich vor der Frau auf die Erde und wiederholte immer wieder Lobpreisungen zu Ehren Tzulans und der Zweiten Götter.

Rasch fielen die anderen Mitglieder in den Singsang mit ein, und auch Pashtak presste sich demütig in den Staub. Eine solche Ehre konnte er sich nicht erklären.

»Meinen Respekt habe ich mir nun verschafft. Erhebt euch«, orderte Paktaï gleichgültig. »Ich bin heute nicht hier, damit ihr mir huldigt. Ich bin als Verhandlungsführerin des Hohen Herrn in der Stadt und erwarte eure Entscheidung.«

»Wie könnten wir Euch etwas abschlagen? Ihr müsst es nur von uns verlangen, und wir …«, sagte der Tzulani, aber die Frau hob die Hand.

»Du hast es nicht verstanden. Ich fordere gar nichts von euch. Ich bin im Namen des Kabcar von Tarpol und Tûris hier. Ihr entscheidet nach freiem Willen. Ich diene dem Hohen Herrn als bescheidene Botin.«

»Wir wären töricht, wenn wir dieses Angebot ablehnen würden«, raunte Kiìgass, ein anderes Mitglied, dem Vorsitzenden zu. »Erstens kommt es uns nur zugute und zweitens hat der Kabcar Freunde, gegen die wir uns nicht stellen dürfen. Es wäre ein Sakrileg, verweigerten wir dem Mann ein Abkommen, für den Sinured in den Kampf zieht.« Seine grünen Augen mit den blauen Pupillen sahen den Tzulani beschwörend an. »Wir sind dabei, die Dunkle Zeit willkommen zu heißen und auf der richtigen Seite zu stehen.«

Boktar wandte seinen Kopf in die Richtung von Kiìgass. »Und wenn es eine List ist, um uns in Sicherheit zu wiegen, damit die Truppen uns überraschend angreifen können?«, zischte er zurück, damit es Paktaï nicht hören sollte.

»Es wäre die beste List, die in den letzten vierhundertdreiundvierzig Jahren in Ulldart benutzt worden wäre. Wie sollte sie Magie nachahmen? Und Faruuks Tod ist nur Einbildung? Nein, Boktar, wir haben es hier mit der echten Zweiten Göttin zu tun. Und sie dient dem Kabcar, verstehst du nicht?« Kiìgass redete leise, aber eindringlich. »Sie dient ihm.«

Der Tzulan-Gläubige hatte verstanden.

Nachdem er sich mit einem Blick zu Paktaï versichert hatte, aufstehen zu dürfen, näherte er sich der Frau mit den schwarzen Haaren und der charakteristischen Rüstung in einer devoten Haltung. »Wir unterzeichnen die Verträge gerne. Richtet dem gütigen Kabcar aus, wir sind von nun an ewig in seiner Schuld angesichts des Großmuts und Freigiebigkeit, die er uns zuteil werden lässt. Sogleich senden wir Läufer in all unsere Gebiete in Tûris und Tarpol, welche die freudige Botschaft verbreiten. Kein Überfall soll das neu geschaffene Vertrauensverhältnis zwischen uns und den ungläubigen Menschen mehr trüben.«

Die Botin nickte knapp, breitete die Verträge auf dem Tisch aus und zog Feder und Tinte aus der mitgebrachten Ledertasche. Schweigend unterzeichnete die Versammlung der Wahren das Abkommen mit dem Kabcar.

Pashtak hatte seine Zweifel, wagte aber wegen der

herrschenden Euphorie nicht, etwas Kritisches anzumerken.

»Ich lasse die neuen Gegebenheiten durch die abziehenden Soldaten in der Nachbarschaft verbreiten«, erklärte Paktaï, während sie die Pergamente siegelte und verstaute. »Von nun an wird das Töten euresgleichen als Mord an Untertanen betrachtet. Gebt den Leuten ein wenig Zeit, sich an die neue Gesetzeslage zu gewöhnen. Lasst euch zunächst nur auf Entfernung und wenig bewaffnet sehen. Aber seid wachsam. Ich …«

Rufhörner dröhnten durch die Nacht, Glocken wurden geschlagen. Sofort entstand allerorten Unruhe, das Scheppern und Klirren von Waffen war zu hören.

»Was bedeutet das?«, wollte die Frau wissen. Ihre Augen verengten sich und glühten rot auf.

»Wir werden angegriffen«, erklärte Boktar, bebend vor Zorn. »Die Soldaten führen einen Angriff gegen uns. Ist das die Art, wie sich der Kabcar an die Verträge hält, die er unterzeichnet?«

»Der Kommandant handelt gegen meine Anweisung.« Paktaï zog ihre Waffe. »Ich werde euch gegen die Menschen helfen, die es gewagt haben, sich gegen die Anordnung ihres Herrn zu stellen.«

»Es ist uns eine Ehre, dass Ihr Euch auf unsere Seite stellt«, sagte der Tzulani und verneigte sich.

Die Versammlung der Wahren löste sich auf, um ebenfalls zu den Waffen zu eilen und sich in den Kampf gegen die Angreifer zu stürzen.

Pashtak spürte, dass dieses Gefecht entscheidend für den Fortbestand der Stadt sein würde.

Und dennoch sorgte er sich mehr um die Gesundheit seiner Familie als um die aufgebauten Ruinen und Bauwerke. Sie würde man auch ein zweites und drittes Mal in die Höhe ziehen können, aber seine Frau und seine Kinder waren einmalig. Daher rannte er zu seiner Unterkunft, um sie zu verteidigen.

Schon drangen die ersten wilden Schreie der Menschen vom großen Platz her an sein Ohr, die Soldaten machten mit den ersten Mutigen seiner Artgenossen kurzen Prozess. Pashtak betete zu Tzulan, dass er nicht zu spät kam.

Die Kreaturen organisierten in aller Eile den Widerstand gegen die Eindringlinge, denen man zahlenmäßig nur leicht unterlegen war.

Aber auch den Angreifern war nur wenig Zeit gegeben worden, sich eine Strategie auszudenken.

In Anbetracht der Umstände hatte Hetrál, der als Einziger die Gegebenheiten vor Ort kannte, jeder Gruppe einen groben Plan gefertigt. Eine sollte sich nur auf die Befreiung der Gefangenen konzentrieren, die übrigen drei sollten so viele Bestien und Baumaschinen wie möglich vernichten. Ergäbe sich die Gelegenheit, würden die aufgebauten Gebäude eingerissen. Der Meisterschütze zweifelte jedoch daran, dass die Wesen den Menschen das gestatteten.

Als die Soldaten von drei Seiten auf den Platz stürmten und gegen die Sumpfbestien anrannten, gab es kaum ernsthafte Gegenwehr. Die Überrumplung war zunächst perfekt.

Doch nachdem die erste Welle von geschätzten zweihundert Bestien abgeschlachtet worden war und die Männer bereits den leichten Sieg feiern wollten, tauchten die schwer gepanzerten und bewaffneten Kreaturen auf.

Rund fünfhundert teilweise bizarre und äußerst erschreckende Gestalten warfen sich in das Gefecht, trotzten dem Pfeilhagel oder ignorierten die Geschosse schlichtweg, um sich brüllend und tobend, dennoch nicht ohne Plan in die Reihen der Menschen zu werfen.

Zu der immensen Kampfkraft gesellte sich das abschreckende Äußere mancher Wesen, deren Anblick allein schon ausreichte, einem gestandenen Mann das Herz zum Stillstand zu bringen.

Spitze und gewaltige Hörner ragten bei manchen aus den Köpfen, andere sahen aus wie übergroße Reptilien; dort zuckte ein stachelbewehrter Schwanz, da schlugen lange rasiermesserscharfe Nägel durch die Luft und hinterließen selbst im Metall der Schilde tiefe Rillen. Einige waren flink und wendig, kämpften mit List und Tücke, um die Schwerter der Angreifer ins Leere stechen zu lassen. Etliche der riesigen Exemplare droschen mit ihrer geballten Kraft zu, beförderten die Getroffenen mehrere Meter durch die Luft oder schmetterten sie wie Spielzeug zu Boden, dass Knochen und Rüstung brachen. Die gewaltigen Kriegssensen und Dreschflegel, Keulen, Knüppel, Morgensterne und Schwerter, die ein Mann allein hätte gar nicht führen können, rissen schnell Lücken. Die anfängliche Überlegenheit von Hetráls Leuten war nach wenigen Minuten dahin.

Der Meisterschütze glaubte, immer wieder zwischen den Ungeheuern die Gestalt der hoheitlichen Botin ausmachen zu können, deren Schwert mit jedem Treffer einen seiner Krieger zu den Toten sandte.

Der vierten Gruppe gelang es unterdessen, die Gefangenen zu befreien und Kräne, Leitern und anderes Werkzeug in Flammen zu setzen. Rasch breitete sich das Feuer über die hölzernen Gerüste aus und beleuchtete den Kampf auf dem Vorplatz mit blutrotem Licht.

Ein vielstimmiges Brüllen, Toben, Schreien und Kreischen machte die Ohren der Soldaten beinahe taub, der Gestank, der von den Kreaturen ausging, verschlug vielen den Atem.

Die Turîten wehrten sich angesichts des mannigfaltigen Grauens tapfer, bis die Mehrzahl der Bestien die Flucht ergriff.

Erst in weiter Entfernung blieben sie stehen, um sich

neu zu formieren. Neue Kreaturen eilten zu dem Haufen, der rasch wieder auf fünfhundert Gegner anwuchs.

An ihre Spitze trat die Frau, die vor wenigen Stunden noch bei ihm im Lager gewesen war. Ihr gezogenes Schwert troff vor Blut. *Das Blut meiner Leute,* schrie es in Hetráls Innerem.

»Kommandant Hetrál«, erscholl Paktaïs rauchigkrächzende Stimme über den Platz. »Ihr haltet Euch nicht an die Befehle Eures Gebieters, des Kabcar von Tarpol und Tûris. Ihr solltet Euch doch zurückziehen, war das so schwer zu verstehen?«

Tarmann Nurk, dessen Stirn eine Platzwunde zierte, war sofort zur Stelle, um die Antwort des stummen Meisterschützen zu übersetzen: »Dein Plan ging nicht auf. Du bist eine Tzulani, die meine Männer und mich täuschen wollte. Wir haben eure Absichten durchschaut und werden die Stadt ein für alle Mal dem Erdboden gleichmachen.«

»Kommandant Hetrál«, kam es wieder aus ihrem Mund. »Ihr habt mit Eurem Angriff gegen die bestehenden Gesetze von Tûris gehandelt. Von heute an gewährt der Kabcar allen Sumpfwesen den Status von Untertanen. Ihr und Eure Männer seid des vielfachen Mordes schuldig.«

»Was für ein Unsinn«, rief Nurk stellvertretend hinüber. »Der Kabcar würde einen solchen Vertrag niemals unterzeichnen.«

»Kommandant Hetrál, Ihr habt Euch der Illoyalität und der Befehlsverweigerung schuldig gemacht«, rief Paktaï. »Legt Eure Waffen auf den Boden, ergebt Euch mir und befehlt Euren Männern, sie sollen sich augenblicklich zurückziehen.«

»Er kann niemandem etwas befehlen. Wir sind alle freiwillig mitgekommen«, brüllte Nurk schadenfroh, noch bevor der Anführer etwas gestikulieren konnte, und die Krieger in seinem Rücken erhoben johlend ihre

Waffen. »Wir sind hier, um dem Guten zum Sieg zu verhelfen. Das Opfern und Unterjochen darf nicht ungestraft weitergehen.«

»Wenn ihr alle freien Willens und vorsätzlich gegen die Bestimmungen des Kabcar verstoßt, muss ich euch als Räuber und Verbrecher behandeln«, warnte die Frau ruhig und hob ihr Schwert. Das blutrote Licht der zahlreichen Feuer, das ihr blasses, schmales Gesicht mit zuckenden Schatten übersäte, verwandelte die Sprecherin in etwas Überirdisches, verlieh ihr eine Aura des Unheimlichen. »Und die werden bei Mord, so wie ihr eben gehandelt habt, mit dem Tode bestraft.«

Hetráls Stellvertreter nahm einen Pfeil aus dem Köcher. »Da hast du deine Antwort, Tzulani!«

Sirrend ging das Geschoss auf die Reise und schlug mitten in die Brust der augenscheinlich falschen Botin ein. Die Männer grölten.

Gelangweilt sah Paktaï auf den Schaft, zog das Holz ohne Rührung aus ihrem Körper und wog den Pfeil in der Hand. Sie ließ das Geschoss los, das von selbst waagerecht in der Luft schwebte. Mit einem Schlag verstummten die Menschen. Die Spitze drehte sich Stück für Stück in Richtung Nurks. »Ich sende Euch Euren Gruß zurück!«

Augenblicklich schoss der Pfeil los, verwandelte sich auf seinem Flug in einen gleißenden, Funken sprühenden und fauchenden Strahl.

Mit Leichtigkeit durchschlug er den von Nurks Nachbarn eilig emporgereckten Schild, geschmolzenes Eisen troff auf die Marmorplatten. Er drang durch Nurks Solarplexus und verschwand vollständig in dem Mann.

Der völlig Überrumpelte begann, von innen zu leuchten und zu strahlen, als gingen alle Sonnen Ulldarts auf einmal in ihm auf. Die Knochen und Organe wurden durch sein Kettenhemd sichtbar, dann zerstob Hetráls Stellvertreter als Aschewolke mit einem Ohren betäubenden Krachen nach allen Seiten.

In die eingetretene Stille hinein fielen die Rüstung und alles Metallene, das der Hitze standgehalten hatte, klirrend zu Boden.

Der Meisterschütze konnte nichts tun, außer gelähmt auf das zu starren, was von Tarmann Nurk geblieben war. Was auch immer auf der Seite der Sumpfkreaturen stand, es war mehr als nur ein Mensch.

»Bestraft das verbrecherische Pack«, sagte die Botin emotionslos, die Augen rot glühend, und die Bestien stürmten brüllend auf die Front der erschütterten und vom Schock wie betäubten Turîten zu.

Atemlos erreichte Pashtak seine kleine Hütte, die er verschlossen vorfand. Seine Gefährtin hatte die Tür mit allem verrammelt, was sie an Einrichtungsgegenständen gefunden hatte.

»Lass sie so«, rief er durch das Holz hindurch. »Ich werde zu den anderen gehen und sehen, wo ich gegen die Nackthäute helfen kann.«

»Nein«, kam es von drinnen ängstlich. »Pashtak, du bist kein Krieger. Warte, ich öffne …«

»Auf keinen Fall«, wehrte er ab und witterte und spähte umher, ob sich nicht vielleicht ein paar versprengte Angreifer bis hierher verirrt hatten. »Bleib, wo du bist, und mach niemandem auf. Ich sage dir Bescheid, wenn das Schlimmste vorüber ist.«

Er trabte zu einer Ruine und erklomm die Steinreste, um sich einen Überblick über das Geschehen in der Stadt zu verschaffen. Das Bild tat ihm in der Seele weh.

Die errichteten Bauinstrumente brannten lichterloh und brachen eines nach dem anderen in einem Funkensturm zusammen, die Sklaven rannten in den Wald, gedeckt von ein paar Fremden, während die restlichen Gegner sich einen mörderischen Kampf mit den Wächtern lieferten.

Pashtak ging in die Hocke, zog sein Schwert und beobachtete, während seine Gedanken mehr und mehr abschweiften.

Im Grunde hatte er, wie viele seiner Artgenossen, nur gehofft, in der Stadt eine neue Bleibe zu finden. Friedlich und weit ab von den Nackthäuten eine Heimat zu finden, die sie zu neuem Glanz aufbauen wollten.

Keiner hatte vermutet, dass Sinured zurückkehren würde und der Drang, hierher zu kommen, daher stammte. Dass der Kriegsfürst ihnen Arbeiter mitbrachte, empfand er als nicht weiter schlimm, immerhin jagten die Menschen ihn und seinesgleichen seit Jahrhunderten. Die Opferungen dagegen betrachtete er als nicht unbedingt notwendig.

Nur ein Bruchteil der Wesen brannte fanatisch auf den Anbruch einer neuen Dunklen Zeit, die meisten wollten einfach nur in Ruhe gelassen werden. Er gehörte in der Versammlung der Wahren zu den Besonnenen, die prüften, bevor sie beschlossen.

Boktar, der Tzulani, hätte dagegen am liebsten sofort den Krieg gegen alle Ulldrael-Gläubigen ausgerufen. Und genau das schien er nun umso einfacher erreichen zu können. Mit dem Überfall der Menschen auf die Stadt war alles entschieden. Man würde Rache verlangen.

Pashtak hatte sich bisher erfolgreich dagegen verwahrt, als Soldat für die Tzulan-Anhänger zu dienen. Nur alle im Gremium davon zu überzeugen, dass die Tzulani in erster Linie ihre eigenen Ziele verfolgten und die Sumpfkreaturen als Mittel zum Zweck betrachteten, war nicht einfach. Nun wahrscheinlich unmöglich. Er bedauerte außerordentlich, dass viele mehr ihren Instinkten als ihrem Verstand folgten. Andere besaßen noch nicht einmal genügend Verstand, um ihn als solchen zu erkennen. Nachdem Paktaï, eine der Zweiten Götter, erschienen war, betrachtete auch er es als sicher, dass die Dunkle Zeit bevorstand. Aber davor schien es eine stürmische, unsichere Zeit zu werden.

Das triumphierende, blutgierige Brüllen der Wächter, die sich in dem Moment anscheinend auf einen Befehl hin gegen die letzten Menschenkrieger warfen, schreckte ihn aus seinen Überlegungen auf. Im gleichen Moment nahm er die Witterung von Nackthäuten auf, die in seiner Nähe sein mussten. Er roch ihren Schweiß, das Metall ihrer Rüstungen und ihr Blut. Sie waren verletzt.

Aufmerksam schauten seine gelben Augen mit den roten Pupillen über die schattigen Ruinen. Sein kräftiger, humanoider Körper duckte sich flacher an den Stein, die krallenbewehrte Rechte schloss sich fester um das Schwert. Wenn sie seiner Familie etwas antun wollten, würde er sie töten. Ein leises Grollen drang aus seiner Kehle, und das Nackenfell richtete sich auf.

Dann entdeckte er acht Gestalten, vorneweg zwei Bewaffnete, dahinter zerlumpte Sklaven, die die Krieger wohl aus irgendeinem der Käfige befreit haben mussten. Einige von ihnen mussten gestützt werden.

Entweder hatten sie sich verlaufen, oder sie wollten den Kampf umgehen, um leichter entkommen zu können. Würden sie ihren Weg durch die zerfallenen Gassen beibehalten, kämen sie an seinem Haus vorbei.

Urplötzlich trat aus dem Schatten einer Mauer einer der Wächter, der wohl als Aufpasser zurückgelassen worden war.

Zweimal so groß wie ein Mensch und doppelt so stark ragte er von der erschrockenen Nackthäuten in die Höhe, und sofort fuhr seine mit Eisendornen gespickte Keule auf einen der Bewaffneten nieder.

Geistesgegenwärtig sprang der Mann zur Seite und begann todesverachtend einen Gegenangriff, unterstützt von seinem nicht weniger furchtlosen Begleiter. Die Gefangenen drängten sich ängstlich zusammen.

Pashtak bewegte sich nicht. Er wäre ihm ein Leichtes gewesen, lautlos seinen Posten zu verlassen und die Befreiten in aller Ruhe niederzumetzeln. Oder den beiden Kämpfern in den Rücken zu fallen.

Aber er wollte nicht. Er dachte an die Familien der Nackthäute, wie froh sie vielleicht waren, wenn ihre Lieben zurückkehrten.

Einer der Krieger lag mit zerschmettertem Brustkorb am Boden, quer über ihm starb gerade der Wächter, dem ein gezielter Stich ins Herz den Garaus gemacht hatte. Keuchend sank der verbliebene Kämpfer auf die Knie, die Erschöpfung war mehr als offensichtlich.

Pashtak stieß mit der Klinge absichtlich gegen die Mauer und erhob sich, um die Nackthäute durch das Geräusch auf sich aufmerksam zu machen.

Das kreidebleiche Gesicht des Bewaffneten wandte sich ihm erschrocken zu. Schild und Schwert ruckten in die Höhe, um der neuen Bedrohung zu begegnen.

Doch die Sumpfkreatur blieb einfach stehen, von hinten durch den fernen Flammenschein beleuchtet, sodass nur ihre Silhouette sichtbar war. Ganz langsam verstaute sie ihre Waffe in der Scheide.

Ungläubig starrte der Mann Pashtak an und stemmte sich in die Höhe. Er begriff, was ihm das Wesen deutlich machen wollte, und signalisierte den befreiten Gefangenen weiterzugehen.

Als sie alle vorbeigehumpelt waren, nickte der Krieger Pashtak zögerlich zu, bevor er wieder zu der Gruppe aufschloss.

Pashtak sprang von seiner Plattform herunter, um zu seiner Gefährtin und den Kindern zu gehen.

Hetrál entriss dem Trompeter die Fanfare und blies zum geordneten Rückzug der Männer. Von den einst zwölfhundert Soldaten waren ihm sechshundert geblieben.

Die völlige Verwüstung der Verbotenen Stadt würde er nicht erreichen können. Aber die brennenden Gerüste und die toten Bestien erfüllten sein Herz mit Genugtuung, wenigstens einen Teilerfolg gegen das Böse verzeichnet zu haben.

Sich mit sechshundert Mann gegen fünfhundert der Sumpfbestien zu werfen, war ihm zu gewagt, da er nichts Genaues über den Nachschub der Gegner wusste. Zudem waren seine Leute kurz davor, aus lauter Angst ihre Waffen wegzuwerfen und die Beine in die Hand zu nehmen.

Dafür waren die Bemühungen der Biester um Wochen zurückgeworfen worden. Zeit genug, um neue Truppen zu sammeln und einen geballten Angriff durchzuführen. Und um Tarmann sowie alle Toten dieser Nacht zu rächen.

Brandpfeile verschießend, rückten die Krieger ab, eilten so schnell es ging zusammen mit den befreiten Sklaven durch den Wald zurück in die provisorische Festung und teilten Wachen ein, falls die Bestien aus Wut einen Gegenschlag versuchen würden.

Dann hockte Hetrál sich an sein Schreibpult und setzte rasch eine Nachricht an den Kabcar auf. Der Herrscher musste wissen, zu welchen Anmaßungen die Sumpfbestien fähig waren. Vielleicht würde er dann den Pakt mit Sinured noch einmal überdenken.

»Ich könnte Euch nun einfach in Stücke hacken«, hörte er die krächzende Stimme Paktaïs in seinem Rücken. Das Blut gefror ihm in den Adern. »Niemand käme Euch zu Hilfe.«

Der Kommandant sprang ansatzlos über den Tisch, rollte sich über die Schulter ab und zog beim Aufstehen sein Schwert. Es war mehr ein Reflex, denn er wusste noch sehr gut, dass eine normale Waffe ihr nichts anhaben konnte.

Die Frau lehnte ruhig in einer dunklen Ecke des Raumes an der Wand, die Arme vor der Brust gekreuzt. Zwei rote Punkte glommen dort, wo sich ihre Augen befinden mussten. »Ich habe nicht den Auftrag, Euch zu töten, also werde ich mir die Mühe nicht machen. Zumal ich nicht weiß, was der Hohe Herr nun mit Euch vorhat, nachdem Ihr bestehendes Recht bracht.«

Hetrál wunderte sich nicht, wie es die Frau geschafft hatte, an allen Wachen und Soldaten vorbei in sein Zimmer zu gelangen. Und insgeheim rechnete er nicht damit, diese vier Wände lebend zu verlassen.

Paktaï drückte sich von den Steinen ab und breitete die Verträge aus, die sie vor kurzer Zeit mit den Sumpfkreaturen abgeschlossen hatte. »Seht sie Euch an. Alle Dokumente sind echt, gesiegelt von mir, unterschrieben vom Kabcar von Tarpol und Tûris. Ich wollte, dass Ihr erkennt, welchen Fehler Ihr begangen habt.«

Der Meisterschütze schüttelte als Antwort den Kopf.

Die unheimliche Frau räumte die Papiere zusammen und verstaute sie in der Tasche. »Ich bin Paktaï. Der Name wird Euch ein Begriff sein. Und ich diene zurzeit dem Hohen Herrn. Nun wisst Ihr, welche Feindin Ihr Euch gemacht habt. Und wenn der Hohe Herr beschließen wird, dass Ihr sterbt, sehen wir uns schon bald wieder. Ich werde ihm von Eurem Ungehorsam berichten. Er möge entscheiden. Vorerst lasse ich Euch bei Euren Männern.« Sie trat in den Schatten. »Wenn Ihr wollt, greift die Stadt noch einmal an. Ihr kämt damit Eurem vom Hohen Herrn verhängten, sicheren Todesurteil zuvor.« Ein letztes Glühen der Augen und sie war mit der Dunkelheit verschmolzen.

Hetrál fand keine Spur mehr von ihr. Nichts deutete in dem Raum darauf hin, dass die Botin eben noch mit ihm gesprochen hatte.

Der Meisterschütze ließ sich auf einen Stuhl fallen, seine Gedanken rasten.

Auch wenn sich alles in ihm sträubte, sie hatten echt ausgesehen, die Siegel, die Unterschriften.

Er musste nachdenken. Vielleicht ließ Ulldrael der Gerechte ihn einen Sinn in dem Ganzen finden, weshalb der Kabcar mit den Schöpfungen Tzulans zusammenarbeiten sollte.

Er verbrachte die ganze Nacht damit, zu grübeln, Tee zu trinken und auf und ab zu gehen. Gehörtes und Erlebtes, Gerüchte, Wahrheiten und Nachrichten bezog er in seine Überlegungen mit ein.

Als die Sonnen über dem Wald, der die Verbotene Stadt umgab, zaghaft durch die herbstlichen Nebelschleier schienen, war seine Entscheidung gefallen.

Ulldart, Königreich Serusien, Fürstentum Laspassa, Spätherbst 443 n. S.

Die *Stromschnelle* lag vertäut im Hafen von Laspassa. Auf und ab schaukelte das Schiff in den sachten Wellen, die gegen den Bug rollten.

Es war die Entscheidung von Herodin gewesen, die Reise nach Telmaran zu unterbrechen und hier vor Anker zu gehen, um einen Medicus suchen zu lassen. Das bescheidene Wissen des Ordens über Wunden aller Art reichte nicht aus, um den Fieberwahn ihres Anführers, Nerestro von Kuraschka, erfolgreich angehen zu können.

Der Unteranführer ging unruhig an Deck auf und ab, während er auf die Ankunft des ansässigen Heilers wartete. Nachdem sein Herr samt Rüstung unter mysteriösen Umständen in den Repol gefallen und es nur der Geistesgegenwart eines Knappen zu verdanken war, dass Nerestro noch lebte, war er nicht mehr er selbst. Einen Tag nach dem Ablegen brach das Fieber aus.

Herodin glaubte zunächst, es käme vom dreckigen Flusswasser, das der Kämpfer bei seinem unfreiwilligen Bad geschluckt hatte. Aber es sollte schlimmer kommen.

Nerestro fantasierte plötzlich, redete mit seinem toten Vater und den Rittern, die damals im Wald von Granburg ums Leben gekommen waren, als stünden sie um das Bett des Fiebrigen.

Daher schied für Herodin eine normale Krankheit aus, er kannte die starke Natur des Ritters nur zu gut. Wind und Wetter trotzte Nerestro, Regen und Schnee stellten keine Gefahr für ihn dar. Umso mehr konnte sich Herodin die unvermittelte Erkrankung nicht erklären. Es musste ein Medicus her, am besten ein Cerêler.

Ein lauter Ruf kam aus der Kabine des bettlägrigen Mannes.

Der Unteranführer lief in den Raum, um nach dem Rechten zu sehen.

Nerestro stand, nur mit einem Unterleibswickel bekleidet, neben dem Bett und lachte aus vollem Hals. Schweißperlen troffen von Stirn, Hals und Körper, das Gesicht glühte vom Fieber. »Ja, ja, ganz der Alte. Das Scherzen nicht verlernt, was? Erzähle, was macht Ihr so?« Er setzte sich und hörte anscheinend jemandem aufmerksam zu, wobei er sich immer über die gefärbte Bartsträhne strich.

Herodin schaute sich um, konnte aber beim besten Willen niemanden entdecken. Vorsichtig trat er neben den halb Nackten und fuhr ihm mit der Hand vor den Augen entlang.

Verärgert sah ihn der Ritter an. »Herodin, ich bitte Euch. Wo ist Eure Höflichkeit geblieben? Ihr habt nicht geklopft, Ihr habt Euch nicht unserem alten Freund vorgestellt, und jetzt wedelt Ihr noch mit den Fingern vor meinem Gesicht herum.«

»Welchen alten Freund meint Ihr?«

»Hier. Ihr steht genau vor ihm.« Der Ritter schüttelte den Kopf. »Verzeiht ihm seine Unhöflichkeit. Er wird sich gleich bei Euch entschuldigen.« Abwartend sah er zu Herodin. »Nun?«

»Herr, verzeiht mir, aber da ist niemand. Ihr redet zur Luft. Welche bösen Geister machen Euch zu schaffen?«

Schlagartig verfinsterte sich das Gesicht Nerestros. »Ich rede zu Luft? Wollt Ihr Rodmor von Pandroc etwa als ›bösen Geist‹, als ›Luft‹ bezeichnen? Herodin, Ihr habt Seite an Seite mit ihm gekämpft. Was ist in Euch gefahren, muss ich Euch fragen?« Ruckartig erhob er sich. »Auf der Stelle ...« Sein fast kahler Schädel mit dem millimeterlangen Haar zuckte herum. »Ach? Nun, wie Ihr möchtet. Das ist sehr großzügig von Euch.« Er sah wieder zu seinem Unteranführer. »Meint Ihr nicht auch? An Rodmors Stelle wäre ich nicht so gütig gewesen, auf die Entschuldigung zu verzichten.«

»Ja, meinen Dank.« Herodin zog es nun vor, auf das seltsame Spiel einzugehen. Rodmor war einer von den Rittern gewesen, die im Granburger Wald ums Leben gekommen waren. »Und redet nicht zu lange mit ihm. Bedenkt, das Fieber hält Euch noch fest im Griff.«

»Ja, ja. Lasst einen Knappen etwas zu trinken bringen. Wein, zur Feier des Tages.«

Seufzend verließ Herodin die Kabine. »Es wird immer schlimmer mit ihm. Ich hoffe, er entdeckt keine Gegner, die er mit seiner aldoreelischen Klinge angreifen möchte. Er würde uns das Boot zerlegen, wenn wir nicht aufpassen«, erstattete er seinen wartenden Freunden Bericht. Sie sahen betreten zu Boden. Der Unteranführer schickte einen der jüngeren Knappen mit einer Karaffe Wein in die Unterkunft Nerestros. Zwei Becher standen auf dem Tablett.

»Was machen wir, wenn er wahnsinnig geworden ist?«, murmelte einer der Kämpfer, der es endlich wagte, das auszusprechen, was viele vermuteten. »Hat der Cerêler damals nicht gesagt, der Heilstein hätte ihn von den Toten zurückgeholt? Hat er nicht davor gewarnt, dass seine Seele Schaden nehmen könnte?«

»Unsinn«, schnitt Herodin dem Redner harsch das

Wort ab. »Seiner Seele geht es gut. Es ist das Flussfieber oder so etwas. Und nun macht Euch an die Waffenübungen, anstatt Maulaffen feil zu halten oder wie die Marktweiber zu tratschen. Der Medicus wird ihn gewiss heilen.«

Wenig überzeugt verteilten sich die Kämpfer an Deck und begannen, Attacken und Paraden zu exerzieren. Doch der Enthusiasmus fehlte, zu sehr beschäftigten sie sich mit dem Schicksal des Kranken, der ihnen immer ein Vorbild an Stärke gewesen war.

Gegen Mittag erschien der ausgesandte Knappe und brachte einen Mann mittleren Alters mit sich, dessen Äußeres auf einen Heiler schließen ließ. Der Junge schleppte einen großen Koffer, der Mann trug einen zusätzlichen Sack über der Schulter.

Eilig kam er an Bord, wo er zu Herodin geführt wurde. Nach einer kurzen Begrüßung, bei der sich der Medicus als Ospancha vorstellte und nicht müde wurde, seine Erfolge zu preisen, machte er sich in der Kabine an die Arbeit.

Nach wenigen Lidschlägen drangen jedoch die erschrockenen Hilferufe des Gelehrten nach draußen.

Der Unteranführer stürmte zusammen mit den Rittern in die Unterkunft und sah, wie Nerestro den Medicus immer im Kreis um sein Bett jagte. Federn schwebten durch die Luft.

Drei Ritter hielten ihren Anführer auf Herodins Befehl fest, drückten ihn auf die Matratze und fesselten ihn mit Lederstreifen an das Gestell, um den Tobenden ruhig zu halten.

Schwer atmend lehnte sich Ospancha an die Wand, fummelte ein Fläschchen aus seinem Gewand und nippte daran. »Gute Taralea! Bei der allmächtigen Göttin, Ihr habt mir nicht gesagt, dass der Kranke gemeingefährlich ist.«

»Was ist passiert?«, verlangte Herodin zu wissen und

wedelte eine Daune zur Seite, die sich auf seiner Nase niederlassen wollte.

»Ich näherte mich ihm und wollte ihn abklopfen«, erzählte der Medicus, eine Flaumfeder aus den Haaren entfernend. »Und dann springt der Mensch aus dem Bett, schlägt mir das Kissen um die Ohren und sagt, ich solle mich zu Tzulan scheren, er sei nicht krank.« Er raffte die Ärmel seiner Robe etwas zurück. »Und nur Taralea weiß vermutlich, wie krank er ist.«

»Untersucht ihn. Er kann Euch nichts mehr tun«, befahl der Ritter und zog einen Beutel mit Münzen hervor, nachdem er den skeptischen Ausdruck im Gesicht des Heilers gesehen hatte.

Augenblicklich setzte er seine Examination fort.

Mit den merkwürdigsten Instrumenten und Gegenständen klopfte, hämmerte und pochte er auf dem Oberkörper Nerestros herum.

Der Liegende regte sich derweil sehr über die Behandlung auf, beschwerte sich bei Herodin und einer Unzahl von Unsichtbaren, die aber offensichtlich auch nicht die Macht besaßen, den Heiler bei seiner Arbeit zu stören.

Nach einer kleinen Unterbrechung, in der Ospancha sehr nachdenklich auf den Kranken blickte, schaute er ihm in Augen, Nase und Ohren, roch an seinem Atem und begutachtete die Zunge.

Endlich erhob er sich vom Bett, klappte seinen Koffer auf und drückte Herodin mehrere Fläschchen in die Hand.

»Nun, interessant. Äußerst interessant, vom medizinischen Aspekt aus betrachtet. Einen solchen Fall hatte ich noch nie«, gestand der Gelehrte mit einer gewissen Begeisterung in Verbindung mit einer Spur Ratlosigkeit, die sich in seinem schmalen Gesicht widerspiegelte. »Und ich habe schon viele Fieberkranke gesehen. Das hier scheint mir ein bisschen mehr als nur die übliche

›febris‹ zu sein. Ich würde ihn gerne längere Zeit behalten, um ihn zu studieren.«

»Wir müssen weiter«, fiel ihm Herodin harsch ins Wort. »Und er ist gewiss kein Versuchsobjekt für einen Medicus.«

»Wie Ihr wollt«, meinte der Mann etwas verschnupft. »Dann sorgt dafür, dass er diese Mittel eine Woche lang einnimmt. In dieser Reihenfolge, morgens, mittags, abends.«

»Und was soll das bringen?« Hilflos sah der Ritter auf die Behältnisse.

»Es sind alle Mittel, die ich gegen die unterschiedlichen Arten des ›febris‹ habe. Wenn sie nicht wirken, hat er etwas anderes, was ich oder, bei aller Bescheidenheit, kein Heiler auf dem Kontinent behandeln kann. Jedenfalls nicht ohne Beobachtung. Der Körper ist eine äußerst kompliziert gebaute Maschine. Geht ein Zahnrädchen verloren, wirkt sich das auf alles andere aus.« Ospancha beugte sich ein wenig vor. »Mit Verlaub, ich glaube, das entscheidende Zahnrädchen ging in seinem Verstand verloren. Sagt, hat sich der Ritter irgendwann einmal am Kopf verletzt? Ist er vielleicht öfter einmal vom Pferd gestürzt? Hat ihn die ein oder andere Keule hart am Schädel getroffen? Ich frage das, weil er alle Anzeichen einer ›dementia‹ aufweist, wenn Ihr versteht, was ich meine. Oder sind das die späten Auswirkungen einer ›dementia praecox‹? Ist seine Familie inzestuös belastet? Einer aus seiner Ahnenlinie debil?«

Herodins Gesicht war ein einziger fragender Ausdruck. »Von was redet Ihr da?« Vorsichtig stellte er die Fläschchen ab.

»Geistesgestörtheit«, sagte Ospancha in ungeduldigem Tonfall. »Wahnsinn, Oligophrenie und alles andere, was mit einem kaputten Hirn zu tun hat. Das Volk sagt auch ›Idiot‹ dazu. Hervorgerufen kann so etwas werden durch unterschiedliche …«

Augenblicklich schossen Herodins Hände an den Rockaufschlag des Medicus. »Mein Herr ist nicht wahnsinnig. Er hat ein unbekanntes Fieber, das Ihr nur nicht erkennt!«

»Würdet Ihr wohl bitte Eure Finger von meinem Rock nehmen?«, verlangte Ospancha höflich. »Ich beleidige niemanden, ich stelle lediglich Diagnosen, wie es sich für einen ehrenwerten Medicus gehört. Und wenn ich der Meinung bin, dass es bei dem Patienten so ist, sage ich das. Schon allein, um dem Kranken zu helfen.« Der Ritter kam der Aufforderung nach und ließ ihn los. »Seht, der Knappe, der mich herbeiholte, sagte, der Patient sei von einer Kaimauer ins Wasser gestürzt. Es kann gut sein, dass er sich dabei irgendwo den Kopf gestoßen hat. Zwar entdeckte ich keinerlei Anzeichen mehr, aber das soll ja nichts heißen. Hat er seinen Wahn daher, kann er wieder verschwinden. Ist es aber der Ausbruch von etwas Angeborenem, tja, dann …« Er ließ den Satz absichtlich unvollendet und deutete auf die Behältnisse. »Aber wenn wir alle Glück haben, ist es nur eine Sonderform des ›febris‹, und er kommt in einer Woche wieder auf die Beine. Ein paar Gebete würden nichts schaden, und ich spreche da aus Erfahrung. Taralea sei mit dem Kranken.« Ospancha verließ den Raum.

Ratlos und bestürzt sahen sich die drei Männer an.

»Ha!«, schrie Nerestro dem Gelehrten hinterher. »Ich habe dir dein elendes Leben gelassen, Quacksalber. Danke mir nicht für meine Milde.« Er wandte sich wütend Herodin zu. »Und Ihr, macht mich gefälligst wieder los. Ich bin gesund.«

Der Unteranführer kniff die Mundwinkel zusammen und schüttelte den Kopf. »Nein, Herr. Es ist besser, wenn wir Euch vorerst auf diese Art sichern. Glaubt uns, nichts würden wir lieber tun, als die Fesseln zu lösen, aber es scheint mir nicht ratsam.« Die anderen Kämpfer gingen auf seinen Wink hin vom Bett weg.

Der Liegende begann zu toben, die Lakenstreifen knirschten bedenklich, hielten der unbändigen Kraft jedoch stand. Vorsichtshalber ließ Herodin zusätzliche Lederriemen anbringen. Mit roher Gewalt zwangen sie den Erkrankten, die Mittel des Heilers zu schlucken, dann gingen alle hinaus, in der Hoffnung, die Medizin zeigte bessernde Wirkung.

Die Verwünschungen ihres Anführer hallten gedämpft über das Deck.

»Freunde, ich gestehe, ich weiß nicht, was wir tun sollen, wenn die Arznei nicht anschlägt«, meinte Herodin nach einer langen Zeit des Schweigens niedergeschlagen. »Telmaran bleibt vorerst unser Ziel, vielleicht erfüllt ihn der Anblick von Kämpfern wieder mit seiner alten Natur und verjagt das unbekannte Fieber. Bringt das alles nichts, müssen wir zurück auf die Burg, um ihm die beste Pflege zu geben, die er bekommen kann.« Er hielt inne, als eine besonders laute Drohung durch die Holzwand der Kabine drang. »Von nun an verbringen wir die meiste Zeit mit Beten. Betet zu Angor, betet zu Taralea, damit Nerestro von Kuraschka von seinem Fieber genesen kann.«

»Hier seid ihr also alle«, sagte eine bekannte Frauenstimme von der Mole. »Euer Schiff muss geflogen sein.«

Die Ordenskrieger sahen alle gleichzeitig zum befestigten Uferrand, an dem Belkala stand.

Herodin erkannte sie erst auf den zweiten Blick. Ihre grünen Haare schimmerten nun schwarz und sahen ungepflegt aus, ihr Gewand war das einer einfachen Dienstmagd, über das sie einen groben, langen Schäfermantel geworfen hatte. Ihr hübsches Gesicht wirkte müde, die bernsteinfarbenen Augen schienen ohne Feuer zu sein.

»Was wollt Ihr noch?«, fragte er. »Ich denke, unser Herr hat Euch alles geschrieben, was noch zu klären war.«

»Das Geschriebene«, sagte die Kensustrianerin schneidend, »möchte ich aus seinem Mund hören.« Sie setzte einen Fuß auf die breite Planke. Sofort stellten sich die Knappen als Mauer an den Eingang.

»Ihr werdet nicht an Bord kommen«, stellte Herodin fest. »Ihr seid Kensustrianerin. Euer Volk kämpft gegen die Krieger des Kontinents, der von unserem Gott geschaffen wurde. Und Tausende sind wegen der Eurigen gefallen.«

»Nur die Kriegerkaste bekämpft die Angorjaner«, widersprach Belkala, aber der Unteranführer winkte ab.

»Es ist Euer Volk. Das genügt uns vollkommen. Und Ihr habt Euch anderer Vergehen schuldig gemacht, Vergehen gegen Eure eigene Gottheit. Auch das können wir nicht einfach übersehen«, erklärte der Ritter. »Geht Eurer Wege, Priesterin. Wir möchten mit Euch nichts mehr zu tun haben.«

»Lasst mich zu Nerestro. Wenn er mich verstößt, werde ich gehen und nie wieder kommen«, schlug sie vor. »Es erspart viel unnötiges Gerede.«

Die ersten Fischer und Händler sahen bereits zu ihnen herüber.

»Abgesehen davon, dass unser Herr seine Meinung im Brief dargelegt hat, ist er nicht gewillt, Euch noch ein weiteres Mal in seinem Leben zu sehen.« Der Ritter blieb beharrlich, die Hände in die Seiten gestemmt. Die Menschen am Pier waren ihm gleichgültig.

Wieder drang ein lauter Fluch aus der Kabine, und Belkalas Kopf fuhr herum. »Was ist mit ihm?«

»Er hat das Flussfieber und fantasiert«, antwortete Herodin knapp. »Ein Heiler hat ihn bereits untersucht und uns entsprechende Arznei überlassen.«

Als ob der Kranke den Unteranführer Lügen strafen wollte, drang ein hysterisches Lachen aus der Unterkunft, gefolgt von dem wütenden Befehl, die Fesseln endlich zu lösen.

»Ihr habt ihn ans Bett gebunden?« Die Kensustrianerin wirkte sehr besorgt. »Lasst mich auf der Stelle zu ihm. Ich möchte nach ihm sehen.«

Herodin ließ die Arme sinken und ballte die Fäuste. »Nein.«

Schneller als irgendjemand reagieren konnte, war die Frau mit einem gewaltigen Satz mitten auf die Planke gesprungen und durch die Reihen der Ritter gelaufen. Bevor sich ihr einer der Knappen in den Weg stellen konnte, verschwand sie in der Kabine Nerestros.

Fluchend folgten der überrumpelte Herodin und die übrigen Gerüsteten der aufsässigen Priesterin, die bereits neben dem Bett des Fiebrigen stand und behutsam die verätzt wirkende Hand auf dessen schweißnasse Stirn legte. Augenblicklich beruhigte sich der Ordenskrieger.

Herodin breitete die Arme aus, um seine Gefolgschaft zurückzuhalten. »Wartet einen Moment.«

Belkala beugte sich herab. »Mein armer Geliebter. Du musst sehr leiden.« Das Bernstein ihrer Augen glomm auf. Der Kranke lächelte ein wenig. »Schlaf, tapferer Krieger. Schlaf und erhole dich von dem Übel, mit dem dein Geist ringt.« Nerestro wollte anscheinend noch etwas sagen, aber die Lider fielen ihm zu. Die Priesterin setzte sich auf die Kante der Lagerstätte und betrachtete den Mann mit zärtlichem Blick.

»Das genügt«, meinte Herodin und trat vor. »Ihr seht, dass unser Herr nicht in der Lage ist, mit Euch zu sprechen. Er erkennt Euch nicht einmal. Geht, oder wir entfernen Euch vom Boot.«

»Es ist nicht das Fieber«, meinte Belkala nachdenklich. »Ich fürchte, seine Seele ist zu einem Teil mit der Welt der Toten verhaftet geblieben, wie der Cerêler in Ulsar warnte. Er war damals im Begriff, auf die andere Seite hinüberzuwechseln.«

»Er redet manchmal mit den Toten«, entschlüpfte es einem der Knappen.

Die junge Frau nickte. »Dann scheint der Verdacht sich bestätigt zu haben.« Sie sah zu Herodin. »Was wollt Ihr dagegen tun?«

»Wir fahren nach Telmaran«, antwortete er unwirsch und hoffte, dass die Kensustrianerin freiwillig ging. Hand an eine unbewaffnete Frau zu legen war nicht unbedingt etwas, auf das man als Ritter stolz sein konnte. In diesem Fall war es aber unvermeidlich. »Wenn er die vielen Kämpfer sieht, wird er von selbst gesund.«

Belkala lachte. »Ja, das passt zu der Denkweise eines Kriegers. Aber helfen wird es nichts, fürchte ich.«

»Überlasst das uns. Geht«, befahl der Unteranführer hart. »Auf der Stelle, Priesterin.«

»Ich habe noch keine Antwort von Nerestro bekommen«, hielt sie dagegen. »Und wenn ich es mir recht überlege, hat er diese lachhaften Zeilen mit Sicherheit im Wahn geschrieben. Ich schenke ihnen also keinen Glauben.«

»Wir haben unsere Befehle.« Herodin kam auf sie zu und packte sie am Arm. »Hinaus mit Euch. Schert Euch nach Kensustria.« Als er an ihr zog, bewegte sich die Frau keine Handbreit. Ihre goldenen Augen wirkten spöttisch, ihre Finger schlossen sich um sein Handgelenk und drückten zu.

Der Ritter spürte, wie die Kraft immer weiter zunahm. Es schien, als presste die Kensustrianerin Haut, Knochen und Kettenhemd zusammen. Ein unterdrückter Schmerzenslaut entfuhr ihm, und Belkala ließ ihn los.

Herodin schüttelte den Arm aus und starrte sie an. Die eisernen Ringe hatten tiefe, dunkelrote Abdrücke trotz des wattierten Unterrocks hinterlassen.

»Nun gut. Ich mache Euch keine Scherereien, aber ich werde zurückkommen, wenn sich Besserung bei ihm zeigt. Sucht Euch in Telmaran auf alle Fälle einen Cerêler. Er wird vielleicht in der Lage sein, etwas zu tun. Nerestros Wille ist stark genug, die Seele vollständig aus dem Reich der Toten zurückzuholen.« Sie erhob sich. »Aber Ihr, Herodin, kommt nie mehr auf den Gedanken, mich mit Gewalt von meinem Geliebten trennen zu wollen.« Die Priesterin nickte in Richtung seines Arms. »Einen Vorgeschmack erhieltet Ihr bereits.«

Ohne ein weiteres Wort oder einen Gruß verließ sie die Kabine. Die Ritter hörten, wie sie über das Deck und über die Planke zurück ans Land ging.

»Leinen los«, brüllte Herodin wütend, als erwachte er aus einem Dämmerzustand, und lief hinaus. »Kapitän, ablegen! Sofort! Je eher wir in Telmaran sind, desto besser.«

Eilig sprangen die Matrosen der *Stromschnelle* auf, lösten Taue und setzten Segel, um mit dem Wind gegen den Strom anzukämpfen. Das Treidelgeschirr wurde bereitgelegt.

Der Unteranführer begutachtete die Quetschungen an seinem Handgelenk, das wehtat, wenn er es bewegte. Es hätte nicht viel gefehlt, und die so zierlich wirkende Frau hätte es ihm gebrochen.

Ein Ruck ging durch den Rumpf, als sich das Flussschiff in die Wogen schob und gemächlich Fahrt aufnahm. Telmaran rückte etwas näher.

Herodin sah gedankenverloren den Strom hinauf.

Die Matrosen, die zum Treideln abgestellt worden waren, sprangen an Land, fingen die zugeworfenen Seile und begannen, die *Stromschnelle* mit ihrer Muskelkraft gegen die Fließrichtung des Wassers zu ziehen. Bald schallten ihre Lieder zum Ritter herüber, dem ein langes Seufzen entwich. »Ich bete, dass Telmaran eine Stätte der Hoffnung wird.«

Ulldart, Königreich Tarpol, Hauptstadt Ulsar, Winter 443 n. S.

Stoiko saß vor seinem Schachbrett und musterte die Figuren. Er hatte sich Weiß ausgewählt und war gerade im Begriff zu verlieren. Schwarz hatte seine Deckung zerschlagen und mit einem riskanten, aber brillanten Angriff eine Doppelbedrohung aufgebaut. Egal was er tat, eine Figur würde er verlieren. Es war bezeichnend für die Ereignisse der letzten Wochen: Zwickmühlen und Unausweichliches.

Sein Schnauzbart vibrierte ein wenig, als er den Niesreiz unterdrückte. Auch wenn in seiner Zelle luxuriöse Zustände herrschten, die Feuchtigkeit kroch an den Wänden entlang und machte seinen Knochen zu schaffen.

Ansonsten hatte sich der Kabcar alle Mühe gegeben, seinem einstigen Diener, Vertrauten und Mentor größtmöglichen Komfort angedeihen zu lassen. Ein kleiner Ofen stand im Raum, zusätzliche Kerzenhalter waren angebracht worden, Tisch, Stühle, ein Sofa und weitere Annehmlichkeiten, die keiner der anderen Mitgefangenen erhielt, sollten den Kerkeraufenthalt erträglich machen.

Aber es war nichts gegen die Freiheit, die er nach dem Willen des Herrschers für den Rest seines Lebens verwirkt haben sollte.

Saß er zunächst unter dem Palast in Haft, wurde er nach einer Woche bereits in das große Gefängnis verlegt, auf Anordnung des Konsultanten. Aber die Zugeständnisse wurden wenigstens aufrechterhalten.

Nach einer Zeit der anhaltenden Depression, in der Stoiko vor lauter Aussichtslosigkeit gar an Selbstmord gedacht hatte, regte sich sein Kampfgeist. Er schwor Ulldrael dem Gerechten, dass er nicht aufgeben wollte, bevor Mortva Nesreca samt Aljascha aus dem Land vertrieben worden war. Erst wenn der »Junge« wieder zu einem guten Kabcar gewandelt wurde, sollte sich seine Aufgabe erfüllt haben.

Also machte er sich mit seinen zehn Mitinsassen bekannt, die in den anderen engen Räumen um ihn herum im »Nobeltrakt« des Gefängnisses hockten.

Es waren nur Adlige, die hier eingesperrt waren. Die Ironie des Schicksals lag darin, dass sie ihre Rettung vor dem sicheren Tod beim Giftanschlag während des Festbanketts ihrer lebenslangen Haft verdankten. Offenbar hatte Nesreca sie als ungefährlich eingestuft. Oder schlicht vergessen. Und genau das sollte mit ihm selbst wohl auch geschehen, vermutete Stoiko. Der Ort, an den er verlegt worden war, hieß im Volksmund *Verlorene Hoffnung*.

Fünf der Blaublütigen saßen wegen Betrugs in großem Stil, einer wegen Falschmünzerei und wiederholten Falschspiels, einer wegen seines Hangs, die Gegner in Ehrenduellen grundsätzlich zu töten, ein anderer wegen mehrfachen Ehebruchs und Vielweiberei. Der Neunte hatte sich schlicht geweigert, Abgaben an den Kabcar zu zahlen, und der Letzte der Gefangenen schwieg beharrlich. Er verweigerte sich jedem Gespräch. Nur hin und wieder hörte man Geräusche aus seiner Unterkunft, die davon zeugten, dass er überhaupt noch lebte. Keiner der anderen wusste, weshalb er einsaß.

Mit dem Falschspieler lieferte sich Stoiko per Zuruf anspruchsvolle Schachgefechte, die ihm halfen, die Zeit bis zu seiner Befreiung, von der er überzeugt war, zu vertreiben. Ansonsten las er viel. Besucher waren nicht zugelassen, nur mit dem patroullierenden Wärter wechselte er ein paar Worte, um zu erfahren, wie es mit dem Land stand.

Vertieft in die verzwickte Figurenkonstellation, bemerkte er zunächst nicht, wie die Essensklappe der Tür umständlich geöffnet wurde.

»Euer Essen«, klang eine schüchterne Mädchenstimme an sein Ohr. »Ich bringe Euch Euer Essen, Euer Hochwohlgeboren.«

Stoiko musste grinsen. »Das ist kaum eine Anrede, wie ich sie verdient habe, gnädiges Fräulein. Dann sehen wir mal, was der Koch heute verbrochen hat. Tote Ratte und ein wenig eingeweichte Holzspäne, nehme ich an.«

Fröstelnd erhob er sich, warf im Vorbeigehen noch einen Scheit Holz in den Ofen, und näherte sich der Klappe.

Ein neugieriges braunes Augenpaar spähte ins Innere. Belustigt schaute der einstige Vertraute des Kabcar hinaus.

Erschrocken fuhr der Kopf zurück, dunkelbraune Haare und ein verdrecktes Gesicht wurden sichtbar. »Oh, verzeiht, ich wollte Euch nicht belästigen, Euer Hochwohlgeboren.« Schnell schob sie den Topf mit dem gebratenen Hähnchen, den Süßknollen und dem Gemüse hinein. »Bitte sehr.«

»Nanu, ist denn heute ein Feiertag? Das sieht in der Tat aus, als könne man es kauen.« Stoiko bemerkte sehr wohl den hungrigen Blick, den die Kleine, die er auf acht Jahre schätzte, auf sein Essen geworfen hatte. Er drehte eine Keule ab und reichte sie aus der Öffnung. »Hier. Iss es. Mir ist ein ganzer Vogel ohnehin zu viel.« Sie zögerte noch ein wenig. Stoiko schwenkte das Hühnerbein vor ihrer Nase hin und her, bis sie endlich zulangte. Gierig verbiss sie sich in dem gebratenen Fleisch und strahlte den Gefangenen glücklich an.

»Danke«, sagte sie kauend. »Das ist sehr gütig von Eurer Herrschaft.«

»Spar dir die Worte. Ich bin keine Herrschaft, kein Hochwohlgeboren, gar nichts. Nur jemand, der etwas Glück in allem Unglück hatte.« Er kostete von den Speisen und befand sie als gut. »Und du bist bestimmt die Tochter einer Wache oder des Kerkermeisters?«

»Nein«, sagte sie undeutlich. In kürzester Zeit hatte sie die Gabe bis auf die Knochen abgenagt. »Ich bin dazu verurteilt worden, hier zu arbeiten. Weil ich etwas gestohlen habe.« Stoikos Augenbrauen wanderten nach oben.

»Entschuldigt bitte«, rief sein Schachpartner aus seiner Zelle, »aber ich darbe fürchterlich. Wäre jemand so gütig und brächte mir mein Essen, bevor es kalt wird oder die Ratten es fressen? Vielen Dank.« Die anderen lachten.

Das Mädchen bekam einen roten Kopf. Schnell klappte sie die Luke zu und beeilte sich, die Rationen auszuteilen, während die anderen Insassen ihre Wortspäße mit ihr trieben.

Stoiko beobachtete sie durch die Gitterstäbe seiner Sichtöffnung.

Sie humpelte ein wenig, machte einen verwahrlosten Eindruck und wirkte leicht verängstigt, misstrauisch, scheinbar immer auf der Hut vor der schnappenden Hand eines Gefangenen. Wie ein geprügelter Hund. Sein Mitleid und Interesse an dem Schicksal des Mädchens waren geweckt.

Sie packte das leere Geschirr auf einen äußerst instabil wirkenden, voll beladenen Schiebkarren und zerrte ihn unter großer Anstrengung zur Tür hinaus.

»Einen Moment, junge Dame«, rief er hinterher. »Wie heißt du?«

Das Mädchen schaute ihn an und schien zu überlegen, ob sie es wagen konnte, dem Fremden ihren Namen zu nennen.

»Soscha«, sagte sie scheu und war mit ihrer Last nach draußen verschwunden.

In den folgenden Wochen entstand eine Freundschaft zwischen Stoiko und Soscha. Das Mädchen fasste Vertrauen zu dem freundlichen Mann, der schnell herausfand, dass hinter der dreckigen Stirn ein heller, wacher Verstand steckte.

Wann immer Soscha Gelegenheit hatte, stattete sie dem einstigen Vertrauten des Kabcar einen Besuch ab und erzählte ihm von den Entwicklungen im Land.

Stoiko revanchierte sich, indem er dem Mädchen Lesen, Schreiben und Rechnen beibrachte, wobei sie sich erstaunlich gut anstellte. Die angeborene Neugier half ihr dabei, und auch kleinere Rückschläge entmutigten das Kind nicht, wenn die Ungeduld mitunter zu groß wurde. Als Geschenk bekam sie von ihm Federkiele, Papier und ein Tintenfass, damit sie überall üben konnte.

Auch die anderen Insassen fanden Gefallen an Soscha und brachten ihr, wenn auch gegen den immer wieder laut geäußerten Unmut Stoikos, ihre Unarten und Tricks bei.

Die verschiedenen Grundlagen des Falschspielens wurden ihr demonstriert. Eine Handbewegung da, eine versteckte Karte dort und immer aufmerksam sein, plaudernd ablenken und dabei den Austausch von Karten, Würfeln oder allen anderen Utensilien vorzunehmen, darauf kam es an.

Von den anderen fünf lernte sie in der Theorie, wie man Unterschriften fälscht, Wachsabdrücke herstellt oder Wasserzeichen nachträglich in Dokumente einbringt.

Den Weisheiten des Charmeurs und des streitlustigen Adligen lauschte sie zwar, aber richtig anwenden würde sie diese Künste nicht können. Zum Töten war sie noch zu klein, für das andere sowieso.

Aber sie hörte mit Begeisterung zu, wenn die Männer wortgewandt und gestenreich ihre Erlebnisse und Eskapaden schilderten. Nach und nach lernte sie so, wie man sich gut und gewählt ausdrückte.

Nur »der Schweigsame« blieb beharrlich still. Er beteiligte sich nicht an der umfangreichen, mitunter recht zweifelhaften Ausbildung Soschas, sondern blieb im Hintergrund, kümmerte sich nicht um das Geschehen im »Nobeltrakt«, als wollte er einfach nur in Ruhe gelassen werden.

Irgendwann fiel Stoiko auf, dass er eines bisher vergessen hatte.

Als sich das Mädchen wieder zu seiner Zelle schlich, um bei Kerzenschein Lese- und Schreibübungen zu absolvieren, beschloss er, am Ende der Lektion nachzufragen.

»Du hast mir noch nicht ausführlich erzählt, weshalb du im Kerker arbeiten musst«, begann er vorsichtig. »Was kann denn ein Kind schon stehlen, dass es eine solche Strafe erhält?«

Soschas Mundwinkel hingen nach unten. »Es war ungerecht. Ich wusste nicht, dass es ihm gehört.«

Das Mädchen kniff die Lippen zusammen. »Wir sind zwar arm, aber wir haben nie gestohlen. Vater wollte es nicht. Und dann habe ich diesen Schmuck gefunden und gedacht, wir könnten uns davon wenigstens etwas zu essen kaufen, wenn wir ihn an einen Händler verschachern.« Das Mädchen malte ein paar Striche auf das Blatt.

»Aber du bist dabei gesehen worden?«, fragte sich ihr Mentor weiter.

Sie schüttelte den Kopf. »Der Kabcar kam zu uns und …«

Dröhnendes Gelächter kam nun aus allen Zellen. »Ja, sicher, hochwohlgeborenes Fräulein. Der Kabcar reist ständig durch die Hütten der Ärmsten, um nachzuschauen, wo es noch Schmuck zu holen gibt«, meinte einer belustigt. »Meiner Treu, Kind, wir haben dich zu einer wahrlich guten Märchentante erzogen.«

Zornig legte Soscha die Stirn in Falten. »Es ist aber wahr! Er stand plötzlich mit seiner Leibwache in unserer Hütte und wollte sein Eigentum zurück. Was kann ich dafür, wenn er nicht darauf aufpasst und es in der Gosse landet. Als Dank bekam ich Prügel und darf Essen verteilen.«

In Stoikos Gedanken läuteten sämtliche Alarmglocken. Ganz genau beschrieb er ihr das Amulett der Modrak, und begeistert nickte das Mädchen. »Ja, genau! Es hat so richtig geleuchtet, durch allen Dreck und Unrat hindurch. Ich habe mich gewundert, dass es niemand vor mir aufgehoben hat.«

Ein langer Seufzer entwich dem Mann. Nun hatte der Kabcar alles zusammen, was er brauchte, um den Kontinent endgültig ins Unglück zu stürzen. Traurig sah er Soscha an.

»Mit Verlaub, aber seit wann kann denn Schmuck so intensiv leuchten, dass man ihn in der Gosse findet?«, fragte sich der Falschmünzer ungläubig. »Kind, du kannst dir vielleicht Sachen ausdenken. Du wirst reich damit werden.«

»Vielleicht hatte jemand eine kleine Lampe eingebaut«, kam es glucksend aus einer anderen Zelle. »War das Amulett groß genug, um eine Kerze aufzunehmen?«

Soscha war mittlerweile äußerst ungehalten und beleidigt. »Ihr versteht das nicht. Es hat geleuchtet, und zwar rötlich, mit einer Spur Silber darin. Es sah sehr seltsam aus.«

Stoiko erinnerte sich zwar an das schwache rötliche Glimmen des verhängnisvollen Kleinods, aber die genauen Nuancen mussten ihm entgangen sein. Nachdenklich fuhr er sich über den Schnauzbart und strich sich die schulterlangen braunen Haare nach hinten, die inzwischen rapide ergrauten. Oder sollte dieses Kind mehr sehen können als er?

»Hört auf, das Kind zu necken«, schaltete er sich beschützend ein. »Ich kenne das Amulett, und es leuchtet wirklich.«

»Welcher geniale Goldschmied sollte denn so etwas

schaffen können?«, fragte der Fälscher. Nun klang seine Stimme äußerst interessiert.

»Ich weiß es nicht«, gab Stoiko zu. »Fragt einen Alchemisten. Aber es ist das einzige Schmuckstück, das so auffällig ist.«

Soscha schaute ihn zögernd von unten mit ihren braunen Augen an. Sie druckste ein wenig herum, bevor sie mit der Sprache herausrückte. »Nein, das stimmt nicht. Ich habe in Ulsar schon einmal einen so ähnlich leuchtenden Ring gesehen. Ein Ritter trug ihn, ich habe ihn genau betrachtet, als er an mir vorüberritt. Nur dieses Glühen war grün, lebendig und frisch. Das Amulett des Kabcar hatte bei aller Schönheit aber ein bisschen was Unheimliches.«

Stoiko stutzte und versuchte, Nerestro von Kuraschka zu beschreiben. Wieder nickte das Mädchen. Der Mann mit dem breiten Schnauzbart überlegte schweigend, auch aus den anderen Zellen kamen keine Kommentare mehr.

»Soscha, überlege bitte ganz genau«, meinte ihr Lehrer nach einer Weile ernst. »Hast du noch andere Dinge leuchten sehen? Das ist sehr wichtig.«

Die kleine Ulsarin schien ein weiteres Mal mit sich zu ringen. Sie senkte ihre Stimme zu einem Flüstern, damit nur Stoiko es hören konnte. »Ich weiß nicht warum, aber der Kabcar hat auch geleuchtet.«

»Nachdem er das Amulett umgelegt hatte, oder?«, hakte er nach.

»Nein, schon vorher.« Soscha machte ein geheimnisvolles Gesicht. »Er leuchtet auch anders. Orange, silbern, schwarz und blau, so ähnlich wie ein Regenbogen, völlig durcheinander«, erzählte sie und wurde immer schneller. Vor Aufregung leuchteten ihre Wangen. »Und als er wütend wurde, dann wechselten sich Blau und Orange ganz schnell miteinander ab. Und die Cerêler, die leuchten auch. Es ist so ein Grün, wie ich es am Ring des Ritters sah. Und dann gibt es noch diesen Vetter des Kabcar. Der leuchtet in einem beinahe schon schwarzen Rot und verschluckt mehr das Licht.« Die Worte sprudelten wie aus einem Wasserfall hervor.

»Soscha, hast du mit irgendjemandem darüber gesprochen?« Stoiko wirkte fast schon feierlich, die Aufregung schlug sich im Ton nieder. Sein Kehlkopf hüpfte auf und nieder.

»Nein, ich habe mich nicht getraut. Es ist mein Geheimnis«, gestand sie. »Ich glaube, die anderen Menschen sehen das Leuchten nicht. Seht Ihr es?«

»Nein, ich sehe es auch nicht. Aber es genügt vollkommen, wenn du das kannst. Du hast eine seltene Gabe, kleines Fräulein, über die wir aber niemals sprechen dürfen, auch nicht zu den anderen hier. Das bleibt von nun an unser beider Geheimnis. Einverstanden?«

Sie nickte. »Versprochen, bei Ulldrael dem Gerechten.« Sie raffte Papier, Federkiel und Tintenfass zusammen und lief zum Ausgang. »Es ist schon spät, ich muss gehen. Bis morgen, ihr alle«, rief sie zum Abschied und verschwand.

»Welche Neuigkeit verbergt Ihr vor uns, Freund Gijuschka?«, fragte sich der Ehebrecher neugierig. »Was hattet Ihr und unser Mündel denn zu besprechen, was keiner von uns hören sollte?«

»Es ist nichts Besonderes«, wiegelte Stoiko ab und spielte den Gleichgültigen, während er in seiner Unterkunft vor Freude auf und nieder sprang. »Ich habe ihr nur gesagt, wie alt ich wirklich bin.« Die anderen Gefangenen lachten und stellten weiteres Fragen ein.

Die Kleine konnte magische Kräfte erkennen. Das war endlich mal eine gute Nachricht. Mit der Hilfe von Soscha war es möglich, andere Magiebegabte zu finden, die man gegen Nesreca und notfalls auch gegen Lodrik einsetzen konnte.

Stoikos überschwängliche Laune erstarb je. Wie sollte

er Perdór Bescheid geben? Wie eine Nachricht an den König schmuggeln? Und damit ergaben sich völlig neue Schwierigkeiten. Würde Soscha überhaupt helfen wollen? Wäre ihre Familie bereit, die Tochter in ein anderes Land reisen zu lassen? Und das Wichtigste von allem: Wie lange konnte man das Mädchen mit ihrer Gabe vor den fast allgegenwärtigen Augen und Ohren des Konsultanten abschirmen?

Ratlos stand Stoiko da. Ulldrael hatte ihnen eine Möglichkeit eröffnet, nun sollte er auch dafür sorgen, dass sie diese Möglichkeit nutzen konnten.

Letztendlich hing der Einsatz Soschas von seiner Befreiung ab. Er musste irgendeinem der Spitzel des ilfaritischen Königs einen Hinweis geben, in welchem Loch er saß. Aber das Mädchen durfte dabei nicht in Gefahr geraten, denn wenn sie starb, starb nicht nur ein bezauberndes Kind, sondern gleichzeitig ein Hoffnungsfunke für alle, die den Kampf gegen den Konsultanten und seine Helfer führten.

Er kehrte zum Schachbrett zurück, auf dem die symbolisierten Armeen darauf warteten, in die Schlacht geführt zu werden.

Wehmütig lächelnd erinnerte er sich an die Zeit, in der er Lodrik anhand der Figuren das Regieren erklärt hatte. Sein Schützling hatte sich als gewiefter Spieler entpuppt, der einiges an Ratschlägen im Geiste bewahrte. Und neue, wenig gute erhielt. Nur schien der junge Herrscher jetzt die schwarze Seite zu befehligen, auf der einst Jukolenko und Kolskoi gestanden hatten.

Er wollte zu gerne wissen, wer dem »¢arije« auf dem Feld entsprach. Doch eher Nesreca als Lodrik? Stoiko nahm die entsprechende Figur auf und hielt sie sinnierend vor seine Augen. Es wurde Zeit, dass er sich wieder mehr um die Taktik kümmerte. Er stellte sie zurück und legte den Zeigefinger auf eine Bauernfigur, die am Rand stand.

An dieser Position war die kleine Soscha so gut wie nichts wert. Aber wenn er es schaffte, sie durch die Reihen der Gegner zu bekommen, verwandelte sie sich am Ende in eine Dame. Und dann war sie für den restlichen Spielverlauf von unschätzbarem Wert.

Auf dem Brett waren es nur sechs Felder, die den Mann von seinem Ziel trennten. In der harten Wirklichkeit Ulsars standen ihm dicke Mauern im Weg.

Zu warten, bis die Spione Perdórs auf ihn aufmerksam geworden waren, konnte er sich nicht leisten. Aber eine echte Vorgehensweise, wie er aus dem Verlies entkommen könnte, wollte ihm nicht einfallen. Er war einfach nicht verbrecherisch genug. Ein Grinsen entstand in seinem Gesicht. Aber glücklicherweise war er von Schurken nur so umgeben.

»Verzeiht mir, meine verehrten Mitgefangenen und hohen Herrschaften«, sagte er laut und schlenderte zur Tür. »Weil wir doch gerade so schön ungestört sind, wollte ich eine Frage stellen.«

»Wer weiß, wie lange es noch so ruhig ist. Es kommen ständig Menschen hier herein, gehen ein und aus. Ein Marktplatz ist wahrlich ein Friedhof gegen unser Verlies«, rief der Ehebrecher voller Ironie zurück. »Nur zu, die meisten von uns lauschen Euch mit Spannung. Für den Stummen lege ich meine Hand oder andere, edlere Teile nicht ins Feuer, aber er wird es vernehmen.«

»Plant einer von Euch, demnächst aus diesem Gefängnis zu entkommen? Ich würde mich sehr gerne daran beteiligen.«

Zuerst sagte niemand etwas. Stoiko glaubte, ungläubiges Lachen aus einer der Unterkünfte gehört zu haben.

»Da schlag der Blitz doch den Wärter tot. Der Mensch bereitet mir vielleicht Vergnügen«, meinte der Falschmünzer nach einer Weile. »Da ging ein Hofnarr verloren.«

»Was glaubt Ihr, wo wir wären, wenn es eine Möglichkeit gäbe zu entkommen?« Der Ehebrecher klang mehr belustigt als alles andere. »Verehrter Gijuschka, wir wären doch die Ersten, die den tristen, kargen Zellen und äußerst unwürdigen Lebensumständen den Rücken zukehren wollten.«

»Wenn man Euch so hört, könnte man glatt annehmen, Ihr denkt, wir würden wegen des guten Essens bleiben«, schaltete sich der Ehrenkämpfer ein. »Ein paar von uns haben es bereits versucht, sind aber gescheitert. Die Wachen lassen sich zwar bestechen, tun aber nichts dafür, die Wände sind zu dick und gehen zu tief nach unten, um sie zu untergraben, und von außen gibt es keinerlei Möglichkeit. Höchstens vier Dutzend Bewaffnete könnten uns mit Gewalt herausschlagen.«

»Und hat das schon jemand versucht?«, wollte Stoiko wissen, obwohl er die Antwort schon kannte.

»Von uns noch niemand. Wozu auch? Ohne Nachricht und Hinweis auf den genauen Aufenthaltsort ist es für eine solch verwegene Schar, der man Unmengen von Waslec zahlen müsste, damit sie das Wagnis eingeht, ein aussichtsloses Unterfangen. Bis sie uns in diesem Labyrinth von Gängen und Karzern gefunden hätten, wäre lange der Alarm ausgelöst und sie wären aufgehalten worden.« Der Ehebrecher, so vermutete Stoiko, hatte sich schon mehr als oberflächliche Gedanken zu diesem Thema gemacht.

»Wir werden hier drinnen einfach sterben«, resümierte der Falschmünzer. »Einige von uns früher, andere später.« Ein widerliches Husten entwich ihm, danach spuckte er laut aus.

»So wie es sich anhört, gehört Ihr, mein Lieber, zu denen, die früher an der Reihe sind«, kommentierte der Duellist sarkastisch und erntete Gelächter.

»Danke vielmals«, gab der Falschmünzer zurück. »Ich werde Euch als Geist heimsuchen und Euch um Euren so genannten Verstand bringen. Aber Besitzlose sind schwer zu berauben.« Wieder quittierten die anderen die Bemerkung mit Lachern. »Und fordert mich nun bloß nicht zum Duell, Säbel schwingende Herrschaft. Ich fürchte, Ihr müsstet auf diesen Strauß vorerst verzichten, und das würde Euch das so auf Ehre bedachte Herz brechen.«

»Verzeiht, aber Ihr begebt Euch gerade auf mein Territorium«, meinte der Weiberheld launig. »Ich bin hier drinnen der Einzige, der Herzen bricht, und das überlasse ich niemand anderem.«

Der einstige Vertraute des Kabcar ließ sich auf den Stuhl fallen, während die Adligen einen mehr oder weniger geistreichen Disput austrugen. Resignierend starrte er die Schachfiguren an.

Es widerstrebte ihm, nun schon auf die achtjährige Ulsarin zurückgreifen zu müssen. Aber ohne das Wissen, wo sich die Spione Perdórs aufhielten, war nicht einmal der Anfang eines Plans in die Tat umzusetzen.

»Ulldrael hilf«, seufzte er und fuhr sich über den Schnauzbart. »Lass nur ein kleines Wunder geschehen. In ein paar Monaten schreiben wir das Jahr 444, und dann ist alles zu spät.«

IX.

Aber Ulldrael sah, dass die Menschen auf Ulldart lange nicht so klug waren.

Besorgt um sie schritt er auf und ab, überlegte, was er tun konnte, um ihnen zu helfen, ohne seine Brüder und Schwestern aufmerksam zu machen.

Zwar wollte er sich an die Abmachung halten, aber es rührte ihn sehr, als er die Gefahr sah, die sich anbahnte.

DIE NOT DER GÖTTER,
Kapitel I

Ulldart, Königreich Tarpol, Hauptstadt Ulsar, Winter 443 n. S.

»Das hat er wirklich gewagt?« Lodrik sprang aus dem Thron und lief die Stufen hinab, wo Paktaï soeben kniend ihren Bericht von den Vorkommnissen in der Verbotenen Stadt abgeschlossen hatte. »Hetrál handelte gegen meine Anweisungen? Sind denn alle wahnsinnig geworden, mit denen ich mich früher einmal gut verstand?«

Mortva Nesreca ordnete die Flut aus langen, silbernen Haaren, bevor er mit traurigem Gesicht antwortete. »Hoher Herr, ich weiß nicht, was in diese Menschen gefahren ist.« Seine beiden Augen signalisierten Betroffenheit über den erneuten Verrat eines vermeintlichen Freundes des Kabcar. »Die Nachricht der letzten Brieftaube ist noch niederschmetternder. Dass er nun mit den restlichen Truppen auch nach Telmaran aufgebrochen ist, lässt nur den Schluss zu, dass das Geeinte Heer vermutlich einen Angriff gegen Tarpol und all seine Verbündeten führt. Ihr seht, ich habe Euch einmal mehr klug beraten.«

Paktaï erhob sich, gleichgültig wie immer, und kreuzte die Arme vor der Brust. »Soll ich ihn für Euch töten, Hoher Herr?«

Lodrik bebte vor Zorn. »Nein«, flüsterte er und schloss die Augen. »Ich werde die Seelen aller Verräter, die mir in Telmaran begegnen, persönlich zu Tzulan schicken. Das schwöre ich bei dem Gebrannten Gott.« Über Mortvas Gesicht huschte ein zufriedenes Lächeln. »Ich werde meine Truppen aufstellen und die Herausgabe der Verbrecher verlangen, die gegen meine Anordnungen verstoßen haben. Und wenn nur einer von ihnen oder einer aus den Reihen des Geeinten Heeres es wagt, einen Bogen abzuschießen oder das Schwert gegen mich zu erheben, bricht die Hölle für alle sechsundsechzigtausend Männer los.«

»Bedenkt, wir sind noch in der Unterzahl. Und die Hohen Schwerter sammeln sich ebenfalls«, warf sein Vetter vorsichtig ein. »Zwar steht das Recht auf unserer Seite, aber es greift in den seltensten Fällen mit Gewalt ein.«

»Ich habe den besten Strategen des Kontinents auf meiner Seite«, hielt der Herrscher dagegen. »Osbin Leod Varèsz wird mit seinen militärisch erzogenen Tzulandriern überlegen sein. Die Neuordnung, die er vorgenommen hat, ist unwahrscheinlich effektiv. Und die anderen Reiche sind nicht einmal in der Lage, ihren Nachschub zu organisieren. Gegen die Hohen Schwerter müssen wir uns etwas einfallen lassen. Auch wenn ich nicht wirklich daran glaube, dass Nerestro ...« Er seufzte. »Aber ich wurde schon eines Besseren belehrt.«

»Gut, dass Ihr auch bei ihm das Schlimmste annehmt. Die Anschläge der Modrak haben übrigens das erwartete Durcheinander ausgelöst, Hoher Herr.« Der Konsultant räusperte sich. »Drei der Befehlshaber verstarben, einer überlebte schwer verletzt. Eure neuen Verbündeten einzusetzen, war eine hervorragende Eingebung. Nun sind zwar die restlichen Heerzüge eingetroffen, jedoch wird es einige Zeit dauern, bis sich ein neues Gremium gebildet hat. Vorher werden wir mit keinem Angriff rechnen müssen.« Er gab Paktaï mit einem Wink zu verstehen, dass sie sich entfernen durfte.

Ohne ein weiteres Wort wandte sich die Kriegerin um und schritt zum Ausgang, während Mortva die Fingerspitzen zusammenlegte und dem Kabcar zuzwinkerte. »Habt Ihr meine Bücher verstanden, die ich Euch zum Studieren überließ? Zugegeben, die Materie der Seelenbeschwörung war noch nie ganz einfach, aber dennoch werdet Ihr damit etwas anzufangen gewusst haben.«

Lodrik schnalzte mit der Zunge und sah ertappt zum gewaltigen Porträt seines Vaters, das an der Wand des Saales hing. »Ach ja, die Bücher. Ich habe noch nicht hineingeschaut. Ich war mit anderen Dingen beschäftigt. Dieses elende Geeinte Heer nimmt meinen ganzen Verstand gefangen wie eine schmerzende Stelle am Körper. Egal, wie man sich setzt, es tut immer weh. Man kann sich auf nichts konzentrieren.«

»Die Heilung ist schon auf dem Weg, Hoher Herr«, sagte sein Konsultant. »Kurz vor dem Jahreswechsel sind unsere Truppen in der Nähe vor Telmaran aufgezogen. Wie ich die anderen Herrscher einschätze, werden sie versuchen, eine Entscheidung noch vor dem Anbruch des Jahres 444 herbeizuführen.«

»Wenn meine Leute und Verbündeten wirklich in der Unterzahl sind, dann sollte ich vielleicht mit meinen magischen Fähigkeiten Beistand leisten«, überlegte Lodrik laut und fasste gedankenverloren nach dem sternförmigen Orden an seiner Uniform. »Und es wäre ein Zeichen, das meine Soldaten zusätzlich anspornen würde.«

»In der Tat«, meinte sein Vetter. »Der Held von Dujulev eilt herbei, um zum zweiten Mal eine siegreiche Schlacht zu schlagen und sein Volk vor einer Bedrohung zu bewahren. Das klingt sehr gut, Hoher Herr.« Ein Lächeln umspielte seine Lippen. »Die Tarpoler werden Euch mindestens auf die gleiche Ebene wie Ulldrael den Gerechten stellen, nach allem, was Ihr für sie getan habt.«

Lodrik wandte den Kopf. Ihm war beim letzten Satz seines Beraters plötzlich wieder etwas in den Sinn gekommen. Am Rande bemerkte er, dass Paktaï zwar verschwunden war, aber keine Tür geklappert hatte. »Apropos Gott, lieber Vetter. Kommt mit. Ich muss Euch etwas zeigen und möchte danach von Euch hören, was Ihr von der Sache haltet.«

Er setzte sich in Bewegung und führte seinen neugierig gewordenen Konsultanten ins Teezimmer. Ein schneller Griff in die Schublade und er reichte dem Mann mit dem Silberhaar das Schreiben des Oberen des Ulldraelordens. Anschließend goss er zwei Gläser mit süßem Dessertwein ein. Geduldig wartete er.

Die Augen Mortvas wurden größer und größer, in seinen Pupillen entstand im Schein des Kaminfeuers ein triumphierendes Glitzern. Dann senkte er das Papier. »Damit haben wir einen Freibrief gegenüber dem Orden, Hoher Herr.«

»Es ist viel besser.« Der Kabcar hielt seinem Konsultanten einen der durchsichtigen Kelche hin, der ihn entgegennahm. »Ich habe damit den indirekten Beweis, dass der erste Attentäter in Granburg vom Ulldraelorden gesandt wurde. Und dass Matuc den Auftrag hatte, mich zu töten. Mich, den Kabcar. Das ist also eine Verschwörung gegen den Thron.« Er nippte an dem Alkohol und schloss für einen Moment die Augen. »Und eine Verschwörung wird nach wie vor mit dem Tode bestraft. Die Unterschrift des Hauptschuldigen haben wir glücklicherweise, dieser Fall ist zumindest eindeutig. Aber vorher werde ich herausfinden lassen, wer noch alles an diesem Vorhaben beteiligt war. Zumindest der Geheime Rat Tarpols muss befragt werden. Unter Anwendung aller Mittel, die dem Richter«, er deutete eine Verbeugung an, »mir, zur Verfügung stehen. Und abhängig vom Ergebnis dieser Untersuchung werde ich weitere Schritte gegen den Orden in meinem Reich in die Wege leiten.«

Der Konsultant hing seinem Schützling gebannt an den Lippen. »Das ist tollkühn. Niemand, bei allen Irrungen und Wirrungen in der Geschichte des Landes, hat es jemals gewagt, Hand an den Orden zu legen.«

»Niemand außer Sinured«, verbesserte Lodrik grimmig lächelnd. »Aber mehr und mehr verstehe ich, warum er das getan hat. Solch eine intrigante Organisation von Heuchlern, die um ein Haar meinen Tod verursacht hätte, hat nicht das Recht, sich als Freund des Volkes aufzuspielen.« Er leerte sein Glas. »Ich werde meine Pläne aber genau anlegen, bevor ich losschlage. Ich werde die Reden für die Ausrufer und Kopien des Briefes anfertigen lassen, und sobald alles Notwendige in die Wege geleitet wurde, rüttele ich an dem mit Gold übersäten Palast des Ordens, dass sie meinen, es sei ein Erdbeben über sie gekommen. Oder der Zorn ihres Gottes für die Taten, die ihre Führer begangen haben.«

»Ein Hoch auf Tarpol!«, sagte Mortva begeistert. »Und ein Hoch auf den größten Kabcar, den das Volk jemals auf dem Thron sah.«

»Sollte hier etwas gefeiert werden, ohne dass mir mein Gemahl Bescheid geben ließ?«, gurrte eine vertraute Stimme von der Tür her. »Verzeiht mir, aber ich habe geklopft. Da ich aber Stimmen hörte …«

Lodrik eilte Aljascha entgegen, deren Anblick ihm beinahe die Sprache raubte. »Es war nur ein ungeplantes Treffen«, beeilte er sich zu erklären und ließ seinen Blick am Körper seiner Cousine entlanggleiten. »Hinreißend«, sagte er und reichte ihr sein Glas. »Wie immer ein Traum von Frau.«

Aljascha betrachtete den Alkohol, und ihre gute Laune war verflogen. »Ich habe eine freudige Nachricht für den Kabcar«, sagte sie in einem Ton, der genau das Gegenteil vermittelte. Aufmerksam sahen die beiden Männer die Rothaarige an. »Ihr werdet Vater, wenn ich und der Hofmedicus die Zeichen richtig interpretiert haben.«

»Das ist ja großartig!«, entfuhr es Mortva, der sofort eine Verbeugung hinterherschickte. »Meine Glückwünsche an die Herrscher von Tarpol. Das Volk wird außer sich sein vor Freude, wenn es hört, dass dem Kabcar Nachwuchs ins Haus steht.«

Lodrik wusste nicht recht, wie er auf diese Eröffnung

reagieren sollte. Man konnte meinen, Mortva freute sich mehr als er selbst. Dann machte er beinahe widerstrebend einen Schritt nach vorne und umarmte seine Gemahlin. »Das ist … schön.«

»Ich bedauere es sehr, dass ich in ein paar Monaten nicht mehr den Ansprüchen meines Gatten gerecht werden kann«, knirschte Aljascha. Ihr hübsches Gesicht verzog sich. »Ich werde unansehnlich sein. Dick, aufgedunsen, hässlich. Alle werden über mich lachen.«

Der Kabcar fasste ihre Hände. »Niemand wird über dich lachen. Und wenn es einer wagen sollte, lasse ich ihn auf der Stelle hinrichten. Wer über die Kabcara lacht, lacht auch über mich. Du trägst mein Kind in dir.« Er machte eine Pause, als wollte er an dieser Stelle eine Bestätigung von seiner Cousine hören, dass es auch wirklich die gemeinsam verbrachten Liebesnächte waren, die ihre Schwangerschaft ausgelöst hatten. »Wann genau wird es mit der Niederkunft so weit sein?«

Aljascha wusste nur zu genau, was ihr Gemahl indirekt mit der Frage verband. »Ich versichere dir, dass du der Vater des Kindes bist. Ich habe die Liebe zu dir gefunden, auch wenn ich mich anfangs dir gegenüber mehr als schlecht benommen habe.« Ihre weißen Schultern bebten ein wenig, schnell wandte sie sich ab, sodass nur der Konsultant ihr Antlitz sehen konnte. »Ich wusste, dass du mir nicht vertraust. Vielleicht habe ich das auch verdient, nach allem, was ich dir in der Vergangenheit angetan habe. Aber ich habe mich verändert, das weißt du.« Ihre Stimme schwankte, als kämpfte sie mit den Tränen. Doch sie warf Mortva ein verführerisches Lächeln zu.

Lodriks Gesichtsausdruck wechselte von Misstrauen zu Mitleid und Bedauern. »Verzeih mir, Aljascha.« Er legte seine Hände auf ihre Hüften. »Ich wollte dich nicht kränken.«

Sie schloss kurz die Augen, und eine falsche Träne

lief ihre die Wange hinab. Dann wandte sie sich um. »Nein, Lodrik. Ich verstehe deine Zweifel.« Er wischte behutsam den Tropfen von ihrer Haut, was sie mit einem schwachen Lächeln quittierte. »Aber ich schwöre bei dir und deiner Güte, dass es in meinem Leben keinen anderen Mann mehr gibt und geben wird.« Aljascha nahm seine Hand und legte sie auf ihren noch schlanken Bauch. »Da drinnen wächst der neue Thronfolger heran. Und ich bin mir sicher, er wird stolz sein auf das, was sein Vater geschaffen hat. Und er wird alles tun, um deinen Ruhm noch strahlender zu machen, als er ohnehin schon ist.«

Die blauen Augen des Kabcar glühten förmlich auf vor Freude und Glück. »Ich vertraue dir. Und wenn mich jemals wieder der Argwohn befallen sollte, dann weise mich zurecht.« Er nahm Mortvas Hand. »Ihr beiden seid die Einzigen auf dem ganzen Kontinent, auf die ich noch bauen kann. Alle anderen haben mich hintergangen und verraten. Aber sie werden ihre Strafe früher oder später erhalten.« Der Konsultant und die Kabcara warfen sich viel sagende Blicke zu, die von dem jungen Mann nicht bemerkt wurden.

Eilig füllte Lodrik die Gläser. »Lasst uns anstoßen. Auf unsere Zukunft und unsere Pläne. Und den Thronfolger!«

Die Gefäße wurden in die Höhe gereckt und danach in einem Zug geleert. Klirrend zerschellten die gläsernen Kelche an der Kaminwand, Aljascha jauchzte dabei und warf sich dem Kabcar in die Arme. Vorsichtig löste er sich von ihr.

»Ich werde dich aber in den nächsten Wochen allein lassen müssen. Du wirst Tarpol und Tûris lenken, während ich meine Truppen bei Telmaran besuche. Sie brauchen mich, meinen Beistand und meine Magie, wenn sie gegen das Geeinte Heer in der jetzigen Unterzahl bestehen wollen. Ich habe nicht Borasgotan die Stirn geboten, um mich nun unter einem Vorwand von anderen Leuten überrennen zu lassen.«

»Aber natürlich«, versicherte seine Cousine verständnisvoll. »Die Staatsgeschäfte ruhen gut in meinen Händen. Auch ich habe dazugelernt.«

»Sehr gut«, freute sich Lodrik und schritt elanvoll zur Tür. »Entschuldigt mich bitte, aber ich muss noch ein paar Bücher durchsehen. Es gibt Dinge, die ich noch erledigt haben möchte, bevor ich Ulsar den Rücken kehre.«

Mortva und Aljascha verneigten sich leicht, während der Kabcar das Zimmer verließ. Danach wanderte der Blick der rothaarigen Schönheit langsam zum Konsultanten. »Und?«

»Ich bewundere Eure Durchtriebenheit«, lobte Nesreca und trat näher an sie heran. Er schien etwas Unsichtbares abzustrahlen, was Aljascha als Kribbeln auf der Haut zu spüren glaubte. »Eine solche Theatervorstellung würde vom Publikum normalerweise mit stehenden Ovationen gewürdigt werden.«

Sie strich an ihm vorbei, warf sich lachend in den Sessel des Herrschers und räkelte sich ein wenig darin, wobei sie den Konsultanten keine Sekunde aus den Augen ließ. Sie war in dem engen Kleid, das sie trug, eine einzige Verführung.

Genüsslich griff sie nach einer der Flaschen auf dem Beistelltisch, entfernte den Verschluss und nahm einen Schluck daraus. »Er ist mir verfallen. Er ist, bei aller Macht und Magie, die er nun besitzt, immer noch der kleine Junge, den ich damals schon in Granburg um den Finger wickeln konnte. Und daran wird sich nichts ändern.«

»Aber Ihr wünscht Euch, dass ich Euch ebenso verfallen wäre, nicht wahr?« Der Ratgeber lächelte sie wissend an und näherte sich ihrem Platz. Er beugte sich herab, stützte die Hände auf die Sessellehnen und brachte sein attraktives Gesicht ganz nah vor das der Kabcara. »Aber es ist genau umgekehrt«, flüsterte er. Wie ein Vorhang aus Quecksilber rutschten die Haare vom Rücken herab und kitzelten die Haut Aljaschas. »Ihr verlangt nach mir. Ihr könnt es kaum erwarten, dass ich Euch berühre.«

Die Frau schluckte laut, ihre Brust hob und senkte sich schnell. Unwillkürlich reckte sie ihr Kinn empor, um ihre Lippen auf seine pressen zu können. Aber Mortva wich zurück, und ein enttäuschter Laut entfuhr der Herrscherin. »Seht Ihr? Was wärt Ihr für einen einzigen Kuss von mir bereit zu tun?«

»Alles«, raunte sie, ihre grünen Augen, die vorhin noch voller Berechnung gewesen waren, blickten flehend zu dem Berater auf.

Er legte den Zeigefinger an ihre Lippen. »Bald werdet Ihr vielleicht das und noch viel mehr erhalten, hoheitliche Kabcara. Dinge, die Ihr bisher nur in Euren Träumen mit mir tatet.«

»Was muss ich tun? Bitte, sagt es, und ich …« Hastig brachen die Worte aus ihr hervor, wieder kam ihr Kopf ein wenig nach vorne.

»Ihr habt versucht, das Leben in Euch zu töten. Aber es muss das Licht der Welt erblicken«, sagte Mortva leise und genoss den erschrockenen Ausdruck auf dem Gesicht der Frau. »Fast nichts bleibt mir in Ulsar verborgen, warum dann ausgerechnet Euer Tun? Versteht mich nicht falsch, ich verstehe Eure Sorge um Euer Äußeres. Aber das, was Ihr in Euch tragt, ist wichtiger. Es muss geboren werden. Es muss.« Obwohl er beinahe wisperte, drangen die Worte kristallklar in ihren Verstand, setzten sich fest und ließen keinen Widerspruch gegen die Anordnung zu. »Das ist die Bürgschaft für Eure Position als Kabcara, die ich Euch immer noch zusichere. Ihr werdet Tarpol, Tûris und alle anderen Reiche, die bald noch dazukommen werden, regieren. Sinured wird sein Versprechen halten und zurückerobern, was einst Tarpol gehörte.« Er fixierte sie. »Versprecht mir, schwört mir bei Tzulan, dass Ihr keinen weiteren Versuch unternehmen werdet, den Nachwuchs wegmachen zu lassen.«

Aljascha nickte verzückt, berauscht von dem Gedanken an die Macht, die ihr in Aussicht gestellt worden war. »Ich schwöre bei Tzulan.«

Erst jetzt klärte sich ihr Blick ein wenig, und sie verstand, in wessen Namen sie soeben Treue gelobt hatte. Doch bevor sie etwas hinzufügen konnte, spürte sie die Lippen des Beraters auf den ihren.

Ein Rausch erfasste sie augenblicklich, alles in ihr schien zu kribbeln, zu vibrieren. Schnell versuchte sie, ihre Arme um den Nacken des geheimnisvollen Mannes zu legen, aber er entzog sich ihr mit einem triumphierenden Lächeln.

»Nicht so eilig, hoheitliche Kabcara. Alles zu seiner Zeit.« Mortva sah sich um. »Und schon gar nicht im Teezimmer, wo doch der Hohe Herr immer erscheinen könnte. Freut Euch auf unsere gemeinsamen Vergnügungen, die folgen werden.«

»Ihr quält mich«, beschwerte sich die hübsche Frau und verzog enttäuscht den Mund. Sie lehnte sich in die Polster des Sessels und griff nach der Flasche. »Ich bin es nicht gewohnt, dass man mich warten lässt.«

»Ganz genau. Und das reizt Euch umso mehr«, gab der Konsultant zurück, die Miene wurde kalt, der Zug um seinen Mund hart. »Tut, was Ihr geschworen habt. Ich halte mich ebenfalls an den Teil meiner Abmachung.«

Als der Berater hinausging, fiel seine Aufmerksamkeit auf eines der Bücher, das er Lodrik zum Studieren überlassen hatte. Es stand etwas versteckt hinter einer Urne auf dem Kaminsims. Er registrierte, dass aus dem Buchrand ein Lesezeichen ragte, das nicht von ihm stammte.

Die Kabcara sah Mortva hinterher, als der den Raum

verließ. Dann schloss sie die Augen, um sich die Erinnerung an den Kuss des Beraters zurückzuholen. Allein der Gedanke daran jagte einen Schauder des Wohlbefindens durch ihre Adern.

Seufzend nahm sie einen Schluck aus der Flasche und betrachtete wieder das noch eng anliegende Mieder.

Es war der Kabcara ein Rätsel, wie der Konsultant Wind von ihrer Unternehmung bekommen hatte. Sie trug damals andere Kleider, reiste in einer unbekannten Kutsche und fast ohne Gefolge, als sie sich entschlossen hatte, eine »Engelmacherin« aufzusuchen, um das Kind in sich töten zu lassen. Der Cerêler gab ihr den Namen einer Kräuterkundigen außerhalb der Stadt, die sich angeblich mit der Anwendung von solchen Gebräuen und Tinkturen auskannte.

Doch die Mittel hatten nichts bewirkt, außer dass die Kabcara sich sehr undamenhaft eine Stunde lang die Seele aus dem Leib erbrochen hatte. Das Kind dagegen blieb, wo es war.

Die alte Frau wunderte sich so sehr über das Versagen der Arznei, dass Aljascha ihr glaubte, was sie aber nicht vor ihrem nachträglichen Zorn schützte, den sie nun zu entladen gedachte.

Die Kabcara legte die Füße auf den Schemel und betrachtete das Teezimmer. Sie wäre die erste Frau auf dem Thron Tarpols. Hoffentlich ließ sich Mortva mit der Beseitigung ihres Gatten noch etwas Zeit. Sie würde nur ungern bei der Krönungszeremonie wie eine fette Raupe wirken.

Lodrik öffnete die Fenster in seinem Schlafzimmer, nahm das Amulett hervor und bewegte den Stein in der Fassung, um die Modrak zu rufen. Den Auftrag, den er ihnen erteilte, wollte er in aller Stille tätigen, ohne die Anwesenheit seines Beraters und seiner Gemahlin. Nachdem die Beobachter offensichtlich in Telmaran gute

Arbeit verrichtet hatten, würde er sie ein zweites Mal auf die Reise schicken.

Schon bald rauschten die ledernen Schwingen durch die pechschwarze Nacht. Die purpurnen Augen der Modrak wurden zu scheinbar herabstürzenden Sternen. Zwei der Wesen landeten fast gleichzeitig vor dem jungen Mann und gingen vor ihm auf die Knie. Je öfter er sie sah, desto mehr gewöhnte er sich an ihren Anblick. Wäre er in Granburg beinahe vor Furcht gestorben, empfand er nun beinahe etwas Familiäres.

Wir sind hier, um Euch zu dienen, Hoher Herr, raunte es mehrstimmig in seinen Gedanken.

»Ich möchte, dass ihr jemanden ausfindig macht«, eröffnete der Kabcar und begann, Norina und Waljakov zu beschreiben. Als er ihre Namen nannte, hakte eine der beiden Kreaturen sofort ein.

Verzeiht, Hoher Herr, aber wir ahnen, wo sich die Menschlinge aufhalten. Einer der Modrak hob den Schädel. *Sie sind in Begleitung eines alten Mannes namens Matuc und eines Mädchens, das sich Fatja nennt. Wir haben versucht, die Schicksalsleserin zu bestrafen, und als wir ihre Gedanken lasen, wussten wir, wer die Mitreisenden waren.*

Lodrik entfuhr ein geschriener Fluch.

Aber wir wissen sehr genau, wohin sie wollten, wisperte es. *Sie wollten nach Tularky, um von dort aus nach Rogogard überzusetzen.*

Torben Rudgass, schoss es dem Kabcar augenblicklich durch den Kopf. *Also auch er.* »Dann brecht auf und bringt sie mir! Bringt mir alle!«

Die Wesen duckten sich unter dem wütenden Gebrüll Lodriks, die Flügel falteten sich ganz klein zusammen. »Hoher Herr, habt Gnade. Wir wussten nicht, dass Ihr sie sucht. Und nun ist es zu spät.«

»Was soll das heißen?«, grollte der junge Mann mit tiefer Stimme. Er streckte die Handfläche nach oben und ließ dort einen rot leuchtenden Feuerball entstehen. Es war seiner Meinung nach besser, den Zorn rechtzeitig zu kanalisieren, bevor er in einer unkontrollierten Magieeruption ausbrach. Glücklicherweise war er nun im Gegensatz zu früher dazu in der Lage.

Sie sind bestimmt schon in Tularky und auf dem Weg zu den Inselfestungen. Aber wir können kein Salzwasser überqueren, lautete die Antwort. *Es gibt keine von unserem Volk auf Rogogard.*

»Dann muss ich diese verdammten Inseln einnehmen, um mir die Verräter greifen zu können?« Der Feuerball begann zu zittern, pulsierte, wuchs um das Doppelte an und erreichte die Größe eines menschlichen Kopfes. Die Modrak rutschten ein wenig zurück und wandten das Antlitz von der unnatürlichen Flamme ab. »Geht. Ihr könnt nichts dafür.« Gehorsam schwangen sich die Kreaturen über die Brüstung zurück in die Dunkelheit.

Mit einem Röhren schleuderte der Kabcar den Feuerball hinaus in die Nacht, wo er meteorengleich seine leuchtende Bahn zog, bevor er verblasste und nicht mehr zu sehen war.

Erster Schnee rieselte aus den Wolken, zuerst sanft, dann immer heftiger und dichter.

Abrupt wandte sich Lodrik um und eilte durch die Gänge des Palastes, bis er seinen Konsultanten gefunden hatte. Mortva saß in der Bibliothek und studierte irgendwelche Fertigungspläne.

»Ich will«, sagte der Kabcar, sobald er seinen Vetter entdeckt hatte, »dass Ihr einen Eurer Vertrauten nach Tularky schickt und Rudgass oder die *Grazie* suchen lasst. Findet sie und arrangiert, dass sie in Tarpol irgendwo an Land gehen. Danach lasse ich sie von den Modrak hierher bringen!«

»Ich vermute, Ihr habt herausgefunden, wohin Eure einstige Geliebte entschwunden ist? Wie erfreulich.« Der Mann mit den silbernen Haaren hatte zunächst aufmerksam gelauscht, nickte und ordnete die Zeichnungen vor sich. »Dann wird es wohl das Beste sein, wenn ich Paktaï sofort auf den Weg schicke, nicht wahr?«

Die Genannte trat in voller Rüstung aus dem Schatten hinter Lodrik wie aus dem Nichts hervor.

Ausdruckslos wie immer sah sie zunächst zu dem Konsultanten, danach verbeugte sie sich vor dem jungen Mann. »Ich werde sie finden und das ausführen, was Ihr mir aufgetragen habt.«

Verwundert blickte Lodrik sie an. »Ich könnte schwören …«

»Denkt nicht weiter darüber nach, Hoher Herr«, kam es beschwichtigend von Mortva. »Sie ist lautlos wie der Gedanke. Und ebenso schnell, wie sie schon öfter bewiesen hat. Du kennst deinen Auftrag.«

Paktaï bewegte sich nicht. »Ich werde Schwierigkeiten bekommen, sobald ich das Meer erreiche. Ich bin zwar schnell, aber ich unterliege gewissen Einschränkungen, die früher nicht galten.«

»Was denn? Ihr auch?« Lodrik schüttelte den Kopf, dass der blonde Pferdeschwanz umherflog. »Seid Ihr etwa verwandt mit den Modrak?«

Die unheimliche Kämpferin wirkte herablassend. »Nein. Gewiss nicht, Hoher Herr. Solche Kreaturen sind zu niedrig, um …«

»… um sich auch nur weiter mit ihnen zu befassen«, ergänzte der Konsultant freundlich und schnitt der Frau somit das Wort ab. »Ich traue dir durchaus zu, dass du eigenständig eine Lösung finden wirst. Nun geh und sei erfolgreich. Benutze die Tür.« Der Kabcar fand die letzte Anweisung zwar merkwürdig, dachte sich aber nichts weiter dabei, als Paktaï hinausging. »Sie wird Euch nicht enttäuschen. Bald haben wir Kundschaft von Ihr«, versicherte ihm sein Vetter.

Einen Augenblick überlegte Lodrik, ob er nach den Plänen schauen sollte, ließ es aber dann doch sein. Er war absolut nicht in der Stimmung, sich mit Technischem herumzuärgern. Lieber wollte er sich noch mit seiner Gattin vergnügen.

»Ich möchte«, gab er Anweisung, während er zur Tür schritt, »dass Ihr morgen Vorbereitungen für unsere Abreise treffen lasst. Es hat zu schneien begonnen, und das soll nicht der Grund sein, weshalb ich nicht nach Telmaran gelange. Übermorgen möchte ich unterwegs sein.«

Mortva erhob sich zufrieden. »Wie Ihr befehlt, Hoher Herr.« Er tippte auf die Papiere. »Das trifft sich übrigens äußerst gut. Wir werden eine böse Überraschung für das Geeinte Heer im Gepäck haben.«

Ulldart, Königreich Ilfaris,
Herzogtum Turandei, Königspalais,
Winter 443 n. S.

Lubshá Nars'anamm, Gemahl von Alana II., Regentin von Tersion, rollte mit den braunen Augen, die mächtigen Muskeln zuckten unter den teuren Stoffen seiner Kleidung. Die filigranen Schmuckbänder um die Oberarme drohten, von den sich plötzlich auftürmenden Fleischgebirgen gesprengt zu werden.

Beruhigend legte seine Frau die Hand auf sein Bein. Aber auch ihrem Antlitz war sehr leicht zu entnehmen, dass es sie Überwindung kostete, still zu bleiben. Entgegen ihrer sonstigen Gewohnheit, trug sie ein schlichtes blaues Kleid, Schnitt und Stoff sahen unbekannt aus. Ein Geschenk ihrer Entführer.

König Perdór saß an der Mitte der Tafel, kraulte sich hektisch die grauen Bartlöckchen und blinzelte angespannt zum anderen Ende, an dem ein gelassener Kensustrianer saß.

Moolpár der Ältere hatte einen Berg von Pralinen vor

sich stehen, schob sich andächtig eine davon in den Mund und zerbiss sie langsam. Niemand im Verhandlungszimmer sagte etwas, die Kaugeräusche des kensustrianischen Diplomaten klangen damit doppelt so laut. Der Krieger genoss seinen Auftritt, auch wenn er es nicht durch seine Mimik verriet.

Commodore Parai Baraldino seufzte so laut, dass man die Kritik an dem zähen Verhandlungsverlauf unmissverständlich hörte. Genervt wedelte sich der Palestaner mit dem Taschentuch vor dem Gesicht herum. Perücke und Brokatkleider saßen passgenau, und er verbreitete mit seinem Parfüm einen aufdringlichen Geruch.

Als Moolpár nach einem weiteren Konfekt greifen wollte, erzeugte das Tuch des Commodore einen peitschenartigen Knall. »Nun ist es aber genug, Exzellenz Botschafter, mit Verlaub und aller Höflichkeit«, entfuhr es Baraldino verärgert. »Wir sind hier, um ein Waffenstillstandsabkommen zu unterzeichnen. Wenn Ihr Euch auf Kosten unseres Gastgebers mästen wollt, dann macht das außerhalb der Verhandlungen.«

Die Hand des Kriegers hielt wenige Millimeter vor dem Tablett inne, die bernsteinfarbenen Augen fixierten den Kaufmann. »Ich überlege noch, ob wir mit den Vorschlägen einverstanden sind.« Seine Erklärung kam bedächtig über seine Lippen. »Und es spielt dabei keine Rolle, ob ich im Kreis laufe, sitze, jemanden töte oder Pralinen esse.« Er beendete die Bewegung und beförderte die Süßigkeit in den Mund.

Baraldino, der kurz blass geworden war, stützte den Kopf in beide Hände und schaute Hilfe suchend zum ilfaritischen König und dessen Hofnarr. Fiorell grinste ihn an und wackelte mit den Augenbrauen.

»Ich fasse derweil noch einmal die Modalitäten zusammen.« Perdór räusperte sich, um ein drohendes Unheil abzuwenden. Im Gegensatz zum palestanischen Kaufmann war ihm nicht entgangen, dass Moolpárs Begleiter, der noch etwas heißblütige Vyvú ail Ra'az, eine Hand an den Schwertgriff gelegt hatte. »Palestan, Tersion und das verbündete Kaiserreich verpflichten sich, jede weitere Kriegs- und Kampfhandlung gegen Kensustria und all seine Bewohner einzustellen, davon auch auf unbestimmte Zukunft abzusehen, es sei denn, Kensustria würde eines der Länder angreifen.« Der dickliche König nahm sich einen Schluck Kakao, verzog das runde Gesicht und rührte einen Löffel Zucker hinein, was ihm einen bösen Blick seines Hofnarren einbrachte. »Palestan ist es weiterhin untersagt, in die Gewässer vor Kensustria mit einem Handelsschiff einzufahren, sondern einen Mindestabstand von fünfzig Meilen zur Küste einzuhalten ...«

»Was das Aus für unsere nördliche Handelsroute bedeutet und den Agarsienern einen uneinholbaren Vorsprung verschafft«, warf Baraldino resigniert ein. Doch der Commodore schauspielerte wiederum sehr gekonnt. Schon lange liefen in seiner Heimat die Vorbereitungen, diese Klausel zu umgehen.

»Sollte ein palestanisches Schiff oder ein von Palestan beauftragtes Schiff innerhalb der Zone aufgegriffen werden, wird es versenkt«, fuhr Perdór fort. »Kensustria verzichtet seinerseits auf jegliche Besitztümer und gibt etwaige Eroberungen und Gefangenen an die anderen genannten Reiche zurück.«

»Es ist ungerechter als ungerecht. Ich muss mich nun wirklich echauffieren!« Der Palestaner sprang auf, und eine Puderwolke quoll aus der Perücke. »Wir haben die meisten Verluste erlitten ...«

»Verbeugt Euch bloß nicht in meine Richtung«, wehrte Fiorell eilig ab und hielt sich die Nase zu. »Euch soll der Schließmuskel recht locker sitzen, wie man hörte.«

»Die Tersioner und Angorjaner haben in erster Linie geblutet, nicht die Händler«, präzisierte Moolpár die Aussage.

»Und haben viele Männer und Schiffe verloren, jawohl! Da habt Ihr es eben selbst gestanden, Kensustrianer.« Baraldino überhörte den Einwurf des Spaßmachers geflissentlich, stemmte die linke Hand in die Seite und fuchtelte mit dem Tuch herum. »Ihr seid tausendfache Mörder, obwohl es keinen Grund gab, mit solcher Härte vorzugehen.«

»Es bestand auch kein Grund, uns anzugreifen«, hielt der Kensustrianer ruhig dagegen und betrachtete eine Praline.

»Ha! Keinen Grund?«, begehrte der Commodore auf und war voll in seinem Element. »Eure verfluchte Schwarze Flotte hat unsere Schiffe versenkt.«

»Wir haben uns entschuldigt«, gab Moolpár lakonisch zurück. »Und wenn Ihr keine unmöglichen Forderungen erhoben hättet, wäre es niemals zu diesem Krieg gekommen. Das solltet Ihr nicht vergessen.« Sorgfältig legte er die Süßigkeit zurück und stand auf. »Übrigens haben die Palestaner die Tersioner zuerst attackiert, um an das Gold zu kommen. Aber das wissen ohnehin alle in diesem Raum. Lasst das Theater und akzeptiert unsere Forderungen. Unterschreibt das Waffenstillstandsabkommen jetzt und hier. Oder aber lasst es sein, und wir nehmen die Regentin als Sicherheit wieder mit. Betrachtet es als außerordentliches Zugeständnis, dass wir Alana die Zweite bereits vor Abschluss des Vertrags übergeben haben.«

Lubshá Nars'anamm, dritter Sohn des Kaisers von Angor, hielt es nicht mehr auf dem Sitzplatz. »Ihr wagt es, Grünhaar, meiner Gemahlin zu drohen?« Sein Dolch war bereits halb aus der Scheide.

Das Bernstein der Diplomatenaugen funkelte bedrohlich, mit einer knappen Geste hielt Moolpár seinen Begleiter davon ab, sich auf den Sprecher zu stürzen.

Baraldino setzte sich eilig, wurde in seinem Stuhl immer kleiner und machte sich bereit, unter der Tischplatte zu versinken, sollte Gefahr für Leib und Leben anstehen. Von irgendwo aus dem Raum hörte man den Laut einer Blähung.

»Ich mache keine Bemerkungen über Eure schwarze Haut, Ihr unterlasst versuchte Beleidigungen, indem Ihr auf meine Haarfarbe anspielt, Kaisersohn«, schlug der ältere Kensustrianer vor. »Ich habe nur darauf hingewiesen, wie zuvorkommend wir waren. Eine Geste des guten Willens.« Wutschnaubend nahm der Gemahl der Regentin Platz, Vyvú entspannte sich. »Kensustria ist mit den Bedingungen einverstanden. Wir zahlen zudem, ebenfalls als Zeichen unseres Entgegenkommens, für jeden angorjanischen Toten eine Tria.«

»Behaltet Euer Blutgeld«, winkte Lubshá Nars'anamm verächtlich ab. Der Kensustrianer zuckte mit den Schultern.

»Dann unterzeichnen wir den Waffenstillstand, und alles ist erledigt«, meinte Perdór gespielt fröhlich. Fiorell schickte einen Blick zur Decke und reichte die Dokumente am Tisch herum.

Kaum hatte der Angorjaner seinen Namenszug mit großem Schwung daruntergesetzt, sprang er auf und verließ den Raum.

Alana sah ihm besorgt hinterher. »Ich entschuldige mich für meinen Gemahl. Aber er ist es nicht gewohnt, Demütigungen hinzunehmen.« Sie blickte vorwurfsvoll zu Moolpár.

Er lächelte und zeigte seine Reißzähne. »Seid versichert, wir hegen keine Feindschaft mehr gegen Euch. Uns liegt nichts daran, andere Armeen zu vernichten, auch wenn es keine Schwierigkeit bereiten würde. Wir möchten nur in Frieden leben.« Der Botschafter tippte auf das Papier. »Und das garantiert uns wenigstens einen Waffenstillstand.«

»Seid gewarnt«, bemerkte die Regentin, während sie signierte. »Wir sind ein stolzes Reich, das nicht leicht vergisst.«

»Ihr meint wohl, Ihr seid stolz und vergesst nicht so leicht, wenn man Euch besiegt hat?« Das Lächeln des Kensustrianers schwand nicht. »Ihr seid bei uns behandelt worden, wie es sich gehörte, oder? Wir hätten Euch und Euren Gemahl in jener Nacht auch umbringen können. Und wenn Ihr Euch das nächste Mal im Spiegel betrachtet, freut Euch, dass Ihr es noch könnt,« er beugte den Oberkörper ein wenig nach vorne und stützte die Ellenbogen auf die Tischplatte, »weil Kensustria es zuließ.«

Mit hochrotem Kopf schritt die Frau hinaus. Baraldino tauchte aus seiner Versenkung wieder auf, um ebenfalls seine Unterschrift zu leisten.

»Ich soll Euch übrigens einen schönen Gruß ausrichten.« Moolpár nahm einen Brief aus der Tasche. »Der ist für Euch. Von Commodore Gial Scalida. Ihr kennt ihn doch noch, Euren ehemaligen Vorgesetzten?«

»Ach? Ich dachte, er sei schon tot?«, entschlüpfte es dem Palestaner. »Ihr habt ihn leben lassen? Hat er gewinselt und gewimmert, um sein schäbiges Leben behalten zu dürfen?«

»So wie Ihr es getan hättet?«, meinte der kensustrianische Diplomat hintergründig. »Nein, er hat nicht gebettelt. Er verstand, dass er in seinem Leben einige Fehler gemacht hat. Und er sagte uns damals in Tersion, als es um die Schwarze Flotte ging, exakt voraus, welche Winkelzüge Ihr in den Verhandlungen anwenden würdet.«

»Aber, aber, Wertester«, schwächte Baraldino selbstgefällig ab. »Winkelzüge würde ich es nicht nennen. Verhandlungsgeschick, Gespür, das alles passt doch viel besser.« Er lehnte sich in die Polster und erbrach das Siegel. Ohne großes Interesse überflog er die Zeilen, dann zog sich die Stirn in Falten, das Tuch wedelte hektisch hin und her. Der Palestaner fummelte am Kragen und lockerte ihn ein wenig, bevor er den Blick hob.

»Wo ist denn der gute Scalida in diesem Augenblick?«, fragte er mit gleichgültiger Stimme. »Er schreibt, er habe eine neue Berufung gefunden.«

Der ältere der Kensustrianer nickte. »Er arbeitet in einem unserer Stützpunkte als Quartiermeister und wird, wenn wir uns seiner Loyalität sicher sind, weiter aufsteigen. Vielleicht als Berater bei zukünftigen Treffen. Wir haben festgestellt, dass die Palestaner durchaus ein gewisses Talent fürs Verhandeln haben.«

Baraldino wirkte merkwürdig beruhigt. »Und er hat niemals verlangt, nach Palestan zurückzukehren?«

»Wir haben es ihm freigestellt, was er tun möchte. Aber er meinte, die Schmach sei zu groß, um in sein Heimatland zu gehen. Und er sei von einem Untergebenen verraten worden, was er nicht noch einmal erleben wollte«, erläuterte Moolpár. »Er ist sehr zufrieden, auch wenn er der Kaste der Niederen angehört.«

Der Commodore lächelte erleichtert, tupfte sich den Schweiß von der Stirn und erhob sich von seinem Sitz. Die Brokatfäden reflektierten den Schein der Lampen und Kerzen. »Meine Verehrung. Mögen unsere Reiche niemals mehr miteinander im Krieg liegen.«

Tief verbeugte er sich in der palestanischen Art, die Nase nur wenige Zentimeter vom dicken Teppich entfernt. In diesem Moment ahmte Fiorell das Geräusch einer schallenden Blähung nach.

Indigniert richtete sich Baraldino auf, würdigte den feixenden Hofnarr keines Blicks und verließ den Saal.

Kaum schloss sich die riesige Flügeltür, brachen Perdór und Fiorell in dröhnendes Gelächter aus.

Die beiden Kensustrianer verstanden die laute Heiterkeit nicht, und unter Atemnot erklärte der ilfaritische Herrscher, wie dem palestanischen Diplomaten vor Alana II. die Diarrhöe die Beinkleider gefüllt hatte, nachdem ihm Pasacka-Saft angedreht worden war. Die Vorstellung, wie der geschniegelte und gespornte Baraldino einer solchen Peinlichkeit unterlag, ließ auch die beiden Krieger grinsen.

»Nachdem der offizielle Teil des Zusammenkommens erledigt ist«, begann Perdór nach einer Weile, wischte sich die letzten Lachtränen aus den Augenwinkeln und nippte an seiner Tasse, »kommen wir nun zu dem, was nur Kensustria und Ilfaris betrifft. Ich wäre an einer Fortsetzung der Zusammenarbeit durchaus interessiert.«

»Das kann ich mir gut vorstellen.« Moolpár fischte eine weitere Praline vom Tablett. »Wir würden Euch gerne eine Kiste von diesen vorzüglichen Leckereien abkaufen.«

»Dann würdet Ihr ein wenig abnehmen, Majestät«, gab der Hofnarr zu bedenken. »Schlagt ein.«

Der Herrscher fuhr sich durch den grauen Lockenbart, listig lächelte er den Diplomaten an. »Ich meinte, was den Nachrichtenaustausch anbelangt. Da wir ein Waffenstillstandsabkommen erreichten und Ilfaris sich im Laufe der Auseinandersetzung äußerst kooperativ verhalten hat, dürfte es nun an Kensustria sein, unsere Landsleute, die Ihr gefangen haltet, auf freien Fuß zu setzen.«

»Eure Spitzel. Eure Spione. Eure Augen und Ohren.« Moolpár saß nach wie vor kerzengerade auf seinem Sessel. »Gut. So soll es sein. Wir hatten diese Abmachung, wir halten uns daran. Aber was meintet Ihr damit, dass wir unsere Zusammenarbeit nicht auflösen sollten? Bräuchten wir denn die Hilfe von Ilfaris?«

»Ich weiß nicht, wie weit Ihr über die Lage im Norden unterrichtet seid«, rückte Perdór mit der Sprache heraus. »Aber es scheint, als würde sich der Kabcar von Tarpol zu einem außerordentlichen Problem für den Kontinent entwickeln. Vielmehr sein Berater, ein Mann namens Mortva Nesreca.«

Der Kensustrianer lauschte aufmerksam. »Und deshalb haben viele andere Reiche diese Ansammlung von

Schwert- und Pfeilfutter zusammengerottet. Verzeiht, aber die Bezeichnung Geeintes Heer hat dieser Haufen wahrlich nicht verdient. Bauern, die eine Mistgabel in der Hand halten, sind keine Armee, auch wenn es sechzigtausend sind.«

»Etwas mehr als sechsundsechzigtausend«, verbesserte Fiorell und ließ die Glöckchen seiner Narrenkappe klingeln. »Und wo ist denn bitteschön der Beitrag von Kensustria, um diese Gefahr notfalls eindämmen zu können? Wenn Sinured um die Ecke getrampelt kommt, dann seht Ihr allein verdammt alt aus. Wir haben da Dinge von seinen Truppen gehört, da würden Euch die Haare grün werden.« Er dachte kurz nach. »Oder vielmehr rosa. Und sagt bloß nicht, es sei nicht die Aufgabe Kensustrias, sich in die Belange anderer einzumischen.«

Moolpár hob die Hand. »Es ist nicht die Aufgabe Kensustrias, sich in die Belange anderer einzumischen«, antwortete anstatt seiner Vyvú ail Ra'az.

»Ich sehe, Ihr lernt in Sachen Humor durchaus hinzu«, meinte der ilfaritische Herrscher. »Aber Spaß beiseite, verehrter Moolpár. Die Angelegenheit könnte bald auch zu Eurem Problem werden. Es gehen Dinge in Tarpol vor, die man nicht begreift. Magie, seltsame Wesen, die diesem Berater zur Seite stehen und die Namen der Zweiten Götter tragen, bizarre Erfindungen werden in aller Heimlichkeit hergestellt, die uns unbekannt sind.«

Nun reagierte der Kensustrianer. Seine bernsteinfarbenen Augen zeigten Interesse, die Hände lagen flach auf dem Tisch. »Erzählt weiter, Majestät.«

Etwas geheimnistuerisch kramte der dickliche König einen Flakon heraus und schüttete den Inhalt sorgfältig auf ein von Fiorell bereitgelegtes Blatt Papier. Schwarzes Pulver rieselte aus der Öffnung und verteilte sich feinkörnig auf der Unterlage.

Moolpár befeuchtete den kleinen Finger, tippte auf die Substanz und gab ein wenig davon auf die Zunge.

»Meinen Respekt, Majestät. Ich hätte niemals gedacht, dass Eure Spione doch in unserem Land unerkannt unterwegs sind. Und bis zu unserem geheimen Lager vordringen konnten.« Der Kensustrianer blickte bestürzt auf das Pulver.

Der Hofnarr und sein Herr wechselten schnelle Blicke. »Soll das etwa heißen, Ihr wisst, was das ist?«, fragte Perdór, wohl wissend, dass er seine eigene Unkenntnis damit verriet.

»Ihr meint, Eure Spione rauben unsere Erfindung, ohne Euch zu berichten, was man damit machen und wie es zur Anwendung gebracht werden kann?« Ungläubig starrte er den Herrscher von Ilfaris an.

»Um ehrlich zu sein«, erklärte Perdór, »wissen wir nicht einmal genau, aus was das Pulver besteht. Abgesehen von Holzkohle. Und es stammt nicht aus Kensustria, sondern aus dem Palast des Kabcar von Tarpol.«

Moolpár richtete ein paar Worte in der Heimatsprache an Vyvú, der daraufhin nachdenklich den Kopf schüttelte. »Wenn es wirklich der Kabcar ist, der im Besitz des Pulvers ist, werdet Ihr mit Eurem Geeinten Heer nichts anderes als Zielscheiben sein, sollte es zu einem Kampf kommen. Kensustria besitzt dieses Pulver schon lange, aber wir wenden es nicht an. Es hat in unserer Heimat zu viel Schaden angerichtet, und wir verständigten uns darauf, es zu verbannen und es nur in höchster Not anzuwenden.«

»Demnach saht Ihr die Bedrohung aus Tersion und Angor nicht als echte Gefahr an?«, bemerkte Fiorell.

»Nicht wirklich«, gab der Kensustrianer ehrlich zurück.

»Wenn Ihr nun aber wisst, um was es sich dabei handelt, würdet Ihr es uns sagen? Wir wären Euch zu großem Dank verpflichtet«, köderte sie der König. »Jahrelange kostenlose Konfektlieferungen? Rezepte? Zutatenabgaben? Einen eigenen Pralinenmeister gar?«

»Verlockend«, gestand Moolpár. »Aber ich habe, wie alle Krieger, einen Eid schwören müssen, niemals Wissen unserer Ingenieure an andere weiterzugeben. Und schon gar nicht über dieses Pulver.« Er schwieg eine Weile. »Wenn der Kabcar aber um die rechte Anwendung dieses Mittels weiß, dann ist er in der Lage, das Kräfteverhältnis auf dem Kontinent mit Leichtigkeit zu verändern. Und sollte er dabei Kensustria mit in Bedrängnis bringen, werden wir uns regen.«

Perdór seufzte unzufrieden. »Was kann denn dieses Zeug? Spannt mich nicht auf die Folter.«

Moolpár faltete das Papier mehrmals, konzentrierte die puderige schwarze Substanz in der Mitte und rollte das Blatt fest zusammen. Er drehte die Enden, bis das Pulver zusammengepresst war.

Mithilfe des Federkiels bohrte er ein kleines Loch in das Päckchen, schnitt die Franse eines Teppichs ab und tauchte den Stoff kurz in das flüssige Wachs der Kerze, dann setzte er das Stück in das Loch und dichtete es mit ein wenig Wachs ab. Vyvú ging zum Kamin und reichte seinem Vorgesetzten einen glimmenden Span.

»Ich weiß nicht, ob es funktioniert, aber als Demonstration sollte es genügen«, sagte er und hielt das glühende Holzende an die improvisierte Lunte. Der getränkte Stoff brannte ab und entzündete die Substanz.

Mit einem leisen Knall zerfetzte das Blatt, die Papierränder flogen kokelnd durch den Raum, und Fiorell machte sich auf die Jagd, um zu verhindern, dass die schwebenden Funken einen Brand auslösten, wo sie sich niederließen. Perdór entfernte ärgerlich ein heißes Aschestück aus seinem Bart, in dem es ein Loch hinterlassen hatte.

»Nun, Majestät, stellt Euch vor, dieses Paket sei zehn Mal so groß gewesen«, sagte der ältere der beiden Kämpfer langsam. »Und man kann Waffen damit laden, die eine enorme Vernichtungskraft haben.« Der ilfaritische Herrscher bekam eine ungefähre Vorstellung von der seltsamen Beschreibung, die in Gijuschkas letzter Nachricht zu lesen war. »Große und kleine. Kensustria ist auf alle Fälle nun gewarnt, meinen Dank dafür, Majestät. Auch wir werden das gut geschützte Wissen zum einen noch besser bewahren und den Umgang damit wieder erlernen.« Er erhob sich und ruckte kaum merklich mit dem Oberkörper, die Art der kensustrianischen Kriegerkaste, sich zu verneigen, wenn sie es überhaupt für angebracht hielt.

»Ihr werdet Euch demnach nicht am Geeinten Heer beteiligen?«, wollte Perdór zum Abschied wissen und reichte dem Kensustrianer den versilberten Teller mit den Pralinen. »Auch nach diesen neu gewonnen Einsichten?«

»Nein«, wehrte Moolpár freundlich, aber bestimmt ab. »Noch berührt es die Belange unseres Landes nicht. Und außerdem wäre es kein guter Gedanke, dass sich Kensustrianer in die Nähe der Hohen Schwerter begeben würden. Zwar sind wir ihnen kämpferisch fast alle«, sein Blick glitt kurz zu seinem Begleiter, der daraufhin zu Boden sah, »überlegen. Aber es würde nur für Unruhe im Lager sorgen. Und das ist das Letzte, was die armen Seelen dort benötigen. Wenn Ihr meinen Rat wollt, Majestät: Lasst Euch nicht auf ein offenes Gefecht ein. Nutzt die Strategie, die auch wir bevorzugen. Aber wenn Ihr Eure Freiwilligen diesem Feind, so er es werden wird, ohne Deckung gegenüberstellt, werdet Ihr sie verlieren. Restlos. Und die zweitausend Witwen in Ilfaris werden Euren Namen mit Sicherheit verfluchen.« Er zeigte auf das explodierte Briefchen. »Das wird Euer Untergang sein. Und mit der Holzkohle hattet Ihr Recht.«

»Muss man noch Schwefel und Salpeter hinzugeben?«, fragte sich der Hofnarr plötzlich.

Moolpárs bernsteinfarbene Augen schwenkten abschätzend zu Fiorell. »Versucht es. Aber ich empfehle Euch, in Deckung zu gehen, bis Ihr das richtige Mischungsverhältnis gefunden habt.« Er winkte und ging hinaus, Vyvú folgte ihm.

»Er hat mir den Bart verbrannt«, meinte der dickliche Herrscher nach einer Weile, »aber ich denke, dass es das wert war. Nun wissen wir, was der Kabcar mit den Unmengen an Lieferungen vorhat. Und das gefällt mir alles gar nicht.«

»Die Erze sind zum Herstellen der Waffen notwendig«, ergänzte der Hofnarr, der einen letzten Funken mit einem gezielten Spucken löschte. Der letzte Rest Heiterkeit war aus seiner Stimme verflogen. »Wir müssen das Geeinte Heer augenblicklich warnen. Wenn es stimmt, was uns Freund Grünhaar eben gezeigt hat, sind unsere Leute des Todes.«

»Aber warum hat er die Waffen nicht schon viel früher eingesetzt?«, sinnierte Perdór und schritt zum Kamin. »Als er seine Truppen gegen Borasgotan und Hustraban sandte, kämpften sie auf herkömmliche Weise. Nichts wurde von solchen …«, er suchte nach dem rechten Wort. »Wie heißen diese Dinger eigentlich? Gerumpel? Gekrachs?«

»Wir könnten sie ›Bumm‹ nennen«, schlug der Hofnarr vor.

»Lass deine einfältigen Vorschläge, Spaßmütze«, knurrte der Herrscher.

»Ich glaube nicht, dass Eure die besseren waren«, meinte er nur abschätzig. »Wie wäre es mit ›Bombe‹? Er erinnert an den Klang und ist keineswegs albern.«

»Von mir aus«, winkte Perdór ab. »Also, diese Bomben und dieses Pulver tauchten noch nie auf, bis zu jenem Tag im Teezimmer, als uns Gijuschka davon berichtete. Das heißt, die Fertigung von Waffen und Pulver ist noch lange nicht so weit, wie es den Anschein hat. Das wiederum würde bedeuten, dass das Geeinte Heer nicht länger zögern dürfte, um zum Angriff überzugehen. Wenn der Kabcar seine Vorbereitungen abgeschlossen hat, ist es für uns alle zu spät.«

»Angreifen?« Fiorell schlug die Hände über dem Kopf zusammen. »Wir würden damit genau das tun, worauf Nesreca setzt.«

»Und dennoch geht es nicht anders, wie ich fürchte«, sagte der König düster. »Aber letztendlich wird dieser Kriegsrat darüber entscheiden müssen, sobald die Neuwahlen abgeschlossen wurden.«

»Und einmal mehr glaube ich nicht an Zufall.« Fiorell schaute auf die große Landkarte. »Diese Unfälle, die mehreren des Rates das Leben kosteten, kamen dem Kabcar zugute. Es ist schon schwer genug, mehr als sechsundsechzigtausend Männer im Zaum zu halten. Ein Sack Flöhe ist vermutlich einfacher zu hüten.«

»Schicke ein ganzes Geschwader Tauben nach Telmaran und sende die Anweisung, sie sollen das Lager um fünfzig Meilen nach Norden verlegen, bis auf fünf Meilen an die Landesgrenze der Großbaronie heran. An den Ufern des Repol müssten sich genügend Vorräte finden lassen. Auf alle Fälle werden sie dort Wasser haben. Und Fische, wenn ihnen alles andere knapp wird.« Perdór blickte ebenfalls auf die Zeichnung. »Befestigungen sind leicht einzurichten. Das wäre dann eine günstige Ausgangsposition, wenn sie die Armee des Kabcar angreifen müssten. Wissen wir, wo Sinured abgeblieben ist?«

»Nein, Majestät, wissen wir nicht. Nach dem Überfall Hetráls auf die Verbotene Stadt ist dieses Vieh angeblich in der Nähe gesichtet worden.« Der Hofnarr setzte sich auf den Tisch und balancierte den Brieföffner auf der Fingerspitze aus. »Von mir aus soll er dort bleiben und seine Ruine wieder aufbauen. Steinchen für Steinchen.«

»Der Angriff unseres turîtischen Freundes war heldenhaft, mutig und dumm gleichermaßen«, fasste der König zusammen. »Damit dürfte auch er endgültig in der Gunst des Kabcar gesunken sein. Aber die Menschen, die er befreit hat, waren Zeugen der Gräueltaten dieses Ungeheuers. Und damit muss auch der Junge in Tarpol von der Unhaltbarkeit seines Verbündeten überzeugt werden können. Ich sträube mich dagegen, allein auf eine militärische Lösung des Problems zu setzen«, meinte Perdór ungewohnt energisch. »Es muss doch mit ihm zu reden sein.«

»Nach allem, was ich gehört und gesehen habe, vergesst das«, meinte Fiorell, schleuderte den Brieföffner hoch in die Luft und fing ihn mit der Klinge nach unten auf. Nachdenklich sah er auf das schimmernde Metall, in dem sich seine besorgte Miene spiegelte. »Einen Attentäter zu senden, macht nun wohl keinen Sinn mehr.«

»Einmal davon abgesehen, wo ist Gijuschka abgeblieben?« Der König rollte die Karte zusammen. »Nach seiner Festnahme haben wir nichts mehr von ihm gehört. Dabei hätten wir ihn nun umso mehr gebraucht. Im Palast sitzt er nicht mehr, und ich will wissen, was aus ihm geworden ist. Sag unseren Leuten, sie sollen suchen und Gerüchten vom Tod des einstigen Beraters keinen Glauben schenken. Wenn nicht mindestens zwei die Leiche gesehen haben, ist es nur eine Finte Nesrecas. Vermutlich sitzt Gijuschka in irgendeinem weit abgelegenen Winkel des Landes und soll dort verfaulen. Der Kabcar würde diesen Mann nicht hinrichten lassen, da bin ich mir ziemlich sicher.«

»Dafür wird er den Kopf seines ehemaligen Leibwächters und seiner Geliebten fordern«, meinte Fiorell beunruhigt. »Die arme Norina, ich hoffe, sie kam wohlbehalten in Tularky an. Schafft sie es nach Rogogard, sind sie und ihr Gefolge einigermaßen vor Verfolgung sicher. Wenn eines standhält, dann sind es die mächtigen Festungen der Piraten und Halsabschneider, die sich gerne selbst edel als Freibeuter bezeichnen. Diesmal sind sie von Nutzen.«

Perdór legte die Hand an die Stirn und schloss die Augen. »Es muss uns doch gelingen, dieses Pulver herzustellen. Das lässt mir keine Ruhe. Der Alchemist, dem es als Ersten gelingt, diesen Effekt zu bewirken, wird in die Dienste des Hofes aufgenommen und erhält eine feste Bezahlung.« Er deutete zur Tür. »Los, geh und sag diesen Wichtigtuern das. Oh, und lass die Versuchswerkstätten weit außerhalb von Turandei einrichten. Ich will nicht, dass einer dieser Gelehrten meine schöne Stadt aus Versehen zu den Monden bläst. Die Mechaniker sollen sich nach den Beschreibungen Gijuschkas irgendetwas zusammenbauen, das etwas kaputt macht.«

Fiorell legte den Kopf zur Seite. »Majestät, Eure Anweisungen sind dermaßen präzise, dass die Handwerker nichts mehr zu tun haben werden und vor Freude in die Hände klatschen.« Er wandte sich zum Ausgang. »Etwas kaputt macht«, wiederholte er für sich entnervt.

»Sehr viel kaputt macht«, rief ihm Perdór durch die geschlossene Tür nach. Gedankenversunken betrachtete er die Überreste der kleinen Bombe. »Zehnmal so groß«, sagte er leise. »Das Ganze auf eine Schleuder gepackt und in die Reihen der Gegner katapultiert, Eisen- und Bleistückchen eingemischt, welch eine verheerende Vorstellung.«

Der ilfaritische König wanderte im Besprechungssaal hin und her, löschte eine Kerze nach der anderen und grübelte aufs Geratewohl. Alle möglichen Überlegungen gingen ihm durch den Kopf, und dennoch kam er in keiner Sache zu einem endgültigen, ihn zufrieden stellenden Entschluss.

»Undurchsichtig. Alles ist so furchtbar undurchsichtig, unvorhersehbar. Und nun, wenn alles schlecht verläuft, steht Ulldart kurz vor der Rückkehr der Dunklen Zeit.«

Er trug die letzte brennende Lichtquelle in der Hand, der Raum lag fast in völliger Dunkelheit.

Ein Schaudern lief dem König über den Rücken, als er das Regenprasseln und Windheulen hörte, das von den Fenstern herübertönte. Zweige und Äste rieben mit einem seltsamen Laut über das Glas. Die Flamme flackerte und zuckte unruhig hin und her. Nach einem letzten Aufbäumen verlosch sie.

Perdór glaubte in der Schwärze auf der anderen Seite des Glases zwei purpurfarbene, ochsengroße Augenpaare ausgemacht zu haben, die ihn von draußen anstarrten.

Beobachter! Ein erschrockenes Keuchen entfuhr ihm, dann stolperte er durch die Dunkelheit, bis er endlich die Klinke fand. Angsterfüllt lief er aus dem Zimmer, in den hell erleuchteten Gang. Die Diener sahen ihn erstaunt an.

»Es ist nichts, gar nichts«, erklärte er. »Ich habe nur Hunger.« Die Lakaien sahen sofort beruhigt aus.

Der König setzte seinen Weg fort. Beobachter vor seinem Fenster. So nahe waren sie noch nie herangekommen. Auch das würde seinen Grund haben. Er würde Wachen aufstellen lassen. Niemand bespitzelte ihn. Es sei denn, er wollte es selbst.

Baraldino schlenderte zurück zu seiner Unterkunft im Palais des Königs. Nicht, dass er ernsthaft unzufrieden mit dem Ausgang der Verhandlungen war. Palestan kam bei der ganzen Sache noch sehr glimpflich davon. Ein paar Ausgaben während des Krieges, ein paar Auflagen danach, die man mit Leichtigkeit umgehen konnte. Tersion und Angor waren die Hauptleidtragenden, was ihn nicht wesentlich bekümmerte. Alana hatte gewusst, auf was sie sich damals einließ.

Die Grünhaare glaubten doch nicht im Ernst daran, dass Palestan einen Bogen machen würde, nur weil sie es gerne hätten. Er roch am parfümgetränkten Taschentuch und zupfte einen losen Brokatfaden am Ärmel ab.

Zumal sich im Norden neue Dinge anbahnten. Profitable Dinge.

Der palestanische Kaufmannsrat beabsichtigte, einen Pakt mit dem Kabcar von Tarpol einzugehen. Was auch immer der Knabe vorhatte, die Händler wollten ihm Unterstützung gewähren. Dafür würden sie das Seehandelsmonopol erhalten, so sah es der Entwurf vor, den der Commodore »zufällig« gesehen hatte. Damit wäre die Konkurrenz aus Agarsien endgültig aus dem Rennen um Profit und Erlöse. Aber man wollte warten, wie sich die Dinge in Telmaran entwickelten.

Er faltete den Brief seines ehemaligen Vorgesetzten auseinander und las die Zeilen ein weiteres Mal. Tatsächlich drohte ihm Scalida aus dem weit entfernten Kensustria damit, ihn vor einem palestanischen Kriegsgericht für seinen Verrat in Tersion zur Verantwortung zu ziehen. »Früher oder später wird Euch meine Rache ereilen. Denkt an mich, wenn Ihr im Turm sitzt«, lautete der Abschiedsgruß.

Lachend zerriss Baraldino das Papier und warf es achtlos über die Schulter in den Gang. »Wir beide sehen uns bestimmt nicht mehr wieder.«

Er bog um die Ecke eines Korridors und sah seine Leibgarde, die vor seiner Tür Position bezogen hatte. Das verwunderte ihn ebenso wie der Umstand, dass seine sämtlichen Koffer, Kisten und Truhen vor der Tür standen.

»Was, bei allen geplatzten Wechseln, soll das?« Nun schritt Baraldino aus, sein Zorn wuchs mit jeder Bewegung, die Perücke drückte er vorsorglich etwas fester auf sein Haupt, damit sie gleich bei seinem folgenden Wutausbruch an Ort und Stelle blieb.

»Was«, fauchte er den Befehlshaber an, »hat das zu bedeuten, Hauptmann? Warum stehen meine Sachen hier auf dem Flur? Und was machen Ihr und Eure Männer vor meinem Zimmer? Habe ich etwas von Abreise gesagt?« Er schlug mit dem Tuch nach dem Mann, der den Ausbruch ziemlich gelassen hinnahm. »Habt Ihr aus meinem Mund irgendeine Anordnung dieser Art vernommen?«

Die Tür schwang auf, und als Baraldino sich erbost umdrehte, sah er schon eine flache Hand übergroß vor seinem Gesicht. Im nächsten Moment klatschte es laut auf, als die ausgestreckten Finger auf seiner rechten Wange landeten.

Verblüfft machte der Commodore einen Schritt nach hinten und fiel dabei der Länge nach über einen seiner zahlreichen Koffer und löste eine Gepäcklawine aus, die ihn unter sich begrub.

Keuchend, kochend vor Wut und ächzend räumte er sich einen Weg frei, sprang auf und angelte nach dem Griff seines Degens, um den unbekannten Angreifer zu durchbohren. Wie zur Salzsäule erstarrt hielt er mitten in der Bewegung inne. »Tezza? Ihr?«

»Glotzt nicht so blöde«, begrüßte ihn sein ehemaliger Adjutant. »Damit habt Ihr wohl nicht gerechnet.« Tezza, das ehemalige Geschenk an Alana II. von Tersion, zog blank und benutzte die Spitze seiner Waffe dazu, die wertvolle Halsbinde seines Gegenübers durcheinander zu wirbeln. »Nun rechnen wir ab.«

Teilnahmslos schaute Baraldinos Leibwache zu, wie Tezza, dessen Uniform die Abzeichen eines Commodore zierten, ihren Vorgesetzten vor sich hertrieb, bis der mit dem Rücken an der Wand stand.

»Hauptmann, ich störe Eure Bewegungslosigkeit nur ungern, aber würdet Ihr Eurem Auftrag auf der Stelle nachkommen und mich vor diesem Wahnsinnigen beschützen?«, schrie der Bedrohte. Die fünf Finger, die Tezza mitten in sein Gesicht geschlagen hatte, zeigten sich als deutliche rote Abdrücke.

»Parai Baraldino, ich verhafte Euch hiermit«, sagte stattdessen sein einstiger Adjutant genüsslich. »Im Auftrag des Kaufmannsrates enthebe ich Euch Eures Amtes als Diplomat«, das geschliffene Ende des Degens trennte die Insignien von der Kleidung, »und Eures Kommandos als Commodore. Ihr seid ebenso des Meineids überführt wie des Verstoßes gegen geltendes Marinerecht, indem Ihr Euren Vorgesetzten an den Feind verraten habt.« Mit der freien Hand nahm er ein Stück Papier heraus. »Gial Scalida hat ein Schreiben aus seiner Gefangenschaft in Kensustria nach Palestan senden dürfen, in dem er Euch schwer belastet. Und da Ihr in Gegenwart von Alana der Zweiten auch mit Eurer Tat prahltet, musste der Kaufmannsrat handeln.« Tezza schlug dem Verhafteten die Waffe aus der Hand. »Darauf habe ich lange warten müssen. Mit dem Gedanken, Euch meine Finger ins Gesicht zu schlagen, hielt ich mich in Tersion über Wasser. Und bei allem Gold Ulldarts, das Warten hat sich gelohnt. Auch wenn es nun etwas schmerzt.« Er schüttelte seine Hand aus, mit der er vorhin zugeschlagen hatte.

Baraldino war zu überrumpelt, als dass er irgendetwas sagen konnte. »Wie …?«

»Eine Erklärung für meine Anwesenheit sollt Ihr auch haben. Ich gelangte durch einen glücklichen Zufall zurück nach Palestan und brachte alles vor. Von der Regentin, die ich hier traf, bekam ich gnädigerweise die Unterschrift zu der Euch belastenden Aussage. Alana macht Euch dafür verantwortlich, dass sich Tersion zum verlustreichen Krieg mit Kensustria verleiten ließ und das mächtige Kaiserreich Angor Schmach erleiden musste. Somit ist Euer Stern endgültig erloschen.« Der einstige Adjutant tippte sich auf die Schulter. »Ach, und von nun an bin ich der Commodore. Ihr seid nur noch der Gefangene Parai Baraldino.« Die Männer der Wache traten sichtlich vergnügt heran und banden dem Gefangenen mit Eisenschellen die Hände auf dem Rücken zusammen, dass er aufstöhnte. »Wir bringen Euch vor den

Rat, damit Ihr Euch verantworten könnt.« Tezza beugte sich vor. »Und Ihr werdet den ganzen langen Weg nach Hause Aborte reinigen, Dreck kehren und den Fußboden jeder einzelnen Wirtschaft mit Eurer lügnerischen Zunge wischen, darauf könnt Ihr Euch verlassen. Freut Euch schon einmal auf Eure künftigen Aufgaben.« Mit einem triumphalen und zufriedenen Grinsen richtete sich der jüngere der beiden Männer wieder auf. »Seid Ihr auch so unendlich froh, mich wiederzusehen?«

»Fahrt zur Hölle!«, kreischte Baraldino los, machte einen Satz nach vorne, versuchte den Commodore zu treten und sammelte Speichel, um ihn zu bespucken. Wie ein groteskes Fabelwesen hüpfte er auf und ab, das Gesicht krebsrot, die Adern standen dick aus dem Hals hervor. »Ihr seid ein …«

»Aber, aber. Ihr verliert die Beherrschung, Baraldino.« Tezza schüttelte das Haupt. »Ihr müsstet Euch sehen.«

Mit einer schnellen Bewegung schnappte der Hauptmann das Taschentuch, mit dem er vor kurzem malträtiert worden war, und zwängte es dem Verhafteten in den Mund, noch bevor er spucken konnte.

»Wie praktisch«, meinte der Commodore. »Nun ist ihm nicht nur das Maul gestopft, er wird auch nie wieder schlecht riechen, wenn er etwas sagt.« Tezza setzte sich an die Spitze des Zuges. »Auf nach Palestan.« Er blieb plötzlich stehen und schaute zu Boden, als habe er etwas entdeckt. »Na sowas. Da, seht. Ein wenig Staub. Baraldino, das ist Eure Aufgabe, wenn ich bitten dürfte.«

**Kontinent Ulldart, Königreich Aldoreel,
fünfzig Meilen nördlich von Telmaran,
Winter 443 n. S.**

Das Geeinte Heer lagerte an beiden Ufern eines Seitenarms des Repol, ein Geflecht von Zelten in allen möglichen Formen, Farben und Größen, die von weitem aussahen, als würden merkwürdige Pilze aus dem Boden des kleinen Tals schießen.

Dazwischen schlängelten sich Wege, die durch den feinen Nieselregen, der seit Tagen andauerte, aufgeweicht und matschig wurden. Zur Feuchtigkeit aus den grauen Morgenwolken trugen die Gischtwolken der mächtigen Repolfälle bei, herübergetrieben von einem kühlen, unbeständigen Wind. Ihr ständiges Tosen und Donnern, wo sich der breite Strom mehr als vierhundert Schritt in die Tiefe stürzte, klang wie ferne Meeresbrandung. Niemand, der dringend etwas im Freien tun musste, hielt sich außerhalb der Leinenwände auf.

Die zusammengestellte Schar aus Freiwilligen und Entsandten verzichtete darauf, ihr Lager zu befestigen, was auf Grund der weitläufigen Ausdehnung ein Ding der Unmöglichkeit gewesen wäre. Der Kriegsrat, wie sich das Führungsgremium nannte, beschloss daher, dass alle fünfzig Meter eine Wache zu stehen hatte und sich immer eintausend Kavalleristen in Bereitschaft hielten, um einem Überraschungsangriff begegnen zu können.

Auch wenn sich alle Versammelten einig darüber waren, dass man dem jungen Kabcar die Stirn bieten musste, innerhalb des Kriegsrates gab es unterschiedliche Strömungen.

Die Anführer aus Rundopâl und Rogogard machten keinen Hehl daraus, dass sie der Sache recht gleichgültig gegenüberstanden und unterschwellige Sympathien für den jungen Herrscher aus Tarpol hegten. Aus Sicht der Rundopâler rettete Bardriç dem kleinen Land sogar die Selbstständigkeit, indem er Borasgotan zurückgeschlagen hatte. Rogogard verstand sich seit jeher gut mit Tarpol. Die zweitausend Männer aus Ilfaris hatten sich ganz dem Beköstigen des Geeinten Heeres verschrieben. Nur mit Mühe war vorstellbar, dass sich diese Einheit mit Schwertern anstatt mit Kochbestecken bewaffnete.

Blieben die fünfzigtausend Bewaffneten aus Agarsien, Palestan, Aldoreel, Hustraban und Serusien, die von ihren Garnisonen und Scharmützelkommandos abgestellt worden waren. Die Mehrheit davon rekrutierte sich jedoch aus Bauern.

Für ein ungutes Gefühl sorgte die Anwesenheit von J'Maal, einem K'Tar Tur, der die Einheiten aus Tersion befehligte. Er hatte sich zum Zeitpunkt der Palastrevolte seiner Freunde außerhalb der Hauptstadt befunden und konnte nicht in die Verschwörung verwickelt gewesen sein.

Selbst wenn es so gewesen wäre, Alana hatte keine anderen Heerführer, die sie auf die Schnelle einsetzen konnte. So befand sich ein Nachfahre Sinureds in den Reihen derer, die sich gegen den Kriegsfürsten stellten.

Und niemand traute dem Krieger mit dem weißen Haar und der Blutsträhne so recht über den Weg. Man fürchtete, dass er während eines eventuellen Gefechts die Seiten wechseln könnte.

Überraschend und erfreulich zugleich war dagegen die Anwesenheit der drei Ritterorden Angors. Die Hohen Schwerter, die Silbernen Äxte und Angors Söhne sorgten als von allen anerkannte Kontrollinstanz für Ruhe im Heer. Sobald eine der blitzenden Rüstungen auftauchte, erstarb jeder Zwist, aus Raufereien wurden brüderliche Umarmungen, aus Schlägen derbe Liebkosungen.

Jeder Orden führte dreihundert Ritter und ein immenses Gefolge heran. Im Gegensatz zu den anderen waren ihre Lager geordnet und befestigt. Der protzige Glanz der arroganten Ritter, einst von allen belächelt, passte sehr gut zu dem harten militärischen Drill. Und wenn die gepanzerten Reiter ihre Manöver auf freiem Feld ritten, waren ihnen staunende Zuschauer immer gewiss. Die drei Orden, das wussten alle, bildeten das geheime Rückgrat des Geeinten Heeres, moralisch und kämpferisch.

Der Kriegsrat hatte sich im Zelt König Tarms, gewählter Oberbefehlshaber, Herrscher von Aldoreel und Gastgeber der Streitmacht, versammelt, um die neuesten Nachrichten zu besprechen. Jedes Land und jeder Orden stellte ein Mitglied.

»Unsere Spione haben gemeldet, dass die Armee des Kabcar mit achtzehntausend Kämpfern etwa fünf Meilen nördlich von uns auf einer Hügelkette Stellung bezogen hat«, erklärte Telisor, ältester Sohn des aldoreelischen Königs, anhand einer ausgebreiteten Karte des Geländes. »Dort ist eigens eine Stadt für die Leute aus Tzulandrien errichtet worden. Und damit sind sie noch auf dem Boden der Großbaronie und somit unerreichbar, wenn wir uns nicht den Vorwurf eines Angriffs einhandeln wollen. Der Kabcar und Sinured sind ebenfalls dort.«

Tarm, ein Mann um die fünfzig Jahre, noch stattlich an Figur und Äußerem, machte ein skeptisches Gesicht. »Perdór, der seine Augen und Ohren wieder einmal überall zu haben scheint, warnt uns in seiner letzten Nachricht vor etwas, das er ›Bombe‹ nennt, die der Kabcar herstellen kann«, sagte er. »Und auch andere Waffen ließen sich, vermutlich dank der gestohlenen Erfindungen aus dem Fundus Kensustrias, herstellen, die seine zahlenmäßige Unterlegenheit ausglichen.«

»Er muss unterwegs zweitausend Leute verloren haben«, sagte der K'Tar Tur mit einer tiefen Stimme abwesend. »Ich erinnere mich daran, gehört zu haben, dass der Knabe zwanzigtausend Mann nach Süden verlagern wollte. Zehntausend sollten die Grenzen bewachen. Es sind aber bloß achtzehntausend angekommen. Entweder die Aufklärer haben sich getäuscht, oder der Heerführer, dieser Osbin Leod Varèsz, hat etwas Besonderes mit den fehlenden Truppen vor. Wir sollten die Wachen und Bereitschaftseinheiten verdoppeln. Vielleicht plant er einen Hinterhalt.«

Die Bemerkung rief allgemeines Gelächter hervor.

»Ich denke, wir werden den Kerl hier mit offenen Armen erwarten. Was glaubt Ihr, meine Herren, sind wir in der Lage, der gewaltigen Übermacht von zweitausend feindlichen Kämpfern zu trotzen?« König Tarms Stimme troff vor Hohn, und wieder brach die Versammlung in lautes Lachen aus, lediglich sein Sohn Telisor blieb merkwürdig still.

Das Gesicht des sinuredischen Nachfahren hatte sich verfinstert. »Ich mag es nicht besonders, verhöhnt zu werden«, warnte er. »Ihr tätet gut daran, Euch ebenfalls Gedanken zu machen, anstatt Euch die Bäuche zu halten.«

»Mein König«, sagte Telisor ruhig, »findet Ihr es nicht seltsam, dass ein Krieger wie Varèsz eine solche Torheit begehen würde und sich auf einen Kampf eins zu dreißig einlassen würde?« Er zeigte auf die Karte. »Warum sollte er sich aus dem Schutz der Stadt wagen, wo er dort die bessere Position hätte?«

»Ich behaupte, es gab niemals zwanzigtausend dieser Barbaren«, schaltete sich der Anführer der Serusier ein. »Vermutlich stehen diese fehlenden zweitausend zerlumpten Gestalten irgendwo in diesem verfluchten Sicherheitsgürtel und helfen, das Gold aus den Minen zu tragen.« Er schlug mit der Faust auf den Tisch. »Und nach allem, was ich gehört habe, bin ich für einen Angriff. Haben wir diese achtzehntausend Krieger überrollt, ist das Beseitigen der übrigen zehntausend auch keine große Arbeit mehr. Danach kehrt wieder Friede auf Ulldart ein.«

»Das könnt Ihr getrost uns überlassen«, meinte der Großmeister der Silbernen Äxte. »Meine Brüder fegen sie mit dem ersten Ritt vom Kontinent.« Die anderen Großmeister nickten bestätigend.

»Verzeiht mir.« Der Anführer der Palestaner stürmte ins Zelt. »Ich habe Neuigkeiten. Soeben kam ein Trupp ausgezehrter Soldaten aus Tûris hier an, ihr Anführer ist ein gewisser Hetrál. Er will sich dem Geeinten Heer anschließen.«

»Sehr gut«, meinte Tarm erfreut. »Mein alter Freund kehrt zurück und bringt die Tapferen mit sich, die sich in der Verbotenen Stadt ihre Sporen verdient haben. Noch mehr Erfahrene, die unser Heer gut gebrauchen kann.« Er wies einen Diener an, dem Turîten und seinen Männern Zelte zuzuweisen. »Und sag ihm, dass wir seinen Bericht sehnsüchtig erwarten.« Der Bedienstete stieß im Durchgang beinahe mit einem Knappen der Silbernen Äxte zusammen, der aufgeregt hereinstolperte.

Der leicht Gerüstete neigte das Haupt. »Verzeiht, werte Herren, dass ich ungefragt eindringe, aber seltsame Dinge gehen vor. Die palestanischen Soldaten bauen ihre Zelte ab und machen sich abmarschfertig.«

»Eine Rebellion, wie mir scheint?«, fragte Tarm mit erhobenen Augenbrauen in Richtung des Kaufmanns. »Eure Männer haben sich anscheinend entschlossen zu gehen?«

Der Mann druckste herum, machte aus Verlegenheit einen tiefen Kratzfuß und zog es vor, sich aus der gebückten Haltung nicht mehr aufzurichten. »Ich sagte, hoheitlicher König Tarm, ich hätte Neuigkeiten. Ich war noch nicht am Ende meiner Ausführungen.« Die Augen weiterhin auf den Boden gerichtet, legte er eine gesiegelte Order auf den Tisch. »Der Kaufmannsrat befahl mir, unsere Leute augenblicklich aus dem Geeinten Heer abzuziehen. Das Geld sei knapp und der Unterhalt nicht mehr möglich. Die Einbußen, resultierend aus dem Krieg mit Kensustria, seien zu hoch.«

»Und da opfert die Krämerseele eher den Kontinent, als dass sie Schulden macht, wie?« Der König von Aldoreel war wütend, die Versammlung geriet in heftigen Aufruhr.

Der Palestaner verharrte noch immer in seiner Verbeugung, blinzelte nach allen Seiten und entfernte sich gebückt und rückwärts gehend in aller Stille aus dem Zelt. Draußen begann er vorsichtshalber, durch den Matsch zu rennen, um sich in die sichere Deckung seiner Leute zu flüchten.

Die Vorbereitungen blieben nicht unentdeckt. Schmährufe flogen hinüber zu den abrückenden Palestanern, die eilig losmarschierten. Erste Dreckklumpen segelten durch die Luft. Unter den Verwünschungen der anderen machten sich zehntausend Mann bereit, im Lauf des restlichen Tages aus dem Geeinten Heer abzuziehen.

Im Zelt beruhigte sich die Stimmung allmählich wieder.

»Bleiben sechsundfünfzigtausend Männer«, knurrte Tarm. »Das sind immer noch genügend, um dem jungen Kabcar den Hintern zu versohlen, wenn er seine Finger an das Wohl Ulldarts legen sollte.«

»Es steht noch immer die Frage im Raum«, meldete sich der Serusier laut zu Wort, »ob wir den Gegner zuerst angreifen sollten. Wenn er wirklich über Waffen verfügt, die jeden Zahlennachteil ausgleichen, müssen wir ihn überraschen und dürfen ihm keine Gelegenheit geben, sie in aller Ruhe aufzustellen, oder was immer man mit diesen ›Bomben‹ macht.«

Zustimmendes Gemurmel setzte ein.

»Wenn wir das tun, werden wir uns in der Geschichte den Vorwurf gefallen lassen müssen, die Schuldigen gewesen zu sein«, gab Telisor zu bedenken.

»Der Sieger schreibt die Geschichte«, wehrte der hustrabanische Befehlshaber unwirsch ab. »Und momentan schreibt der Kabcar mächtig Geschichte, wenn ich in mein eigenes Land blicke. Dazu hatte er kein Recht, aber er rechtfertigt seine Vorgehensweise so geschickt, dass keiner es wagte, ihn dafür zur Verantwortung zu ziehen. Wenn wir nun zögern, kann es uns schlecht bekommen.«

Hetrál betrat das Versammlungszelt, kniete sich vor Tarm nieder und erhob sich auf dessen Zeichen hin. Erfreut über das Wiedersehen, packte der König den Meisterschützen bei den Oberarmen, dann schlug er ihm auf die Schulter. »Euch wieder zu sehen ist eine wahre Freude für mein altes Herz. In der Stunde einer schweren Entscheidung seid Ihr mir herzlich willkommen, lieber Hetrál.« Er ließ den Blick an der Kleidung des Stummen herabgleiten. »Ihr seid völlig abgemagert. War der schwere Marsch so kräftezehrend? Und Eure Augen haben nie ernster und bitterer geschaut! Was habt Ihr gesehen in der Verbotenen Stadt?«

Hetrál klatschte in die Hände, und vier Männer kamen herein. Nach einer kurzen Vorstellung begannen sie auf Geheiß König Tarms mit der Schilderung ihrer Erlebnisse, angefangen bei ihrer Entführung durch Sinured in Borasgotan und der Fahrt mit der fliegenden Galeere des Kriegsfürsten über die Sklavenarbeit für die Kreaturen und die Opferungen der Frauen zu Ehren Tzulans in der Verbotenen Stadt bis hin zur abenteuerlichen Befreiung durch die turîtischen Soldaten, angeführt vom Meisterschützen, der damit gegen den Befehl des Kabcar gehandelt hatte.

Ihre aufwühlenden Erzählungen wurden von den Mächtigen nicht ein einziges Mal unterbrochen. Selbst wenn einer der Redner stockte, um sich zu sammeln, weil ihm die Geschehnisse noch immer präsent waren, erhob niemand die Stimme. Hetrál erklärte die neue Gesetzeslage, die in Tarpol und Tûris bezüglich der Bestien herrschte.

Als die Lampen entzündet wurden und der späte Nachmittag dämmerte, endeten die Berichte.

»Nun denn. Es wird wohl niemand einen Einwand haben, wenn ich in den nächsten Tagen den Angriffsbefehl für das Geeinte Heer ausspreche?« König Tarm sah in die bewegten Gesichter des Gremiums. »Wohin Ulldart sonst steuert, wissen wir nun nur allzu gut.« Er ließ die Kelche mit Wein füllen. »Trinken wir auf den bevorstehenden bedeutenden Sieg unserer Armee, die einzig in den Kampf zieht, um dem Guten zum Sieg zu verhelfen, bevor weiteres Böses geschehen kann.« Die Becher wurden in einem Zug geleert und davongeschleudert. »So, wie diese Pokale zu Boden stürzen, werden die Krieger Sinureds fallen.«

Telisor war der Einzige, der sein Gefäß noch in der Hand hielt und es gedankenverloren hin und her drehte. »Mit Verlaub, mein König, aber ich werde nicht eher schlafen können, bevor ich nicht Gewissheit über den Verbleib der zweitausend Krieger habe. Ich schreibe sie noch nicht ab.« Er stellte den Becher auf die Karte. »Der Kriegsrat gebe mir die Erlaubnis, mit ein paar Männern nach Bardri¢s Feldherr zu sehen. Ich bitte euch darum.«

Tarm schaute in die Runde. »Schaden wird es wohl nicht, Sohn. Hetrál wird dich, nachdem er sich ein wenig ausgeruht hat, begleiten.«

Der Turît verneigte sich und nickte Telisor zu. Beide verließen in Eile das Zelt. Dabei streifte der Umhang des Königssohns den abgestellten Kelch und riss ihn um.

Blutroter Wein ergoss sich über die Landkarte und floss über den Punkt, an dem sich das Lager des Geeinten Heeres befand.

Nachdenklich betrachtete der K'Tar Tur das Missgeschick. »Das ist ein schlechtes Omen. Wenn es stimmt, was die Karte zeigt, werden wir von rotem Wein hinweggespült«, meinte er leise.

»Ha, keine der unangenehmsten Todesarten, wie ich meine«, lachte der Serusier und ließ einen neuen Krug bringen. »Trinken wir auf den Sieg! Mögen die Tzulandrier wie die Fliegen sterben. Und wie der Kabcar so schön sagte: keine Gefangenen!«

Nerestro von Kuraschka trat aus dem Zelt und hob den Kopf. Die Wolken zogen in dichten Schwaden den Himmel entlang und hoben sich durch ihre graue Farbe vom hereinbrechenden Dunkel der Nacht ab. Aus weiter Ferne grollte Donner.

Unscheinbar und klein glitzerten die Sterne am Himmel, selbst die Monde schienen sich mit ihrer leuchtenden Kraft zurückzuhalten. Dafür erstrahlten die Augen Tzulans umso roter. Wann immer sich ein grauer Schleier vor die Zwillingssterne legte, hatte es den Anschein, als würde ein Ungeheuer aus den Wolken gierig auf die Kämpfer des Geeinten Heeres hinabschauen, um sie alle zu verschlingen.

Feuchter, kühler Nebel zog auf, der die Geräusche der vielen Tausend Menschen aus dem Lager dämpfte. Selbst die gewaltigen Repolfälle klangen leiser als sonst.

Mit einem leichten Schmatzen versanken Nerestros Knöchel im Schlamm, das Gewicht seiner schweren Vollrüstung drückte ihn zusätzlich nach unten. Keine gute Ausgangslage für die schwere Reiterei, dachte er und stakste hinüber zu dem Zelt, in dem die Pferde Unterkunft fanden.

Wie er es angeordnet hatte, stand sein Hengst gesattelt bereit. Mithilfe dreier Knechte und eines Flaschenzugs gelangte er auf den Pferderücken und trabte die Linie der Wachen ab, die gespannte Doppelarmbrust in der Rechten haltend. Rastlosigkeit, nicht die Pflicht trieb ihn hinaus.

Seine Aufmerksamkeit wurde durch die Gedanken an die bevorstehende Schlacht abgelenkt. Der Großmeister hatte die Nachricht verkündet, und nun erwartete das Geeinte Heer, dass die Orden mit wehenden Bannern gegen die Tzulandrier anritten.

Doch so leicht würde es nicht werden. Nicht einmal ein Schlachtplan existierte, auch wenn König Tarm sich alle Mühe gab.

Nach allem, was man in Erfahrung gebracht hatte, war aus dem Gegner ein disziplinierter Widersacher geworden, nicht mehr der blindwütig heranstürmende Haufen, wie er ihn bei Dujulev erlebt hatte. Der Stratege Sinureds oder des Kabcar, Varèsz, teilte sie in Einheiten von mehreren Tausend Mann auf, die in sich wiederum in kleinere Gruppen zerfielen, ähnlich wie bei den Ordensrittern. Ein Signalsystem aus farbigen Wimpeln sorgte für die exakte Führung des noch so kleinen Armeeteils.

Das Geeinte Heer dagegen krankte an uneinheitlichen Kommandos, Erfahrungs- und Ausbildungsmangel, persönlichen Animositäten und unter dem festen Glauben, Ulldrael der Gerechte würde eingreifen, wenn sich wider Erwarten ein Unglück ereignen sollte, welches das vermeintlich sichere Kriegsgeschick wenden könnte.

Die Hügeltaktik war gegen eine Überzahl das beste Mittel, das wusste Nerestro noch sehr gut aus eigener Erinnerung. Bis eine Bresche in die mit Sicherheit längst aufgebaute Verteidigung geschlagen worden war, müssten Hunderte ihr Leben lassen.

Er hielt das Streitross an und klopfte ihm beruhigend auf den muskulösen Hals. Der Duft von in Kräutern gegartem Fleisch stieg ihm in die Nase. Nach einem kurzen Blick über die vom Schein der Lagerfeuer erhellten Zelte der Ilfariten trabte er wieder an.

Diesmal schweifte er innerlich zu dem Albtraum zurück, den er nur mit eiserner Disziplin überwunden hatte. Die Toten, die ihn nach seinem Sturz ins Wasser ständig besuchten, kehrten nicht mehr zurück. Weder sein Vater noch gefallene Ordensbrüder gaben sich die Ehre, seitdem er aus einem langen Schlaf erwacht war.

Herodin machte die von ihm verabreichten Mittel dafür verantwortlich, aber Nerestro erinnerte sich sehr deutlich an die bernsteinfarbenen Augen seiner einstigen Gefährtin, die ihn voller Güte und Sorge angeblickt hatten. Er wusste genau, wem sein Dank gelten musste, den er aber nicht gewähren durfte.

»Belkala«, seufzte er leise und sah zu den Sternen empor, als könnte er ihr Gesicht dort entdecken.

Er hatte sie zum zweiten Mal in seinem Leben verloren. Zuerst in Granburg, doch sie war zu ihm zurückgekehrt. Dann musste Kensustria ausgerechnet einen Krieg gegen das Kaiserreich Angor beginnen, und damit durfte er keine Frau an seiner Seite dulden, deren Volk gegen die Schöpfung des Gottes, dem er einst sein Leben angeschworen hatte, kämpfte.

Selbst wenn das alles nicht so gekommen wäre, sie hatte ihn belogen, von Anfang an. Sie war niemals eine harmlose Priesterin gewesen, sondern eine Ausgestoßene, die zur Lästerin geworden war. Und nur Angor wusste, welcher Grund sie damals dazu veranlasst hatte, Matuc und ihn zu begleiten.

Dennoch wünschte der Ritter sich, sie in seinen Armen halten zu dürfen, obwohl er sich gleichzeitig einredete, dass er Opfer ihrer Verzauberung geworden war. Noch immer fühlte er die tiefen Kratzer in seinem Genick, die ihre Fingernägel hinterlassen hatten. Narben, die auch in seinem Herzen brannten.

»Es hätte niemals sein dürfen«, sagte er leise. »Seit dieser Nacht, in der ich sie das Fleisch der Toten essen sah, hätte ich es wissen müssen. Vielleicht sandte mir Angor die Geister, um durch sie zur Besinnung zu kommen. Mich zu mahnen.«

Nun war der Ritter beim Geeinten Heer, um das Übel aufzuhalten, dessen Leben er in der Kathedrale zu Ulsar gerettet hatte. Einst hätte er sein Dasein verwettet, dass aus dem Jungen ein guter Kabcar würde. Aber etwas veränderte den Herrscher. Und wenn er, Nerestro, dieses Silberhaar, und seine Helfershelfer in die Finger bekäme, würde sie seine aldoreelische Klinge ins Jenseits schicken.

Nerestro lenkte den schnaubenden Hengst auf den nächsten Posten zu, der dösend an seiner Hellebarde lehnte. Langsam ritt er an den Schlafenden heran und versetzte ihm einen Tritt.

Der Länge nach fiel der Mann in den Schlamm und regte sich nicht. Augenblicklich ruckte die Armbrust des Ritters nach vorne, die Mündung wanderte auf der Suche nach einem Ziel nach rechts und links. Das Pferd stieg wiehernd auf die Hinterhand.

»Er schläft nur«, sagte eine vertraute weibliche Stimme irgendwo aus der Dunkelheit. »Ich benutzte ihn, um dich anzulocken, Geliebter.«

Der Ordensritter schloss die Augen, sein Puls schlug schneller. »Geh weg, Dämonin!«, rief er in die Nacht. »Ich will dich nicht sehen. Wir beide sind miteinander fertig.« Mit hartem Griff hielt er die Zügel, um das Ross vor dem Ausbrechen abzuhalten.

»O nein, Geliebter«, kam der sanfte Widerspruch, gefolgt von einem fröhlichen Lachen. »Ich habe dich noch lange nicht aufgegeben. Tief in deinem Herzen spürst du, dass wir zueinander gehören. Weder Angor noch die Taten meines Volkes ändern etwas daran. Du musst dich nur überwinden, und alles wird wieder so schön wie einst.«

Nerestro glitt aus dem Sattel, rutschte in den feuchten Dreck und sank auf die Knie. Die Armbrust warf er zur Seite, eilig zog er die aldoreelische Klinge und küsste die Blutrinne. »Angor, mein Herr, meine Seele wird gepeinigt von bösem Zauber. Es sind Einbildungen, die mir mein verwirrtes Herz sendet.«

Die Wachen, jeweils etwa fünfzig Schritt rechts und links von ihm, riefen nach ihm, aber der Ritter antwortete nicht, sondern betete in stets gleichen Worten.

Belkala trat aus der Schwärze der Nacht und kniete sich vor den Mann. Sanft nahm sie sein Gesicht in die verätzten Hände und hob sein Kinn, um ihm in die Augen sehen zu können.

Seine Gebete wurden zu einem Flüstern und versiegten.

»Ich habe keinen Zauber über dich geworfen, Liebster. Es ist nur dein Herz, das die Wahrheit spricht. Deine Seele muss sich noch ausruhen. Sie hat unter der Fahrt zu den Toten, die du gemacht hast, sehr gelitten.« Sie streichelte ihn und küsste ihn auf die Stirn. Nerestros gewaltiger Körper begann zu zittern. »Deine Seele kann aber nicht hier gesunden. Es helfen auch keine Tinkturen, die man dir gegeben hat. Komm mit mir.« Sie stand auf und legte die Finger auf seine kurzen Haare. »Komm mit mir, Geliebter. Ich bringe dich an einen ruhigen Ort, der den kommenden Sturm unbeschadet übersteht. Wenn du nur gesehen hättest, was ich sah. Und bevor wir gehen, musst du die anderen warnen.«

Der Ordenskrieger wuchtete sich umständlich auf die Knie, wankte, packte den Griff der kostbaren Waffe und taumelte rückwärts, die Klinge gegen die Kensustrianerin gerichtet. »Angor, mein Herr, meine Seele wird gepeinigt von bösem Zauber. Es sind Einbildungen, die mir mein verwirrtes Herz sendet.«

Mehrere Reiter preschten heran, an ihrer Spitze Herodin. Belkalas Kopf fuhr herum.

»Ich bitte dich, begleite mich, Geliebter. Oder liebst du mich nicht mehr?« Sie machte einen Schritt auf ihn zu. Die Schwertspitze sank zu Boden. »Sag, dass du mich nicht mehr liebst, und ich kehre niemals mehr zurück.«

Nerestros ganzer Körper wurde von einem Schütteln erfasst. »Ich kann nicht«, knirschte er. »Ich darf nicht. Angor, mein Herr, meine Seele wird gepeinigt von …« Kraftlos brach er zusammen.

»Ich wusste es.« Belkala bückte sich und drückte ihm einen Kuss auf. »Ich werde da sein, wenn du mich brauchst. Wie ich immer da war.« Sie verschwand in der Dunkelheit, während Herodin und die Knappen herbeieilten, um den gestürzten Ritter aufzuheben. Vorsorglich hatte man eine Trage mitgebracht.

»Verschwinde, Dämonin!« Wütend schoss der Unteranführer die Bolzen der Armbrust in die Nacht, dann wandte er sich seinem blassen Herrn zu, der nun über und über voller Schlamm war. »Es hat keinen Sinn.« Er schüttelte traurig den Kopf. »Wir müssen fort von hier, zurück zur Burg. Nur dort wird er genesen. Meine Hoffnung, dass er im Kreise unserer Mitbrüder gesundet, wurde enttäuscht. Ich werde dem Großmeister unseren Beschluss bekannt geben. Morgen brechen wir auf.«

Herodin spähte in die Finsternis, in der die Priesterin verschwunden war, bevor er sie zu stellen vermochte. »Und wir müssen sie vernichten. Sie ist das Übel, an dem seine Seele krankt. Ich erwische sie bestimmt. Und dann trenne ich ihr den Schädel vom Hals und verbrenne sie zu Asche, vermaledeites Weib.« Er spuckte aus und schwang sich in den Sattel. »Dann findet unser Herr endlich seine Ruhe.«

Die Hüttenstadt, die im südlichsten Zipfel der Großbaronie in aller Eile errichtet worden war, beeindruckte Lodrik. Niemals hätte er geglaubt, dass die Freiwilligen in solcher Geschwindigkeit Unterkünfte, auch wenn sie nur grob behauen worden waren, aufstellen konnten. Und dennoch war dem ein oder anderen Erbauer die Zeit geblieben, ein liebevolles Detail in die Holzbalken zu schnitzen. Die gläubigen Bauern kerbten die Ähre als Zeichen Ulldraels des Gerechten in das Material.

In Reih und Glied standen die Häuschen, streng geordnet und in einer Struktur errichtet, die eine perfekte Übersicht ermöglichte. Im Zentrum lag das größte Gebäude, die Unterkunft des Befehlshabers, in diesem Fall Lodriks Behausung. Zwar ließ sich der Komfort mit dem Palast nicht im Geringsten vergleichen, aber die meisten Gasthäuser hatten weniger zu bieten.

Der junge Mann hatte darauf bestanden, sich auf dem Pferderücken, nicht aus einer Kutsche heraus zu präsentieren, geschützt durch einen schimmernden Brustharnisch, der über der Uniform lag. Das militärische Blut der Bardriç regte sich in ihm.

Bei seinem Einzug in die Stadt standen die Truppen an der Hauptstraße Spalier, die Waffen zur Präsentation gezückt, die Gesichter geradeaus gewandt. Bunte Fahnen knatterten im Wind, Tarpols, Tûris' und die Tzulandriens hingen nebeneinander, und über allen wehte die Standarte der Bardriçs. Nebelfetzen strichen durch die Straßen und um die Ecken, und ließen die Ankunft des Herrschers beinahe gespenstisch erscheinen. Das Licht wirkte grau und fahl.

Stolz erfüllte Lodrik, als er die vielen Tausend Krieger sah, die ihm unterstanden, die sein Land verteidigt hatten und es nun bald ein weiteres Mal tun müssten.

Und das Gefühl der Macht breitete sich in ihm aus, kroch als wohliges, warmes Empfinden in sein Denken, gepaart mit dem festen Glauben, zusammen mit den magischen Fertigkeiten beinahe unbesiegbar zu sein. Und sich den ganzen Kontinent Untertan zu machen, sollte es notwendig sein. Angesichts des ständigen Verrats um sich herum erschien es ihm fast am sichersten, wenn er allein auf Ulldart herrschte. Wenn er das alleinige Sagen hatte, müsste er sich vor niemand anderem in Acht nehmen. Doch noch sprach er mit niemandem darüber. Er plante, eine letzte Versammlung einzuberufen, um das Geeinte Heer von seinen Angriffsabsichten abzubringen.

An seiner Seite ritt Mortva Nesreca, ähnlich gerüstet wie der Kabcar, wenn auch die Rüstung weniger aufwändig graviert worden war. Sein Gesicht wirkte sichtlich zufrieden. »Es ist erstaunlich, was Osbin aus diesen Männern gemacht hat«, sagte er hinüber zu seinem Schützling.

»Und dennoch sind wir in der Unterzahl«, seufzte Lodrik, dem das Kräfteverhältnis wieder in den Sinn gekommen war. »Ich hoffe, wir müssen die Waffen nicht erheben. Die Vorkehrungen sind dennoch getroffen worden?«

»Ein glücklicher Umstand, dass wir vorzeitig von der Verlegung des Lagers nach Norden erfuhren und schnell handeln konnten. Wenn es sein muss, kann der Feldherr unseren Notplan jederzeit in die Tat umsetzen«, bestätigte sein Konsultant den reibungslosen Ablauf der Vorbereitungen. »Ich hegte von Anfang an meine Zweifel, dass diese verblendeten und dazu noch eroberungswütigen Narren sich durch Verhandlungen zur Vernunft bringen lassen. Zu viel Geld wurde bereits investiert. Und die Gefahr für den Kontinent wird nach wie vor in Euch gesehen, Hoher Herr. Aber dazu sage ich Euch gleich mehr.«

Der Tross hielt vor dem Hauptgebäude an, die beiden Ranghöchsten stiegen etwas steif aus den Sätteln und gingen ins Innere, um sich in der großen Halle bei einer Tasse Tee aufzuwärmen.

Fröstelnd stellte sich Lodrik vor die offene Feuerstelle in der Mitte des Saales. Halbe Baumstämme verbrannten darin, die Flammen zuckten mannsgroß in die Höhe. »Was haben die Verhandlungen gebracht, die ich angeordnet habe? Wann treffen wir uns mit dem Kriegsrat?«

»Ich muss Euch enttäuschen.« Mortva zupfte sich die

Handschuhe von den schlanken Fingern, sein Gesicht verzog sich bedauernd. »Es wird kein Treffen geben, Hoher Herr. Die Unterredungen verliefen ergebnislos. Der Kriegsrat weigert sich, den abtrünnigen Hetrál und seine Männer auszuliefern. Und als Zeichen, dass man mit Euch nicht mehr verhandeln will, sandten sie uns die Köpfe der zehn Tapferen, die wohlgemerkt unter dem Neutralitätsbanner ins Lager des Geeinten Heeres ritten. Angeblich hätten die einfachen Soldaten sich nicht mehr zurückhalten lassen. Ich persönlich glaube nicht daran.«

»Wieso erfahre ich das jetzt erst?« Der Kabcar empörte sich und verschränkte die Arme auf dem Rücken. Eine blonde Haarsträhne löste sich aus dem Lederband und hing ihm ins Gesicht. »Das war der letzte Versuch. Ich habe es endgültig satt, wie ein Idiot behandelt zu werden. Ich bin Kabcar, ein Staatsoberhaupt, und das sogar von zwei Reichen gleichzeitig. Aber von Respekt kann ich nichts entdecken.«

Der Berater legte den Harnisch ab und stellte ihn zu Boden. Er nahm auf einem Holzsessel Platz und versuchte, es sich so bequem wie möglich zu machen. »Man hat Euch niemals richtig anerkannt. Ich wollte es Euch zuerst nicht sagen, aber es ergänzt das Bild so herrlich, das ich mehr und mehr von dem Haufen gewinne, der sich so edel Geeintes Heer nennt.« Lodrik bedeutete ihm fortzufahren. »Unsere eigene Patrouille griff zehn Soldaten auf, die sich an den Grenzsteinen zu schaffen machten. Sie gaben in der Befragung zu, die Markierungen im Auftrag des Rates versetzen zu sollen, um unsere Leute sozusagen ›auf fremdem Gebiet‹ zu stellen und den Angriff mit ruhigem Gewissen gegen uns starten zu können. Ihr könnt sie selbst noch einmal verhören, wenn Ihr möchtet.«

»Nein. Nun ist es endgültig genug«, rief der Kabcar wütend. »Ich bin mit meinen siebzehn Jahren gerade erwachsen, aber sie benehmen sich wie kleine Kinder!

Schickt einen Läufer zu Varèsz, er soll anfangen, sobald der Morgen graut. Ich mache mit diesem Spuk ein für alle Mal Schluss.« Er nahm sich eine Flasche vom Tisch und schenkte sich etwas von dem starken Alkohol ein. Hart setzte er sie ab. »Mortva, das wird ein arbeitsreiches Jahr, das uns ins Haus steht.«

Der Mann mit den silbernen Haaren rückte das Kissen zurecht und sah ihm fragend in die blauen Augen, in denen er so etwas wie Bosheit erkennen konnte.

»Von meinen Plänen bezüglich des Ulldraelordens in Tarpol habe ich Euch bereits erzählt. Doch nun sehe ich mich wohl gezwungen, noch anderweitig tätig zu werden.« Er zeigte aus dem Fenster. »Ich werde das Geeinte Heer schlagen, und dann werden sich die Menschen die Frage stellen: Wie konnte Ulldrael das zulassen, wenn sie doch angeblich gegen das Böse ins Feld gezogen sind?« Er schwenkte grimmig die Flasche. »Und ich werde ihnen antworten: Sie sind wohl im Irrglauben gegen den Falschen geritten. Aber dennoch biete ich an, dass meine Soldaten und meine Vertrauten gerne in ihrem Land für Ordnung sorgen werden.« Ein böses Lächeln stahl sich auf sein Gesicht. »Und alle anderen, die Zweifel an meinen guten Absichten haben, werde ich mit meinen Männern überzeugen. Oder mithilfe der Modrak.«

Kerzengerade saß Mortva im Sessel. »Hoher Herr, Ihr wollt Ulldart erobern?«

Lodrik hob den Finger. »Nein, verehrter Vetter. Ich werde den Untertanen der Länder, die heute ihre Führer und ihre Soldaten verlieren, meinen Schutz anbieten. Und wenn ich es mir recht überlege, werden im Verlauf der Gefechte sehr viele wichtige Menschen ihr Leben verlieren. Und wenn nicht, sorgen wir hinterher dafür. Ich bin es leid. So oft habe ich ihnen meine Hand hingehalten oder meine Hand Hilfe suchend ausgestreckt und niemals etwas bekommen.« Er leerte das Glas in einem

Zug. »Diese Schlacht ist ein Geschenk, von wem auch immer. Nun nutze ich meine Vorteile, die sie mir mit ihrem lächerlichen Unternehmen förmlich aufdrängen.«

Als der Kabcar das Glas auf dem Tisch abstellen wollte, fiel sein Blick auf die eingravierte Ähre über den beiden mächtigen Flügeltüren. Nur ein Wimpernschlag der Konzentration war notwendig, und schon bildete sich in der Mitte der Schnitzerei ein dunkler Punkt. Rauch stieg von dort auf, der Brandfleck wuchs, dehnte sich aus, bis er das Zeichen Ulldraels zur Unkenntlichkeit versengt hatte.

Lodrik warf sich den Mantel über und schritt zum Ausgang. »Ich will, dass jede Einzelne dieser Gravuren aus dieser Stadt entfernt wird«, befahl er im Gehen. »Dieser Gott hat nichts dazu beigetragen, dass ich noch auf dem Thron sitze. Ich bin ihm nichts schuldig.«

Mortva stand auf und verneigte sich. Irgendwann fiel das große Portal rumpelnd ins Schloss.

Er hatte sich die Mühe umsonst gemacht. Der Kabcar vertraute ihm vollkommen und mehr, als er es jemals zu hoffen gewagt hätte.

Dabei hatte er alles vorbereitet, die Verhandlungsdelegation erst gar nicht in das feindliche Lager geschickt, sondern die eigenen Männer außerhalb der Sichtweite töten lassen. Das Wagnis, der Kriegsrat könnte in letzter Sekunde während eines Treffens Einigungsgespräche annehmen, wollte er nicht eingehen.

Vier serusische Soldaten des Geeinten Heeres hatte er in aller Heimlichkeit entführen lassen, die nun als vermeintliche Grenzfälscher in einem Erdloch saßen, das als Gefängnis diente. Sie hätten alles bestätigt, wenn sie nur ihr Leben behalten durften.

Der Konsultant stand regungslos, bemerkte die immense Vorfreude auf den Triumph und wollte ihr doch keinen freien Lauf lassen. Er atmete gleichmäßig und versuchte, sie zu unterdrücken.

Doch es wollte ihm nicht gelingen.

Er breitete die Arme aus, legte den Kopf in den Nacken und lachte laut. Es war ein Ton, wie man ihn dem eher schmächtigen Mann niemals zugetraut hätte: ein dunkles, grausames Lachen, beinahe polyphon, das durch Mark und Bein ging. »Hoher Herr, mein Hoher Herr!«, jauchzte Mortva. Die Haut seines Gesichts geriet in Bewegung.

Die Statur des Beraters wuchs, wurde breiter, und die Kleider an seinem Leib begannen sich zu dehnen und zu reißen. Zu spät bemerkte der verzückte Konsultant, dass etwas anderes die Kontrolle über ihn gewann. Oder er sie über sich verlor.

Knirschend und krachend schoss der Mann in die Höhe, ein Schmerzensschrei kam über seine geplatzten Lippen, Teile der Körperhülle baumelten wie zerfetztes Papier herab. Das grüne und das graue Auge glühten auf, vergrößerten sich und steigerten ihre Intensität.

»Nein«, keuchte Mortva und taumelte vorwärts, direkt in die Flammen der Feuerstelle. »Nicht jetzt.«

Mit einem Schmatzen brach die Haut auf dem Rücken, schwarzgelbes Sekret troff zu Boden, und eine gewaltige, gläsern anmutende Schwinge entfaltete sich, in deren Adern die gleiche Flüssigkeit pulsierte, wie sie sich auf der gestampften Erde der Halle sammelte.

Dann schlug das Feuer fauchend über ihm zusammen und hüllte seine deformierte, völlig unproportionierte Gestalt ein.

Lodriks Weg führte ihn direkt zu der Galeere Sinureds, die am westlichen Stadtrand lag. Der wiederauferstandene Kriegsfürst residierte hier, weil kein Haus seinen Ausmaßen gerecht wurde. Umgeben von seiner Leibwache ritt der Kabcar auf das Schiff zu und lenkte sein Pferd die breiten Planken hinauf.

Noch immer haftete dem uralten Holz der Seegeruch

an, durch den Nieselregen der letzten Tage wurde der Gestank aus Moder, Salz und Algen sogar noch verstärkt.

Die bewaffneten Krieger mit den merkwürdig bleichen Gesichtern würdigten Lodrik keines Blicks. Ohne dass sie jemand aufhielt, überquerten der Herrscher und seine Leibwache das riesige Deck und stiegen in den Bauch der Galeere.

Der Laderaum glich einem Thronsaal, an dessen hinterer Wand ein kostbarer geschnitzter Sessel aus dem Holz von Ulldraeleichen stand. Dort saß Sinured und beobachtete die Ankömmlinge mit seinen roten Augen. Sofort erhob er sich und ging auf die Knie, als er Lodrik erkannte.

»Es ist mir eine Ehre, den Hohen Herrn an Bord zu begrüßen«, tönte seine laute Stimme durch den Raum. Der Kabcar fragte sich, ob er nicht eben eine Spur Hohn herausgehört hatte.

»Womit kann ich Euch dienen, Hoher Herr?«

Scheinbar gleichgültig ging der junge Mann zu der monströsen und legendären Gestalt, die im Knien immer noch größer war als er. Schwarze, verbrannte Haut, lange weiße Haare, Hände wie Pranken, klauenartige Fingernägel und die muskelbepackten Extremitäten des Kriegsfürsten machten nach wie vor Eindruck auf den Kabcar. Die patinabesetzte Panzerung und die erstarrte Haltung ließen Sinured wie die antike Statue eines Gottes erscheinen. Eines grausamen Gottes.

Und trotz allen Wissens und Vertrauens auf seine magischen Fertigkeiten verlangsamten sich Lodriks Schritte unwillkürlich.

Der Kriegsfürst hob sofort den Kopf, die roten Augen glühten auf, und mit einem Lächeln zeigte er die spitzen, raubtierhaften Zähne. »Ihr müsst keine Angst haben, Hoher Herr. Ich schwor Euch Treue und Gefolgschaft.«

Der junge Mann blieb zwei Meter vor Sinured stehen,

die Leibwache fächerte auseinander und sicherte. »Und gerade weil du mir in Dujulev einen Eid leistetest, will ich deine Vertrauenswürdigkeit prüfen. Man sagt, du hättest Worlac abgebrannt, nicht die Borasgotaner.« Prüfend fixierte er die Augen des Wesens, in denen jede Menschlichkeit fehlte. »Stimmt das, Sinured? Du schworst, mein Volk zu schützen, es nicht zu gefährden!«

Der Kriegsfürst schwieg lächelnd.

»Dann wird es Zeit«, Lodrik konzentrierte sich, »für eine Lektion, damit du begreifst.«. Er vollführte schnelle, aber sorgfältige Gesten. Bei der vierten Bewegung zogen die Finger schimmernde Bahnen durch die Luft, die magischen Zeichen schwebten im Raum.

Wirbelnd vereinigten sie sich zu einem rotierenden Ball, der sich immer weiter ausdehnte und den verwunderten Sinured einhüllte.

»Wirst du dich in Zukunft an deinen Schwur halten?«, verlangte der Kabcar hart und langte kurz an die schillernde Außenhaut. Im Inneren entlud sich, ausgehend vom Berührungspunkt, ein Blitzschlag, Sinured brüllte vor Schmerz und Überraschung auf.

»Wirst du?« Als er zwei Finger gegen das magische Gefängnis legte, zuckten ebenso viele Energiebahnen auf den Kriegsfürsten hernieder. Die getroffenen Stellen qualmten.

Ohne ein weiteres Wort hob Lodrik als Zeichen seiner Entschlossenheit die rechte Hand, streckte die Finger aus und näherte sich der flimmernden, hauchdünnen und doch undurchdringlichen Wand.

»Hoher Herr, ich werde«, versicherte der Bestrafte. Das Überhebliche war verschwunden.

Er hat Angst vor mir! Endlich! Lodrik senkte die Hand und machte eine wegwerfende Bewegung. Augenblicklich brach die schimmernde Kugel zusammen, und eine Windböe fegte durch den umgebauten Laderaum.

»Wenn ich dich von heute an ein einziges Mal des Eidbruchs überführe, wird meine Magie dich in kleinen Stücken zurück auf den Grund des Meeres befördern. Und diesmal gibt es keinen, der dich von dort zurückholt«, eröffnete er seinem Verbündeten. »Weil du und deine Männer in Dujulev mir geholfen habt, lasse ich Gnade walten. Und als Zeichen dafür, dass ich nicht nachtragend bin, werde ich dich nach dem Ende der Schlacht belohnen. Die einstige Verbotene Stadt wird wieder dir gehören.« Sinured verneigte sich tief. »Und in meinem Namen wirst du Tûris verwalten. Aber meine wachsamen Augen und Ohren werden überall sein. Hüte dich vor falschem Spiel.«

Lodrik drehte sich um, machte ein paar Schritte und blieb stehen. »Schworst du nicht, alle ehemaligen Gebiete Tarpols für mich zurückzuerobern?«, sagte er über die Schulter. »Lass den morgigen Tag vergehen, und wir reden ein zweites Mal darüber.«

»Schneller, ihr Hurensöhne!«, schrie Varèsz die Soldaten an und schlug vom Pferderücken herab mit der neunschwänzigen Peitsche nach ihnen. »Wenn ihr in zwei Stunden nicht so weit seid, lasse ich euch allesamt häuten und pfählen.«

Die Männer, die seit rund einer Woche fast ohne Unterbrechung arbeiteten, beschleunigten die Grabungen, denn bisher hatte Varèsz nie leere Drohungen ausgestoßen.

Der Stratege Sinureds richtete sich im Sattel auf und sah sich nach Widock, einem seiner Vertrauten, um. Missmutig zog er den gezackten Zweihänder auf seinem Rücken zurecht. Auch wenn sie ihn etwas behinderte, die schwere Waffe wich nicht von seiner Seite. Zu viele gute Dienste hatte sie ihm in den Schlachten geleistet, die Durchschlagskraft der gewellten Klinge suchte ihresgleichen.

In einiger Entfernung erspähte er Widock bei den Fässern, die sie aus der Stadt organisiert hatten. »Was ist?«, brüllte Varèsz, um das Tosen der Wassermassen zu übertönen. »Reichen die Behälter oder benötigst du noch mehr?«

Der Mann winkte zur Bestätigung. »Nein, Herr! Wir haben jetzt über dreihundert Gallonen von diesem Zeug. Nach meinen Berechnungen müsste es genügen. Pulver ist ebenfalls ausreichend da.«

»Gut«, murmelte der Feldherr zufrieden. »Sehr gut. Tzulan ist mit uns.« Er lenkte sein Pferd an den Rand des Abgrunds. Geistesabwesend kratzte er an der gespaltenen Unterlippe.

Weit unten im Tal konnte er die Lagerfeuer des Geeinten Heeres als kleine helle Punkte erkennen. Varèsz wischte sich die Wassertropfen aus dem Gesicht, die von den Gischtschleiern der Repolfälle stammten. Es hatte einige Mühe gekostet, die Posten zügig zu umgehen und die Steilhänge zu erklimmen. Mehr als fünfzig seiner Leute hatte er allein beim Aufstieg eingebüßt, drei Dutzend waren dem Repol zum Opfer gefallen.

Das bereitete ihm die größte Sorge. Nicht dass ihm die Verluste Leid täten, aber wenn eine der Leichen zufällig im Lager entdeckt werden sollte, würde man dort aufmerksam. Und die Gefahr einer vorzeitigen Entdeckung stieg mit jeder Minute, die sich der Plan verzögerte.

Seine Männer hatten ihm gemeldet, eine Frau an den oberen Fällen gesehen zu haben. Als er aber in aller Eile mit einem Spähtrupp nach der unliebsamen Besucherin fahndete, entdeckte er zu seiner großen Erleichterung keine Spuren. Entweder die Leute hatten sich getäuscht oder die Frau machte sich nichts aus den Vorgängen.

Die anderen tausend Mann, die er aus dem Hauptkontingent mit sich führte, schufteten in drei Meilen Entfernung, und zwar mit großem Erfolg, wie er an den rapide schwindenden Wassermassen absehen konnte, die auf den Felsabbruch zutrieben und sich in die Tiefe stürzten.

Der Feldherr wandte sich ab und ritt zurück.

Die Männer stellten die Grabarbeiten ein und bildeten eine Kette. Sie reichten kleine, mit einer Schicht aus Teer versiegelte Holzfässchen durch. Eins nach dem anderen verschwand in den gewaltigen Schächten, die rechts und links des Repolufers in den Fels getrieben worden waren.

»Wollt ihr wohl schneller arbeiten, Ausgeburten der Faulheit!«, hörte er Widock die Soldaten antreiben. »Es wird höchste Zeit.«

Telisor fluchte und stemmte sich aus dem Dreck. Grinsend hielt ihm Hetrál die Hand hin, um ihm aufzuhelfen.

»Wie macht Ihr das, Meister Hetrál?«, wollte der Königssohn wissen. »Seht Ihr selbst im Dunkel und Nebel? Den Ast muss Tzulan dorthin gelegt haben.«

Der Ast, über den Ihr gefallen seid, lag schon sehr lange dort, sprach der Turît mit den Händen. *Er ist von Moos bewachsen, und die ersten Ameisen haben sich eingenistet. Tzulan muss ihn vor langer Zeit dorthin geworfen haben. Seid nun leise.*

Telisor schlich hinter dem Kunstschützen her und versuchte, keine Geräusche beim Laufen zu machen.

Die Repolfälle hatten sie vor Stunden hinter sich gelassen, die Gruppe aus insgesamt zehn Männern teilte sich danach auf, um in alle Himmelsrichtungen kundschaften zu können.

Hetrál und er bahnten sich einen Weg nach Süden, aber Telisor rechnete nicht damit, hinter den eigenen Linien auf den Feind zu stoßen. Vermutlich würde der gegnerische Stratege seine zweitausend Mann im Osten platziert haben, um einen Flankenangriff durchzuführen. Zumal der Schutzgürtel, der in Hustraban von den

Tzulandriern errichtet worden war, nicht allzu weit entfernt lag.

Ihre Vorräte reichten notfalls für eine Woche, sollten sie länger unterwegs sein. Oder sich verirren, was sich der Königssohn durchaus zutraute. Nachts durch einen Wald zu kriechen gehörte nicht zu den Stärken, die er als Thronfolger haben musste. Aber es war ihm ein dringendes Anliegen, nach diesem Varèsz zu suchen.

Aus dem Nieseln war ein anhaltender Dauerregen geworden, der in den Stoff des wattierten Waffenrocks eindrang und ihn schwerer werden ließ. Telisor fluchte, aber der Turît erklärte ihm mit der Gebärdensprache, die der Königssohn vor Jahren von ihm am heimischen Hof erlernt hatte, dass die Regengeräusche ihre eigenen übertönten.

»Ich hoffe, sie übertönen auch den Husten, den ich mir einfangen werde«, beschwerte sich der junge Mann.

Der Kunstschütze blieb stehen und deutete nach rechts. Wortlos folgte ihm Telisor und stand bald neben ihm am Ufer des Repol. Im breiten Flussbett schlängelte sich ein dünnes Rinnsal. An Stelle des reißenden Stromes floss etwas, das man nicht einmal als Wildbach bezeichnen konnte.

»Wo ist das Wasser hin, Meister Hetrál?«, fragte Telisor mit großen Augen. »Es müsste bei dem Niederschlag sogar angeschwollen, und nicht verschwunden sein.«

Ich habe keine Ahnung, gestand sein Begleiter. Es sah flussaufwärts, wo sich die Umrisse eines Berges abhoben. *Was ist da oben?*

»Da ist der Walgora, wenn ich mich richtig an die Karte erinnere«, gab der Königssohn Auskunft. »Aber den Berg hatte ich anders in Erinnerung. Er war größer. Und auch die Klamm kann ich nicht erkennen.«

Beeilt Euch. Der Turît nahm Schwert und Bogen in die Hand, um sich beim Laufen nicht zu behindern, und verfiel in einen schnellen Trab. Ohne Rücksicht auf die

Geräusche, die entstanden, liefen die beiden Männer durchs Unterholz, immer entlang der Flusskante.

Nach wenigen Minuten waren sie so dicht herangekommen, dass sie den Grund für das Versiegen des Repol erkannten.

Die breite Auswaschung im Gestein des Wagora, durch die sich der Strom pressen musste, wurde durch Felsbrocken und Schlamm blockiert, die sich rechts und links von den Hängen gelöst hatten. Nur durch kleine Löcher schoss Wasser in hohem Bogen heraus. Der Druck musste gewaltig sein.

Hetrál packte Telisor plötzlich an der Schulter und zog ihn nach unten. Im Schutz des Farns robbten sie vorwärts, obwohl der Königssohn nicht genau verstand, warum sie sich so vorsichtig an die Unglücksstelle heranbewegten.

Dann entdeckte auch er die Gestalten, die sich an der Vorderseite der natürlichen Talsperre zu schaffen machten. Sie luden große Behälter davor ab, mehrere Fässer befanden sich bereits dort. Der junge Mann zählte zwanzig Stück.

Das war kein Zufall, gestikulierte Hetrál aufgeregt. *Sie haben den Felsrutsch absichtlich herbeigeführt, um den Strom zu stauen. Wenn dieser Damm bricht, gibt es im Tal ein Unglück.*

»Aber wie ist das möglich?«, wunderte sich Telisor. »Wie kann man einen Berg zum Wanken bringen?« Der Turît blieb ihm die Antwort schuldig. »Wir müssen etwas gegen sie tun!«

Es sind zu viele. Und vielleicht machen wir es mit unserem Angriff eher schlimmer als besser. Wir müssen zurück, um die anderen zu warnen. Hetrál schmeckte diese Lösung zwar nicht, aber eine andere kam nicht in Betracht.

Eilig machten sie sich auf den Rückweg. Sie rannten, was ihre Beine hergaben, um rechtzeitig im Lager des Geeinten Heeres anzukommen. Und das Wissen, was den Schlafenden drohte, verlieh ihnen übermenschliche Ausdauer. Kratzer der peitschenden Äste und Ranken spürten sie nicht, kein Hindernis vermochte sie in ihrem Lauf zu bremsen.

J'Maal schreckte aus seinem Lager auf und lauschte. Etwas stimmte nicht. Irgendetwas war anders als sonst, und deshalb war er aus seinem Schlaf erwacht. Die Kriegerinstinkte des K'Tar Tur hatten ihn alarmiert.

In aller Hast warf er sich in den Schuppenpanzer, packte Schwert und Schild und lief nach draußen. Die weißen Haare mit der roten Blutsträhne hingen offen auf die Rüstung herab.

Nur noch Bodennebel war in den frühen Morgenstunden von den dichten grauen Schwaden der Nacht geblieben, ein schwaches, kaum wahrnehmbares Leuchten am Himmel kündigte das baldige Erscheinen der beiden Sonnen an.

Friedlich und still breitete sich das Lager des Geeinten Heeres aus, die Männer ruhten sich vor der bald beginnenden Schlacht aus. Nichts deutete auf Gefahr hin.

J'Maal schloss die Augen und lauschte intensiver. Vorsichtiges Vogelgezwitscher, unterschiedliches Schnarchen, das Rauschen der kahlen Zweige im Wind drang in seine Ohren. Nuancen, die er bisher hier noch nie wahrgenommen hatte. Er vermisste das ständige Brüllen und Donnern des Repolfalls.

Abrupt wandte er sich um, öffnete die Lider und fluchte in der Dunklen Sprache. Die nackten Felshänge lagen klar und deutlich erkennbar vor ihm, die Gischtwolken fehlten, und von den Fluten, die sich normalerweise vierhundert Schritt tief vom oberen Ende herabstürzten, war nichts zu entdecken.

Die ersten Wachen tauschten ihre Meinungen über das Wunder aus, ohne aber Warnzeichen an das restliche

Lager zu geben. Anscheinend war das Wasser eben erst versiegt.

Der K'Tar Tur lief zum nächsten Gong, der als allgemeiner Weckruf genutzt wurde, hob den Schlägel mit beiden Händen und wollte zuschlagen, als er ein fernes Rufhorn vernahm. Der Ton kam seiner Meinung nach von hoch oben.

Rechts und links der Felskanten, die den Repol einfassten, schossen plötzlich Funken meterweit in die Luft, eine glitzernde weiße Rauchwolke dehnte sich aus. Dumpf grollte es, als würde ein Gewitter in den Wolken stattfinden.

Ein Donnern jagte das Nächste, bis sich ein Viertel des Berges polternd ablöste und unter mörderischem Getöse in das Wasserbecken stürzte. Das aufgewühlte Nass trat ein wenig über die Ufer des Bassins, ohne jedoch Schaden anzurichten. Dafür waren fast alle Schläfer im Lager des Geeinten Heeres geweckt.

Das steinerne Bett des Repol zeigte sich durch die seltsamen Vorgänge weit über dem K'Tar Tur wesentlich verbreitert. Die Kante des Felsens war nach unten abgerutscht und hatte große Stücke des Ufers mit hinabgezogen. Vom Strom konnte J'Maal immer noch nichts sehen.

Dafür donnerte es wieder, nur viel, viel leiser. Staubwolken, wie bei dem Spektakel eben, waren nicht zu entdecken.

»Was, bei Taralea der Allmächtigen, geht hier vor?«, schrie König Tarm, der auf seinem Pferd angesprengt kam und in die Höhe starrte. »Was für eine Schweinerei wurde da ausgeheckt?«

»Wenn ich das wüsste, Majestät«, wunderte sich der Tersioner und warf den Schlägel achtlos in den Matsch. »Aber ich denke, es ist nichts, was uns zum Vorteil gereicht.«

Tarm deutete auf einen Boten. »Du, richte den Kommandanten aus, sie sollen sofort ihre Männer aus dem Tal schaffen. Sie sollen alles stehen und liegen lassen, nur raus hier.« Der Mann rannte los. »Das gilt auch für Euch, Tersioner. Nehmt die Beine in die Hand.«

J'Maal setzte zu seiner Erwiderung an, aber ein gurgelndes Geräusch aus großer Höhe ließ die beiden Männer herumfahren.

Neue, dreckig braune Wassermassen schossen über den Steilhang hinaus, warfen sich rauschend in die Tiefe und trafen wie der Hammerschlag eines Gottes auf die Oberfläche des Sammelbeckens. Die Wogen, die sich eben fast beruhigt hatten, schwollen an und schwappten diesmal weiter heraus.

Und der Zufluss ebbte nicht ab. Der Repol ergoss sich wütend ins Tal, als habe er seit Jahrhunderten nur auf diese eine Gelegenheit gewartet, und verlor dabei nichts an seiner Stärke. Ganze Baumstämme und Uferbrocken wurden mitgeschwemmt.

Die Fluten breiteten sich aus und rollten auf das Lager des Geeinten Heeres zu.

Hetrál, Telisor und vier weitere Späher, die unterwegs zu ihnen aufschlossen, hatten gerade keuchend vor Anstrengung eine Anhöhe erreicht, die eine Meile vom Lager entfernt lag, als vom Wasserfall her ein ohrenbetäubendes Donnern und Krachen zu hören war.

Der Königssohn und seine Begleiter blickten starr vor Entsetzen auf das Schauspiel, das ihnen geboten wurde. Enorme Wassermengen schossen in die Tiefe und ließen den Repol das Tal fluten. Die Befürchtungen des Meisterschützen hatten sich bestätigt.

»Meister Hetrál! Seht!« Telisor glaubte, Menschen zu erkennen, die an den Ufern des Wasserfalls riesige Fässer heranrollten und sich daran zu schaffen machten. Bei einigen kippten sie den Inhalt in den Strom, andere der hölzernen Behältnisse ließen sie vollständig mittreiben. Sie stürzten in die Tiefe und zerschellten entweder auf ihrem Weg nach unten an Felsvorsprüngen oder verschwanden in den Gischtwolken.

»Was tun sie da? Sind das die Männer des Kabcar?« Verzweifelt rüttelte Telisor an der Panzerung des Meisterschützen, der mit steinernem Gesicht die Vorkehrungen beobachtete. »Wir müssen etwas dagegen tun.«

Wir sind zu weit entfernt, antwortete Hetrál. *Was auch immer geschieht, Ulldrael der Gerechte möge den Leuten im Tal beistehen.*

Nachdem die Behälter geleert oder zu Wasser gebracht worden waren, trat ein einzelner Bogenschütze nach vorne. Er entzündete einen Brandpfeil, gut in der Dunkelheit als glimmender Punkt erkennbar, und schoss ihn ab.

Der Pfeil zog seine leuchtende Bahn kometengleich über die Kaskade und tauchte am Ende seines scheinbar endlosen Fluges in das Wasser ein.

Doch das Feuer des Pfeils erlosch nicht. Flammen schlugen stattdessen an der Einschlagstelle hoch und setzten den Repol in Brand.

Nun glich der Wasserfall einem brennenden Vorhang, vierhundert Schritt hoch und von atemberaubender, todbringender Schönheit.

Der über die Ufer getretene Strom darunter verwandelte sich in eine glühende Schlange, die das Lager König Tarms mit seinen mehr als fünfzigtausend Bauern, Kriegern und Rittern, Wagen, Zelten und Pferden verschlang, hinfort spülte und gleichzeitig zu Asche verbrannte.

Nur wenige Krieger der einstmals großen Streitmacht konnten sich auf kleinere Hügel retten, Hetrál schätzte ihre Zahl auf knapp fünftausend. Der Rest war mitgerissen worden.

Von ihrem Spähposten aus erschien das Durcheinander schrecklich, Mensch und Tier strampelten in den abfließenden Wassermassen um ihr Leben oder schleppten sich mit letzter Kraft auf höher gelegene Bereiche des Tals. Qualmwolken verdunkelten den sich allmählich hell färbenden Himmel.

Als sich der Repol wieder beruhigt hatte und das Feuer auf ihm verloschen war, gingen Telisor, der Meisterschütze und die Begleiter schweigend hinab ins Tal.

Vereinzelte Bäume, die der Wucht des Stroms standgehalten hatten, brannten wie Fackeln, Kadaver, Zeltreste und zerschlagene Wagen lagen herum, steckten zur Hälfte im Schlamm, manche loderten noch. Husten klang allerorten auf, dumpfe Hilferufe gesellten sich hinzu. An verschiedenen Stellen gruben die Soldaten ihre verschütteten Kameraden mit bloßen Händen aus dem Dreck.

Telisor hatte zu seiner Beruhigung seinen Vater entdeckt. König Tarm gehörte zu den Überlebenden und war damit beschäftigt, die Reste der Armee zu ordnen. Etwa fünfzig ungerüstete Ordenskrieger, nur als solche an ihrer Haartracht erkennbar, halfen ihm dabei. Befehle brüllend ritten sie durch den Schlamm, trieben die verbliebenen Soldaten zusammen und sammelten sie, um im Fall eines möglichen Angriffs die Gegenwehr zu organisieren. Nach und nach formierten sich Schlachtreihen.

J'Maal tauchte an Hetráls Seite auf. Er glich einem Stück nasser Erde mit zwei Beinen, aber auch er war den vernichtenden Fluten entgangen. »Der umgestürzte Wein gestern Nacht war ein schlechtes Omen«, meinte er düster. »Es hat sich erfüllt.«

Als der König seinen Sohn erblickte, senkte er beschämt den Kopf. »Telisor, ich war ein königlicher Narr! Und ich habe dafür wahrhaft bitter bei den Göttern bezahlt.« Wütend und hilflos zugleich schlug er mit dem Schwert in die Luft. »Welcher Teufel hat Varèsz zu diesem Plan geraten? So viele Menschen mussten sterben.« Der König schüttelte den Kopf. »Was für ein Tod.«

»Verzeiht.« Der K'Tar Tur zeigte mit seinem Schwert auf die Anhöhe, von welcher der Spähtrupp gekommen war. »Majestät, es sieht so aus, als ob wenigstens wir die Gelegenheit erhalten würden, im Kampf sterben zu dürfen.«

Lodrik ritt zwischen Mortva und Varèsz den kleinen Hügel hinauf, um einen besseren Überblick zu haben. Hinter den Männern folgte die Streitmacht aus Tzulandrien, diszipliniert, formiert und schweigend. Sinureds gewaltige, Furcht einflößende Gestalt lief vor den Fußtruppen, die eisenbeschlagene Deichsel locker geschultert, das grausame Gesicht zu einem erwartungsvollen Grinsen verzogen. Er wirkte wie ein lebendig gewordener Belagerungsturm.

Der Kabcar fühlte sich unwohl, seit er den Befehl zur Ausführung des Plans erteilt hatte.

Noch immer konnte er sich nicht genau vorstellen, welche Auswirkungen die Unternehmungen Varèsz' auf das Geeinte Heer haben sollten. Sein Berater sprach von ein paar Hundert Opfern, um die Gegner vor der Schlacht zu entmutigen. Und da die neuen Waffen nicht fertig geworden waren, musste man die Übermacht dezimieren. Das sah auch Lodrik ein.

Zwar war es sein Wunsch gewesen, die Angreifer zu treffen und sie zu besiegen. Doch ohne die Wut, in der er damals die Anordnung gab, schwankte der junge Mann ob der Richtigkeit seiner Entscheidung. Ein harter, verlustreicher Vorstoß gegen Tarm und die Seinen, ein bisschen Magie und sie hätten vielleicht aufgegeben. Der schwarze Rauch, der über dem Tal hing, sorgte nicht unbedingt dafür, dass sein mulmiges Gefühl schwand. Seine Unruhe vergrößerte sich sogar.

Das Donnern und Tosen des Repolfalls schallte wie eh und je durch die Luft.

Der Kabcar kam auf der Spitze an und zügelte sein Pferd. Der Anblick des völlig zerstörten Lagers traf ihn bis ins Mark, schockierte ihn. *Sechsundfünfzigtausend Männer,* raunte eine Stimme tadelnd in seinem Inneren. *Wie Ungeziefer weggespült. Wie viele Witwen sitzen nun zu Hause? Wie viele Söhne und Töchter werden vergeblich auf ihre Väter warten?* Lodrik schloss die Augen und atmete tief durch.

»Hoher Herr, seid Ihr zufrieden mit meiner Arbeit?«, fragte Varèsz gespannt. Doch der junge Mann saß steif im Sattel, die Lider geschlossen. »Hoher Herr?«

Mortva nickte ihm beruhigend zu und bedeutete dem narbengesichtigen Krieger mit einer weiteren Kopfbewegung, Angriffsvorbereitungen zu treffen. Der Stratege verneigte sich und lenkte sein Ross zu den Signalisten.

»Immerhin«, meinte der Konsultant nach einer Weile. »Es haben sich etwas mehr als fünftausend tapfer gegen die Fluten gestemmt. Kein Gegner für uns.«

Im Hintergrund dröhnten die Hörner, Wimpel wurden geschwungen und so Kommandos an die einzelnen Gruppen gegeben. Scheppernd brachten sich die Tzulandrier in Position, mit schleifenden Geräuschen kamen blitzende Schwerter zum Vorschein, Bogenschützen lockerten die Pfeile im Köcher, Schilde ruckten in die Höhe.

Lodrik öffnete die Augen und schaute hinab zu dem Haufen der letzten Tapferen, die sich tatsächlich kampfbereit machten. Er seufzte. *Ich will das nicht. Gebt auf, geht nach Hause.*

Er wandte sich rasch zu einem Mann seiner Leibwache um. »Reite hinab und frage sie, ob sie sich ergeben möchten. Es wird freier Abzug gewährt, kein weiteres Blut soll mehr fließen. Es sind genug Männer gestorben.« Der Soldat nahm sich eine weiße Fahne, gab seinem Pferd die Sporen und preschte hinab.

»Wie edel von Euch«, knirschte Mortva und schaute zum Horizont, wo sich das erste der beiden Gestirne an einem klaren, kühlen Morgen erhob. Er machte aus seinem Missfallen keinen Hehl.

»Ihr sagtet, dass es nur wenige Hundert Tote geben wurde«, spie der junge Mann in Richtung seines Konsultanten. »Wie erklärt Ihr mir das?«

»Varèsz muss mich missverstanden haben. Oder er war zu gründlich.« Der Vetter klang gekränkt. »Hoher Herr, wir haben uns damit den Sieg gesichert, bevor der Kampf überhaupt begann. Ohne diesen Schachzug wären wir verloren gewesen.«

»Als einen Schachzug seht Ihr das also, Mortva?«, sagte Lodrik leise. »Ich habe noch nie eine Partie gespielt, in der alle Figuren auf einmal vom Brett gefegt wurden.«

Varèsz sprengte heran, sein Gesicht zeigte Ungläubigkeit. »Was tut der Mann da unten?«

»Er handelt auf meinen Befehl hin«, herrschte ihn der Kabcar an, der Stratege zuckte zurück. »Wenigstens sie sollen eine Gelegenheit haben, den Tag lebend zu überstehen.«

Doch das Geeinte Heer schien nicht zur Aufgabe bereit zu sein.

Nach wenigen gewechselten Worten wendete Lodriks Beauftragter und kehrte zurück. »Sie weigern sich, hoheitlicher Kabcar«, erstattete er Bericht. »Sie wollen lieber für das Gute kämpfen. Und siegen.«

»Für das Gute«, wiederholte der junge Mann gedankenverloren und blickte zu dem fast schon bemitleidenswerten Haufen von Gegnern, wo er Hetrál entdeckte. Ein Kloß bildete sich in seinem Hals. »Wir ziehen uns zurück.«

Mortvas Gesicht verzog sich zu einer Fratze. »Was

denkt Ihr, was Ihr da tut, Hoher Herr? Meint Ihr, sie wüssten Euren Großmut zu schätzen?«

»Bedenkt, wer von uns beiden der Hohe Herr ist«, entgegnete Lodrik mit einer Eiseskälte. Die Magie sammelte sich in ihm und fokussierte sich. »Und ich befahl, dass wir uns zurückziehen. Auf der Stelle. Wir haben unser Ziel erreicht. Ich habe mein Land vor der Eroberung bewahrt.«

In den ersten sanften Strahlen der aufgehenden Sonne kamen die Truppen des Kabcar über den Hügel, an ihrer Spitze ritt der Mann, der das Geeinte Heer mit Leichtigkeit besiegt hatte.

Das Morgenrot ließ die Rüstungen der achtzehntausend tzulandrischen Krieger dunkelrot schimmern.

König Tarm erinnerte sich an den Satz, den er vor einigen Stunden im Zelt scherzhaft gesagt hatte. »Dort kommt mein Wein«, flüsterte er und senkte das Schwert. »Das Omen, J'Maal.«

»Warum greifen sie nicht an?«, wunderte sich der K'Tar Tur, packte seine Waffe fester und ließ den Blick über die Gegner gleiten. »Wir wollten uns doch nicht ergeben.«

Sie zögern aus irgendeinem Grund, gestikulierte Hetrál, der Königssohn übersetzte. Mit Leichtigkeit konnte der Turît die blonden Haare des Kabcar ausmachen, an dessen Seite der berühmt-berüchtigte Konsultant anscheinend heftig auf ihn einredete.

Telisor wurde von der Wut übermannt, die alle der Überlebenden auf den Gegner verspürten.

»Da ist doch wieder eine Hinterhältigkeit im Gange. Er wird seine Magie einsetzen wollen.« Er zog seine Klinge. »Das dürfen wir uns nicht gefallen lassen, Männer!«, schrie er. Eine Bewegung ging durch die Reihen der Soldaten. »Kommt, wir greifen an!«

»Telisor, halt den Mund!«, befahl ihm sein Vater und

drängte sein Pferd nach vorne, um zu seinem Sohn zu gelangen und ihn zu besänftigen.

Doch der junge Thronfolger Aldoreels ließ sich in seinem Zorn nicht aufhalten. »Ulldrael der Gerechte hat uns vor den Fluten bewahrt, damit wir den Kabcar aufhalten. Er ist mit uns!« Telisor stieß einen wilden Schrei aus und sprengte der Übermacht der Feinde entgegen. Hetráls Hand griff nur noch ins Leere. Er hatte den aufgebrachten Mann zurückhalten wollen. »Wir vernichten sie! Der Gerechte ist mit uns! Mir nach! Für die Toten und für Ulldart!«

Die Letzten des Heeres folgten ihm unter mörderischem Gebrüll, mitgerissen von Hass und dem Glauben an göttlichen Beistand, und stürmten gegen den Hügel an, auf dem die Übermacht wartete.

»Hoher Herr?«, kam es fragend von Varèsz, der seinen gezackten Zweihänder zog und hoch in die Luft reckte. Mit der freien Hand zurrte er den Riemen seines Helms fester. Sein Gesicht spiegelte Vorfreude.

Lodrik schluckte, als er die fünftausend Krieger auf seinen Hügel heranreiten und -rennen sah. Was taten sie nur? Warum waren sie nicht nach Hause gegangen, als sie es noch konnten?

Die Ersten der feindlichen Reiterei gelangten am Fuß der Erhebung an und preschten in gerader Linie hinauf. Ihre Lanzen senkten sich.

»Hoher Herr?«, drängte der Stratege nun. »Wir können nicht länger warten.«

Wortlos wandte der Kabcar sein Pferd um und ritt durch die eigenen Reihen nach hinten. Er wollte das Massaker nicht sehen, das gleich einsetzen sollte. »Beginnt«, befahl er beinahe unhörbar.

Dennoch hatte Varèsz das Wort vernommen, der Zweihänder sauste nach unten. Der Angriffsbefehl war somit gegeben worden.

Pfeilschauer verdunkelten augenblicklich den Himmel, die Piken der ersten Reihe ruckten in die Höhe und bildeten einen tödlichen Wald aus Stahlspitzen, in dem Ross und Reiter zu Tode kamen.

Die Wimpel der Signalisten wirbelten durch die Luft, setzten eine Gruppe der Tzulandrier nach der anderen in Bewegung, bis sich auch schließlich Sinured in den Kampf stürzte.

Seine überlegene Kraft war jedoch nicht notwendig gewesen, die Truppen Lodriks hatten leichtes Spiel. An die Stelle des einst rücksichtslosen, blindwütigen Attackierens war überlegenes Vorgehen getreten.

In unterschiedlichen Formationen rückten Kavallerie, Bogenschützen und Fußtruppen vorwärts, sorgten für gegenseitige Deckung und gaben niemals eine Lücke preis, in die der Rest des unerfahrenen Geeinten Heeres hätte stoßen können.

Überrumpelt mussten Telisor und seine Männer zusehen, wie sich aus feindlichen Schildkarrees breite Phalangen formten, aus Linien Spitzen wurden oder Flanken sich urplötzlich wie Pressen um eine Gruppe des Geeinten Heeres schlossen, um sie gnadenlos zwischen ihren Speeren aufzuspießen.

Das Tal tränkte sich gegen Nachmittag mit dem Blut des letzten Tapferen des Heeres, und die Tzulan-Rufe hallten von den Wänden wider, waren beinahe lauter als das Tosen der Repolfälle. Die wenigen Flüchtlinge ließ man laufen, sie sollten durch ihre Schilderungen Schrecken verbreiten.

Lodrik erlebte das alles nicht mit.

Er saß allein in der großen Halle und betrank sich, während ihm die Tränen die Wangen hinabliefen. Das hatte er niemals wirklich gewollt. Sein Blick glitt über die versengte Schnitzerei. *Ulldrael, du hättest mir damals helfen sollen. Nun tat es ein anderer.*

X.

Und so half er manchen Recken heimlich, immer in der Hoffnung, seine Geschwister würden seine Taten nicht bemerken.

Er gewährte Beistand und Schutz in mancher Not, damit das Gute nicht völlig vernichtet würde, als alles bereits verloren schien. Und zu seiner Freude bemerkte er, dass manche seiner Brüder und Schwestern beinahe unbemerkbar Hand anlegten, um nicht alles vergehen zu lassen.

Denn Tzulans Geist erstarkte mit jedem Erschlagenen, der auf dem Kontinent fiel.

Und das Böse zeigte am Sternenhimmel sein Antlitz.

DIE NOT DER GÖTTER,
Kapitel II

Tarpol, Inselreich Rogogard, dreißig Seemeilen vor Ferborg, Winter 443 n. S.

Die Bastsegel blähten sich gefährlich unter dem rauen Wind und jagten die *Klapok* durch die tosenden Wellen. Gewaltig türmten sich die Wassermassen vor ihr und den anderen Dreimastern, die etwas versetzt zu ihr fuhren, auf, brachen Gischt sprühend und brüllend in sich zusammen und warfen alles, was nicht irgendwie vertäut worden war, durcheinander. Eine Woge nach der anderen spülte über das Deck und verwandelte die ohnehin schwankenden Planken in einen rutschigen Untergrund. Vom Wellenkamm ins tiefe Tal, ein ständiges Auf und Ab.

Die Matrosen hingen mit eiserner Disziplin in den Wanten und begannen, trotz Sturm, Regen und den schlingernden Bewegungen des Bugs sicher und ruhig die Segel zu reffen. Zu viert standen andere Männer am Ruder und umklammerten die Speichen, um der rohen Kraft des Meeres trotzig Widerstand zu leisten. Noch hielten Holz und Seile der komplizierten Konstruktion stand, die *Klapok* lag auf Kurs.

Varla stand auf der Brücke, die feuchten Hände um das nasse Geländer geklammert, und schaute mit bösem Gesicht nach vorne, wo sich ein weiterer Wellenberg in den kaum sichtbaren Himmel hob.

Donnernd und tosend stürzten die Fluten über das Schiff herein, drehten es einmal um die eigene Achse und rissen einige Matrosen mit in die aufgewühlte, eiskalte See.

Der Mund der Kapitänin verzog sich zu einem dünnen Strich, die Lippen waren schon lange blau vor Kälte, das Meerwasser tropfte überall von ihren kurzen schwarzen Haaren und brannte in den Pupillen. Schnell sah sie nach ihrer Auftraggeberin.

Wie der sprichwörtliche Fels in der Brandung befand sich die Frau ein paar Schritte neben ihr, die Hände vor der Brust gekreuzt, die Beine leicht gespreizt, um sicheren Stand zu haben. Als würde sie sich auf sicherem Land befinden, beobachtete sie ungerührt die Naturgewalten, die um die *Klapok* herum tobten.

Ihre langen schwarzen Haare klebten an ihrem Klopf, die Augen lagen tief in den Höhlen, und Varla wusste nicht, ob die unnatürliche Blässe von einer Seekrankheit her rührte oder ob sich die Farbe jemals geändert hatte, seit die Kämpferin in Tularky an Bord gegangen war. Dass sie in ihrer eigentümlichen, schweren Rüstung innerhalb von Sekunden in die Tiefe gezogen würde, sollte eine Woge sie erfassen und vom Oberdeck fegen, schien sie nicht zu interessieren. Aber es sah nicht danach aus, als wäre das wütende Wasser dazu in der Lage. Während sich die Kapitänin mit aller Gewalt am Holz festhielt, bewegte sich die Frau mit dem seltsamen Namen Tïpaka keine Handbreit.

»Wir weichen vom Kurs ab«, schrie sie mit ihrer krächzenden, rauchigen Stimme gegen den Sturm und pochte auf den Magnetkompass. »Ändert das.«

»Wie soll ich das machen?«, rief Varla beinahe wütend zurück. »Soll ich dem Meer befehlen, sich zu beruhigen? Vermögt Ihr das? Nur zu. Wenn das Unwetter anhält, habe ich bald keine Mannschaft mehr. Hätte ich gewusst, dass die rogogardische See zu der Jahreszeit dermaßen rau ist, hättet Ihr diesen Rudgass allein jagen dürfen.«

»Hört auf zu jammern!«, herrschte Tïpaka sie an. »Gebt lieber Befehle, die etwas nützen.«

Varla verfluchte den Tag, als sie den Auftrag der unbekannten Frau angenommen hatte. Ihr zweites Schiff war ein paar Tage nach der überstürzten Abreise aus Tularky unter ihrem Kommando in den Hafen zurückgekehrt, um die abgesetzten Männer aufzunehmen.

Den sorgsam geplanten und weitsichtig eingefädelten

Überfall auf die Kasse der reichen Stadt hatte sie sich, dank des zahnlosen Rudgass, an den Hut stecken können.

Als diese Frau auftauchte, die ein Schiff namens *Grazie* unbedingt zur Strecke bringen wollte, nahm die Kapitänin das Angebot schon allein aus Rache an. Der Preis, den die schweigsame Kriegerin bezahlte, erleichterte die Entscheidung zusätzlich. Angeblich hatte der Rogogarder ihr die Unschuld geraubt. Aber das nahm ihr Varla nicht eine Minute ab.

Mehrere Wochen suchten sie die Spur der *Grazie*, und nur durch einen glücklichen Zufall bekamen sie einen Hinweis auf die Route. Nun verfolgten sie die tarpolische Kriegskogge, die der Freibeuter befehligte, und mussten bereits ganz dicht herangekommen sein, als der Sturm sie überraschte.

Varla polterte die Stufen hinab und packte fluchend mit an, um den Männern zusätzlichen moralischen Beistand und ein Vorbild zu bieten.

Als ob Tîpaka die Kapitänin sei, thronte sie förmlich über ihnen und schaute gleichgültig zu, wie eine weitere Woge zwei Männer mit sich riss. Dann drehte sie sich um, ging kaum wankend zu der verzweifelt kämpfenden Mannschaft am Ruder und packte die Speichen. Varla sah gebannt zu, wie ihre Auftraggeberin das Rad mit Leichtigkeit drehte und das Schiff wieder auf Kurs brachte. Nach einem vergewissernden Blick auf die Nadel des Navigationsgeräts kehrte sie an ihren alten Platz zurück, die Augen ruhten nun leicht spöttisch auf Varla.

Die Kapitänin wurde an der Schulter gerüttelt. »Der Wind lässt etwas nach«, brüllte ihr einer ihrer Offiziere ins Ohr. Varla nickte, ließ das Seil los, an dem sie eben mitgezogen hatte, und lief zum Oberdeck. Mit einer umgerüsteten Blendlaterne gab sie Lichtsignale an die anderen Dreimaster, den Kurs zu halten. Alle Schiffe hatten Verluste erlitten, waren aber noch einsatzfähig.

»Da vorne sind sie«, schrie Tïpaka plötzlich und streckte den Arm aus. »Vier Strich Backbord.«

Die Kapitänin nahm ihr Fernrohr hervor und spähte über die schäumenden Wassermassen.

Noch immer fabrizierte das Meer riesige Wellenberge. Und tatsächlich, auf einem der Kämme und in einer Entfernung von einer halben Meile, schwamm eine Kogge. Beinahe völlig verborgen von sprühenden Gischtwolken und Flocken aus Meeresschaum, hätte sie die das gesuchte Schiff nicht entdeckt.

»Nehmt Kurs!«, verlangte Tïpaka. »Haltet darauf zu. Wir werden die *Grazie* entern.«

»Niemals«, widersprach die Kapitänin. »Bei diesem Wetter zerschlägt es mir die Spanten. Die Wasserbewegungen sind unvorhersehbar.«

Die Augen der Auftraggeberin glühten rot auf, drohend schritt sie auf Varla zu. »Ihr werdet auf der Stelle den anderen signalisieren, dass wir die Kogge einkreisen. Ich will nicht, dass er mir entkommt, sobald der Sturm sich gelegt hat, habt Ihr mich verstanden?« Die krächzende Stimme machte deutlich, dass kein Widerspruch geduldet wurde. »Ansonsten werdet Ihr über Bord gehen, Mensch, und ich suche mir jemanden, der meine Anweisungen erfüllt.«

Angsterfüllt wich Varla zurück und langte nach der Laterne, um die Befehle auszuführen. Die übrigen Dreimaster änderten ihre Fahrtrichtung und nahmen die Verfolgung auf.

Torben fluchte unentwegt. Er verfluchte die See und alles, was ihm gerade in den Sinn kam.

Das Wetter hatte zu schnell umgeschlagen, nun befanden sie sich auf dem besten Weg nach Kalisstron, während sie der Wind und das Meer weiter wie ein Ball auf den Wellen herumschleuderten. Die Kogge ließ sich nur schwer manövrieren, träge reagierte sie auf die Ruderanweisungen, aber dennoch hielt sich die *Grazie* gut.

Die Passagiere waren unter Deck und beteten wahrscheinlich zu allen Göttern, die ihnen einfielen. Lediglich Waljakov stand ihm zur Seite, um in gefährlichen Situationen mit seiner enormen Muskelkraft eine helfende Hand reichen zu können.

Nass bis auf die Haut stemmte sich der Freibeuter gegen den eiskalten Wind und kämpfte sich zum Heck durch, um nach den Verstrebungen des Ruderblatts zu sehen. Wenn sie brechen sollten, wäre die Kriegskogge nichts weiter als Treibgut und rettungslos den Wogen ausgeliefert. Im Vorbeigehen griff er sich ein Tau, bedeutete dem Leibwächter mitzukommen und begann, einen gerissenen Balken mit dem Seil zu umwickeln.

Als er sich nach getaner Arbeit etwas beruhigter erhob und Waljakov lachend auf die Schulter schlug, fiel sein Blick auf einen Schatten, den er gerade in ein Wellental abtauchen sah.

Aufmerksam beobachtete er das Meer hinter sich, der kahl rasierte Hüne tat es ihm ohne Fragen zu stellen nach.

»Es sind insgesamt vier Schiffe«, schrie Waljakov nach einer Weile dem Rogogarder entgegen. »Keine Bauweise, die ich kenne.«

»Und sie kreisen uns ein«, gab Torben nicht weniger leise zurück. »Ich habe diese Schiffsart schon mal gesehen. In Tularky. Es scheint, als hätte ich da jemandem gehörig das Herz gebrochen.«

»Eure Bekanntschaft, die Euch von der Planke stürzen ließ?«, vermutete der Leibwächter sofort richtig. »Habt Ihr sie irgendwie beleidigt?«

Der Freibeuter lachte, als er sich an seinen nächtlichen Überfall erinnerte. »Wie man's nimmt.« Gemeinsam gingen sie über das schwankende Deck nach unten, um den anderen Bescheid zu geben.

Matuc hob bei ihrem Eintreten die Hand und übergab sich im nächsten Moment in den bereitgestellten Eimer.

Die Brojakin öffnete ihre braunen, vor Fieber glänzenden Augen halb. Norina lag in einer wild pendelnden Hängematte und wirkte sehr kraftlos, matt und erschöpft. Ihre Unterleibskrämpfe ließen sich fast nicht mehr ertragen, eine Hitzewelle nach der anderen durchraste ihren geschwächten Körper. Fatja tupfte ihr unentwegt Gesicht und Stirn ab, aber es war eine vergebliche Mühe. Seit sie auf See waren, hatte sich der Zustand der werdenden Mutter zusehends verschlechtert.

Der Mönch erhob sich und taumelte auf die beiden Männer zu. »Wir müssen so schnell wie möglich an Land und einen Medicus finden«, verlangte er. »Sie wird das Kind verlieren, wenn sich niemand um das Fieber kümmert. Meine Mittel haben nur bedingt angeschlagen.«

»Ich kann jetzt nicht an Land«, sagte Torben verzweifelt, »weil es um uns herum kein Land gibt. Der Sturm hat uns weiter nach Westen getrieben, in Richtung Kalisstron.« Er warf Norina einen besorgten Blick zu. »Sie muss durchhalten. Es geht nicht anders. Zumal wir …«

»… nur sehr schwer vorankommen«, fiel ihm Waljakov ins Wort. Beinahe unmerklich schüttelte der Leibwächter den Kopf. »Wir müssen wieder an Deck.« Er zerrte den überrumpelten Freibeuter nach draußen.

»Es nützt ihnen nichts, wenn wir ihnen zusätzliche Angst machen«, erklärte er dem Rogogarder leise auf dem Gang. »Sie haben es so bereits schwer genug. Es reicht völlig aus, wenn die Mannschaft eingeweiht ist.«

»Einverstanden«, sagte Torben und legte die Hand wieder auf die Klinke.

»Wohin möchtet Ihr?«, wunderte sich Waljakov und hielt ihn am Arm. »Ihr müsst Befehle geben, keine Krankenbesuche machen.«

»Nur eine Sekunde«, bat der Kapitän. Zögernd ließ ihn der Kämpfer los und stapfte die Stufen hinauf.

Leise betrat der Freibeuter die kleine Kabine, trat näher an die Hängematte der dösenden Norina heran und kniete sich daneben. Vorsichtig fasste er ihre Hand.

Sie spürte die Berührung und öffnete die Augen. »Ach, der Kapitän«, sagte sie schwach und lächelte. »Müsstet Ihr nicht am Ruder stehen?«

»Das hat Waljakov auch gesagt«, antwortete er. »Ich wollte Euch nur berichten, dass das Unwetter nachlässt.«

»Es fühlt sich aber nicht so an«, jammerte Matuc und übergab sich ein weiteres Mal. »Ulldrael ist eben nicht der Gott des Meeres, wie ich zu spüren bekomme. Kalisstra scheint Andersgläubige nicht besonders zu mögen.«

»Ich frage mich nur, was er da die ganze Zeit spuckt«, merkte Fatja neugierig an. »Er hat schon mehr gekotzt, als er gegessen hat.«

»Willst du es dir ansehen?«, schlug der Mönch stöhnend vor und hing schon wieder mit dem Kopf über dem Gefäß. Das Mädchen rümpfte nur die Nase.

»Es ist vielleicht nicht der richtige Zeitpunkt«, begann die Brojakin leise. »Aber ich weiß nicht, ob ich jemals lebend den Fuß an Land setzen werde.« Sie nahm seine Hand in die ihrigen. »Ich danke Euch für alles, was Ihr für uns getan habt, Torben Rudgass. Ihr habt meine tiefe Freundschaft gewonnen. Aber meine Liebe kann ich Euch nicht schenken. Dafür gehört mein Herz zu sehr einem anderen.« Sie schloss für einen Moment die Augen, die Wangenmuskulatur arbeitete. Ein sicheres Zeichen für die großen Schmerzen, die sie durchlitt. Eine Träne rann herab, und auch dem Freibeuter war zum Heulen zu Mute. Alle Hoffnung war zerstört worden. Dann sah sie ihn wieder an. »Ihr habt Euch auf der ganzen Fahrt so sehr um mich bemüht, aber ich kann Eurem Werben nicht nachgeben. Mein Gefühl kann ihm nicht nachgeben. Ich wünsche Euch, dass Ihr eine andere Frau findet, der Ihr Eure Aufmerksamkeit und Freundlichkeit geben könnt.« Sie drückte seine Handfläche. »Freundschaft für immer?«

»Freundschaft für immer«, wiederholte der Freibeuter etwas rau und stand auf, während der Brojakin erneut die Augen zufielen.

Matuc seufzte, stellte seinen Kübel ab, fasste den Rogogarder bei den Schultern und zog ihn von der Kranken weg. »Es tut mir Leid. Das Leben bietet Euch bestimmt noch viele andere Gelegenheiten, Euer Herz an die Frau zu bringen.«

»Und das sagt mir ausgerechnet ein Mönch?«, entgegnete Torben schärfer, als er beabsichtigt hatte.

Gütig schaute ihn der betagte Mann an. »Auch ich habe einst geliebt, junger Mann«, gestand ihm der Geistliche. »Und auch ich scheiterte mit meinen Gefühlen, wie Ihr hier und heute.«

»Und? Konntet Ihr sie jemals vergessen?«, wollte der Rogogarder wissen, als er zur Tür ging.

Matuc schwieg. Sein Blick verklärte sich, schweifte ab, zurück in die Vergangenheit. »Vergesst, was ich eben gesagt habe«, meinte er dann resigniert. »Stellt Euch ein wenig in den Sturm, lasst ihn die Liebe zu Norina davonwehen.«

»Ihr seid nicht unbedingt das, was ich einen guten Ratgeber nenne«, musste Torben anmerken.

In dem Moment riss die Brojakin die Augen auf, presste beide Hände auf den Leib und stieß einen beinahe tierhaften Schrei aus.

Fatja, eben noch dabei, den Schweiß abzuwischen, sprang erschrocken zurück und stürzte dabei über einen Schemel.

»Ich habe nichts getan, ehrlich«, beeilte sie sich zu sagen, als die Tür aufschwang und Waljakov mit einem mörderischen Ausdruck im Gesicht in den Raum stürzte. Torben riss die Arme in die Höhe als Zeichen, dass auch ihn keine Schuld traf.

Matuc war sofort bei der jungen Frau, die auf den Bauch starrte und mit einem schmerzerfüllten Stöhnen zurücksank. Ihre Atmung beschleunigte sich, wurde hektisch und kam stoßartig.

»Was hat das zu bedeuten?«, fragte der Freibeuter und wollte ebenfalls an die Hängematte treten. Aber der stahlharte Griff des Leibwächters um seinen Oberarm verhinderte das.

»Es geht los«, rief der Mönch aufgeregt, bekam schlagartig eine rote Gesichtsfarbe und suchte Handtücher zusammen. »Ulldrael hilf! Dabei ist es noch viel zu früh. Ich habe so etwas noch nie gemacht.«

»Das ist ganz einfach«, meinte Fatja zu aller Erstaunen. Beherzt krempelte sie die Ärmel hoch. »Bei Kühen weiß ich es. Also machen wir das bei ihr genauso.«

»Was geht los?«, fragte sich Torben, der noch immer nichts begriffen hatte, und unsicher von einem zum anderen schaute. Norina schrie ein weiteres Mal laut, Matuc hielt sich in einem Reflex die Ohren zu, was ihm einen Rempler der Schicksalsleserin einbrachte.

»Männer«, meinte sie vorwurfsvoll und langte nach einem Handtuch.

»Die Niederkunft«, knurrte Waljakov. »Wir gehen.«

Als sie die Kabine nun sehr überstürzt verließen, kam ihnen ein aufgeregter Matrose entgegen. »Kapitän, da kommen Schiffe hinter uns her! Eines ist schon verdammt nahe, und wir wissen nicht, was sie vorhaben.«

Die *Klapok* ritt über die Wellenkämme und schloss immer weiter zur *Grazie* auf, die ihrem Namen im Moment keine Ehre machte. Zwei der übrigen Dreimaster rückten ebenfalls näher, das vierte Schiff jedoch fiel zurück, nachdem ein Mast geborsten war und lose Takelage, Bastsegel und Trümmerstücke für Durcheinander sorgten.

Varla hatte die Anweisung gegeben, die Katapulte zu installieren. Zügig setzte die Mannschaft die Fernwaffen zusammen. »Ich glaube nicht, dass wir bei diesem Seegang einen gezielten Treffer anbringen können«, meinte die Kapitänin skeptisch, während sie die Vorbereitungen beobachtete.

»Dann nehmt die Kogge meinetwegen aufs Geratewohl unter Beschuss«, gab Tïpaka zurück. »Irgendein Bolzen wird schon treffen.«

Varla sammelte all ihren Mut zusammen. »Was hat Euch der Rogogarder wirklich angetan, dass Ihr ohne Rücksicht auf meine Schiffe seinen Tod verlangt?« Die unheimliche Frau antwortete nichts darauf. »Seht, ich hege zwar einen Groll gegen ihn, aber sich deshalb in solche große Gefahr zu begeben, das ist er mir nicht wert.« Sie schluckte. »Ich werde den Angriff sofort einstellen, wenn es mir zu riskant erscheint.«

»Ich sagte Euch bereits, dass ich mir dann jemand anderen suchen werde«, meinte Tïpaka gelassen. Sie ballte die Rechte zu einer Faust. »Hier geht es um weitaus Höheres, Wichtigeres als das Leben Eurer Männer. Ihr seid gut bezahlt worden, nun erledigt Eure Aufgabe, Kapitänin. Und erledigt sie gut.«

Die Wellen schlugen nun weniger hoch, der mit Schnee vermischte Regen ließ etwas nach, und der Wind flaute ein wenig ab.

Varla ließ zwei kleine, zähe Segel setzen, um schneller an die Kriegskogge heranzukommen. Aber die Verfolgte hisste im gleichen Moment wieder mehr Leinwand.

»Sie haben uns wohl bemerkt«, krächzte Tïpaka. »Bald werden wir in Schussweite sein. Signalisiert ihnen etwas.«

»Sie wollen, dass wir uns ergeben und beidrehen«, gab Torben die übersetzten Lichtzeichen an Waljakov weiter. Er sah den Leibwächter an, die Anspannung zeigte sich deutlich. »Oder sie beschießen uns.«

»Eine Entschuldigung an die Frau wäre vielleicht angebracht«, empfahl der Hüne und wischte sich den Salzwasserfilm aus dem Gesicht. »Das könnte sie besänftigen. Was habt Ihr ihr denn angetan?«

»Nichts, gar nichts«, verteidigte sich der Freibeuter empört. »Vielleicht war es das. Sie wollte, dass ich eine Nacht mit ihr verbringe, um mich als Lustsklaven zu testen.« Waljakov starrte ihn an. »Nein, Ihr habt Recht, das wird es nicht gewesen sein«, winkte Torben nach einer Weile ab. »Aber es wird sie wurmen, dass ich ihre Pläne in Tularky zunichte machte.«

»Aber deswegen eine so lange Verfolgungsfahrt? Das seid Ihr nun, bei allem Respekt, wirklich keiner Frau wert.« Der Leibwächter machte klar, dass er weder das eine noch das andere als Grund akzeptierte. »Ich verwette meine Hand, dass der Silberschopf dahinter steckt.«

»Ein Gefecht in rauer See, wie hinreißend«, murmelte der Rogogarder. »Wir haben den Vorteil, dass wir das Meer kennen.« Er sah durch das Fernrohr, seine Schultern sanken herab. »Wunderbar. Sie bauen Katapulte auf. Wir sollten Vorkehrungen treffen.« Mit ein paar Handgriffen stellte er die Sehhilfe genauer ein. »Da ist sie ja, die Unbekannte. Bei allen Seeteufeln, ich weiß nicht mal ihren Namen.« Er stutzte. »Holla! Da ist noch eine Dame bei ihr an Deck. Sie sieht ziemlich gefährlich aus.«

Voller böser Vorahnung schnappte sich Waljakov das Fernrohr und schaute zu dem fremden Schiff. Ein Fluch in einer für Torben unbekannten Sprache schallte durch den Sturm. »Ihr müsst jeden Fetzen Leinwand setzen, den wir haben, Rudgass«, knurrte er. Er reichte dem Kapitän das Instrument zurück, die eisgrauen Augen wurden noch kälter. »Sie ist nicht hinter Euch her, sondern hinter Norina und mir. Sie ist eine von Nesrecas Vertrauten.« Er wandte sich zum Gehen. »Es ist besser, wenn ich in der Nähe der Herrin bin. Diesem Wesen ist alles zuzutrauen.«

»Schöne Walscheiße.« Der Rogogarder fühlte sich

einerseits erleichtert, dass man nicht ihm persönlich an den Kragen wollte. Aber nach allem, was er von seinen Gästen über den Berater und seine Helfer gehört hatte, machte ihn das nicht wirklich glücklicher.

»Wenn ihr Säcke Hemden habt, die ihr nicht mehr braucht, spannt sie an die Rahen«, brüllte er über das Deck. »Setzt alles, was ihr finden könnt. Wenn die uns kriegen, sind wir tot!« Die Mannschaft geriet nach dieser Ankündigung in zusätzliche Bewegung.

Er hätte das verdammte Geld nicht annehmen sollen. Jedes Mal brachte es ihm Unglück. Nie wieder Passagiere. Zuerst verlor er sein Herz und nun bald sein Leben.

»Bansborg-Riff voraus!«, brüllte der Mann am Bugspriet aus Leibeskräften und wedelte mit seiner Jacke, um die Aufmerksamkeit der Steuermannschaft auf sich und seine Entdeckung zu lenken.

»Der ist völlig wahnsinnig geworden«, rief Varla zu Tipaka. »Seht Ihr, wo das Wasser stärker schäumt als sonst? Das muss ein Riff sein, das durch die hohen Wellen stellenweise offen gelegt wurde. Er hält genau darauf zu. Lieber stirbt er, als sich uns zu ergeben.«

Wortlos schritt die Kriegerin an das Steuerrad, die Mannschaft wich zurück. Ihre Hände schlossen sich um die Speichen. »Wir folgen ihnen. Er wird den Tod seiner Passagiere nicht in Kauf nehmen wollen. So schwer kann es also nicht sein.«

»Seiner Passagiere?« Varla blickte fragend. »Ich habe das Gefühl, dass hinter der Sache mehr steckt, als Ihr mir sagen wollt.«

Die andere Frau ging nicht auf die Kapitänin ein, sondern legte den neuen Kurs an. Gehorsam, wenn auch ächzend, beugte sich die *Klapok* der Kraft, die das Ruder beherrschte. »Übermittelt den anderen, sie sollen uns folgen. Das Boot an Steuerbord wird sich vor uns setzen, damit wir wissen, wo eine Gefahr ist, wenn es aufläuft.«

Varla gab die Laterne zögerlich weiter und bedeutete dem Matrosen, den Anweisungen noch nicht nachzukommen.

»Es ist mir zu gefährlich«, sagte sie leise, als ob sie fürchte, mit ihrem Widerspruch den Zorn der unnachgiebigen Kriegerin auf sich zu ziehen. »Hört Ihr, das Schiff kann auseinander brechen.« Varla straffte sich. »Geht sofort weg vom Ruder. Ich gebe Euch gerne die Münzen wieder zurück, aber dieser Wahnsinn wird aufhören.« Sie machte einen Schritt auf Tîpaka zu und zog ihren Degen als Drohung.

Die Frau bewegte sich nicht, sah mit leicht zusammengekniffenen Augen nach vorne, um die Kriegskogge nicht zu verlieren, die in diesem Moment knapp zwischen zwei Riffkanten vorbeischrammte.

»Habt Ihr nicht gehört? Weg vom Ruder!« Die Kapitänin wollte die rechte Hand ihrer Passagierin vom Holz lösen, aber es gelang ihr nicht einmal, den kleinen Finger umzubiegen. Als wären die einzelnen Glieder aus unbeweglichem Eisen, lagen sie am Ruder.

»Noch einen einzigen Versuch, und Ihr geht über Bord.« Tîpakas Stimme war emotionslos.

»Und dann? Ihr würdet Euch nicht mit der Mannschaft verständigen können. Sie würden Euch nicht gehorchen und Euch hinterherwerfen.« Sie setzte die Spitze des Degens an den Halsansatz. »Wird's bald?«

Eine schnelle Bewegung, ein kurzer Ruck und Varlas Degen flog über das Geländer. Mit nur einer Hand hatte die Frau die Klinge umfasst, sie der Kapitänin aus der Hand gerissen und weggeworfen, ohne eine Schramme davonzutragen. Die Mannschaftsmitglieder wichen noch weiter zurück.

»Gebt den anderen Schiffen das Signal«, befahl die mysteriöse Kriegerin in der Sprache der Mannschaft, und die Kapitänin erstarrte vor Schreck. Varla wollte wegspringen, da schloss sich die Rechte um die Gürtelschnalle ihres Wehrgehänges. Wie ein Kind eine ungeliebte Puppe wegschleudert, so beiläufig und leicht beförderte Tipaka Varla vom Oberdeck.

Nach einem kurzen Flug schlug die Kapitänin in das eiskalte Wasser der rogogardischen See ein.

Die plötzliche Kälte raubte ihr den Atem, der wattierte Waffenrock mit dem nietenbesetzten Leder sog sich rasch voll und erschwerte die matten Schwimmbewegungen.

Spuckend paddelte sie an die Oberfläche, zähneklappernd rang sie nach Luft, während sich die *Klapok* immer weiter entfernte.

Die schaumbekrönten Wellen spielten mit Varla, die am ganzen Körper zitterte und ihre von der niedrigen Temperatur gelähmten Muskeln nicht mehr kontrollieren konnte. Sie bekam noch mit, dass ihre anderen Schiffe den Verfolgungsbefehl bestätigten, dann tauchte sie unter.

Die *Grazie* hielt die drei Verfolger auf Abstand, aber er schrumpfte mehr und mehr. Die Bauart der fremden Schiffe machten sie leichter manövrierbar.

In das Bansborg-Riff einzufahren war ein immenses Risiko gewesen, das sich lohnen musste. Torben hatte damit gerechnet, dass die anderen nicht aufgeben würden.

Als sie eine besonders enge Stelle glücklich passierten, an der die Kriegskogge beinahe aufgesetzt hätte, ließ er das Packnetz mit leeren Fässern versehen und ins Wasser werfen.

Sein Plan ging auf. Die Maschen glitten unter dem Bug hindurch und verfingen sich unter Wasser am Rudermechanismus des ersten Schiffes. Die Übertragungen der Lenkbewegungen von oben gelangen nur noch fehlerhaft.

Die nächste Woge machte dem fast manövrierunfähigen Verfolger den Garaus, indem sie ihn auf einen Felsen schob. Krachend brach der Bug auseinander, die immer noch beachtlichen Wellen zerschlugen den Schiffskörper innerhalb von Augenblicken zu einem Wrack.

Laut hallte der Jubel der rogogardischen Besatzung über das Deck.

Doch das zweite Schiff schaffte es, die Stelle unbeschadet zu umfahren. Zum Erstaunen des Rogogarders fehlte von seiner schönen Unbekannten jede Spur. Dafür hatte wohl die andere Kriegerin das Kommando übernommen. Sie allein stand am Ruder, was den Freibeuter zu einem anerkennenden Pfiff verleitete.

Abschätzend blickte er zu seinen drei Mann, die unter Aufbietung aller Kräfte die *Grazie* steuerten. »Ihr müsst unbedingt stärker werden. Da sind Weiber ja kräftiger als ihr.«

Die ersten Katapulte schossen auf die Kriegskogge, mehrere Männer wurden von Glückstreffern verletzt.

Näher und näher krochen die Angreifer, während die *Grazie* schwer mit den aufgebrachten Fluten zu kämpfen hatte.

»Es ist ein Junge«, strahlte ein schweißgebadeter Matuc und hielt ein kleines Bündel in der Hand. »Norina, schaut.« Ein zaghaftes Schreien drang aus dem Mund des Neugeborenen. Kurz vor dem erschöpften Einschlafen nahm die Brojakin ihren Sohn an die Brust. Augenblicklich verstummte das Kind.

Fatja sah den Geistlichen strafend an. »Das wussten wir doch schon vorher, oder? Ich habe es schließlich vorhergesagt.« Sie nahm ihm einen Lappen weg, wusch sich die blutigen Hände und trocknete sie ab. »Ich habe aber nicht vorhergesagt, dass du bei der Geburt nicht helfen sollst. Oder Waljakov.«

Matuc betrachtete seine Fußspitzen. »Ich bin kein Medicus.«

»Ich etwa?« Die Schicksalsleserin stemmte die Arme in die Hüften. »Und dennoch habe ich es hinbekommen. Habe ich es nicht gesagt? Wie bei einer Kuh. Na ja, ähnlich.« Sie warf ihm den Lappen zu. »Du darfst sauber machen.«

Kind und Mutter schliefen vor Erschöpfung bereits, und der Mönch machte sich leise ans Aufräumen. In gebückter Haltung hörte er, wie sich die Schritte des Leibwächters näherten, und er schielte zwischen seinen Beinen hindurch.

Amüsiert beobachtete er, wie der riesige Mann schüchtern nach dem Paar schaute, das die Geburt überstanden hatte.

»Nur Ulldrael weiß, wie es mit den beiden weitergeht«, sagte Matuc und kam herüber. »Norina hat noch immer hohes Fieber und viel Blut verloren. Der Knabe ist zu früh auf die Welt gekommen. Er ist schwach, klein und noch unterentwickelt.« Behutsam deckte er Kind und Mutter zu.

»So klein«, meinte der Leibwächter versonnen. »So hilflos.«

»Wie alle Menschen zu Beginn ihres Lebens.« Der Geistliche deutete zur Tür. »Lasst den beiden ihre verdiente Ruhe. Und du kannst gerne mitgehen«, sagte er in Richtung Fatjas. Sie sprang auf.

»Ein wenig frische Luft könnte nicht schaden.«

»Das ist keine gute Idee«, widersprach Waljakov viel zu hastig. »Die See ist zu rau.«

»Das macht mir nichts«, lachte das Mädchen, nahm einen Überwurf und rannte hinaus.

Fluchend machte sich der kahle Hüne an die Verfolgung. Dass sie von einem Speer halbiert würde, hätte ihm noch gefehlt.

Die Schicksalsleserin bemerkte an Deck sofort, dass etwas nicht in Ordnung war. Als sie einen der Bolzen entdeckte, die die Unbekannten abgeschossen hatten, lief sie auf das Oberdeck, um einen besseren Ausblick zu haben.

»Das sind sie!«, schrie sie voller Panik. »Das sind die Schiffe, die ich in meiner Vision gesehen habe!«

Torbens Kopf schoss alarmiert herum. »Gesehen? Was für eine Vision.«

»Sie werden uns versenken!« Fatja krallte sich am Geländer fest und konnte ihre Augen nicht mehr von den schwarzen Silhouetten wenden. »Ich habe es gesehen. Ich habe es doch gesehen!«

»Sei still!«, herrschte Waljakov sie an. »Du machst die Männer nervös.« Seine breite Hand legte sich auf ihren Mund. Vorsichtshalber wählte er die mechanische, falls sie zu beißen versuchte.

»In der Tat«, meinte der Freibeuter. »Sie hat mich wirklich nervös gemacht. Was sollte diese Schreierei eben?«

»Der Anblick der Niederkunft war zu viel für sie. Oh, Kind und Mutter geht es gut«, versuchte der Leibwächter eilig abzulenken und zerrte die nun apathisch wirkende Schicksalsleserin mit sich. »Deckung!«

Ein paar Pfeile surrten heran und bohrten sich in die Planken, ohne Schaden anzurichten. Waljakov zog das Mädchen wieder auf die Beine und rannte zurück zur Luke, um dem Rogogarder keine weitere Gelegenheit mehr zu geben, nachzuhaken.

Der Verfolger an Steuerbord nutzte nun die Wellenbewegungen geschickt aus, um die Distanz zwischen der *Grazie* und sich zu verkürzen. Mit bloßem Auge konnte Torben erkennen, wie sich eine Entermannschaft bereit machte.

Doch die Männer wirkten unschlüssig. Das Auf und Ab machten das Unterfangen zu einer eigentlich unmöglichen Sache. Aber die Angreifer wollten Norina und den Leibwächter anscheinend unter allen Umständen in die Finger bekommen.

»Schießt«, befahl er den Katapulisten, und die Kriegskogge schickte ihrerseits Speere auf den Weg. Mit einigem mehr an Erfolg als die Gegenseite.

Zufrieden sah Torben, wie das Steuer sich nach der letzten Salve herrenlos drehte. Der Rumpf stellte sich daraufhin längs zu den Wellen, und bevor einer der Fremden ans Ruder gelangte, drückten die Wassermassen mit voller Wucht gegen die Breitseite. Der Schiffskörper legte sich um mehr als siebzig Grad zur Seite. Ein, zwei Lidschläge glaubte der Rogogarder, das Schiff richtete sich wieder auf, doch die nächste Woge stülpte es um. Der Kiel glitzerte in dem bisschen an Sternen- und Mondlicht.

Die *Grazie* tauchte unbeschadet in ein Wellental.

»Heya, wieder einer weniger! Wo ist der Letzte der Fremden? Mit dem werden wir auch noch fertig«, schrie er euphorisch nach dem Ausguck. Der Mann im Krähennest deutete wortlos nach hinten.

Das gegnerische Schiff befand sich hoch oben, genau auf dem Kamm über der Kriegskogge, und wirkte im fahlen Licht wie ein schwebendes dämonisches Wesen, das sich gleich auf seine Beute herabstürzen würde.

Für den Bruchteil einer Sekunde setzte der Sturm aus, nur das Rauschen des Meeres war zu hören. Dann kehrte er mit doppelter Stärke zurück, als würde er all seine Kraft dem Angreifer zur Verfügung stellen wollen.

Knatternd füllten sich die Bastsegel, mit gesetztem Vollzeug schwang sich der letzte Verfolger auf die anrollende Woge. Aus der fast vollständigen Regungslosigkeit wurde ein gemächliches Dümpeln, das nach und nach an Fahrt zulegte. Die Bugspitze korrigierte ein wenig nach Backbord und visierte das Heck der *Grazie* an. Gischt sprühte auf, immer schneller bewegte sich das Schiff.

Versenken. Torben schluckte schwer. *Dieses verdammte Weib nimmt Anlauf, um uns zu versenken.*

»Wir müssen etwas finden, das schwimmt und wasserdicht ist«, befahl Waljakov in der Kabine.

»Wie wäre es mit einer Kiste oder einem Fass?«, schlug Fatja vor und hüpfte vom Schemel.

»Und ich werde mich an mein Holzbein klammern, wenn wir wirklich untergehen sollten«, wollte Matuc mit einem Scherz die Anspannung lockern. Seitdem er wusste, dass sie verfolgt wurden, war er sich sicher, dass sich die Prophezeiungen der Schicksalsleserin erfüllen würden.

»Wir müssen alles tun, um sie zu retten«, trieb das Mädchen den Geistlichen an. »Ich habe doch gesagt, dass ihr Schicksal noch nicht festgeschrieben steht.«

»Ich überlasse nichts dem Zufall. Oder dem Schicksal«, knurrte der Leibwächter und leerte eine der großen Gepäcktruhen aus. Eilig stopfte er den Innenraum mit Decken aus, Fatja verschwand und kehrte kurz darauf mit etwas Trockenobst, Schiffszwieback, einer Wasserflasche und eingelegten Fischen zurück, die ebenfalls in die Truhe gepackt wurden.

Norina sah den betriebsamen Freunden zu und wiegte das Kind vorsichtig hin und her. Immer fielen ihr zwischendurch die Augen zu.

Vorsichtig bettete der Leibwächter die junge Mutter in die Truhe. »Nehmt das Messer, das Garn und diese Stäbe, damit könnt Ihr Euch notfalls ein Segel bauen, um an Land zu gelangen, falls wir getrennt werden sollten.«

Die Brojakin nickte nur müde; sie war zu erschöpft, um Angst oder Panik zu spüren. Selbst in ihren Armen wirkte das Bündel, zu dem man den Knaben verschnürte, äußerst winzig. »Ihr solltet euch ebenfalls etwas suchen, wenn …«

Ein brachialer Ruck ging durch die *Grazie.* Der ganze Rumpf erbebte, Planken brachen, zerrissen und barsten mit einem gewaltigen Knall. Die Kabine deformierte sich am hinteren Ende, die Wände splitterten und knickten ein, als wollte ein rasendes Tier von der anderen Seite einbrechen. Verstrebungen lösten sich von der Decke. Augenblicklich schoss trübes Meereswasser in den Innenraum.

Die Menschen wurden durcheinander gewirbelt, fielen übereinander. Die Truhe mit der kostbaren Fracht rutschte umher.

Der Leibwächter kam als Erster wieder auf die Beine und schaute nach Norina.

Blut sickerte von der rechten Schläfe, an der sie ein herabstürzender Deckenbalken gestreift hatte. Verwirrt schaute sie zuerst auf das Kind, dann um sich und machte sogar Anstalten, sich aus der Truhe zu erheben.

Sofort begutachtete Waljakov die Verletzung, stufte sie aber als Kratzer ein. »Nein, Herrin. Bleibt, wo Ihr seid. Wir tragen Euch an Deck.« Er drückte sie sanft zurück und klappte den Deckel zu.

»Ich sage nur ungern, dass ich Recht hatte.« Fatja tauchte zwischen Trümmerstücken auf und half Matuc, sich aus der Hängematte zu befreien, in der er sich verheddert hatte. »Nichts wie runter von dem Kahn.«

»Warum hast du nicht gesehen, wie alle Menschen in Frieden und Wohlgefallen zusammen leben?« Zusammen mit dem Mädchen humpelte er los.

Torben erschien in der völlig zerstörten Kabine. »Sind alle noch in einem Stück? Dieses verdammte Weib ist auf uns draufgefahren wie ein Köter auf eine läufige Hündin.«

Er fasste auf einen Wink des Leibwächters mit an Norinas notdürftig gebasteltem Rettungsboot an. Keuchend schleppten die beiden Männer das Stück nach oben, wo sich dem Leibwächter ein Bild der völligen Zerstörung bot.

Bis zur Hälfte hatte sich das angreifende Schiff in die *Grazie* verbissen, sein Bug war praktisch nicht mehr existent. Abgerissene Segel, Leinwandfetzen, Wantenreste und Holzstücke formten einen grotesken Wald. An manchen Stellen färbten sich die Planken rot.

Beim Aufprall waren die Beiboote der Kriegskogge bis auf eines zerstört worden. Dorthin hatten sich die letzten Überlebenden der Mannschaft bereits geflüchtet und warteten darauf, dass die Passagiere an Bord kamen, um es ins Wasser zu lassen. Die *Grazie* sank zügig und bekam schnell Hecklage.

Fatja schnappte sich Juka, die Schiffskatze, und hopste ins Boot. Matuc folgte umständlich, das Holzbein in Kombination mit dem Sturm erschwerten das Laufen.

»Eigentlich sollte ich Euch zurückbringen«, schallte eine rauchige Stimme durch den Sturm. »Aber ich habe es mir anders überlegt.« Paktaï stand hinter einem geladenen Speerkatapult an Deck der Kriegskogge und zielte auf die beiden Männer. »Wo ist die Schwangere?«

Waljakov bewegte sich nicht einen Millimeter und hoffte inständig, dass der Rogogarder die Nerven bewahrte und den Aufenthaltsort der jungen Mutter nicht verriet. Weder durch eine Geste noch durch einen Blick.

Doch der Freibeuter schielte für einen winzigen Moment in Richtung Beiboot.

»Da drinnen?« Die Vertraute Nesrecas senkte den Kopf etwas. »Das glaube ich nicht.«

Einer der Matrosen sprang trotz der Gefahr mutig auf und zog die Leine, mit der die Winde arretiert worden war.

Wie ein Fels rauschte das Boot nach unten und klatschte in die Wellen. Glücklicherweise blieb es heil und in einem Stück, nur die Insassen wurden gehörig durchgeschüttelt, ein paar gingen über Bord und wurden von ihren Kameraden wieder hineingezogen.

Paktaï reagierte, indem sie die Läufe der Fernwaffe nach oben zog und mit einer ganzen Salve eine bereits stark beschädigte Rahe löste.

Die lange, schwere Holzstange stürzte samt Segelstücken und Tau auf die Planken der *Grazie,* hüpfte einmal in die Höhe und rutschte mit der Spitze voraus dem Beiboot hinterher. Ein erschrockener Schrei aus vielen Kehlen drang zu ihnen herauf, und den Geräuschen nach musste Schlimmes beim Aufprall passiert sein. Hilferufe gellten, und die Frau lächelte

Eine Welle hob die miteinander verkeilten Schiffe an, und durch die Bewegung glitt der zerstörte Bug der *Klapok* ein wenig zurück. Das Wasser drang nun stärker in die beiden Wracks ein. Feuerschein loderte aus der zertrümmerten Kombüse der Kriegskogge, wo vermutlich Glut aus dem zerstörten Herd etwas in Brand gesetzt hatte.

Torben setzte zum Sprint an, an dem ihn Waljakov nicht mehr hindern konnte. Im Rennen zog der Freibeuter seinen Entersäbel und schlug nach der Frau.

Elegant drehte sie sich über seinen Rücken weg und versetzte dem ungestümen Freibeuter einen Stoß ins Kreuz, der ihn mit Wucht gegen den Mast beförderte. Besinnungslos rutschte Torben am Holz hinab.

Ein leises Weinen drang aus der Truhe.

Paktaïs Kopf fuhr augenblicklich herum, die Augen glühten rot auf. »Also keine Schwangere mehr.« Sie zog ihr Schwert und setzte sich in Bewegung.

»Du wirst sie nicht bekommen.« Schützend stellte sich der K'Tar Tur vor das Gepäckstück. Seine eisgrauen Augen blickten entschlossen. Dann eröffnete er todesmutig den ungleichen Kampf zwischen Halbwesen und Mensch.

Die Frau war an Schnelligkeit, Kraft und Ausdauer bei allem Können Waljakovs weit überlegen, und schon bald blutete der Mann aus mehreren tiefen Wunden, der Harnisch wurde von den Stichen der Gegnerin wie Papier durchschlagen. Als er einen Hieb mit der mechanischen Hand abfangen wollte, trennte die Waffe Paktaïs die Glieder ab. Klingelnd verteilten sie sich auf den Planken, der Lebenssaft des Leibwächters troff stärker auf das nasse Holz. Dennoch gab er nicht auf.

Als ihn ein harter Tritt gegen die Brustpanzerung neben die Truhe aufs Deck schickte, drehte er sich mühsam zur Seite und küsste das Leder.

»Lebt wohl, Herrin. Und sei Ulldrael der Gerechte mit Euch.« Mit aller verbliebenen Kraft schob er den wasserdichten Behälter über die Bordwand hinaus. Verausgabt rollte er sich wieder auf den Rücken und erwartete den Todesstoß.

Doch Paktaï hechtete an ihm vorbei und schnappte gierig nach dem Griff der fallenden Truhe.

Mit einem wilden Schrei packte sie das Metallstück und zog das improvisierte Rettungsboot triumphierend zurück an Deck. Das Weinen des Knaben wurde lauter, Norina trommelte von innen gegen den Deckel.

»Wenn man dich schon nicht töten kann, dann eben so.« Der Leibwächter rammte der nicht menschlichen Frau grunzend die scharfkantigen Fingerstummel der mechanischen Hand in die Pupillen. Ein Schleimfaden blieb haften, als er den Stahl zurückzog.

Tatsächlich ließ die Helferin Mortvas kreischend den Griff los und bedeckte schützend das Gesicht. Die Truhe verschwand in der tosenden Tiefe.

Schwankend stemmte sich der K'Tar Tur in die Höhe. Salzwasser und Blut mischten sich in seinen Augen, bildeten einen Schleier, durch den er die Aktionen seiner Gegnerin nicht klar erkennen konnte.

Schemenhaft entdeckte er die Frau, ihre Silhouette hob sich als schwarzer Schatten vor den im Hintergrund zuckenden Flammen ab. Ihre Augen leuchteten tiefrot. »Das wird dich nicht retten, Mensch. Du kannst mich nicht verwunden.«

»Es hat mir ausgereicht«, sagte Waljakov matt und stützte sich auf seinen Säbel, um stehen zu können. »Ich sagte, du wirst sie nicht bekommen.«

»Das Meer erfüllt meinen Auftrag.« Paktaï kam näher. »Da ich dich nicht mitnehmen kann, werde ich dich töten müssen.«

Die Knie des kahlen Leibwächters gaben nach, schwer stürzte er auf die Planken. Eine Lache aus Blut bildete sich um ihn herum.

Die unheimliche Frau stellte ihm einen Fuß auf die Brust, ihr Arm hob sich zum Schlag.

Ein Schwirren erfüllte die Luft, Paktaï riss es nach vorne. Sie flog vor Wut, Hass und Überraschung schreiend über den K'Tar Tur hinweg, außerhalb seines Gesichtsfelds. In dem erschien nun das zahnlose Grinsen von Torben Rudgass, der den Verletzten nach oben zog. Ein roter Strich lief ihm aus der Nase. »Da wurde ich gerade rechtzeitig fertig mit Laden, was?«

Er drehte den Leibwächter in die Richtung, in die die Frau verschwunden war. Der K'Tar Tur verstand nun auch, wieso.

Ein Dutzend Speere nagelte den Körper, Arme und Beine der brüllenden Paktaï an die Wand des hölzernen Angriffsturms der Kogge. Unfähig, sich zu bewegen, tobte und rüttelte sie an den Schäften, ohne etwas ausrichten zu können.

»Töten können wir sie vielleicht nicht. Aufhalten schon«, erklärte Torben und betastete seine Nase. »Verdammt, sie ist gebrochen.«

Waljakov zog den Freibeuter zur Bordwand und starrte verzweifelt in die Tiefe. »Wo ist das Beiboot? Wo ist die Truhe mit …«

Die nächste Woge rollte heran und trennte die Wracks endgültig voneinander. Die zerstörten, offenen Rümpfe bekamen Schlagseite, Waljakov und Torben fielen kopfüber in die schwarzen Fluten. Blubbernd und Blasen schlagend versanken die Schiffshälften in der immer ruhiger werdenden See.

Der schwache, zuckende Feuerschein an Bord der

Grazie beleuchtete die vor unbändigem Zorn schreiende Paktaï. Erst als ihr Kopf unter Wasser geriet, verstummte das unmenschliche Gebrüll. Dann herrschte eine unnatürliche Stille.

Und als habe der Sturm nur darauf gewartet, dass sich nichts mehr an der Wasseroberfläche regte, legte er sich.

Lediglich ein paar Trümmerstücke und Frachtteile erinnerten an die Schicksale der *Grazie* und der *Klapok.*

Das Meer fand seine Ruhe wieder.

EPILOG

Ulldart, Gallohâr,
südliche Küste des Königreichs Kensustria,
Winter 443 n. S.

Farron, der junge, glatt rasierte Gelehrte mit dem dunkelgrünen Haar, trat auf die rechte Fußraste der Drehlafette, und gehorsam schwenkte das acht Meter lange Fernrohr in die gewünschte Richtung.

Der Gelehrte legte sich das nächste Blatt Papier, Tinte und Feder zurecht, und schaute durch die Sehhilfe, die aus zweiundvierzig verschieden geschliffenen Gläsern bestand, die wiederum in drei rotierbaren Karussellen angebracht waren. Farron suchte in der Totalansicht den Himmel rund um Arkas und Tulm, die Augen Tzulans, ab.

Seit fünf Stunden hockte er in dem schmalen Sessel, kühler Seewind rauschte durch das große, hölzerne Kuppeldach herein, das er vollständig geöffnet hatte, um einen besseren Blick auf die Sterne zu haben. Die Temperatur in der Observationskammer senkte sich empfindlich ab. Zumindest für kensustrianische Verhältnisse.

Ollkas, sein etwas älterer Gelehrtenkollege und Meister der Astronomie, fröstelte. Er blies sich in die Hände und zog die wärmende Haube tiefer, bis fast ganz über die Ohren. Dann blätterte er die Unterlagen der letzten Observation durch. »Findest du heute noch etwas, oder sollen wir bei lebendigem Leib erfrieren?«

»Meister, schreibt auf: Betos zwölf und Ketos einssechs-drei, Abweichung in der letzten Konstellation von drei achtel Grad.« Farron justierte das Okular mit spitzen Fingern. »Damit weichen sie weiter aus ihrer Bahn und machen den Augen Tzulans Platz.«

Ollkas blickte zu den Steinwänden, die von unzähligen Karten über Sterne und deren Wanderungen bedeckt waren. Die Pläne, die seit Jahrhunderten kaum eine Veränderung erfahren hatten, bekamen seit einem Jahr immer wieder Korrekturen aufgemalt. Rote und schwarze Striche deuteten die Planetenverschiebungen an, und es schien dem Astronomiemeister, als seien alle Gestirne in Aufruhr geraten. Zentrum der Wanderschaften und des Driftens bildeten ohne Zweifel Tulm und Arkas. »Ich werde schon wieder eine Veränderung aufmalen müssen«, meinte der Gelehrte und stemmte sich in die Höhe. »Danach machen wir Schluss. Meine Augen sind müde, nur deshalb sitzt du am Fernrohr. Und ich weiß nicht, ob du alle Feinheiten findest.«

Wenn die Kritik Farron traf, ließ er es sich nicht anmerken. Unberührt nahm er neue Einstellungen vor und suchte nun im Detail nach Neuigkeiten. »Meister, vor rund einem Jahr haben wir die erste Unregelmäßigkeit entdeckt, wisst Ihr noch?« Die Linsenkarusselle rotierten klackend, der Junggelehrte wechselte den Sichtmodus. »Vielleicht ist die Zeit nun wieder reif?«

»Und Taralea, die Allmächtige Göttin, suchte ihren Sohn Tzulan, kämpfte mit ihm und zerriss ihn in kleine Stücke, die sich über alle Kontinente verteilten. Seine glühenden Augen heftete sie zu den Sternen an das Himmelsgewölbe und nannte sie Arkas und Tulm, die einzigen Sterne, die sich nicht drehen und für alle Zeiten am Firmament stehen«, zitierte Ollkas die Stelle aus dem ulldartischen Geschichtswerk, die er seit dieser Nacht auswendig konnte. »Und die Sterne haben auch auf der Erde für Bewegung gesorgt. Es muss ihr Einfluss gewesen sein, der die Geschehnisse auslöste.«

Ein bisschen vorwurfsvoll drehte sich der Schüler um, das Okular hatte einen kreisförmigen Abdruck an seinem Auge hinterlassen. »Meister, wir sind Astronomen, keine Astrologen. Wir haben uns der Wissenschaft verpflichtet, nicht der Deuterei.«

»Nicht so aufmüpfig, junger Gelehrter«, drohte ihm sein Mentor. »Oder du wirst die große Linse des Fernrohrs noch heute Nacht reinigen.« Ollkas brachte die Sternenkarte auf den neuesten Wissensstand.

»Lasst Euch endlich einmal eine neue Drohung einfallen. Ja, was ist denn das?« Farron rieb sich das Auge und schaute wieder durch die riesige Sehhilfe. »Ha! Ich wusste, dass wieder etwas geschehen wird. Arkas und Tulm haben einen Kranz erhalten. Und zwar«, er schien in Gedanken zu rechnen, »waren das mal Balsan dreizehn bis dreiundzwanzig, die ihre angestammte Position verlassen haben.«

Wortlos riss der Meister die Karte von der Wand und warf sie zu Boden. »Die taugt sowieso nichts mehr.« Unsanft schubste er seinen Lehrling aus dem Sessel und zwängte sich selbst hinein. Seine Handgriffe erfolgten routiniert, sicherer als die von Farron. Aber auch er kam zum gleichen Ergebnis. Zudem waren die Augen Tzulans wieder größer geworden.

Nachdenklich lehnte er sich zurück und grübelte.

Der Junggelehrte begann, die Blätter mit den heutigen Aufzeichnungen durchzunummerieren und säuberlich abzuheften. Anschließend räumte er das Geschirr vom Tisch. »Ich gehe dann nach unten, Meister, und richte unser Frühstück. Wir …« Farron stockte, ließ die Teller und das Besteck fallen und zeigte nach oben. »Da! Ein Komet.«

Ollkas erwachte aus seinen Gedankengängen und beobachtete das Naturschauspiel. »Nein, Schüler«, sagte er bedächtig, »es sind zwei Kometen. Zwei prächtige Kometen, mit wunderschönen Schweifen. Es sieht aus, als würden die Augen Tzulans weinen.« Noch dichter presste er die Pupille an das geschliffene Glas. »Nanu. Mir war, als hätten Tulm und Arkas eben aufgeleuchtet. Und eben wieder.« Das Linsenkarussell surrte. »Bei allen himmlischen Göttern, das Doppelgestirn zieht die Sterne in seiner Umgebung an. Sie fliegen direkt in das Rot!« Der Meister wechselte in die Totale und stieß die Luft aus. »Und bei jedem Auftreffen leuchten die Augen auf.«

Die restlichen Sterne schienen sich ebenfalls neu zu formieren und bildeten um das Doppelgestirn die Umrisse eines Gesichts.

»Der Gebrannte Gott schaut auf uns herab«, flüsterte Ollkas blass. »Was hat das zu bedeuten.«

»Vielleicht lacht er«, meinte Farron ängstlich.

»Wie bitte?« Der Astronomiemeister schaute seinen Lehrling an.

»Die Augen Tzulans weinen nicht, sie lachen, Meister.« Farron raufte sich aufgeregt die Haare. »Der Gebrannte Gott freut sich über irgendetwas.«

»Junger Freund, darf ich dich daran erinnern, dass wir Astronomen und keine Astrologen sind«, gab Ollkas zurück. »Es wird eine vernünftige Erklärung geben. Magnetismus, Lichtbrechung oder …«

»Der Anbruch der Dunklen Zeit«, vollendete der junge Kensustrianer beinahe ehrfürchtig.

»Unsinn«, brummte sein Mentor. Umständlich arbeitete er sich aus dem Sessel heraus.

Tief unten klopfte es an der Tür, Farron spurtete die Stufen hinab. Ollkas arretierte derweil das Fernrohr mithilfe des Flaschenzugs und setzte den Schließmechanismus des Schiebedachs in Bewegung.

Keuchend und schnaufend erschien sein junger Kollege im Observationsraum, einen Brief schwenkend. »Eine Nachricht von der historischen Fakultät, versehen mit einer Note der astronomischen Abteilung.«

»Soll das die Antwort auf meine Anfrage von vor

einem Jahr sein? Gib her.« Der Meister schnappte den Umschlag, erbrach das Siegel und las den Inhalt. Dann senkte er das Schreiben und verzog den Mund. »Ich glaube, die Sterne verkünden mehr Wahrheiten, als uns lieb ist.«

»Meister.« Farron trippelte auf der Stelle. »Ich bin furchtbar neugierig. Was sagen sie?«

Ollkas setzte sich und stützte den Kopf müde in die Hand. »Sie haben unsere Annahme bestätigt. Nur viel zu spät, um uns damit noch einen Dienst zu erweisen. Kensustria hätte bei Telmaran handeln, nicht zuschauen müssen. Oh, diese verdammte Kriegerkaste und ihre …«

Der Junggelehrte hielt es nicht länger aus und riss das Schreiben an sich. »Ein Rechenfehler? Ein Rechenfehler im Kalender und niemand hat es seit dem Jahr 301 bemerkt?«

»Die Zeit nach den großen Kriegen auf Ulldart. Nur die Sterne ließen sich nicht belügen«, nickte der Meister. »Wir schreiben demnach nicht 443, sondern das Jahr 444 nach Sinured. Wir befanden uns die ganze Zeit über in dem Jahr der Entscheidung, und niemand ahnte etwas davon. Nun ist die Schlacht geschlagen, wie ich hörte. Und in ein paar Tagen haben wir 445. Der Gebrannte Gott hat anscheinend gewonnen.«

Farron schluckte laut und warf einen Blick nach oben, wo sich das Holzdach knarrend schloss und das rote Doppelgestirn in Kürze verdeckte. Noch immer zogen die Kometen ihre Bahn. »Kein Wunder, dass die Augen Tzulans Freudentränen vergießen.«

Markus Heitz

Die Mächte des Feuers

Roman. 576 Seiten.
Piper Taschenbuch

Der epische Bestseller von Markus Heitz: Seit Jahrhunderten werden die Geschicke der Welt in Wahrheit von übermächtigen Wesen gelenkt, den Drachen. Sie entfachen politische Konflikte, stürzen Könige und treiben Staaten in den Krieg. Doch nun schlagen die Menschen zurück … Im Jahr 1925 untersucht die Drachentöterin Silena eine Reihe mysteriöser Todesfälle. Immer neue geheimnisvolle Gegenspieler und Verbündete erscheinen. Silena wird in einen uralten magischen Konflikt verstrickt. Stecken Drachen dahinter, oder muss sie sich einem ganz anderen Gegner stellen?

»Fantasy und Horror in einem feurig fesselnden Gemisch.«
Bild am Sonntag

05/2206/02/L

Markus Heitz

Trügerischer Friede

Ulldart – Zeit des Neuen 1.
448 Seiten. Piper Taschenbuch

Nach der großen, verheerenden Schlacht ist auf dem Kontinent Ulldart wieder Frieden eingekehrt. Doch die Ruhe trügt: Während Lodrik sich immer weiter zurückzieht, plant seine erste Frau Aljascha, die Herrschaft über Tarpol zu erlangen. Und im fernen Norden ist jemand erschienen, den alle für tot gehalten haben. Die ehemaligen Kampfgefährten müssen erneut zusammentreffen, um die Katastrophe zu verhindern …

Mit dem Zyklus »Zeit des Neuen« kehrt der Bestsellerautor auf den Kontinent Ulldart zurück – ein idealer Einstieg für Neuleser und zugleich ein Wiedersehen mit den beliebtesten Helden und größten Schurken.

05/1869/02/R

Markus Heitz

Brennende Kontinente

Ulldart – Zeit des Neuen 2.
464 Seiten. Piper Taschenbuch

Die Ereignisse auf Ulldart spitzen sich zu: Die einstige Herrscherin von Tersion kehrt aus dem Exil zurück und will die Macht an sich reißen. An der Westküste des Kontinents taucht eine Flotte mysteriöser Kriegsschiffe auf und zieht in die Schlacht gegen das kensustrianische Heer. Doch wer sind die Fremden, und welche Ziele verfolgen sie? Norina, die Herrscherin Tarpols, entgeht nur knapp einem Anschlag auf ihr Leben. Endlich begreift Lodrik, wie viel ihm Norina bedeutet. Doch es scheint, als komme diese Erkenntnis zu spät, denn Norina gerät in eine Falle … Der große Zyklus des erfolgreichsten deutschen Fantasy-Autors geht in die nächste Runde!

»Markus Heitz versteht es meisterhaft, den Leser zu fesseln.«
Phantastik.de

05/2023/02/L

Markus Heitz

Fatales Vermächtnis

Ulldart – Zeit des Neuen 3.
464 Seiten. Piper Taschenbuch

Die Ereignisse auf dem Kontinent spitzen sich zu: Lodriks Tochter Zvatochna übt sich in der Magie der Nekromanten und versammelt ein Heer aus Seelen um sich. Doch nicht nur Lodrik, sondern auch Vahidin stellt sich ihr entgegen. Und die Qwor setzen ihren vernichtenden Feldzug fort. Es gibt nur eine Hoffnung: Ritter Tokaro und seine Gefährten begeben sich in Kalisstron auf die Suche nach der aldoreelischen Klinge und dem Amulett, dessen Macht allein Ulldart noch retten kann …

Bestsellerautor Markus Heitz schickt die Helden seines »Ulldart«-Zyklus in die entscheidende Schlacht.

05/2133/02/R

PIPER
SEI UNSER
HELD!
PIPER FANTASY
Gleich mitmachen und die magische
Welt der Piper Fantasy erleben! Neugierig?
Dann auf zu www.piper-fantasy.de!
Piper-Fantasy.de